U0738530

# 由拳集校注

NAL
宁波学术文库
JD49.201113

（明）屠隆 撰
李亮偉 張萍 校注

浙江大學出版社
ZHEJIANG UNIVERSITY PRESS

# 前言

明人屠隆爲寧波文化史上一著名人物。『寧波文化工程』中，包含對著名歷史人物文獻資料之整理與研究，屠隆之著述自然成爲整理和研究對象。

屠隆（一五四三—一六〇五），字長卿，別字緯真，號赤水，別署由拳山人、一衲道人、娑羅主人等，晚稱鴻苞居士，明代寧波府鄞縣人。萬曆五年（一五七七）中進士第，歷任潁上縣令、青浦縣令、禮部主事，仕宦總計約七年。其餘時間多居故里，間出交遊。屠隆博學多才，一生著述甚豐，除編著外，留存至今之著作尚有：詩文集《屠長卿集》十九卷，《由拳集》二十三卷，《白榆集》二十八卷，《棲真館集》三十一卷，《娑羅館逸稿》二卷；傳奇《曇花記》《修文記》《彩毫記》三部；雜著《鴻苞集》四十八卷，《考盤餘事》四卷；清言小品《娑羅館清言》二卷，《續娑羅館清言》一卷；佛學著作《佛法金湯》一部。屠隆爲著名詩文家、戲曲家、文化名人，不僅在寧波，而且在浙江乃至全國都有影響。

未經整理出版之屠隆著作，其句讀問題、文字錯訛與辨識問題、版本差異問題、著作難覓問題等等，使不少讀者望而却步，也阻礙了屠隆研究之全面、深入展開。故此，我們擬將屠隆之主要著作進行標點、校勘，整理出版。在寧波市浙東文化研究基地支持下，屠隆《由拳集》《白榆集》點校先後被作爲二〇一一年和二〇一二年立項課題，立項號分別爲JD11ZD02 和JD12ZD04。

二〇一三年初，當我們完成《由拳集》點校工作時，却發現汪超宏先生主編之《屠隆集》已於二〇一二年九月由浙江古籍出版社出版。儘管在互不知情之情況下，相同之工作，由不同之人來完成，其結果必然會有差異，但是，若依舊停留在標點、校勘層面之重複出版，似已没有太大之必要。於是我們决定增加新内容——注釋，使這一工作更有意義。

屠隆文史知識淵博，其著作中所涉古代人事、地理、典故頗多；又其交遊廣泛，涉及當時人物、地理亦多。因此我們把注釋主要限定於人名、地名（其中包括一部分指代具體人物或地點之稱謂詞語）範圍内。至於一般詞語，讀者不難通過各種工具書查到，不做注釋，以免徒增篇幅。

《由拳集》初刻於明萬曆八年（一五八〇），《四庫全書總目》稱：『是集凡賦一卷，古今體詩十卷，雜文十二卷。時隆方知青浦縣，故以由拳爲名。』因青浦縣屬古由拳地，故名。彭汝讓《由拳集敍後》指出此集所收作品，『摛青弱冠者十四，振藻登庸者十六』，萬曆五年中試爲官前占十分之四，中試爲官後占十分之六，是研究屠隆早期生活、思想和創作之重要文獻。

《由拳集》有多個刻本流傳，總體看來都刻校頗精。我們經過仔細比對發現，《四庫全書存目叢書》集部第一八〇册所收之《由拳集》，爲據中央民族大學圖書館藏明萬曆八年馮夢禎刻本影印，該版本雖時間最早，刻寫正確率高，但文字漶漫不清處較多，且卷十之五言絶句後，缺十六首六言絶句；而《續修四庫全書》集部第一三六〇册所收之《由拳集》，據明萬曆刻本影印，該版本雖爲馮夢禎刻本之翻刻，且字詞舛誤不少，然而收録完整，文字清晰，辨識度高。故以續修四庫本爲底本，存目叢書本爲校本。浙江圖書館藏明克勤齋余碧泉刻本《由拳集》，所留存資訊與前述兩版本差異甚少，故不作參校。此外，據沈明臣《由拳集敍》，屠隆爲潁上令時，曾將之前所著文章詩賦刻成一集；《由拳集》乃屠隆任青浦令後，由馮夢禎與沈君典在此基礎上增删而成。《由拳集》卷十二《舊集自序》也提及此『舊集』。現存紹興圖書館藏《屠長卿集》十九卷（文集第八卷有目無文），即爲此集，現用以參校。

作爲寧波市浙東文化研究基地課題，我們在申報和完成過程中，承蒙周志鋒教授、張偉教授熱情鼓勵和大力支持；在校注過程中，多次得到張如安教授幫助解決一些疑難問題；我們還參考了衆多有關屠隆研究之文獻資料及辭書，特别是徐朔方、汪超宏、吴新苗、徐美潔等專家學者之研究成果；出版過程中，浙江大學出版社吴偉偉女士等付出了辛勤勞動。我們在此一併表示誠摯謝意！書中錯誤、不足之處，誠請專家學者、讀者不吝賜教。

二〇一五年二月於寧波大學

李亮偉　張　萍

# 凡例

## 一、標點、分段

標題中不用標點。詩歌，凡一題數首者，若詩題中已標明首數，則一首爲一段，兩首之間不空行；詩題中未標明首數，易混淆，則標出各首序次。文章，凡一題數首者，標出各首序次，並以校記説明。

## 二、校勘

以《續修四庫全書》本爲底本，簡稱『底本』；校以《四庫全書存目叢書》本和紹興圖書館藏《屠長卿集》，分別簡稱『存目本』、《屠長卿集》。

文中用正字，以校記説明。（一）底本訛字（或疑義字）；（二）校本訛字（或疑義字）；（三）底本缺字、衍字；（四）校本缺字、衍字。

凡改正底本，一般都出校記説明。參校本錯訛，一般不另出校記。

底本、存目本之目録與題目，皆存在較多不統一者，今進行綜合，以顯示最大之信息量，並在校記中説明。《屠長卿集》題目有異者，放入校記。

保留通假字，一般不出校。

對底本中因表示尊崇而空格、另行之格式，均予以廢除。

校勘文字置於每題正文之後，編號每題自爲起訖。校文序號用『①②③……』表示。

## 三、注釋

本書主要注釋人名、地名（其中包括一部分指代人或地之詞語）。一般不對人名、地名作泛泛介紹，而是有的放矢，把注釋之重點放在作者所用人名、地名之取義和所關涉之事物上。重出者，只注明見某卷某題某注，若其取義和所關涉之事物有不同，則作補充。

注釋排於校記之後，若該篇無校記，置於正文之後。注文序號用『〔一〕〔二〕〔三〕……』表示。

# 由拳集敍[一]

華亭徐益孫孟孺甫著[二]

夫世之纘述理道、紓殫性靈、翊贊人區、比烈勛帛者，其惟文章之爲用乎？古稱多才，今不乏士，鴻筆之彦，龍躍鳳鳴。弘、正飈其清暉，嘉、隆弼其大雅。吐納玄黄，杼柚造化，正始漸還，至物復耀。粤稽文獻，蔚乎可徵。惜有器存人亡，典型彌遠，愸然永懷，嗟何及矣。益孫綰髮授學，粗誦先王，睠言哲人，夙夜仰止，亦猶魯叟隆思于姬公[三]，詩人篤望于召伯[四]，情有縻好，氣有相感，不能遏也。

東海屠長卿[五]，懷黼黻之性，負珪璋之姿，摽作者之壇，擅人倫之儁。始蜚英于海曲，嗣振響于天衢。耳剽老成，沐浴盛德。輒欲操篲問道，摳衣請業，相與窺蛟門之奇窟[六]，濯滄海之長流，望四明以尚羊[七]，登金峩以至止[八]，庶幾縱我大觀，飫彼高論。而母氏劬勞，厄然寢疾，奈何捧果然之腹，恣四方之志哉。會先生來官吴會[九]，聲響既接，臭味乃同，遂以康瓠之材，得彼過誤之愛。握手剖腸，互述雅素；綢繆道故，有加平生。或講德彌日，樽罍爲虚；或宴語夜央①，宵燭猶短；或振衣長吟，四荒響答；或含毫抽藻，萬境俱奔；或裴回中埜，睇禾黍于大田；或躋陟西山，吊機雲于舊址[一〇]。可謂氣干青雲，誼亘白虹；情叶椒蘭，道符金石者矣。

先生生有兼材，弱齡操翰，研精雅道，企思靈樞，欲以探四游之鴻濛，綜萬品之茫昧，鑽五緯之玄微，獵二酉之巨麗，創一家之名言，旌千古之程軌。故其酣豢經笥，沉冥圖府，夢寐翱翔，靡有届止。詞賦則該廣而魁奇，詩歌則濃郁而沉至，樂府則蒙古而深淳，傳記則穎出而周委，銘誄則悽楚而含情，述敍則駿爽而秀孅，翰牘則嫺雅而多風，論説則博碩而揚厲。譬若班倕之運斤[一一]，后夔之攷樂[一二]，靡不中于甘苦、協于宫商者與！先生之言曰：『近世之士，蟬蜕諸生而影響古人，務爲壯語，以自摽表。』達哉斯言，寔獲我心。大氐列錦繡繢者，辭綺必靡；矯舌抗喉者，調激必詭；捆②句束字者，氣溺必沉；刻肺鐫肝者，意幽必璅。徒摹儗之爲工，忘優笑之至耻。雖令執木鐸以自鳴，人猶將棄而勿省也。唯先生以古鑄今，以己鑄古，識足以緯其詞，才足以彪其旨。象之所會，境之所迎，機駴弩流，雲興泉逝。雖枚叔之敏思[一三]，孔璋之駿發[一四]，子建之茂才[一五]，正平之迅捷[一六]，方之蔑如矣。

甬東之勝[一七]，秀甲越絶[一八]。北瞰長湖，南濱鉅江。霸王之氣，大國之風也。賀監而後[一九]，騷雅寂寥，千載猶瘖。大運蓬興，群公鵲起，先生繼之，益鬯厥靈。遂令潤色前猷，功侔創始，聲啞鍾簴，氣奪海濤，豈不偉哉！論先生者，謂宜羽翼清華，出入楯陛，補袞闕之遺忘，定俎豆之厖綴。而高材乏于貴仕，至德困于百里，曾不得飽侏儒之一粟，奏卜祝之末伎。頫仰古今，良可慨歎。嗟乎！道詘若信，事晦若章，幽靈之物，亡施不神，卓爾之器，亡往不通。

先生爰自下車，呴拊百姓，治敦精誠，罔③希官譽，用能仁普騶虞，化洽馴雉，邑頌塗歌，讙于時雨。且以退食之暇，揚扢先民，優遊竹素。徵其意，闇爾清真；采其辭，爛焉華贍。養德則神存冥寂，譚藝則氣類飛揚。興到情來，匪由雕飾。境多體物，法每師心。單言孑語，總擬南金；尺蹏短箋，並屬大寶。所欲侜傐千里、延思十④年者，得以諧所舊聞，副所信慕，奚羨往初，何知來哲！展矣有生之至快，恒物之獨遇也。夫簿書案立，高于丘山；胥隸廡伺，溷于鬼魅。當之者亡不神摇，覯之者亡不氣瑟。而先生鳴琴爲政，既稱委蛇；矢筆吐辭，復妙天解。雖其恢刃有餘，抑天助之不朽者乎？

嗟乎！方諸應月，麒麟應日，物有必至，機有必合。當其殊調，同堂胡越；及其合意，千里比肩。賤子希懷玉之藏，世人襲按劍之迹。失路以來，仰屋唏嘘，詎意先生歆其潤毛，采其菅蒯，縣南州之故榻[二〇]，追鄴下之舊塵[二一]，損以珠璣之評，被以丹霄之鑒，眄睞生光，獎飾增價，謬屬定文，猥令創序。夫談天喻日，語屬蒼茫；醢鳳脯麐，事非實際。鬱葱煙煴，寶氣目眩；存亡滅没，天機易爽。識慙子野[二二]，安辨濮水之神？聲出匏巴[二三]，堇同六馬之智。敬撰里言，用申清淑。匪云託聲于鶴和，要亦附翼于蠅飛云爾。

## 校勘

① 央：底本原作『夬』，據存目本改。
② 捆：底本原作『扌因』，據存目本改。
③ 罔：底本原作『同』，據存目本改。

④ 十：存目本作『千』。

## 注釋

［一］由拳：古縣名。秦始皇三十七年（前二一〇）改長水縣爲由拳縣（縣治今嘉興南），屬會稽郡，東漢屬吴郡。屠隆知青浦縣時，刻該詩文集，以青浦縣屬古由拳地，因名《由拳集》。

［二］徐益孫：字長孺，又字孟孺，華亭人。國子監生。『弇州四十子』之一。清陳田《明詩紀事》庚籤卷三十上，録其詩一首，陳氏案語云：『孟孺名列「弇州四十子」。余從屠長卿《由拳集》見孟孺文，有六朝人風致。……孟孺非惟擅文藻，且有至行。母卒，結廬墓側，作文誓墓，不復應舉。』屠隆於青浦任上與其相識，結爲好友。

［三］魯叟：魯叟，指孔子。姬公：指周公，姓姬，名旦，周文王之子，周武王之弟，曾助武王建周，又輔政於成王。爲周初重臣，魯國之始祖。周初之禮樂制度皆其所制定。孔子志存變魯，多次夢見周公，向其請教治國之道和周初所制禮樂之内容、特點。至晚年猶浩歎：『甚矣吾衰也！久矣吾不復夢見周公！』（《論語·述而》）

［四］召伯：名姬奭，周文王庶子。因其采邑在召（今陝西岐山西南），故稱，也稱召康公、召公。周初政治家，好施德政。人們爲紀念召伯勤政愛民事迹，表示對其愛戴和懷念，而不願砍伐他曾坐於其下辦公和休憩之甘棠樹，並歌詠之。《詩經·甘棠》：『蔽芾甘棠，勿剪勿伐，召伯所蘢。蔽芾甘棠，勿剪勿敗，召伯所憩。蔽芾甘棠，勿剪勿拜，召伯所説。』

［五］屠長卿：屠隆，本名儱，更名龍，再更名隆。字長卿，緯真，號赤水、鴻苞居士等。鄞縣人。萬曆五年（一五七七）進士，除潁上縣知縣。調青浦縣令，遷禮部主事。後罷歸。隆富才華，爲詩千言立就，語多藻繪。著有《由拳集》《白榆集》《栖真館集》《鴻苞集》等。《明史》卷二百八十八《文苑四》有傳，附《徐渭傳》後。

［六］蛟門：寧波甬江出海口之海灣，爲浙東海防門户。

［七］四明：寧波之别稱，以境内有四明山而得名。四明山，在鄞縣西南，距城一百五十里。宋羅濬《寶慶四明志》卷四《敍山》記：『四明山，『唐末有高士謝遺塵隱於是山之南雷。嘗至吴中，謂陸龜蒙曰：「吾山有峰，最高四穴在峰上，每天宇晴霽，望之如户牖，相傳謂之石窗，故茲山名曰四明山。」』

［八］金峩：指金峨山，位於今寧波市鄞州區横溪鎮境内。

［九］吴會：屠隆爲青浦令，青浦故地曾隸屬蘇州，蘇州俗稱吴會。

［一〇］機雲：晉陸機和陸雲。兄弟均爲著名詩人、辭賦家，合稱『二陸』。陸機，字士衡；陸雲，字士龍。二人作品，宋人徐民瞻輯有《晉

二俊文集》，明人張溥輯有《陸平原集》《陸清河集》。機雲舊址，即青浦縣陸機、陸雲兄弟之家山、墳墓等。《由拳集》卷十八《二陸先生祠記》：『兩先生華亭人，而青浦者，故華亭西鄙。今兩先生墓寔在青浦，則今固青浦人也。不佞來令兹邑，既已祀兩先生學宮，復爲之建祠專祀焉。』又卷十二《青溪集敍》：『青溪者何？青浦也。……每乘月蕩槳，如鏡中游，九峯三泖落几席。湖上蓋又有二陸先生墓云。』

〔一一〕班倕：古代巧匠公輸班和倕之並稱。《後漢書・崔駰傳》：『應規矩之淑質兮，過班倕而裁之。』唐李賢注：『公輸班，魯人也。倕，舜時爲共工之官。皆巧人也。』後世以『班倕』泛指巧匠。

〔一二〕后夔：人名，相傳爲舜帝掌樂之官。

〔一三〕枚叔：西漢枚乘，字叔，故亦稱『枚叔』。著名辭賦家。

〔一四〕孔璋：東漢末陳琳，字孔璋，廣陵（今江蘇揚州）人。著名文學家，『建安七子』之一。

〔一五〕子建：曹植，字子建。三國著名文學家，建安文學代表人物。魏武帝曹操之子，魏文帝曹丕之弟。

〔一六〕正平：東漢末禰衡，字正平。名士，文學家。

〔一七〕甬東：甬爲浙東寧波之别稱，因境内有甬江而得名。此『甬東』泛指寧波。

〔一八〕越絶：越地之邊境，泛指越地。古越國建都會稽（今浙江紹興），後以『越』代稱浙江或浙東地區。唐司空曙《奉和常舍人晚秋集賢即事寄徐薛二侍郎》：『地遠姑蘇外，山長越絶東。』

〔一九〕賀監：唐賀知章，字季真，號『四明狂客』。嘗官秘書監，晚年自號『秘書外監』，故稱。

〔二〇〕南州：指『南州高士』徐稚。東漢陳蕃爲豫章太守時，不接待賓客，唯徐稚來訪，特設一榻，稚一離去即將其榻高懸。因徐稚爲豫章（即『南州』）人，世人目爲『南州高士』，故稱『南州榻』。後用爲禮遇嘉賓之典實。元張養浩《詠史詩・朱震》：『如何當日陳蕃榻，止爲南州孺子懸。』徐稚字孺子。

〔二一〕鄴下：指『三曹』『七子』爲代表之鄴下文學集團。鄴下本古地名，今河北省臨漳縣與河南省安陽地區。漢獻帝建安時期，曹操據守鄴城，『三曹』『建安七子』及其他一些詩人集聚於此，在創作上形成一種『梗概多氣』之詩風。故『建安七子』又稱『鄴下七子』。

〔二二〕子野：師曠，春秋時代晉國樂師，字子野。目盲，會彈琴，辨音能力强。聽到師涓所記樂曲，即知其來自濮上，乃亡國之音。見《史記・樂書第二》。

〔二三〕瓠巴：古時善鼓琴瑟者。《列子・湯問》：『瓠巴鼓琴而鳥舞魚躍。』瓠巴、伯牙齊名，《荀子・勸學》：『昔者瓠巴鼓瑟而流魚出聽，伯牙鼓琴而六馬仰秣。』

# 由拳集敘

沈明臣

屠長卿蓋從潁上徙青浦矣[一]，令潁時諸所著文章詩賦，潁諸生乃請付剞劂，而非長卿意也。海内諸人士讀而豔焉，輒從長卿乞集，而長卿雅不欲傳，然終不能拒，間亦一二屬工墨之楮，輒風雷。於是長卿益自秘，以故傳者堇堇。而及今令青浦，所著文章詩賦益鴻鉅，益不能自秘。而馮太史開之謂前刻稍纇[二]，乃取而與沈太史君典删定之[三]，增新者十之六，更名曰《由拳集》。蓋由拳故青浦地[四]，人傳泖水澄[五]，隱隱下見城郭狀，以故是集得專名焉。而開之更取付剞劂，屬予敘，謂曰：『長卿嚴事先生，先生知長卿，盍合有言。』

予於是序曰：即無論長卿才，即長卿治狀卓越，它日史氏纂國紀，《文苑》《循吏》當兩傳之。而世又謂文人無行，乃長卿顧碩德操嚴，卓行高誼，出等夷，爝然不污於時，倘所謂完士者，非耶？長卿文逖則古昔先王之訓，自六經、周秦、楚騷、兩京、六朝已還，無不摠覽而以時出之，不拘拘守一物。而詩則三百篇、漢魏及諸樂府、鐃歌，以至大曆以還，亦無不摠覽而以時出之，不拘拘守一物。以故宏肆鉅麗，高華秀美，燁然動人心目，而溢出無長語，儉用無窘幅，才與情副，華實並茂，神變惚恍，而陰陽錯化。故本非舊訓，出其口便足千古；固雖緒論，入其筆輒爾神奇。譬之用兵，如韓淮陰多多益善[六]，雖驅市人以戰，自成奪趙滅齊之功。而又如李將軍[七]，不治軍籍，不擊刁斗自衛，不正部曲行伍，人自不能以程不識謹文法議其後[八]。倘所謂國士而才氣無雙，非耶？然此亦堇堇。長卿年未四十，方在卑位，尚自冠絶如此，而更令後日，又何如哉？又長卿毫不待吮，而出語妙天下，既負枚叔之捷[九]，兼收相如之雅[一〇]，人復以馬長卿擬之，疇不謂當然哉？而予獨曰：『兩長卿不得同日語。何居？蓋馬卿文無行。』於是兩太史輾然笑曰：『先生知言哉！先生知言哉！合書。』是爲《由拳集》敘。

明萬曆八年歲庚辰五月甬句東沈明臣嘉則父撰[一一]。

## 注釋

[一]潁上：指潁上縣（今安徽潁上縣），春秋時名慎邑，秦漢置慎縣，南北朝稱『樓煩』。隋大業二年（六〇六）定名潁上縣，屬潁州。據《太平寰宇記》卷十一：『以地潁水上游爲名。』潁水源出今河南省登封縣嵩山西南，東南流至今安徽省壽縣正陽關入淮河。潁上縣位於潁水北岸，相傳爲古代高士巢父、許由隱居之地。屠隆曾爲潁上縣令。青浦：縣名，明嘉靖二十一年（一五四二）建縣。位於太湖下游，今上海市西部，黄浦江上游。今上海市有青浦區，轄區範圍有所不同。

[二]馮太史開之：馮夢禎，字開之，號具區，别署真實居士，秀水（今浙江嘉興）人。萬曆五年（一五七七）會試第一，授編修。歷官南京國子監司業、祭酒。萬曆二十六年（一五八九）免官後家居。著有《快雪堂集》六十四卷、《快雪堂漫録》一卷、《歷代貢舉志》等。錢謙益《初學集》卷五一有《南京國子監祭酒馮公墓誌銘》。

[三]沈太史君典：沈懋學，字君典，號少林、百雲山樵（白雲樵），宣城（今屬安徽）人。萬曆五年（一五七七）狀元，授修撰，乞病歸。萬曆十年（一五八二），朝廷再召，赴京途中病逝。追謚文節。有《郊居遺稿》十卷。與屠隆交好，約爲婚姻。屠隆《白榆集》文卷十九有《沈太史傳》。

[四]由拳：古縣名。秦始皇三十七年（前二一〇）改長水縣爲由拳縣（縣治今嘉興南），屬會稽郡。青浦縣域爲古由拳縣東境。

[五]泖水：古湖名，即三泖（上泖、中泖、下泖）。古代泖水之大體位置在今上海市青浦縣西南、松江縣西和金山縣西北，是湖水相連之大片湖蕩。現已多淤積。《明一統志》卷九《松江府・山川》：『三泖，在府城西南三十六里。』《吴地志》載：『泖有上、中、下三名。《圖經》：西北抵山涇，水形圓者曰圓泖，亦曰上泖。南近泖橋，水勢闊者曰大泖，亦曰下泖。自泖橋而上，縈繞百餘里曰長泖，一名谷泖，亦曰中泖。』

[六]韓淮陰：韓信，淮陰（今江蘇淮安）人，秦末漢初軍事家，漢朝開國功臣。輔佐劉邦滅楚興漢，先後被封爲齊王、楚王，繼又黜爲淮陰侯。

[七]李將軍：李廣，西漢時期名將。漢武帝時任驍騎將軍，領萬餘騎出雁門（今山西右玉南）擊匈奴。匈奴畏服，稱之爲飛將軍，數年不敢來犯。

[八]程不識：西漢將領。景帝時，以數直諫爲太中大夫。爲人廉。與李廣同爲當時名將，均爲守邊太守。武帝立，李廣爲未央宫衛尉，程不識爲長樂宫衛尉。元光元年（前一三四），程不識以衛尉爲車騎將軍，率軍屯雁門。治軍嚴謹，營陣整肅，士卒雖受其苦，然匈奴亦不敢貿然進犯。

[九]枚叔：西漢枚乘。見徐益孫《由拳集敍》注釋[一三]。

[一〇]相如：指司馬相如，字長卿，西漢辭賦家。

[一一]甬句東：甬上句章之東。據史志記載，句章城始建於周元王四年（前四七二），爲越王勾踐所築。公元前二二二年，秦設置句章

縣，屬會稽郡。沈明臣故里鄞縣櫟社，即在句章之東。《國語・越語》載：『勾踐之地，東至於鄞。』沈明臣：字嘉則，號句章山人，晚號櫟社長。鄞縣人。平生作詩七千餘首，與王稚登、王叔承同稱爲萬曆年間三大『布衣詩人』。著有《豐對樓詩選》四十三卷、《越草》一卷。另著有《荊溪唱和詩》《吳越遊稿》《通州志》等。《列朝詩集》丁集卷九有傳。屠隆曾師事沈氏多年，後兩人關係破裂。《由拳集》卷十二有《沈嘉則先生詩選序》，卷十九有《沈嘉則先生傳》。

# 目録

卷之三

古樂府

卷之四

五言古詩

## 卷之五

### 五言古詩

## 卷之六

### 七言古詩



## 卷之七

### 七言古詩

卷之八

五言律詩

## 卷之九

## 卷之十

### 五言絕句

## 卷之十一

## 卷之十二

### 序

卷之十三

書



卷之十四

書



卷之十五

書

卷之十六

書

## 卷之十七

### 書



## 卷之十八

### 記

## 卷之十九

傳



## 卷之二十

祭文



## 卷之二十一

祭神文

卷之二十二

誄



卷之二十三

雜著

# 由拳集校注卷之一

## 賦

### 溟海波恬賦

西嶽山人遊於東海[一]，遭東海生於海濱[二]。西嶽山人揖東海生而進曰：『僕西嶽山人也，世居西嶽華山下。今者汗漫遊於東海，敢問東海之勝奚若？』東海生曰：『夫東海，天下巨麗之觀也！今者子從華山西來，大海之勝，吾且與子共覽焉，又焉事僕空侈談其盛哉？』

乃相與登海門[三]，縱目觀之。偉哉大浸，恢詭特異：氣蒸宇宙，流濕雲翳；簸弄寥廓，萬形失麗；合渾沌，并元氣，蕩八荒，吞四裔；漭瀁浩淼，超忽不知其窮際。爾乃踟蹰旁皇於其上，海風蓬蓬而蕭颼。高天下垂①，大地欲浮；長波捲雪，跳沫崩丘。肆遐矚於空曠，顛倒怳惚，窅然喪其赤縣神州。雄怪駭爾心目，神光散而不收。

西嶽山人曰：『有是哉！東海之勝，一至此壯也！』

東海生曰：『今者子徒得其大觀，尚未領其奥區也。僕攷之載籍，東有大壑，名曰歸墟[四]。受八紘九野之水[五]，納天漢之流[六]，而廓乎有容，潏乎無餘。南通滇池[七]，東至瑯邪[八]，北亘②玄朔[九]，西涉流沙[一〇]。掩三湘[一一]，吞七澤[一二]，杯盂九河[一三]，潢潦四瀆[一四]。大海之外，又復有海，禹跡之所不能到，圖經之所不能載，日月跳丸於其中，浮大地之幾何，曾不盈其一塊。又有扶桑千仞，上凌太空，查枒谽呀，靈根莫窮。巨鼇載乎五山[一五]，峙萬古之神功。橫波乘漲，不與世通。唯飛僊而能至，寔乃大帝之所宮。蓬萊崒嵂而軒露，方壺夭矯而騫驤。大鳥集於壙埌之野，羣仙會於虛無之塲。遊鴻濛[一六]，遨雲將[一七]，樂苑風，嬉東皇[一八]。盧敖偕若子而夷猶[一九]，安期邀羨門而翺翔[二〇]，淳圄拉陵陽而容與[二一]，浮丘接王喬而尚羊[二二]。仰貫列缺之倒影，上干北斗之瑤光。吾將劃然長笑，矯焉輕舉，駕赤螭，躡綵虹，蛻塵跡，訪僊蹤，以凌乎海上之諸峰。子其能我從乎？』

西嶽山人曰：『唯唯，是或難哉！子將凌虛徑度，僕恐身不能生毛羽。若乘舟以往，即望見仙山，輒有天風吹之而去，奈何？子無誕矣。僕聞之，聖人出世，海不揚波，有諸？』

東海生曰：『然，即越裳氏所稱今時之謂也[二三]。今天子神聖，首治改元，恢唐虞之至德[二四]，流大海之波瀾；化及昆蟲，恩被八埏[二五]。而西蜀劉公又適膺天子簡命[二六]，以節鉞來鎮東偏[二七]。於鑠劉公，一代偉人，坐鎮方面，雄視海門；千艘霧列，萬竈雲屯；威令霜肅，德煦春温。大海以東，兀然重關巨鎮，不啻一虎踞而龍蹲也。

『方今上之未御寰宇，而劉公之未秉節鉞於東土也。當其時，島夷跳梁，弄兵海上；鯨鯢吹腥，蛟鱷鼓浪；洪波鼎沸，飄忽震蕩。掠我編户，虔劉元元；壯者俘馘，老弱見殘；積骸如丘，流血成川。羽書交馳，偵騎絡繹；將士枕戈，天子旰食。固嘗徵發荆楚之劒士，召募三河之巨猾[二八]，廣收秦隴之勇悍，結納燕趙之豪傑，莫不臨陳怖栗，不戰自摧；虜人屠之，如芟草萊。賊用猖獗，疾於風雷。淛河以東[二九]，江淮以南，賊衆横行，蹂爲戎馬之墟；城邑蕭條，人民逃逋。天子震怒，大吏伏誅；秉鉞相繼，堇而剪鋤。

『今者劉公之來，軍聲大揚。不怒而威，不戰而彊；窮寇褫③魄，遠竄遐荒。公志弗懈，愈嚴邊防。爾乃伐鼓撞鐘，建羽揚旍；叱咤則噴薄山岳，指顧則旋轉滄溟；截水怪，駈蜃精，奔巨鰍，走長鯨；伏罔象之神姦[三〇]，褫④支祁猙獰[三一]。陽侯頓戢其惡風[三二]，靈胥不鼓其狂波[三三]；琴高伏日月之光景[三四]，海童吸陰陽之靈和[三五]；奇相助順於沙汭[三六]，岷精呈曜於巖阿；騂馬遯迹於重泉，水兕潛形於盤渦；龍鯉一角而馴擾，天吳九首而婆娑[三七]；沈遊神蜧，屏息靈鼉。文魮精麗其錯綺，玄蠣光生乎纖羅；樓臺結乎蜃氣，光芒發於若華。百靈栖息，萬怪不譁；瑞藹葱蒨，珍奇孕出；玓瓅璀燦，絢霞映日。水晶獻於馮夷之宮[三八]，冰綃貢於鮫人之室[三九]；明珠來於驪龍之淵，大貝出於黿鼉之窟；瑶玉見於析⑤木之津，玫瑰效於金樞之穴。鳴石叩而有聲，浮磬塵而不汨。又有文鷁窈窕，奇鶬連娟；白鵠踉蹡，玄鶴翩躚；爰居之栖島嶼，屬玉之下藍田；大鵬之翮垂雲，鵕鸃之光竟天。是皆珍怪瓌瑰，權奇鬼化，詫希世之瑞，而壯靈海之觀。又如颶風不作，海若大喜[四〇]，平波展鏡，深不見底，天朗氣清，廓落萬里；曜靈出於暘谷[四一]，朝暾射乎扶桑；乘蹻欝而縹緲，沆瀣浮而蒼茫；六合清塵，王風四張，百粵底定，物無災傷，配美周京，海波不揚。若乃島夷卉服，窮髮荒陬，新羅高麗，朝鮮琉球，烏衣黑齒，穿心飛頭；海外之國，類千百許，雕題文身，獸形鳥語，天界夷夏，隔絶中土，莫不梯山航海，間關長征，重譯欵塞，來朝聖明，獻琛質子，頓首闕庭。妖氛滌蕩，寰宇澄清，海無驚波，東方以寧。

『於是玉帳晝閑，高牙夜寂；鳴笳不動，刁斗不擊。元戎坐笑，圍棋對客；椎牛饗士，超距投石。戰卒解甲，健兒櫜弓。水犀三千，貔貅萬營。艅艎巨艦，舳艫艨艟，錦帆綵幔，青雀黃龍，莫不維纜海濱，橫槊相連，高歌鼓吹，擊榜叩舷。三軍驩謔，諠愜徹天。或觀濤於浦口，或弄潮於急湍，或試射錢唐之强弩，或戲擲駈石之長鞭。漁者垂詹何之綸[四二]，投任公之釣[四三]，搜澥徊之流，窮幽眇之島；總江豚，羅海豨，取魱鱛，索王鱣；帆檣相戛，和歌擊鮮；而或引吞舟之巨鱗，連橫海之赬尾，鬐鬣插雲，顱骨積壘，流膏吐涎，腥聞千里。獵者張機設網，列滿坑谷；弋射海獸，奔駭馳逐；獲狡兔，縛鉅鹿，轔玄猿，蹵猱玃，納骨專車，割鮮殷轂。至若海上編氓，居鄰斥鹵，煮海爲鹽，沃饒萬户；經營太公，料理仲父，筴籍勾稽，大國以富；或採海錯，往來隨潮，水母目鰕，屋瓦江珧，石華海月，螺蚌鰾鮹，金齏玉膾，人競肥膏。又若海舶大賈，易貨島外，挂席海水，憑陵淜湃，出没魚龍，經涉神怪，關吏不詰，津卒自在。齊民之環海而居者，樂化日之普照，沐聖澤之無涯。魚鹽襁遝，煙火萬家；秋熟粳稻，春榮桑麻；黃稚鼓腹而嘻遊，俠少蹴蹋而紛拏；吴歈越唱，激楚渝巴，撾鼓吹笙，管絃嘔啞，歌士遊女，聯袂滿車，遺簪墮珥，履舄交加，矜珠玉之滿盛，鬬羅綺之繁華。斯皆聖天子之宣鉅化，敷偉功，運真宰，參玄穹，仁覆京邑，旁流四封，而寔劉公之有大造於東也。

『是以朝廷釋東顧之憂，大臣不復建靖海之策；天子舉萬壽之觴於上，詞臣撰太平之頌於側。高居穆清，海天寧謐。又奚必如漢武泛蓬萊之樓船，秦皇侈會稽之勒石？皇圖永固，其樂無極！僕將與子偃卧海濱，覽其巨麗，收其閎放，以大⑥子之智臆。』

於是西嶽山人瞿然而驚，爽然而喜，起謝曰：『僕居華下日，嘗登巉巖，履崔巍，以爲天下之大觀自華止矣。今者觀於海，復聽子談東海之勝，乃令僕⑦自失耶。莊生河伯海若之喻[四四]，詎不信哉！」

## 校勘

①垂：底本原作『焉』，據存目本、《屠長卿集》改。
②亘：底本原作『旦』，據存目本、《屠長卿集》改。
③褫：原作『褫』，據意改。
④褫：原作『褫』，據意改。
⑤析：底本原作『折』，據存目本、《屠長卿集》改。
⑥大：底本原作『天』，據存目本、《屠長卿集》改。
⑦僕：底本原作『勝』，據存目本、《屠長卿集》改。

## 注釋

[一]西嶽山人：作者虛擬人物。西嶽即西嶽華山。
[二]東海生：虛擬人物，亦作者自號。湯顯祖《秋雨九華館送屠長卿》：『得從東海生，歷落省遊趣。』
[三]海門：江河入海之處。
[四]歸墟：傳説爲大海中無底之谷。《列子·湯問》：『渤海之東，不知幾億萬里，有大壑焉，實惟無底之谷，其下無底，名曰歸墟。』
[五]八紘：八方極遠之地。泛指天下。《淮南子·墬形訓》：『九州之外，乃有八殥……八殥之外，而有八紘，亦方千里。』高誘注：『紘，維也。維落天地而爲之表，故曰紘也。』九野：《列子·湯問》：『八紘九野之水，天漢之流，莫不注之。』張湛注：『九野，天之八方中央也。』
[六]天漢：天河。
[七]滇池：湖名，在今雲南省昆明市西南。
[八]瑯邪：山名，亦作『琅琊』，在今山東省諸城市東南海濱。
[九]玄朔：泛指北方。
[一〇]流沙：沙漠，泛指西域地區。
[一一]三湘：湖南湘鄉、湘潭、湘陰，合稱三湘；或沅湘、瀟湘、資湘亦稱三湘。此泛指湘江流域及洞庭湖地區。李白《江夏使君叔席上

贈史郎中》詩：『昔放三湘去，今還萬死餘。』

［一二］七澤：楚地多沼澤，相傳古時有七處，漢司馬相如《子虛賦》：『臣聞楚有七澤，嘗見其一，未覩其餘也。臣之所見，蓋特其小小者耳，名曰雲夢。』後『七澤』概指楚地湖泊。

［一三］九河：大禹時黄河之九條支流，後世以泛指黄河。

［一四］四瀆：四大江河。《爾雅・釋水》：『江、河、淮、濟爲四瀆。四瀆者，發源注海者也。』

［一五］五山：傳説中海上之五座仙山，《列子・湯問》：『一曰岱輿，二曰員嶠，三曰方壺，四曰瀛州，五曰蓬萊。』

［一六］鴻濛：傳説中之地名，在東方之野，爲日所出之處，《淮南子・俶真訓》：『提挈天地而委萬物，以鴻濛爲景柱，而浮揚乎無畛崖之際。』高誘注：『鴻濛，東方之野，日所出，故以爲景柱。』

［一七］雲將：雲主將。《莊子・在宥》：『雲將東遊，過扶摇之枝，而適遭鴻濛。』成玄英疏：『雲將，雲主將也。』

［一八］東皇：東皇太一，神話傳説中天神名。屈原《九歌》有《東皇太一》，《文選》唐吕向題注：『太一，星名，天之尊神，祠在楚東，以配東帝，故云東皇。』

［一九］盧敖：秦時燕方士，相傳爲始皇入海求神仙藥，不獲而隱遯。若子：即若士，古仙人。《淮南子・道應訓》：『盧敖游乎北海，經乎太陰，入乎玄闕，至於蒙谷之上，見一士焉……盧敖與之語曰：「……子殆可與敖爲友乎？」若士者齤然而笑曰：「……然子處矣，吾與汗漫期於九垓之外，吾不可以久駐。」若士舉臂而竦身，遂入雲中。』

［二〇］安期：即安期生，亦稱『安其生』。秦、漢間齊人，一説琅琊人。傳説曾從河上丈人習黄老之説，賣藥東海邊。秦始皇東游，與語三日夜，賜金璧數千萬，皆置之阜鄉亭而去，留書及赤玉舄一雙爲報。後始皇遣使入海求之，未至蓬萊山，遇風波而返。後之方士、道家因謂其爲居於海上之神仙。事見《史記・樂毅列傳》、劉向《列仙傳》等。羨門：即羨門子高，燕昭王時方士。

［二一］淳圉：傳説中之仙人名。《淮南子・俶真訓》：『騎飛龍，從淳圉。』許慎：『淳圉，仙人也。』陵陽：即陵陽子明，又稱『陵陽子』，道教神話人物。《列仙傳・陵陽子明》：『陵陽子明者，銍鄉人也，好釣魚。於旋溪釣得白龍，子明懼，解釣，拜而放之。後得白魚，腹中有書，教子明服食之法。子明遂上黄山，採五石脂，沸水而服之。三年，龍來迎去，止陵陽山上。』

［二二］浮丘：即浮丘公，傳説中之仙人。王喬：又稱王子喬，字子晉。神話中人物，傳爲周靈王太子。子晉有僊才，吹笙能作鳳凰之鳴，遊伊洛之間，被浮丘公引上嵩山修煉，後乘白鶴升僊。見劉向《列仙傳》卷上。

［二三］越裳氏：《韓詩外傳》卷五：『成王之時，……比期三年，果有越裳氏重九譯而至，獻白雉於周公。道路悠遠，山川幽深，恐使人之未達也，故重譯而來。周公曰：「吾何以見賜也？」譯曰：「吾受命國之黄髮曰：久矣，天之不迅風疾雨也，海不波溢也，三年於兹矣。意者，中國殆有聖人，盍往朝之？於是來也。」周公乃敬求其所以來。』

〔一四〕唐虞：唐堯和虞舜。

〔一五〕八埏：即八殥，地之八際。《漢書·司馬相如傳下》：『上暢九垓，下泝八埏。』顔師古注引孟康曰：『埏，地之八際也。言德上達於九重之天，下流於地之八際。』

〔一六〕西蜀劉公：卷九有《燕齊道中懷觀察劉公》、卷十三《與沈君典三首》中稱『家師劉見嵩先生』、卷十五《與馮開之四首》言『西屬劉先生觀察明州，於弟有知己大恩』，所指當爲同一人，即劉翾。劉翾爲内江（今四川内江市）人，嘉靖四十一年（一五六二）進士，嘗任浙江巡海副使，觀察寧波。二〇〇六年七月内江市發掘劉翾墓，墓門刻有『明浙江參政見嵩劉公之墓』，並出土了『明浙江參政見嵩劉公墓誌』。屠隆見知於劉翾，《寄劉观察先生》詩自注：『先生觀察浙中時事，余受國士之知。』（《白榆集》詩集卷三）明楊德周《明故文林郎禮部儀制司主事赤水屠公墓誌銘》：『……巡海使者劉公，試以《溟海波恬賦》，……一日而名噪東南。』（《甬上屠氏宗譜》卷二十二）

〔一七〕東偏：東部邊境，此指東海邊邑。

〔一八〕三河：漢代以河内、河東、河南三郡爲三河，後以稱今河南洛陽一帶。

〔一九〕淛河：即浙江（錢塘江），『淛』同『浙』。

〔二〇〕罔象：傳説中之水怪名。《國語·魯語下》：『水之怪曰龍、罔象。』

〔二一〕支祁：即無支祁，傳説中之水神名。

〔二二〕陽侯：傳説中之波濤神。

〔二三〕靈胥：春秋時吴國伍子胥，傳説其死後爲波濤之神。

〔二四〕琴高：古仙人。漢劉向《列仙傳·琴高》：『周末趙人，能鼓琴，爲宋康王舍人，浮游冀州涿郡間。後與諸弟子期，入涿水取龍子，某日當返。至期，弟子候於水旁，琴高果乘鯉而出。留一月，復入水去。』唐皮日休《投龍潭》：『琴高坐赤鯉，何許縱仙逸。』

〔二五〕海童：傳説之海中神童。

〔二六〕奇相：江神名。《廣雅·釋天》：『江神謂之奇相。』

〔二七〕天吴：水神名。《山海經·海外東經》：『朝陽之谷，神曰天吴，是爲水伯。』《山海經·大荒東經》：『有神人，八首人面，虎身十尾，名曰天吴。』一説天吴九首，如元貢師泰《黄河行》：『天吴九首兮，魖魋獨足。』元張憲《送馮判官之昌國》：『長鯨東來驅海鰌，天吴九首龜六眸。』

〔二八〕馮夷：即河伯，《莊子·大宗師》：『馮夷得之，以遊大川。』成玄英疏：『姓馮名夷，弘農華陰潼鄉堤首里人也。服八石，得山仙。大川，黄河也。天帝錫馮夷爲河伯，故游處盟津大川之中也。』後泛指水神。

〔二九〕鮫人：神話傳説海中之人魚。晉張華《博物志》卷九：『南海外有鮫人，水居如魚，不廢織績。……從水出，寓人家，積日賣絹。

將去，從主人索一器，泣而成珠滿盤，以與主人。』

［四〇］海若：　海神名。《楚辭・遠游》：『使湘靈鼓瑟兮，令海若舞馮夷。』王逸注：『海若，海神名也。』

［四一］暘谷：古人所稱日出之處。《尚書・堯典》：分命羲仲，宅嵎夷，曰暘谷，寅賓出日。』孔傳：『暘，明也。日出於谷而天下明，故稱暘谷。』

［四二］詹何：戰國時楚國哲學家、術士，善釣。《列子・湯問篇》：『詹何以獨繭絲爲綸，芒針爲鉤，荆篠爲竿，剖粒爲餌，引盈車之魚於百仞之淵、汩流之中，綸不絶，鉤不伸，竿不撓。』

［四三］任公：即任公子，莊子寓言故事中之善釣者。《莊子・外物》：『任公子爲大鉤巨緇，五十犗以爲餌，蹲乎會稽，投竿東海，旦旦而釣，期年不得魚。已而大魚食之，牽巨鉤錎没而下，鶩揚而奮鬐，白波若山，海水震蕩，聲侔鬼神，憚赫千里。任公子得若魚，離而臘之，自製河以東，蒼梧以北，莫不厭若魚者。』

［四四］莊生：即莊子。河伯海若之喻，見《莊子・秋水》。

## 霞爽閣賦 有序

族孫畯以司寇郎陳情歸[一]，脱屣軒冕，放意丘壑，博雅好古，與世寡諧。寄莊生之傲，逃於空虚；守楊氏之玄[二]，遊乎寂莫。操大人鴻鉅之業，恢曠士寥廓之觀。騁兹龍駟，永謝天弢；矯彼冥鴻，何施矰繳。蓋誠翩翩近世之佳公子也。搆樓江滸，制極宏敞。余與諸君登而樂之：憑高覽下，萬念爲空；裂眥蕩胸，六合都喪。余也長嘯希元龍之豪[三]，雄篇媿仲宣之藻[四]，搦管抽思，爲《霞爽閣賦》，其辭曰：

有玄覽生，冥心六合，抗志九垓；陸沈於俗，遊息無閡。宅太清之爽塏，謝市廛之喧阸。及春光之駘蕩，撫高閣而崔巍。

崔嵬乎高哉！其爲閣也，割鴻濛以作界，攬虚無以崇墉；奠東極以規制，順青陽而經營；驅句芒而啓道，諏時令於木公；清氛埃於箕畢，鼓元氣於豐隆。綵雲充棟，蝃蝀浮牕；丹霞卷幔，白玉聯牀。覆以雕甍，綴以碧瑠。重檐兀乎孤騫，長廊翼而高張。颯沓逶迤，轇轕茫洋。上拔層城，下走長江；後枕巨海，前覽大荒。金峩東指[五]，秦望西降[六]。近倚四明之嶄絶[七]，遠拱天台之石梁[八]。儼山川其映帶，與寥廓而尚羊。聊登高而送目，極平楚之蒼蒼。思策足而凌倒影，亦飛心而挂扶桑。飄若登霞，眴若捫日。髣髴步碣石之宫[九]，憩閬風之室[一〇]，目摇摇而不寧，耳惝怳而靡一。

園林窈窕，間以陂池。秀木扶疏，嘉卉葳蕤：櫚槲檉榕，楩柟檜松，沙棠木蘭，青楓白桐；離奇輪囷，欝欝葱葱；幽蘭素馨，紫菂芳蓀；辛夷躑躅，木槿葵蔆，雲霞絢爛，紅白繽紛；緣井幹而騁豔，當玉戺而楊芬。頫眺洲渚，緑波微鋪。下乘雁，飛雙鳧。采蘋藻，酹菰蒲，賦蘭茝，詠麋蕪。旁日月而飲沆瀣，招安期而望蓬壺[一一]。納灝氣於虚牖，象仙人之所都。

朝暾夕霏，變幻於側；春燕窺簾，秋螢度席。嘗覽物而歎逝，亦忼慨而沉惻。

爾其疾風崩雲，海水若鶩；白波相摧，山嶽鼓舞；乘蹻翕張，煙沙莽互；氤氳霮䨴，揮霍吞吐；砰磅訇礚，谽呀吼怒；大聲振谷，餘響排户；憑虚一覽，黯不可睹。激悲壯之長言，收跌宕於靈府。

至若萬里無翳，天高氣朗；明月照而雕闌空，天河低而朱扉敞；江青海碧，颯然蕭爽；若標霞光而孤映，遡元化而獨往。

爾其中也，搜二酉之秘簡[一二]，藏五岳之真圖；儲泰山之玉牒，畜禹都之金書[一三]；發鴻寶之奇義，集虎觀之鉅儒[一四]。春①容璀粲，閒雅且都。策此天駟，駕彼龍輿，闖乎上乘，躡乎靈虚。張皇要眇之論，博究宏達之旨；高參坱圠，下淪渣滓；顯揭二曜，幽入蒙汜[一五]；俯括後代，仰超無始；漂唐流虞[一六]，蕩殷滌姒[一七]。正言森列，卮言淋漓；大言極乎圖南，小言託乎鷽斯。掩中壘之博綜，窮執戟之玄思。然青藜而照夜，吐白鳳而離披。

至若蕙肴既蒸，桂酒既清，坐群公於暇日，接高燕以娱情。進犧尊，陳兕觥，彈雲璈，吹玉笙。倒屣王粲[一八]，虚左侯嬴[一九]；折節田光[二〇]，厚禮荆卿[二一]。山林羽儀之士，廟堂瑚璉之器；談天炙轂之辯，弄丸擊劍之技。子雲筆札[二二]，君卿喉舌[二三]；五都豪舉[二四]，三輔奇傑[二五]，莫不奉其清塵，聆其謦欬。或含毫授簡，篇章灑灑，長嘯發而天籟應，秀句落而波臣駭。

至若嘉賓出門，焚香燕坐；玩心蒙李[二六]，潛神楚些；隱几頹然，青山忽墮；付高情於天雲，遺形骸於彼我，齊萬乘於丘民，又安知高臺之與蓬顆？

章華既墟[二七]，銅雀爲丘[二八]；黄煙起荆門[二九]，西陵生松楸[三〇]；漢水無恙，漳河自流[三一]；嬌歌響絶，妖姬不收；繁華綺麗，委彼道周。余欽伊人之玄邈，永標勝於兹樓。亂曰：

登傑閣兮臨鴻蒙，采三秀兮於山中。春秋代謝兮如飄風，春草緑兮秋花紅。萬物總盡兮歸化工，丘壠荒兮揚枯蓬。何不鍊液兮還其童，一室卧遊兮當何窮。駕青霓兮驂兩龍，御六氣兮偏八紘，朝崑崙兮莫空同[三二]。懷公子兮心忡忡，願從之兮排玄穹。

## 校勘

① 春：底本原作『春』，據存目本、《屠長卿集》改。

## 注釋

[一] 畯：指屠隆之族孫屠本畯。畯字田叔，又字豳叟，號漢陂，晚年自號豳叟、憨先生、乖龍丈人等。鄞縣（今寧波）人，屠大山之子。曾以父蔭任太常寺典簿、禮部郎中、兩淮運司同知，官至福建鹽運司同知。鄙視名利，言語詼諧，風流儒雅；好讀書，至老不輟，對植物及海洋生物多有研究，著有《山林經濟籍》《閩中海錯疏》等。《列朝詩集小傳》丁集有傳。屠隆、屠本畯兩人關係密切，除本文外，參見卷十七《與田叔》《懷社中諸友》等。

[二] 楊氏：指楊雄，一般作『揚雄』。雄字子雲，西漢蜀郡成都人，博覽群書，勤於著述，著名學者、思想家、文學家、語言學家。文學方面長於辭賦，思想方面撰著有《太玄》《法言》等。

[三] 元龍：漢末陳登，字元龍。元龍之豪，見《三國志·魏志·陳登傳》：『許汜與劉備並在荆州牧劉表坐，表與備共論天下人，汜曰：「陳元龍湖海之士，豪氣不除。」……備問汜：「君言豪，寧有事邪？」汜曰：「昔遭亂過下邳，見元龍。元龍無客主之意，久不相與語，自上大牀卧，使客卧下牀。」備曰：「……君求田問舍，言無可采，是元龍所諱也，何緣當與君語？如小人，欲卧百尺樓上，卧君於地，何但上下牀之間邪？」』

[四] 仲宣：漢末王粲，字仲宣。粲爲『建安七子』之一，善詩賦，有《登樓賦》等作品。

[五] 金峩：指金峨山，位於今寧波市鄞州區橫溪鎮境內。

[六] 秦望：山名，又稱刻石山，相傳爲秦始皇會稽刻石處，《明一統志》卷四十五《紹興府·山川》：『在府城東南四十里，爲衆峰之傑。史記始皇嘗登此以望東海，因名。』在今浙江省諸暨市楓橋鎮欒山村。

[七] 四明：山名，見徐益孫《由拳集敘》注釋[七]。

[八]天台：山名，在今浙江省天台縣北。南朝陶弘景《真誥》：『（山）當斗牛之分，上應台宿，故名天台。』石梁：天台山上一處天然石橋，其一側爲懸崖，橋下水流出即跌成瀑布，稱石梁飛瀑，爲著名景觀。

[九]碣石：山名，在今河北省昌黎縣北。碣石之宫，戰國時燕昭王禮遇人才，爲齊鄒衍所建。《史記·孟子荀卿列傳》：『（騶衍）如燕，昭王擁彗先驅，請列弟子之座而受業，築碣石宫，身親往師之。』李商隱《五言四十韻詩》：『感激淮山館，優游碣石宫。』

[一〇]閬風：即閬風巔，神話傳説中之山峰名，在昆侖山上。《楚辭·離騷》：『朝吾將濟於白水兮，登閬風而緤馬。』王逸注：『閬風，山名，在崑崙之上。』《海内十洲記·昆侖》：『山三角：其一角正北，干辰之輝，名曰閬風巔；其一角正西，名曰玄圃堂；其一角正東，名曰崑崙宫。』古人認爲乃神仙所居，唐吴筠《遊仙》詩：『揚蓋造辰極，乘煙遊閬風。』

[一一]安期：見《溟海波恬賦》注釋[二〇]。蓬壺：即蓬萊。

[一二]二酉：原本指大酉、小酉二山，在今湖南省沅陵縣西北。相傳山有洞穴藏書，秦人曾隱此讀書。見《太平御覽》卷四十九引《荆州記》。後即以『二酉』喻藏書處，或稱豐富之藏書，如陸龜蒙《寄淮南鄭賓書記》詩：『五丁驅得神功盡，二酉搜來秘檢疏。』

[一三]禹都：指會稽。傳説禹巡狩至會稽，崩，葬於會稽山。又相傳禹曾於會稽宛委山得黄帝所藏金簡書。見《吴越春秋·越王無余外傳》。

[一四]虎觀：即漢未央宫中之白虎觀，爲講論經學之所。

[一五]蒙汜：古代神話中所指日入之處。《楚辭·天問》：『出自湯谷，次於蒙汜。』王逸注：『言日出東方湯谷之中，暮入西極蒙水之涯也。』

[一六]唐：唐堯。堯爲帝嚳之子，姓伊祁（亦作伊耆），名放勳。封於唐，號陶唐氏。虞：虞舜。其先國於虞，故稱虞舜。

[一七]殷：殷商。商王朝自盤庚遷殷地後，改爲殷，亦稱殷商。姒：指夏朝，《史記·夏本紀》：『禹爲姒姓。』

[一八]王粲：見本文注釋[四]。王粲少有異才，得到蔡邕禮遇，《三國志·魏志·王粲傳》：『時邕才學顯著，貴重朝廷，常車騎填巷，賓客盈坐。聞粲在門，倒屣迎之。粲至……邕曰：「此王公孫也，有異才，吾不如也。」』

[一九]侯嬴：戰國時魏國隱士，曾爲大梁夷門監者，信陵君迎爲上客。《史記·魏公子列傳》：『公子於是乃置酒大會賓客。坐定，公子從車騎，虚左，自迎夷門侯生。』前二五七年，秦急攻趙，趙請救於魏。魏王命晉鄙領兵救趙，鄙屯兵不進。侯嬴獻計於信陵君，竊得兵符；薦朱亥奪權代將，救趙却秦。

[二〇]田光：戰國時燕國處士，有勇謀。燕太子丹折節重客，聞光賢，與謀報秦仇，光以老辭，薦荆軻。丹囑以『國之大事，願先生勿泄』。光遂自刎明志，世稱節俠。見《史記·刺客列傳》。

[二一]荆卿：即荆軻，也稱慶卿、荆卿、慶軻。戰國末期衛國朝歌人，秦滅衛，逃亡燕國，被田光推薦與太子丹。前二二七年，奉太子丹

命入秦行刺秦王，失手被秦所殺。見《史記·刺客列傳》。

〔一一二〕子雲：西漢谷永，字子雲。永博學經書，工筆札。

〔一一三〕君卿：西漢樓護，字君卿。護善辯，《漢書·游俠傳·樓護》：『字君卿……爲人短小精辯，論議常依名節，聽之者皆竦。與谷永俱爲五侯上客，長安號曰：「谷子雲筆札，樓君卿脣舌。」』

〔一一四〕五都：五方都會，此指北京。明佘翔《送屠長卿還四明》：『車騎如雲結五都，少年誰不避呼盧。故鄉明日黄冠去，曾否君王賜鏡湖。』

〔一一五〕三輔：初爲西漢治理京畿地區三個職官之合稱，後亦指其所轄地區。《太平御覽》卷一六四引《三輔黄圖》：『武帝太初元年改内史爲京兆尹，以渭城以西屬右扶風，長安以東屬京兆尹，長陵以北屬左馮翊，以輔京師，謂之三輔。』後世以『三輔』泛稱京城附近地區。

〔一一六〕蒙李：莊周、李耳。此處代指道家學説。『蒙』指莊周，《史記·老莊申韓列傳》：『莊子者，蒙人也，名周。』周又稱『蒙叟』『蒙莊』。

〔一一七〕章華：章華臺，楚離宫名，爲楚靈王所建。

〔一一八〕銅雀：銅雀臺，又名銅爵臺，漢建安十五年（二一〇）曹操築於鄴城。《三國志·魏志·武帝紀》：『（建安十五年）冬，作銅雀臺。』晋陸翽《鄴中記》：『銅爵臺高一十丈，有屋一百二十間。』宋郭茂倩《樂府詩集》卷三十一《相和歌辭·平調曲·銅雀臺》：『銅雀臺在鄴城，建安十五年築，其臺最高。上有屋一百二十間，連接榱棟，侵徹雲漢。鑄大銅雀置於樓顛，舒翼奮尾，勢若飛動，因名爲銅雀臺。』故址在今河北省臨漳縣西南古鄴城西北隅。

〔一一九〕荆門：指荆州。

〔一二〇〕西陵：曹操陵墓名。墓在河南省臨漳縣西。《彰德府志·地理志二》：『操且死，令施繐帳於上，朝晡，上酒及糗糧，使宫人歌吹帳中，望吾西陵。』南齊謝朓《銅雀臺》詩：『鬱鬱西陵樹，詎聞歌吹聲。』

〔一二一〕漳河：指臨漳之漳河。

〔一二二〕崑崙：崑崙山。古代神話傳説其上有瑶池、閬苑、增城、縣圃等仙境。《莊子·天地》：『黄帝遊乎赤水之北，登乎崑崙之丘。』空同：即崆峒，山名。古人以爲仙山，《莊子·在宥》：『黄帝立爲天子，十九年，令行天下，聞廣成子在於空同之上，故往見之。』南朝沈約《爲武帝與謝朏敕》：『羲軒邈矣，古今事殊，不獲總駕崆峒，依風問道。』

## 閔貞賦 有序

翟節婦之死〔一〕，余既爲之贊，乃心高節婦不已。既讀楊司空《閔貞賦》〔二〕，感焉，可謂異世同慨，遂有此作。

顧富材勁力，既乏漢聲；亮節繁音，復慙六代。聊以寫余心之忡忡矣。

煌煌燕京[三]，端居至尊。倚拔堪輿，包絡川原。居庸虎視[四]，太行龍奔[五]。金臺崔嵬[六]，高枕帝閽[七]。玉河湯湯[八]，流於薊門[九]。王氣盤礴，秀結雄屯。覽方輿之勝概，吊往古之遺蹤。昭王發憤[一〇]，昌國景從[一一]。太子召乎馬角[一二]，荆卿感乎白虹[一三]。田光忼慨而折首[一四]，漸離擊筑而悲恫[一五]。精光變天，歗歌生風。燕丘荒而俠骨銷，易水寒而壯士去。靈氣不收，山川奔互，蜿蜒鬱糾，是生貞婦。

維此貞婦，婉孌静柔。叶鳳占於太卜[一六]，迎雁幣於蹇脩[一七]。奉君子之清塵，懼下女之是羞[一八]。薦蘋宗廟，采緑道周[一九]。調瑶瑟之和聲，結錦褵之綢繆。指白日以莅盟，誓黄河之長流。娱清風於曲房[二〇]，眺明月於高樓。銀釭照夜，紈扇度秋。期千齡而萬歲，不挂人間之離憂。

何夫君之不延，儵淹化而訣絶？恒嶽峰摧，遼海波竭；榮華霜殞，光景電滅。朱絃慘其無聲，玉簫短而吹折。爾其爲景也：高天泬寥，平野蕭條；朔雲下垂，層冰折膠；大陸不流，薊馬失驕；河盡檉柳，原枯蘭苕；日落沙昏，煙起風嘐。鬼火微，陰房青；華燭滅，玄堂扃。冷月鑒乎繐帷，飄風動乎銘旌。佳人慘怛，黯乎傷情。爾其爲容也①：呷呷喑喑，漆漆沉沉；霜棲素面，淚落空襟；朱粉不御，羅襦塵侵；脱去玉珥，棄擲華簪；神亡形槁，若聾若瘖。瞑息塊苫之上，枯坐靈輀之下[二一]。鬼伯相呼[二二]，司命不假[二三]。悵夫君之不來，白日匿而長夜；屏寢食以彷徨，願靈脩之速化[二四]；從夫君於夜臺，永與世而相謝。

我思古人，忳鬱怦怦。睎心令女[二五]，矢志陶嬰[二六]；凝妻斷臂[二七]，梁寡殘形[二八]。遊目蒼梧之野[二九]，想鼓瑟之湘靈[三〇]；殷啼痕於脩竹，銷緑黛於黄陵[三一]。爾乃絶粒而逝，枵腹而槁，影閟寒坰，墳荒古道。孤月照而流黄空，雙燕飛而重門俏。綉被委於香塵，玉骨化爲瑶草。悼夫婦之精魂，託蔦蘿而憑幽鳥；效伉儷於黄壚[三二]，後天地而不老！

**校勘**

① 爾其爲容也：《屠長卿集》該句後有『其爲情也』四字。

## 注釋

[一] 翟節婦：明朝大臣翟鑾之孫翟思榮之妻張氏。思榮病故，張氏哀之，絶粒而亡。參見卷二《翟節婦贊序》。張氏爲諸城人，萬曆《諸城縣志·烈女傳》：『張氏，順天府庠生翟思榮妻，榮爲進士汝儉第三子，文懿公孫也。隆慶辛未，榮病，張與之相約同死。又數日，榮卒。張遂拜别祖先、父母、族屬、尊長，跪餓於榮柩前。衆以百計勸解，不聽，復卧柩旁。飲食不入口者二十餘日，遂卒。年二十四。巡視東城察院題奉欽依准照例竪坊旌表。』

[二] 楊司空：指楊守阯，字惟立，號碧川，鄞縣人。成化十四年（一四七八）進士。官至翰林侍讀學士，南京吏部右侍郎，加尚書銜致仕。楊守阯有《閔貞賦》（見楊守阯《碧川文選》卷八，《四明叢書》第七集；又黄宗羲編《明文海》卷二十一，《四庫全書》本；又《御定歷代賦彙·外集》卷六，《四庫全書》本）。

[三] 燕京：北京之别稱。因其地曾爲燕國國都而得名。

[四] 居庸：山名，太行山八陘之一，山勢雄偉，位於今北京市昌平縣。又爲關名，長城重要關口。

[五] 太行：指太行山。

[六] 金臺：戰國時期燕昭王爲延攬天下士所築之黄金臺。又稱燕臺、燕王臺。明蔣一葵《長安客話》云：『都城黄金臺，出朝陽門，循濠而南，至東南角，巋然一土阜也。日薄崦嵫，茫茫落落，吊古之士登斯臺者，輒低睠顧，有千秋靈氣之想。京師八景有曰「金臺夕照」，即此。』

[七] 帝閽：天帝之宫門。此指都城城門。

[八] 玉河：北京城内一條河道之名。元代稱通惠河，明代改稱玉河。

[九] 薊門：即薊丘，位於北京城西德勝門外西北隅。明蔣一葵《長安客話·古薊門》：『京師古薊地，以薊草多得名……今都城德勝門外有土城關，相傳是古薊門遺址，亦曰薊丘。』

[一〇] 昭王：即燕昭王。名職，戰國時燕國國君。曾築黄金臺招賢納士。昭王二十八年（前二八四）時，以樂毅爲上將軍攻齊，攻占齊都臨淄，下齊七十餘城。在位三十三年。

[一一] 昌國，此指樂毅。昌國本爲古邑名，原爲齊地，後入燕。樂毅助燕昭王發憤圖强，報齊伐燕之仇，受燕昭王封爲昌國君。

[一二] 太子：指燕太子丹。馬角：即『馬生角』。《史記·刺客列傳》：『世言荆軻，其稱太子丹之命，「天雨粟，馬生角」也，太過。』《燕丹子》卷上：『燕太子丹質於秦，秦王遇之無禮，不得意，欲求歸。秦王不聽，謬言曰令烏白頭、馬生角，乃可許耳。丹仰天歎，烏即白頭，馬生角。秦王不得已而遣之。』

[一三] 荆卿，即荆軻。見本卷《霞爽閣賦》注釋[二一]。《史記·魯仲連鄒陽列傳》：『昔者荆軻慕燕丹之義，白虹貫日，太子畏之。』裴駰集解引應劭曰：『精誠感天，白虹爲之貫日也。』

[一四]田光：見《霞爽閣賦》注釋[二〇]。

[一五]漸離：戰國燕人高漸離，善擊筑。《史記·刺客列傳》載，荆軻往刺秦王，「太子及賓客知其事者，皆白衣冠以送之。至易水之上，既祖取道，高漸離擊筑，荆軻和而歌，爲變徵之聲，士皆垂淚涕泣。」

[一六]鳳占：又稱鳳卜，謂占卜佳偶，《左傳·莊公二十二年》：「初，懿氏卜妻敬仲。其妻占之，曰：『吉。是謂鳳皇于飛，和鳴鏘鏘。』」太卜：本官名，此指占卜者。

[一七]雁幣：雁與幣帛，古時用爲聘問或婚嫁時之聘儀。蹇脩：傳説中伏羲氏之臣、古賢人，《楚辭·離騷》：「解佩纕以結言兮，吾令蹇脩以爲理。」後喻媒使。

[一八]下女：指技能偏低之女子。《管子·揆度》：「上女衣五，中女衣四，下女衣三……一女不織，民有爲之寒者。」

[一九]道周：路旁。

[二〇]曲房：内室。

[二一]靈輀：喪車。

[二二]鬼伯：鬼王，即閻王。

[二三]司命：掌管生命之神。

[二四]靈修：指所思慕之夫君。

[二五]令女：指三國時夏侯令女，爲夏侯文寧之女，曹文叔之妻。文叔喪後，令女拒絶嫁人，先後斷髮、截耳、斷鼻以明志。事迹見《三國志·魏書·諸夏侯曹傳》裴松之注引皇甫謐《列女傳》。

[二六]陶嬰：春秋時魯國陶門之女。嬰少寡，養幼孤，無强昆弟，紡績爲産。魯人或聞其義，將求匹。嬰聞之，作《悲黄鵠歌》以明志。魯人聞之，遂不敢復求。見劉向《古列女傳·魯寡陶嬰》。

[二七]凝妻：五代小説中人物王凝妻李氏。《新五代史·雜傳序》云：「予嘗得五代時小説一篇，載王凝妻李氏之事……凝家青、齊之間，爲虢州司户參軍，以疾卒於官。凝家素貧，一子尚幼，李氏攜其子負遺骸以歸東。過開封，止旅舍。旅舍主人見其婦人獨攜一子而疑之，不許其宿。李氏顧天已暮，不肯去，主人牽其臂而出之。李氏仰天長慟曰：『我爲婦人，不能守節而此手爲人執邪？不可以一手並污吾身！』即引斧自斷其臂。」

[二八]梁寡：戰國時梁國寡婦高行。其夫亡，守養幼孤，不嫁。梁貴人多欲娶之者，不能得。梁王聞之，使相聘，乃持刀割鼻以求釋。梁王大其義，高其行，尊其號曰「高行」。見劉向《古列女傳·梁寡高行》。

[二九]蒼梧：地名。相傳舜崩於蒼梧之野，葬於九嶷山（蒼梧山）。《戰國策·楚策》：「楚地……南有洞庭、蒼梧。」《史記·五帝本

紀》：『虞舜者……踐帝位三十九年，南巡狩，崩於蒼梧之野，葬於江南九疑，是爲零陵。』《山海經・海内經》：『南方蒼梧之丘、蒼梧之淵，其中有九嶷山，舜之所葬。』

〔三〇〕湘靈：湘水之神，《楚辭・遠遊》：『使湘靈鼓瑟兮，令海若舞馮夷。』傳説湘靈爲舜之二妃娥皇、女英，《博物志》卷八：『堯之二女，舜之二妃，曰湘夫人，帝崩，二妃啼，以涕揮竹，竹盡斑。』《後漢書・馬融傳》：『湘靈下，漢女遊。』李賢注：『湘靈，舜妃，溺於湘水，爲湘夫人。』相傳湘靈思舜，常於江上鼓瑟，唐錢起《省試湘靈鼓瑟》：『善鼓雲和瑟，常聞帝子靈。馮夷空自舞，楚客不堪聽。苦調凄金石，清音入杳冥。蒼梧來怨慕，白芷動芳馨。流水傳湘浦，悲風過洞庭。曲終人不見，江上數峰青。』

〔三一〕黄陵：在湖南省湘陰縣北，濱洞庭湖，相傳娥皇、女英二妃墓在其上，有黄陵亭、黄陵廟。

〔三二〕黄壚：指墳墓。

## 五色雲賦

五月既望，遵湖而西〔一〕。驅車高原，飲馬空陂。娟娟者湖，秀絶而孤。綿亘十里，映帶城隅。沙長水明，沉鷗落凫。青蒲照人，緑波平鋪。乃税駕於湖湑，弔昔賢之遺迹。余欽斯人兮高曠，俯大湖而歎息。歎息自天，俛仰今古。何彼卿雲，爛焉以巨。迴合朗映，曒日微吐；蔽天者半，厥色维五；厥狀瑰麗，玄黄雜組。或如玄圭，或如白珂；或如靈芝，或如玉禾；或如絳綃，或如紫紽；或如文杏之葉，或如含桃之顆；或如秋原之草，或如春湘之波。澹修眉之連蜷，呈冶態而婀娜。又如萬花競開，百鳥齊飛，奇姿窈窕，秀色離披。威鳳之彩葳蕤，錦雞之翼差池。屑屑霏霏，纚纚褷褷；紛乎若纈，矗乎若髦。又如仙人製錦，借色雲君〔二〕，濯彼天河，五彩成文。丹霞失麗，明星載昏；長天紺碧，遥光深靚；羣山並朗，回浦獨映；芙蓉相鮮，下爍紫荇。大物矜炫，變幻靡窮，乍散乍合，若澹若濃；廓兮若啓，窅兮若幪。嗟此璀粲，雕彼太素；神乎巧哉，天孫所妒〔三〕；何文章之綺靡，恐上帝之是怒〔四〕。

疇驅真宰〔五〕，泄祕抽玄，東壁獻圖〔六〕，丹甲命篇〔七〕。掞河漢以布彩，走五星於毫端。振藻耀日，鴻思寫天。簪妖虹而直上，捫列缺而倒懸。洵天章之巨麗，何人工之能爲？相如么麼〔八〕，子雲無奇〔九〕，錦心莫吐，彩筆藏輝。雕龍刻鳳之技，黼黻藻火之形，莫不銷其文彩，遁其精靈。金闕洞開〔一〇〕，高敞玉樓；丹青錯落，棟宇雕鏤。閣道玲瓏，列僊出遊：引以瑀輿，夾以華輈；霞裾成削，環珮相糾；紛朱幢與紫蓋，嵌七寶而雜琳球。朗焉翕艴，六合晶熒。繪山川，絢日星，掩閶門之紫氣，奪霞標於赤城[一一]。有爛其光，曄曄其英。王母之所不能謡[一二]，羣臣之所不能賡。是誠乾坤之上瑞，兆國家之文明。

砉焉神爽，怳矣骨驚。余安得躡層雲而上馳，下覩大地之與蓬瀛[一三]？聊申意於斯文，悵獨立而屏營。

## 注釋

[一] 湖：指潁州西湖。該篇賦，底本和存目本均無序，《屠長卿集》有序云：『余遊西湖，拜歐陽永叔、蘇子瞻諸公像。獨坐湖上，仰見五色雲甚麗，其諸公之靈邪？抑時適然也？爲賦《五色雲》。』又據《由拳集》卷十四《與馮開之》載：『僕居潁半歲，始得一至子瞻西湖，戴星而往，戴星而還。是夜湖水微緑，芙蕖盛開；天假一夕，六合朗霽，雲物且爲僕作五色焉。』可知『湖』乃潁州之西湖。

[二] 雲君：即雲中君，傳説中之雲神。

[三] 天孫：本織女星之名，此指巧於織造之仙女。

[四] 上帝：天帝。

[五] 疇：疇人，古代執掌天文曆算之人，此指精通天文者。真宰：宇宙之主宰。《莊子·齊物論》：『若有真宰，而特不得其眹。』

[六] 東壁：星宿名，即壁宿。因在天門之東，故稱。《禮記·月令》：『（仲冬之月）日在斗，昏東壁中。』東壁主文章，《晉書·天文志上》：『東壁二星，主文章，天下圖書之祕府也。』

[七] 丹甲：赤色龜甲。明孫瑴《河圖玉版》：『靈龜負書，丹甲青文。』

[八] 相如：指司馬相如。字長卿。善著文，富於文采，西漢著名辭賦家。

[九] 子雲：指揚雄。字子雲，善著文，西漢著名辭賦家。見本卷《霞爽閣賦》注釋[一一]。

[一〇] 金闕：黄金闕，神話傳説爲仙人或天帝所居。

[一一] 赤城：赤城山，在浙江省天台縣北，其土石色赤，狀如城堞，爲天台山南門。孫綽《遊天台山賦》：『赤城霞舉而建標。』『赤城棲霞』爲『天台八景』之一。

[一二] 王母：西王母，神話傳説中之一位女仙人。曾爲穆天子歌白雲之長謡，《穆天子傳》卷三：『乙丑，天子觴西王母於瑶池之上。西王母爲天子謡曰：「白雲在天，山陵自出。道里悠遠，山川間之。將子無死，尚能復來？」』

[一三] 蓬瀛：蓬萊和瀛洲。神話傳説中海上之二座仙山。

## 歡賦 有序

余處冗賤，百憂煎人，側身天地，長苦踽蹐，思欲揮悶散心，寄興楮墨。我思古人動多憂愁，昔士衡歎逝[一]，文通賦恨[二]，驚心動魄，一字一歎。每一披覽，秋氣颯颯，風雨欲來，使人惻愴，幾不知有生人之樂矣。友人馮夢禎謂僕曰[三]：『子何不爲《歡賦》，悦心暢意，破彼我之煩懣，宣萬物之欝塞，則此道貴矣。』夫愁苦之語易好，歡娯之言難工。然烏可以其難而含毫沮喪也？於是爲賦焉。文通諸君子，見當掩口。

晨登山阿，下覽八紘，天地開朗，風日熹明，遊人出嬉，川塗載平。於是僕本曠士，解顔暢欝，百慮盡捐，萬愁若失。我思古人，歡情靡一：

娟娟皇娥[四]，夜處璇閨，薄焉遵渚，帝子是依，精靈感化，中心不違，清歌相答，游漾忘歸。軒轅守和[五]，冥心合道，夢遊華胥，萬國熙皞，終登空同[六]，後天地老。子晉僊才[七]，神骨蕭爽，丹經既成，捫霞直上，羣靈夷猶，九州糞壤，薄富貴而不懷，希世外之幽賞。英英穆滿[八]，志狹乾坤，萬里煙騖，八駿雷奔，謁西王母，登彼崑崙，奏白雲之長謡，俯弱水而歷天門[九]。秦家公主[一〇]，氣凌紫氛，一當蕭史，遂厭人群，攬虹霓而作佩，製丹霞以爲裙，睇樓上之明月，躡天邊之彩雲，長辭綺閣，永隨夫君，千秋萬歲，此樂何云！越王破吴[一一]，奏凱言歸，載蛾眉於金車，挂將士以錦衣，樓船壓江濤，朱旗晃日輝，緹騎填乎廣陌，羅綺盈於中闈。堂上燭滅，笙歌不喧，尊罍酒清，房櫳月昏，闔者出客，主人留髡[一二]，坐細毳以中夜，傾一石而何言。

至若漢帝英雄[一三]，初誅項王[一四]，山河入掌，弓矢斯藏，過豐沛兮訪故[一五]，偕父老兮尚羊，歌大風而忼慨，覽雲氣之飛揚。又如延年獻歌[一六]，夫人初御，驚玉骨之凝霜，豔輕綃之如霧，樓閣含風，階除墜露，洵明珠之照人，判傾城於一顧。衛霍出塞[一七]，士馬精强，匈奴滅，漢道昌，黄金朱第，列侯煌煌，鈿釵作隊，歌舞成行。相如弄琴[一八]，文君私喜，臨邛夜亡，成都歸市，姿態豔目，芙蓉心死，紅蘭茁芳砌，青苔生玉戺，雖貧賤其何傷，願百齡以爲矢。

若夫太液波明[一九]，昭陽月滿[二〇]，香蓮罥舟，涼風送管，黛色欲絶，歌聲乍暖，既和媚而魂癡，亦宛麗而心斷。兔園既開[二一]，梁王意歡，碧瓦宵白，朱門夜寒，集詞客之鴻藻，駈凍雲於毫端。孟德芟除四方蒿萊[二二]，雄圖既就，猛士歸來，引漳河以爲池，鑄銅雀以爲臺，清吹干雲，步輦轟雷，高歌烈士，泰山崔巍。陳王妙才[二三]，應劉卓犖[二四]，寶馬金羈，光輝歷落，出馳東郊，歸宴平樂[二五]，神飆蕩空，青山映閣。會稽諸賢[二六]，遠覽高步，山川崩峭，雲物莽互，喬松夾道，脩篁繞户，一咏一觴，凌虚徑度。庾公風流[二七]，作鎮武昌，挾賓佐，娱景光，覽明月，登胡牀，酣飲其無人代，長嘯而下天霜。

又有征夫戍邊，思婦含悽，長想忽見，遠行乍歸，今夕何夕，月白星輝。高堂敞兮春溶溶，朱簾卷兮秋漫漫，新婚合兮出瓊佩，佳期至兮藉芳蘭，金爐兮乍焰，紅燭兮未殘，莫不款爾彌洽，爽焉和愉，寸腸不結，雙眉長舒，知離憂之爲何物，豈羨夫神僊之所居！

## 注釋

[一] 士衡：陸機，字士衡。見徐益孫《由拳集敘》注釋[一〇]。陸機歎逝，指其《歎逝賦》。

[二] 文通：江淹，字文通。南朝著名詩人、辭賦家。有《恨賦》《别賦》等，廣爲傳誦。

[三] 馮夢禎：字開之。見沈明臣《由拳集敘》注釋[二]。

[四] 皇娥：傳説中古帝少昊氏之母。晉王嘉《拾遺記・少昊》：『少昊以金德王。母曰皇娥，處璇宫而夜織，或乘桴木而晝遊，經歷窮桑滄茫之浦。時有神童，容貌絶俗，稱爲白帝之子，即太白之精，降乎水際，與皇娥讌戲，奏㛹娟之樂，遊漾忘歸。……帝子與皇娥並坐，撫桐峰梓瑟。皇娥倚瑟而清歌曰：「天清地曠浩茫茫，萬象回薄化無方。浛天蕩蕩望滄滄，乘桴輕漾著日傍。當其何所至窮桑，心知和樂悦未央。」……白帝子答歌：「四維八埏眇難極，驅光逐影窮水域。璇宫夜静當軒織。桐峰文梓千尋直，伐梓作器成琴瑟。清歌流暢樂難極，滄湄海浦來棲息。」』

[五] 軒轅：黄帝。《史記・五帝本紀》：『黄帝者，少典之子，姓公孫，名曰軒轅。』黄帝守和，《列子・黄帝》云：『（黄帝）放萬機，舍宫寢，去直侍，徹鐘懸，減廚膳，退而閒居大庭之館，齋心服形，三月不親政事。晝寢而夢，游於華胥氏之國……其國無帥長，自然而已。其民無嗜欲，自然而已……黄帝既寤，怡然自得……又二十有八年，天下大治，幾若華胥氏之國。』

[六] 空同：山名，又作崆峒。傳爲黄帝從廣成子得長生至道之山。見卷一《霞爽閣賦》注釋[三二]。

[七] 子晉：即王喬，又稱王子喬，字子晉。見卷一《溟海波恬賦》注釋[二二]。子晉薄富貴，晉葛洪《抱樸子・釋滯》：『昔子晉舍視膳之役，棄儲貳之重。』

[八] 穆滿：即周穆王姬滿，周朝第五代君主。又稱穆天子。傳説穆王得八駿，周行天下。《左傳・昭公十二年》：『昔穆王欲肆其心，周

行天下。』《史記・趙世家》：『造父幸於周繆（同「穆」）王。造父取驥之乘匹與桃林，盜驪驊騮緑耳，獻之繆王。繆王使造父御，西巡狩。見西王母，樂之忘歸。』南朝齊王融《三月三日曲水詩序》：『穆滿八駿，如舞瑶水之陰。』《文選》劉良注：『穆滿，周穆王也。』周穆王謁西王母，及西王母歌白雲之謡，見本卷《五色雲賦》注釋［一二］。

［九］弱水：傳説中昆侖山下之一處水名，《山海經・大荒西經》：『（昆侖之丘）其下有弱水之淵。』《後漢書・西域傳・大秦》：『西有弱水、流沙，近西王母所居處。』天門：天宫之門。

［一〇］秦家公主：名弄玉，相傳爲春秋時秦穆公之女，善吹簫。嫁與蕭史，日就蕭史學簫作鳳鳴，穆公爲作鳳臺以居之。後夫妻一同乘鳳飛天仙去。事見劉向《列仙傳・卷上・蕭史》。

［一一］越王：指勾踐。《史記・吴太伯世家》：『越敗吴，越王勾踐欲遷吴王夫差於甬東，吴王……遂自剄死，越王滅吴。』李白《越中覽古》：『越王勾踐破吴歸，戰士還家盡錦衣。宫女如花滿春殿……』

［一二］髡：淳于髡，戰國時齊國政治家、思想家。《史記・滑稽列傳》載，齊威王八年（前三四九），楚大發兵加齊，齊威王使淳于髡之趙請救兵，得以解危。威王大説，置酒後宫，召髡賜之酒。問曰：『先生能飲幾何而醉？』淳于髡回答：『日暮酒闌，合尊促坐，男女同席，履舄交錯，杯盤狼藉，堂上燭滅，主人留髡而送客，羅襦襟解，微聞薌澤，當此之時，髡心最歡，能飲一石。』

［一三］漢帝：此指漢高祖劉邦。

［一四］項王：項羽。

［一五］豐沛：豐，邑名。沛，縣名。《漢書・高帝紀上》：『高祖，沛豐邑中陽里人也。』《史記・高祖本紀》：『高祖還歸，過沛，留。置酒沛宫，悉召故人父老子弟縱酒，發沛中兒得百二十人，教之歌。酒酣，高祖擊筑，自爲歌詩曰：「大風起兮雲飛揚，威加海内兮歸故鄉，安得猛士兮守四方！」』

［一六］延年：李延年，漢武帝時音樂家，延年獻歌事，見《漢書・外戚傳》：『孝武李夫人，本以倡進。初，夫人兄延年性知音，善歌舞，武帝愛之。每爲新聲變曲，聞者莫不感動。延年侍上起舞，歌曰：「北方有佳人，絶世而獨立，一顧傾人城，再顧傾人國。寧不知傾城與傾國，佳人難再得！」上歎息曰：「善！世豈有此人乎？」平陽主因言延年有女弟，上乃召見之，實妙麗善舞。由是得幸。』

［一七］衛霍：衛青、霍去病，均西漢著名將領，軍事家，以抗擊匈奴聞名於世，取封侯，並爲大司馬。

［一八］相如：司馬相如。相如弄琴事，見《史記・司馬相如列傳》：『……是時卓王孫有女文君新寡，好音，故相如繆與令相重，而以琴心挑之。相如之臨邛，從車騎，雍容閒雅甚都；及飲卓氏，弄琴，文君竊從户窺之，心悦而好之，恐不得當也。既罷，相如乃使人重賜文君侍者通殷勤。文君夜亡奔相如，相如乃與馳歸成都。』

［一九］太液：池名。漢太液池，在建章宫北，武帝元封元年（前一一〇）鑿，周回十頃。池中築漸臺，高二十餘丈；又起三山，以象瀛洲、

蓬萊、方丈三神山，刻金石爲魚龍奇禽異獸之屬。唐亦有太液池，在大明宫含凉殿後。

〔二〇〕昭陽：漢宫殿名。《三輔黄圖·未央宫》：「武帝時，後宫八區，有昭陽……等殿。」

〔二一〕兔園：漢園囿名。也稱梁園（苑）、睢園、竹園。在睢陽城（今河南商丘縣）東二十里。漢梁孝王劉武所築。梁孝王好賓客，文學家鄒陽、枚乘、司馬相如等皆曾延居園中，遊賞作賦。

〔二二〕孟德：曹操，字孟德。曹操建安十五年（二一〇）在鄴城引漳河水爲池苑，建銅雀臺（又名銅爵臺），《三國志·魏志·武帝紀》：「（建安十五年）冬，作銅雀臺。」晉陸翽《鄴中記》：「銅爵臺高一十丈，有屋一百二十間。」

〔二三〕陳王：曹植。字子建，曹操第四子，魏明帝曹叡太和六年（二三二）徙封陳王。其才華出衆，爲漢魏間著名文學家。

〔二四〕應劉：應瑒和劉楨。「建安七子」中之二人。

〔二五〕平樂：漢代宫觀名，漢枚皋曾作《平樂觀賦》。後泛指園林館閣。曹氏父子在鄴城經營了銅雀臺、西苑等，与身邊之一群文人遊樂賦詩，如曹操「晝攜壯士破堅陣，夜接詞人賦華屋。都邑繚繞西山陽，桑榆汗漫漳河曲」（唐張説《鄴都引》）；曹植《名都篇》：「我歸宴平樂，美酒斗十千。」又《公宴詩》：「清夜遊西園，飛蓋相追隨。」應瑒《公宴詩》：「穆穆衆君子，好合同歡康。促坐褰重帷，傳滿騰羽觴。」劉楨：《公宴詩》：「永日行遊戲，歡樂猶未央。」

〔二六〕會稽諸賢：指東晉永和九年（三五三）王羲之、謝安、孫綽等在會稽山陰蘭亭修禊集會之諸賢人。

〔二七〕庾公：指庾亮。字元規，潁川鄢陵（今河南鄢陵北）人。東晉名士，文學家。《世説新語·容止》：「庾太尉在武昌，秋夜氣佳景清，佐吏殷浩、王胡之之徒登南樓理詠，音調始遒，聞函道中有屐聲甚厲，定是庾公。俄而率左右十許人步來，諸賢欲起避之。公徐云：『諸君少住，老子於此處興復不淺。』因便據胡牀，與諸人詠謔，竟坐，甚得任樂。」

# 由拳集校注卷之二

## 詩古體

### 杲杲初陽

杲杲初陽，升於高岡。光輝照地，萬物既昌。幽谷深哉①不可藏。不可藏也，初陽之光也。

杲杲初陽，升於崔嵬〔一〕。光輝照地，萬物既蕤。天道高哉②不可夷。不可夷也，初陽之輝也。

杲杲初陽，升於嵲嶭〔二〕。光輝照地，萬物咸潔。遠而望之③不可褻。不可褻也，初陽之烈也。

初陽三章，章八句。

**校勘**

① 幽谷深哉：《屠長卿集》作「雖有浮雲」。

② 天道高哉：《屠長卿集》作「雖有浮雲」。

③ 遠而望之：《屠長卿集》作「雖有浮雲」。

**注釋**

［一］崔嵬：本指有石之土山，此泛指高山。

［二］嵲嶭：指山高峻聳立貌。嶭同『嵲』。

## 北風凄凄①

北風凄凄，吹彼中林。我酒既清，鼓瑟彈琴②。

秋天蕭條，北雁南征。鳲鳩之鳴③，不如倉庚之無聲。

漆以闇揚，膏以明戕。爝火煌皇④，不如陰崖之無光。

北風三章，章四句。

**校勘**

①凄凄：《屠長卿集》作『嗥嗥』。

②北風四句：《屠長卿集》作『北風凄凄，振於中林。猛虎炰烋，騶虞爲之瘖』。

③鳲鳩之鳴：《屠長卿集》作『鳳皇之鳴』。

④爝火煌皇：《屠長卿集》作『日月煌煌』。

## 懷哉維人

懷哉維人，斯人之賢。賢而去我，其別以年。眷焉望之，明星在天。

懷哉維人，斯人之秀。秀而去我，其別已①久。眷而②望之，明星在牖。

懷哉維人，斯人之親。親而去我，其別載春。眷焉望之，明星在門。

懷哉維人，斯人之故。故而去我，再見霜露。眷焉望之，明星在户。

維人四章，章六句。

**校勘**

①已：《屠長卿集》作「以」。

②而：《屠長卿集》作「焉」。

## 五月不雨

五月不雨，天道其頗。大夫不仁，下民則罹。余其枯哉，無稿我田禾。

余大夫不仁，其無以我民。有龍祁祁，飲於河漘。玄雲自東，靈雨浹旬。饁彼南畝，婦子載欣。匪大夫，緊維我民。

五月二章，一章章六句，二章章十句。

## 巍巍泰山

巍巍泰山，梁父安矣[一]。梁父安矣，松柏盤矣。

廣岸高哉，河水深矣。河水深矣，游魚潛矣。

堂堂國中，大道周矣。大道周矣，疇不由矣。

鴻鵠蚤栖，恐罹於羅矣①。顧瞻四海，我心何矣。挾瑟而歌，既樂且和矣。既樂且和矣，不知其他矣。

泰山四章，三章章四句，末章章八句。

**校勘**

① 鴻鵠二句：《屠長卿集》作『黄鵠高飛，恐離於羅矣』。

**注釋**

［一］梁父：山名，位於今新泰市境内徂徠山之東。據《史記·秦始皇本紀》，秦始皇曾有封泰山而禪梁父之舉。梁父山山勢險峻，孔子曾以『登梁父』喻推行仁道之艱難，東漢張衡曾以『梁父艱』喻仕途險惡。

## 煌煌帝京［一］

皇皇帝京，翼翼冀方［二］。士脩其德，載絜其裳。釋菜學宫，賓於天子。賓於天子，天子是使。王事鞅掌，女賢則勞。朝辭於庭，暮馳於郊。

遵彼大河［三］，北望嵩嶽［四］。女維王人，維營於洛。洛邑大國［五］，天子之藩。銜命以往，竣事乃還。留滯周南［六］，洛水之陽。自春徂夏，以雨以霜。爾馬玄黄，爾車彭彭。匪時則久，匪道里長。男子之生，經營四方。

皇皇帝京三章。一章章十二句，二章章四句，三章章十四句。

**注釋**

［一］帝京：帝都，京都。

［二］冀方：古時泛指中原地區。

［三］大河：指黄河。

［四］嵩嶽：即嵩山，位於河南境内。

［五］洛邑：洛陽。

［六］周南：地名。指成周（今河南洛陽）以南。一説即洛陽。

## 雖有斧柯

雖有斧柯，不刈我室。雖有旨酒，不宣我懷。我①懷如何，志在丘中。環堵之宮，以皷以鍾。江水清兮，可以揚蓬，我心冲融。②

維瓶之罄，維罍之耻。維民之罪，由余小子[一]。厥維艱哉，若涉於汜[二]。慎爾有位，無從匪彝。無典刑是隳，我心調飢。③

斧柯二章。一章章十一句，二章章十句。

### 校勘

① 我：底本原作『如』，據存目本改。

② 此章後七句，即『我懷如何……我心冲融』，《屠長卿集》作『天道如何，以妖以災，以風以霾。厥田爲淮，厥黍爲荄。夏雹冬雷，我心如痗』。

③ 此章前六句，即『維瓶之罄……若涉於汜』，《屠長卿集》作『有雲垂垂，在於河湄。有星纍纍，掃彼南箕。天王聖明，厥災奚爲』。

### 注釋

[一] 余小子：古代帝王面對先王或長輩時之自稱；常人面對先輩、長者時之自稱。也作『予小子』。

[二] 汜：汜水，位於河南境内，爲黄河支流。《山海經·中山經》：『浮戲之山……汜水出焉，而北流注於河。』

## 園有鳴鳩

園有鳴鳩，零露在桑。春日鳴鑣，呼我同行。與子逍遥，載咏載觴。①

河廣以浩，唼唼其魚。有駕有凫，有荇有蒲。灼灼荷華，我欲采之，風波是虞。

我登高陵，原野湊矣。麥既秀矣，蕖木茂矣，文雉鴝矣②。隴阪崎嶇[一]，我車後矣。

鳴鳩三章。一章章六句，二章章七句。

**校勘**

① 此章後四句，即『春日鳴鏞……載咏載觴』，《屠長卿集》作『言刈其葵，言樹其楊。婦賢則出，厥娣無良』。

② 鴝：《屠長卿集》作『呴』。

**注釋**

[一] 隴阪：山名，今六盤山之南段。漢張衡《四愁詩》：『我所思兮在漢陽，欲往從之隴阪長。』《文選》李善注：『應劭曰：「天水有大阪，名曰隴阪。」《秦州記》曰：「隴阪九曲，不知高幾里。」』

## 鴻飛欲冥

鴻飛欲冥挂雲羅，神龍蜿蜒無大波。深山夜行猛虎多，白日道上畏吏呵。君子裴徊將奈何？

鴻飛一章，章五句。

## 出自都門

出自都門，驅馬秋原。原埜曠哉，風日不温。臨風氣結，黯矣何言。一解

何言嗟嗟，涕落我襟。河水初冰，嚴霜被林。北雁南翔，遺此哀音。二解

哀音則那，懷我故人。故人既遠，悲思日新。會晤何時，俟河之津。三解

河津無梁，會晤無期。行歌自宣[①]，宛轉路岐。搖搖秋蓬，飄風何之。四解

**校勘**

① 宣：底本原作『軍』，據存目本、《屠長卿集》改。

## 鴻雁嗷嗷

鴻雁嗷嗷，遵彼故林。海水[①]何淺，人情何深[②]。一解

世路艱哉，連峰峨峨。我無堅車，行將奈何。二解

北風吹林，虎嘯猿啼。濁河湯湯，豈無清溪。三解

至人無累，達者何憂。懷哉忠信，金石以遊。四解

**校勘**

① 海水：底本原作『之不』，據存目本、《屠長卿集》改。

② 深：底本原作『淩』，據存目本、《屠長卿集》改。

## 朝登海門

朝登海門，濤如連峰。玄雲載馳，青桂蔚蘘。一解

日夕[①]風微，海水變緑[②]。手持釣竿，暮宿海曲。二解

放[③]歌煙空，連山皚皚。天風吹裳，鴻雁下來。三解

校勘

①夕：底本原作『名』，據存目本、《屠長卿集》改。

②變緑：底本原作『説登』，據存目本、《屠長卿集》改。

③放：底本原作『致』，據存目本、《屠長卿集》改。

## 采芝歌

朝亦采芝，莫亦采芝。芝①生嫋嫋，回風吹之。倚杖巖阿，下照清池。歸來歸來，月在松枝②。

校勘

①芝：底本原作『之』，據存目本、《屠長卿集》改。

②歸來歸來，月在松枝：底本原作『吹之木草，不在松枝』，據存目本、《屠長卿集》改。

## 吴門歌

我登吴門[一]，遥望緑①波。長洲逶迤，墓田何多。

校勘

①緑：《屠長卿集》作『淥』。

注釋

[一]吴門：蘇州爲吴國故都，後世因稱蘇州或蘇州一帶爲吴門。

# 短歌

喬木①多陰，曠士②多懷。憂來無端，西風嗚哀。一解

無登高臺，以望曠遠。浮雲西馳，白日何短。二解

晨登崑侖，以臨具茨[一]。四海雖廣，不容須眉③。三解

太行可登，海水難測。短褐行歌，聲出金石。四解

**校勘**

① 木：底本原作『才』，據存目本、《屠長卿集》改。

② 士：底本原作『之』，據存目本、《屠長卿集》改。

③ 不容須眉：底本原作『一容須可』，據存目本、《屠長卿集》改。

**注釋**

[一] 具茨：山名，嵩山之餘脈，在今河南省密縣。《莊子·徐無鬼》：『黄帝將見大隗乎具茨之山，方明爲御，昌寓驂乘，張若、謵朋前馬，昆閽、滑稽後車。』唐錢起《奉和聖制登會昌山應制》：『睿想入希夷，真遊到具茨。』

# 桂華不實

桂華不實，士采虚聲。詭避法罔，文以相徵。張機載道，玄豹於征。雖有玉圭，不能測天。人藏九疑，孰知其端？大道不夷，菉施孔艱。行步雖工，言笑則難。樂哉旨酒，可以延年。

## 述哀操有引

族孫紹仁自京師回[一]，死東昌道中[二]，其妻哭之哀。余聞而悲之，爲作①《述哀操》。

哀極兮無情，啼極兮無聲。吁嗟！胡爲兮萬里行。驅騮馬②兮燕京，返素車兮西陵[三]。風沙③莽兮黃河冰，靈之來兮將焉憑？

**校勘**

①作：底本原作『之』，據存目本、《屠長卿集》改。

②馬：底本原作『之』，據存目本、《屠長卿集》改。

③沙：底本原作『以』，據存目本、《屠長卿集》改。

**注釋**

[一]紹仁：屠本育，屠隆族孫。《甬上屠氏宗譜》卷八《世略》載：『本育，大紀三子，一名本祺，字紹仁，號梅洲。……萬曆三年乙亥五月二十五日卒於東昌道中，年三十有二。』

[二]東昌：府名，今山東聊城。

[三]西陵：古地名，今杭州市蕭山區西興鎮之古稱。有錢塘江渡口，稱西陵渡，亦稱西興渡。此處爲出入浙東所經之地。唐李白《送友人尋越中山水》詩：『東海橫秦望，西陵遶越臺。』

## 樊生歌[一]

嗟！死不歸來兮樊生，行道哀兮樊生。嗟！未可死兮樊生，未可死兮樊生。死胡爲兮樊生？爾才藻兮，爾年夭兮，爾親老兮，爾婦少兮。吁嗟乎，樊生！

注釋

［一］樊生：生平未詳。

## 荆璞贊

玉耶，石耶，奚以明？胡爲乎刑，胡爲乎争？吁嗟乎，卞生［一］！

注釋

［一］卞生：指卞和，又稱和氏，春秋楚國荆人。據《韓非子·和氏》載，卞和於荆山伐薪偶得一璞玉，先後獻於楚厲王、楚武王，却遭楚厲王、楚武王分别砍去左右脚，後『泣玉』於荆山之下，得楚文王識寶，琢成舉世聞名之『和氏璧』。

## 翟節婦贊有序

客有從京師來者，爲言翟尚書鸞孫婦某氏［一］。生二十年，其夫死，婦哭之哀。已，不哭，則絶粒坐夫柩旁。婦父母及諸戚族咸至，日夜勸婦食，曰：『若夫無禄，死已矣，何爲自苦若是？爾即不守若志，非夫子婦也；即守若志，爲未亡人，猶夫子婦也，奈何死爲？即死，若命會當有盡時，見夫子地下，未晚也。人壽幾何？生者惟死是懼，而子速之，無乃非人情乎？』婦不應，第瞑目坐竟日，夜不就寢，倦則稍作伸欠狀，已復端然不動。家人取水漿强飲之，齒噤不啓。久之，氣息漸奄奄以微。積十二日，竟餓而死。京師士大夫及閭巷之民走視如雲。屠隆聞而悲之，曰：『嗟乎烈哉，翟家婦耶！婦即矢志靡他，可以無死，勸者之言是也。而婦竟死，過矣。雖然，世之衰也，男子之無剛腸久矣，矧婦人哉！矧婦人哉！朝釋衰絰，莫爲榮華，靦面而事兩姓者，何可勝道？有如翟家婦竟死哉？且不死水火，不死刀鋸，而死餓，死善矣！君子奈何求多於烈婦哉？』於是乃爲之贊。贊曰：

謂天蓋夢，謂鬼神蓋荒。烈婦之夫，云胡以殤？匪夫之殤，厥爲婦殃。白日杲杲，照彼繁霜。人命不延，胡涕而滂？飄風摇摇，逝波湯湯。鬼伯相呼，夫子相將。吁嗟！茫茫九州，豈不樂康？他人則樂，婦心之傷。黄壚陰冥，歸途何良。歸來歸來，與夫翱翔。豈適百年，與天地長。吁嗟！匪歲則饑，匪室無里粮。絶粒而死，死胡不臧？緬邈孤竹[二]，義士同行。葬婦何所？於彼首陽之旁[三]。

**注釋**

[一] 翟尚書鸞：翟鸞（《明史》作『翟鑾』），字仲鳴，祖籍諸城，洪武初移居京師。曾任兵部尚書兼右都御史，嘉靖年間三度任内閣首輔。《明史》卷一百九十三有傳。孫婦某氏：參見卷一《閔貞賦》注釋[一]。

[二] 孤竹：此指孤竹國君之兩個兒子伯夷、叔齊，隱士。《史記·伯夷列傳》：『武王已平殷亂，天下宗周，而伯夷、叔齊耻之，義不食周粟，隱於首陽山，采薇而食之。』

[三] 首陽：首陽山，相傳爲伯夷、叔齊采薇隱居處。《論語·季氏》：『伯夷、叔齊，餓於首陽之下，民到於今稱之。』首陽山在今何地，舊説不一。《論語》何晏集解引漢馬融曰：『首陽山在河東蒲阪，華山之北，河曲之中。』蒲阪故城，在今山西省永濟縣南。

# 十賢贊

余讀史策，服膺古人，遐想其高風遠致，忻然有當於心。即不敢自附執鞭之義，每覽玄超，足銷塵鄙。乃爲之贊。

## 老聃[一]

混元一氣，夙秉靈樞。吹萬布德，真人是儲。遇形爲物，乘化無隅。鏟焉埋照，遊世於虚。玄德獨朗，衆器爲麤。宣示上善，閔惻群愚。世無關尹[二]，孰探其珠。

**注釋**

［一］老聃：李耳，字伯陽，又稱老子、老聃。春秋末期楚國苦縣（今河南省鹿邑縣）人，著名思想家、哲學家，道家學派創始人。著有《老子》五千言，亦名《道德經》。後世將老子與莊子並稱老莊。

［二］關尹：春秋末期周大夫尹喜，周昭王時爲函谷關令。道家尊稱爲『關尹子』。《莊子·天下》將關尹與老聃並稱爲『古之博大真人』。《漢書·藝文志》《關尹子》九篇』注：『名喜，爲關吏，老子過關，喜去吏而從之。』《列仙傳·關令尹》：『關令尹喜者，周大夫也。善内學，常服精華，隱德修行，時人莫知。老子西遊，喜先見其氣，知有真人當過，物色而遮之，果得見老子。老子亦知其奇，爲著書授之。後與老子俱遊流沙，化胡，服苣勝實，莫知其所終。』

## 莊周［一］

莊生狂言，匈懷潏㴔。其神龍驤，其形蠖屈。沉幾自冥，馳辯若脱。浮雲富貴，滓穢萬物。天之放民，四遊超忽。

**注釋**

［一］莊周：莊子，名周，戰國時期宋國蒙地人，著名思想家、哲學家、文學家，道家學説主要創始人之一。著有《莊子》。後世將其與老子並稱『老莊』。

## 延陵季子［一］

延陵明德，博識多聞。達觀天壤，特立①塵氛。精研周樂，妙品人文。義附子臧［二］，信歸徐君［三］。長松偃蹇，永遺清芬。

**校勘**

①立：底本原作『主』，據存目本改。

**注釋**

［一］延陵季子：季札，春秋時期吴王壽夢第四子，爲具有遠見卓識之政治家和外交家。季札受封於延陵（今常州），史稱延陵季子。

［二］子臧：春秋時期曹國之公子欣時，字子臧，曹宣公之子。曹宣公死後，各國諸侯和曹國人都認爲新立之曹君不義，欲立子臧爲曹君。子臧離開曹國，以成全曹君繼續在位。

［三］徐君：徐國國君。《史記·吴太伯世家》載：『季札之初使，北過徐君。徐君好季札劍，口弗敢言。季札心知之，爲使上國，未獻。還至徐，徐君已死，於是乃解其寶劍，繫之徐君冢樹而去。從者曰：「徐君已死，尚誰予乎？」季子曰：「不然。始吾心已許之，豈以死背吾心哉！」』

## 魯仲連［一］

魯連峩峩，肅矣音徽。抱德神滅，吐論屑霏。東定齊難，西挫秦威。功成掉臂，千金土灰。旁睨六合［二］，雲空曷羈。道存丘壑，名貴布衣。百代遼絶，斯人其歸。

**注釋**

［一］魯仲連：亦稱魯連，戰國末期齊國人。有奇偉俶儻之畫策，好排難解紛，常周遊各國，志行高尚，不求仕宦封賞。見《戰國策·趙策》《史記·魯仲連鄒陽列傳》。

［二］六合：天、地、四方，整個宇宙之巨大空間。《莊子·齊物論》：『六合之外，聖人存而不論。』成玄英疏：『六合者，謂天地四方也。』又指普天下，人世間。

## 范蠡［一］

世有英雄，體道合權。秉節内爽，應機外員。屈體泥塗，終薄雲天。摧吴霸越，功伐乃宣。朝登朝署，夕攬湖煙。盈虚消息，大人所先。神龍不縶，德近冥玄。

注釋

［一］范蠡：字少伯，春秋末期楚國宛地（今河南淅川縣）人。著名政治家、謀士。出身貧賤而博學多才，助越王勾踐興越滅吴，一雪會稽之耻。相傳其功成名就後激流勇退，泛扁舟於五湖之中，自號「鴟夷子」。

## 張良［一］

賢哉子房，雄姿勝筭。包籠四海，播弄寓縣。履虎不咥，從龍取便。激昂風雲，覆楚登漢。三尺可提，五等靡眷。竦身天衢，人代是玩。

注釋

［一］張良：字子房，先世爲戰國時韓國人。劉邦之重要謀臣，助其建立漢政權。晚年學辟穀，棄人間事，欲從赤松子遊。《史記·留侯世家》：「留侯乃稱曰：『家世相韓，及韓滅，不愛萬金之資，爲韓報讐彊秦，天下振動。今以三寸舌爲帝者師，封萬户，位列侯，此布衣之極，於良足矣。願棄人間事，欲從赤松子遊耳。』乃學辟穀，道引輕身。」

## 東方朔［一］

東方多端，機穎絶倫。天子俳優，上帝弄臣。濯衣紫海［二］，食桃崑崙①。偶踏宫庭，金馬隱淪［三］。戲恐侏儒，數折舍人。公卿爾汝，萬乘常嗔。跡類挑撻，心棲道真。悠悠當世，孰知其神？

校勘

① 崙：底本原作「岺」，據存目本改。

注釋

［一］東方朔：字曼倩，平原（今屬山東）人。西漢辭賦家。漢武帝即位，徵四方士人，東方朔上書自薦，詔拜爲郎。後任常侍郎、太中大夫等職。《漢書·東方朔傳》稱其性格詼諧，言詞敏捷，滑稽多智，常在武帝前談笑取樂，「然時觀察顏色，直言切諫」。

[二] 紫海：傳説中之海名。唐蘇鶚《杜陽雜編》卷中：『敬宗皇帝寶曆元年，南昌國獻玳瑁盆、浮光裘、夜明犀。其國有酒山、紫海……紫海水色如爛椹，可以染衣，其龍魚龜鼈砂石草木，無不紫焉。』

[三] 金馬：指金馬門，漢代宮門名，學士待詔之處。《史記·滑稽列傳》：『金馬門者，宦（者）署門也。門傍有銅馬，故謂之曰「金馬門」。』後也以金馬門代指朝廷或翰林院。東方朔曾爲金馬門待詔。自謂避世於金馬門，《史記·滑稽列傳》：『朔曰：「如朔等，所謂避世於朝廷間者也。古之人，乃避世於深山中。」時坐席中酒酣，據地歌曰：「陸沈於俗，避世金馬門。宫殿中可以避世全身，何必深山之中、蒿廬之下！」』

## 龐公[一]

龐公清真，栖於鹿門[二]。其寢不夢，其跡不喧。仰眄白雲，頫覽青原。刳心於寂，智去神存。亮亦没没，表也胡論。侯王苟賢，斯道彌尊。

**注釋**

[一] 龐公：指東漢龐德公，襄陽人。躬耕於襄陽峴山之南，曾拒絶劉表之禮請。後攜妻子隱居鹿門山，采藥以終。見晉皇甫謐《高士傳》卷下。

[二] 鹿門：鹿門山之省稱。在湖北省襄陽縣。

## 李泌[一]

鄴侯異人，名在紫府[二]。養德谷神，成功元輔。麻姑搔背[三]，至尊枕股。奇言匪誕，逸氣撟舉。五嶽之上[四]，終焉栩栩。

**注釋**

[一] 李泌：字長源，唐京兆（今西安）人，歷仕玄宗、肅宗、代宗、德宗四朝，德宗時，官至宰相，封鄴縣侯，世人因稱李鄴侯。好山水，曾多次隱居，棲身嵩山、衡山等名山，博覽群書。

〔二〕紫府：道教稱仙人所居。晉葛洪《抱樸子·祛惑》：『及至天上，先過紫府，金牀玉几，晃晃昱昱，真貴處也。』

〔三〕麻姑：神話中仙女名。傳説東漢桓帝時曾應仙人王遠（字方平）召，降於蔡經家，爲一美麗女子，年可十八九歲，手纖長似鳥爪。蔡經見之，心中念曰：『背大癢時，得此爪以爬背，當佳。』方平知經心中所念，使人鞭之，且曰：『麻姑，神人也，汝何思謂爪可以爬背耶？』麻姑自云：『接侍以來，已見東海三爲桑田。』又能擲米成珠，爲種種變化之術。事見晉葛洪《神仙傳》。

〔四〕五嶽：我國五大名山之總稱。古書中記述略有不同。一般指東嶽泰山、南嶽衡山、西嶽華山、北嶽恒山、中嶽嵩山。《周禮·春官·大宗伯》：『以血祭祭社稷、五祀、五嶽。』鄭玄注：『五嶽，東曰岱宗，南曰衡山，西曰華山，北曰恒山，中曰嵩高山。』

## 蘇軾〔一〕

吾慕長公，粹質温温。壯志何皦，晚德若昏。文驅鉅海，道登天門。死生一了，貴賤何言。居貧乃肥，處薄彌敦。蜉蝣塵壒，觀彼無垠。

**注釋**

〔一〕蘇軾：宋蘇洵之長子，人稱『蘇長公』。字子瞻、和仲，號東坡居士。眉州（今四川眉山）人。北宋文學大家。卒後追謚文忠。

# 由拳集校注卷之三

## 古樂府

### 易水歌[一]

木葉下兮天雨霜，壯士西去兮易水長，北風烈烈兮吹咸陽。

**注釋**

［一］易水：河流名，在河北省西部。源出易縣境，入南拒馬河。荆軻入秦行刺秦王，燕太子丹等餞别於易水。《戰國策·燕策三》：『風蕭蕭兮易水寒，壯士一去兮不復還。』

### 子夜四時歌

一①

折花臨後園，風煖花欲笑。人愛花色妍，儂愛花心好。

二

與歡遊池上，荷生滿緑池。朱花似歡面，素藕似歡肌。

三

黄昏秋氣涼，蘭房燭未滅。私語無人知，擡頭見新月。

四

玉階印瑶雪，擁爐時並肩。纖手撫郎背，低聲問郎寒。

**校勘**

① 一：《屠長卿集》此四詩前無「一」「二」「三」「四」序次，而分别爲「春」「夏」「秋」「冬」四題。

## 懊儂歌

一①

白日照儂心，儂心不可見。願持金錯刀，剖出與歡看。

二

蘭桂非不香，不如荼蓼辛。他人非不好，要非心所親。

## 三

鄰里解笑儂，向人不敢淚。亦知歡負儂，儂心自不悔。

## 四

愛歡如楊柳，歡爲楊柳花。摇摇逐飄風，飛去落誰家？

## 五

儂心如野葵，歡心如春艸。野葵只向陽，春草處處好。

## 六

手持並州刀[一]，欲剪紅羅襦。羅襦生光彩，臨剪復躊躇。

### 校勘

① 本題六首，原無序數，爲校注者所加。

### 注釋

[一] 並州：古州名。相傳禹治洪水，劃分域内爲九州。據《周禮》《漢書·地理志上》等記載，並州爲九州之一。其地約當今河北保定和山西太原、大同一帶地區。古代，並州以出産刀剪聞名。唐杜甫《戲題王宰畫山水圖歌》：『焉得並州快剪刀，剪取吴淞半江水。』

# 白頭吟

一[①]

白日無回馭，黄河無回波。人情愛少年，其如老去何。

二

憶昔歸成都[一]，當壚何楚楚。拂拭彈緑琴，淚下忽如雨。

三

春華方灼灼，秋至而凋傷。婆娑點雙鬢，攬鏡恨秋霜。

四

昔爲鴛與鴦，今爲參與商。故人既如此，新人安得常？

五

君如白楊花，妾如青[②]池藕。藕斷絲纏綿，花飛不回首。

六

妾經少年老，少年老可知。何不回新歡，憐妾少年時。

## 校勘

① 一：本題六首，原無序數，爲校注者所加。

② 青：《屠長卿集》作『清』。

## 注釋

［一］成都：卓文君、司馬相如居處所在。卓文君爲漢臨邛大富商卓王孫女，好音律，新寡家居。司馬相如過飲於卓氏，以琴心挑之，文君夜奔相如，同馳歸成都。因家貧，復回臨邛，盡賣其車騎，置酒舍賣酒。相如身穿犢鼻褌，與奴婢雜作、滌器於市中，而使文君當壚。卓王孫深以爲耻，不得已而分財産與之，使回成都。事見《史記・司馬相如列傳》。又據《西京雜記》載，相如將聘茂陵人之女爲妾，卓文君作《白頭吟》以自絶，相如乃止。

# 燕歌行

憶昔初嫁登君堂，低眉淺黛宜豔妝。釵頭斜飛金鳳皇，玲瓏雜佩陳鳴璫。春風吹人羅帶香，流蘇宛轉入曲房，銀缸照夜夜未央。但願百年長頡頏，一生行樂度季光，臨池不羨雙鴛鴦。豈知歡愛固難常，良人去年遊朔方［一］。賤妾不言心内傷，含顰爲君縫衣裳，金刀玉尺淚成行。送君出門天氣凉，明月照見地上霜。君今騎馬遊遠鄉，妾願爲君紫絲韁。千里萬里隨君旁，不然其如關塞長。

## 注釋

［一］朔方：初爲漢郡名，治所朔方，在今内蒙古自治區杭錦旗北。《漢書・衛青傳》：『元朔五年春，令青將三萬騎出高闕，……代相李蔡爲輕車將軍，皆領屬車騎將軍，俱出朔方。』後泛指北方。

# 猛虎行

二儀曠哉，大道既夷。上天好生，萬物葳蕤。麒麟鳳皇無不可，猛虎何爲？嗟爾猛虎，張牙奮爪，出入驚山神。

萬物皆有食，汝何爲獨食人？騶虞不踐生草，汝乃攫人充腹腸。腹腸雖可飽①，人命亦可傷。深山之中，白骨荒荒。明明上天照下土，雷霆下擊草木，胡不擊爾虎？爾亦憐其雛，元元之民一何苦！

**校勘**

① 飽：存目本、《屠長卿集》作「飫」。

## 董逃行

王侯甲第雲連，豪華富貴薰天。黄金高齊北斗，朱户直出南山。撞鐘伐鼓，朝歌莫弦。金多可買萬年，逍遥行樂波前。一解

清夜星河在門，金鐙列照西園，門外車馬若雲。出燕賓客①，入擁美人。酒酣妙伎雜陳，一二豔曲陽春。二解

玄蟬清露瀼瀼，鴻雁志在稻粱。輝輝皦日高堂，挾瑟春風曲房。何論蔓草朝霜。三解

長安大道既平，朱輪華轂縱衡。摇唇五嶽崩騰，盼睞輝光爛盈。寂寞身後榮名。四解

夷齊西山不足謀[一]，英雄得時，多起朱樓。威蕤芳樹鳴鳩，取樂今日，遑恤明秋。哀哉白骨不收。五解

**校勘**

① 出燕賓客：《屠長卿集》作「出殺朝士」。

**注釋**

[一] 夷齊：伯夷和叔齊之並稱。西山：指首陽山，在今山西省永濟縣南。相傳伯夷、叔齊隱居於此。見卷二《翟節婦贊》注釋[二]。

## 公無渡河[一]

公無渡河，渡河無杭。河一何廣，公一何狂。白日爲公，黯淡失光。公行被髮踉鏘。追望不及，徒使妾涕下而

心傷。公無渡河，渡河者何？公愛清流，妾畏風波。蛟龍九子，如連山之嵯峨。公無渡河，渡河無方舟。人生亦足樂，何必居清流。高可登五嶽，下可蹴躃步九州。悲哉，湘君不足與夷猶[二]。公無渡河，河伯爾須[三]，水府深黑群龍趍。公無鱗甲，安能水中居？公無渡河，公竟渡。濁河湯湯起煙霧，妾往從之不識路。公無渡河，無使我心哀。公竟渡河。渡河何時歸來？公不歸來，賤妾之顔常不開。

**注釋**

[一]公：樂府古題《公無渡河》，屠隆或借『公』以指鄞人楊弘。弘字惟道。據沈明臣《豐對樓詩選》卷二十八《賦得公無渡河吊溺海者詩序》，萬曆元年（一五七三）五月，楊弘經商時於通州之狼山渡溺亡。沈爲作詩，並囑同好賦之。屠隆時在鄞，爲楊弘賦此詩。

[二]湘君：湘水之神。《楚辭·九歌·湘君》：『君不行兮夷猶，蹇誰留兮中洲？』

[三]河伯：泛指水神。

## 大堤曲

**一**①

襄陽大堤平[一]，重門開婀娜。堤上有遊女，堤下臨春波。

**二**

佳人卷朱簾，曒日照芳樹。下見襄陽兒，鼓枻春江去。

**三**

好花紅的的，豔殺大堤倡[二]。江風吹蕙帶，聞得緑波香。

校勘

① 本題三首，原無序數，爲校注者所加。

注釋

［一］襄陽：地名，今屬湖北。據《宋書·劉道聲傳》，劉爲襄陽太守，有政績，百姓樂業，民户豐贍，由此有《襄陽樂》歌，爲民衆歌詠劉道聲政化之民謡。古樂府《襄陽樂》中有《大堤曲》。此詩中大堤亦指潁上縣東門大堤，萬曆六年（一五七八）屠隆爲令時主持重修。

［二］大堤倡：襄陽大堤曲歌女。韓愈《送李尚書赴襄陽八韻》：『風流峴首客，花豔大堤倡。』宋魏仲舉編《五百家注昌黎文集》卷十：『大堤，地名，在襄陽。韓曰：「宋隋王誕爲襄陽郡，聞諸女歌，因爲詞曰：朝發襄陽城，暮至大堤曲。大堤諸女兒，花豔驚郎目。」』

# 白馬篇

一①

白馬少年郎，銀鞍錦繡裝。朝辭萬乘出，夕赴青樓倡。

二

揮鞭臨大路，過處生光輝②。道逢富平侯［一］，並轡西南馳。

三

稱詩悦鄭女，調笑動胡姬。容華兩相耀，羨殺長安兒。

四

長安多富人，賓馬不敢騎。朱顔會銷歇，天命固有期。

**校勘**

①本題四首，原無序數，爲校注者所加。

②光輝：《屠長卿集》作『輝光』。

**注釋**

［一］富平侯：漢代張安世封富平侯，傳子延壽，延壽傳勃，勃傳臨，臨傳放，五世襲爵。後因以富平侯稱朝廷重臣。

## 芳樹

芳樹威蕤，當彼青春。敷榮吐秀，陰蓋四鄰。主人置酒，堂上羅嘉賓。嘉賓既集，衆樂畢陳。人進北燕，曲奏西秦。挾瑟上堂，一一朱衣而華巾。芳樹臨前，楹發紅萼。對景如此，君胡不樂？君不樂，何不看取芳樹，今日芳，明朝霜落葉黄。人生榮華安得長？芳樹不飲，無爲北風烈烈悲枯桑。

## 豔歌行

**一**①

明月照緑水，垂柳夾朱樓。妾住長干里［一］，夫壻大長秋。

**二**

翡翠鳴前庭，春日臨鏡臺。回頭顧歡笑，却是小姑來。

## 三

妾愛黄鳥聲，郎愛青驄蹄。青驄得得去，黄鳥日日啼。

## 四

朝回臨曲池，與郎歌回波。池風能滅燭，光暗夜舒荷。

### 校勘

① 本題四首，原無序數，爲校注者所加。

### 注釋

［一］長干里：建鄴里巷名，故址在今江蘇省南京市南。左思《吴都賦》：『長干延屬，飛甍舛互。』《文選》劉逵注：『江東謂山岡間爲「干」。建鄴之南有山，其間平地，吏民居之，故號爲「干」。中有大長干、小長干，皆相屬。』樂府詩有《長干行》。後世常以『長干』借指南京。

# 妾薄命

邯鄲廣陌莎長，重門結構文窗。妾家緑水横塘，十五工爲豔妝。妙手善刺鴛央，體弱不勝明璫。脩眉霞彩朝陽，行步光輝照梁。春日城隅採桑，聯鑣列騎成行。綽約不數妖倡。一解

秀色何人不憐，歌舞妙絶邯鄲。千金白璧相鮮，五色如雲錦韀，解①與城南少年。二解

少年家本王侯，貯妾大宅高樓。簾幕珊瑚作鈎，後園藤蔓罳罘，含桃文杏相糾。下有金塘緑洲，上有翡翠斑鳩。入挾錦瑟箜篌，出擁銀鞍紫騮，行樂萬歲千秋。三解

千秋萬歲與君，逍遥聯樂我賓，豈知世事浮雲。僊僊絳衣縞裙，爲歡春復一春。朱樓芳樹漂淪，容華零落草根，

昨日蕩子從軍。四解

良人一去遠方，白苧倏下天霜。錦衾夜捲秋涼，園林木乾葉黄，不覺枯死蜩螗。玉琴罷彈清商，十指可以縫裳。夜長燈燭無光，攬衣仰睇河梁[一]。五解

**校勘**

① 解：《屠長卿集》作『嫁』。

**注釋**

[一] 河梁：河橋，漢李陵、蘇武送別處，李陵《與蘇武》：『攜手上河梁，遊子暮何之？……行人難久留，各言長相思。』後借指送別之地。

## 行路難

天上白玉堂，僊人雲錦裳。虎豹伺九關，安敢順風翔？東南風波惡，西北隴坂長。人心藏九疑，浮雲變曶荒。靈均秉直道[一]，努力事懷王[二]。忠信不見諒，去去沈江湘。精誠誓皦日，冤氣感繁霜。孔聖戒臨河，豈是川無梁。少年盛膏沐，回睇生輝光。秋至逐飛蓬，中路以旁皇。紈扇歌班姬[三]，前魚泣龍陽[四]。不信長門人，寵愛昔專房。朱顏不可保，主恩安得常！

**注釋**

[一] 靈均：屈原之字。屈原忠事楚懷王，却屢遭猜忌，後被流放沅、湘，投汨羅江而死。

[二] 懷王：指楚懷王，戰國時楚國國君。不重用屈原，最終被秦扣留做人質，客死異國。

[三] 班姬：指班婕妤，漢成帝時被選入宮，立爲婕妤。後成帝寵幸趙飛燕姊妹，班姬見薄，退居長信宫。班姬善詩賦，有《怨歌行》（亦稱《團扇歌》）《自悼賦》等，敘深宫幽怨。

[四] 龍陽：龍陽君，戰國時魏安釐王男寵。《戰國策·魏策》載『龍陽泣魚』事：『魏王與龍陽君共船而釣，龍陽君得十餘魚而涕下。王

曰：「有所不安乎？如是，何不相告也？」對曰：「臣無敢不安也。」王曰：「然則何爲涕出？」曰：「臣爲王之所得魚也。」王曰：「何謂也？」對曰：「臣之始得魚也，臣甚喜。後得又益大，今臣直欲棄臣前之所得矣。今以臣凶惡，而得爲王拂枕席。今臣爵至人君，走人於庭，辟人於途。四海之內美人亦甚多矣，聞臣之得幸於王也，必褰裳而趨王。臣亦猶曩臣之前所得魚也，臣亦將棄矣，臣安能無涕出乎！」魏王曰：「誤。有是心也，何不相告也。」於是布令於四境之內，曰：「有敢言美人者，族！」』後多用爲失寵之典。

## 烏棲曲

**一** ①

鴛鴦瓦白月上來，蕙草微風裙帶開。朱門露濕葳蕤鑰，城頭烏棲月欲落。

**二**

窗前霜落剪刀冷，夜按錦衾郎不醒。楊柳烏啼天欲明，送君鼓柂下江陵。

**三**

郎今少年好遠遊，恨無彩線繫蘭舟。青溪小姑不相識[一]，問儂何故淚沾臆。

### 校勘

① 本題三首，原無序數，爲校注者所加。

### 注釋

[一] 青溪小姑：傳說中之青溪神女。《樂府詩集》有《青溪小姑曲》。

## 有所思

有所思，思君何慊慊。妾棄居中野，兄嫂笑我，父母相憎嫌。風霜欺鬢髮，塵埃漫滅珊瑚簪。爲君勤紡績，日夜斷一縑。出門浣溪水，水清愁殺人。朱顔爲之枯，蛾眉爲之顰。君恩日故，思情日新。願君如太陽，回光照妾身。

## 雉子班

雉子班，澤中飛且鳴。汝飛不能過十丈，安得與黄鵠遊青冥？黄鵠語雉子：汝飛不能過十丈，我飛一舉凌煙空。吾將銜汝去，遊戲碧雲中。雉子謝黄鵠：吾寧飛十丈，不願雲中居。天路雖可戀，未若南山隅。

## 臨高臺

臨高臺，望遠水，水邊日落黄烟起。三山突兀生眼前[一]，大海波濤幾萬里。側身天地，俯仰漫漫。吾生何所須，悲哉歷昏旦。百年之内，憂愁居其半。行思坐語以浩歎。

**注釋**

[一] 三山：傳説中之海上三神山。晉王嘉《拾遺記・高辛》：『三壺，則海中三山也。一曰方壺，則方丈也；二曰蓬壺，則蓬萊也；三曰瀛壺，則瀛洲也。』

# 釣竿歌

釣竿何嫋嫋，漁者行盤盤。大道開九衢，塵沙浩彌漫。行逢路人嗔，車馬聲相讙。路人且勿嗔，手中有釣竿。

# 隴頭水

隴頭有流水，日夜流湯湯。流水一何駛，隴阪一何長。邊地風沙肅，故園春草芳。啼殘金閨月，戍老鐵衣霜。

# 折楊柳

楊柳綠依依，春風吹婀娜。長絲復短絲，垂鞭繫青騾。折以寄征人，道遠關山多。芳春覆繡閣，霜露下金河。楊柳既如此，人其將奈何。

# 關山月

關山月，流影照金閨。金閨既寂寂，關山重淒淒。露侵羅衣濕，花壓玉釵低。雞鳴滄海曲，星没絳河西。良人萬里外，小婦數行啼。翡翠分飛去，何由並蒂棲。

# 紫騮馬

長安紫騮馬，蹀躞破春烟。銀鞍何翕赩，金絡復嫣然。塢外夭桃妒，樓中嬌女憐。盛年應自惜，歡賞芳春前。

## 劉生[一]

遊俠重三秦[二]，微軀可借人。肯負將軍諾，寧辭丞相嗔。桃花嬌寶騎，芳草映文裍。不向沙場上，誰知百戰身？

**注釋**

[一] 劉生：游俠之代稱。《樂府解題》云：『劉生不知何代人，齊梁以來爲《劉生》辭者，皆稱其任俠豪放，周遊五陵三秦之地。』

[二] 三秦：項羽滅秦後，三分其地爲雍、塞、翟三國，總稱三秦，地在關中一帶。

## 捉搦歌四首

一雙姊妹髮覆額，櫻桃樹下𨈏相得。阿姊嫁與二千石，妹嫁城南賣餅客。

東家女兒花滿頭，西家女兒鬢無油。富貴貧賤兩不羞，不看溝水東西流。

大家女子來上墳，杏黄衫子茜裙翻。玉壺清酒澆樹根，拜罷歸家過廟門。

湖頭小婦日摘藕，短袖盈盈露雙手。郎君遠出黄河口，小婦採蓮供阿母。

## 陌上桑

春風吹廣陌，邯鄲百草芳。戴勝啼桑林，城隅夾横塘。天晴風日好，羅敷出采桑[一]。采桑何裊裊，素手自捉筐。縞裙耀白日，羅袖當風香。觀者紛如堵，蛾眉不一揚。使君南來客，五馬生輝光。對面調羅敷，停車大路旁①。珍珠寧論斛，錦繡疊成箱。夫人何自苦，春花易秋霜。白璧如不惜，願下千金裝。羅敷含態語，使君何未量。使君有珠玉，羅敷有糟糠。君將錦製帶，妾以布爲裳。黄荆可作釵，何必金鳳皇。白苧可裁衫，何必繡裲襠。妾夫爲小吏，低頭府中翔。使君五馬貴，揚揚上高堂。貴人雖則貴，良人亦自良。路旁看使君，五馬爛生光。五馬不生光，願君回末照。流影向君房，君如白楊花，妾如秋桑葉。桑葉委沙泥，楊花飄綉閤。人生不有命，貴賤各相合。妾不羡使君，使君豈羡妾？

**校勘**

①停：底本原作「亭」，據存目本改。

**注釋**

〔一〕羅敷：古代美女名，亦古代女子常用之名。漢樂府《陌上桑》與《孔雀東南飛》均有其名。

## 短歌行

花開青陽，木落空霜。手秉華燭，莫上高堂。少年何知，踪跡太奇。氣吞滄海，泰山猶卑。大運不至，屈膝低眉。長弓射兔，寶刀刈葵。頭顱種種，今我何爲？落落長松，化爲枯蓬。蛟龍無雲，猛虎無風。天命如此，枉用英雄。有客在門，有酒在尊。君如不樂，日月西奔。

## 銅雀臺〔一〕

英雄阨大運，富貴終蒿萊。西陵不可望〔二〕，寶釵亦成灰。白雲崩墓道，寒月慘歌臺。人去松楸暝，天空鴻雁哀。

**注釋**

［一］銅雀臺：漢建安十五年（二一〇）曹操築於鄴城。見卷一《霞爽閣賦》注釋［二八］。

［二］西陵：曹操之墳墓，見卷一《霞爽閣賦》注釋［三十］。

## 秋胡行四首［一］

鴛央戲春波，小大必有雙。鴛央戲春波，小大必有雙。自非頡頏，同遊不親。家有糟糠，豈顧他人。因何臨大道，停車輪？堂上有阿母，胡不蚤還家？少小結髮，恩愛如摶沙。歌以言志，鴛央戲春波。一解

婦人抱貞心，採桑養舅姑。婦人抱貞心，採桑養舅姑。夫君仕宦，一出五年。他人有金，妾心不憐。採桑力作，可以無饑寒。歌以言志，婦人抱貞心。二解

秋胡奉黄金，堂上阿母呼。秋胡奉黄金，堂上阿母呼。呼婦不出，泣下蘇蘇。向見國卿，誰知即秋胡。須臾婦至，乃是桑間姝。夫一何慚，婦一何怒。低眉上堂，相見不一顧。歌以言志，秋胡奉黄金。三解

良人太無良，徒然稱國卿。良人太無良，徒然稱國卿。有夫如此，安用生哀。生哀玉質，自投清流。輕薄之子恥與儔。清流曷竭，婦恨何時休。歌以言志，良人太無良。四解

**注釋**

［一］秋胡：春秋時期魯國人。婚後五日即外出遊宦，五年乃歸，見路旁美婦采桑，贈金以戲之，婦不納。及還家，見其妻，即采桑者。婦斥其悦路旁婦人，忘母不孝，好色淫佚，憤而投河死。事見漢劉向《古列女傳·魯秋潔婦》。後以『秋胡』泛指愛情不專一之男子。漢樂府《相和歌·清調曲》有《秋胡行》，歌頌秋胡妻之貞烈。

## 善哉行

來日大難，地老天荒。花開不飲，葉落空傷。一解

秦望三山[一]，以臨洪波。金棺之下，白骨峨峨。二解
富貴無常，飛雲流霞。時移運去，王侯種瓜。三解
人有美酒，天有良宵。何以爲驩？打鼓吹蕭。四解
暢適豈誕，沉冥不昏。客來笑歌，客去閉門。五解
世人無端，盛傳八公[二]。起視茫茫，白雲在空。六解

**注釋**

［一］秦望：山名。李白《送友人尋越中山水》詩：『東海横秦望，西陵遶越臺。』見卷一《霞爽閣賦》注釋［六］。三山：指浙東會稽山、四明山、天台山。

［二］八公：漢淮南王劉安門客，有蘇非、李尚、左吴、田由、雷被、毛被、伍被、晉昌八人，稱『八公』。後人以劉安好方技，將『八公』附會爲神仙，晉葛洪《神仙傳》卷六：『淮南王安好神仙之道，海内方士從其游者多矣。一旦有八公詣之……曰：「我等之名，所謂文五常、武七德、枝百英、壽千齡、葉萬椿、鳴九皋、修三田、岑一峯也，各能吹噓風雨，震動雷電，傾天駭地，迴日駐流，役使鬼神，鞭撻魔魅，出入水火，移易山川，變化之事，無所不能也。」……乃取鼎煮藥使王服之，骨肉近三百餘人同日昇天，雞犬舐藥器者，亦同飛去。』

# 艷歌行

妾本小家女，邯鄲城外住。的的水中蒲，盈盈花上露。雙蛾揚緑煙，青絲飄香露。村妝亦自理①，佩服尚②縞素。選入趙王宫，列在三千數。雖有嬋娟姿，終乏邯鄲步。歌舞讓他人，羞顔詎堪顧。抱瑟不成聲，度曲常多誤。君王既未知，出爲厮養婦。楊花逐飄風，棲泊經長路。初從下蔡歸，復向吴閶去。流落在泥塗，鞍馬不得駐。妾命固應爾，含情待誰訴？

**校勘**

① 妝：底本原作『汝』，據存目本改。亦自理：底本三字缺，據存目本補。

②佩服尚：底本三字缺，據存目本補。

## 玉階怨

睡起殿西頭，春風飄羅帳。虫絲與鳥跡，一一青苔上。

## 子夜歌十首

少小與郎親，鬬艸向西園。如今十三四，低眉不肯言。
儂欲采荼蘼，藤蔓傷儂手。郎君儂不憎，儂憎少年口。
上山提竹筐，見兔疑是狼。露下鴛央瓦，夜夜不成霜。
小女學織機，十指按春羅。阿姊來相調，戲擲手中梭。
爲愛明月光，清夜花間立。回房阿母嗔，因何羅襪濕。
荷花生池中，可望不可攀。驟雨落荷葉，明珠顆顆圓。
郎來看花嬉，花下暗蟢子。妾今已三眠，蠶老抽絲死。
兩小相遊處，纏綿不忍離。老奴如有意，須遣阿爺知。
種花種夭桃，慎勿種芍藥。好花不結子，春殘空自落。
郎君隔東牆，語笑花陰旁。小姑解挑撻，偷取紫羅囊。

## 白石郎曲[一]

白石郎，廟臨溪，金爐無煙紅日西。

芳草盈門，青松夾道。江路盤迴，人跡罕到。

**注釋**

［一］白石郎：傳説中之水神。宋郭茂倩《樂府詩集·清商曲辭》中有《白石郎曲》。

## 青溪小姑曲［一］

女郎所居，碧瓦朱甍。芳樹扶疏，上罥紫藤。

**注釋**

［一］青溪小姑：傳説中之青溪神女。《樂府詩集》有《青溪小姑曲》。

## 三洲歌

同舟載好婦，來往三江頭［一］。乘月飲美酒，酒酣彈箜篌。來亦無所悲，去亦無所悲。艎中攜宅眷，何用思家爲。

**注釋**

［一］三江：指長江、湘水、沅水。三江在巴陵與洞庭湖相通。《樂府詩集·清商曲辭》有《三洲歌》，郭茂倩題解：『《古今樂録》曰：「《三洲歌》者，商客數游巴陵三江口往還，因共作此歌。」』

## 夜渡①娘

有月霜露冷，無月煙霧昏。霧昏猶自可，月冷照羅裙。

**校勘**

①渡：底本目録、存目本目録及標題俱作『度』。

## 江南美

佳人湖上櫂輕舸，蘭槳雙雙撥緑波，口中微微吟吴歌。吟吴歌，清且哀。鴛央飛，屬玉來。

## 採蓮曲

湖頭採蓮日莫歸，蓮花香氣薰儂衣，寶釵綽約容光輝。容光輝，耀明月。神女窺，遊魚滅。

## 鳳笙曲

參差宛轉凰皇聲，彈者恐是董雙成[一]，霞衣雲帔煙冥冥。煙冥冥，細流響。心自知，心自賞。

**注釋**

[一] 董雙成：神話人物。商亡後於西湖畔修煉成仙，飛升後任王母身邊蟠桃仙子。

## 龍笛曲

篔簹斑斑湘女痕，寥寥夜叫水龍魂，石裂江空雲霧奔。雲霧奔，須臾定。人不見，水如鏡。

# 四時白苧歌

黄鳥和鳴紫燕翔，鴛央瓦上落春霜。雕檐畫棟生初陽，緑楊裊裊垂金窗。佳人早起調銀簧，輕羅半捲雙蛾揚。春風自來吹明璫，稱詩調曲歡未央。

青山合沓路逶迤，上有高臺下曲池。緑龜紫鼈遊青溪，荷花菱葉亂參差。麗娟纖指摘芳蕤，起拈玉管吹涼颸。東方月上日欲西，歌殘曲罷低蛾眉。

金氣應節涼颸回，木葉乍響候虫催。不覺白露下青苔，西園花盡野蓼開。蛺蝶飛去熠耀來，美人紈扇歌正哀。夜長銀燭明瑤臺，雕闌玉砌自裴徊。

紫紽錦毳花蒙茸，含情含態纖且穠①。蘭房温室無朔風，氍毹匝地爐火紅。停盃送月②曲未終，發聲流響摇寒空，但願歡娱千歲同。

**校勘**

① 穠：底本、存目本作『襛』，據上下文意改。

② 月：存目本作『目』。

# 荊軻歌[一]

荊卿薄舞陽[二]，匕首挾秋霜。殺氣衝寒日，悲風下大荒。繡柱猶堪繞，金屏不可防。燕魂飲恨没，秦艸逐年芳。

注釋

[一] 荆軻：戰國末年著名刺客，見卷一《霞爽閣賦》注釋[二一]。

[二] 舞陽：秦舞陽，也作『秦武陽』，燕國人。做荆軻副手赴咸陽刺秦王，《史記·刺客列傳》：『至陛，秦舞陽色變振恐，群臣怪之。荆軻顧笑舞陽，前謝曰：「北蕃蠻夷之鄙人，未嘗見天子，故振慴。願大王少假借之，使得畢使於前。」秦王謂軻曰：「取舞陽所持地圖。」軻既取圖奏之，秦王發圖，圖窮而匕首見。』

## 胡姬年十五

寶馬桃花赤，單衫杏子黄。王孫輸玉玦，國士下金裝。粉裏眉痕淺，衣薰蘭氣香。提壺量酒罷，愁坐惜春陽。

## 結客少年場

白馬簇朱纓，霜刀耀日明。大兄爲郭解[一]，小弟是荆卿[二]。力縛南山虎，手斬東海鯨。三盃生意氣，目决秋雲崩。彈碁復擊劍，都市萬夫傾。捐金滅踪跡，殺人留姓名。取酒壚頭醉，鳴鞭塞上行。笑奪都護幟，戲斫伏波營。五侯盡爾汝，何况於老兵。黄沙埋白骨，俠氣尚縱衡。

注釋

[一] 郭解：字翁伯，西漢軹縣（今河南濟源）人，著名遊俠，《史記·遊俠列傳》有傳。

[二] 荆卿：即荆軻。見卷一《霞爽閣賦》注釋[二一]。

## 行路難四首

君不見，石家金谷花滿園[一]，須臾野蔓生荒原。君不見，魏武銅臺走牛羊[二]，昔日金釵歌舞場。時來屠沽取卿相，運去英雄没草莽。李斯黄犬空悲辛[三]，青門不及種瓜人。鳥盡弓藏淚盈掬，何如垂釣淮陰曲[四]。富貴亦不快，貧賤亦不憐。烹羊宰牛進美酒，咀宫含羽彈哀絃。坐愁行歎爾何用，我生有命應在天。

山行畏兕虎，水行畏風波。笑中藏裂眥，俎上尋干戈。手提青銅登酒樓，蒲萄向君歌不休。囊空蕭索鬢如絲，悠悠不數路旁兒。賓客盡去魏其家[五]，賢豪忽入平津閣[六]。昨日車馬如遊龍，今日門前可羅雀。君看桃李委芳塵，對酒當歌胡不樂。

老醜君莫歎，朱顔皓齒君莫歡。落花飄風向濁水，東西曲折隨波瀾。無鹽垢面首飛蓬[七]，龍輿鳳輦登王宫。明君玉貌嬌如花，蛾眉萬里埋風沙。王孫富貴金作丸，東方先生苦飢寒[八]。五侯道上驅駿馬，處士老死蓬蒿下。我歌行路請弗喧，古來如此今何言。

吾羨范大夫[九]，功成方霸越，自載西施出五湖。吾羨張季鷹[一〇]，生前一盃酒，不用區區身後名。口不挂是非，心不挂榮辱。階前春至生青苔，堂上更長剪紅燭。行路難，君知否？日月經天東復西，人生得意須回首。

## 注釋

[一]金谷：指西晉巨富石崇别業金谷園。

[二]魏武：指曹操。曹操在世時，擔任東漢丞相，後爲魏王。謚號爲武王。其子曹丕稱帝後，追尊其爲武皇帝。因國爲魏，遂稱魏武帝。銅臺：指銅雀臺。曹操滅袁紹後，建銅雀臺於漳水之上，以彰顯其平定四海之功。參見卷一《霞爽閣賦》注釋[二八]。

[三]李斯：楚上蔡（今河南省上蔡縣）人，秦朝著名政治家、文學家和書法家。秦二世時，丞相李斯遭人誣陷，腰斬於咸陽市。臨刑謂其中子曰：『吾欲與若復牽黄犬俱出上蔡東門逐狡兔，豈可得乎！』見《史記·李斯列傳》。

[四]淮陰：今江蘇淮安。韓信爲淮陰人，少時曾垂釣淮水濱，養晦韜略，後封淮陰侯。

[五]魏其：指魏其侯竇嬰。嬰字王孫，清河觀津（今河北衡水東）人。西漢大臣，漢文帝皇后竇氏堂兄之子，以軍功封魏其侯。

[六]平津閣：指漢平津侯公孫弘所開之東閣。公孫弘爲丞相，封平津侯，起客館，開東閣，招請士人。後因以『平津閣』等稱高級官僚延納賓客之處所。

[七]無鹽：指戰國時齊宣王后鍾離春。貌極醜，而甚有賢德。以其爲無鹽邑（今山東東平縣無鹽）人，故名。漢劉向《古列女傳·齊鍾離春》：『鍾離春者，齊無鹽邑之女，宣王之正后也。其爲人極醜無雙，臼頭深目，長指大節，卬鼻結喉，肥項少髮。』

［八］東方先生：東方朔。見卷二《十賢贊·東方朔》注釋［一］。

［九］范大夫：指范蠡。見卷二《十賢贊·范蠡》注釋［一］。

［一〇］張季鷹：吴郡吴縣（今蘇州）人。有清才，善屬文，而縱任不拘。嘗爲大司馬東曹掾，見禍亂方興，辭官而歸。《晉書·張翰傳》：『翰因見秋風起，乃思吴中菰菜、蓴羹、鱸魚膾，曰：「人生貴得適志，何能羈宦數千里以要名爵乎？」遂命駕而歸。……翰任心自適，不求當世。或謂之曰：「卿乃可縱適一時，獨不爲身後名邪？」答曰：「使我有身後名，不如即時一盃酒！」時人貴其曠達。』

## 採荷調

渚月清可憐，湖風凉不禁。蓮花比妾面，蓮子比儂心。

## 江皋曲

郎舟往江北，儂舟往江東。雙帆相並過，只是隔芙容。

## 春江行

春水緑如染，白石何磷磷。歡舟杳然去，江花空映人。

## 映水曲

明月照板橋，美人橋上坐。風吹渌水摇，忽訝金釵墮。

# 登樓曲

登樓望河漢，香霧空氤氳。蛾眉作新月，龍笛吹長雲。

# 由拳集校注卷之四

## 五言古詩

### 感懷十首

天地何泬寥，俯仰一長慨。齊州不足步[一]，我欲出四海。老子涉流沙[二]，去去幾千載。何當往從之，庶幾凌爽塏。

闒茸升青雲，賢豪困塗泥。所以賈大夫，忼慨弔湘纍[三]。人事不足論，天意亦胡爲？我欲叩九關[四]，虎豹當關啼。

魏侯愛聽鄭[五]，齊王好吹竽[六]。竽瑟聲難諧，鄭雅調亦殊。古初不可作，落落悲所如。安得知音者，與之鼓黄虞。

曠望三神山[七]，僊人白玉堂。海風吹桂樹，洞門瑶艸長。我欲往從之，波濤日茫茫。仿佛安期生[八]，惜哉川無梁。

魯連輕侯王[九]，萬乘忽若失。功成乃拂衣，東去觀溟渤。對珪寧肯分，斯理坐超忽。懷哉高士居，我歌激白日。

隨珠彈鳥雀，失雀亦亡珠。釣者垂弱絲，纍纍貫大魚。偃師爲木偶[一〇]，丈人灌園蔬[一一]。安能齊巧拙，物性固有殊。

王孫挾金丸，都尉寵新聲。赫奕平津侯[一二]，顛頷轅固生[一三]。支離復龍鍾，何以宜物情？所以漁丈人，咄嗟歎獨醒。

我有千金劍，世無雷煥知。塵埋挂空壁，補履不如錐。夜夜風雨鳴，時時鬼神啼。鉛刀正高售，持此將何之？

王風久沉冥，西日匿景光。結交重市道，江漢流湯湯①。富貴乃稱賢，貧賤非所臧。安能學彈鋏，空谷以自藏。

荆卿歌易水[一四]，俠氣干白虹。相如睨秦庭[一五]，函谷生雄風。燕趙多烈士，千載激頹庸。齷齪金張家[一六]，區區誇鼎鐘。

## 校勘

① 結交二句：《屠長卿集》作『周公下白屋，茲事已渺茫』。

## 注釋

[一] 齊州：猶中州，指『中國』。《爾雅·釋地》：『岠齊州以南……』郭璞注：『齊，中也。』邢昺疏：『中州，猶言中國也。』齊州不足步，化用唐李賀《夢天》：『遥望齊州九點煙，一泓海水杯中瀉。』

[二] 老子：老聃。見卷二《十賢贊·老聃》注釋[一]。

[三] 賈大夫：賈誼，洛陽人。西漢初年著名政論家、文學家。誼好學，博覽群書，十八歲即有才名，二十餘歲被文帝召爲博士。隨即破格提爲太中大夫。二十三歲時，因遭群臣忌恨，貶爲長沙王太傅。後召回長安。又爲梁懷王太傅。懷王墜馬死，誼深自歉疚，抑鬱而亡，時僅三十三歲。故世稱賈大夫、賈太傅、賈長沙、賈生等。湘纍：指屈原。屈原因投湘水而死，人稱『湘纍』。賈誼貶長沙時曾作《吊屈原賦》。《漢書·揚雄傳》：『因江潭而誰記兮，欽吊楚之湘纍。』

[四] 九關：九重天門或九天之關。《楚辭·招魂》：『魂兮歸來，君無上天些。虎豹九關，啄害下人些。』王逸注：『言天門凡有九重，使神虎豹執其關閉。』後亦指代宫闕、朝廷。

[五] 魏侯：指魏文侯。姬姓，魏氏，名斯。戰國時期魏國建立者。魏侯愛聽鄭音，據《史記·樂書》記載：『魏文侯問於子夏曰：「吾端冕而聽古樂則唯恐卧，聽鄭衛之音則不知倦。」』

［六］齊王：指齊宣王、齊湣王。《韓非子》第九卷《内儲説上》載：『齊宣王使人吹竽，必三百人。南郭處士請爲王吹竽，宣王説之，廩食以數百人。宣王死，湣王立，好一一聽之，處士逃。』宋黄庭堅《拘士笑大方》：『齊王好吹竽，楚客善鼓瑟。』

［七］三神山：傳説中海上蓬萊、方丈、瀛洲三座神仙居住之島嶼。見卷三《臨高臺》注釋［一］。

［八］安期生：傳説爲居住於海上之神仙，見卷一《溟海波恬賦》注釋［二〇］。

［九］魯連：即魯仲連。見卷二《十賢贊·魯仲連》注釋［一］。

［一〇］偃師：周穆王時工匠，所製木偶能歌善舞，恍如活人。事見《列子·湯問》。

［一一］丈人：指漢陰丈人。《莊子·天地》：『子貢南游於楚，反於晉，過漢陰，見一丈人將爲圃畦，鑿隧而如井，抱甕而出灌，然用力甚多而見功寡。子貢曰：「有械而出灌，一日浸百畦，用力甚寡而見功多，夫子不欲乎？」爲圃者仰而視之曰：「奈何？」曰：「鑿木爲機，後重前輕，挈水若抽，數如溢湯，其名爲槔。」爲圃者忿然作色而笑曰：「吾聞之吾師，有機械者必有機事，有機事者必有機心。機心存於胸中，則純白不備，則神生不定；神生不定者，道之所不載也。吾非不知，羞而不爲也。」』後人有『忘機學漢陰』之語，意即清浄無爲。

［一二］平津侯：漢公孫弘，官至丞相，封平津侯。

［一三］轅固生：又名轅固，西漢齊（今桓臺縣田莊鎮轅固村）人，早年爲清河王劉乘之太傅，景帝時爲《詩經》博士。儒家學者。

［一四］荆卿：荆軻。見卷一《霞爽閣賦》注釋［二一］。

［一五］相如：藺相如，戰國時趙國丞相，使秦完璧歸趙。事見《史記·廉頗藺相如列傳》。

［一六］金張：漢時金日磾、張安世二人之並稱。二氏子孫相繼，七世榮顯。後人因用『金張家』爲顯宦家族之代稱。如明高啟《送李用和提舉》：『髯君孤直士，與世頗異儔。不交金張家，而獨與我遊。』

# 雜感六首

達人冥萬物，倏然貴清真。抗志青雲端，日月行秋旻。安能自汩没，齷齪隨風塵。末世不可託，我欲觀無垠。

古來重俠客，意氣陵秋濤。浩蕩六郡子，交結五陵豪。駿馬躡飛電，清霜明寶刀。白日醉都市，撾鼓擊雲璈。搥碎胡姬肆，殺人如芟蒿。一言重然諾，千金輕鴻毛。俠骨重泉下，嶪嶪氣猶高。樸遬嗟小儒，終然縛天弢。跼蹐横一經，兀兀徒爲勞。

天地何廓落，白日照杲杲。男兒貴放志，遐征極幽討。西窮崑崙源，東上蓬萊島。奈何坐空山，五見凋秋艸。

曉起覽明鏡，朱顏忽以老。蹇足苦不展，茫茫夢遠道。世路多嶮巇，大道或摧車。蹇予骫髒人，睢盱未能除。一自混沌鑿，聖伏神亦徂。棄瓢事不復，抱甕計已疎。非受老氏術[一]，而當誰與居？

吹萬自不同，物性多齟齬。鳳皇耆①琅玕，烏鳶嚇腐鼠。黃鵠翔高雲，鷮鷮本無侶。鸒斯枋榆間，亦乃矜毛羽。小大何足云，胡蝶乃栩栩。

輕薄誰家子，風采何翩翩。挾彈出章臺，賣珠入長安。手把珊瑚玦，頭戴鵕鸃冠。身騎紫騮馬，足踏黃金鞍。嫣然向人笑，能得世人憐。沽酒朱樓上，高歌大路邊。朝從博徒飲，莫向娼家眠。行樂度年光，詩書不足觀。心賤楊子雲[二]，守拙草太玄。容華一朝改，顑頷蓬蒿間。

**校勘**

① 耆：《屠長卿集》作「嗜」。

**注釋**

[一] 老氏：即老子。見卷二《十賢贊·老聃》注釋[一]。

[二] 楊子雲：即揚雄，字子雲。見卷一《霞爽閣賦》注釋[二]。

## 遠遊

大道合混淪，無爲超曶荒。元氣相融結，廓開爲玄黃。道出坱圠外[一]，二儀亦微茫。白日彈丸大，黃河衣帶長。萬物在天地，何異紛粃糠。而我分一形，蟭螟集眉眶。萬期亦須臾，無論彭與殤[二]。而我百年内，倏忽閃電光。奈何據寸壤，奔走日踉蹌。零露落蔓艸，髫髮爲蒼蒼。我欲騎六氣，龍輈挾高翔。清言入杳冥，列僊同尚羊。朝憩空同上[三]，莫宿崑崙旁。濯足臨華池，晞髮坐扶桑[四]。有時登清都[五]，紅雲拱玉皇[六]。日月足下走，大地浮中央。庶幾隣泰初，天龢永無戕。

**注釋**

[一] 坱圠：漫無邊際貌。亦作『坱軋』。漢賈誼《鵩鳥賦》：『大鈞播物兮，坱圠無垠。』唐李白《大鵬賦》：『爾其雄姿壯觀，坱軋河漢，上摩蒼蒼，下覆漫漫。』

[二] 彭與殤：彭殤對舉，猶言壽夭。彭，彭祖，指高壽；殤，未成年而死。《莊子·齊物論》：『莫壽於殤子，而彭祖爲夭。』

[三] 空同：即崆峒山，見卷一《霞爽閣賦》注釋[三二]。

[四] 扶桑：神話傳説中之樹名。《山海經·海外東經》：『湯谷上有扶桑，十日所浴，在黑齒北。』郭璞注：『扶桑，木也。』《海内十洲記·帶洲》：『多生林木，葉如桑。又有椹，樹長者二千丈，大二千餘圍。樹兩兩同根偶生，更相依倚，是以名爲扶桑也。』傳説日出於扶桑之下，拂其樹杪而升，因指謂爲日出處，或代指太陽。

[五] 清都：神話傳説中天帝所居之處。《列子·周穆王》：『清都、紫微、鈞天、廣樂，帝之所居。』

[六] 玉皇：道教稱天帝曰玉皇大帝，簡稱玉帝、玉皇。

## 伍員廟[一]

伍相忼慨士，重義輕其軀。壯哉白日心，皎皎當不渝。解劍豈徒爾，投金表區區。入郢已覆楚[二]，浮江終報吴。感激千載下，永爲壯士模。

**注釋**

[一] 伍員：伍子胥，名員，字子胥，春秋末期軍事家、謀略家。本楚國人，其父兄爲楚王所殺，伍子胥隻身逃往吴國，受到吴王闔閭重用，發兵擊敗楚國，破楚首都郢；子胥掘楚王墓，鞭屍三百，報父兄之仇。後子胥遭讒自殺。詩中所言諸事，參見《史記·伍子胥列傳》《吴越春秋·闔閭内傳》及《太平廣記》卷二九一『伍子胥』條等。

[二] 郢：古邑名。春秋戰國時楚國都城，故址在今湖北江陵東北。後亦代稱楚國。

# 南霽雲[一]

桓桓南將軍，徵兵下泗州[二]。城上黄雲起，睢水零不流[三]。斷指驚座客，西風厲高秋。賀蘭竟何人[四]，端居擁貔貅。

**注釋**

[一] 南霽雲：唐朝玄宗、肅宗時期名將，張巡、許遠之部將，勇武過人，在安史之亂中殉國。韓愈《張中丞傳後敘》記其事跡。

[二] 泗州：古州名，轄地大概在今泗縣、天長、盱眙、明光、泗洪一帶。

[三] 睢水：水名。故道自今河南開封縣東從鴻溝分出東流經杞縣、睢縣北，寧陵、商丘南，夏邑、永城北，安徽濉溪縣南，宿縣、靈璧、江蘇睢寧北，至宿遷縣南注入古代泗水。

[四] 賀蘭：指賀蘭進明。安史之亂睢陽戰役時爲御史大夫、河南節度使，駐節於臨淮一帶。南霽雲曾乞師賀蘭進明，賀蘭嫉賢妒能，『擅强兵坐而觀』。

# 觀穫

緑野收千頃，黄雲偏①四垂。老人歌拾穗，童子學烹葵。落日照茅屋，牛羊眠短籬。江南多富人，倉囷何纍纍。苦樂不可問，傷哉貧家兒。經年事耕種，辛苦當爲誰？富家長夜燕，貧家無晨炊。言念食者飽，無忘耕者饑。

**校勘**

① 偏：底本原作『偏』，據存目本、《屠長卿集》改。

## 張大司馬惠芝園集寄謝[一]

先生躬大雅，制作參穹玄。蟠胸富錯綺，落筆疑湧泉。雄名張四垂，文光燭八埏[二]。高視淩當代，却步走昔賢。片語落寰中，萬古争相傳。秉心敬愛士，贈我瑶華篇。長跪啓琅函，讀之意翩翩。如入群玉府，衆寶羅目前。五丁扛龍文[三]，二酉發鴻秘[四]。恍作金石聲，時有虹霓氣。山靈爲呵護，海若竊窺眎。咄哉支離生[五]，把玩喜且驚。奇觀易耳目，異物令屏營。饑腸飫肉芝，喝吻吸金莖。塵心忽若失，灑灑神骨清。無能報瓊瑶，但知感寵榮。

**注釋**

[一] 張大司馬：指張時徹。字惟静，人稱東沙公。嘉靖癸未進士，授兵部主事，改禮部，出爲江西提學副使，歷福建參政、雲南按察使、山東右布政使、河南左布政使，以簽都御史撫四川，再撫江西，遷南京刑部侍郎改兵部，進尚書。與嚴嵩不和，嘉靖三十五年（一五五六）罷歸，時年五十五。致仕後，與屠大山、范欽日相往來唱和，時稱『三司馬』。喜獎掖後進，於屠隆有提攜之恩。著《芝園集》八十六卷，編《明文範》六十八卷。《列朝詩集小傳》丁集上、胡文學《甬上耆舊詩》卷八有傳，王世貞《弇州續稿》九十四卷有墓誌銘。屠隆《由拳集》卷五有《感懷五十五首·張司馬惟静》，卷二十二有《大司馬張公誄》。

[二] 八埏：八殥，地之邊際。見卷一《溟海波恬賦》注釋[二五]。

[三] 五丁：神話傳説中之五個大力士。《藝文類聚》卷七引漢揚雄《蜀王本紀》：『天爲蜀王生五丁力士，能獻山，秦王（秦惠王）獻美女與蜀王，蜀王遣五丁迎女。見一大虵入山穴中，五丁並引虵，山崩……』

[四] 二酉：見卷一《霞爽閣賦》注釋[一二]。

[五] 支離生：支離疏，亦省作『支離』，《莊子》寓言人物。肢體畸形，於世無補，而坐受賑濟。此處爲屠隆自指。

## 與故人酌先大夫簡肅公墓下作[一]

開尊延故人，野酌一聚首。黄葉掃更多，碧苔坐來久。雲深鷄犬稀，日落狐兔走。因嗟泉下人，勉進盃中酒。

注釋

［一］簡肅公：屠僑，字安卿，號東洲。鄞縣人。正德六年（一五一一）進士，纍官至刑部尚書、都察院左都御史，卒贈少保，謚簡肅。有《東洲雜稿》《南雍集》等。

## 聞沈嘉則先生與汪長文遊四明洞天作①［一］

四明迥奇絶，獨立東南州。上與元氣合，下見滄海浮。煙霞日莽互，何人窮其幽。二君策高足，能爲十日遊。白雲度千嶺，青天開雙眸。捫星帝座近，得句山靈愁。倦來卧籮月，海風吹蕭颼。洞天閟瑶艸，何時尋丹丘［四］？

校勘

① 此詩胡文學編《甬上耆舊詩》卷十九題作《聞沈嘉則先生與汪長文遊四明山作》。

注釋

［一］沈嘉則：沈明臣，字嘉則。見沈明臣《由拳集敘》注釋［一一］。汪長文：名禮約，字長文，後字士峩，號石雪，鄞縣（今浙江寧波）人。太學生。從沈明臣學詩，得其指授。家居四明山之大雷山下。清李鄴嗣敘傳、胡文學輯選《甬上耆舊詩》卷二十一《汪長文先生禮約傳》：『嘗一客京師，遊於太學，未幾即棄歸。所居曰大雷山房，嵐棲雲構，人望之若三壺仙宅。先生至中年即盡謝客，坐卧一山樓著書。……先生所居，當四明徑口。初，嘉則遊四明，從大雷入，先宿汪氏山房，搜討故事。先生與同行，每至一奇處，輒相酬唱有詩。嘉則記其首，合爲《四明遊籍》一卷。一時詞人競相傳寫。屠長卿、余君房諸先生俱爲作序。』傳又見《乾隆鄞縣志》卷十六《人物傳》。《由拳集》卷五有《感懷五十五首·汪太學長文》。四明：四明山。參見徐益孫《由拳集敘》注釋［七］。

［二］丹丘：亦作『丹邱』。傳説中神仙所居之地。

## 東海吟四首

島夷乘黄屋，皷角喧東方。虜氣驕且勁，我軍聲未揚。一戰海水動，落日何荒荒。遊子聞鄉信，道遠不可詳。

念我骨肉親，沈憂結中腸。思君大江闊，江闊川無梁。舟楫渺何處？歸心挂扶桑[一]。安得萬里風，吹我歸故鄉。願借青天雲，載君來我傍。君亦不得來，我亦不得去。淚下忽沾衣，高樓日延佇。

青山何合沓，高雲自崔嵬。大谷隱天日，冥冥雲不開。不見江上草，徒長山中苔。山泉東走海，海水不西來。江與新安合[二]，潮上嚴陵回[三]。安得到中山，東浮雙鯉至。空有相思人，那得相思字。

青春來中山，倏忽又朱夏。夏日一何長，六龍苦回駕。炎氣張天高，朱光閃屋瓦。日長愁人心，日莫復愁夜。夜静衆山空，明月照古榭。踟躕立中庭，仰見星河瀉。凉風生葛衣，感我清淚下。

萬里白狼斷，鯷人寇東垂[四]。黄塵揚海波，海風吹大旗。上將出行邊，留兵還守陴。王師未乘勝，遊子心凄迷。河聲奔喧騰，髣髴聞鼓聲。應有中閨人，含情夜夜啼。

**注釋**

[一]扶桑：神話傳説中樹名。見本卷《遠遊》注釋[四]。

[二]新安：指新安江，發源於徽州（今安徽黄山市）休寧縣境内，東入浙江省西部，經淳安至建德與蘭江匯合，東北流入錢塘江。新安郡即徽州，位於新安江上游，古稱新安。

[三]嚴陵：東漢嚴光，字子陵，省稱嚴陵。會稽餘姚（今寧波餘姚市）人。少有高名，曾與漢光武帝劉秀同遊學。秀即帝位後，思其賢，遣人覓訪，光變姓名隱遁。後徵召到京，授諫議大夫，不受，退隱，耕釣於富春山。後人稱其地爲嚴陵、嚴陵山、嚴陵瀨、嚴陵釣臺等。

[四]鯷人：古代東方海上種族名。《漢書·地理志下》：「會稽海外有東鯷人，分爲二十餘國，以歲時來獻見。」

## 冬日道中

疾風吹大野，萬木相號鳴。青天一何高，寒原曠以平。河水凍不流，草枯層冰生。烟昏白日慘，墓田紛縱衡。肩輿行蕭蕭，虺隤馬毛輕。僕夫手足皸，言語無懽聲。以兹涉歷苦，感歎百憂並。

## 懷太末諸所知[一]

言念山中友，意氣横青冥。相與託素心，清言叩玄扃。采秀向巖阿，覽物臨空亭。醉睨高天雲，大呼驚山靈。颯颯林葉響，蕭蕭獨虎聽。别來秋水碧，再見春山青。長嘯懷伊人，悵焉感流萍。

**注釋**

［一］太末：古縣名。秦王政二十五年（前二二二），秦滅楚，於姑蔑之地設太末縣，隸會稽郡，縣治在今浙江省龍遊縣。初時轄境範圍頗大，以後歷代漸析數縣。至唐武德年間（六一八—六二六），太末縣撤銷。後人用太末舊名，多稱今龍遊或開化等縣。屠隆早年曾在開化、龍遊坐館授徒以謀生。

## 春日望海

春日不自樂，遊目登高丘。烟雲吞六合，曠焉失九州。不知青天高，但見大海流。萬里天風來，海樹如深秋。空波蕩白日，鳥飛迴亦愁。諸島鬱相望，遠近虚中浮。悵矣三神山，仿佛瑶草幽。

## 觀海篇

天地亦好奇，咄嗟此何爲？混茫一元氣，翕沓争淋漓。大物相竊弄，端倪不可持。浩蕩籟冥極，六合遠相催。空水無根蔕，懸流大荒東[一]。周覽但泱漭，窅然如鴻濛。絶島隆卷石，歷歷澹浮空。此物固善幻，恣肆當何窮。一氣蒸萬物，糾紛錯寰中。安知大海裹，而無金銀宫。女媧斷鼇足[二]，龍伯流壺嶠[三]。天吴不敢窺[四]，上挾真宰叫[五]。余今覽此意，觀化歷要眇。齊諧昔志怪，鄒衍多大言[六]。誓將凌海上，白日行三山。

## 注釋

[一]大荒：荒遠之地方；邊遠地區。《山海經・大荒東經》：『東海之外，大荒之中，有山名曰大言，日月所出。』

[二]女媧：中國神話傳説中人類之始祖。傳説其與伏羲由兄妹而結爲夫婦，産生人類。又傳説其曾用黄土造人，煉五色石補天，斷鼇足支撑四極，平治洪水，驅殺猛獸，使人民得以安居，並繼伏羲而爲帝。

[三]龍伯：指龍伯國巨人。《列子・湯問》：『龍伯之國有大人，舉足不盈數步而暨五山之所，釣而連六鼇。』《山海經・大荒東經》：『有波谷山者，有大人之國。』晋郭璞注：『《河圖玉版》曰：「龍伯國人，長三十丈，生萬八千歲而死。」』壺嶠：傳説中海上五神山之方壺、員嶠。

[四]天吴：水神名。見卷一《溟海波恬賦》注釋[三七]。

[五]真宰：宇宙之主宰。《莊子・齊物論》：『若有真宰，而特不得其眹。』

[六]鄒衍：戰國末期齊國人。陰陽家學派創始者，主要學説爲五行學説、『五德終始説』和『大九州説』，又爲稷下學宫著名學者。《史記・孟子荀卿列傳》：『騶衍之術迂大而閎辯；奭也文具難施；淳于髡久與處，時有得善言。故齊人頌曰：「談天衍，雕龍奭，炙轂過髡。」』裴駰集解引劉向《别録》：『騶衍之所言，五德終始，天地廣大，盡言天事，故曰「談天」。』

# 夜宿海邊

雲房宿海壖[一]，海氣莽迴互。烟沙舂①天高，波濤一何巨。萬木聲相悲，不復辨風雨。餘響振長廊，倘欲鳴鍾簴。微聞猨嘯哀，陰崖破鬼語。舟人落夜帆，海鳥不敢舉。天地設險壯，山川遞延阻。孤城奠東極，雄關兀相拒。耿介厲長劍，寸心生毛羽。

## 校勘

①舂：底本原作『春』，據存目本、《屠長卿集》改。

注釋

［一］海壖：海邊之地，亦泛指沿海地區。

## 愛妾易馬

美人易駿馬，訣絶傷心肝。紫鷰頃顑頷，蛾眉黯摧殘。主人恩已薄，而我猶悲酸。交易豈不易，別離良獨難。金絡非不好，不如舊主鞍。玉釵非不好，不如故所歡。馬易舊鞍轡，去爲新人騎。妾易舊衣裳，去爲新人姬。含悽各入門，淚下還雙垂。努力事新人，情性安得知。交易豈不好，不如無離暌。馬仍歸舊主，妾仍歸舊闈。行各適所願，維以永不違。長得奉清塵，出入有光輝。

## 班婕妤［一］

紈扇捐秋風，零落在中路。屏居長信宮［二］，鉛華不復御。夜起看秋月，羅衣濕清露。井頭梧葉飄，艸上流螢度。宮中萬里遠，君顏那可覿。春華及秋卉，大運相更互。榮華會衰歇，人情有新故。故者不復新，新者有時故。居哀何足悲，居寵何足妬。君王不自陳，皇天奚以訴？但恐君寵多，桂樹易生蠹。我願疏蛾眉，君王萬年固。

注釋

［一］班婕妤：即班姬，見卷三《行路難》注釋［三］。

［二］長信宮：漢代宮殿名。《三輔黄圖·漢宮》：「（長樂宮）有長信、長秋、永壽、永寧四殿。高帝居此宮，後太后常居之。」

## 塞下曲十首

五月燕山雪［一］，胡風卷斷沙。閼支騎駿馬［二］，蹀躞顔如花。秦關動哀角，漢女學琵琶。將士臨河水，彎弓待月華。

良人征戰處，萬里但荒煙。草短邊霜早，天寒塞月圓。相思豈無夢，妾是不曾眠。那得雲間信，魂銷落雁前。

征人赴征戰，九月到臨洮[三]。魂銷紫騮馬，淚滿欝金袍。鼓角秦川壯[四]，旌旗漢月高。王師今轉戰，弓矢未應櫜。

秋色入高樓，應同塞上秋。思君鐵衣冷，織我金梭愁。胡天莽難見，葱河慘不流。惟有深閨月，照君邊塞頭。

風急琱弓勁，匈奴今正驕。霧昏荒壘斷，草白萬里遥。秋高邊氣肅，野曠行人銷。壯士無慘顏，長當爲雄梟。

高蹄雙馬健，明月照琱弓。紫氣來關右，黄雲出塞空。將軍有神武，戰士立奇功。漢闕開東第，侯王取次封。

昨得征人書，歷歷見懷抱。但愁虜不滅，不惜朱顏老。丈夫守邊垂，安得顧情好？生當萬户侯，死當埋沙艸。

妾織至中夜，弄杼不成章。欹枕夢見君，足踏胡地霜。萬里邊城月，相隨到空房。淚洒珊瑚玦，懷人木①黄葉。

平原空大漠，千戟列荒營。不見邊人語，惟聞塞馬聲。西風寒觱篥，霜氣入胡纓。誰辨河邊骨，年年春草生。

漢武事邊功，朱旗耀日紅。調遣三輔豪[五]，徵發六郡雄[六]。臨城黄屋動，登臺瀚海空。豈知深閨女，含凄霜月中。

## 校勘

①木：《屠長卿集》作『楓』。

## 注釋

[一]燕山：指燕然山。亦借指邊塞。

[二]閼支：原爲女性妝扮所用胭脂之古稱。後意義擴展爲漢朝之公主及匈奴皇后之號，又作『閼氏』。此處指後者。顔師古《漢書注》：『閼氏，匈奴皇后號也。』

[三]臨洮：古稱狄道，自古爲西北名邑、隴右重鎮、古絲綢之路要道，位於今甘肅省中部，定西市西部。

[四]秦川：古地區名。泛指今陝西、甘肅之秦嶺以北平原地帶。因春秋、戰國時地屬秦國而得名。

[五]三輔：見卷一《霞爽閣賦》注釋[二五]。

［六］六郡：指漢代隴西、天水、安定、北地、上郡、西河六郡。《漢書·地理志下》：『天水、隴西，山多林木，民以板爲室屋。及安定、北地、上郡、西河，皆迫近戎狄，修習戰備，高上氣力，以射獵爲先。……漢興，六郡良家子選給羽林、期門，以材力爲官，名將多出焉。』

## 臨淮曉發［一］

行邁一何早，驅馬出郭門。馬足踐嚴霜，北風厲寒原。時方屬青陽，褐衣苦不温。側身望四際，烟沙莽相屯。落月白無色，天星麗以繁。山川曠蕭條，霜露空艸根。何人駈馬來，疾如流泉奔。但各東西馳，不復交一言。傷哉行路難，遯矣勞心魂。

**注釋**

［一］臨淮：今屬安徽鳳陽縣，地處淮河中游，蚌埠市東部。《明史》卷四十《地理志》：『臨淮，鳳陽府臨淮縣，北濱淮。』萬曆五年（一五七七）屠隆赴京應進士試時途經此地。

## 徐州道中感懷［一］

北征何遥遥，客心何皇皇。嚴冬始出門，行行及青陽。歲月亦云邁，猶復走南方。踪跡窮吴越，税駕於維揚［二］。褰裳涉淮泗［三］，攬轡觀濠梁［四］。既道徐沛上［五］，乃經鄒魯鄉［六］。我勞當如何，我馬亦玄黄。西北多烈風，天地爲荒荒。離家日以遠，憂思日以長。結念在丘樊［七］，云胡事翱翔。浮名會驅人，駈馳殊未央。多愁令人老，青絲化朝霜。何時復來歸，願言歌滄浪。

**注釋**

［一］徐州：古九州之一。漢以後各代皆置徐州，轄地常有變更，大致均在今淮北一帶。多以彭城（今江蘇徐州市）或下邳（今江蘇邳縣）

爲治所。萬曆五年（一五七七）屠隆赴京應進士試時途經此地。

［二］維揚：揚州之别稱。《尚書·禹貢》：『淮海惟揚州。』惟，通『維』。後截取『維揚』二字爲名。

［三］淮泗：淮河和泗水。淮、泗在淮陰故城北交匯，水路通達。

［四］濠梁：淮河南岸支流濠水上之石梁，在明鳳陽府舊城西南（今鳳陽縣境内），昔莊子觀魚處。《明一統志·鳳陽府·山川》：『濠水，有二源。東源出鍾乳山，西源出鏌鋣山，二水至昇高橋合流。至府舊城西南，有石絶水，謂之濠梁，又號石梁河，莊子嘗觀魚於此。又東流，經新河口入於淮。』鳳陽府古郡因名濠梁。因莊子於濠梁觀魚樂，後世亦以『濠梁』指别有會心、自得其樂之境地。《莊子·秋水》：『莊子與惠子遊於濠梁之上。莊子曰：「鯈魚出游從容。是魚之樂也。」惠子曰：「子非魚，安知魚之樂？」莊子曰：「子非我，安知我不知魚之樂？」』

［五］徐沛：徐州有沛縣。徐沛指徐州地區。

［六］鄒魯：鄒國與魯國之並稱。因鄒爲孟子故鄉，魯爲孔子故鄉，後亦以鄒魯代指文化昌盛之地。

［七］丘樊：園圃，鄉村。指隱居之處。《南史》卷七十六《隱逸傳》：『若使遇見信之主，逢時來之運，豈其放情江海，取逸丘樊？蓋不得已而然故也。』唐白居易《中隱》詩：『大隱住朝市，小隱入丘樊。丘樊太冷落，朝市太囂喧。不如作中隱，隱在留司官。』

## 徐州謁三義廟［一］

漢道昔云季，宫殿犂爲田。羣雄窺大物，鬼蜮肆神姦。昭烈吹炎火［二］，驅馳得兩賢［三］。一朝出肝膽，白日照重泉。外託君臣契，内如手足連。人生苟合意，金石豈云堅。忼慨赴國難，死生靡相捐。中原事百戰，奮義力相先。所向無堅陣，疋馬横秋天。霜高皷聲烈，日落旗影懸。二將虎嘯日，先主龍興年。大運有乘迕，精誠良所宣。英雄去千葉，市朝亦已遷。徐方帝作牧［四］，廟食此山巔。寒松覆碧瓦，古殿生黄烟。月青肅遺像，大義儼周旋。

**注釋**

［一］三義廟：位於彭城戲馬臺上。明代隆慶年間（一五六七—一五七二），徐州知州劉順之將臺頭寺原址改建成三義廟，紀念劉備、關羽、張飛結義，以後又改爲關帝廟。

［二］昭烈：指劉備，謚號昭烈皇帝。後文『先主』亦指劉備。

［三］兩賢：與後文『二將』均指關羽、張飛。

［四］徐方：指徐州。劉備曾爲徐州牧。

## 初至長安作二首①［一］

高鳥無卑棲，跛鱉無遠程。尺蠖處糞壤，神龍遊太清。人生天地間，小大各有營。大人營四海，小人謀餘生。舜禹勤黄屋［二］，姬孔勞萬靈［三］。廣心崇竑議，垂此千秋名。奈何今之人，曾不尊前經。碌碌競錐刀，日夜操奇贏。跼蹐百年内，安知達者情。

余本蓬蒿士，棲遲東海隅。洪波日舂門，青山當吾廬。讀書覽當世，忼慨常欷歔。微名達州里，一朝赴公車。憶昔初出門，雨雪方載途。今我當來斯，楊柳拂河渠。遊目望宫闕，高門肅天居。曉日開銅龍，濟濟羣僚趍。只尺懷至尊，裴徊立路衢。平生好奇服，情性莽自疏。頗類東方生［四］，奏牘千萬餘。聊以觀人羣，貴富非所需。

### 校勘

① 底本、存目本目録俱作『初至長安二首』。

### 注釋

［一］長安：指北京。

［二］舜禹：虞舜與夏禹之並稱。

［三］姬孔：周公姬旦與孔子之並稱。

［四］東方生：東方朔。見卷二《十賢贊·東方朔》注釋［一］。《史記·滑稽列傳·東方朔》：『朔初入長安，至公車上書，凡用三千奏牘。』

## 遊子吟

嚴霜被長坂，遊子依轉蓬。一下慈母淚，眷焉念其躬。征衣手自製，絲縷何重重。縫多向北方，可以禦寒風。

## 三司馬詩并引[一]

僕少擅詞藻，長負不羈。名與窮俱，才爲妒媒。席門蓬巷，跫然不來。獨荷張大司馬、范少司馬、家司馬三公深相知[二]，時時游揚，僕以不大汶汶。比居都下，追感疇昔，惄焉興懷，作《三司馬詩》。

### 張大司馬公

天地豈不大，滄海豈不深。達哉曠士懷，高風夙所欽。壯夫重片言，寧顧千黄金。悵焉懷伊人，忼慨彈鳴琴。大義激肝腸，淚下安能禁？撫劍一以嘯，北風振長林。玄雲黯不流，白日爲我陰。荆卿西入關，七族先爲湛。精氣感白虹，易水發哀音。丈夫何所貴？所貴相知心。

### 范少司馬公

巨鱗須洪波，勁羽須烈風。自非建大梃，詎發萬石鐘？士不附青雲，零落在①枯蓬。懷哉千金駿，委彼大道中。不逢穆天子[三]，行遇司馬公。司馬一以盼，颯颯凌秋空。不然垂兩耳，俛與凡馬同。所以重知己，古人刻深衷。念此多涕泗，忼慨以悲惘。

### 家司馬

余少富才藻，恂恂雅儒生。長乃好奇節，任俠里中行。放意出六合，萬物皆蚊蝱。忼慨赴急難，一身寡所營。

泰山重然諾，蟬翼千金輕。秉心慕季布[四]，希此梁楚聲。闊略從窘步，世路仄不平。舉世多皮相，夫君觀八紘[五]。大江亦東注，白日亦西傾。黄河化衣帶，寧復移此生。感來念疇昔，愁焉百慮並。端居懷古人，仰天思縱衡。詎令千載下，管鮑獨知名[六]。

## 校勘

① 在：《屠長卿集》作『隨』。

## 注釋

[一] 三司馬：指張時徹、范欽、屠大山。《甬上耆舊詩》卷十七《范欽傳》：『時郡中東沙張公（時徹）、竹墟屠公（大山）亦以事廢，與公並里，投閑嘯詠，主一時文柄，人稱爲「東海三司馬」。』

[二] 張大司馬：即張時徹。見本卷《張大司馬惠芝園集寄謝》注釋[一]。范少司馬公：范欽，字堯卿，號東明，鄞縣人。明代著名藏書樓天一閣之創建者。嘉靖十一年（一五三二）進士，歷任湖廣隨州知州、工部員外郎、江西袁州知府、廣西參政、福建按察使、雲南右布政使、陝西左布政使、河南左布政使，後巡撫南贛汀漳諸郡，纍官至兵部右侍郎。萬曆二年（一五七四）致仕。歸鄉後，與張時徹、屠大山唱和，人稱三司馬。有《天一閣集》十九卷。《由拳集》卷五有《感懷五十五首·范少司馬堯卿》。家司馬：屠大山，字國望，號竹墟，鄞縣人。嘉靖二年（一五二三）進士，官至兵部右侍郎兼都察院右僉都御史。屠大山歸田後，與同樣家居之張時徹、范欽等人詩酒往來唱和。屠隆與大山同宗，故稱『家司馬』。卷五有《感懷五十五首·家少司馬國望》，卷九有《哭竹墟司馬六首》，卷十九有《少司馬屠公傳》。

[三] 穆天子：周穆王。見卷一《歡賦》注釋[八]。

[四] 季布：楚下相（今江蘇宿遷）人。曾爲項羽麾下將領，後歸漢。布信守諾言，楚人諺曰：『得黄金百斤，不如得季布一諾。』聲聞於梁楚間。見《史記·季布欒布列傳》。

[五] 八紘：八方極遠之地。見卷一《溟海波恬賦》注釋[五]。

[六] 管鮑：管仲和鮑叔牙之並稱。管鮑之交爲千古佳話，《史記·管晏列傳》：『管仲夷吾者，潁上人也。少時常與鮑叔牙遊，鮑叔知其賢。管仲貧困，常欺鮑叔，鮑叔終善遇之，不以爲言……』

## 都下懷海上諸故人[一]

海曲多奇士，一時何駪駪。争探驪龍珠，皆言涉玄津。麗藻耀白日，容華當青春。洵美絶代姿，豔舞邯鄲人。挾琴理清曲，一一妙入神。揚蛾各自媚，含意還具陳。相好不相妒，綢繆兔絲親。余昔從夫君，今也遊朔方[二]。群雁遵南渚，一鴻獨北翔。北地寒氣早，八月草木黄。長鳴向晨風，卑栖淩朝霜。天路一何遠，眷焉念同行。豈無雲霄翼，差池與頡頏。新知雖足樂，故人安可忘。夢去燈燭短，悲來關山長。起視河漢水[三]，中宵以彷徨。

**注釋**

[一]都下：指北京。

[二]朔方：見卷三《燕歌行》注釋[一]。

[三]河漢：指銀河。《古詩十九首·迢迢牽牛星》：「河漢清且淺，相去復幾許。」

## 留别張太史①[一]

鴻雁東南翔，嗷嗷鳴沙汀。野曠天氣高，白露凄以零。烈風卷蓬根，木葉下遥坰。中宵不能寐，徙倚臨前庭。天漢夜舒光，寒星一何青。蟋蟀啼我牀，如聞在窗櫺。微情似有訴，唧唧誰爲聽。鬱然念良友，躑躅不能寧。浮雲即長路，飄轉昔所經。離别在須臾，膏車爲我停。命酒一斟酌，且醉不願醒。故人涕相向，翻飛惻原鴒。昔賢多吏隱，地僻可沉冥。回顧平生驩，朱絃泣泠泠。努力在霄漢，無勞念浮萍。

**校勘**

① 留别張太史：《屠長卿集》該詩題作「留别張年丈」。

## 注釋

［一］張太史：應指張嗣修。據《屠長卿集》該詩題中稱『張年丈』，明人往往尊稱同年爲『年丈』，如後一詩中之于子冲，萬曆五年（一五七七）與屠隆同年進士，《屠長卿集》亦題作『酬于子冲年丈』。考查萬曆五年進士中張姓者及『太史』之稱，惟有以殿試一甲第二名授翰林院編修之張嗣修符合。張嗣修，字岱輿，湖北江陵人，内閣首輔張居正次子。

# 酬于子冲①［一］

李君表東海［二］，泱泱高大風。激昂青雲上，睥睨時爲空。如登中天臺，手撞萬石鐘。衆籟闃不發，餘氣吹鴻濛。斯人一以逝，高言落區中。矯矯濟南生［三］，策足步其蹤。大雅有屬和，力賈前人雄。駕言呼群侶，朋儕紛相從。蹇余操薄技，同奏明光宫。時窮寡遇合，朱顔隨秋蓬。短袖不善舞，蛾眉難爲工。同憐亦同病，與君敦始終。不羞盛粉澤，轉爲知己容。

## 校勘

①酬于子冲：《屠長卿集》題作『酬于子冲年丈』。

## 注釋

［一］于子冲：原名瑱，字子充，後更名達真，改字子冲，號完璞。歷城（今山東濟南）人。萬曆五年（一五七七）與屠隆同年進士，授澤州知州，官至陝西布政使。于慎行《谷城山館文集》卷二十《明故亞中大夫陝西布政使司右參政完璞于公墓誌銘》記：『子冲與同時名士沈箕仲、屠長卿輩相倡和，爲歌詩，名滿闕下。』《由拳集》卷五有《感懷五十五首・于澤州子冲》。

［二］李君：應指李攀龍。龍字于鱗，號滄溟，歷城（今山東濟南）人。明嘉靖十九年（一五三九）鄉試第二，後賜同進士出身。歷刑部廣東司主事、陝西提學副使、浙江按察司副使、河南按察使等。文學上，與王世貞、謝榛等宣導文學復古運動，爲『後七子』文學集團領袖。有《滄溟先生集》。屠隆作此詩在萬曆五年（一五七七）後，故有『斯人一以逝』句。

［三］濟南生：此指于子冲。于爲歷城（今山東濟南）人，與李攀龍同鄉，故有『策足步其蹤』句。

## 寒節秋香卷爲范使君母夫人王題[一]

霜霰凄以零，歲晏群芳折。寒鳥栖枯桑，風葉鳴相切。女貞含孤青，華蕤厲窮節。吾欽范母賢，執節一何都。家運二儀黯不芘，夫子蚤見徂。形存而神亡，朱顏爲之枯。亡者從地下，存者收遺孤。下有黄口孺，上有白髮姑。家運悲不造，薪水憂中廚。螻蛄竊鐙影，鬼狐號室隅。一身當諸艱，抗志矯天衢。九死良不惜，其他安足吁。紡織常中夜，甘薺視其荼。皇天閔貞亮，居然見充閭。嗟嗟范使君，揚聲霄漢裏。三載居東吴[二]，名實欝然起。天王下璽書，殷殷勞賢理。司封覃寵靈，恩光及蒿里。夫人出百憂，陽和生歲寒。幸不蔑范氏，榮貴非所歡。青棠發林莽，白日照門闌。佳名在彤管，永爲後世觀。

**注釋**

[一] 范使君母夫人王：未詳。

[二] 東吴：泛指古吴地，約今江蘇、浙江兩省東部地區。

## 送陳子有遊金陵[一]

孟秋商節至，微雨澄疏桐。日氣射江郭，神飈蕩遠空。莫色一何澹，池上吹凉風。美人來告别，置酒高堂中。爲君歌白苧，送子以飛鴻。明發秣陵路[二]，曲渚秋花紅。揚袂長干里，鳴鞭版橋東。盈盈霄漢裏，意氣當誰雄？

**注釋**

[一] 陳子有：陳所蘊，字子有，上海人。萬曆十七年（一五八九）進士。官至南京太僕寺少卿。有《竹素堂藏稿》十四卷，傳見《明史·藝文志》及《明詩綜》卷六十。屠隆或是任青浦令時與之相識，《由拳集》卷五有《感懷五十五首·陳孝廉子有》，卷九有《贈陳子有以邦憲先生諸

子見過》，卷十二有《陳子有制義敘》。金陵：古邑名，今南京市之别稱。戰國楚威王七年（前三三三）滅越後在今南京市清涼山（石城山）設金陵邑。

［二］秣陵：金陵（今南京）之别稱。因秦代置秣陵縣。《明一統志》卷六《應天府》：「秦始皇以金陵有都邑之氣，改曰秣陵。」唐李群玉《秣陵懷古》：「野花黄葉舊吴宫。」明盛時泰《幽棲寺》：「鐘阜斷雲連古戍，秣陵黄葉下西風。」

## 贈遲茂弘孝廉［一］

之子一何秀，楚楚青雲姿。抗志在大業，天路以爲期。捉筆吐高言，文采鬱離離。矯彼應龍翼，雲鴻刷羽儀。余本昂藏士，片語相差池。略去煩苛禮，金石良不移。愧無朱雲易［二］，亦自解人頤［三］。談天復何益，雕虫不足師。況乃奉奔走，何以爲爾裨。日月飈以疾，飛揚在及時。勿令歲華改，玄鬢忽以絲。努力希竹素，慰我長渴饑。

**注釋**

［一］遲茂弘：或爲潁人遲可遠。《乾隆潁州府志》卷九《藝文志》有遲可遠作《潁上令屠公去思碑記》，記萬曆六年（一五七八）屠隆離潁赴任青浦時，潁上士民之留戀感戴。《由拳集》卷十一有七絶《雨雪發潁上留别遲茂弘諸子二首》。

［二］朱雲：西漢平陵（今陝西咸陽市西北）人，字游。精研《周易》《論語》。元帝時，與少府五鹿充宗辯論《易》學，獲勝，授博士，遷任杜陵令，後爲槐里令。爲人狂直，多次上書抨擊朝廷大臣。《漢書》卷六十七有傳。

［三］解人頤：用匡衡善説詩之典。《漢書》卷八十一《匡衡傳》：「匡衡，字稚圭，東海承人。父世農夫，至衡好學，家貧，庸作以供資用。尤精力過絶人，諸儒爲之語曰：「無説《詩》，匡鼎來；匡語《詩》，解人頤。」」

## 尋二陸先生墓二首［一］

昔賢去千載，古墓夷蒙茸。江皋阻脩曠，尋原不可窮。神飈蕩高木，鶴唳秋山空。石門莽陰翳，藤蘿罥幽宫。生時遊京洛，死没蓬蒿中。大運遞相滅，疇能免英雄？麗藻耀白日，蔌蔌寒梨紅。伊人感深眷，歎息起悲風。

天矯吴中秀，少年登九閽[二]。雄姿颯秋電，才名焱崩奔。身佩將軍印，口吐鉅儒言。時危大旗折，運去烈士冤。精魂變天地，日莫風沙昏。美好不祥器，斯理安可論？布衣亦足樂，胡然戀華軒。千秋萬歲後，徒勞問荒原。

**注釋**

[一] 二陸：即西晉陸機及其弟陸雲。見徐益孫《由拳集敘》注釋[一〇]。

[二] 九閽：九天之門。喻朝廷。

## 聞莫廷韓諸君山中尋梅有作[一]

故人集朋好，駕言登佘①丘。尋梅窮山阿，選勝沿長流。硨磲進美酒，佳麗奏名謳。回芳動大谷，鳥語條風柔。遺榮在蘿薜，人理超天遊。詒書遠相詑，此樂願千秋。我獨嬰世網，珪組如幽囚。人生逝飛電，胡爲牽百憂。長歌咏招隱，良友可與謀。

**校勘**

① 佘：底本原作「余」，據存目本改。

**注釋**

[一] 莫廷韓：莫是龍，字雲卿，更字廷韓，號秋水，又號後明、玉闗山人、虚舟子等。明南直隸松江府華亭（今上海松江）人。不喜科舉業而攻古文辭及書法、繪畫，以貢生終。爲文學家、書畫家、藏書家。著有《畫説》《石秀齋集》《廷韓遺稿》。《明史》卷二百八十八《董其昌傳》後附有莫小傳。《由拳集》卷五有《感懷五十五首·莫文學廷韓》。

## 發潁上[一]

仲冬發潁陽[二]，驅車城東隅。父老擁馬首，兒童遮路衢。掩袂不可視，悵焉增欝紆。宵征蒙霧露，行行復踟躪。嗟我本薄夫，見寬於長老。明智慙不逮，寧拙毋爲巧。區區抱微誠，久乃相昵好。無事安鄙樸，垂簾訟庭空。黄鷄與濁酒，麥飯供村翁。偶坐桑樹下，起行田野中。忽聞天書降，只尺將分攜。欲留計不可，欲行心凄其。君子念大義，小人重别離。去去日回首，愁絶長河湄。

**注釋**

[一] 潁上：潁上縣（今安徽潁上縣）。見沈明臣《由拳集敘》注釋[一]。

[二] 潁陽：潁水之北。指潁上縣。

## 懷潁中父老[一]

伊余綰尺符，税駕於潁陽。父老安余拙，眷焉理農桑。一朝奉奔走，去国如懷鄉。黄稚向余泣，慘怛令人傷。清晨發下蔡[二]，薄莫宿濠梁。馬蹄躡冰雪，雙鬢侵寒霜。憶昔居樂土，歲月殊未央。徒步親畚臿，鄉人饋壺漿。意合網自疏，情深迹乃忘。倏忽人事改，膏車空彷徨。在時問痛癢，一别安可量。感此發三歎，沉思結中腸。

**注釋**

[一] 潁中：指潁上縣。

[二] 下蔡：古邑名。故城在今安徽淮南市鳳臺縣。

## 泛泖[一]

泛舟涉長湖，日慕登艫眺。平沙既漭瀁，羣山復奔峭。陡絶大地陰，水空天影倒。谽谺太谷摧，風挾孤雲叫。黯淡精靈趍，浮光廓深突。川鳥帶烟蕪，巖洞入飛潦。浮屠插虚空，崔嵬折磴道。雖與人境通，無復囂塵到。沉默想化機，觀空測要眇。寂歷與道謀，斯理良不謬。

**注釋**

[一] 泖：古湖名，即三泖（上泖、中泖、下泖）。見沈明臣《由拳集敘》注釋[五]。

## 詠史六首

達人營四海，心與元化冥。應龍爲畫地[一]，玄女解授經[二]。精誠合①大道，至德通神靈。異哉灌壇令[三]，禁雨驅風霆。英姿照白日，高標薄千齡。

磊落魏公子[四]，氣義高秋旻。寧受萬乘怒，不爲博徒嗔。軒車走四海，願蹷大梁塵[五]。蛾眉至死報，况乃英豪人。慘淡登君墓，雪涕披荆榛。寥寥千載下，歎息當誰陳？

荆平宣荒淫[六]，子胥道奔亡[七]。婉孌擊絮子，忼慨下壺漿。伍子戒其口，對面輸肝腸。玉骨沉清瀨，俠氣明秋霜。自非平生驩，片言心所當。溪毛如可薦，哀哀淚盈觴。

海島悲太牢，罻羅畏冥鴻。願栖壙埌野，遊戲行春空。魯連蹈滄海[八]，幼安客遼東[九]。方寸生磊塊，五嶽隱心匈。憂樂不挂齒，滅跡煙霧中。養德保性命，翛然仰玄風。

昔從先君子，論文接高燕。驩娛不可常，光景駭流電。高墳掩山阿，上有藤蘿罥②。所以古達者，玄情託沉湎。有酒足全真，身名詎須羡。明珠買麗人，黄金飾釵鈿。歌舞未盡非，昔人今不見。

吾慕張子房[一〇]，棄侯升清都。吾慕鴟夷子[一一]，功成浮五湖。虚無寄浪跡，山川留雄圖。大人抱龍德，神動而天俱。玄同等萬物，神明宅内腴。但隨松柏隱，不作葦茗枯。丹荑良可掇，玉泉手自斞。日出觀滄海，高嘯泰山隅。

**校勘**

① 合：底本原作「公」，據存目本改。

②罥：底本原作『骨』，據存目本改。

## 注釋

[一]應龍：傳説中爲一種翼龍，助禹治洪水，以尾畫地成江河，使水入海。《楚辭・天問》：『河海應龍，何畫何歷？鯀何所營？禹何所存？』

[二]玄女：傳説中之天上神女，曾授黄帝兵信神符以制伏蚩尤。《史記・五帝本紀》：『蚩尤最爲暴，莫能伐。』裴駰集解引《龍魚河圖》：『天遣玄女下授黄帝兵信神符，制伏蚩尤。』

[三]灌壇令：指太公望（即姜子牙），周文王曾任命太公望爲灌壇縣令。晉張華《博物志》卷七：『太公爲灌壇令，武王夢婦人當道夜哭，問之，曰：「吾是東海神女，嫁於西海神童。今灌壇令當道，廢我行。我行必有大風雨，而太公有德，吾不敢以暴風雨過，是毁君德。」武王明日召太公，三日三夜，果有疾風暴雨從太公邑外過。』後亦用以代指有德行之地方官吏。

[四]魏公子：即信陵君魏無忌，魏昭王少子，魏安釐王異母弟，戰國時期魏國著名軍事家。因被封於信陵（今河南商丘市寧陵縣），後世稱其爲信陵君。其禮賢下士、急人之困，與楚之春申君黄歇、齊之孟嘗君田文、趙之平原君趙勝並稱『戰國四君子』。《史記》卷七十七有《魏公子列傳》。

[五]大梁：古地名，戰國時魏都。位於今河南省開封市西北。隋唐以後，通稱今開封市爲大梁。

[六]荆平：荆平王，又稱楚平王，羋姓，熊氏，名棄疾，一名居，春秋時期楚國國君。楚共王之子。荒淫無道，信讒殺賢而亡國。見《越絶書・荆平王内傳第二》。

[七]子胥：伍員，字子胥，見本卷《伍員廟》注釋[一]。

[八]魯連：魯仲連，見卷二《十賢贊・魯仲連》注釋[一]。

[九]幼安：管寧，字幼安，北海郡朱虚（今山東省臨朐）人。管仲後人，東漢末年高士，飽讀經書，一生不慕名利。東漢末年天下大亂時，至遼東避亂，教化民衆。

[一〇]張子房：張良。見卷二《十賢贊・張良》注釋[一]。

[一一]鴟夷子：范蠡。見卷二《十賢贊・范蠡》注釋[一]。

## 答李伯達 伯達元美甥也[一]

江東多名士，虹霓挾斑管。握手起片言，微名共推挽。酒銷白日深，歌長浮雲緩。李君最後至，一見嗟何晚。

新詩把相示，入室煙霞滿。王郎宅相親，璚樹迴依人。舅氏既如此，賢甥復軼塵。海客不自量，論交非所倫。忘形去苛禮，拙劣任清真。

**注釋**

［一］李伯達：王世貞外甥。元美：王世貞，字元美。號鳳洲，又號弇州山人，太倉（今江蘇太倉）人。明代文學家、史學家。『後七子』領袖。纍官至刑部尚書，移疾歸，卒贈太子少保。有《弇山堂別集》《嘉靖以來首輔傳》《觚不觚録》《弇州山人四部稿》等。《明史》卷二百八十七《王世貞傳》：『世貞始與李攀龍狎主文盟，攀龍歿，獨操柄二十年。才最高，地望最顯，聲華意氣籠蓋海内。一時士大夫及山人、詞客、衲子、羽流，莫不奔走門下。片言褒賞，聲價驟起。』

## 春日郊行

推懷欝不暢，坐苦塵事喧。駕言履阡陌，紆徐行山樊。旭日照長麓，和風散青原。麥秀雊雌雉，衆草萋以繁。倦息嘉樹下，諦聽野老言。暫得愜幽賞，水石清心魂。羣動多所汩，彌知静者尊。神超想乃絶，智黜合冥昏。逝將舍嬰網，入彼無窮門。

## 閒居

閒居感節序，彌襟抱幽情。陰崖寒冰①坼，陽谷條風輕。野芳紛可擷，灌木咸敷榮。嘉魴泳碧沼，黄鳥交交鳴。東皋一以眺，山閣朝曦明。當春萬物悦，而我含凄清。微名忽自哂，涉世乃多營。平生眷蘿薜，誤爲珪組嬰。青雲不相假，白髪紛已盈。終媿陵陽子［二］，鍊炁飡雲英。

## 校勘

① 冰：底本原作『水』，據存目本改。

## 注釋

［一］陵陽子：即陵陽子明，道教神話人物。見卷一《溟海波恬賦》注釋［二一］。

# 與開之夜坐［一］

微雲向夕斂，朗月鑑華軒。虛空發幽籟，佳人吐玄言。沉冥意都寂，噌吰跡類喧。回芳成野趣，陶然命山尊。開簾散高炬，池空星不昏。仰視天漢影，挂在城西門。吾子登寥廓，余亦想昆侖。無嗟形骸隔，所欣道義敦。相期遊汗漫［二］，時俗詎堪論。

## 注釋

［一］開之：馮夢禎，字開之。詳見沈明臣《由拳集敘》注釋［二］。

［二］汗漫：廣大而無邊際之宇。《淮南子·俶真訓》：『至德之世，甘瞑於溷澖之域而徙倚於汗漫之宇。』

# 晨起讀書作

晨起覺蕭曠，天光湛虛明。水空遠烟滅，高閣含孤清。微風動綠篠，娟娟媚前楹。城隅日初照，花上露猶盈。犬出長林卧，鳥來嘉樹鳴。吏牘喜未至，暫免紛垢纓。讀書悟玄理，端居見深情。仰觀白雲流，俯覽丹荑榮。萬物各有適，我胡勞其生？俗累近頗遣，中心澹無營。蒙莊洵可則［一］，沉默以韜精。

**注釋**

〔一〕蒙莊：指莊周。《史記·老莊申韓列傳》：『莊子者，蒙人也，名周。周嘗爲蒙漆園吏。』

## 登天馬山〔一〕

登高望吴會〔二〕，送目於朝陽。空樓出煙霧，大湖漫蒼茫。紅泉瀉巖穴，緑草緣脩岡。溪明遊魚出，竹暗啼鳥藏。獨行寡儔侶，心清情境忘。酌醴烹野葵，逍遥步雲房。水風動高韻，山花遞幽香。延賞不能去，年華感盈觴。春陽不一睇，倏忽零秋霜。

**注釋**

〔一〕天馬山：位於上海松江。天馬山古稱干山，傳説春秋吴國干將鑄劍於此而得名。天馬山是松江九峰十二山中山林面積最大、海拔最高者，山勢陡峭，山體脊綫近東西方向，山形如天馬，故稱天馬山。

〔二〕吴會：青浦故地曾隸屬蘇州，蘇州别稱吴會。

## 於青溪思虎丘洞庭諸名山作〔一〕

虎丘竦奇秀，洞庭壓洪波。苔痕食寶劍，嵐氣堆青螺。室池映疏竹，浮雲宿巖阿。中有幽棲士，倚樹吟婆娑。秋兔飲寒澗，春猿挂長蘿。人來松逕少，花落石牀多。勝地迥遐絶，天馬欝嵯峨〔二〕。兹山日在望，只尺安能過①？非不抱微尚，其如塵累何？興詞起三嘆，高咏歸山河。

**校勘**

①尺：底本原作『天』，據存目本改。

**注釋**

［一］青溪：青浦之别稱。《由拳集》卷十二《青溪集敘》：『青溪者何？青浦也。青浦，古由拳地，居雲間西鄙，爲澤國空波。四周多鷗、菱芡，景小楚楚。』虎丘：指虎丘山。在江蘇省蘇州市西北，亦名海湧山。相傳吴王闔閭葬此。漢袁康《越絶書·外傳記吴地傳》：『闔廬冢在閶門外，名虎丘……築三日而白虎居上，故號爲虎丘。』洞庭：指洞庭山，位於太湖中。有東西二山，東山古名莫厘山、胥母山，元明後與陸地相連成半島，西山即古包山。

［二］天馬：天馬山。見前詩注釋［一］。

## 仲春田家作

去年苦積潦，漫衍稽三吴［一］。陽侯行鉅野［二］，魚鱉舞長衢。隴畝不復辨，井徑荒爲墟。野人乘枯槎，老婦啼空廬。官吏仰蒼天，稽顙拜且呼。水深没至脛，草履行泥塗。今春復陰雨，田家困沮洳。竈下産水藻，田中出河魚。饑傷紛滿眼，涕淚盈江湖。壺飧非至仁，翳桑多餓夫。心誠耻納溝，智詎周向隅？五斗難爲顔，百室良足吁。皇天無乃甚，小臣徒區區。

**注釋**

［一］三吴：所指地域本有多種説法，屠隆該詩作於青浦，考屠隆《與沈君典》文等稱青浦當『三吴孔道』，則比較適合之説法，應爲宋税安禮《歷代地理指掌圖》之以東吴蘇州、中吴常州、西吴湖州爲『三吴』之説。

［二］陽侯：古代傳説中之波濤神。借指波濤。

## 懷唐比部惟良［一］

比部踔夭矯，弱冠有嘉聲。含香擷盛藻，爲宰聞神明。氣與秋雲杳，心將道義并。閒曹不稱意，漂泊復何情。觀濤良已適，閲世寡所營。沉碑計亦左，達者超上清。富貴尚不賴，何論身後名。

**注釋**

［一］唐比部惟良：唐邦佐，字惟良，蘭溪（今屬浙江）人。隆慶二年（一五六八）進士，授泰和知縣，改如皋、儀真，入爲刑部主事。謫兩淮運司判官，改贛州府判官，遷光州知州。有《唐比部集》。《明詩紀事》庚簽卷九、《明詩綜》卷五十一、光緒《蘭溪縣志》卷五有傳。比部：明清時爲刑部司官通稱。《由拳集》卷五有《感懷五十五首·唐比部惟良》。

# 五柳莊詩贈呂泰興心文先生[一]

矯矯彭澤令[二]，折腰耻督郵。挂冠五十日，風期厲千秋。懷哉丘中眷，永謝人間憂。高柳鳴玄蟬，清露盈蘭疇。何人共斗酒，日夕相綢繆。斯情邈難即，珪組爲君羞。

**注釋**

［一］五柳：東晉陶潛别號，陶潛曾作《五柳先生傳》以自況。吕泰興：吕炯，字心文，號雅山，崇德（今屬浙江省桐鄉市）人。嘉靖三十四年（一五四五）舉人，萬曆五年（一五七七）任泰興知縣。作令五十日，即掛冠辭去。

［二］彭澤令：陶潛曾任彭澤縣令。在官八十餘日即辭官歸隱。《宋書·陶潛傳》載：『郡遣督郵至，縣吏白：「應束帶見之。」潛歎曰：「我不能爲五斗米折腰向鄉里小人！」即日解印綬去職。』

# 由拳集校注卷之五

## 五言古詩

### 雜懷八首

鷦鷯日飛飛，遊戲蘭苕中。黃鵠鼓大翼①，一舉凌煙空。朝遊崑崙巔，莫宿扶桑東。策名在及時，登高呼順風。運去龍蛇焚，時來牧豕封[一]。悲哉閭閻士[二]，皓首没枯蓬。

雅音久絶響，淫哇日嘈嘈。黃鐘時一鳴，衆人目爲妖。嚴霜被②青桂，鳳皇依陵苕③。百鳥傷其類，哀鳴聲嗷嗷。相失萬里外，道遠增煩勞。安得垂天翼，銜汝歸故巢。

仲冬涉淮水[三]，千里莽無色。沙飛原阪長，雲起關河黑。日暮懷佳人，沉慮及永夕。不辭風塵苦，所嗟道里隔。采芝山雪深，欲寄何由得。

晚步長洲上[四]，遥望吴王宫[五]。吴王歌舞罷，西施粉黛空[六]。古墓生白楊，高臺餘青楓。天寒狐狸出，日落寒花紅。繁華此長畢，三歎來悲風。

脩原亘長城，城上臨高臺。微茫見古壘，萬里風沙開。秦漢多雄圖，猛士紛如雷。寶刀亂白日，驅馬胡兵哀。只今戰場上，離離生蒿萊。皇天莽無情，英雄化爲灰。

黃霸爲潁川[七]，寬和親士民。人皆事鷹虎，爾獨懷至仁。吏治高漢庭，千載思陽春。驅車登秋原，潁水清磷磷。高風既綿邈，末世欽斯人。

我有金石友，青雲欝嵯峨。忼慨慕荆高[八]，文章折陰何[九]。大義申皦日，長風激頹波。緩步登玉墀，光采生鳴珂。片言苟不合，拂衣歸巖阿。黄鵠横四海，安能傍雲羅。

昔我居長安[一〇]，冠蓋從我遊。重門夾茂樹，堂上羅珍羞。結交青雲士，一一鳴天球。詞藻懸秋河，氣義横高丘。肉食豈足道，榮名期千秋。良時不再得，惜哉風馬牛。一讀《浮萍篇》[一一]，嘆息安能休！

## 校勘

① 鼓大翼：《屠長卿集》作『將其雛』。

② 被：《屠長卿集》作『隕』。

③ 依陵苕：《屠長卿集》作『等鴟鴞』。

## 注釋

[一] 牧豕封：漢公孫弘，早年貧而牧豕，後刻苦爲學，終得封侯。《漢書》卷五十八《公孫弘卜式兒寬傳》：『公孫弘，菑川薛人也。少時爲獄吏，有罪，免。家貧，牧豕海上。年四十餘，乃學《春秋》雜説。武帝初即位，招賢良文學士，是時，弘年六十，以賢良徵爲博士。』後官至丞相，封平津侯。

[二] 閭閻士：指平民。閭閻本指里巷内外之門，後多借指里巷，泛指民間。因以閭閻士指平民。

[三] 淮水：淮河。源出河南桐柏山，東流經河南、安徽等省至江蘇省入洪澤湖。

[四] 長洲：春秋時吴苑名，爲吴王遊獵之地。故址在今蘇州市西南、太湖北。漢趙曄《吴越春秋·闔閭内傳》：『射於鷗陂，馳於遊臺，興樂石城，走犬長洲。』

[五] 吴王：指春秋末吴國國君夫差，在位二十三年。公元前四九六年，吴王闔廬（闔閭）興師伐越，受傷而死。夫差嗣立，報父仇而大敗越軍，並攻入越都會稽。越王勾踐求和、稱臣。《史記·吴太伯世家第一》：『十九年夏，吴伐越，越王句踐迎擊之檇李。越使死士挑戰，三行造吴師，呼，自剄。吴師觀之，越因伐吴，敗之姑蘇，傷吴王闔廬指，軍却七里。吴王病傷而死。闔廬使立太子夫差，謂曰：「爾而忘句踐殺汝父乎？」對曰：「不敢！」三年，乃報越。』夫差未聽從伍子胥滅越勸告，勾踐則經過卧薪嘗膽，生聚教訓，逐漸恢復元氣。夫差後來生活方面追求享樂，國事方面攻齊失利，又與晉争霸，而勾踐乘虚攻吴，終致吴國滅亡，夫差自殺。

[六]西施：春秋末年越國美女。施姓，或稱先施，別名夷光，亦稱西子。苧羅（今浙江諸暨）人，早年在苧蘿山下溪石上浣紗。越王勾踐敗於會稽，范蠡取西施獻吴王夫差，致其迷惑荒政。越遂亡吴。後范蠡帶西施同泛五湖。事見《吴越春秋·勾踐陰謀外傳》。

[七]黄霸：西漢循吏。字次公，淮陽陽夏（今河南太康）人。爲政寬和，力行教化。曾爲潁川太守，甚有政績。後官至丞相，封建成侯。《漢書》卷八十九《循吏傳》：『霸爲人明察内敏，又習文法，然温良有讓，足知，善御衆。爲丞，處議當於法，合人心，太守甚任之，吏民愛敬焉。……俗吏上嚴酷以爲能，而霸獨用寬和爲名。』

[八]荆高：荆軻、高漸離之合稱。《史記·刺客列傳》：『荆軻既至燕，愛燕之狗屠及善擊筑者高漸離。荆軻嗜酒，日與狗屠及高漸離飲於燕市，酒酣以往，高漸離擊筑，荆軻和而歌於市中，相樂也，已而相泣，旁若無人者。』

[九]陰何：南朝梁陳間詩人陰鏗、何遜。陰、何詩頗清新，被人並稱，對唐人影響較大，唐杜甫《解悶》：『頗學陰何苦用心。』又《與李十二白同尋范十隱居》：『李侯有佳句，往往似陰鏗。』唐殷堯藩《酬雍秀才》：『興來聊賦詠，清婉逼陰何。』

[一〇]長安：指北京。

[一一]浮萍篇：指曹植《浮萍篇》。

## 於青浦懷鄉曲故人[一]

結髮栖海曲，生事在漁釣。故人多布衣，日夕同驩笑。布衣捐禮法，行行隨所適。片帆江北沚，斗酒城①南陌。海水流泱泱，此樂不可常。故人一以別，漂泊經三霜。憂勞日相煎，萬事空蒼茫。懷人復感舊，涕泗沾衣裳。

### 校勘

①城：底本原缺，據存目本補。

### 注釋

[一]青浦：青浦縣，見沈明臣《由拳集敘》注釋[一]。鄉曲：家鄉，故里。此處指屠隆故鄉鄞縣。

# 感懷詩五十五首①有序

余以固陋執鞭海内賢豪人，新故繫感，存歿興懷，率然有作。匪敢發抒藻麗，馳騁藝林，中情所宣，聊寫款款。今天下豈不多賢，其未獲從遊，非鄙情所鍾者，不敢漫及。君子亮其心焉。

## 張司馬惟静 時徹②[一]

司馬余鮑叔[二]，少小銜知遇。交情矢靡他，黄河日東注。哲人一以逝，悲風起大樹。憮焉破絲桐，孤調不成趨[三]。忠信如可孚，天地存中愫。

**校勘**

① 五十五首：實際數爲五十六首。

② 時徹：底本部分詩作題下有人名小注，字跡多模糊，字體與原刻不一，且存目本無注。疑爲後閲者所加，非作者所題。

**注釋**

[一] 張司馬惟静：張時徹，字惟静。官至兵部尚書。見卷四《張大司馬惠芝園集寄謝》注釋[一]。

[二] 鮑叔：鮑叔牙，春秋時齊國大夫。與管仲爲知交，賢篤於友誼。《史記·管晏列傳》：『管仲夷吾者，潁上人也。少時常與鮑叔牙遊，鮑叔知其賢。管仲貧困，常欺鮑叔，鮑叔終善遇之，不以爲言。已而鮑叔事齊公子小白，管仲事公子糾。及小白立爲桓公，公子糾死，管仲囚焉。鮑叔遂進管仲。管仲既用，任政於齊，齊桓公以霸，九合諸侯，一匡天下，管仲之謀也。』張時徹對屠隆有知遇之恩，如鮑叔牙之薦管仲。

[三] 趨：即吴趨曲，吴人歌其地之曲。

## 家少司馬國望 大山[一]

吾家老阿咸[二]，沉幾復倜儻。大道合自然，神智視天壤。余本嵚崎人，支離及鞅掌[三]。昌歜夙所嗜[四]，神駿謬見賞。知我今已矣，嘆息悲俯仰。

**注釋**

［一］家少司馬國望：厝大山，字國望，官至兵部右侍郎。與厝隆同宗。見卷四《三司馬詩》注釋［一］。

［二］阿咸：阮咸，晉名士。阮籍之侄，與阮籍齊名，時稱『大小阮』。見《晉書·阮咸傳》。後以『阮咸』爲『侄子』代稱。厝大山爲厝隆侄子輩，而年長於厝隆。

［三］鞅掌：職事紛擾繁雜。

［四］昌歜：菖蒲根之醃製品，又稱昌菹。傳説周文王嗜昌歜，孔子慕文王而食之以取味。後以指前賢所嗜之物。

## 范少司馬堯卿 欽［一］

司空雅博物，妙識通人倫。一辨斗間氣，寶劍出灰塵。馬向伯樂鳴，士爲知己伸。樂奏東山伎［二］，門多北海賓［三］。魚龍夜瀺灂，大湖水粼粼。聲名詎一旦，光彩映千春。

**注釋**

［一］范少司馬堯卿：范欽，字堯卿。官至兵部右侍郎。見卷四《三司馬詩》注釋［一］。

［二］東山：晉謝安早年隱居高卧處，在會稽之東山。安後經朝廷屢次徵聘復出。謝安曾在東山畜伎。《晉書·謝安傳》：『安雖放情丘壑，然每遊賞，必以妓女從。』後人常以『東山』稱謝安，或稱隱居之地，或以稱隱者，或謂隱居。

［三］北海：指漢孔融。北海本漢景帝時始置之郡名，東漢時改爲北海國，漢末孔融曾任北海相，人稱『孔北海』，簡稱『北海』。《後漢書·孔融傳》載，孔融好士，退職閑處後，賓客盈門。常歎曰：『坐上客恒滿，尊中酒不空，吾無憂矣。』

## 王廷尉元美 名世貞［一］

矯矯王伯子，弱冠早登壇。高華秀山嶽，兀立青雲端。乘時奮鉅跡，才子復尊官。榮名萬期在，生有千日驩。揚旌鼓六合，長風激波瀾。不測陰陽謝，但知滄海寬。多士歸如雲，永爲來者觀。

**注釋**

[一] 王廷尉元美：王世貞，字元美，官至刑部尚書。詳見卷四《答李伯達》注釋[一]。

## 沈山人嘉則 名明臣號句章[一]

峨峨郭有道[二]，高義表薄俗。名理落區中，清風散六幕。揚帆涉洪波，倚杖嘯巖谷。龍性空天雲，閒情擾麋鹿。一睹紫芝顔，三嘆令人伏。

**注釋**

[一] 沈山人嘉則：沈明臣，字嘉則，號句章山人。終生布衣。詳見沈明臣《由拳集敘》注釋[一一]。

[二] 郭有道：郭泰，字林宗，太原介休人。東漢末著名學者。容貌魁偉，博通墳籍，善談論，美音制。因見東漢王朝腐敗，不應徵召，淡於名利，歸鄉執教，教授學生數千人。能以德行導人，人稱有道先生。《後漢書》有傳。

## 陳大參玉叔 名文燭號肅庵[一]

觀察西土彦，蚤譽欝壘砢。神清峨眉雪，文濯錦江波。折節推白屋，英賢盡張羅。題書先下吏，辭氣何離倫。休休敦曠度，仰德泰山阿。

**注釋**

[一] 陳大參玉叔：陳文燭，字玉叔，號五嶽山人等，沔陽（今湖北省仙桃市）人。嘉靖四十四年（一五六五）進士，授大理寺評事，出知淮安府，纍官四川提學副使、山東左參政、四川左參政、福建按察使，官至南京大理寺卿。博學工詩，有《二酉園詩文集》。《明詩綜》卷四十九有傳。

## 余孝廉君房 寅[一]

君房富才情，言語妙天下。既分揚馬曹[二]，復策黄初①駕[三]。抗志秋天雲，名貴璠璵價[四]。人理悟柔澹，窮通安足咤。兀坐思良友，高風薄芳樹。

## 校勘

① 初：底本不清，據存目本補。

## 注釋

[一] 余孝廉君房：余寅，字君房，晚年改字僧杲，學者稱漢城先生。鄞縣人。萬曆八年（一五八〇）進士，授工部都水司主事，清廉自持，時人稱『余水部，真如水』。歷任禮部員外郎、按察御史等職，官至太常寺少卿。爲人性亢厲，狷然獨行；爲詩質而峭介似其人。有《農丈人詩集八卷文集二十卷》及《乙未私志》《同姓名録》《吴越遊稿》等。《康熙鄞縣志》卷十七有傳。《由拳集》卷八有《送余君房北上得訓字》、卷九有《送余君房沈箕仲北上》《送余君房下第東還》。屠隆作此詩時，余寅尚未中進士，故稱『孝廉』。

[二] 揚馬曹：揚雄、司馬相如、曹植三位才人。簡文帝蕭綱《與湘東王書》：『古之才人，遠則揚馬曹王，近則潘陸顏謝。』

[三] 黄初：魏文帝年號。

[四] 璠璵：魯之寶玉。

# 顧觀察益卿[一]

顧公何落落，乃是人中英。高義挂北斗，闒茸耻生平[二]。文故英雄色，武可當干城。唾壺擊忼慨，長吟聲訇訇。執鞭倘相許，願附青雲名。

## 注釋

[一] 顧觀察益卿：顧養謙，字益卿，號冲庵，南直隸通州（今江蘇南通城區）人。嘉靖四十四年（一五六五）進士，歷任工部主事、郎中、福建按察僉事、廣東參議，副使。坐事調爲雲南僉事，撫服順寧土官，進浙江右參議。改薊州鎮兵備，再進爲右僉都御史，巡撫遼東。以戰功升右副都御史，歷南京户部右侍郎，總理糧儲。改兵部左侍郎。又奉命爲薊遼總督兼經略朝鮮軍務。後爲右都御史兼工部右侍郎，總理河道。終協理京營戎政、右都御史兼兵部左侍郎。顧養謙爲人倜儻豪邁，以才武稱於薊遼。有《冲庵撫遼奏議》《督撫奏議》等。

［二］闒茸：猥賤。

## 包主簿明臣 大炣［一］

包簿珪璋士，一官不挂齒。談詩傲人羣，爲漁依海澨。酒德良可頌，彈琴得玄理。居閒自灌園，興至逌然喜。海客久忘機，悲哉夸毗子［二］。

### 注釋

［一］包主簿明臣：包大炣，字明臣，號鹿田，鄞縣人。曾任潮陽主簿。與屠隆爲甬上詩文社友人。有《越吟》一卷。傳見《甬上耆舊詩》。

［二］夸毗子：指諂諛、卑屈取媚之人。《詩經・大雅・板》：『天之方懠，無爲夸毗。』毛傳：『夸毗，體柔人也。』阮籍《詠懷》之五三：『如何夸毗子，作色懷驕腸。』

## 王太學百穀 名稚登［一］

把臂交時賢，王君何嶽嶽。既窮三耳辯［二］，復摧五鹿角［三］。人巧奪天工，綺繢紛相錯。伸紙吐妙辭，一一夫容萼。早挂世上名，晚眷丘中樂。斯人真吾徒，遺容賁林壑。

### 注釋

［一］王太學百穀：王稚（又作穉）登，字百穀，或作百谷、伯穀，號半偈長者、青羊君、廣長庵主等。生於江陰，移居吴門（蘇州）。隆萬年間（一五六七—一六二〇）著名布衣詩人，『弇州四十子』之一。有《王百穀集》。與屠隆交情甚厚，常往來唱和。屠隆爲王稚登父親作《王處士小傳》（《由拳集》卷十九），並爲其《竹箭編》作序（《白榆集》文集卷一）。

［二］三耳辯：爲先秦名家詭辯論題之一，謂兩耳之外別有一耳，主聽。《孔叢子・公孫龍》載：『公孫龍言臧之三耳甚辨析。』《呂覽》記：『孔穿、公孫龍相與論於平原君所，深而辯，至於臧三耳，公孫龍言臧之三耳甚辯，孔穿不應，少選，辭而出。明日，孔穿朝。平原君謂孔穿曰：「昔者公孫龍之言甚辯。」孔穿曰：「然。幾能令臧三耳矣。雖然，難。願得有問於君：謂臧三耳甚難而實非也，謂臧兩耳甚易，而實是也，不知君將從易而是者乎？將從難而非者乎？」平原君不應。明日，謂公孫龍曰：「公無與孔穿辯。」』

〔三〕五鹿：指五鹿充宗。折五鹿角之典，形容人有辯才，能駁倒對手。典出《漢書》卷六十七《朱雲傳》：『雲字游，魯人也。……是時，少府五鹿充宗貴幸，爲《梁丘易》。自宣帝時善梁丘氏説，元帝好之，欲考其異同，令充宗與諸《易》家論。充宗乘貴辯口，諸儒莫能與抗，皆稱疾不敢會。有薦雲者，召入。攝衣登堂，抗首而請，音動右左。既論難，連拄五鹿君，故諸儒爲之語曰：「五鹿嶽嶽，朱雲折其角。」』

## 李處士賓父 生寅〔一〕

處士逃人世，抱拙營蕭皋〔二〕。呼童釀美酒，開軒讀《離騷》〔三〕。佳賓爛已盈，膾鯉復烹羔。長歌滄浪曲，日莫然蘭膏。出門違燕笑，念子徒心勞。

### 注釋

〔一〕李處士賓父：李生寅，字賓父，號暘谷山人，鄞縣人，宋忠襄公李顯忠之後。約明神宗萬曆初前後在世。隱居不仕，家世有別業一區，在蕭皋，爲山水佳處，時來賓客相酬唱。《甬上耆舊詩》卷二十三《李賓父先生生寅傳》：『爲人風儀修整，性和雍，不立崖岸，意思蕭散。精名理……生平都無好，惟好爲詩，不肯作世人雕飾，天動神來，自然高妙，俱謂詩如其人……先生獨不仕，懷古慕道。』工詩，有《李山人詩》二卷。與屠隆同爲甬上詩文社友人，屠隆《栖真館集》卷二十一有《李賓父山人傳》。

〔二〕蕭皋：今鄞縣鍾公廟鎮蕭皋碶村。古時爲三面環水之僻静高地，由於鹹潮出没荒蕪蕭索，故稱『蕭皋』。南宋初年，蕭皋建水閘蕭皋碶，此地遂成山水佳處。李賓父曾在此建高卧樓隱居，樓旁辟地爲自鋤園。

〔三〕讀《離騷》：據《甬上耆舊詩》卷二十三《李賓父先生生寅傳》，李賓父書齋名爲讀騷軒。

## 沈比部箕仲 九疇〔一〕

大雅振空谷，頡頏青雲姿。芳艸被長坂，崇蘭發華蕤。佳期結綢繆，金石良不移。遭時耀至寶，韜精乃吾師。

### 注釋

〔一〕沈比部箕仲：沈九疇，字箕仲，號東霍。鄞縣人。屠隆友人沈明臣之侄。萬曆五年（一五七七）與屠隆同科進士，授刑部主事，歷江西督學副使、四川參政、陝西右布政使、江西左布政使等職。有《曲轅居集》行世。《康熙鄞縣志》卷十七有傳。屠隆《由拳集》卷九有《送余君房沈箕仲北上》，卷十二有爲沈九疇父所作《壽稷丘先生八十序》。

## 張觀察助甫[一]

上蔡有佳人[二]，榮華曜皦日。三歎發泠泠，朱絃鼓瑤瑟。束髮蚤登朝，時稱琬琰質。論交半海内，秀句盈緗帙。牋素徒神交，何時一促膝。

**注釋**

[一] 張觀察助甫：張九一，字助甫，號周田，河南新蔡人。嘉靖三十二年（一五五三）進士，時年二十（故詩中有『束髮蚤登朝』句）。授黄梅知縣。擢吏部主事，歷任廣平同知、湖廣僉事、陝西按察使、山西布政使，至右僉都御史，巡撫寧夏。有《緑波樓詩文集》《朔方奏議》等。《明史》卷二百八十七《文苑傳》之《王世貞傳》後附張九一傳。

[二] 上蔡：古蔡國所在地，位於河南省東南部，屬駐馬店市。

## 黎秘書惟敬 名民表[一]

賀監推宿儒[二]，文章傾上都。垂老爲黄冠，乞身歸鑑湖。春荑冒長谷，烟光秀菰蒲。秘書千載下，高風邈焉孤。文雅既已類，出處良不殊。

**注釋**

[一] 黎秘書惟敬：黎民表，字惟敬，號瑶石、羅浮山樵、瑶石山人，廣東從化人。嘉靖十三年（一五三四）中舉人，授翰林孔目。纍官至河南布政使參議致仕。工詩，善書畫，爲黄佐弟子，與歐大任、梁有譽、李時行、吴旦稱『南園後五子』。有《瑶石山人稿》十六卷、《北遊稿》等。《明史》卷二百八十七《文苑傳》之《黄佐傳》後附黎民表傳。

[二] 賀監：唐賀知章。見徐益孫《由拳集敘》注釋[一九]。屠隆在京時與其相識。黎民表曾任翰林院孔目，故稱『秘書』。

## 王觀察敬美 名世懋[一]

吴士多如雲，二陸千年秀[二]。王家雙玉樹，誰先復誰後？龍藏測海深，鳥下知林茂。一栖當兩雄，六合莽相鬪。才氣故跌宕，純白亦已守。

**注釋**

［一］王觀察敬美：王世懋，字敬美，號麟洲，江蘇太倉人。王世貞弟。嘉靖三十八年（一五五九）進士，歷任南京禮部儀制司主事、員外郎、尚寶縣丞、江西參議、陝西學政、福建提學，終於南京太常寺少卿。有《王奉常集》《關洛記遊稿》等。《明史》卷二百八十九有傳。王世貞《弇州續稿》卷一百四十有《亡弟中順大夫太常寺少卿敬美行狀》。王世懋曾任江西參議，其職類於唐時觀察使，故稱『觀察』。

［二］二陸：指晉陸機、陸雲兄弟。見徐益孫《由拳集敘》注釋［一〇］。

## 沈太史肩吾 名一貫［一］

吾欽沈太史，高旻刷威鳳。清德邁隨光［二］，才華標①屈宋［三］。伏謁承明廬，天廟奏歌頌。大雅發鴻響，談言亦微中。文章苟遇合，噂沓將安用？

**校勘**

① 標：底本原作『幖』，據存目本改。

**注釋**

［一］沈太史肩吾：沈一貫，字肩吾，號龍江、蛟門。寧波鄞縣人。隆慶二年（一五六八）進士，官吏部左侍郎，兼侍讀學士，假歸。萬曆二十二年（一五九四），復出爲南京禮部尚書，後兼東閣大學士，加少傅兼太子太傅、吏部尚書、建極殿大學士。家居十年卒，贈太傅，謚文恭。有《喙鳴詩文集》等，《明史》卷二百十八有傳。屠隆在禮部爲官時與沈一貫爲同事，多有詩書往來。《白榆集》詩卷五有《寄沈肩吾太史二首》。

［二］隨光：卞隨、務光，傳説爲夏朝時隱者。《史記》卷六十一《伯夷列傳》：『堯讓天下於許由，許由不受，恥之逃隱。及夏之時，有卞隨、務光者，此何以稱焉。』

［三］屈宋：屈原、宋玉之合稱。

## 歐博士楨伯[一]

博士起南海，珊瑚照若水[二]。摛英爛春華，居然守其璞。蚤歲遊上都[三]，日莫返初服。敦義重交情，題詩遠相勖。微吟託涼風，胡能繼芳躅？

**注釋**

[一] 歐博士楨伯：歐大任，字楨伯，號侖山，廣東順德人，『廣五子』之一。博涉經史，工古文詩賦，却科舉不如意，至四十七歲時以歲貢生試於大廷，而一鳴驚人。因曾入爲國子監博士，故稱歐博士。歷官大理寺評事，官至南京工部虞衡郎中，别稱歐虞部。曾參加修纂《世宗實録》。一生著述甚豐，有《歐虞部集》及《百越先賢志》《廣陵十先生傳》等。《明史》卷二百八十七《王世貞傳》後附傳。

[二] 若水：古水名。傳説顓頊出生於若水之野，《水經注·若水》：『黄帝長子昌意，降居若水，娶蜀山氏女，生顓於若水之野。』

[三] 上都：古代對京都之通稱。

## 沈太史君典[一]

休文擅麗藻[二]，文章並金石。已抗青雲姿，故有煙霞癖。近得静者言，力謝區中客。夜檻石瀨鳴，午窗山翠滴。偃仰得天倪，當門長蘿薜。一讀養生篇，紛拏日以息。

**注釋**

[一] 沈太史君典：沈懋學，字君典。見沈明臣《由拳集敘》注釋[三]。

[二] 休文：沈約，字休文，吴興武康（今浙江德清）人，南朝史學家、文學家。此處以休文指代沈懋學。

## 周民部元孚名宏禴號二魯[一]

荆門佳山川[二]，楚澤多蘭茝。夫君挺瓌秀，才致何開美[三]。立言駕千秋，廣心營四海。顧此蒼茫下，獨立而忼慨。經年不寄書，緘情欲誰待。

注釋

［一］周民部元孚：周弘綸（一作宏綸），字元孚，號二魯，湖北麻城人。『弇州四十子』之一。萬曆二年（一五七四）進士，授户部主事，歷任無爲州同知，遷順天府通判。萬曆十三年（一五八五）春上疏指斥宦官亂朝政，觸帝怒，謫代州判官，後遷南京兵部主事。十七年（一五八九），又疏諫請早建皇儲，尋召爲尚寶丞。明年進監察御史，巡視寧夏邊務，又因連坐降職，謫澄海典史。有《澄海集》，撰《代州志》二卷。《明史》卷二百三十四有傳。屠隆《由拳集》卷十六有《與周元孚》，《白榆集》詩卷四有《寄周元孚》、文卷六有《與周元孚》，《栖真館集》卷二有《長歌寄周元孚司理》。民部，周弘綸時爲户部主事，故稱。

［二］荆門：此指荆州，古九州之一，楚國故都。周元孚故里麻城地屬荆州。

［三］開美：氣度豁達。劉義慶《世説新語·賞譽》：『殷允出西，郗超與袁虎書云：「子思（按：殷允字）求良朋，托好足下，勿以開美求之。」世目袁爲「開美」，故子敬詩曰：「袁生開美度。」』

## 孫吏部文融 鑛［一］

越絶天下表［二］，萬國開禹甸［三］。人文亦代有，離奇映竹箭。有美琳球士，曠世乃一見。好古蒐玄夷［四］，英辭豁春電。質義亮所敦，浮華詎須羨。一酬河漢章，三度零霜霰。

注釋

［一］孫吏部文融：孫鑛，字文融，號月峰，湖上散人。浙江餘姚人。萬曆二年（一五七四）會試第一，歷仕太常寺少卿、兵部侍郎、加右僉都御史，遷南兵部尚書，加封太子少保，參贊機務。一生著作宏富，達四十餘種七百餘卷。有《評經》十六卷、《今文選》十二卷、《評史記》一百三十卷、《評漢書》七十卷、《韓非子節鈔》二卷、《翰苑瓊琚》十二卷、《後越絶》十卷、《排律辨體》十卷、《居業編》十二卷等，並有《孫月峰全集》傳世。

［二］越絶：本指古越地。此處亦指孫鑛之《後越絶》。

［三］禹甸：夏禹墾辟之地。《詩經·小雅·信南山》：『信彼南山，維禹甸之。畇畇原隰，曾孫田之。』此指古會稽。

［四］玄夷：即玄夷蒼水使者，傳説中授大禹治水金簡之人。漢趙曄《吴越春秋·越王無余外傳》：『禹乃東巡，登衡嶽，血白馬以祭，不幸所求。禹乃登山，仰天而嘯。因夢見赤繡衣男子，自稱玄夷蒼水使者，聞帝使文命於斯，故來候之。「非厥歲月，將告以期，無爲戲吟。」故倚歌覆釜之山，東顧謂禹曰：「欲得我山神書者，齋於黄帝巖嶽之下三月。庚子登山發石，金簡之書存矣。」禹退，又齋三月。庚子，登宛委

山，發金簡之書。案金簡玉字，得通水之理。』屠隆此處用『玄夷』代指古代典籍。因孫鑛爲餘姚人，餘姚地屬會稽。宛委山即會稽山一峰，有『禹穴』，傳爲禹得金簡玉字書之處。

## 莫文學廷韓[一]

莫生雲間雋[二]，才華霏玉屑。上書不見收，歸來弄雲月。天放此人閒，吾曹苦蹴躃。考鼓彈哀箏，歌動海水咽。賢者伏草莽，中心悵如結。

**注釋**

[一] 莫文學廷韓：莫是龍，字雲卿，更字廷韓。莫是龍未曾中舉，以貢生終老，明清時期稱諸生（秀才）爲文學。詳見卷四《聞莫廷韓諸君山中尋梅有作》注釋[一]。

[二] 雲間：松江府之别稱。據劉義慶《世説新語・排調》，陸雲曾對人自稱『雲間陸士龍』。陸雲爲吴郡吴縣華亭人，華亭爲後世松江府治所，松江因以『雲間』爲别稱。莫是龍爲松江人。

## 于澤洲子冲[一]

于子洵卓犖，束髮著英聲。自言禦李君[二]，嘯咤主齊盟。青天捫日觀，海氣朗晶瑩。一麾遵澤潞，五馬榮專城。既悟玄同理，遂抒拯物情。竹素如可託，千秋遺嘉名。

**注釋**

[一] 于澤洲子冲：原名瑱，字子充，後更名達真，改字子冲。見卷四《酬于子冲》注釋[一]。澤州，今山西晉城澤州縣。于子冲萬曆五年（一五七七）至九年（一五八一）任澤州知州。

[二] 李君：指李攀龍，下句有『主齊盟』語。詳見卷四《酬于子冲》注釋[二]。

## 徐袁州茂吴[一]

茂吴秀楚楚，南國稱琳琅。策足據天目[二]，涉江擥芬芳。耽文如渴饑，好士輸肝腸。薊門一傾握[三]，世路各徊翔。低眉向時人，泥沙在衣裳。石門長瑶艸，風吹雕胡香。終當謝羈鞅，卜築西湖旁。

**注釋**

［一］徐袁州茂吴：徐桂，字茂吴，長洲人。萬曆五年（一五七七）進士，除袁州推官。有《大滌山人集》，名列『弇州四十子』之一。屠隆與徐桂爲同年進士，後同入白榆社。《由拳集》卷九有詩《夏夜沈箕仲、馮夢禎、丁右武、徐茂吴、沈少卿、陳伯符集嘉樹軒得人字》、同卷有《夏夜集徐茂吴宅》，《白榆集》詩卷五有《懷徐茂吴》。

［二］天目：天目山，位於浙江臨安境内。

［三］薊門：即薊丘，位於北京城西德勝門外西北隅。見卷一《閔貞賦》注釋［九］。

## 馮吉士開之 名夢禎［一］

鐘鳴蜀山應，磁石乃引針。方諸隨明月，遊魚答鳴琴。萬物各有合，何况相知心。之子非夙契，泠然操南音。結交片語下，把臂欣入林。吹篪不足喻［二］，投醪意何深。願君敦終始，高嘯南山岑。

**注釋**

［一］馮吉士開之：馮夢禎，字開之。萬曆五年（一五七七）會試第一，廷試後選翰林院庶吉士。詳見沈明臣《由拳集敘》注釋［二］。

［二］吹篪：《詩經·小雅·何人斯》：『伯氏吹壎，仲氏吹篪。』壎、篪爲古時兩種樂器，合奏起來聲音和諧。故以吹壎、吹篪贊美兄弟之間和睦融洽。

## 孫太史以德［一］

天上來歲星，二十起明經。臚傳奏第一，白鵠矯亭亭。太史占卿雲，五色射殿庭。公卿咸咨嗟，至尊覃寵靈。天球陳東序，圖書列西櫺。妙歲而朱顔，黄髮垂典刑。託交希末光，佇立仰青冥。

注釋

[一] 孫太史以德：孫繼皋，字以德，號柏潭，江蘇無錫人。萬曆二年（一五七四）狀元，年方二十四（故詩中有『臚傳奏第一』、『妙歲』等語），授翰林院修撰。歷任經筵講官、少詹事兼侍讀學士、禮部轉吏部侍郎等職。晚年講學於東林書院。卒贈禮部尚書。有《孫宗伯集》十卷。《明詩綜》卷五十七有傳。太史：官名。西周時即有此官職，掌記事、修史、起草文書，以及管理典籍和天文曆法等。後歷代職事有變動，明代，修史之職並於翰林院，故俗稱翰林爲太史。孫以德時任修撰，在翰林院，故稱太史。

## 張明府孺穀 長公[一]

公子天下士，負氣兀凌兢。結交多大俠，四海翕雲蒸。千金散貧士，斗酒會良朋。然諾聞梁楚，高義附信陵[二]。晚乃事冥寂，閉關息崩騰。彭澤賦荊軻[三]，嗒然豈無能？英雄卒恬澹，千載人嗟稱。

注釋

[一] 張明府孺穀：張邦仁，字孺穀，大司馬公張時徹長子，風流豪爽。《甬上耆舊詩》卷二十七有《邵武張長公邦仁傳》：『字孺穀，大司馬東沙公長子，人稱爲張長公。少負異才，省試三中乙榜，由明經授知邵武縣，以不能事上官罷歸。長公少豪，每出遊，賓客車騎過於司馬公。自白下至西陵，江南千餘里，無不知張長公名字者。余君房先生嘗爲作贊示吴人曰：「長公客吴中，左挾姝，右擁姝，前奏趨，後呼歈，若無吴門也者。及其訪要離，弔專諸，顧瞻霸氣，太息闔廬，雲涌風駛，潏蕩具區，差可觀吾長公乎。」其豪可知矣。』明府，『明府君』之略稱。漢人用爲對太守之尊稱。唐以後多用以稱縣令。張邦仁曾任紹武知縣，故稱『明府』。

[二] 信陵：信陵君魏無忌。見卷四《詠史六首》注釋[四]。

[三] 彭澤：指陶淵明。淵明曾任彭澤令，有『陶彭澤』之稱。淵明有《詠荊軻》詩。

## 陶比部楙中 名允宜[一]

比部抱奇質，落落會稽材。崇岡面脩竹，紆徐石帆開[二]。著書藏禹穴[三]，流觴曲水隈。含香白雲署[四]，載酒黃金臺。懷人千里外，習習清風來。

## 注釋

［一］陶比部楙中：陶允宜，字茂中，又作懋中、楙中，號蘭亭，會稽陶堰（今浙江紹興）人。萬曆二年（一五七四）會元，授刑部主事，官至兵部員外郎。有《鏡心堂集》《陶駕部選稿》。比部，陶允宜曾任職刑部，故稱。

［二］石帆：山名，在紹興城東十五里。《明一統志》卷四十五《紹興府·山川》：「石帆山，在府城東一十五里，遥望如張帆臨水。唐宋之問詩：『石帆來海上，天鏡出湖中。』」

［三］禹穴：指會稽宛委山。傳大禹於此得黄帝所藏金簡書，復藏之。漢趙曄《吴越春秋·越王無余外傳》：「禹……庚子登宛委山，發金簡之書。案金簡玉字，得通水之理。」唐李白《送二季之江東》：「禹穴藏書地。」王琦注：「賀知章《纂山記》曰：『黄帝號宛委穴爲赤帝陽明之府，於此藏書。大禹始於此穴得書，復於此穴藏之，人因謂之禹穴。』」

［四］白雲：黄帝時掌刑獄之官。後用作刑官之别稱。此處指陶楙中官署。

## 甘侍御應溥[一]

侍御古人心，行義何皛皛。玄晏夙嗜學[二]，百氏恣冥討[三]。理超象數外，含英振藹藻。一冠惠文冠，風稜絶霞表。黄流須玉瓚，貞良爲國寶。事了歸名山，相期拾瑶草。

## 注釋

［一］甘侍御應溥：甘雨，字子開，又字應溥，號義麓，江西永新人。萬曆五年（一五七七）進士，選爲翰林院庶吉士，歷官南京兵部員外郎，南京禮部郎中，改福建鹽法道，總理通州、濟寧河道。萬曆二十一年（一五九三）降爲粵西督學，後任貴州督學，改閔臬副使，四十年（一六一二）升湖廣參政，未及上任，卒於家。有《古今韻分注撮要》五卷、《白鷺洲書院志》十二卷等。傳見《同治永新縣志》卷十六《人物志》。侍御：甘雨曾入翰林院，故稱。

［二］玄晏：指古代聖賢之禮教。

［三］百氏：指諸子百家。

## 李臨淮惟寅[一]

李侯抗高志，湛實浮英華。玄風扇六合，清標映孤霞。佩服如儒生，名章爛天葩。折節賢豪人，俠烈魯朱家[二]。信陵稱好士[三]，魏其詎足誇[四]。置酒錯瑶席，衆賓咸清嘉。奏技呈角觝，徵歌掩渝巴。故驩不可再，長令遊子嗟。

**注釋**

[一]李臨淮惟寅：李言恭，字惟寅，號青蓮居士，江蘇盱眙人。明武靖王開國功臣李文忠裔孫，襲封臨淮侯，守備南京，纍官至太保總督京營戎政。李氏爲武臣，亦好學能詩，交遊甚多。有《貝葉齋稿》《青蓮閣集》，另有《日本考》。《明詩綜》卷五十四、《列朝詩集小傳》丁集上有傳。屠隆曾爲李惟寅詩文集《貝葉齋稿》作序（《白榆集》文卷一《貝葉齋稿序》）。《由拳集》卷十七有《與李臨淮》、卷九有《燕李臨淮第》《李惟寅攜酒顯靈宫同沈箕仲沈君典馮開之與余言别賦此》。

[二]朱家：秦漢之際游俠，魯人。以任俠、助人之急聞名。

[三]信陵：指信陵君魏無忌。見卷四《詠史六首》注釋[四]。

[四]魏其：指魏其侯竇嬰。見卷三《行路難四首》注釋[五]。

## 唐比部惟良[一]

惟良寥廓士，熙朝寳琳琅。作令稱神君，讀法飾文章。孤貞鮮諧俗，四十猶爲郎。一官甘拓落，意氣寧摧藏。單車出舊部，萬姓遮路旁。兒童拜馬首，父老進壺漿。文藝足不朽，疇爲傳循良？

**注釋**

[一]唐比部惟良：唐邦佐，字惟良，曾任職刑部。詳見卷四《懷唐比部惟良》注釋[一]。

## 姚吉士于定[一]

南粤多奇産，海氣莽鬱盤。翡翠鳴苕華，珊胡映木難。鮫人冰綃濕[二]，龍女夜珠寒[三]。暐曄日南子，才華秀①鵷鸞。一想桄榔樹，幽栖邃巖巒。緬邈想君卿，南望涕泗瀾。

## 校勘

① 秀：底本不清，據存目本補。

## 注釋

［一］姚吉士于定：姚岳祥，字于定。廣東化州人。萬曆五年（一五七七）進士，年方十六，授翰林院庶吉士。後因多次進諫而得罪宰相張居正，拂袖歸故里。積鬱成疾，不幸早亡，時年未滿三十。有《玄珠集》。

［二］鮫人：神話傳説海中之人魚。見卷一《溟海波恬賦》注釋［三九］。

［三］龍女：傳説中龍王之女兒。與前注均指姚岳祥故里南粵近海。

# 瞿孝廉睿夫[一]

瞿生余故人，一見相歎咤。煩冤類屈平，才氣亦相亞。美玉玷青蠅，不損連城價。一當嘉石評，遂遇金鷄赦。風雲大難夷，日月空名挂。沅湘歸采蘭，浩蕩荆門下。

## 注釋

［一］瞿孝廉睿夫：瞿九思，字睿夫，號慕川，湖北黄梅人。萬曆元年（一五七三）舉人，以授徒講學爲業。《明史》卷二百八十八《瞿九思傳》：『縣令張維翰違制苛派，民聚毆之。維翰坐九思倡亂。巡按御史向程劾維翰激變。吏部尚書張瀚言御史議非是，九思遂長流塞下。子甲，年十三，爲書數千言，歷抵公卿，訟父冤。甲弟罕，亦伏闕上書求宥。屠隆作《訟瞿生書》，遍告中外，馮夢禎亦白於楚中當事，而張居正故才九思，乃獲釋歸。三十七年，以撫按疏薦，授翰林待詔，力辭不受。』瞿九思撰有傳記體史書《萬曆武功録》。

# 高博士升伯[一]

升伯吾黨中，標韻何翛然。雅志耆墳典[二]，澹泊守太玄[三]。積薪亦良可，薄宦蹇不前。諸公盡臺省[四]，廣文獨青氊[五]。芳樹露湑湑，芸窗手一編①。閒窺象數外，静想羲皇年[六]。晤對清心魂，冲襟疇與宣？

## 校勘

①窗：底本原作『牕』，從存目本改。

## 注釋

［一］高博士升伯：高苹，字升伯，鄞縣人。萬曆二年（一五七四）進士，授延平教授，八閩之士多越境來學。升爲國子助教，轉博士。後出爲肇慶知府，任職期間興利惠民，置田贍士。年六十，辭官歸里。《雍正寧波府志》卷二十、《鄞縣通志人物編》有傳。

［二］墳典：三墳、五典，意指古代典籍。

［三］太玄：指漢揚雄所著《太玄經》。

［四］臺省：漢代之尚書臺，三國魏之中書省，皆爲代表皇帝發佈政令之中樞機關。後因以『臺省』指政府之中央機構。與下句青氈（清苦生涯）相對。

［五］廣文：指唐鄭虔。虔滎陽（今河南滎陽市）人，工詩書畫。曾以詩書畫合卷獻玄宗，玄宗題贊爲『鄭虔三絶』，並於國子監中置廣文館，授虔爲博士，人稱鄭虔爲鄭廣文。廣文館博士榮譽極高，却是一冷官。鄭虔好友杜甫作《醉時歌》道：『諸公衮衮登臺省，廣文先生官獨冷。甲第紛紛厭粱肉，廣文先生飯不足。先生有道出羲皇，先生有才過屈宋。德尊一代常坎坷，名垂萬古知何用？』又杜甫《戲簡鄭廣文虔兼呈蘇司業源明》：『才名四十年，坐客寒無氈。賴有蘇司業，時時與酒錢。』

［六］羲皇：伏羲氏。漢揚雄《劇秦美新》：『厥有云者，上罔顯於羲皇。』《文選》李善注：『伏羲爲三皇，故曰羲皇。』

# 楊編脩公亮［一］

楚楚名家子，澄潭映秋空。文章爲國瑞，質行有門風。致身青雲上，逸氣凌星虹。朝視明光草［二］，宵聞未央鐘［三］。中章酬明主，無復嗟飄蓬。

## 注釋

［一］楊編脩公亮：楊德政，字公亮，號早休居士，鄞縣人。萬曆五年（一五七七）進士，改庶吉士，除編修。歷官福建參議、廣西提學、陝西提學、山東參政，終於福建按察使。有《夢鹿軒稿》。

［二］明光：明光宫，漢代宫殿。後亦泛指朝廷宫殿。

［三］未央：未央宫，漢代宫殿。《史記·高祖本紀》：『蕭丞相營作未央宫，立東闕、北闕、前殿、武庫、太倉。』後借指朝廷宫殿。

## 顧檢討實甫［一］

涉江采江蘺，登山擷蘭蕙。金甆發奇枝，玉禾吐嘉穗。美秀良見珍，讀書窺中秘。獻納萬乘前［二］，述作千秋事。宋玉本麗才［三］，雄也多奇字［四］。一得當姬姜［五］，怛焉媿蕉萃。

### 注釋

［一］顧檢討實甫：顧紹芳，字實甫，號學海，江蘇太倉人，顧炎武祖父。萬曆五年（一五七七）進士，選庶吉士，授檢討，歷官左春坊、左贊善。有《寶庵集》八卷。傳見張大復《明人列傳稿》。

［二］萬乘：周制，天子地方千里，能出兵車萬乘，因以『萬乘』指天子、帝王。

［三］宋玉：戰國時楚人，辭賦家。傳説其人才高貌美，後亦爲美男子之代稱。

［四］雄：指揚雄。見卷一《霞爽閣賦》注釋［二］。揚雄多識奇字。

［五］姬姜：指貴族婦女。春秋時期，姬姓之周王室常與齊國姜姓通婚姻，因以『姬姜』爲貴族婦女之稱。《左傳·成公九年》：『雖有姬姜，無弃蕉萃。』杜預注：『姬姜，大國之女。蕉萃，陋賤之人。』也用作對女子之美稱。

## 陸編脩敬承［一］

陸子機雲儔［二］，落筆詫鋒穎。結髮侍金華［三］，長轡從兹騁。秉心自塞淵，韜光合溟涬。大隱在朝市，婆娑玩人境。萬物猶蜾蠃，倏忽迅流景。悠悠達生人，高韻日延頸。

### 注釋

［一］陸編脩敬承：陸可教，字敬承，浙江蘭溪人。萬曆五年（一五七七）進士，授編修，充纂修會典官，兼掌誥敕。纍官至南京禮部右侍郎，卒後贈南京禮部尚書。有《陸禮部文集》十六卷。傳見《康熙金華府志》卷十七《人物》。

［二］機雲儔：晉陸機、陸雲兄弟一類人物。見徐益孫《由拳集敘》注釋［一〇］。

［三］金華：即金華殿，在漢未央宫，爲帝王受業之所。後亦借指内庭。

## 丁郡理右武[一]

丁生爾咄咄，意氣凌太空。呷嗄取通顯，之人寧固窮。齧①膝騁康衢[二]，駊娑一何雄。古義探岣嶁[三]，大道登崆同[四]。努力挽逝波，激矢當衝風。磊落壯士肝，終然起頹庸。

### 校勘

①齧：底本原作『兩』，據存目本改。

### 注釋

［一］丁郡理右武：丁此呂，字右武，江西新建人。萬曆五年（一五七七）與屠隆同年進士，由漳州府推官徵授御史，因劾禮部侍郎高啓愚，坐謫潞安推官，尋遷太僕寺丞，歷浙江布政使司右參政。考察論黜，復謫戍邊疆。有《世美堂稿》。《明史》卷二百二十九有傳。《由拳集》卷十六有《與丁右武》，《白榆集》詩卷三有《送丁右武侍御謫潞安司理迎母南歸》，《栖真館集》卷十三有《與丁右武》。郡理：推官掌理一府之刑名、贊計典，故稱。

［二］齧膝：良馬名。

［三］岣嶁：即岣嶁山，南嶽衡山七十二峰之一，亦作衡山之别稱。傳大禹登衡山而獲金簡玉字之書，得治水之要。

［四］崆同：即崆峒山，見卷一《霞爽閣賦》注釋［三二］。

## 汪太學長文 禮約[一]

微抱託天壤，論交得汪君。少習史籀蹟，頗工鐘鼎文。辟性耽名山，翛然遺世氛。十一居城市，十九卧煙雲。松風吹大壑，披之心所欣。自違薜蘿眷，日①想猿鶴群。汩汩塵囂裏，斯人揚清芬。

## 校勘

①日：底本原作『目』，據存目本改。

## 注釋

［一］汪太學長文：汪禮約，字長文。太學生。見卷四《聞沈嘉則先生與汪長文遊四明洞天作》注釋［一］。

# 沈檢討茂仁［一］

力田貴逢年，順風揚芳蓀。平津晚見收［二］，太傅蚤騰騫［三］。朝爲白石歌，莫立金馬門［四］。作賦文已顯，遭時道乃尊。癰腫道旁子，磬折安足言。

## 注釋

［一］沈檢討茂仁：沈自邠，字茂仁，號几軒，又號茂秀，秀水（今浙江嘉興）人，沈德符之父。萬曆五年（一五七七）進士，改庶吉士，授檢討，歷修撰，與修《大明會典》。著有《尚書衷引》《歸省述征》《沈修撰詩文集》等。《光緒嘉興府志》卷五十二『人物』有傳。

［二］平津：漢代平津侯公孫弘。弘年六十徵爲博士，年七十五任相，封平津侯。

［三］太傅：指漢代賈誼。見卷四《感懷十首》注釋［三］。

［四］金馬門：漢代宮門名，學士待詔之處。借指翰林院。見卷二《十賢贊·東方朔》注釋［三］。

# 方孝廉衆父［一］

衆父本秀穎，古色何蒼然。文出之罘上［二］，詩宗大律前。六英紛並奏，五色以相宣。日月豈不壽，金石豈不堅。榮名在振藻，諸子何連翩。

## 注釋

［一］方孝廉衆父：方應選，字衆甫，亦作衆父，別號明齋，華亭（今屬上海）人。萬曆十一年（一五八三）進士。官知汝州，至盧龍兵備副

使。有《方衆甫集》十四卷。屠隆作此詩時方尚未中進士，故稱『孝廉』。

[二]之罘：本山名，此指之罘刻石文。之罘也作芝罘，在今山東煙臺市北。秦始皇立之罘刻石，相傳刻石文字出自李斯之手。《史記·秦始皇本紀》：『二十八年，始皇東行郡縣……過黄腄、窮成山，登之罘，立石頌秦德焉而去。……二十九年，始皇東遊……登之罘刻石。』

## 袁太學非之[一]

非之栖佘①丘[二]，巖穴眈幽奇。朝暾朗石門，夕流駛迴溪。春樹楚如薺，百草紛以萋。崇岡莽相矚，松風颯可披。綴文欝佳麗，古心超希夷。兀然蓬茨下[三]，賢聲乃四馳。吾曹多孟浪，如君足砭規。

**校勘**

①佘：底本、存目本原作『余』，據文意改。

**注釋**

[一]袁太學非之：袁福徵，字履善，又字非之，號太冲，松江華亭（今屬上海）人。嘉靖二十三年（一五四四）進士，授刑部主事。以論事謫沔陽州，後遷唐府左長史，以忤宦官落職歸，家居六十年。曾與李攀龍、王世貞、宗臣等結社，有『小詞林』之稱。其家藏書頗豐。著有《袁履善集》。《松江府志》卷五十三有傳。《白榆集》詩卷五有《送袁履善南遊天台雁蕩諸山兼訊袁黄岩明府》《壽袁履善二首》《集袁履善海月樓限韻》，《栖真館集》卷二十七有《袁履善先生像贊》。

[二]佘丘：佘山，松江九峰之一。

[三]蓬茨：用蓬草作頂之房屋。指貧窮者所住之陋室。

## 徐太學孟孺益孫[一]

彼美婉孌者，抗志慕鴻鉅。不讀後代書，不作今人語。搦管抽玄思，自識良工苦。伊余本無奇[二]，數問窮觀縷。天地有知音，朱絃爲君拊。意氣一何雄，顔色無乃嫵。交洽義彌敦，勉旃亮所處。

**注釋**

［一］徐太學孟孺：徐益孫，字孟孺，太學生。詳見徐益孫《由拳集敘》注釋［二］。

［二］伊余：自指，我。

## 桂博士蒨盈[一]

博士何爲者，一官真跌宕。大才落五石，胡然並澼纊。貧賤寔駈君，歲晏風波上。梁鴻歌五噫[二]，元叔悲骯髒[三]。耿介夙所持，雲空視漭瀁。蒯緱耻向人[四]，青山自無恙。

**注釋**

［一］桂博士蒨盈：桂茂枝，字蒨盈（或作倩盈），一字仲連，别號北海。慈溪人。生而夙慧，卓犖不群。萬曆元年（一五七二）舉人，官終亳州學正。《光緒慈溪縣志》卷二十九有傳。《由拳集》卷六有《送桂博士入楚》，卷八有《送桂博士還四明》。

［二］梁鴻：字伯鸞，東漢扶風平陵（今咸陽）人。隱居不仕。家貧而尚節介。娶同縣孟女光，貌醜而賢，共入霸陵山中，荆釵布裙，以耕織爲業，詠詩彈琴以自娱。因東出關，過京師，作《五噫之歌》。《後漢書》卷一百十三《逸民列傳》有傳。

［三］元叔：趙壹，字元叔，東漢陽西縣（今甘肅天水南）人。辭賦家，曾作《刺世疾邪賦》，托爲秦客和魯生歌刺世疾邪詩二首，抒發憤懣之氣。

［四］蒯緱：用草繩纏結劍柄。《史記·孟嘗君列傳》：「馮先生甚貧，猶有一劍耳，又蒯緱。」

## 陳孝廉子有[一]

聖世挺群哲，大雅揚洪音。陳生舉玉趾，軒然涉詞林。風霜挾隻字，天地爲蕭森。瑶華辱投贈，把視雙南金。竭來詫得儁，願言懷素心。

**注釋**

［一］陳孝廉子有：陳所藴，字子有。詳見卷四《送陳子有遊金陵》注釋［一］。

## 彭文學欽之[一]

吾道有大雅，彬彬底文質。尼父敦四科[二]，顔閔稱入室[三]。所以桃李花，不如桃李實。恂恂青衿子，冲養穆以沕。含章乃敷華，偹詞一何蔚。黄流貯瓦缶，賢士處蓬蓽。蹈道秉亮節，洋洋漱清泌。

**注釋**

[一] 彭文學欽之：彭汝讓，字欽之。青浦人，國子監生。屠隆爲青浦令時對其頗爲賞識。彭汝讓曾爲《由拳集》作後叙。撰有《木几冗談》等清言小品集。傳見《光緒青浦縣志》卷十九。

[二] 尼父：孔子字仲尼，後人尊稱尼父。四科：指孔門四種科目，爲德行、言語、政事、文學。

[三] 顔閔：孔子弟子顔回與閔損之並稱。

## 沈虞部少卿[一]

余昔居長安，折節交良友。君從吴江來，一見情款厚。嬾謁五侯門，罄折耻奔走。塵埃積漫漶，空剌亦何有。委命於浮沉，此物非力取。開軒坐茂樹，呼童集曹偶。稱詩鼓鳴瑟，取醉黄公酒。爲樂銷百憂，陡絶遺氛垢。天涯雨雪深，三折都門柳。感來念疇昔，歲月良已久。

**注釋**

[一] 沈虞部少卿：沈季文，字少卿，吴江人。萬曆五年（一五七七）進士，授工部主事，累遷福建參政，河南副都御使。乾隆《震澤縣志》卷十五有傳。《由拳集》卷九有詩《夏夜沈箕仲、馮夢禎、丁右武、徐茂吴、沈少卿、陳伯符集嘉樹軒得人字》，卷十四、卷十七分别有文《與沈少卿》。虞部：古職官名，唐後屬工部。

## 張文學長輿[一]

我愛張長輿，耽文尚玄素。偃仰環堵間，蓬蒿積滿户。蚤馳堅白辯，晚識盈虚數。故有丘樊期[二]，作詩託五慕。朝從麋鹿遊，夜結煙蘿寤。擊石歌商頌，颯颯飄風度。被褐而懷玉，瑟彼松上露。

**注釋**

［一］張文學長輿：張所敬，字長輿，上海龍華人。有文聲，號黃鶴旌高士，明鄉飲賓。著有《峰泖先賢志》《酒志》《騷苑補》《秉燭叢談》《雪航漫稿》《潛玉齋稿》《春雪篇》《解技篇》等，輯《明詩藻》，並撰《西牌樓張氏世譜》。

［二］丘樊：園圃；鄉村。指隱居之處。見卷四《徐州道中感懷》注釋［七］。

## 陸文學伯生［一］

時俗薄朱顏，漂零歎夷光［二］。襄陽老布衣［三］，李白流夜郎［四］。近世有盧生［五］，含媿伏桁楊［六］。高才多坎廩，神理忌文章。糟糠嘗不厭，薜荔裁衣裳。生無一日驩，名有千秋香。苟悟人世事，五嶽堪尚羊。

**注釋**

［一］陸文學伯生：陸應陽，字伯生，號古塘，青浦人。爲人孤傲清高，淡泊名利，號稱『雲間高士』。著有《笏溪草堂集》《廣輿記》等。傳見《光緒青浦縣志》卷十九。

［二］夷光：西施別名。見卷五《雜懷八首》注釋［六］。

［三］襄陽：指唐孟浩然。浩然襄陽（今湖北襄陽）人，著名詩人。其終生未仕，故稱『老布衣』。

［四］夜郎：古國名，亦地域名。在今貴州省西北部及雲南、四川二省部分地區。不同歷史時段範圍大小不一，《史記·西南夷列傳》：『西南夷君長以什數，夜郎最大。』李白曾坐永王兵亂，長流夜郎。其時之夜郎應在今貴州省。

［五］盧生：指盧柟，字少楩，明浚縣人。輸貲爲國學生。博聞强記，落筆數千言。爲人恃才傲物，落拓不羈，曾因放達而受誣下獄，得謝榛爲之申冤而平反，後病酒而死。是明代中後期較有名之文學家，有《幽鞫》《放招》等詩賦，見於《蠛蠓集》。傳附《明史》卷二百八十七《謝榛傳》後。馮夢龍『三言』中有話本《盧太學詩酒傲王侯》敘其事。

［六］桁楊：刑具。

## 楊孝廉伯翼[一]

伯翼儻葛才，涉獵收群籍。師心鑄文辭，中含太古色。黄鵠下九州，龍駟空八極。跋扈人代間[二]，自號萬夫敵。睥睨風雲興，回盼冰①霜坼。遭之却逡巡，聊爲一馮軾。

### 校勘

① 冰：底本、存目本原作『水』，據文意改。

### 注釋

[一] 楊孝廉伯翼：楊承鯤，字伯翼，寧波鄞縣人。御史楊美益之子。工詩善書，爲諸生時即得沈明臣稱奇，後爲太學生，名滿京師。交遊名士，極有聲譽。惜英年早逝。有《西清閣詩草》四卷、《碣石編》二卷傳世。《甬上耆舊詩》卷二十二、《列朝詩集小傳》丁集下、《康熙鄞縣志》卷十七有傳。

[二] 人代間：人世間。

## 吴徵君叔嘉①[一]

吴生故清真，雅抱耽寂歷。二十弄柔翰，菀含神霧色。謀生一何疏，委巷空四壁[二]。妻孥恒凄凉，歌聲出金石。味道耻干人，懷刺將安適。巖穴可栖真，何言命與力。

### 校勘

① 存目本題作『吴山人昌齡』。

### 注釋

[一] 吴徵君叔嘉：吴叔嘉，字昌齡，鄞縣人。據《白榆集》文卷五《發青溪記》，吴叔嘉爲吴仁甫之孫，與屠隆有親。

［二］委巷：僻陋曲折之小巷。借指民間。

## 陳京兆伯符 名泰來［一］

京兆英妙年，白皙皦日光。南海珊瑚枝，星柘遭霞桑。姿秀才亦儁，文采苑虹梁。叔則故清真［二］，辭賦陵河陽［三］。讀書嗟早貴，藝苑今翺翔。熙朝重瑚連，致身理固當。

**注釋**

［一］陳京兆伯符：陳泰來，字伯符，一字上交，平湖（今屬浙江嘉興）人。萬曆五年（一五七七）進士，年僅十九。授順天府教授，進國子博士。後遷升爲禮部員外郎。因趙南星案牽連，貶爲饒平典史。卒贈光禄少卿。有《員嶠集》。《明詩綜》卷五十三有傳。陳泰來爲屠隆同科進士。

［二］叔則：裴楷，字叔則，西晉河東聞喜（今山西聞喜縣）人。名士。風神高邁，容儀俊爽，博涉群書，特精理義，時人謂之『玉人』。《晉書・裴楷傳》：『楷明悟有識量，弱冠知名。……武帝爲撫軍，妙選僚采，以楷爲參軍事。吏部郎缺，文帝問其人於鍾會。會曰：「裴楷清通，王戎簡要，皆其選也。」於是以楷爲吏部郎。』

［三］河陽：本縣名，此指西晉文學家潘岳，因其曾爲河陽令，故稱。《晉書・潘岳傳》：『岳才名冠世，爲衆所嫉，遂棲遲十年。出爲河陽令，負其才而鬱鬱不得志。』潘岳詩、賦聞世。

## 柴文學仲初［一］

余昔躬漁釣，栖遲東海曲。爰有同袍友，温温朗玄玉。嘗赴斗酒期，採藥蒼崖麓。和歌答泠風，清音灑空谷。伊余辭故山，世霧日紛逐。東風一解凍，百艸萋以緑。友道多蕭疏，中心愴慙恧。

**注釋**

［一］柴文學仲初：柴應聰，字仲初，屠本畯之婿，鄞縣人。有詩名，著《自怡集》。《甬上耆舊詩》卷三十有傳。《由拳集》卷十三有《讓柴仲初》，《栖真館集》卷一有《哭柴仲初一首》，卷十一有《柴仲初自娱集敘》。

## 郁文學孟野[一]

郁生名下士，相期垂一紀。翻然領邑符，孳孳慙卧理。逢掖忽在門[二]，降階輒倒屣。謦欬吐珠璣，片語成知己。藜藿爾方貧，肉食余自鄙。論心絀皮相，伏櫪思千里。願託末乘光，努力敦終始。

**注釋**

[一] 郁文學孟野：郁承彬，字孟野，華亭人，屠隆爲青浦令時交好之士子。《白榆集》卷四有《留别郁孟野》二首，另有致郁承彬書信多封。

[二] 逢掖：本指寬大衣袖，曾爲儒生所穿之衣。《禮記・儒行》：『丘少居魯，衣逢掖之衣。』後以指儒生。

## 家比部田叔 屠本畯[一]

翩翩佳公子，清德絶瑕類。好古真成癖，詩書日晤對。堂上陳犧尊，庭下産書帶。雅抱賢達心，不作時人態。窗臨東海流，門對南山靄。舉座無雜賓，蘭茝日堪佩。吾欽此人賢，水石欣清瀨。

**注釋**

[一] 田叔：屠本畯，字田叔。見卷一《霞爽閣賦》注釋[一]。

## 李文學之文[一]

之文後來雋，詞林儼揚旌。女蘿與長松，纏綿良所嬰。明信指白水，送我渭陽情[二]。矦芭尊子雲[三]，惠施知莊生[四]。一言苟擊節，萬事空瓶罍。願子策高足，庶以酬平生。

**注釋**

[一] 李文學之文：李先嘉，字之文，鄞縣人。嘉靖、萬曆間人。諸生，善詩文，工書法。《甬上耆舊詩》稱其爲山人，後以子貴封御史。著有《秋水亭集》《青蓮館逸稿》。傳見《康熙鄞縣志》卷十七《名賢傳》。屠隆另有《戲贈李之文》《與李之文》《寄題李之文青蓮館》等詩文。

[二] 渭陽：《詩經·秦風·渭陽》：『我送舅氏，曰至渭陽。』後因以『渭陽』爲表示甥舅情誼之典。李先嘉爲屠隆外甥。

[三] 侯芭：又名侯輔，西漢巨鹿人，揚雄弟子，從雄學《太玄》《法言》。《漢書·揚雄傳》：『（雄）家素貧，耆酒，人希至其門。時有好事者載酒肴從遊學，而巨鹿侯芭常從雄居，受其《太玄》《法言》焉。』子雲：揚雄，字子雲。

[四] 惠施：即惠子，宋國人，戰國時期政治家、哲學家。莊生：即莊子，戰國時期著名思想家、哲學家、文學家，道家學派代表人物。惠子博學善辯，與莊子爲知己，在《莊子》中，常作爲莊子與辯論之對立一方。惠子死後，莊子異常傷心，《莊子·徐無鬼》：『莊子送葬，過惠子之墓，顧謂從者曰：「郢人堊慢其鼻端，若蠅翼，使匠人斫之。匠石運斤成風，聽而斫之，盡堊而鼻不傷，郢人立不失容。宋元君聞之，召匠石曰：『嘗試爲寡人爲之。』匠石曰：『臣則嘗能斫之。雖然，臣之質死久矣！』自夫子之死也，吾無以爲質矣，吾無與言之矣！」』後人稱爲莊惠之交。

## 曹山人子念[一]

山人遺好爵，栖遲老山樊[二]。悟得沉冥理，長誦逍遥言。飲酒青苔映，談詩白雲繁。空林坐寂莫，啼鳥時一喧。終然營石室[三]，揮手凌寒原。

**注釋**

[一] 曹山人子念：曹昌先，字子念。太倉人。王世貞之甥，『弇州四十子』之一。應諸生試不售，棄去。習古文辭，爲其舅王世貞所重。世貞兄弟殁，子念意不自得，遷蘇州卒。有《塊然閣集》十卷。

[二] 山樊：山旁。亦指山中茂林。

[三] 石室：指傳説中之神仙洞府。據傳，神仙廣成子居崆峒山石室之中。

# 由拳集校注卷之六

## 七言古詩

### 東海高士歌①

沈嘉則先生②[一]，東海高士也，以雅道倡東南，名動海内。余恨未得識面，盖神交者十年所矣。張大司馬爲置酒招置[二]，一見傾倒。余覽其風度議論，真非常人。讀其文，令人神王。先生亦深見器識，呼余似李白。余③則安能？乃退而作歌。

天上神物高嶙峋，光芒倒影凌星辰。一朝墮地走，暫託形骸化爲人。化爲人，何昂藏，顱骨稜層聳五嶽，咳唾翕沓吞三湘。雙眸炯炯照秋月，兩腋翩翩挾大荒。御風騎氣遊汗漫，獨驂兩龍恣翱翔。揭來東海瞰大壑，大壑茫茫混寥廓。三神之山立縹渺[三]，日月争出相跳躍。掀髯一嘯弄滄溟，風卷白波氣噴薄。或持大瓢酌海水，手摇空緑潮欲涸。醉來赤脚踏洪連，睥睨海水如一勺。豪吟散髪驅長鯨，奇句散落海若驚[四]。錦繡盤胸羅萬象，宇宙入眼空羣英。山川風月隨筆札，元氣奔僕供使令。上窮天象蒼旻低，下搜地軸黄河傾。於菟秋山吼欲裂，其餘蚊蚋唫瓶罌。一劍蒯緱四海走，逢人談笑揮卮酒④。酒酣耳熱生雄風，作詩書字大如斗。王侯將相争識面，海内才賢都握手。曾充記室佐司馬[五]，不減劇孟從條侯[六]。司馬弓藏賓客散，東芻千里泣蒿丘。不獨文章傾南國，義聲往往張九州。嗟余不拜紫芝顔，懷人夢寐徒十年。僊凡只尺隔林樾，烟耶霧耶兩茫然。司馬愛才爲招聚，一見把臂歡如故。往來共在天地裹，何事當時不相遇。

**校勘**

①東海高士歌：《屠長卿集》題作『東海高士歌贈沈嘉則先生』。

②沈嘉則先生：《屠長卿集》作『句章山人沈嘉則』。

③余：《屠長卿集》作『僕』。

④揮巵酒：《屠長卿集》作『把尊酒』。

**注釋**

［一］沈嘉則：沈明臣，字嘉則。見沈明臣《由拳集敍》注釋［一一］。

［二］張大司馬：指張時徹，見卷四《張大司馬惠芝園集寄謝》注釋［一］。

［三］三神之山：即蓬萊、方丈、瀛洲，《史記·秦始皇本紀》：『齊人徐市等上書，言海中有三神山，名曰蓬萊、方丈、瀛洲，僊人居之。』

［四］海若：海神名。見卷一《溟海波恬賦》注釋［四〇］。

［五］司馬：指張時徹。

［六］劇孟：西漢時游俠，洛陽人。極有威望和能力。吴楚反時，太尉周亞夫帶兵平亂，在洛陽得劇孟，甚喜。《史記·游俠列傳》有傳。

條侯：周亞夫封號。《史記·絳侯周勃世家》：『文帝擇絳侯勃子賢者河內守亞夫，封爲條侯，續絳侯後。』

## 贈天台范文學汝東［一］

吾聞天台之山幾百里，青天倒掛窺海水。興公賦後增嶙峋［二］，望而不見勞心神。劉郎採藥去不返［三］，長松落落白日晚。即今一遇天台生［四］，恍如石梁落雙眼［五］。天台生，何翩翩，五雲秀色開洞天，文章吐赤鳳，意氣凌紫烟。把臂一笑俱茫然，明朝訪爾天台路，我欲僊人石上眠。

**注釋**

［一］天台：天台縣，以縣有天台山而得名。梁陶弘景《真誥》：『（山）當斗牛之分，上應台宿，故名天台。』范文學汝東：未詳。

［二］興公：東晉孫綽，字興公，中都（今山西平遥）人，後還會稽。博學善屬文，有高尚之志，遊放山水，與王羲之、謝安、許詢、支遁等爲一時名流。曾參與蘭亭集會。任臨海章安令時，作《天台山賦》，辭致甚工，自負其擲地當作金石聲。《晉書·孫楚傳》附孫綽傳。

［三］劉郎：指東漢劉晨。相傳劉晨和阮肇入天台山采藥，遇二仙女，留半年，求歸还家，子孫已七世。南朝宋劉義慶《幽明録》載其事。

［四］天台生：即范文學汝東。

［五］石梁：指石梁瀑布，天台山著名景觀。見卷一《霞爽閣賦》注釋［八］。

## 悼溺海將士①

黑雲摧海邊風號，海昏日落煙沙高。濁浪茫茫蹴厚地，横奔贔屓摧靈鼉。十萬樓船忽如紙，蕩空觸石顛不止。大旗吹折寶刀沉，同時六軍没海水。傷心大將哭臨陣，聲斷金笳絶鼓鼙。身掩黄沙銷鐵甲②，魂隨明月到春閨。君不見，胡人飲馬長城窟，城下多少英雄骨③。丈夫報國聲隆隆，扶桑日出光曈曈。生爲壯士，死爲鬼雄，何必老死蓬蒿中！

**校勘**

①將士：底本、存目本原目録俱作『壯士』。

②鐵甲：《屠長卿集》作『錦甲』。

③城下多少英雄骨：《屠長卿集》此句後有『又不見，宋家浮屍高厓山，義士東來一不還』。

## 元宵篇

天王御極今三載，繡斧風流使君在［一］。手散陽龢遍大江，江南正月春如海。太平元夕在青陽［二］，銀漏遲遲夜未央。絳蠟風中吹不斷，紅蓮火裏暗生香。疏星低户天河近，明月窺簾海色長。管絃處處聲相送，清歌子夜梅花弄。六街塵起萬人來，車馬踏城城欲動。傑閣朱樓大路平，誰家妖麗不關情。王孫映雪披宫錦，少女如花坐玉笙。王孫少女兩相怜，香粉叢中綵袖聯。壚頭醉客欹青髩，陌上遊人拾翠鈿。人間此夕復何夕，莫遣東方開曙色。不知天上夜何其，應念嫦娥眠不得。幨幃裊裊出行春，羽騎霓旌從若雲。千家綺綉懸華屋，一道燈花擁使君。

**注釋**

［一］繡斧：指皇帝特派之執法官吏，典出《漢書·王訢傳》：「王訢……稍遷爲被陽令。武帝末，軍旅數發，郡國盜賊群起，繡衣御史暴勝之使持斧逐捕盜賊，以軍興從事，誅二千石以下。勝之過被陽，欲斬訢，訢已解衣伏質，仰言曰：『使君顓殺生之柄，威震郡國，今復斬一訢，不足以增威，不如時有所寬，以明恩貸，令盡死力。』勝之壯其言，貰不誅，因與訢相結厚。」屠隆本文『繡斧風流使君在』所指，《屠長卿集》該詩題目爲《元宵篇爲劉大夫》，『劉大夫』即劉翾。劉翾，見卷一《溟海波恬賦》注釋［二六］。屠隆又稱劉翾爲『觀察劉公』『劉使君』，卷九有《燕齊道中懷觀察劉公》，『觀察劉公』，在紹興圖書館本《屠長卿集》該詩標題中作『劉使君』。

［二］青陽：縣名，其時屬南直隸池州府。今位於安徽南部，屬池州市。

## 閨情二首

昨日別君楊柳濃，今朝悵望櫻花紅。青驄去何在，只在平蕪外。春風自煖妾自寒，隣女相過掩淚看。日長草緑嬌黄蝶，宛轉啼鶬隔花葉。不能飛去喚郎①歸，何用朝朝啼向妾。

郎君憶妾妾不知，妾憶郎君心獨悲。黄昏點燈照孤影，白日當窗愁耿耿。東隣夫婦如鴛央，奈何妾獨守空房。空房不可守，月照飛蓬首。夜來讀素書，愛惜如瓊玖。誰家有女不懷春，何物懷春不苦辛。蒼蘚無端生錦瑟，落花何意點文裀。

**校勘**

①郎：《屠長卿集》作『君』。

## 閨怨

妾貌如夫容，二八猶未嫁。睡起腰肢只自妍，妝成眉黛無人畫。人言妾貌使君前，聘妾金花雲錦箋。但聽人言好，要非心所憐。衆女疾娥眉，娥眉解生妬。妾貌非有移，使君心不固。還君錦箋君且休，與君别自選風流。浣紗西施石[一]，採桑南陌頭[二]。妾面秖今羞白日，玉顔空自老①朱樓。

**校勘**

①空自老：《屠長卿集》作『自分死』。

**注釋**

[一]西施：春秋時越國美女。見卷五《雜懷八首》注釋[六]。

[二]南陌頭：即漢樂府民歌《陌上桑》所指之『城南隅』：『秦氏有好女，自名爲羅敷。羅敷喜蠶桑，采桑城南隅。』

## 李生行[一]

李生長不滿七尺，意氣不減古俠客。腰縣匕首截雲霓，手挽黄河挂胷臆。西望太行[二]，東窺碣石[三]，一室卧遊窮八極。青袍雖是齊魯儒，許身終作高陽徒①[四]。春日風嘶紫叱撥，寒天夜擁花氍毹。白眼看人只長嘯，風流舅氏頗同調[五]。落拓未逢天子呼，昂藏且放時人笑。

**校勘**

①許身終作高陽徒：《屠長卿集》此句後有『酒酣自起擊玉壺』。

## 注釋

[一] 李生：指屠隆外甥李先嘉（字之文）。卷十一有《懷李生》。

[二] 太行：太行山。

[三] 碣石：見卷一《霞爽閣賦》注釋[九]。

[四] 高陽徒：『高陽酒徒』之省稱。《史記・酈生陸賈列傳》：『初，沛公引兵過陳留，酈生踵軍門上謁……使者出謝曰：「沛公敬謝先生，方以天下爲事，未暇見儒人也。」酈生瞋目案劍叱使者曰：「走！復入言沛公，吾高陽酒徒也，非儒人也。」』後用以指嗜酒而放蕩不羈者。

[五] 舅氏：屠隆自指。

# 述哀篇 代友人作①

食魚食河魴，娶妻娶齊姜[一]。河魴猶可食，齊姜不可得。好花落盡春風殘，美人化去胭脂寒。花落明年又解開，美人一去不復來。苦調不成聲，哀絃容易絶。空有餘香枕上存，可惜朱顔鏡中滅。春日晝陰陰，空閨子夜沉。緣自生前斷，恩從死後深。憶昔結縭瑶瑟和，笑語春風生綺羅。五更愁易盡，萬歲豈云多。共道姻緣天地老，那知倏忽人歸早。只在人間二十秋，此别竟成千古愁。綵雲一瞬風吹去，皎月流光不肯住。霞衣髣髴向丹霄，凄迷不識歸時路。柳絮梨花到夕陽，蘭枯蕙死不禁霜。黄壚深葬玉，芳艸暗埋香。葬玉埋香自何所，忍見容華委塵土。人在不知歡，人亡但知苦。我今徒哭君不聞，君倘能悲我不信。知是韓憑兩地悲[二]，何不當時一宵盡。腸斷又黄昏，含悽怕入門。風前疑有影，月下未歸魂。夢裡相逢淚如雨，驚回猶記夢中語。錦衾日夜睡醺醺，睡去還貪夢見君。

## 校勘

① 代友人作：《屠長卿集》無此注。

## 注釋

[一] 齊姜：《詩經・陳風・衡門》：『豈其取妻，必齊之姜？』齊國國君爲姜姓，齊姜指齊國國君之宗女，後世借指名門官宦之女。

［二］韓憑：傳爲戰國時宋人，晉干寶《搜神記》卷十一載，宋康王舍人韓憑，娶妻何氏，美。康王奪之，韓憑夫婦殉情自殺。被分别埋葬之後，有大梓木生於二冢之端，旬日而大盈抱，屈體相就，根交於下，枝錯於上。又有鴛鴦雌雄各一，恒棲樹上，晨夕不去，交頸悲鳴，音聲感人。

## 唁葉鄭朗［一］

朔風吹浪卷寒沙，海樹盤空雪作花。大江涷合雲空滿，天入平荒白草短。一聲高雁落邊愁，忽念故人雙淚流。猨啼虎嘯悲行路，歲莫天寒出避仇。莽莽乾坤何以走，獨有青山在馬首。歸來門巷掩蕭疏，盡日無人好著書。太陽不照君孤憤，寶劍光沉手自拉。小臣欲向天帝訴，九關峨峨虎豹怒［二］。

**注釋**

［一］葉鄭朗：葉太叔（亦作元叔），字鄭朗。後更名亭立，字介子。性耿介。寧波人，早年與屠隆同學。擅詩，極得沈明臣推獎。著有《思煙集》《蔵山稿》。參見《甬上耆舊詩》卷二十一小傳。

［二］九關：見卷四《感懷十首》注釋［四］。

## 贈陳將軍［一］

將軍颯爽氣食虎，早謝諸生事旗鼓。雙旌落日使夷王［二］，疋馬西風説强虜。金笳朔雪照營門，鐵衣光閃琱弓昏。將軍仰天誓報國，拔劍擊海海水渾。寒雲出塞長，涷艸合沙黄。萬騎朝吹角，千山夜度霜。東南走遍扶桑國［三］，刀環黑帶風塵色。幾回虜盡一身存，六十年來雙鬢白。功蓋華夷壓陣雲［四］，可堪爵賞不酬勳。老將恥班新部曲［五］，偏師猶屬大將軍［六］。君不見，雲中太守坐按堵［七］，一言不合幕府怒。陳湯萬里威腥羶［八］，白首那知尚戍邊。嗟嗟！將軍何桓桓，丈夫不爲虎躍，即爲龍蟠。轅門一笑解金鞍，賓朋相見聲相歡。歸來不用千金壽，華屋青山一尊酒。嗟嗟！將軍之功挂人口，馮唐劉向之徒那不有[九]。陳生本是封侯人，魏公終作雲中守。

## 注釋

[一]陳將軍：指陳可願。願字敬修，寧波府鄞縣人。嘉慶間，東南沿海倭寇爲患，時胡宗憲受命總督浙閩軍務，負責東南沿海抗倭重任，派遣諸生陳可願與蔣洲使諭日本國王，禁戢島寇，並招降倭寇頭目汪直（亦作王直）。《明史·外國·日本》：『宗憲乃請遣使諭日本國王，禁戢島寇，招還通番奸商，許立功免罪。既得旨，遂遣寧波諸生蔣洲、陳可願往。及是，可願還言，至其國五島，遇汪直、毛海峯，謂日本内亂，王與其相俱死，諸島不相統攝，須徧諭乃可杜其入犯。又言有薩摩洲者，雖已揚帆入寇，非其本心，乞通貢互市，願殺賊自効。乃留洲，傳諭各島，而送可願還。』陳可願使日本，身份是『以貢生充假提舉』，故稱將軍。屠隆另有《春日遊陳將軍園》，見卷八；《贈陳將軍使日本》，見卷九；《出使録序》，見卷十二。陳可願本有功，但回來後仕途坎坷，終官定海把總。又可參見沈明臣《挽陳將軍》詩及序（《豐對樓詩選》卷二十六）。

[二]夷王：指日本國王。

[三]扶桑國：東方古國名，後代指日本。《南齊書·東南夷傳贊》：『東夷海外，碣石、扶桑。』《梁書·諸夷傳·扶桑國》：『在大漢國東二萬餘里，地在中國之東，其土多扶桑木，故以爲名。』

[四]華夷：本指漢族與少數民族，後亦指中國和外國。

[五]老將：用李廣典故，廣屢建戰功，論封賞而不及部屬，見《史記·李將軍列傳》。

[六]偏師：指主力軍以外之軍隊。漢元狩三年（前一二〇），大將軍衛青出擊匈奴，李廣數請行，天子以爲老，弗許；後許之，以爲前將軍。而衛青不以李廣爲主力，故意徙其出東道，不讓其當單于。見《史記·李將軍列傳》。

[七]雲中太守：指漢魏尚。漢文帝時爲雲中郡太守，防禦匈奴甚力，却因上報殺敵數字不符，被削職。《史記·馮唐列傳》載，郎中署長馮唐對文帝問，曰：『今臣竊聞魏尚爲雲中守……是以匈奴遠避，不近雲中之塞。虜曾一入，尚率車騎擊之，所殺其衆。夫士卒盡家人子，起田中從軍，安知尺籍伍符。終日力戰，斬首捕虜，上功莫府，一言不相應，文吏以法繩之。其賞不行而吏奉法必用。臣愚，以爲陛下法太明，賞太輕，罰太重。且雲中守魏尚坐上功首虜差六級，陛下下之吏，削其爵，罰作之。由此言之，陛下雖得廉頗、李牧，弗能用也。』文帝乃令馮唐持節赦魏尚，復以爲雲中守。

[八]陳湯：西漢後期將領，字子公。山陽瑕丘（今山東兖州東北）人。元帝時爲西域副校尉，建昭三年（前三六）與西域都護甘延壽出兵滅匈奴郅支單于，封關内侯，拜射聲校尉。後被貶，徙敦煌、安定等地。議郎耿育爲其鳴冤，得還京城。《漢書》有傳。

［九］馮唐：西漢扶風人，文帝時爲郎中署長，曾爲魏尚辯冤，尚得赦。《漢書》有傳。劉向：西漢人，元帝時任散騎宗正給事中，前將軍蕭望之等被外戚、宦官讒訴，劉向向元帝進言蕭望之等忠正無私。見《漢書·劉向傳》。

# 傅御史行［一］

崑崙之山高嵯峨，青天一片流黄河。大地微茫出桐柏［二］，萬里長淮走秋色。二水東流日夕奔，君亦胡爲下薊門［三］。薊門落日照馬首，臘盡河水尚枯柳。黄沙深深不見人，誰餞孤臣一盃酒。軒轅臺北天荒涼［四］，臺上曾憑覽太行。一犯風塵向東國［五］，劍花蕭瑟帶燕霜。古廟黄能思夏后［六］，高丘白虎吊吴王［七］。傅御史，丈夫事業當如此，七尺之軀報天子。南荒瘴癘亦不惡，何況東來窺大壑［八］。大壑崩騰不足驚，馮夷擊鼓黿鼉迎［九］。八月秋濤卷海樹，天青嶽色參差明。靈鰲背負三山至［一〇］，看君浩蕩蓬萊行。漢家纍纍盛金紫，走馬長安多老死。君不見，傅御史。

## 注釋

［一］傅御史：未詳。

［二］桐柏：山名，在今河南省南陽市桐柏縣西部，淮河發源於此。

［三］薊門：即薊丘，位於北京城西德勝門外西北隅。見卷一《閔貞賦》注釋［九］。

［四］軒轅臺：在今北京市平谷縣境内，唐陳子昂《軒轅臺》：『北登薊丘望，求古軒轅臺。應龍已不見，牧馬空黄埃。尚想廣成子，遺跡白雲隈。』明孫承澤《春明夢餘録》卷七十《陵園》：『京東北平谷縣境内漁子山有大冢，俗呼軒轅臺，相傳爲黄帝陵。舊有廟，今圮。黄帝都冀，故其陵在冀境内。』

［五］東國：古指齊、魯、徐夷、吴、越等國，今山東、江蘇、浙江一帶。

［六］古廟：指會稽大禹廟。夏后：即夏后氏，指禹所建之夏王朝。《史記·夏本紀》：『禹於是遂即天子位，南面朝天下，國號曰夏后，姓姒氏。』黄能：即黄熊。南朝任昉《述異記》卷上：『堯使鯀治洪水，不勝其任，遂誅鯀於羽山，化爲黄能，入於羽泉，今會稽祭禹廟不用熊，曰黄能，即黄熊也。陸居曰熊，水居曰能。』

上，故號爲虎丘。』

［八］大壑：大海。《莊子·天地》：『夫大壑之爲物也，注焉而不滿，酌焉而不竭。』

［九］馮夷：傳説中之河神，泛指水神。見卷一《溟海波恬賦》注釋［三八］。

［一〇］三山：傳説中之海上三神山。見卷三《臨高臺》注釋［一］。

## 贈吴生［一］

闔閭城頭草花香［二］，延陵墓上落日黄［三］。何者王孫稱季子，千載風流無乃是。落拓人間三十秋，骯髒不肯干王侯。曾將雙璧酬紅粉，破盡千金買紫騮。吴地烟花往來久，眼前一片秦淮流。歸卧滄江白日速，夜夜刀鐶響空谷。那堪髩髮秋蓬飛，幾見蘼蕪春草緑。願君且莫嘆蹉跎，丈夫失意奈爾何。愁來擊筑向尊酒，女本吴人善楚歌。

### 注釋

［一］吴生：未詳。

［二］闔閭城：蘇州之别稱。吴王闔閭元年（前五一四），命大夫伍子胥築城，稱闔閭城。《史記·吴太伯世家》唐張守節正義：『吴，國號也。太伯居梅里……至二十一代孫光，使子胥築闔閭城都之，今蘇州也。』

［三］延陵墓：即延陵季子墓。季子名札，爲春秋時吴王壽夢第四子，著名政治家、外交家、賢人。因避讓王位，離國赴延陵（常州），一説封於延陵，終身不入吴國，世稱『延陵季子』。《禮記·檀弓下》：『延陵季子，吴之習於禮者也。』《越絶書》稱『季子冢古名延陵墟』，在今江陰申港。

## 薊門行送王生北上①［一］

南浦逶迤漲緑波，片帆孤月生黄河。黄河東來水聲盡，行人北上關山多。留君不發勸君飲，白日爲君行蹉跎。

落落幽燕薊門闊，太行直倚鴻蒙割。天開日夕臨九邊[二]，山阻風雲護雙闕[三]。君行漸北邊氣深，馬首西風一何烈。榆關畫角吹微霜[四]，獵騎金鞭照積雪。薊丘覽古高臺荒[五]，黄沙入草烟茫茫。美人不見藏鈎處，俠客猶餘蹴鞠場。古來飲馬空垂名，葱河日夜流長城[六]。長城下有英雄骨，此時忼慨誰能平。漸離荆卿寸心許[七]，更願一拜田先生[八]。青萍紫騮兩無恙，高堂擊筑笑相向。百壺沉醉氍毹前，萬里横行沙塞上。歸來日日傍紅樓，滿簾明月彈箜篌。一生不入金張宅[九]，一生不願王侯遊。王郎意氣倘如此，臨行贈爾雙吴鈎。

## 校勘

①原目録無『送王生北上』五字。《屠長卿集》題作『薊門行送王太學北上』。

## 注釋

[一]王生：未詳。

[二]九邊：明朝於北方所設之九個邊防重鎮。《明史·兵志三》：『初設遼東、宣府、大同、延綏四鎮，繼設寧夏、甘肅、薊州三鎮，而太原總兵治偏頭，三邊制府駐固原，亦稱二鎮，是爲九邊。』亦作邊境之泛稱。

[三]雙闕：宫殿前兩邊高臺上之樓觀，借指京都或朝廷。

[四]榆關：山海關之别稱。

[五]薊丘：即薊門，位於北京城西德勝門外西北隅。見卷一《閔貞賦》注釋[九]。

[六]葱河：此泛指北方邊地之河。

[七]漸離：戰國燕人高漸離，善擊筑。荆卿：即荆軻。見卷一《霞爽閣賦》注釋[二一]。荆軻本爲衛國朝歌人，遊歷燕國，結識高漸離，成爲知己。《史記·刺客列傳》：『荆軻既至燕，愛燕之狗屠及善擊筑者高漸離。荆軻嗜酒，日與狗屠及高漸離飲於燕市，酒酣以往，高漸離擊筑，荆軻和而歌於市中，相樂也，已而相泣，旁若無人者。』後田光將荆軻推薦於燕太子丹。荆軻受任往刺秦王，『太子及賓客知其事者，皆白衣冠以送之。至易水之上，既祖取道，高漸離擊筑，荆軻和而歌，爲變徵之聲，士皆垂淚涕泣。』

[八]田先生：即田光，燕國處士，爲人智深而勇沉，重義輕生。見卷一《霞爽閣賦》注釋[二〇]。

[九]金張：見卷四《感懷十首》注釋[一六]。後人因用『金張宅』爲顯宦家族之代稱。唐于濆《古宴曲》：『重門集嘶馬，言宴金張宅。』

# 天台山人歌贈林養碩①[一]

天台山人冰雪色，目光射海髯如戟。高空明月照刀環，匣劍霜浮古花赤。文章往往薄諸生，門巷時時通俠客。迢遞青山遥見招，赤城髣髴見霞標[二]。僊人盡日看瑶草，細路何年度石橋[三]。揭來頓轡吴山側，一笑相看兩莫逆。浪吹孤日海門開，風卷空波江雨白。莽莽乾坤縱復横，如君寔有古人情。假令千載猶旦莫，何况四海爲弟兄。夢寐名區亦已久，靈潮只尺鼉鼉吼。君今爲我報山靈，明日天台一把手。

**校勘**

① 原目録無『贈林養碩』五字。《屠長卿集》題作『天臺山人歌贈林子』。

**注釋**

[一] 天台：見卷一《霞爽閣賦》注釋[八]。天台山人，即林養碩。林養碩：未詳。

[二] 赤城：山名，見卷一《五色雲賦》注釋[一一]。

[三] 石橋：即天台石梁，見卷一《霞爽閣賦》注釋[八]。

# 打獵篇

幽并八月天荒凉[一]，平原無人秋艸長。帝子王孫齊出獵，少年一一皆戎裝。甲光耀日千金鎖，袍繡盤花五綵妝。雕鞍玉勒紛來往，千騎萬騎披草莽。出匣泉流寶劍號，控弦風急琱弓響。蒼鷹亂擊百鳥呼，將軍仰射金僕姑。文鶬錦鷄馬前墮，紛紛毛血灑平蕪。忽然獵犬風雨迅，黄狐玄兔一時盡。塵沙四起天地昏，猛虎亦驚山谷震。山前逐鹿莽縱横，關外蕭蕭胡馬鳴。少年彎弓挾飛騎，直過秋風古北平[二]。富貴豪華事遊佚，玉葉金枝誇慓疾。綉旃畫戟列長雲，白馬紅袍驕落日。須臾偃息人馬閑，臂鷹牽犬紅斑斑。遠出不知原野闊，歸來但見車輪殷。長安大道人如蟻[三]，爭看王孫出獵還。

**注釋**

[一] 幽并：古幽州和并州之合稱。爲京都所在地及其附近地區（約當今河北、山西北部和内蒙古、遼寧一部分地區）。

[二] 北平：明京師（今北京），秦、漢時爲右北平郡地，晉、隋時爲北平郡地。

[三] 長安：指北京。

## 送沈長孺東還[一]

憐君有才時不偶，空令歲月風塵走。公車三上長安春[二]，馬蹄幾别都門柳。劍花白日照嶙峋，不作攢眉向紫旻[三]。酒中大嘯驚燕市[四]，醉來一睨當壚人[五]。季子金多何足問[六]，張儀舌在安愁貧[七]。昔年咄咄憐枯槁，感君高義與君好。可堪今日送君歸，蘼蕪緑滿江南道。君歸且得卧煙霞，余獨骯髒依天涯。東方苦飢侏儒飽[八]，出入羸馬多泥沙。我寄歸心與君去，黄河悠悠日東注。别後相思海月秋，秋蘆憶得垂綸處。

**注釋**

[一] 沈長孺：沈一中，字長孺。鄞縣人。沈一貫從弟。萬曆八年（一五八〇）進士，官至布政使。富於才藻，有《梅園集》二十卷。

[二] 公車：此處爲舉人應試之代稱，緣於漢代以公家車馬遞送應徵者。長安：指北京。

[三] 紫旻：天空。

[四] 燕市：戰國時燕國國都。此指北京。晉左思《詠史》：『荆軻飲燕市，酒酣氣益震。』

[五] 當壚人：指賣酒者。明夏完淳《雪後懷張子韶》詩：『當壚對酌睨文君，露頂沉杯呼阮籍。』

[六] 季子：指戰國蘇秦。《戰國策·秦策一》：『蘇秦曰：「嫂何前倨而後卑也？」嫂曰：「以季子之位尊而多金。」』

[七] 張儀：戰國時期著名縱横家、外交家。張儀以口才爲資本，《史記·張儀列傳》：『張儀已學而游説諸侯。嘗從楚相飲，已而楚相亡

璧，門下意張儀，曰：「儀貧無行，必此盗相君之璧。」共執張儀，掠笞數百，不服，醳之。其妻曰：「嘻！子毋讀書遊説，安得此辱乎？」張儀謂其妻曰：視吾舌尚在不？」妻笑曰：「舌在也。」儀曰：「足矣！」

［八］東方：指漢代東方朔。見卷二《十賢贊·東方朔》注釋［一］。《漢書·東方朔傳》載東方朔對上問，曰：『朱儒長三尺餘，奉一囊粟，錢二百四十。臣朔長九尺餘，亦奉一囊粟，錢二百四十。朱儒飽欲死，臣朔飢欲死。』侏儒：身材異常短小者。古代帝王、權貴好以侏儒爲倡優取樂，故借以指迎合帝王權貴而取寵者。

## 贈瞿九思［一］

瞿時以詿誤長流塞外，余憐其高才煩冤，爲作此詩。

盧龍浩蕩秋煙生［二］，風吹九邊哀角鳴［三］。壯士起舞手拔劍，天星散落銀漢傾。黃河倒翻白日裂，瓠子夜决魚龍驚［四］。鉅靈劈山五丁走［五］，爲君磊落懷不平。我欲撞萬石之鐘擊鼉鼓，大呼百神向天語。百神不應皇天不憐女，女有才名落吴楚。楚中煩冤屈大夫［六］，獨留詞賦悲千古。勸女意氣休摧藏，逢人且放①雙目光。鳳皇鵰鶚誰復辨，空然慟哭過江湘。古來高才多不免，白也長流向夜郎［七］。君今遠徙何爲者，青天無人低曠野。火暗屯雲壁壘西［八］，刀寒積雪陰山下［九］。雙髩婆娑四十年②，可憐此日犯風煙。沙場倘葬英雄骨，天地終垂孤憤篇。相公憐才聖明主［十］，男兒定不死窮邊！

### 校勘

① 且放：《屠長卿集》作『炯炯』。
② 四十年：《屠長卿集》作『三十年』。

### 注釋

［一］瞿九思：字睿夫，黃梅人。見卷五《感懷詩五十五首·瞿孝廉睿夫》注釋［一］。
［二］盧龍：古要塞名，爲燕山山脈東段一隘口，即今河北遷西縣北喜峰口。

［三］九邊：明代設於北方之九個邊防重鎮。亦作邊境之泛稱。見本卷《薊門行送王生北上》注釋［二］。

［四］瓠子：黄河古堤名，舊址在河南濮陽境。漢武帝元光（前一三四—前一二九）中，黄河决口於瓠子，造成巨大災難。見《史記·河渠書》。

［五］鉅靈：河神名。後魏酈道元《水經注》卷四《河水》：『左丘明《國語》云：華嶽本一山當河，河水過而曲折，河神巨靈，手蕩脚踏，開而爲兩，今掌足之跡，仍存華岩。』明張萱《疑耀·鉅靈》：『鉅靈之跡，傳載所紀，多在蜀中。《水經》所稱鉅靈，謂河神。』五丁：神話傳説中之五力士，見卷四《張大司馬惠芝園集寄謝》注釋［三］。

［六］屈大夫：指屈原。屈原曾任三閭大夫等職。

［七］白也：指唐李白。杜甫《春日憶李白》：『白也詩無敵。』後因用作李白代稱。

［八］壁壘：軍營之圍牆。《六韜·王翼》：『修溝塹，治壁壘，以備守禦。』

［九］陰山：山脈名，在今内蒙古自治區中部。《史記·匈奴列傳》：『趙武靈王……築長城，自代並陰山下。』唐張守節正義：『《括地志》曰：陰山在朔州北塞外突厥界。』唐王昌齡《出塞》：『但使龍城飛將在，不教胡馬度陰山。』

［十］相公：此指張居正，時爲首輔。

## 瞿童子詩

瞿童子名甲，楚人瞿九思子，抱才甚奇。年十三，徒步走京師，上書相公訟父冤，辭情忼慨。余見而心壯之，遂訪其父子邸中，贈之以詩。童子亦有贈余之作。

楚中何物寧馨者［一］，秀眉鬒髮亦灑灑。十三作賦能凌雲，七步成詩不倚馬。上書相公訟父冤［二］，忼慨陳詞淚盈把。煩冤直欲叩天閽［三］，長安六月霜飄瓦。願將高義附緹縈［四］，少年不在岑生下［五］。君家父子俱才賢，黄鵠落羽遭鷹鸇。白日有時不照地，豐城獄底埋龍泉［六］。文字豈招神物忌，才名不受世人憐。我從長安識女父因識女，一見把手相勞苦。蕭然短褐吹秋風，向人有氣不得吐。世人争謁五侯門［七］，眼前誰復哀王孫！

## 注釋

[一]寧馨：寧馨兒，晉、宋時俗語，猶言這樣的孩子。《晉書·王衍傳》：「衍，字夷甫，神情明秀，風姿詳雅。總角嘗造山濤，濤嗟歎良久，既去，目而送之曰：『何物老媪，生寧馨兒！』」後用爲對好孩子之美稱。

[二]相公：指首輔張居正。

[三]天閽：此指宫廷門。

[四]緹縈：漢代太倉令淳於意之女。漢文帝時，意有罪當刑，繫長安獄。緹縈上書請入身爲官婢，以贖父罪。文帝憐之，意得免刑。緹縈爲孝女典型。事見《史記·孝文本紀》、漢劉向《古列女傳·齊太倉女》。

[五]岑生：唐岑文本，字景仁，南陽棘陽人。《舊唐書》本傳：「父之象，隋末爲邯鄲令，嘗被人所訟，理不得申。文本性沉敏，有姿儀，博考經史，多所貫綜，美談論，善屬文。時年十四，詣司隸稱冤，辭情慨切，召對明辯，衆頗異之。試令作《蓮花賦》，下筆便成，屬意甚佳，合臺莫不歎賞。其父冤雪，由是知名。」唐貞觀時官至中書令。

[六]豐城：古縣名，位於今江蘇省中部。傳説寶劍龍泉、太阿沉埋豐城獄底，《晉書·張華傳》載，吴滅晉興之際，斗、牛之間常有紫氣。張華邀雷焕共觀天文，焕曰：「寶劍之精，上徹於天耳。」並謂劍在豫章豐城。華即使焕爲豐城令，「焕到縣，掘獄屋基，入地四丈餘，得一石函，光氣非常，中有雙劍，並刻題，一曰龍泉，一曰太阿。其夕斗、牛間氣不復見焉。」後世以「豐城獄」喻埋没人才之處。

[七]五侯：《漢書·元后傳》：「河平二年，上悉封舅譚爲平阿侯、商成都侯、立紅陽侯、根曲陽侯、逢高平侯。五人同日封，故世謂之『五侯』。」後泛指權貴豪門。

# 酬周元孚民部[一]

楚中山川何雄哉，南紀滔滔江漢開[二]。祝融之峰秀且拔[三]，朱陵紫蓋通僊臺[四]。玄夷使者授金簡[五]，精靈萬古安能迴。星河高倚三峰出[六]，波浪平吞七澤來[七]。洞庭蕭蕭木葉下，屈子靈修兀不化[八]。賈生藻思縣長沙[九]，處士才名落江夏[一〇]。即今才士猶雲興，詞壇旗鼓君先登。一曲南風吹落日，片言秋色起巴陵[一一]。君操郢雪燕市裡[一二]，燕市高歌萬人廢。風流白日不銷沉，意氣青天可凌厲。一見憐余調頗同，翻然膝行走下風。願作雙龍駕鉅海，願隨八駿行秋空，安能與斥鷃之羽争枯蓬？

## 注釋

[一]周元孚：周弘褕，字元孚。見卷五《感懷詩五十五首·周民部元孚》注釋[一]。

[二]南紀：指南方，出自《詩經·小雅·四月》：『滔滔江漢，南國之紀。』鄭玄箋：『江也，漢也，南國之大水，紀理衆川，使不壅滯；喻吴楚之君能長理旁側小國，使得其所。』

[三]祝融之峰：祝融峰，衡山最高峰名。祝融爲傳説中古帝王，據《路史》，祝融葬衡山之陽，是以名之。

[四]朱陵：朱陵宮，道家所稱三十六洞天之第三洞天。前蜀杜光庭《洞天福地記》：『第三洞，南嶽衡山，周迴七百里，名朱陵之天。』紫蓋：峰名，衡山七十二峰之一。朱陵宮位於紫蓋峰麓，附近有九僊臺。

[五]玄夷使者：傳説中授大禹治水金簡之人。參見卷五《感懷詩五十五首·孫吏部文融》注釋[四]。

[六]三峰：祝融峰、紫蓋峰、天柱峰（或金簡峰）。

[七]七澤：概指楚地湖泊。見卷一《溟海波恬賦》注釋[一二]。

[八]屈子：屈原。屈原《離騷》：『余既不難夫離别兮，傷靈修之數化。』

[九]賈生：指賈誼。見卷四《感懷十首》注釋[三]。賈誼貶長沙王太傅期間，作《吊屈原賦》《鵩鳥賦》等名篇。賈誼另有政論文《過秦論》《陳政事疏》等，被譽爲西漢鴻文。

[一〇]處士：指東漢禰衡。衡字正平，平原郡（今山東臨邑）人。有才氣，孔融曾向漢獻帝、曹操推薦過禰衡。衡因恃才傲物，先後得罪曹操、劉表，被劉表送與江夏太守黄祖。《後漢書·禰衡傳》：『衡爲作書記，輕重疏密，各得體宜。祖持其手曰：「處士，此正得祖意，如祖腹中之所欲言也。」』但後來因言不遜順，被黄祖殺害。

[一一]巴陵：舊郡名、縣名，治所在今湖南岳陽。

[一二]燕市：戰國時燕國國都。此指北京。

## 送桂博士入楚[一]

桂生蕭瑟人，浩蕩觀八垠。人生行樂耳，何必營千春。薄遊可玩世，何必要路津。長安不收明月珠[二]，北風夜夜吹瑚弧。五侯七貴不足問[三]，彈箏自向酒家胡[四]。年年上書何爲者，黑頭作吏風塵下。聊借微官向楚中，赤日空原駈瘦馬。楚國山川六千里，君行寧爲微官喜。高言一落大湖深，胷中雲夢不知幾[五]。天晴樹色漢陽開[六]，一片孤帆江上來。白日空縣鸚武賦，青山誰吊禰生才[七]。君今寄傲滄洲上，天地安能羈任放。直取當年曠士懷[八]，黄鶴高樓尚無恙。長安作客猒紛紜，眼前世事如浮雲。我亦明朝爲小吏，三湘七澤好從君[九]。

**注釋**

[一]桂博士：桂茂枝，字蒨盈。見卷五《感懷詩五十五首・桂博士蒨盈》注釋[一]。

[二]長安：代指京城。

[三]五侯：見本卷《瞿童子詩》注釋[七]。七貴：西漢時，有吕、霍、上官、丁、趙、傅、王七個家族以外戚關係把持朝政，後世以『七貴』泛指權貴。唐李白《流夜郎贈辛判官》詩：『昔在長安醉花柳，五侯七貴同杯酒。』

[四]酒家胡：酒家當壚侍酒之胡姬。漢辛延年《羽林郎》：『昔有霍家奴，姓馮名子都。依倚將軍勢，調笑酒家胡。胡姬年十五，春日獨當壚。』後泛指侍酒或賣酒女子。

[五]雲夢：楚大澤名。

[六]漢陽：指漢陽城一帶，今武漢漢陽，唐崔顥《黄鶴樓》：『晴川歷歷漢陽樹，芳草萋萋鸚鵡洲。』

[七]禰生：指東漢禰衡。見本卷《酬周元孚民部》注釋[一〇]。衡嘗應黄祖長子黄射之請作《鸚鵡賦》，『攬筆而作，文無加點，辭采甚麗』（《後漢書・禰衡傳》）。李白《望鸚鵡洲懷禰衡》：『吴江賦《鸚鵡》，落筆超群英。鏘鏘振金玉，句句欲飛鳴。鷙鶚啄孤鳳，千春傷我情。……至今芳洲上，蘭蕙不忍生。』

[八]曠士：指唐李白。白《江夏贈韋南陵冰》：『我且爲君捶碎黄鶴樓，君亦爲吾倒却鸚鵡洲。赤壁争雄如夢裏，且須歌舞寬離憂。』又《醉後答丁十八以詩譏余捶碎黄鶴樓》：『黄鶴高楼已捶碎，黄鶴仙人無所依。』

[九]三湘：泛指湘江流域及洞庭湖地區。見卷一《溟海波恬賦》注釋[一一]。七澤：概指楚地湖泊。見卷一《溟海波恬賦》注釋[一二]。

## 贈沈楙仁①[一]

少年才子入明光[二]，春容大篇森琳琅。片言落筆摇文昌[三]，儼如繁星麗寒芒。天門萬里開霞桑[四]，駿馬銀鞍大路旁。共羨朱顔白日香，西施浣紗江水長[五]。蛾眉老大淚成行，自領春風吹曲房[六]。

## 校勘

① 楙：原目録作『茂』。《屠長卿集》題作『贈沈懋仁年丈』。

## 注釋

[一] 沈楙仁：沈自邠，字楙仁（亦作茂仁、懋仁）。見卷五《感懷詩五十五首·沈檢討茂仁》注釋[一]。

[二] 明光：漢宫殿名，後世泛指朝廷宫殿。

[三] 文昌：文昌星，古人認爲其主文運。又稱文曲星或文星。

[四] 天門：天宫之門。《楚辭·九歌·大司命》：『廣開兮天門，紛吾乘兮玄雲。』

[五] 西施：春秋時越國美女。見卷五《雜懷八首》注釋[六]。

[六] 曲房：内室，閨房。

# 長安明月篇[一]

長安明月正秋宵，桂樹扶疏香不銷。初懸碧海生華屋[二]，漸轉朱城隱麗譙[三]。白露玉盤流素液，丹霞寶鏡拂輕綃。明浮漢殿凉僊掌[四]，暗入秦樓濕紫簫[五]。魄滿中秋天浩蕩，光圓三五夜迢遥。參差玉葉披香樹[六]，宛轉金波太液橋[七]。披香太液紛相屬，玉葉金波寒蔌蔌。萬户平臨不夜城，六街盡在清凉國[八]。洞庭湖中木葉稀，姑蘇臺上城烏宿[九]。靈妃鼓瑟湘江頭[一〇]，神女弄珠漢水曲[一一]。朱絃的的泛崇蘭，翠袖娟娟映修竹。既從天漢掩疏星[一二]，亦與君王代銀燭。君王對此秋漫漫，龍樓魚鑰開長安[一三]。閃閃鴛央香霧繞[一四]，溶溶鳷鵲玉華溥[一五]。風飄綽約雙鬟女，花近葳蕤七寶欄。新出蛾眉描正似，圓來嬌面借同看。昭陽粉黛生香煖[一六]，長信梧桐照影寒[一七]。飛燕單衫初舞罷[一八]，班姬雙淚欲啼乾[一九]。自以光輝薦寒暖，每逢佳節助悲歡。有時照入空閨裡，蕭瑟流黄夜驚起。能於瓦上白如霜，復遣牀前凉似水。情到鸞箋淚萬行，夢回鴛帳人千里。有時照向邊塞頭，黄沙茫茫白草秋。已傷長夜吹邊篴，又奈寒光照戍樓。歸輿三秋度遼水[二〇]，愁心一夜滿并州[二一]。古來一片長安月，對之萬種人情别。月圓月缺如循環，秋去秋來無斷絶。遂令皎皎地上霜，都作星星鬢邊雪。從他人世換春秋，不向中天數圓缺。且因光景及芳年，乘興先開歌舞筵。同酬綵筆邀希逸[二二]，自舉金盃杯呼謫仙[二三]。佳會於人既不易，良宵顧影亦堪憐。興來坐到星河曉，醉後還操明月篇。最愛霓裳羽衣曲，乘風便欲問嬋娟[二四]。

## 注釋

[一]長安：指北京。

[二]碧海：指青天，天藍如海，故稱。唐李商隱《嫦娥》：『嫦娥應悔偷靈藥，碧海青天夜夜心。』宋晁補之《洞仙歌・泗州中秋作》詞：『青煙冪處，碧海飛金鏡。』

[三]朱城：指宫城，紫禁城。麗譙：華麗之樓。

[四]漢殿：指建章宫。漢武帝於建章宫築神明臺，立金銅仙人舉銅盤承露，冀飲以延年。《漢書・郊祀志上》：『其後又作柏梁、銅柱、承露僊人掌之屬矣。』顏師古注：『《三輔故事》云：建章宫承露盤高二十丈，大七圍，以銅爲之，上有仙人掌承露，和玉屑飲之。』

[五]秦樓：秦穆公女兒弄玉所居之樓。相傳弄玉好樂，蕭史善吹簫作鳳鳴，穆公以女弄玉妻之，爲作鳳樓。二人吹簫，鳳凰來集，後乘鳳飛去。事見漢劉向《列仙傳》。

[六]披香：漢宫殿名。《三輔黄圖・未央宫》：『武帝時，後宫八區，有昭陽、飛翔、增城、合歡、蘭林、披香、鳳凰、鴛鴦等殿。』

[七]太液：池名。見卷一《歡賦》注釋[一九]。

[八]六街：唐、宋都城皆有六條中心大街，故以泛稱京城街市。

[九]姑蘇臺：臺名，在蘇州城西南姑蘇山上。初爲吴王闔閭所築，後吴王夫差伐越獲勝，接受越人所獻貢財寶、木材、工匠、美女等，於此大興宫室，歡樂無度。

[一〇]靈妃：此指舜之二妃娥皇、女英。見卷一《閔貞賦》注釋[三〇]。唐王邕《湘靈鼓瑟》：『寶瑟和琴韻，靈妃應樂章。』屠隆另有《綵毫記・湘娥思憶》：『靈妃怨，瑶瑟與誰彈？』

[一一]神女：指漢皋二女，又稱漢女。張衡《南都賦》：『耕父揚光於清泠之淵，遊女弄珠於漢皋之曲。』《文選》李善注引《韓詩外傳》：『鄭交甫將南適楚，遵彼漢皋臺下，乃遇二女，佩兩珠，大如荆雞之卵。』《後漢書・馬融傳》：『湘靈下，漢女遊。』李賢注：『漢女，漢水之神女。』

[一二]天漢：天河。

[一三]龍樓：漢代太子宫門名。《漢書・成帝紀》：『上嘗急召，太子出龍樓門，不敢絶馳道……』顏師古注引張晏曰：『門樓上有銅龍，若白鶴、飛廉之爲名也。』

[一四] 鴛央：漢宮殿名，見本篇注釋[六]。

[一五] 鳷鵲：漢宮觀名。在長安甘泉宮外，武帝建元（前一四〇—前一三五）中建。

[一六] 昭陽：漢宮殿名。見卷一《歡賦》注釋[一〇]。

[一七] 長信：漢代宮殿名。見卷四《班婕妤》注釋[一]。

[一八] 飛燕：指漢趙飛燕，漢成帝皇后。《漢書·外戚傳下·孝成趙皇后》：『孝成趙皇后，本長安宮人……學歌舞，號曰飛燕。』

[一九] 班姬：即漢班婕妤，見卷三《行路難》注釋[三]。

[二〇] 遼水：即遼河。唐杜之松《和衛尉寺柳》：『漢將本屯營，遼河有成城。』唐陳子昂《感遇詩三十八首》：『故鄉三千里，遼水復悠悠。』唐王建《遼東行》：『遼東萬里遼水曲，古戍無城復無屋。』

[二一] 並州：州名。見卷三《懊儂歌》注釋[一]。

[二二] 希逸：謝莊，字希逸，南朝宋辭賦家、詩人，有《月賦》。

[二三] 謫仙：唐李白。唐孟棨《本事詩·高逸》：『李太白初自蜀至京師，舍於逆旅。賀監知章聞其名，首訪之。既奇其姿，復請所爲文。出《蜀道難》以示之。讀未竟，稱歎者數四，號爲「謫仙」。』李白愛月，有《月下獨酌》等詩。

[二四] 嬋娟：本形容月色明媚，多以指代明月或月光。宋蘇軾《水調歌頭》詞：『但願人長久，千里共嬋娟。』

## 留別沈君典馮開之諸君①[一]

憶昔長歌栖海曲[二]，浮空幾見海水緑。門前月出青峰高，直泛天雲駕黃鵠。偶然掛帆秋冥冥，横素波兮凌太清[三]。扶桑萬丈落盃底[四]，三山插入雙髩平[五]。夜寒龍女明珠色[六]，石裂江神鐵篴聲。招安期生[七]，拉羨門子[八]，相視大笑不能止，當時浩蕩有如此。何人唤我出蒿萊[九]，布衣短褐長安來[一〇]。萬户開[一一]。揖客頻回紫騮馬，停鞭一問黃金臺[一二]。黃金臺下都人滿，道上逢君意欵欵。古來結交在片言，立談之間鮑與管[一三]。白日爲君遲，浮雲爲君緩。彈碁擊筑胡姬春[一四]，忼慨悲歌驚四隣。豈知世事翻海水，合是文章忌鬼神。落花同日隨風散，一墜泥沙一錦裀。君也昂藏向霄漢，予今磊落走風塵。風塵侵人亦太苦，折腰日日趍公府。豪氣清談安在哉，丈夫俯仰工眉嫵。吁嗟乎，東方玩世世所侮[一五]，寧論爲鼠與爲虎。雲霄故人雙眼明[一六]，憐余涕泪紛從衡。鴻雁分飛何處影，河橋惜別不勝情[一七]。對君歌，飲君酒，拔劍起舞亂北斗。落日啼殘上苑鸎[一八]，西風吹折都城柳。城頭鼕鼕鼓四撾，酒醒上馬月欲斜。故人片時猶在眼，春明門裏是天涯[一九]。

## 校勘

① 諸君：《屠長卿集》作『二年丈』。

## 注釋

[一] 沈君典：沈懋學，字君典，見沈明臣《由拳集敍》注釋[三]。馮開之：馮夢禎，字開之，見沈明臣《由拳集敍》注釋[二]。

[二] 海曲：海隅，海灣。

[三] 太清：天空。漢劉向《九歎·遠遊》：『譬若王僑之乘雲兮，載赤霄而凌太清。』《楚辭》王逸注：『上凌太清，遊天庭也。』

[四] 扶桑：神話傳説中樹名。見本卷《遠遊》注釋[四]。

[五] 三山：傳説中之海上三神山。見卷三《臨高臺》注釋[一]。

[六] 龍女：海龍王之女。

[七] 安期生：傳説爲居住於海上之神仙，見卷一《溟海波恬賦》注釋[二〇]。

[八] 羨門子：即羨門子高，燕昭王時方士。

[九] 蒿萊：指草野。

[一〇] 長安：指北京。

[一一] 銅龍：龍樓門，其上有銅龍。見本卷《長安明月篇》注釋[一三]。

[一二] 黄金臺：見卷一《閔貞賦》注釋[六]。

[一三] 鮑與管：春秋時鮑叔牙與管仲，二人爲知交。見卷四《三司馬詩並引》注釋[六]。

[一四] 胡姬：見本卷《送桂博士入楚》注釋[四]。唐李白《少年行》：『落花踏盡遊何處，笑入胡姬酒肆中。』

[一五] 東方：指漢東方朔。見卷二《十賢贊·東方朔》注釋[一]。

[一六] 雲霄：指身居高位者。唐杜甫《奉贈鮮于京兆》詩：『雲霄今已逼，台衮更誰親？』

[一七] 河橋：猶河梁，指送別之地。見卷三《妾薄命》注釋[一]。北周庾信《李陵蘇武別贊》：『河橋兩岸，臨路悽然。』

［一八］上苑：宮苑。唐王維《奉和聖制從蓬萊向興慶閣道中留春雨中春望之作應制》：『鑾輿迥出千門柳，閣道回看上苑花。』上苑鶯即宮鶯。唐王維《聽宮鶯》：『春樹繞宮牆，宮鶯囀曙光。忽驚啼暫斷，移處弄還長。隱葉棲承露，攀花出未央。遊人未應返，爲此始思鄉。』明劉昌《寄奚元啟顧文之二進士》：『天涯分手歎蹉跎，書劍功名近若何。上苑啼鶯春信早，楚江歸夢月明多。』

［一九］春明門：唐代長安城門名，爲城東三門之中門。唐劉禹錫《和令狐相公別牡丹》：『莫道兩京非遠別，春明門外即天涯。』

## 寄顧益卿①［一］

余出都門，顧觀察②益卿追送報國寺［二］，相與劇談，沉酣達旦。平明別去，賦此寄之。

昔年草草長安遊［三］，今年小吏走滄州［四］，北風烈烈關山遒。何物英雄顧虎頭［五］，天寒走馬來相留，腰間解贈雙吳鈎，玉壺醉我都門秋。生來能樂不能愁，便與擊筑彈箜篌。我本要離俠者儔［六］，顧侯意氣片言投，酒酣雄談傾不周［七］。自言嘗戴鐵兜鍪，手提長劍騎驊騮，夜砍賊營摧山丘，殺人如草還窮蒐。屠生聞之開兩眸，捋鬚把臂呼君侯：君侯君侯，文修天上五鳳樓［八］，武可當縱衡百萬之貔貅。丈夫如此真赳赳！揚雄老死相如優［九］，文章道是雕獮猴。黄沙莽莽生邊州，黄雲片片落貂裘，白日不動滹沱流［一〇］。夜深命取大白浮，狂來浩蕩歌吳趍，天星一夜歷亂不得休。明朝酒醒揮手別，斑騅去矣風蕭颼。

### 校勘

① 寄顧益卿：《屠長卿集》題作『寄顧益卿先生有引』。

② 觀察：《屠長卿集》作『憲副』。

### 注釋

［一］顧益卿：顧養謙，字益卿。見卷五《感懷詩五十五首·顧觀察益卿》注釋［一］。屠隆《與沈嘉則二首》文：『客歲得海陵書，盛稱顧使君。杪秋，使君入燕，過某者十度，某亦十往造使君之廬，不得一面。及發都門出，舍報國寺，使君乃與沈箕仲、馮開之、沈君典來會，一見把臂大笑，酣語達旦。某觀其才氣，真簸蕩千古，非英雄不能知英雄矣。』（見卷十四）

[二]報國寺：始建於遼，明成化二年（一四六六）重修。位於今北京市西城區報國寺前街。

[三]長安：指北京。

[四]滄州：州名，北魏熙平二年（五一七）始置，後治所、轄境有所變動，明治所清池縣，屬北直隸省河間府。今河北省滄州市，即沿其舊名。

[五]顧虎頭：東晉顧愷之，字長康，小字虎頭，晉陵無錫人。博學多才，尤長繪畫。屠隆以顧愷之稱美顧益卿。

[六]要離：春秋時吴國著名刺客。爲吴王闔閭謀刺出奔在衛之慶忌，出發前要離請吴王戮其妻子，斷其右手，以得罪出奔來詐取慶忌信任。至衛國，慶忌果信之。要離與慶忌共渡江，於中流刺中慶忌，但被慶忌及手下抓獲。慶忌感其爲天下勇士，釋令還吴旌忠。要離伏劍自殺。事見《吕氏春秋·忠廉》、漢袁曄《吴越春秋·闔閭内傳》。

[七]不周：不周山。傳説在昆侖山西北。《山海經·大荒西經》：『西北海之外，大荒之隅，有山而不合，名曰不周。』《淮南子·天文訓》：『昔者共工與顓頊争爲帝，怒而觸不周之山，天柱折，地維絶。』

[八]五鳳樓：雕繪有五鳳之樓宇，喻建構華美之文。宋楊大年《楊文公談苑》：『韓浦、韓洎能爲古文，洎常輕浦，語人曰：「吾兄爲文，譬如繩縛草舍，庇風雨而已。予之文造五鳳樓手。」浦聞其言，因人遺蜀箋，作詩與洎曰：「十樣蠻箋出益州，寄來新自浣溪頭。老兄得此全無用，助爾添修五鳳樓。」』宋辛棄疾《鷓鴣天》：『君家兄弟真堪笑，個個能修五鳳樓。』

[九]揚雄：參見卷一《霞爽閣賦》注釋[一二]。揚雄致力辭賦創作和專心治學，宋劉敞《和章伯鎮》：『共憐賈傅才無敵，真作揚雄老著書。』宋黄庭堅《次韻答常甫世弼二君不利秋官鬱鬱初不平故予詩多及君子處得失事》：『揚雄老執戟，金張珥漢貂。』相如：漢司馬相如。

[一〇]滹沱：滹沱河。《明一統志·保定府·山川》：『滹沱河，在束鹿縣南三十里。來自晉州，經縣境達深州，至直沽入於海。』

## 彭城下吊項羽[一]

彭城城高垂曠野，河流崩騰堆象馬。大江月出舳艫空，孤帆夜宿彭城下。彭城之山鬱不開，項王霸氣餘高臺。日落黄雲壓古壘，天寒白露生秋苔。當時雄心掃六合[二]，親提猛士渡江來。縱衡長劍叩關西[三]，秦關百二如丸泥[四]。飄飄回旗忽指東，漢王膝行走下風。烏騅横衝萬馬間，將士弭弓不敢彎。只用刀頭畫江水，直從掌上分河山。睥睨已無赤龍子[五]，其餘英雄盡狐鼠。天下侯王皆受封，自取彭城王西楚[六]。指揮既定霸王基，撞鐘伐鼓建華旗。白日高臺駈駿馬，夜深錦帳擁名姬[六]。蓋世雄威山可拔，一朝跌宕復何説。忼慨悲①來大澤深，英雄運去竇刀折。不能泥首向他人，烏江之事亦烈烈[七]。霸王事業雖不成，一時雄快良可驚。昔日雄圖荒壁壘，至今楚水流彭城。我來一吊斯人罷，卷地悲風萬里生。

## 校勘

① 悲：底本原作『態』，據存目本、《屠長卿集》改。

## 注釋

[一] 彭城：又名涿鹿，均今江蘇省徐州市之舊稱。相傳堯封彭祖於此，爲大彭氏國。春秋時彭城屬宋地。秦代實行郡縣制，設彭城縣。劉邦、項羽皆起於彭城，項羽建都於此。東漢末年，曹操將徐州刺史部由郯城移治彭城，彭城始稱徐州。彭城境内歷史上發生過許多戰事，爲兵家必爭之地。

[二] 六合：天、地、四方。見卷二《十賢贊·魯仲連》注釋[二]。

[三] 關西：指函谷關以西。

[四] 秦關：指關中地區，舊屬秦地。《史記·項羽本紀》：『關中阻山河四塞，地肥饒，可都以霸。』裴駰集解引徐廣曰：『東函谷，南武關，西散關，北蕭關。』秦關百二：喻秦地爲山河險固之地。《史記·高祖本紀》：『秦，形勝之國，帶河山之險，縣隔千里，持戟百萬，秦得百二焉。』裴駰集解引蘇林曰：『得百中之二焉。秦地險固，二萬人足當諸侯百萬人也。』

[五] 赤龍子：指漢高祖劉邦。赤龍被古代讖緯家附會爲以火德王者之祥瑞。相傳劉邦斬白蛇，《史記·高祖本紀》：『嫗曰：「吾子，白帝子也，化爲蛇，當道，今爲赤帝子斬之，故哭。」人乃以嫗爲不誠，欲笞之，嫗因忽不見。後人至，高祖覺。後人告高祖，高祖乃心獨喜，自負。諸從者日益畏之。』赤帝即炎帝神農。宋羅泌《路史·前紀六·柏皇氏》：『神農、唐堯，俱感赤龍……劉季斷虵而還感赤龍。』

[六] 西楚：原本爲地域名。戰國時楚地疆域遼闊，秦漢時分爲西楚、東楚、南楚，合稱三楚。《史記·貨殖列傳》：『夫自淮北沛、陳、汝南、南郡，此西楚也。』後項羽滅秦，自立爲霸王，國號『西楚』，定都彭城，擁有西楚、東楚與梁地共九郡。

[七] 名姬：指項羽侍妾虞姬。《史記·項羽本紀》：『有美人名虞姬，常幸從。』

[八] 烏江：水名。在今安徽省和縣東北。項羽兵敗，不肯東渡烏江，悲壯自刎。

# 淮陰祠下作[一]

淮陰祠下淮水空[二]，山川北走多烈風。烈風蕭蕭卷斷蓬，飛濤相磢寒日紅。停橈細數英雄事，不在千金酬漂母[三]，不在百戰掃羣匈，乃在布衣折節過屠中。丈夫致身爲神龍，當其泥蟠俛與蝦蛆同，卷舒如此真英雄。吁嗟乎，將軍既已爲神龍，神龍泥蟠升天都。升天復能潛盤渦[四]，清溪白石何不可婆娑。高鴻飛飛遠雲羅，雖有睥睨如將軍何！何爲日莫遭轗軻，英雄已矣去日多，荒荒古祠生藤蘿。長檣大舨祠前過，歲歲西風送逝波。

**注釋**

［一］淮陰祠：漢淮陰侯韓信祠。亦即淮陰侯廟，在淮陰故城（今江蘇省淮安市淮陰區碼頭鎮）韓信故里。

［二］淮水：淮河。見卷五《雜懷八首》注釋［三］。

［三］漂母：漂洗衣物之老婦，指飯韓信者。《史記·淮陰侯列傳》：『淮陰侯韓信者，淮陰人也。……信釣於城下，諸母漂，有一母見信饑，飯信，竟漂數十日。信喜，謂漂母曰：「吾必有以重報母。」』後韓信實現諾言，『漢五年正月，徙齊王信爲楚王，都下邳。信至國，召所從食漂母，賜千金。』

［四］盤渦：水盤旋所形成之深渦。

# 吴王歌[一]

吴王昔日起高臺[二]，歌舞新收勁越回。氣壓東南金作埒，巧窮吴楚錦成堆。千尋綉柱凌雲度，四面朱欄傍水開。直捲星河迴錯落，高憑天闕象崔嵬[三]。江頭燕掠花將暝，城上烏棲月欲來。前殿旌旗催夜角，後宮絃管送春杯。冉冉池蓮發紅萼，鋪遍流黄臨水閣。採將秀色比娉婷，倦倚嬌娃何綽約。芳艸蘭舟錦纜牽，垂楊駿馬紅纓絡。南浦齊聞宛轉歌[四]，西園不下葳蕤鑰[五]。南浦西園幾度看，文窗綺構日盤桓。娟娟繡帶黄金縷，的的朱櫻白玉盤。

宫井碧梧閒吠犬，池亭翠篠密栖鳶。稱詩戲贈同心結，鬬巧妝臨七寶欄。妃子風流無奈舞，君王顔色不禁歡。酒罷君王復大笑，喧喧車馬金閶道[六]。吴地初嫌花月殘，越王又送宫娃到[七]。歌分簫管舞尤工，色並荷花香更好。露點疏螢度玉除，星垂明月敞朱扉。雕牀翠被鴛央繞，繡幌金屏孔雀圍。簾下乘風欹寶扇，夜凉滅燭解羅衣。乘風滅燭對秋光，寶扇羅衣興轉長。鴉翅暗偷雙髩色，龍涎都散六街香[八]。館娃宫裡花如霧[九]，銷夏灣前月似霜[一〇]。碧海枯桑世能幾，朝朝莫莫君王喜。語驚鸚武唤初回，醉入荼蘼扶不起。買笑追歡夜未央，萬歲千秋樂無已。梨花曉夢逐飄風，楊柳春宵同逝水。高臺把酒問花神，富貴繁華能幾春。只聽西湖採蓮曲，寧知東海卧薪人[一一]。會稽兵來風雨速[一二]，十萬貔貅動地哭。日上花枝啼鷓鴣，春回芳草遊麋鹿。鏡中已作綵雲飛，臺下依然江水緑。天荒古樹老宫槐，野曠寒沙没綉鞋。丘壠茫茫陳玉匣，田夫往往得金釵。古來歌舞多零落，日莫江頭一悵懷。

## 注釋

[一] 吴王：指春秋末吴國國君夫差。詳見卷五《雜懷八首》注釋[五]。

[二] 高臺：指姑蘇臺，見本卷《長安明月篇》注釋[九]。

[三] 天闕：天上之宫闕。

[四] 南浦：南面之水邊。姑蘇臺瀕太湖。

[五] 西園：漢代西園（上林苑）、曹魏西園，均名園，此爲與『南浦』對舉，借指夫差園林。

[六] 金閶：蘇州城有金門、閶門。金閶代指蘇州。

[七] 宫娃：指西施。

[八] 六街：此泛稱吴都大街。

[九] 館娃宫：在姑蘇靈岩山上，夫差得到勾踐所獻西施後所建。

[一〇] 銷夏灣：宋范成大《吴郡志》卷十八：『銷夏灣，在太湖洞庭西山之趾山，十餘里繞之。舊傳吴王避暑處。周迴湖水一灣，冰色澄徹，寒光逼人，真可銷夏也。』

[一一] 卧薪人：指越王勾踐。勾踐戰敗，曾與范蠡入臣於吴；放還後，卧薪嚐膽，志在報仇。

[一二] 會稽兵：指勾踐所帥報仇之軍隊。

# 蕩子從軍行[一]

飄飄蕩子遠從軍，黯淡河梁獨送君[二]。萬里荒荒悲出塞，十年杳杳念離群。旗翻夜獵捎邊馬，弓響秋鵰落陣雲。霜入哀笳聲烈烈，忽報單于甬道絶[三]。擊斗朝馳鐵勒煙[四]，銜枚夜度龍沙月[五]。黑山部落總銷魂[六]，白馬焉支暗流血[七]。帳中夜夜飲蒲桃，手拔龍泉膽氣豪。五月回軍屯隴右[八]，三秋轉戰出臨洮[九]。風高葱嶺催鉦鼓[一〇]，火照陰山掣佩刀[一一]。葱嶺陰山雪十丈，蕩子經行久無恙。斬首心雄七校前[一二]，冠軍名播三邊上[一三]。丈夫輕别重遠遊，自言談笑取封侯。君行絶塞音書斷，妾守空閨涕泪流。燕子樓中常獨宿[一四]，露桃花下結千愁。凉風綉帶難爲夜，小雨銀缸不奈秋。一道烽煙邊報急，天子雲中羽書集[一五]。胡兵分道試長驅，漢家孤軍又深入。邊庭消息年年戰，魂夢關山夜夜泣[一六]。夢去那知綦履寬，夢回但見珊胡濕。綦履珊胡可奈何，夢魂消息度交河[一七]。高臺落木臨邊盡，空磧寒沙出塞多。空磧高臺數千里，落木寒沙望中起。陰陰白日動秦關[一八]，漠漠黄雲壓漢壘[一九]。十年談笑不封侯，百戰何時見天子。妾身直是老蛾眉，蓬鬢蕭蕭粉面垂。攬涕因思戈甲冷，裁衣忽下剪刀遲。此時含情待明月，此時緘怨問花枝。雪散蘼蕪春又緑，秋殘蕙草露仍披。人愁人老真容易，年去年來爲别離。不信衹今衣上淚，請君看取鬢邊絲。

## 注釋

[一] 蕩子：指離家遠行、流蕩不歸之男子。《古詩十九首·青青河畔草》：『蕩子行不歸，空牀難獨守。』《文選》李善注：『《列子》曰：有人去鄉土遊於四方而不歸者，世謂之爲狂蕩之人也。』唐賀蘭進明《行路難》：『蕩子從軍事征戰，蛾眉嬋娟空守閨。』《蕩子從軍行》詩名，見於明李夢陽詩，其序稱：『《蕩子從軍行》者，本駱氏（賓王）《蕩子從軍賦》也，余病其聲調不類，於是改焉。』（《空同集》卷十八）

[二] 河梁：指送别之地。見卷三《妾薄命》注釋[一]。

[三] 單于：匈奴君長之稱號。

[四] 鐵勒：本古代北方、西北方民族名，種類頗多。此代指北方邊地少數民族地區。唐沈佺期《塞北二首》：『將軍朝授鉞，戰士夜銜枚。紫塞金河裏，葱山鐵勒隈。』

［五］龍沙：泛指沙漠。唐虞世南《結客少年場行》：『天山冬夏雪，交河南北流。雲起龍沙暗，木落雁門秋。』唐李白《塞下曲六首》：『將軍分虎竹，戰士卧龍沙。邊月隨弓影，胡霜拂劍花。』

［六］黑山：在陰山山脉中段，即今大青山，因山色青黛而古稱黑山，傳有七十個黑山頭。唐戎昱《從軍行》：『昔從李都尉，雙鞬照馬蹄。擒生黑山北，殺敵黄雲西。』

［七］焉支：山名。又稱燕支山、胭脂山、删丹山。在今甘肅省永昌縣西，山丹縣東南。原爲匈奴地，後爲漢收領，派兵防守。《史記·匈奴列傳》：『漢使驃騎將軍去病將萬騎出隴西，過焉支山千餘里擊匈奴，得胡首虜萬八千餘級，破得休屠王祭天金人。』唐張守節正義：『《括地志》云：「焉支山，一名删丹山，在甘州删丹縣東南五十里。《西河故事》云：匈奴失祁連、焉支二山，乃歌曰：亡我祈連山，使我六畜不蕃息；失我焉支山，使我婦女無顔色。」其愍惜乃如此。』

［八］隴右：古人稱隴山（在今陝西、甘肅交界）以西地區爲隴右，亦稱隴西。

［九］臨洮：見卷四《塞下曲十首》注釋［三］。

［一〇］葱嶺：古代對今帕米爾高原及昆侖山、喀喇昆侖山西部諸山之統稱。漢代屬西域都護轄區，唐代安西都護府設葱嶺守捉。唐于鵠《出塞》：『葱嶺秋塵起，全軍取月支。』

［一一］陰山：山脉名。見卷六《贈瞿九思》注釋［九］。

［一二］七校：漢代有中壘、屯騎、步兵、越騎、長水、射聲、虎賁七校尉之稱，後世泛稱各軍將領。

［一三］三邊：此指東、西、北邊陲。《後漢書·楊震傳》：『羌虜鈔掠，三邊震擾。』

［一四］燕子樓：唐貞元中尚書張建封鎮徐州，爲愛妾關盼盼所築，樓在徐州城西北隅。建封卒，盼盼樓居十餘年不嫁。唐白居易《燕子樓三首》：『燕子樓中霜月夜，秋來只爲一人長。』後亦泛指女子独居之樓。

［一五］雲中：秦、漢、唐時州郡名，各時期轄境不等，在今内蒙古、山西境内。此泛指邊關。

［一六］關山：關隘山嶺。

［一七］交河：河名、地名，在今新疆吐魯番西北。因河名，西漢時設有『交河壁』；北魏至唐初，爲高昌王國屬下交河郡；唐設西州後，治下爲交河縣。唐李頎《古從軍行》：『白日登山望烽火，黄昏飲馬傍交河。』

［一八］秦關：秦地關塞。唐杜甫《諸將五首》：『洛陽宫殿化爲烽，休道秦關百二重。』

［一九］漢壘：漢代故壘。唐高適《登百丈峰二首》：『朝登百丈峰，遥望燕支道。漢壘青冥間，胡天白如掃。』

# 東海病農歌爲林生賦①[一]

東海病農林芝生，前身龍伯與鉅靈[二]。手劈二華走五山[三]，倒翻白日掀滄溟。操蛇之神訴上帝[四]，帝怒之子逢天刑。即今謫去扶桑國[五]，與爾侏儒跛一足。已知骨相非侯王，願作農夫棲海曲。閶闔天門開窈窕[六]，白璧黄金爲徼道[七]。盤跚蹩躠過其前，上帝欣然玉女笑[八]。微吟散步向涼天，五步十步絶可憐。焚香夜坐南華叟[九]，好雨春犁東海田。窺井造物亦自偉，獨留妙手摐雲烟。貧居委巷空四壁，門外喧喧車馬客。霜落閑庭柿葉紅，草滿林塘池水黑。學書臨帖二十霜，筆意往往入鍾王[一〇]。借得秋空一疋練，亂駈北斗掃寒芒。病農歲歲居東海，海水可以供揮灑。天神下來山鬼哭，赤烏緑字留千載。世人只解取長途，平居六博愛呼盧。君看跛者亦太巧，天生妙手秀且孤。兒曹飲酒過百榼，下筆神羊一字無。即如神羊一字無②，如飛雙足何爲乎。

## 校勘

① 原目録無『爲林生賦』四字。

② 無底本原作『无』，據存目本改。

## 注釋

[一] 東海：指我國東部濱海地區，此稱寧波。病農：此謂有殘疾之農夫。林生：林芝，字仙客，號半士。鄞縣山人。身爲侏儒，跛一足，天性遠觀，工於書法，諸體皆能，而尤善行楷，其時郡中碑碣題額之類，多其手筆。事見《寧波府志》。

[二] 龍伯：指龍伯國巨人。見卷四《觀海篇》注釋[三]。鉅靈：河神名。見本卷《贈瞿九思》注釋[五]。

[三] 二華：即傳爲河神鉅靈『開而爲兩』之華嶽，爲太華山（即西嶽華山）、少華山（在太華西），山勢相連，合稱二華。五山：即龍伯國巨人『舉足不盈數步而暨五山之所』之五山，爲岱輿、員嶠、方壺、瀛洲、蓬萊。

[四] 操蛇之神：指山神，傳説其手中常握蛇。《列子·湯問》記愚公移山，『操蛇之神聞之，懼其不已也，告之於帝』。上帝：天帝。

[五] 扶桑國：此指東海島上。

〔六〕閶闔：天門。

〔七〕徼道：有巡邏警戒之道路。漢班固《西都賦》：『周廬千列，徼道綺錯。』《文選》李周翰注：『徼道，循禁道也。』

〔八〕玉女：指仙女。

〔九〕南華叟：指莊子。先秦道家學派代表人物，後世道教奉爲祖師，唐玄宗天寶元年（七四二）詔封『南華真人』，稱《莊子》爲《南華真經》。

〔一〇〕鍾王：古代著名書法家鍾繇和王羲之。

# 由拳集校注卷之七

## 七言古詩

### 莫廷韓諸君夜集[一]

客子腰縣金僕姑，入門下馬天模糊。許身俱作高陽徒[二]，文章一一凌三都。便挽青絲開玉壺，與君擊筑夜呼盧，手爇都梁博山爐[三]。三更月上花氍毹，簾前鐙燭光有無。醉來不問城上烏，且向尊中挾大湖。丈夫意氣太行矗[四]，君看萬古爲女駔。來日苦短，青春易徂。天風吹人滄海枯，繁華過眼煙中蕪。黄金鵲印亦區區，低眉靦面何爲乎。

#### 注釋

［一］莫廷韓：莫是龍，字雲卿，更字廷韓。見卷四《聞莫廷韓諸君山中尋梅有作》注釋［一］。

［二］高陽徒：『高陽酒徒』之省稱。見卷六《李生行》注釋［四］。

［三］都梁：香名。南朝梁吴均《行路難》：『博山爐中百合香，鬱金蘇合及都梁。』

［四］太行：太行山。

# 送莫廷韓北上

我從淮泗走雲間[一]，乘春立馬機雲山[二]。颯颯長松壓銀海，感時懷古雕朱顔。雲間莫生二陸儔[三]，文章意氣横高秋。結交英雄半天下，中原時作盧遨遊[四]。三山五嶽須眉大[五]，白日黄河衣帶流。我與一見稱心賞，年來喜挾五湖長[六]。便携竹杖拄青天，憑高一嘯衆山響。共櫂樓船浩蕩行，中流擊鼓彈哀筝。酒酣拔劍夜起舞，忽思騊馬驅燕京。自言抵掌取卿相，不作江東老步兵[七]。送君北行飲君酒，二月回風吹浦口。疏樹青迴扇底尊，空波緑上城邊柳。丈夫不出出軒然，龍泉鵲印皆吾有。富貴於君今已遲，此行定不復低眉。日落抽刀行大澤，春寒飲馬下空陂。君去壚頭尋舊伴[八]，請看市上半新知。感來莫向燕山望[九]，邊月蕭蕭颺大旗。燕人荆高太無賴[一〇]，鄒衍談天頗雄快[一一]。惟有燕王臺上塵[一二]，可以一下英雄拜。英雄堂堂七尺身，好與知己增嶙峋。笑跛一聞公子謝[一三]，脱粟不飽丞相嗔[一四]。王侯將相不好士，芳名何以垂千春。激昂青雲義相許，莫生故自賢豪人。莫生莫生行不惡，腰下吴鈎光歷落。黄金綬鞚長安街[一五]，萬樹宫花取次開，君王下詔御平臺[一六]。

## 注釋

[一] 淮泗：淮河和泗水。見卷四《徐州道中感懷》注釋[三]。雲間：松江府之别稱。見卷五《感懷詩五十五首·莫文學廷韓》注釋[一二]。

[二] 機雲山：陸機、陸雲兄弟之家山。見徐益孫《由拳集序》注釋[一〇]。

[三] 莫生：莫廷韓。二陸：晉陸機、陸雲。

[四] 盧遨：秦時燕方士，見卷一《溟海波恬賦》注釋[一九]。

[五] 三山五嶽：泛指名山。

[六] 五湖長：管理五湖之長官，多喻隱於湖澤者。《晉書·桓玄傳》：「太元末，出補義興太守，鬱鬱不得志。嘗登高望震澤，歎曰：『父爲九州伯，兒爲五湖長！』棄官歸國。」震澤即太湖之别稱，又稱五湖，《國語·越語下》：「果興師而伐吴，戰於五湖。」韋昭注：「五湖，今太湖。」義興在太湖西。

[七] 江東步兵：東晉張翰之別號。時人以張翰之才氣、個性等方面與阮籍可比，因阮籍曾爲步兵校尉，人稱阮步兵，而張翰爲吴郡人，故稱之爲『江東步兵』。《晉書・張翰傳》：『張翰字季鷹，吴郡吴人也……翰有清才，善屬文，而縱任不拘，時人號爲「江東步兵」。』

[八] 壚頭：酒壚邊。

[九] 燕山：燕山山脉，自今薊縣東南綿延至海濱。

[一〇] 荆高：荆軻和高漸離。見卷五《雜懷八首》注釋[八]。

[一一] 鄒衍：戰國末期齊國人，陰陽家學派代表人物。見卷四《觀海篇》注釋[六]。

[一二] 燕王臺：指燕昭王爲招賢納士所築之黄金臺。見卷一《閔貞賦》注釋[六]。

[一三] 公子：指戰國趙公子平原君。平原君後宫美人嘲笑躄者，從而使門下賓客以爲平原君『愛色而賤士』，紛紛離去，平原君乃斬美人以謝罪。見《史記・平原君虞卿列傳》。

[一四] 丞相：西漢丞相公孫弘。《史記・平津侯主父列傳》：『（公孫弘）食一肉脱粟之飯。故人所善賓客，仰衣食，弘奉禄皆以給之，家無所餘。士亦以此賢之。』

[一五] 長安街：京城長安街，修建於明永樂年間（一四〇三—一四二四）。

[一六] 平臺：明宫殿中皇帝召對閣臣等官之處。

## 白門行送徐長孺[一]

木蘭爲檝桂爲舷，金盤玉壺大路邊。客子唱歌佇白日，主人按節停朱絃。城頭鵶啼明星動，浦口送君君發船。春風無恙白門柳，胡姬酒熟花滿天[二]。帆影直侵雙闕樹[三]，馬啼不散六朝煙。六朝舊事今休問，斜陽莫雨銷金鈿。君看一片秦淮水[四]，送盡英雄月又圓。

### 注釋

[一] 白門：六朝故都建康（今江蘇南京市）之正南門宣陽門，俗稱白門。有時又用作建康之别稱。詩中『春風無恙白門柳』，化用古樂府《楊叛兒》和李白《楊叛兒》詩意，古樂府《楊叛兒》：『暫出白門前，楊柳可藏烏。歡作沉水香，儂作博山爐。』李白《楊叛兒》：『君歌楊叛兒，妾勸新豐酒。何許最關人？烏啼白門柳。烏啼隱楊花，君醉留妾家。博山鑪中沉香火，雙煙一氣凌紫霞。』徐長孺：徐益孫，字長孺，又字孟

孺。見徐益孫《由拳集敘》注釋[二]。

[二] 胡姬：見卷六《送桂博士入楚》注釋[四]。

[三] 雙闕：建築在宮殿、祠廟、陵墓前兩側高臺上之樓觀。

[四] 秦淮：秦淮河。在今南京市，通長江。元傅若金《金陵晚眺》詩：「城下秦淮水，年年自落潮。」

## 贈王元美廷尉[一]

濠梁小吏名位輕[二]，束髮論交號有情。矯矯中原起五子[三]，白眉獨數王先生[四]。王先生，意亦得，神思何散朗，雅志慕玄寂。搖筆走洞庭，蕩胷吞震澤[五]。古今文章誰最多，子建八斗君一石[六]。中丞烏府非不貴，丈夫鵲印亦已適。曼倩星精黯未銷[七]，司空寶劍咄相逼。天下賢豪歸齒牙，海內饑寒望顏色。人生苟如此，安用悲泥塗。身既登九列，便須長五湖[八]。青天之雲手可攬，滄海之月醉可呼。三百枯碁鬪風雨，十千美酒澆菰蒲。子房范蠡亦人爾[九]，卷舒真與元化俱。東方鯫生太渺小[一〇]，思君逢君苦不早。一見如生平，片語俱絕倒。當時元禮是通家[一一]，異代鍾期本同調[一二]。騶子談天事已空[一三]，王郎斫地歌自雄[一四]。家本吴門妙山水，採蓮白苧人人工。草花直接專諸墓[一五]，臺樹高壓吴王宮。紅泉細細通海眼，青石片片割鴻蒙。手揮如意坐亭子，耳邊颯爽來天風。只今才士充八極，猛氣神飇一何塞。人人自謂得驪珠，隱隱空潭夜深黑。世間萬事那有真，呼作神龍多蜥蜴。竹書以來未可陳，青箱班管俱灰塵。後世知音定誰是，要覩君自千秋人。千秋萬歲白日速，富貴豪華如轉燭。請看姑蘇臺已荒[一六]，歌管不存江水緑。么麽蜾蠃他自賢，今我不樂亦何欲。愛君正得與君驩，百遍相過意未闌。空懷磊落匈中氣，無奈葳貎頭上冠。相思夜讀弇州部，星斗累累赤花古。孤桐寫匣萬波流，雙龍倚天五色吐。懸知藻思故如虹，遥見金銀結爲虎。便欲乘舟凌大江，提刀攬袂一登牀。分來珠玉堪盈把，携得煙霞定滿囊。

### 注釋

[一] 王元美：王世貞，字元美。詳見卷四《答李伯達》注釋[一]。

［二］濠梁：見卷四《徐州道中感懷》注釋［四］。鳳陽府古郡因名濠梁。潁上縣隸屬鳳陽府，故屠隆自稱濠梁小吏。

［三］五子：明李攀龍、王世貞、徐中行、梁有譽、宗臣五人結爲詩社，主復古，有『五子』之稱。後又增謝榛、吴國倫，共七人，相對於李夢陽等前七子，稱『後七子』。

［四］白眉：本指三國蜀馬良，此喻王世貞。《三國志·蜀志·馬良傳》：『馬良……兄弟五人，並有才名，鄉里爲之諺曰：「馬氏五常，白眉最良。」良眉中有白毛，故以稱之。』後因以喻兄弟或儕輩中之傑出者。

［五］震澤：今太湖之古稱。

［六］子建：三國魏曹植，字子建。宋無名氏《釋常談·八斗之才》：『文章多，謂之「八斗之才」。謝靈運嘗曰：「天下才有一石，曹子建獨占八斗，我得一斗，天下共分一斗。」』

［七］曼倩：漢東方朔，字曼倩。辭賦家。見卷二《東方朔》注釋［一］。俗傳東方朔爲歲星精。舊題劉向《列仙傳》卷下：『東方朔者，平原太厭次人也，久在吴中，爲書師數十年。武帝時上書説便宜，拜爲郎。至昭帝時，時人或謂聖人，或謂凡人，作深淺顯默之行，或忠言，或詼語，莫知其旨。至宣帝初，棄郎以避亂世，置幘官舍，風飄之而去。後見於會稽，賣藥五湖，智者疑其歲星精也。』

［八］長五湖：見本卷《送莫廷韓北上》注釋［六］。

［九］子房：西漢張良，字子房。見卷二《十賢贊·張良》注釋［一］。范蠡：見卷二《十賢贊·范蠡》注釋［一］。

［一〇］鯫生：小生，屠隆自我謙稱。

［一一］元禮：東漢李膺，字元禮，襄城（今河南襄城縣）人。當世名士。孔融以『通家子弟』拜謁，得到賞識。《後漢書·孔融傳》：『融幼有異才，年十歲，隨父詣京師。時河南尹李膺以簡重自居，不妄接士賓客。敕外自非當世名人及與通家，皆不得白。融欲觀其人，故造膺門。語門者曰：「我是李君通家子弟。」門者言之，膺請融，問曰：「高明祖父嘗與僕有恩舊乎？」融曰：「然。先君孔子與君先人李老君同德比義，而相師友，則融與君累世通家。」衆坐莫不歎息。太中大夫陳煒後至，坐中以告煒，煒曰：「夫人小而聰了，大未必奇。」融應聲曰：「觀君所言，將不早慧乎？」膺大笑，曰：「高明必爲偉器。」』

［一二］鍾期：鍾子期。春秋時楚人，伯牙好友，善聽琴。《吕氏春秋·本味》：『伯牙鼓琴，鍾子期聽之。方鼓琴而志在太山，鍾子期曰：「善哉乎鼓琴，巍巍乎若太山。」少選之間而志在流水，鍾子期又曰：「善哉乎鼓琴，湯湯乎若流水。」鍾子期死，伯牙破琴絶絃，終身不復鼓琴，以爲世無足復爲鼓琴者。』後鍾子期被喻爲知音者。唐孟浩然《贈道士參寥》：『不遇鍾期聽，誰知鸞鳳聲。』

［一三］騶子：即鄒衍。戰國末期齊國人，陰陽家學派代表人物。鄒衍談天，見卷四《觀海篇》注釋［六］。

［一四］王郎：指王元美，但借自杜甫詩《短歌行贈王郎司直》：『王郎酒酣拔劍斫地歌莫哀，我能拔爾抑塞磊落之奇才。』

［一五］專諸：春秋時吴國刺客。吴國堂邑（今江蘇省六合縣）人。爲吴公子光（即吴王闔閭）刺殺吴王僚，僚死，專諸亦被僚之侍衛所

殺。事見《史記·刺客列傳》。據宋范成大《吴郡志》，專諸墓在閶門外。

[一六] 姑蘇臺：臺名，見卷六《長安明月篇》注釋[九]。

## 贈王百穀[一]

東南秀色開五湖[二]，吴越霸氣今未除。諸家競採藍田玉，何者不握靈虵珠。眼中之人只如此，風流吾愛王夫子。他人蜥蜴君真龍，上下天門電光紫。掌上長披日觀雲[三]，匣中暗瀉銀河水。姑蘇之臺俯丹梯[四]，長洲百花臨大隄[五]。秋冷吴王試劍石[六]，春明越女浣紗溪[七]。夫差墓深劍花吐[八]，墓上金銀化爲虎。踞石高歌廢萬人[九]，與君一醉酹千古。余也不合牽微名，低頭屈膝拜公卿。河陽名花空復種[一〇]，勾漏丹砂苦不成[一一]。賢聲雖乏漢廷尉[一二]，頗能結襪王先生。王先生，人稱郭有道[一三]，可知遠志與小艸，謂汝爲龍伏汝爪。緑葵紫蓼饒山中，麏麚不驂異騕褭。好舒白眼睨乾坤，盃底黄河日夜奔。我已出山應自笑，君今飲酒與誰論。嚴陵留得君房語[一四]，安用龐公在鹿門[一五]。

### 注釋

[一] 王百穀：王穉登，字百穀。見卷五《感懷詩五十五首·王太學百穀》注釋[一]。

[二] 五湖：見本卷《送莫廷韓北上》注釋[六]。

[三] 日觀：泰山觀日出之著名山峰。北魏酈道元《水經注·汶水》引漢應劭《漢官儀》：『泰山東南山頂名曰日觀。日觀者，雞一鳴時，見日始欲出，長三丈許，故以名焉。』

[四] 姑蘇之臺：姑蘇臺，見卷六《長安明月篇》注釋[九]。

[五] 長洲：春秋時吴苑名。見卷五《雜懷八首》注釋[四]。

[六] 吴王試劍石：在虎丘，傳説闔閭得干將所獻寶劍後，揮劍劈石，石斷爲二。宋周弼《吴王試劍石》：『吴王鑄劍成，自謂古難比。試之高山巔，石裂斷横理。那無昔時人，相逢干將里。』

[七] 越女浣紗溪：即若耶溪，在今紹興若耶山下，相傳春秋時越女西施曾在溪中浣紗。

〔八〕夫差墓：據《越絶書》《吴越春秋》等書記載，夫差墓在餘杭山之卑猶。屠隆該詩言『……墓深劍花吐，墓上金銀化爲虎』，應該是《越絶書》《吴越春秋》等書所載虎丘劍池闔閭墓之情況，屠隆誤作夫差墓。

〔九〕石：指虎丘『千人石』。其得名，有數説。其一爲吴王闔閭下葬後，夫差怕工匠洩漏地宫秘密，於此石上殺害數千工匠。屠隆該詩稱『廢萬人』，即指此事。

〔一〇〕河陽：古縣名，在今河南省孟州市西。潘岳爲河陽令時，遍樹桃李，《白氏六帖》卷七十七《縣令·河陽花》：『潘岳爲河陽令，樹桃李花，人號曰「河陽一縣花」。』

〔一一〕勾漏：山名，在今廣西北流縣東北。因其有溶洞勾曲穿漏，故名。爲道家第二十二洞天。漢置勾漏縣，隋廢。晉葛洪曾求爲勾漏令以煉丹，《晉書·葛洪傳》：『以年老，欲鍊丹以祈遐壽，聞交阯出丹，求爲勾漏令。』

〔一二〕漢廷尉：指西漢張釋之。字季，西漢南陽堵陽（今河南方城）人。先後事漢文帝、漢景帝二朝，官至廷尉，以執法公正不阿聞名。又能敬侍長者，曾爲處士王生結韈。《史記·張釋之馮唐列傳》：『王生者，善爲黄老言，處士也。嘗召居廷中，三公九卿盡會立，王生老人曰：「吾韈解。」顧謂張廷尉：「爲我結韈！」釋之跪而結之。既已，人或謂王生曰：「獨奈何廷辱張廷尉，使跪結韈？」王生曰：「吾老且賤，自度終無益於張廷尉。張廷尉方今天下名臣，吾故聊辱廷尉，使跪結韈，欲以重之。」諸公聞之，賢王生而重張廷尉。』

〔一三〕郭有道：東漢郭泰，人稱有道先生。見卷五《感懷詩五十五首·沈山人嘉則》注釋〔二〕。

〔一四〕嚴陵：東漢嚴光，字子陵。見卷四《東海吟四首》注釋〔三〕。君房：東漢侯霸，字君房，光武帝時曾任尚書令、大司徒等職。霸與子陵爲舊識，《後漢書·嚴光傳》載子陵至京時二人事：『司徒侯霸與光素舊，遣使奉書。使人因謂光曰：「公聞先生至，區區欲即詣造，迫於典司，是以不獲。願因日暮，自屈語言。」光不答，乃投札與之，口授曰：「君房足下：位至鼎足，甚善。懷仁輔義天下悦，阿諛順旨要領絶。」霸得書，封奏之。』

〔一五〕龐公：指東漢龐德公。見卷二《十賢贊·龐公》注釋〔一〕。

## 馮先生行〔一〕

先生少年好冶遊，酒邊挾瑟彈箜篌。春日空堤紫騮馬，城隅渌水木蘭舟。半百年來銷意氣，黑髮從人謝小吏。十洲三島列窗中〔二〕，瑶草琪花映鼇背。知卿家住鴛央湖〔三〕，湖風日日吹雕胡。手拾冰桃及雪藕，自招王母與麻姑〔四〕。王母麻姑降卿宅，二八青童奏龍笛〔五〕。更有僊郎下赤墀〔六〕，天上宫袍裁五色。月滿金屏天氣凉，疏簾銀漢乍低昂。上客紛紛到珠履，佳人一一陳明璫。水拍霓裳落香霧，曲向木犀風裏度。燈紅菡萏結明霞，酒渌葡萄釀甘露。朱門甲第近天家，願教且種東陵瓜[七]，青山次第成丹砂。看君不是成丹砂，君顔安得如桃花。

**注釋**

[一]馮先生：指馮夢禎，字開之。見沈明臣《由拳集敘》注釋[二]。

[二]十洲：傳説大海中神仙居住之處。《海内十洲記》：『漢武帝既聞王母説八方巨海之中有祖洲、瀛洲、玄洲、炎洲、長洲、元洲、流洲、生洲、鳳麟洲、聚窟洲。有此十洲，乃人跡所稀絶處。』三島：亦稱『三山』，傳説中之海上三神山。見卷三《臨高臺》注釋[一]。

[三]鴛央湖：湖名，在嘉興。

[四]王母：即西王母，神話傳説中一位女神，地位崇高。麻姑：神話傳説中一位仙女名。見卷二《十賢贊·李泌》注釋[三]。

[五]青童：神話傳説中之仙童。

[六]僊郎：男仙人。赤墀：本皇宫中赤色臺階，代指仙宫。

[七]東陵：指漢代邵平，邵平曾爲秦東陵侯。東陵瓜指邵平所種之瓜。《三輔黄圖·都城十二門》：『長安城東出南頭第一門曰霸城門……或曰青門，門外舊出佳瓜。廣陵人邵平爲秦東陵侯，秦破，爲布衣，種瓜青門外，瓜美，故時人謂之「東陵瓜」。』屠隆以種『東陵瓜』美稱馮先生之退閑生活。

## 金塘歌[一]

金塘之山海上來，日光倒射金銀臺[二]。洪濤春天不可極，奔雷日夜相喧豗。千峰萬峰結雲霧，石橋舊日秦皇路[三]。海神鞭石定何年，海氣茫茫尚莽互。徐市①樓船去不還[四]，三千童女住僊山。人間靈藥何曾有，洞裏琪花只自閒[五]。中有高人坐超忽，手觸龍宫觀潏浡。逸氣遥凌虎豹關，雄心直壓黿鼉窟。尋真高覽赤城霞[六]，曾見安期棗似瓜[七]。珍禽不斷千年樹，天漢常隨八月槎[八]。遠視黄河若衣帶，赤縣神州復何在[九]。松盤大壑拂蒼虬，雨洗高天出青黛。青黛蒼虬自一區，東皇端拱白雲居[一〇]。澤國荒唐那可問，緑字金書今有無。金塘生，嗟爾不得志，甘爲汗漫萬里行[一一]。齊州湫隘不足寄[一二]，滄溟浩蕩從此征。君不見老子西出關[一三]，仲尼欲浮海[一四]，立志何凌兢，傷時多忼慨。君去今居第幾峰，海峰一片金芙容。君今去去樂何以，嗟予只尺安能從。好坐山中煉大藥，搔首青天弄寥廓。他日歸來城市空，霜高華表丁令鶴[一五]。待予事了謝人間，訪爾逍遥海上山。

## 校勘

① 徐市：底本、存目本俱作『徐市』，據意改。

## 注釋

[一] 金塘：島名，今屬舟山市定海區管轄。

[二] 金銀臺：傳説海上仙人所居之樓臺，以金銀築成。晉郭璞《遊仙詩》：『吞舟湧海底，高浪駕蓬萊。神仙排雲出，但見金銀臺。』《文選》李善注：『《漢書》：齊威宣、燕昭使人入海，求蓬萊、方丈、瀛洲。此三神山者，仙人及不死之藥皆在焉，而黄金白銀爲宫闕。』

[三] 石橋：指傳説中秦始皇爲觀日出，於海上修築之石橋。《太平御覽》卷四：『《三齊略》曰：秦始皇作石橋於海上，欲過海看日出處。有神人驅石去不速，神人鞭之皆流血。今石橋猶赤色。』

[四] 徐市：即徐福。《史記·秦始皇本紀》：『齊人徐市等上書，言海中有三神山，名曰蓬萊、方丈、瀛洲，仙人居之。請得齋戒，與童男女求之。於是遣徐市發童男女數千人，入海求仙人。』又《史記·淮南衡山列傳》：『（秦皇）又使徐福入海求神異物……秦皇帝大説，遣振男女三千人，資之五穀種種百工而行。徐福得平原廣澤，止王不來。』

[五] 洞裏琪花：道教傳説洞天中玉樹之花。南宋白玉蟾（葛長庚）《棲霞》詩：『洞前多琪花，洞裏多紫霞。高人得所棲，日永蒸胡麻。』

[六] 赤城：傳説中之仙境。北周庾信《奉答賜酒》詩：『仙童下赤城，仙酒餉王平。』倪璠注引《神仙傳》：『茅蒙，字初成，乃於華山之中乘雲駕龍，向日昇天，歌曰：「神仙得者茅初成，駕龍上昇入太清，時下玄洲戲赤城。」』

[七] 安期：安期生，傳説爲居住於海上之神仙，見卷一《溟海波恬賦》注釋[一〇]。《史記·封禪書》載方士李少君語漢武帝曰：『臣嘗遊海上，見安期生，安期生食巨棗，大如瓜。』

[八] 天漢：天河。晉張華《博物志》卷十：『舊説云天河與海通。近世有人居海渚者，年年八月有浮槎去來，不失期。』

[九] 赤縣神州：指『中國』。戰國時齊人騶（鄒）衍創立『大九州』學説，《史記·孟子荀卿列傳》載其觀點：『中國名曰赤縣神州。赤縣神州內自有九州，禹之序九州是也，不得爲州數。中國外如赤縣神州者九，乃所謂九州也。於是有裨海環之，人民禽獸莫能相通者，如一區中者，乃爲一州。如此者九，乃有大瀛海環其外，天地之際焉。』後以赤縣神州借指中原或中國。

［一〇］東皇：東皇太一，神話傳説中天神名。見卷一《溟海波恬賦》注釋［一八］。

［一一］汗漫：廣大而無邊際之宇。《淮南子·俶真訓》：『至德之世，甘瞑於溷澖之域而徙倚於汗漫之宇。』

［一二］齊州：中州，指『中國』。見卷四《感懷十首》注釋［一］。齊州湫隘，謂齊州狹小，化用唐李賀《夢天》：『遥望齊州九點煙，一泓海水杯中瀉。』

［一三］老子：李耳。見卷二《十賢贊·老聃》注釋［一］。老子曾爲周守藏室之史，後隱居，出函谷關，不知所終。《史記·老子列傳》：『老子修道德，其學以自隱無名爲務。居周久之，見周之衰，乃遂去。至關，關令尹喜曰：「子將隱矣，强爲我著書。」於是老子乃著書上下篇，言道德之意五千餘言而去，莫知其所終。』

［一四］仲尼：孔丘，字仲尼。《論語·公冶長》：『子曰：「道不行，乘桴浮於海。」』

［一五］丁令鶴：即丁令威。舊題晉陶潛《搜神後記》卷一：『丁令威，本遼東人，學道於靈虚山，後化鶴歸遼，集城門華表柱。時有少年舉弓欲射之，鶴乃飛，徘徊空中而言曰：「有鳥有鳥丁令威，去家千年今始歸。城郭如故人民非，何不學仙冢壘壘。」』

## 青浦吟贈彭欽之［一］

一官落拓移青浦，磬折咿嚘傍人苦。古來堂上日鳴琴，今也道旁但負弩。風沙滿頭不足憐，自愛吴會佳山川［二］。山川秀異生才子，二陸而下多英賢［三］。余本嶔崎丘壑姿，意氣獨與賢豪期。上客時時作青眼，後車往往多白眉。吴士揚①旌故雲擁，立談詑得彭欽之。欽之文章耀皦日，落筆高天風雨疾。才華跌宕性雅馴，令我一見情款密。二華雲烟掌上生［四］，五湖波浪盃前失［五］。三十年來擅大家，天邊龍駿骨楂枒。帝閽嵯峨不可問［六］，劍光空冷夫容花。五車赤牘千秋事，一領青衫兩鬢沙。臨邛之令如可再［七］，辭賦相如至今在。天子不唤奏凌雲，賢人流落吾將奈。世人那解重王孫，青雲不登道不尊。願君努力致天路，拔劍高歌好出門。

**校勘**

①揚：底本原作『楊』，據存目本改。

**注釋**

［一］青浦：縣名。見沈明臣《由拳集敘》注釋［一］。彭欽之：彭汝讓，字欽之。見卷五《感懷詩五十五首·彭文學欽之》注釋［一］。

［二］吳會：青浦故地曾隸屬蘇州，蘇州别稱吳會。

［三］二陸：指陸機、陸雲。見徐益孫《由拳集敘》注釋［一〇］。宋朱長文《吳郡圖經續記》卷中：『昆山，在本（吳）縣西北。或曰在華亭，蓋割昆山之境以縣華亭故也。晉陸機與其弟雲生於華亭，以文爲世所貴，時人比之「昆岡出玉」，故此山得名。』

［四］二華：太華山（即西嶽華山）、少華山（在太華西），合稱二華。見卷六《東海病農歌爲林生賦》注釋［三］。

［五］五湖：見本卷《送莫廷韓北上》注釋［六］。

［六］帝闕：天帝之宫門。

［七］臨邛之令：臨邛縣令王吉。在司馬相如宦遊不遂時，禮遇、恭待之。《史記·司馬相如列傳》：『會梁孝王卒，相如歸，而家貧，無以自業。素與臨邛令王吉相善，吉曰：「長卿久宦遊不遂，而來過我。」於是相如往，舍都亭。臨邛令繆爲恭敬，日往朝相如。』後來，司馬相如獻賦天子，仕宦得意，『相如既奏大人之頌，天子大説，飄飄有凌雲之氣，似遊天地之間意』。

## 放歌行贈徐孟孺［一］

徐郎意氣空秋旻，五雲三秀開丰神。羊祐探環故英物［二］，誌公摩頂知麒麟［三］。少年才藻不多見，大海青天月一片。玲瓏玉洞引丹霞，窈窕文䆫揮紫電。今春騎馬長安遊，五侯七貴争識面［四］。余也曾耕東海田［五］，朅來吳會尋諸賢［六］。合意真須片語下，知君還在十年前。男兒墮地何所作，炯炯空懸白日大。道旁明珠爛不收，手卷絲綸閑處坐。且挾鷗鳧湖上行，更驅雲霧峰頭卧。余本英雄吞大荒，偶然作吏似河陽［七］。不肯低眉向人語，一官那便失飛揚。文字無多羞藉藉，年來好士真成癖。風流終古慕威明［八］，逢掖何如二千石［九］。君今落落在泥沙，擊絮吹簫不足嗟。顧我正當門外月，與君且醉縣中花［一〇］。

**注釋**

［一］徐孟孺：即徐益孫，字孟孺，又字長孺，華亭人。見徐益孫《由拳集敘》注釋［二］。

［二］羊祜：字叔子，泰山平陽（今山東新泰）人，魏晉時期著名軍事家、政治家。傳説羊祜幼時探環，知前生事，《晉書・羊祜傳》：『祜年五歲，時令乳母取所弄金環。乳母曰：「汝先無此物。」祜即詣鄰人李氏東垣桑樹中探得之。主人驚曰：「此吾亡兒所失物也，云何持去！」乳母具言之，李氏悲惋。時人異之，謂李氏子則祜之前身也。』屠隆以此贊徐孟孺從小聰慧。

［三］誌公：指南朝梁高僧寶（或作保）誌。誌極有道行。南朝梁慧皎《高僧傳・神異下・保誌》：『今上即位，下詔曰：「誌公跡拘塵垢，神遊冥寂，水火不能燋濡，蛇虎不能侵懼，語其佛理則聲聞以上，談其隱倫則遁仙高者，豈得以俗士常情，空相拘制。」』南朝梁陳間詩人徐陵幼時，得寶誌爲其摩頂，被贊爲天上石麒麟。《陳書・徐陵傳》：『時寶誌上人者，世稱其有道。陵年數歲，家人攜以候之，寶誌手摩其頂，曰：「天上石麒麟也。」』屠隆以此贊徐孟孺爲俊才。

［四］五侯：見卷六《瞿童子詩》注釋［七］。七貴：見卷六《送桂博士入楚》注釋［三］。

［五］東海：指屠隆家鄉寧波。

［六］吳會：青浦故地曾隸屬蘇州，蘇州俗稱吳會。

［七］河陽：指晉人潘岳，曾任河陽縣令，故稱。見卷五《感懷詩五十五首・陳京兆伯符》注釋［三］。

［八］威明：東漢皇甫規，字威明，安定朝那（今甘肅靈臺縣）人，著名軍事家。歷任中郎將、都遼將軍、護羌校尉等。其平羌有功，卻遭宦官排擠，解官歸鄉。鄉人往謁，威明冷落二千石雁門太守，卻禮遇儒者王符。《後漢書・王符傳》：『後度遼將軍皇甫規解官歸安定，郡人有以貨得雁門太守者，亦去職還家，書刺謁規。規卧不迎，既入而問：「卿前在郡食雁美乎？」有頃，又白王符在門。規素聞符名，乃驚遽而起，衣不及帶，屣履出迎，援符手而還，與同坐，極歡。時人爲之語曰：「徒見二千石，不如一縫掖。」言書生道義之爲貴也。』

［九］逢掖：本指寬大衣袖，曾爲儒生所穿之衣。《禮記・儒行》：『丘少居魯，衣逢掖之衣。』此以指儒者王符。

［一〇］縣：原典指潘岳爲縣令之河陽縣（見本卷《贈王百穀》注釋［一〇］），此指屠隆爲官之青浦縣。

## 送吴叔嘉北上［一］

嗟爾吴生，真嶔崎磊落之英賢，匈中羅海岳，筆底走雲煙，貧居委巷無人憐。青天垂釣淮陰下［二］，白日吹簫吴市眠［三］。翻然拔劍别妻子，北走長安赴知己［四］。絶海孤帆風雨濕，三月黄河向人立。王侯將相可長揖，無爲空對牛衣泣。君不見相如犢鼻羞王孫［五］，一朝千金買長門。子雲筆札君卿舌［六］，知君此去聲名尊。嗟吴生，吾不愁君之此去無聲名。酒酣座中出趙璧，月明樓上調秦笙。丈夫時來合富貴，願君莫賦少年行。少年得意騎駿馬，操弓挾彈章臺下[七]。富貴當如貧賤時，肯學悠悠道旁者。

## 注釋

[一] 吴叔嘉：字昌齡。見卷五《感懷詩五十五首·吴徵君叔嘉》注釋[一]。

[二] 淮陰下：淮陰城下。韓信早年爲布衣時窮困潦倒，垂釣於此。見《史記·淮陰侯列傳》。

[三] 吴市：吴都之街市（今蘇州市）。吹簫吴市，原典指春秋楚國人伍子胥爲報父兄仇，逃至吴國，曾因窮困而吹簫乞食於吴市。《史記·范雎蔡澤列傳》：『伍子胥橐載而出昭關，夜行晝伏，至於陵水，無以餬其口，膝行蒲伏，稽首肉袒，鼓腹吹篪，乞食於吴市。』裴駰集解引徐廣曰：『「篪」一作「簫」。』

[四] 長安：指北京。

[五] 相如：漢司馬相如。相如琴挑富家卓王孫新寡女兒卓文君，文君私奔。參見卷一《歡賦》注釋[一八]。但相如家徒四壁，卓王孫大怒，不與一錢。二人於臨邛賣酒。《史記·司馬相如列傳》：『文君當壚，相如身自著犢鼻褌與傭保雜作，滌器於市中。』傳後來陳皇后用黃金百斤請司馬相如作《長門賦》。《文選·長門賦序》：『孝武皇帝陳皇后，時得幸，頗妒。別在長門宫，愁悶悲思。聞蜀郡成都司馬相如天下工爲文，奉黃金百斤，爲相如、文君取酒，因於解悲愁之辭。而相如爲文以悟主上，陳皇后復得親幸。』

[六] 子雲：西漢谷永，見卷一《霞爽閣賦》注釋[一二]。君卿：西漢樓護，見卷一《霞爽閣賦》注釋[一三]。

[七] 章臺：漢代都城長安一街名。李白《少年子》：『青雲少年子，挾彈章臺左。』又《流夜郎贈辛判官》：『昔在長安醉花柳，五侯七貴同杯酒。氣岸遥凌豪士前，風流肯落他人後？夫子紅顔我少年，章臺走馬著金鞭。文章獻納麒麟殿，歌舞淹留玳瑁筵。』

# 康生歌[一]

武皇乘八駿[二]，神飈起龍荒[三]。欃槍翳北斗，閹人亂天常[四]。嘯咤驅百官，爲狼與爲羊。奸雄一何黠，意在收豪傑。折節禮康生，門前車馬紛如雪。康生烈士腸，不睹閹人面。手懸金印開通侯，那得康生一回盼。矯矯韓尚書[五]，除奸報天子。侃侃李郎中[六]，落筆風雨駛。時危大臣逐，事敗英雄死。左氏哭郎中[七]，存亡兩契闊。康生可活君，無爲作枯骨。郎中慷慨呼向天，虎口寧可脱。丈夫落落劍下死，安用低頭草間活。左氏哭且訴，生已如朝露。天命不可期，君心無乃固。郎中書片紙，左氏致中悰。康生投袂起，意氣掀秋旻。但活忠義士，何辭一見奸雄人。奸雄聞道康生至，自起焚香掃榻塵。入門長揖據上坐，從容捫虱談三秦[八]。白也醉麾高力士[九]，風流蕭灑垂千春。郎中文章今李白，殺之恐爲天下嗔。逆閹聞之但掩口，呼童催進蒲桃酒。炙笙撾鼓聲喧天，捧器停盃大如斗。康生復慷慨，郎中本英雄。吾當就公飲，汝赦李郎中。不然掉臂去，棄汝如飄風。閹人首肯康生喜，脱衣解帶酣歌起。金鐙夜照珊胡紅，銀鞍色映驊騮紫。大醉翻然笑出門，月光皎皎流雲奔。人能殺義士，我自哀王孫。郭泰何妨吊張讓[一〇]，太真寧肯依王敦[一一]。千秋萬歲後，名與泰山尊。願提一壺酒，澆君青樹根。黄河湯湯白日速，何由一喚斯人魂。

## 注釋

[一]康生：指康海，字德涵，武功（今陝西武功縣）人。海機敏善學，弘治十五年（一五〇二）狀元，授翰林院修撰。有詩文名，爲『前七子』之一。正德初，宦官劉瑾欲害李夢陽於獄中，康海借與劉瑾同鄉之關係，仗義挺身救李。

[二]武皇：皇帝謚號爲『武』者，稱武皇。此指明武宗朱厚照。

[三]龍荒：漠北。龍，指龍城，匈奴祭天處；荒，謂荒服（邊遠地區）。《漢書·敘傳下》：『龍荒幕朔，莫不來庭。』

[四]閹人：被閹割之人。《後漢書·宦者傳序》：『中興之初，宦官悉用閹人。』後因指太監。此指劉瑾等人。劉瑾，陝西興平（今興平市）人。

[五]韓尚書：韓文，字貫道。成化二年（一四六六）進士。累遷户部尚書。與同官彈劾閹黨劉瑾等人。

[六]李郎中：指李夢陽。字獻吉，號空同。祖籍河南扶溝縣，出生於慶陽府安化縣（今甘肅省慶城縣）。明弘治六年（一四九三）進士，歷户部主事、郎中、江西提學副使等職，爲人剛直不阿，嫉惡如仇，多受打擊。文學上，才思雄鷙，卓然以復古自命，倡言『文必秦漢，詩必盛唐』，爲『前七子』領袖，明中期著名文學家。著有《空同子集》《弘德集》等。《明史》卷二百八十六《文苑》有傳。李夢陽爲郎中時，代户部尚書韓文草擬彈劾書，即《代劾宦官狀疏》，而被下獄。

[七]左氏：左國玉，字舜欽。李夢陽内弟。見《空同集》卷四十五《左舜欽墓誌銘》。

[八]三秦：指關中。見卷三《劉生》注釋[一二]。談三秦，謂談論三秦人物。

[九]白也：李白。見卷六《贈瞿九思》注釋[七]。高力士：初盛唐時期宦官。幼年時入宮，受到武則天賞識。後助唐玄宗平定韋皇后及太平公主之亂，深得寵信，累官至驃騎大將軍、進開府儀同三司。傳説李白醉麾高力士，唐李肇《唐國史補》卷上：『李白在翰林多沉飲，玄

宗令撰樂詞，醉不可待，以水沃之，白稍能動，索筆一揮十數章，文不加點。後對御引足令高力士脱靴，上命小閹排出之。』

［一〇］郭泰：字林宗，東漢末年學者。見卷五《感懷詩五十五首・沈山人嘉則》注釋［一二］。郭泰曾與李膺等交遊，名重洛陽。拒仕進，處有道。及卒，蔡邕爲撰碑文。張讓：東漢宦官，潁川（今河南禹縣）人。桓帝、靈帝時，受寵信，封列侯，驕縱貪婪，禍亂朝綱。後袁紹誅殺宦官，張讓投水自盡。

［一一］太真：温嶠，字太真，太原祁縣人。東晉名將。任江州太守時，參與平定王敦、蘇峻之叛亂。封始安郡公。王敦：字處仲，琅邪臨沂人，東晉丞相王導之堂兄。助司馬睿建立東晉政權，成爲當時權臣。後發動政變（史稱王敦之亂），病亡。

## 商人歌［一］

黄河雖大，不流崑崙。日月雖明，不照覆盆。從古有之，今我何言。登臺風正悲，閲世心多苦，竹帛以來未足數。我歌商人真可憐，一吟一涕空潸然。夫妻遠戍三千里，罪大乃輸百萬錢。遠戍猶自可，百萬出何所。天寒歲莫一還家，家中五日無煙火。欲將饑寒哭向妻，妻亦饑寒不能啼。十三女兒髮覆額，單衣欲裂霜凄凄。日落頹垣竹扉冷，月高夜吊狐狸影。仰天大哭走出門，白楊蕭蕭填枯井。我吟商人歌，淚下如江河。行路還停紫騮馬，滿堂盡廢金叵羅。

**注釋**

［一］商人：即『謫人』，被貶謫之人。『商』爲『適』之古字，『適』通『謫』，貶謫。《史記・屈原賈生列傳》：『賈生既辭往行，聞長沙卑溼，自以壽不得長，又以適去，意不自得。』

## 吁嗟行爲開之賦［一］

吁嗟馮先生，汝爲我飲，我爲汝謳，仰天獨嘯銷百憂。星辰北走，河漢西流。昨日北風叫枯葉，今朝芳樹鳴鳴鳩。世事如此，今我何求？我欲努力取富貴，富貴難自適。我欲局促修空名，空名竟何益。丈夫低眉復苦心，笑殺金華紫煙客[二]。夜來聞君浩蕩言，使我酒量大如斗。堯舜桀紂總枯骨[三]，不如月下一盃酒。紅燭未殘，歌聲漸低。玉壺醉擊，寶劍夜提。酒中累月堪沉迷，空林不問城烏啼。吁嗟馮先生，眼前落落君與我，百年一日且瀟洒。良夜無驩娱，歡娱無良夜。明月既在天，迴芳復臺榭。好風吹花花欲言，與君爛醉箜篌下。酒罷登艫思黯然，絳桃遥指西湖邊。君雖有官，不妨晏眠，我爲小吏多糾纏。今朝送君出門去，明朝世事還相煎。相煎何爲，快意當前。中酒迷花虚白日，萬山千水隔蒼煙。

**注釋**

[一] 開之：馮夢禎，字開之，見沈明臣《由拳集敍》注釋[一二]。

[二] 金華紫煙客：指晉人黄初平。初平放羊金華山中，遇道士，隨其修道成仙，後世稱爲『黄大仙』。見《太平廣記》卷七。紫煙，紫色瑞雲。紫煙客，指神仙。晉郭璞《遊仙詩》：『赤松臨上游，駕鴻乘紫煙。』唐李白《古風》：『金華牧羊兒，乃是紫煙客。』

[三] 堯舜：唐堯虞舜，代表聖君。桀紂：夏桀商紂，代表暴君。

## 存石草堂歌爲沈觀察先生賦①[一]

青天一片石，萬古割鴻蒙[二]。西山雲氣寫碧落，絶壑秋聲挂玉虹。君家園亭亦灑灑，大石纍纍占色赭。陰洞截取龍頟來，波濤日夜走其下。明霞亂射雨不昏，危峰刺天白日奔。石乎石乎夜深語，草堂之上光欲翻。先生好奇雄檇李[三]，留取嶙峋與孫子。李家么麽不足論[四]，歌罷峰頭片雲起。

**校勘**

①：原目録中無『爲沈觀察先生賦』七字。

## 注釋

［一］存石草堂：明沈啟原書堂名，亦沈氏家族園林名，其藏書和假山石極負盛名。沈觀察：指沈啟原。啟原（一作源）字道卿（一作道初），秀水（今浙江嘉興）人。嘉靖己未進士，歷官郎中、四川參議、山東及陝西按察副使等。父沈謐，字靖夫，號石雲。嘉靖八年（一五二九）進士，官至江西按察僉事。喜藏書，致仕後回鄉建有『萬書樓』（乾坤着眼樓）。道原承家學、家業，建『存石草堂』『芳潤樓』等，編《存石草堂書目》十卷（今佚）。著有《巢雲館詩紀》《鷃園草》等。啟原子沈自邠，爲屠隆同年進士。沈自邠子沈德符，著《萬曆野獲編》。則屠隆該詩『先生好奇雄檇李，留取嶙峋與孫子』，有遠旨。

［二］鴻蒙：即鴻濛，東方之野，日之所出。見卷一《溟海波恬賦》注釋［一六］。

［三］檇李：古地名，在今浙江省嘉興西南。《春秋·定公十四年》：『五月，於越敗吴於檇李。』杜預注：『檇李，吴郡嘉興縣南醉李城。』《越絶書》『檇李』作『就李』。

［四］李家：指唐代李德裕家。德裕字文饒，趙郡贊皇（今屬河北）人，官至相位。好泉石林園，家有平泉別墅，其中多天下奇石，見李德裕《平泉山草木記》等。《舊唐書·李德裕傳》：『東都於伊闕南置平泉別墅，清流翠篠，樹石幽奇……題寄歌詩，皆銘之於石。』唐康駢《劇談録》：『平泉莊，去洛城三十里，卉木臺榭，若造仙府。有虚檻，前引泉水，縈回穿鑿，像巴峽、洞庭、十二峰、九派，迄於海門。江山景物之狀，以間行徑。有平石，以手摩之，皆隱隱見雲霞、龍鳳、草樹之形。』李德裕《平泉山居戒子孫記》：『留此林居，貽厥後代。鬻吾平泉者，非吾子孫也；以平泉一樹一石與人者，非佳子弟也。』然其子孫終未能守之，南唐張洎《賈氏談録》：『李德裕平原莊怪石名品甚衆，各爲洛陽城有力者取去。唯禮星石、獅子石，爲陶學士徙置梁園別墅。』宋歐陽修《五代史·雜傳·張全義傳》：『全義監軍嘗得李德裕平泉醒酒石，德裕孫延古因托全義復求之。監軍忿然曰：「自黄巢亂後，洛陽園宅無復能守，豈獨平泉一石哉！」』

# 西湖曲爲三先生賦

三先生者，沈山人嘉則、沈太史君典、馮吉士開之也［一］。三先生相與浮西湖，高言長嘯，響振崖谷；名章麗藻，照映雲霞，爲茲湖標千古勝事。余聞而豔之，恨不能從也。乃賦西湖曲以見意，庶幾當宗生卧遊矣［二］。

西湖靈氣開東南，排天沃日青黛含。秀絶往往聞天下，神仙幽閟誰能探。煙霞不着高人屐，日月空孤大士龕。子長踪跡多奇遊［三］，磊落吾鄉老隱侯［四］。更得馮君爲地主［五］，相逢大笑驚千秋。日莫樓船浮紫氣，玄珠醉踏洪波流［六］。鍧鍧簫鼓空中下，漠漠煙虹席上收。一聲霹靂起天末，魚龍遠避神靈愁。須臾雨歇雷電止，月照西泠天似水[七]。群公雜坐興轉酣，畫舫夜飛青鏡裏。既逢妖女獻珊胡[八]，復見靈妃薦蘭芷[九]。閒情目送山鳥還，逸思長驅海濤駛。明朝相與爲微行，青鞋緑杖春沙明。祇將氣色關星象，不與時人説姓名。罡風吹裳涼灑灑，直上峰頭眺銀海。氣深一片青天孤，眼空數點蒼山在。平呑六幕相蕩摇[一〇]，兀立群公意忼慨。名賢一日經此丘，山川勝事留千載。好爲西湖大解嘲，天教曠士停蘭橈。我嗟泥塗那得脱，君入雲林不見招。爲君一奏西湖曲，自倚南樓吹玉簫。

## 注釋

[一] 沈山人嘉則：沈明臣，字嘉則，見沈明臣《由拳集敍》注釋[一一]。沈太史君典：沈懋學，字君典，見沈明臣《由拳集敍》注釋[一三]。馮吉士開之：馮夢禎，字開之，見沈明臣《由拳集敍》注釋[一二]。

[二] 宗生：宗炳。炳字少文，南朝宋南陽涅陽人，居江陵。屢徵不仕。好遊山水，往輒忘歸，棲丘飲谷三十餘年。妙善琴、書、繪畫，精於言理。有《畫山水序》流傳。《宋書·宗炳傳》：『好山水，愛遠遊，西陟荆巫，南登衡嶽，因而結宇衡山，欲懷尚平之志。有疾還江陵，歎曰：「老疾俱至，名山恐難遍睹，唯當澄懷觀道，卧以遊之。」凡所遊履，皆圖之於室，謂人曰：「撫琴動操，欲令衆山皆響。」』

[三] 子長：司馬遷，字子長。其遊歷甚广，如《史記·太史公自序》：『二十而南遊江、淮，上會稽，探禹穴，闚九疑，浮於沅、湘；北涉汶、泗，講業齊、魯之都，觀孔子之遺風，鄉射鄒、嶧；戹困鄱、薛、彭城，過梁、楚以歸……奉使西征巴、蜀以南，南略邛、笮、昆明……』

[四] 吾鄉：指鄞縣。屠隆與沈明臣同鄉，故稱。隱侯：原典出南朝梁沈約，約居處儉素，有《郊居賦》等。卒謚隱侯。後泛指郊野居處者，如唐吴仁璧《南徐題友人鄰居》詩：『待到秋深好時節，與君長醉隱侯家。』屠隆以喻『句章山人』沈明臣。

[五] 馮君：馮開之。開之居西湖，有郊園，屠隆《沈君典諸公遊記》：『（沈君典）以萬曆八年四月出遊。方冠布袍，攜一奴自隨，徑至武林西湖，訪開之郊園。會沈嘉則至，相與泛西湖，步六橋，入虎跑，登三天竺。』（《鴻苞集》卷二一）

[六] 玄珠：比喻辭人才子。《北齊書·文苑傳序》：『辭人才子，波駭雲屬……人謂得玄珠於赤水，策奔電於崑丘。』

[七] 西泠：杭州西湖一橋名。又名『西陵橋』『西林橋』，在孤山西北。宋周密《武林舊事·湖山勝概》：『西陵橋，又名西林橋，又名西泠。』

[八] 妖女：美女。三國魏曹植《名都篇》：『名都多妖女，京洛出少年。』

[九] 靈妃：本指宓妃，或娥皇女英，此處泛指水仙，喻水邊美女。

[一〇] 六幕：即六合，天地四方。

# 由拳集校注卷之八

## 五言律詩

### 中秋二首

桂華天上滿，河漢氣蕭森。萬里中秋月，空閨此夜心。風高香霧冷，露下玉簫沉。處處金尊裏，誰家起暮砧。

明月關山白，天青大海流。何人不看月，若個揔含愁。河影初低户，桐陰自下樓。滿城歌吹發，紈扇獨知秋。

### 富陽舟中[一]

掛帆秋浦遠，雲樹結巖阿。水下桐①廬闊[二]，山從建德多[三]。同舟逢楚客，隔岸聽吴歌。漸與錢唐近[四]，空城浸大波。

**校勘**

① 桐：底本原作『梧』，據存日本、《屠長卿集》改。

**注釋**

[一] 富陽：縣名（今富陽市），在今杭州市西南富春江左岸。秦置縣，秦漢時縣名富春，東晉太元間更名富陽。後又復更名富春、富陽、新登等。

[三] 桐廬：縣名，原由富春縣析出。今屬富陽市，處富陽市富春江段上游。

[四] 建德：縣名，亦原由富春縣析出。今屬建德市，在桐廬上游。

[五] 錢唐：即錢塘，杭州城之古稱。秦始皇二十五年（前二二二），在吴、越舊地設置會稽郡，錢唐縣爲西漢會稽郡統轄二十六縣之一。唐武德四年（六二一）爲避國號諱，改錢唐爲錢塘。

## 蘭①溪酒家[一]

蘭溪多美酒，況復有嘉魚。入肆依垂柳[二]，移舟近緑蒲。佳人時挾瑟，皓腕獨當壚[三]。取醉須明發，江城啼夜烏。

**校勘**

① 蘭：底本原作『闌』，據存目本、《屠長卿集》改。

**注釋**

[一] 蘭溪：縣名（今蘭溪市）。在今浙江省中西部，唐咸亨五年（六七四）始建縣。縣因江得名，婺江、衢江在蘭陰山麓匯合後稱蘭江（又北流至梅城匯入新安江後稱富春江，再北流至富陽以下，稱錢塘江）。

[二] 肆：市集。

[三] 壚：酒店安放酒甕之爐形土臺。當壚，指賣酒。漢辛延年《羽林郎》詩：『胡姬年十五，春日獨當壚。』

## 登會稽山[一]

海風吹客鬢，萬里一冥鴻。禹甸長江外[二]，高陵落日中[三]。河山開氣色，吴越幾英雄。獨立踟躕久，長歌倒碧空。

**注釋**

[一] 會稽山：在今浙江省紹興縣東南，距紹興市中心約六公里。相傳夏禹大會諸侯於此計功，故名。

[二] 禹甸：夏禹墾闢之地。此指古會稽。見卷五《感懷詩五十五首·孫吏部文融》注釋[三]。

[三] 高陵：指大禹陵。

## 聞張大擁豔姬乘舟江上[一]

日暮張公子，輕舟載管絃。何如逢漢水[二]，疑是渡秦川[三]。秋浦理歸棹，橫塘歌采蓮。夜舒真可託，明月爲君圓。

**注釋**

[一] 張大：指張邦仁，張時徹長子。見卷五《感懷詩五十五首·張明府孺穀》注釋[一]。

[二] 漢水：漢江。逢漢水，用鄭交甫遇江妃典。相傳周朝人鄭交甫遊漢江，遇江妃二女，二女麗服華裝，豔逸無比，流盼生姿，贈所佩明珠與交甫。見漢劉向《列仙傳》卷上。後世文學家化用其事，如漢張衡《南都賦》：『遊女弄珠於漢皋之曲。』三國魏曹植《洛神賦》：『命儔嘯侶，或戲清流，或翔神渚，或采明珠，或拾翠羽。從南湘之二妃，攜漢濱之遊女。』

[三] 秦川：此指藍溪。渡秦川，用裴航遇雲英典。唐裴鉶《傳奇·裴航》，記秀才裴航過藍橋驛（在陝西藍田縣藍溪），見到仙女雲英，後以玉杵臼爲聘禮娶雲英爲妻之事。

## 桃江道中二首[一]

江村乘曉發，秋氣滿衣裳。落葉疏林靜，行人古路長。水寒空雁鶩，天白莽烟霜。此地歸心急，何言客異鄉。

黄葉深秋路，天寒薜荔裳。潮聲通海大，雲氣出天長。猨嘯誰家墓，烏啼昨夜霜。孤城望不見，冉冉過江鄉。

**注釋**

［一］桃江：又名陶港，通甬江。光緒《鄞縣志》卷二《鄉里》，手界鄉赤城里圖有『陶港，一作桃江』之記載。今鄞州區首南街道有桃江村。屠隆另有《重過桃江别業》《春日懷桃花别業》詩。

## 登沈嘉則先生明月榭［一］

高臺極蕭爽，况與故人同。野曠偏宜①月，林疏不受風。砧聲到夜盡，霜氣入江空。一宵成萬古，直欲問鴻蒙。

**校勘**

①宜：底本原作『空』，據存目本、《屠長卿集》改。

**注釋**

［一］沈嘉則：沈明臣，字嘉則。見沈明臣《由拳集敍》注釋［一一］。明月榭：沈明臣居所名，在鄞縣櫟社。沈明臣有《夜與屠柴一生坐明月榭》（《豐對樓詩選》卷十五）。

## 嘉則先生①同葉元叔田叔過草堂［一］

蓬蒿棲仲蔚［二］，有客過寒江。海月高華頂［三］，天風度石牕［四］。門前流水大，沙上野鳧雙。君有滄洲意，於兹買釣艭。

## 校勘

① 先生：《屠長卿集》作『沈丈』。

## 注釋

〔一〕嘉則先生：即沈明臣，字嘉則，見沈明臣《由拳集敘》注釋〔一一〕。葉元叔：即葉太叔，字鄭朗，見卷六《唁葉鄭朗》注釋〔一〕。田叔：屠本畯，字田叔。見卷一《霞爽閣賦》注釋〔一〕。草堂：即屠隆在寧波城隅姚江口桃花渡北岸之居所，亦沈明臣《過桃花渡長卿舊業》（《豐對樓詩選》卷十五）所指。

〔二〕仲蔚：東漢張仲蔚。晉皇甫謐《高士傳·張仲蔚》：『張仲蔚者，平陵人也，與同郡魏景卿俱修道德，隱身不仕。明天官博物，善屬文，好賦詩，常居窮素，所處蓬蒿没人，閉門養性，不治榮名，時人莫識，惟劉龔知之。』

〔三〕華頂：華頂峰，浙江天台山主峰。因四圍群山相拱，狀如百葉蓮花，故名。唐李白《天台曉望》：『天台鄰四明，華頂高百越。』

〔四〕石牕：浙江四明山有四牕岩，其四洞穴如牕户，稱石牕；能透日月星光。四明山亦以此得名。

# 春日遊陳將軍園〔一〕

名園華屋在，綉棟媚人衣。風煖桐花落，春長燕子飛。幽篁窺水緑，細草隔簾微。勝地無過此，林塘日莫歸。

## 注釋

〔一〕陳將軍：指陳可願，見卷六《贈陳將軍》注釋〔一〕。

# 夏日雨後登張氏山樓〔一〕

登樓聊騁望，浩蕩一開尊。山盡天平野，河長水抱村。蟬聲高樹莫，雲氣夕陽昏。雨後郊原①好，蘼蕪緑到門。

**校勘**

①郊原：《屠長卿集》作『原郊』。

**注釋**

[一] 張氏山樓：未詳。

## 哭紹仁族孫五首[一]

共説燕京好，黄金高滿臺[二]。風塵匹馬去，烟雨素車回。流水長淮盡，荒猨古道哀。江南丘壠在，魂氣早歸來。

天地莽深深，無從死後尋。飄風河水急，落日薊門陰[三]。大道歸元化，玄言寄陸沉。傷心不可讀，臨絶有遺音。

聞訃驚初定，天涯倘未真。如何遠行客，終作不歸人。白日空寥廓，青山吊隱淪。王侯誰不死，百歲揔荒榛。

三十嗟無禄，云胡不首丘。金河沉寶玦，玉匣掩吴鈎。入户憐青髩，登堂歎白頭。君家兄弟好，身後不須憂。

五月死東昌[四]，遊魂走大荒。錦帆渡楊子[五]，明月下錢唐[六]。新鬼依秋草，高墳落夜霜。蘋花有人薦，猶不廢蒸嘗。

**注釋**

[一] 紹仁：屠本育，屠隆侄孫。見卷二《述哀操引》注[一]。

[二] 臺：指黄金臺。見卷一《閔貞賦》注釋[六]。

[三] 薊門：即薊丘，位於北京城西德勝門外西北隅。見卷一《閔貞賦》注釋[九]。

[四] 東昌：府名，今山東聊城。

[五] 楊子：指揚子江。

［六］錢唐：錢塘江。

## 春日集司馬公園得年字［一］時嘉則①歸自上海

湖上青山好，登樓憶去年。群峰當落日，獨鳥下春烟。草色辭寒緑，梅花入酒妍。人歸又明發，且醉玉壺邊。

**校勘**

①嘉則：《屠長卿集》作『嘉則沈丈』。

**注釋**

［一］司馬公：指張時徹。見卷四《張大司馬惠芝園集寄謝》注釋［一］。張時徹晚年歸故里。在東錢湖西南之茂嶼建山莊，有芝園、流波館，居家著述。與范欽、屠大山主甬上文柄，人稱『東海三司馬』。

## 正月六日雨集司馬公流波館得青字二首①［一］

開筵當淑氣，春色下空庭。萬樹煙中暝，千山鳥外青。高臺臨汗漫，好雨洗沉冥。相對憐同調，斜陽酒未醒。

好懷歡不極，入夜雨冥冥。鳥語知時候，山光愜性靈。雪沉梅瓣白，天放柳條青。上相能投轄［二］，何人事獨醒。

**校勘**

①二首：《屠長卿集》作『四首』，《由拳集》存第一、第四首。

**注釋**

［一］司馬公：指張時徹。流波館：張時徹東錢湖茂嶼山莊館舍名，見前篇注釋［一］。

［二］上相：對張時徹之尊稱，因其曾爲兵部尚書。投轄，指留客。典出《漢書·陳遵傳》：『遵耆酒，每大飲，賓客滿堂，輒關門，取客車轄投井中，雖有急，終不得去。』

## 元夕集司馬公宅［一］

同是春宵醉，今宵樂未央。花明天不夜，塵煖月生香。人語朱樓細，簫聲碧海長。絳河低欲没，猶進九霞觴。

**注釋**

［一］司馬公宅：張時徹茂嶼山莊。見本卷《春日集司馬公園得年字》注釋［一］。

## 春日同嘉則先生汪長文葉元叔集柴仲初樓中得還字［一］

遠水帶長煙，晚山明緑鬟。良時不再得，幽事總相關。草入春空盡，苔深石徑斑。高樓坐來久，斜日鳥飛還。

**注釋**

［一］嘉則先生：沈明臣，字嘉則。見沈明臣《由拳集敘》注釋［一一］。汪長文：汪禮約，字長文。見卷四《聞沈嘉則先生與汪長文遊四明洞天作》注釋［一］。葉元叔：即葉太叔，字鄭朗。見卷六《唁葉鄭朗》注釋［一］。柴仲初：柴應聰，字仲初。見卷五《感懷詩五十五首·柴文學仲初》注釋［一］。

## 陪張大司馬遊茂嶼二首［一］

春到名園好，高花窈窕開。草逢樵徑斷，風雜嶺猨哀。遠水空亭入，孤烟落日迴。山靈似相識，長嘯白雲來。

登高望寥廓，曉日蕩虚無。宛轉盤疏樹，蒼茫浸大湖。平蕪照水渌，細路入雲孤。獨立嘯臺上，惟聞山鳥呼。

**注釋**

［一］張大司馬：張時徹，見本卷《春日集司馬公園得年字》注釋［一］。茂嶼：山名，在寧波東錢湖西南，張時徹山莊在此。

## 秋日懷友人

寒砧萬户滿，黄葉下空城。叢菊堪垂淚，江流不住聲。病惟詩得意，貧覺酒多情。同是傷摇落，秋天日莫行。

## 冬夜與諸君酌萬壽山房［一］

黄葉盡高梧，清齋醉玉壺。長煙山寺白，微雨佛燈孤。漏斷僧①初暝，尊空客自呼。古來存曠達，天地入虚無。

**校勘**

①僧：底本、存目本俱作「聲」，據《屠長卿集》改。

**注釋**

［一］萬壽山房：具體未詳。鄞縣東吴鎮西村（今寧波鄞州區東吴鎮西村）有萬壽山。又四明山有萬壽寺。

## 冬日柴仲初葉元叔見過［一］

荒林生氣色，忽漫辱高軒。遠樹平連海，寒潮直到門。西風吹鬢髮，落日照琴尊。薄莫看歸渡，城鴉睥睨昏。

**注釋**

［一］柴仲初：柴應聰，字仲初。見卷五《感懷詩五十五首・柴文學仲初》注釋［一］。葉元叔：即葉太叔，字鄭朗。見卷六《唁葉鄭朗》注釋［一］。

## 太末歸哭紀秀才二首［一］

把臂送我去，歸來説爾亡。我行有時返，爾去路今長。秋日澹黄土，西風吹白楊。倚天盡一哭，何處叫巫陽［二］。

處世不得志，胡爲四十殂。盖棺無一語，高枕即長塗。天地空爲客，文章誤作儒。浮生信如此，沉醉酒家胡。紀平生絶不飲酒。

**注釋**

［一］太末：古縣名。見卷四《懷太末諸所知》注釋［一］。紀秀才：未詳。

［二］巫陽：古代傳説中之女巫。《楚辭・招魂》：『帝告巫陽曰：「有人在下，我欲輔之。魂魄離散，汝筮予之。」』王逸注：『女曰巫。陽，其名也。』唐韓愈《陸渾山火和皇甫湜用其韻》：『又詔巫陽反其魂，徐命之前問何冤。』

## 冬日江邨晚眺

孤邨亦自好，坐眺極蒼蒼①。潮湧江沙白，雲連海樹長。青天度歸鳥，落日見浮梁。搔首枯桐下，無人問草堂。

**校勘**

① 蒼蒼：底本原作『蒼上』，據存目本、《居長卿集》改。

## 登步虛亭四首[一]

絶壁孤亭迥，登高萬里心。鳥聲在平地，人語落空林。草映春波緑，松盤海色陰。青天開浩蕩，長嘯一披襟。
高倚層巒上，群峰到地平。鳥沉江樹影，風斷海潮聲。何處尋瑶室，如聞吹玉笙。欲從松頂立，佇看白雲生。
二月猶蕭颯，風高白日微。青山當户落，黄鵠傍人飛。空翠時流樹，晴嵐欲濕衣。吾將卧蘿月，今夜未須歸。
空亭開四面，夜受白雲多。迢遞聞鍾磬，盤回入薜蘿。直疑窺帝座，不敢捫星河。呼出青天月，剛風吹浩歌。

**注釋**

[一] 步虛亭：未詳。

## 金峨寺二首[一]

臺殿蒼茫外，高低萬樹屯。鳥將雲氣合，風帶水聲喧。細路盤霄漢，青山落寺門。空堂夜聞虎，蕭颯起林昏。
寶地聯滄海，禪房隱法輪。山深長作雨，地遠不逢人。日月空三界，烟霞是四鄰。曉來望峰頂，争出碧嶙峋。

**注釋**

[一] 金峨寺：在鄞縣金峨山麓，今寧波市鄞州區横溪鎮金峨村内。唐大曆元年（七六六）僧人百丈懷海創建。

## 初夏莊居有懷

青陽猶昨日，灌木已繁陰。天入江烟斷，愁來海水深。佳人歌采緑，行客拊鳴琴。不看蘼蕪草，斜陽在莫林。

## 古廟

閒行入古廟，獨樹偃當門。芳草能平砌，疏藤直過垣。梁空雕彩盡，字滅石碑存。户外居民少，蘋花誰酒尊。

## 夏日看山六首

一望收千里，高原何處窮。長雲不隱日，列嶂盡排空。鳥度蒼煙外，人行緑樹中。疏林竟日坐，不覺送歸鴻。

好山日當午，眉黛插天青。平野雲垂幕，空堂户不扃。幽花媚長谷，疏樹入高冥。離索無人問，泉聲只自聽。

不禁天風落，長林暑氣消。直須捫華頂[一]，許可借松寥[二]。山處天疑盡，人來路不遥。蒼茫空四望，雲海出高標。

晝長無一事，五月坐空林。風起潮聲斷，日高山氣沉。石泉薄微暑，雲樹作輕陰。散髮蓬門下，支頤看碧岑。

斜日千峰外，何山不可憐。無從捫白石，渾只似青天。照海霞標出，盤空鳥道懸。高言寄寥廓，吾欲挾飛仙。

天邊茅屋孤，原野盡平蕪。日色高應盡，山光淡欲無。疏香遞幽草，凉葉暗高梧。風起青蘋末①，瞿然失故吾。

### 校勘

① 末：底本原作『未』，據存目本、《屠長卿集》改。

### 注釋

［一］華頂：華頂峰，浙江天台山主峰。見卷八《嘉則先生同葉元叔田叔過草堂》注釋［三］。

［二］松寥：山名，又名夷山，原在鎮江焦山附近大江中，爲焦山之餘支，東出，分峙於鯨波瀰淼之中。李白《焦山望松寥山》：『石壁望松寥，宛然在碧霄。安得五彩虹，駕天作長橋。仙人如愛我，舉手來相招。』

## 夏夜獨坐有懷二首①

明月下高原，傷心幾處看。露凉虫語早，風急樹聲寒。曠野行人歇，空庭子夜闌。長河雲不動，碧海路漫漫。

清露下平蕪，凉雲覆井梧。鳥歸林樾暮，天闊水雲孤。月色開金鏡，河流浸白榆。坐來池上久，秋意在菰蒲。

**校勘**

①《屠長卿集》詩題無「二首」。

## 登招寶觀海三首[一]

一望連空緑，高天乍有無。濤來萬山動，潮落百川枯。蜃合樓臺迴，鰲擎島嶼孤。悲哉尼父志[二]，去去欲乘桴。

曙色動東方，蒼茫水氣凉。白波卷孤嶼，紅日躍扶桑。興至發長嘯，歌聲入大荒。咸池好晞髮[三]，吾意在滄浪。

峥嶸似無地，何處着神州。雲起連天黑，波來挾漢流。孤撑動鼇足，震蕩徙龍湫。萬片杭檣密，坳堂浮芥舟[四]。

**注釋**

[一]招寶：招寶山，又名候濤山，在今寧波市鎮海區甬江出海處。元吴萊《甬東山水古跡記》：「或云他處見山有異氣，疑下有寶；或云東夷以海貨來互市，必經此山。」

[二]尼父：孔子字仲尼，後人尊稱爲尼父。

［三］咸池：神話中所稱日浴之處。《楚辭·離騷》：『飲余馬於咸池兮，揔余轡乎扶桑。』王逸注：『咸池，日浴處也。』《九歌·少司命》：『與女沐兮咸池，晞女髮兮陽之阿。』

［四］坳堂：堂上低窪處。《莊子·逍遥遊》：『且夫水之積也不厚，則其負大舟也無力；覆杯水於坳堂之上，則芥爲之舟，置杯焉則膠，水淺而舟大也。』

## 秋夜對月有懷余生［一］

爽氣肅靈籟，西風下庭蘭。秋河高不墮，宵露白生寒。絡緯啼堦草，梧桐覆井闌。照人今夜月，可惜不同看。

**注釋**

［一］余生：未詳。

## 送沈①嘉則先生之上海吊朱邦憲［一］

交遊元不薄，歲莫走天涯。黄葉路應滿，白楊風正吹。腸因遺草斷，心許夜臺知［二］。海暗吴雲濕，伶君哭墓時。

**校勘**

①沈：原標題中無，據原目録及《屠長卿集》詩題補。

**注釋**

［一］嘉則：沈明臣，字嘉則。見沈明臣《由拳集叙》注釋［一一］。朱邦憲：朱察卿，字邦憲，號象岡，人稱黄浦先生。上海人，福州知府朱豹之子。爲太學生，慷慨任俠。與沈明臣、王稚登友善。有《朱邦憲集》。

［二］夜臺：墳墓，陰間。晉陸機《輓歌》：『按轡遵長薄，送子長夜臺。』唐李白《哭宣城善釀紀叟》：『夜臺無李白，沽酒與何人？』

## 山中書懷十四首

涉世誰非客，我歌行路难。長雲看滅没，大道自巑岏。樹密天多暝，山空夜覺寒。夢回江上月，歸去把漁竿。

逆旅無人問，孤雲自往還。仰天歌白石，倚劍看青山。末路人多病，愁心未得閑。鏡中勛業在，憔悴老朱顔。

記得來時節，青春尚未深。好花看落砌，密葉已遮林。流水年華去，孤燈永夜沉。暝猿聲不斷①，日日動鄉心。

日落聞山鬼，城荒半野蒿。樵人徑古冢，水鳥下空壕。雲氣横林斷，灘聲入夜高。倚樓當寂滅，拂匣看霜刀。

天外孤城出，青山擁縣門。猿鼯行樹動，皃鶩落沙昏。西客關河斷［一］，東流日夜奔。飄零有人念，江草易消魂。

何以銷長日，高松拂石凉。巖雲空墮影，澗草暗生香。獨坐看歸鳥，吟詩到夕陽。谷深盤窈窕，孤興入微茫。

十年長作客，丘壑此曾經。草是當時緑，山如故國青。乾坤雙短髩，江漢一流萍。獨上高城望，黄烟孤日冥。

剛風吹斷雨，疏樹長藤蘿。遠客依姑蔑［二］，歸心下淛河［三］。獨看山氣好，其奈日長何。葉亂空林響，時聞虎夜過。

貧賤驅人出，浮生在馬蹄。每修千里信，頻作數行啼。草色連平野，河聲夾大堤。青春辭我去，樹長過樓西。

五載此山居，山靈亦笑予。乾坤真莽蕩，巖壑故盤紆。身爲無官賤，交因處困疏。憂來人不寐，明月夜窗虚。

避人歌緑水，采秀向溪湄。山合雲全隱，天低日倒垂。細莎蒙古道，野葛上荒陴。入暮中洲返，溪風拂面吹。

山雨自連朝，郊坰闃寂寥。鄉心横草樹，歸夢度溪橋。東越浮滄海［四］，西陵落暮潮［五］。水頭人莫立，有客上吴舠。

新水亂鳴蛙，荒原日易斜。村童鬭野草，溪女插山花。厭聽方言久，懸知客路賒。明朝歸海上，正好泛秋槎。

東國多才傑，山川憶舊遊。日華動鰲背，海色照龍湫。諸子皆青髩，群公有白頭。殊方仰高會［六］，僊樂在瀛洲［七］。

## 校勘

①暝：底本原作『瞑』，據存目本、《屠長卿集》改。

## 注釋

［一］關河：關山與河川。

［二］姑蔑：古地名，在越國西境，地處今浙西金衢盆地。夏商時爲越（於越）地，春秋爲姑蔑，後屬越國。《國語·越語上》：『勾踐之地，南至於句無，北至於禦兒，東至於鄞，西至於姑蔑。』楚滅越，屬楚。秦建縣，其境在今浙江省衢州市境内開化、龍遊一帶。姑蔑故城在今龍遊縣。

［三］淛河：即浙江（錢塘江），『淛』同『浙』。

［四］東越：略同今浙東地區。屠隆此指家鄉寧波。

［五］西陵：古地名，今杭州市蕭山區西興鎮之古稱。見卷二《述哀操》注釋［三］。

［六］殊方：遠方，異域。屠隆此指己身所在之『姑蔑』地。

［七］瀛洲：神話傳説海上五仙山之一。屠隆此喻家鄉寧波。

### 愁

遠道看何極，愁心難可論。雲來將樹合，日落又沙昏。古堞鴉啼柳，空山虎打門。欲歸歸未得，鄉思正騰騫。

### 夏日懷友人

松風消大暑，長日坐高林。路斷千峰合，天垂萬木陰。偶然成客夢，一半是鄉心。得句無人賞，年來欲費吟。

# 懷楊伯翼[一]

文章霸東海，五嶽盤心胸。拏舟踏高浪，行歌觸白龍。思君大江闊，獨卧秋山重。寥廓雲氣散，清宵月在松。

**注釋**

［一］楊伯翼：楊承鯤，字伯翼。見卷五《感懷詩五十五首·楊孝廉伯翼》注釋［一］。

# 懷柴仲初[一]

别君春草緑，夏木又叢生。不見故人面，如聞江水聲。天長連百越[二]，道遠入孤城。應念盤空谷，閒居賦已成。

**注釋**

［一］柴仲初：柴應聰，字仲初。見卷五《感懷詩五十五首·柴文學仲初》注釋［一］。

［二］百越：古代對南方越人及其居住地之總稱，亦作『百粤』。舊因部落衆多，分佈亦廣（在今浙、閩、粤、桂等地），故稱。此泛指越人居住之地。

# 瑶瑟怨

心共哀絃語，臨風恨未休。落花到地盡，飛絮向天浮。恩逐金刀斷，情隨玉筯收。夕陽豈東下，大海不西流。

## 山行

沿溪踏沙去，沙暖春融融。徑草迎人緑，巖花笑日紅。磵香隨路滿，鳥語應山空。鄉國看來異，風光到處同。

## 汪長文寄寓文公禪房社中諸君過存分得通人二字二首①[一]

蓮社初開處，相依得遠公[二]。水光浮寺轉，雲氣墮城空。臺殿千峰入，松蘿一徑通。幽棲真不俗，長嘯紫烟中。

徙倚石牀冷，空齋不受塵。湖煙收夕霽，海月照青春。高鳥初歸樹，疏梅忽傍人。乾坤知己在，相過莫嫌頻。

### 校勘

①諸：原目録中作『詩』。存：原目録中無此字。

### 注釋

［一］汪長文：汪禮約，字長文。見卷四《聞沈嘉則先生與汪長文遊四明洞天作》注釋［一］。文公：未詳。社中諸君：指以張時徹爲主盟之甬上詩社部分成員。甬上詩社成員有『東海三司馬』，及卷十一《秋雨懷張司馬公社中諸友十二首》裏提到之人員等。

［二］遠公：晉高僧慧遠，世人稱遠公。慧遠於廬山東林寺掘池植白蓮，同慧永、慧持、劉遺民、雷次宗等結社，同修净土之法，稱白蓮社。見晉無名氏《蓮社高賢傳》。屠隆此處以遠公比喻文公。

## 再集司馬公新山[一]

青山留客處，落日上亭臺。疊巘當空出，高花傍雨開。魚知春水至，鳥破暝烟來。勝事誰當紀，梁園數舉杯[二]。

**注釋**

[一]司馬公：指張時徹，見本卷《春日集司馬公園得年字》注釋[一]。

[二]梁園：西漢梁孝王劉武之園林，又稱兔（菟）園、梁苑。見卷一《歡賦》注釋[二一]。建於睢水岸邊，其間修竹檀欒，飛禽走獸品類繁多，梁王於此狩獵、宴飲，大會賓朋。辭賦家枚乘、司馬相如等爲座上客，創作了《梁王菟園賦》等作品。屠隆以梁園比張時徹園林。

## 桐廬曉發四首[一]

一舟淩曉發，錦纜向天開。密霧摧林出，危峰壓水來。石潭經浩淼，山路入盤迴。回首蒼蒼處，雲深失釣臺[二]。

曉入蒼茫道，春猿夾岸啼。好山青不盡，芳樹緑初齊。石險川聲大，帆高潭影低。王孫歸路渺[三]，又見草淒淒。

遠上嚴光瀨[四]，輕舟犯逆濤。青松來罨翠，白石露孤高。過客東西去，馳波日夜勞。囊空還自笑，何以醉葡萄。

太末疑天上[五]，千峰何處尋。日光穿樹薄，山氣宿雲深。水漫樵人徑，草傷遊子心。誰家村裏住，煙火出空林。

**注釋**

[一]桐廬：縣名，見本卷《富陽舟中》注釋[二]。

[二]釣臺：指桐廬境内富春江畔東漢嚴光垂釣處。見卷四《東海吟四首》注釋[三]。

[三]王孫：此稱隱士，淮南小山《招隱士》：『王孫遊兮不歸，春草生兮萋萋。』屠隆以自謂。

[四]嚴光瀨：又稱嚴陵瀨、子陵瀨、子陵灘，富春江之一段，位於桐廬縣城南十五公里之富春山麓，東漢嚴光（字子陵）隱居垂釣處。

[五] 太末：古縣名。見卷四《懷太末諸所知》注釋[一]。

## 不寐

欲作還鄉夢，愁來只異鄉。亂雲依古屋，殘月照空牀。人爲傷春老，更因不寐長。猿聲何處起，相共野城荒。

## 幽棲

獨愛無人處，幽棲不用名。竹雞啼午寂，松鼠落枝輕。芳草初平路，春溪欲上城。蕭然吾亦得，擾擾自勞生。

## 得柴仲初書[一]

念我平生友，風流柴仲初。河聲流去急，鄉里到來疏。已是三秋客，纔傳二月書。新詩忽滿眼，東眺獨踟躕。

**注釋**

[一] 柴仲初：柴應聰，字仲初。見卷五《感懷詩五十五首·柴文學仲初》注釋[一]。

## 冬夜宿沈①嘉則先生青棠館[一]

高館耽玄寂，烟深野氣蒼。微霜清對酒，疏竹伴焚香。路惜明朝別，天憐此夜長。捲簾看月上，落葉到孤牀。

校勘

①原目録中無『沈』字。

注釋

［一］沈嘉則：沈明臣，字嘉則。見沈明臣《由拳集敍》注釋［一一］。青棠館：沈明臣之館所名，沈明臣有《留長卿、仲初宿青棠館》（《豐對樓詩選》卷十五）。

## 同胡明府登佛塔亭二首［一］

風急高天迥，孤亭落日間。松聲疑卷壑，雲氣欲沉山。古佛疏藤合，層城獨鶴還。憑兹問寥廓，吾意薄塵寰。

飛鳥浮屠外，長烟入莫林。空香生遠興，爽籟發微吟。地迥砧聲斷，天寒日色陰。使君同浩眺，萬户摠關心。

注釋

［一］胡明府：未詳。

## 剡上［一］

剡路入江干，蕭條黯自看。波光摇落日，山氣作深寒。宿莽依鷗渚，驚潮上馬鞍。駈馳當歲晏，吾道屬艱難。

注釋

［一］剡上：指剡溪沿岸。猶『淮上』『甬上』等。剡溪爲曹娥江上游，在浙江嵊縣南。唐李白《夢遊天姥吟留別》：『湖月照我影，送我至剡溪。』

## 江村晚步同戴仲德[一]

薄莫江光暝，寒流入大荒。漁人歸浦盡，雁影逗沙黄。平野何蕭颯，遥天極莽蒼。多君問空谷，一笑興俱長。

**注釋**

［一］戴仲德：鄞縣人，太學生。《弇州續稿》卷十《戴仲德善詩酒過余吴中尋當遊楚乘醉歌以送之》稱其爲「四明老狂客」。張時徹《芝園集》卷九有《贈上舍生戴仲德》：「四明山水名蓬萊，西望天目東天台。靈秀從來降英傑，傳聞近代稱銀臺。有子青年抱殊質，竟夕無眠翻卷帙。方寸中藏錦繡奇，咄嗟得句驚鬼物。白眼逢人不受憐，倒囊沽酒日十千。汎海直窮蛟蜃窟，凌雲時跨斗牛邊。負笈曾爲白下遊，腰間閃映雙吴鈎。佛國烟霞恣探討，六朝勝槩誇瀛洲。海内才人都結社，戛玉鏗金無不可。樂遊苑裏醉聽鶯，長干里中狂走馬。翩翩公子信豪華，盡典春衣償酒家。瑶臺只夢長生草，雪竇歸湌五色霞。」屠隆尚有《答戴仲德訊余蕭寺之作》，見本卷；《送戴仲德還山》，見卷十。

## 雪中集余君房翠碭樓[一]

晚渡何爲者，江城大雪時。朔雲沉夜柝，寒鳥没空陴。海樹深無色，河流莽自馳。感時懷忼慨，日與醉爲期。

**注釋**

［一］余君房：余寅，字君房。見卷五《感懷詩五十五首·余孝廉君房》注釋［一］。翠碭樓：余君房樓觀，其地當在翠碭，因以爲樓名。翠碭爲山名，處四明之北，元袁桷《延祐四明志》卷七《山川攷·鄞縣》：「城西曰四明山，四面二百八十峰，周八百餘里。東接句章，西連舜窟，南嗣天台，北包翠碭。」沈明臣有於寧波府城東渡門北三江亭上所作《三江亭矚眺》詩：「雙霍鬪鴻扉，翠碭三韓矗。衆嶼撒星洲，諸夷奠荒服。」清全祖望《寶陀山三君詠·梅尉梅岑》詩有「投竿翠碭逾蓬頂」句，自注「慈水翠碭，象山之蓬頂，皆有梅尉遺跡」（《句餘土音》卷中）。

## 送李太學北上[一]

别意摠茫茫，停杯覽大①荒。路當春草合，山入莫雲長。倚棹江波緑，垂鞭宫柳黄。燕臺今在否[二]，好爲拜昭王。

**校勘**

①大：底本原作『太』，據存目本、《屠長卿集》改。

**注釋**

[一] 李太學：未詳。

[二] 燕臺：指黄金臺。燕昭王爲招賢納士所築。又稱燕王臺。見卷一《閔貞賦》注釋[六]。

## 送趙給事謫尉高安二首[一]

楚樹入平荒，江流欲斷腸。雪仍飛大陸，草已緑潯陽[二]。總謂恩波闊，寧知客路長。露葵真可折，官舍不荒涼。

牢落向高安，微霜犯馬鞍。匡廬山色莫[三]，彭蠡雁聲寒[四]。好自栽官柳，無爲詠澤蘭。青陽多雨露，白日且盤桓。

**注釋**

[一] 趙給事：未詳。高安：府名。今江西高安市。

［二］潯陽：今江西省九江市，古稱潯陽。

［三］匡廬：即江西廬山。《後漢書·郡國志·廬江郡》：「潯陽南有九江，東合爲大江。」劉昭注引慧遠《廬山記略》：「有匡俗先生者，出殷周之際，隱遯潛居其下，受道於仙人而共嶺，時謂所止爲仙人之廬而命焉。」《太平御覽》卷一百八十一：「《郡國志·廬山》：周武王時，有匡俗先生，字君孝，兄弟七人皆有道術，結廬於此。仙去，空廬尚存，故曰廬山。」

［四］彭蠡：彭蠡湖，今鄱陽湖。

## 余君房携酒楊太學園中酌程生［一］

初月俯前楹，微陰傍古城。最憐芳草莫，莫問曲池平。短竹饒風色，高梧盡雨聲。良宵宜楚客，一醉見深情。

### 注釋

［一］余君房：余寅，字君房。見卷五《感懷詩五十五首·余孝廉君房》注釋［一］。楊太學：楊承鯤，字伯翼。太學生。見卷五《感懷詩五十五首·楊孝廉伯翼》注釋［一］。程生：未詳。疑爲程孟孺。

## 夏日同程孟孺及社中諸君集張司馬公①園［一］

湖波平傑閣，落日倚巑岏。夏木一何秀，春風殊未殘。當歌誰是客，得酒且爲歡。司馬園中樹，君能幾度看。

### 校勘

① 原標題無「公」字，據原目録及《屠長卿集》詩題補。

### 注釋

［一］程孟孺：程福生，字孟孺，江西玉山人，善詩書。張司馬公園：張時徹園林，見本卷《陪張大司馬遊茂嶼二首》注釋［一］。

## 答戴仲德訊余蕭寺之作[一]

獨爾遥相問，青山過者稀。自憐吾道拙，轉與世人違。入郭江聲細，聞鍾暝色微。閑房聊足寄，坐領白雲歸。

**注釋**

［一］戴仲德：鄞縣人，太學生。見同卷《江村晚步同戴仲德》注釋［一］。蕭寺：佛寺。唐李肇《唐國史補》卷中：『梁武帝造寺，令蕭子雲飛白大書「蕭」字，至今一「蕭」字存焉。』故佛寺又稱蕭寺。但屠隆本詩『蕭寺』，似又指蕭皋之寺廟。蕭皋，地名，在今鄞縣鍾公廟鎮蕭皋碶村，有佛寺。又屠隆下一篇《李山人招遊蕭皋不赴》有『花連佛座香』語。

## 李山人招遊蕭皋不赴[一]

愁坐極蒼茫，高林自夕陽。山雲青不滿，江路水空長。草傍人衣緑，花連佛座香。客來還共詑，心賞故難忘。

**注釋**

［一］李山人：李生寅，字賓父，號陽谷山人，屠隆朋友。李生寅隱居蕭皋（在今寧波市鄞州區鍾公廟鎮蕭皋碶村），建有高卧樓、自鋤園等。見卷五《感懷詩五十五首·李處士賓父》注釋［一］、［二］。

## 葉鄭朗携酒湖上餞沈①嘉則先生[一]

芳樹足婆娑，高雲照薜蘿。草昏湖水闊，江盡海天多。酒爲青山好，人如白髮何。夜深燒燭暖，花影散驪歌。

**校勘**

①原目録中無『沈』字。

**注釋**

[一]葉鄭朗，葉太叔，字鄭朗。見卷六《唁葉鄭朗》注釋[一]。沈嘉則先生：沈明臣，字嘉則。見沈明臣《由拳集敘》注釋[一一]。

## 湖上夜歸

歸途何寂寞，露氣入船多。微月生東海，孤光落夜波。樹猶昏雁鶩，城始出藤蘿。搔首青天下，涼風吹櫂歌。

## 送余君房北上得洲字[一]

黯黯大河流，關山北上遒。眷焉懷紫極[二]，去矣戀滄洲[三]。雪照漁陽白[四]，雲生碣石秋[五]。上書多忼慨，胡馬正幽州[六]。

**注釋**

[一]余君房：余寅，字君房。見卷五《感懷詩五十五首·余孝廉君房》注釋[一]。

[二]紫極：星名。借指宫殿、朝廷。潘岳《西征賦》：『厭紫極之閒敞，甘微行以游盤。』《文选》李善注：『紫極，星名，王者爲宫以象之。曹植上表曰：「情注於皇居，心在乎紫極。」』

[三]滄洲：濱水之地，常以稱隱居之處。南朝齊謝朓《之宣城郡出新林浦向板橋》詩：『既歡懷禄情，復協滄洲趣。』

[四]漁陽：地名，唐漁陽郡，治所在漁陽（今天津薊縣）。因其西北有漁山，城在山南，故名漁陽。

[五]碣石：古稱碣石者有多處，據該詩『雲生碣石秋』句，應是化用曹操《步出夏門行》（東臨碣石）詩境。

[六]幽州：漢武帝所置，轄境相當今河北北部及遼寧等地。唐代，安禄山曾在幽州經營實力。『胡馬正幽州』，乃言邊患。

## 楊伯翼見過[一]

山川一把臂，高風吹泠泠。目與孤雲往，心將六合冥。潮來海浦白，木落吴天青。問君何所得，獨有太玄經。

**注釋**

［一］楊伯翼：楊承鯤，字伯翼。見卷五《感懷詩五十五首·楊孝廉伯翼》注釋［一］。

## 毘陵道中[一]

勞勞行歲莫，日夜望皇州[二]。北向烟初暝，南來客正愁。不知寒日落，猶見濁河流。來往鄉人少，家書空復修。

**注釋**

［一］毘陵：亦作毗陵（『毘』同『毗』），古縣名。漢高祖五年（前二〇二）置毗陵縣，治所在今江蘇省常州市。後世稱常州一帶爲毗陵。宋陸游《老學庵筆記》卷十：『今人謂貝州爲甘州，吉州爲廬陵，常州爲毗陵。』毘陵道爲古代交通要道，如唐唐彦謙有《毘陵道中》，明陶安有《毘陵道中》。

［二］皇州：帝都，京城。

## 揚①州除夕[一]

歲晏揚州路，孤城客裏身。天涯不相借，世事竟誰陳。風雪難爲夜，年華暗入春。酒家聊取醉，相見説秦人。

**校勘**

①揚：原目録及《屠長卿集》詩題作『楊』。

**注釋**

［一］揚州：今江蘇揚州市。

## 邵伯湖阻凍［一］

辛苦淮揚道［二］，天寒思不禁。層冰白浩淼，凍樹莽蕭森。鳥散空堤雪，雲屯大澤陰。偶因名利出，日動故鄉心。

**注釋**

［一］邵伯湖：又名棠湖，在今江蘇省揚州市江都區邵伯鎮，接高郵縣界。清張文端《運河圖説》：『謝安鎮廣陵，見步丘地勢西高東下，每春夏湖水漲，東浸民田，而西又苦旱。安爲築埭以界之，高下兩利，名邵伯埭。』後人追思謝安治水之德，將其比作周代輔佐成王之召伯（古『召』與今『邵』同字），故埭、鎮、湖皆稱邵伯。

［二］淮揚：明代爲淮安府、揚州府之合稱。

## 揚①州春日

蕭蕭孤騎發，春色報揚州。幽谷草仍凍，寒塘水漸流。管絃低落日，城郭艷朱樓。覽物情何限，聊將浣客愁。

**校勘**

①揚：原目録及《屠長卿集》詩題作『楊』。

## 宿州道中[一]

遠道多辛苦，風霜老客顏。病猶能跨馬，愁不廢看山。飛鳥長烟外，行人落照間。天低原野闊，何處望鄉關。

**注釋**

[一] 宿州：唐元和四年（八〇九）始置，今安徽北部宿州市。

## 彭城懷古[一]

前朝百戰地，萬里起悲風。大業彭城在，高雲芒碭空[二]。河聲流楚漢，山色老英雄。落日荒涼外，登高送夕鴻。

**注釋**

[一] 彭城：今江蘇徐州之舊稱。見卷六《彭城下吊項羽》注釋[一]。

[二] 芒碭：芒山、碭山。《明史·地理志·徐州·碭山》：「東南有碭山，其北有芒山。」

## 旅夜懷余沈二子[一]

悲歡今夕事，同是客天涯。擊筑遊燕市[二]，狂歌向酒家。伊人真不減，而我獨堪嗟。何以銷長夜，孤村風雪斜。

**注釋**

［一］余沈二子：指余寅、沈九疇。余寅，見卷五《感懷詩五十五首·余孝廉君房》注釋［一］。沈九疇，見卷五《感懷詩五十五首·沈比部箕仲》注釋［一］。

［二］燕市：戰國時燕國都市。《史記·刺客列傳》：『荆軻嗜酒，日與狗屠及高漸離飲於燕市。酒酣以往，高漸離擊筑，荆軻和而歌於市中，相樂也；已而相泣，旁若無人者。』屠隆此以指京城。

## 歌伎

席上總殷勤，宫商且雜陳。響流明月影，低度落花塵。鳳語秦樓曉［一］，鶯啼漢苑春。不須歌艷曲，已是可憐人。

**注釋**

［一］秦樓：原指秦穆公女弄玉所居之樓，見卷六《長安明月篇》注釋［五］。屠隆此處化用李商隱《送千牛李將軍赴闕五十韻》詩：『會與秦樓鳳，俱聽漢苑鶯。』

## 舞女

長袖起翩翩，腰肢怯少年。鬌偏疑墮馬，步緩欲生蓮。垂手香初細，回波曲轉妍。嬋娟憐舞影，來照畫堂前。

## 鬭雞

東郊春日曉［一］，擾擾鬭雞人。百戰圍仍合，千場賭未貧。長鳴動紫陌［二］，奮距蹙紅塵。遮莫論金芥，雌雄未足陳。

**注釋**

［一］東郊：此指京城之東郊。

［二］紫陌：此指京城郊野之路。唐劉禹錫《元和十一年自朗州召至京戲贈看花諸君子》詩：『紫陌紅塵拂面來，無人不道看花回。』

## 走馬

走馬長安道［一］，翩翩俠少年。青春嬌玉勒，落日照金鞭。漠漠行垂柳，深深出紫煙。長驅萬餘里，一劍定三邊［二］。

**注釋**

［一］長安：指北京。

［二］三邊：此指延綏、甘肅、寧夏。《明史·憲宗紀一》：『（成化十年正月）癸卯，王越總制延綏、甘肅、寧夏三邊，駐固原。』

## 彭城覽眺［一］

徐方浩以廣，迢遞此州來。出日孤峰秀，平天萬里開。馬蹄銜水去，鳥跡印沙回。舊俗猶歌楚，風存大國哀。

**注釋**

［一］彭城：今江蘇徐州之舊稱。見卷六《彭城下吊項羽》注釋［一］。

## 范增墓[一]

君王好百戰，長策不須云。玉玦謀終左，鴻溝業未分[二]。氣能干白日，劍欲抉浮雲。陳蹟千年下，淒涼過古墳。

**注釋**

[一] 范增：秦末居鄛（今安徽巢湖市亞父鄉）人。好奇計，曾説項梁立楚後以成大事，項梁死後，范增爲項羽謀士，被尊爲『亞父』。隨項羽攻入關中後，勸其削滅劉邦勢力，未被採納；欲鴻門宴上殺劉邦，未獲成功。後劉邦用陳平離間計，使項羽猜忌范增。范增被削職歸里，卒於途中。范增墓在徐州城（彭城）南。

[二] 鴻溝：戰國魏惠王時所開鑿之一段古運河，在今河南省鄭州滎陽。楚漢相争時曾劃鴻溝爲界。《史記·項羽本紀》：『項王乃與漢約，中分天下，割鴻溝以西者爲漢，鴻溝而東者爲楚。』

## 嘉則先生以赤霄行見寄因知其留滯通州有作[一]

相約維楊路[二]，今知向海陵[三]。詩來真浩蕩，老去轉凌兢。牧伯能相假[四]，狼山日幾登[五]。天涯正愁絶，江雨照疏燈。

**注釋**

[一] 嘉則先生：沈明臣，字嘉則，見沈明臣《由拳集敘》注釋[一一]。通州：明代通州屬北平府（後改名順天府），領三河、武清、香河、漷縣四縣。今北京通州區，範圍大小不同。

[二] 維楊：揚州之別稱。見卷四《徐州道中感懷》注釋[一二]。

[三] 海陵：明泰州治所（今江蘇泰州市）。

［四］牧伯：對州郡長官之稱謂。
［五］狼山：在今江蘇南通市南郊，長江東岸。

## 行路難

貧窮無不可，何事向天涯。雲指功名薄，天連道路賒。宵征虞盜賊，日出畏風沙。行路難如此，令人轉憶家。

## 北地二首［一］

北地非吾土，蕭條不見人。日光沉馬足，風色隱車輪。塵起孤城莫，霜迴獨樹春。長安天不遠，只尺欲沾巾。
不識漁陽路［二］，悲心莫問程。大都行曠野，偶爾見荒城。原樹銜人立，冰沙照日明。但逢茅店宿，明發又孤征。

**注釋**

［一］北地：北部地方。
［二］漁陽：見本卷《送余君房北上得洲字》注釋［四］。

## 涿州懷古［一］

大風吹涿鹿［二］，軒後肅殊方。馬踏新丘壠，沙空古戰場。烏號此淪没，白日竟荒唐。何必乘龍去，終知帝德長。

**注釋**

［一］涿州：燕之涿邑，秦設涿縣，唐大曆時置涿州。明屬北平府（後改隸順天府）。今河北涿州市，範圍大小不同。

［二］涿鹿：地名，初以涿鹿之戰而聞名，史載爲黄帝與蚩尤作戰之古戰場。《史記·五帝本紀》：『蚩尤作亂，不用帝命，於是黄帝乃徵師諸侯，與蚩尤戰於涿鹿之野，遂禽殺蚩尤。』明代，涿鹿屬京師保安州。涿鹿故城在今河北張家口市涿鹿縣南。

## 樓桑村［一］

先主龍興地［二］，軒轅舊帝鄉［三］。皇圖收匕筯［四］，天意失荊襄［五］。歲月叢祠古［六］，山河漢寢荒［七］。長歌懷忼慨，寒日下枯桑。

**注釋**

［一］樓桑村：又稱樓桑里，蜀漢先主劉備故里，在今河北省涿州市境內。

［二］先主龍興地：劉備興起之地。《三國志·蜀志·先主傳》載：『先主姓劉，諱備，字玄德，涿郡涿縣人，……先主少孤，與母販履織席爲業。舍東南角籬上有桑樹生高五丈餘，遥望見童童如小車蓋，往來者皆怪此樹非凡，或謂當出貴人。先主少時，與宗中諸小兒於樹下戲，言：「吾必當乘此羽葆蓋車。」』劉備漸長後，得到同宗及同郡人士扶持，又好結交豪俠，用合徒衆。靈帝末年，討黄巾有功，漸開局面。

［三］軒轅：黄帝。《史記·五帝本紀》：『黄帝者，少典之子，姓公孫，名曰軒轅。』

［四］皇圖：王朝版圖，此指劉備所建立之大業。劉備能韜光養晦，匕筯事，據《三國志·蜀志·先主傳》載：『先主未出時，獻帝舅車騎將軍董承辭受帝衣帶中密詔，當誅曹公。先主未發。是時曹公從容謂先主曰：「今天下英雄，唯使君與操耳。本初之徒，不足數也。」先主方食，失匕箸……』

［五］荊襄：東漢荊州治所漢壽，漢末移治襄陽，故稱荊襄。荊州戰略地位十分重要，劉備獲取荊州後，得一大基業。關羽鎮守荊州多年，後終被孫權派吕蒙襲破，損失極大。

［六］叢祠：神祠，指樓桑村三義廟。

［七］漢寢：漢主之陵寢。

## 渡滹沱河[一]

萬里渡滹沱，邊城落日多。沙長浮曲岸，雪盡見流波。目送歸人急，心懸征馬過。淒涼問燕趙[二]，余亦好悲歌。

**注釋**

[一] 滹沱河：見卷六《寄顧益卿》注釋[一〇]。

[二] 燕趙：泛指戰國時燕、趙所在地區。唐韓愈《送董邵南遊河北序》：「燕趙古稱多感慨悲歌之士。」

## 良鄉道中[一]

車馬去班班，多行莽蕩間。地寒邊塞日，天闊薊遼山[二]。野戍冬春合，琱弓日夜彎。愁心寄楊柳，衰颯未堪攀。

**注釋**

[一] 良鄉：縣名。明屬北平府（後改隸順天府）。

[二] 薊遼：薊州、遼東，明代爲防務重鎮。嘉靖二十九年（一五五〇）置薊州總督，次年改薊遼總督。

## 送余君房下第東還[一]

落日千行淚，都門酒一巵。知君無不可，忼慨自吾私。海月生鄉夢，風沙謝鬢絲。世情無復論，天意亦何爲。

**注釋**

［一］余君房：余寅，字君房。見卷五《感懷詩五十五首·余孝廉君房》注釋［一］。

## 碧雲寺［一］

西山陵寢地［二］，紫殿接春林［三］。啼鳥清人語，流泉遶樹①陰。雲開天路肅，花落洞門深。偶得尋幽事，因知物外心。

**校勘**

①樹：存目本、《屠長卿集》作『砌』。

**注釋**

［一］碧雲寺：位於北京西山餘脈聚寶山東麓（今海淀區香山公園北側），始創建於元至順二年（一三三一），明代擴建。

［二］陵寢地：指帝王陵墓寢廟所在地。

［三］紫殿：帝王宮殿。青林：寺廟之別稱。北宋釋道誠《釋氏要覽·住持》：『禪門別號：叢林……青林。』

## 送張京兆歸省［一］

暫得娛萊綵［二］，將因理釣船。浮萍知世路，華髮感流年。酒綠都門樹，帆青澤①國天。送君雙涕泪，鄉思日空懸。

**校勘**

① 澤：底本原作『渾』，據存目本、《屠長卿集》改。

**注釋**

［一］張京兆：未詳。

［二］萊：老萊子，春秋末楚國隱士，孝養父母，《藝文類聚》卷二十引《列女傳》載：『老萊子孝養二親，行年七十，嬰兒自娛，著五色采衣。嘗取漿上堂，跌僕，因卧地爲小兒啼，或弄烏鳥於親側。』

## 送李西安①［一］

姑蔑長江外［二］，天空萬木森。土風高越絶②［三］，水氣抱城陰。山路青猿暝，人煙緑柏深。使君蕭灑甚，海月照鳴琴。

**校勘**

①《屠長卿集》題作『送李西安年丈』。

② 絶：底本原作『紀』，據存目本、《屠長卿集》改。

**注釋**

［一］李西安：未詳。

［二］姑蔑：古地名，今浙江省開化、龍遊一帶之古稱。見本卷《山中書懷十四首》注釋［二］。

［三］越絶：越地邊境。多泛指越地。見徐益孫《由拳集敘》注釋［一八］。

## 任丘道中[一]

信宿來時路，銷魂是去年。人家耕廢壠，馬足踏平田。黄葉明秋日，寒花媚晚天。故鄉宛相似，凝睇此山川。

**注釋**

[一] 任丘：縣名，明代屬河間府。今河北任丘市沿用其名，但範圍大小不同。

## 河間大水[一]

浩淼真無極，邅回馭路賒。原田爲澤國，村落半漁家。秋便來沙鳥，寒猶著岸花。天明三十里，野寺及昏鴉。

**注釋**

[一] 河間：河間府。府治河間縣（今河北省河間市）。

## 登第後過山東逆旅戲作二首[一]

薄莫長途上，相逢逆旅賢[二]。茅茨借風雨，蘆席共寒天。剪韭惟供客，烹雌不計錢。他人得意日，羸馬笑翩翩。

頩頳看齊女，縞衣貧且賢。俗當淳朴處，人薄艷陽天。何物爲脂粉，當壚識酒錢。使君五馬貴[三]，不顧影翩翩。

**注釋**

［一］山東：太行山以東。明置山東省，改山東布政使司，治所濟南。逆旅：客舍。

［二］逆旅賢：此指逆旅之人賢。《史記·齊太公世家》：『於是武王已平商而王天下，封師尚父於齊營丘。東就國，道宿行遲。逆旅之人曰：「吾聞時難得而易失。客寢甚安，殆非就國者也。」太公聞之，夜衣而行，犁明至國。』

［三］使君：漢時稱刺史爲使君。《玉臺新詠·日出東南隅行》：『使君從南來，五馬立踟躕。』後用爲對州郡長官之稱呼。

## 漂母祠［一］

一飯寧爲德，千金不是恩。懷哉終古意，難與世人論。灌木啼山鳥，寒流遶墓門。至今淮水上，日日過王孫［二］。

**注釋**

［一］漂母：見卷六《淮陰祠下作》注釋［三］。漂母祠：在今江蘇淮安市楚州區城西古運河堤畔。

［二］王孫：此泛指貴族子弟。《史記·淮陰侯列傳》：『信喜，謂漂母曰：「吾必有以重報母。」母怒曰：「大丈夫不能自食，吾哀王孫而進食，豈望報乎！」』唐杜甫《哀王孫》：『腰下寶玦青珊瑚，可憐王孫泣路隅。』

## 東阿道中［一］

出郭易蕭蕭，空山共泬寥。秋陰生赤壁，寒色起黄茅。壞道盤松樹，枯流偃石橋。駈馳真吏事，不敢説魂銷。

**注釋**

［一］東阿：縣名。明初屬於東平府（改屬東平州），明洪武十八年（一三八五）後屬兖州府。

## 江上見彗星有感

怪爾出何爲，天王有道時[一]。將因告百辟[二]，無乃應三垂[三]。野艇寒潮落，嚴霜獨樹披。憂來不可掇，一夜鬢堪絲。

**注釋**

[一] 天王：指帝王。古人迷信，以爲彗星出現是國家災難之預兆。帝王有道，則彗星不應出現；既出現，則要加强防範。

[二] 百辟：百官。唐白居易《醉後走筆酬劉五主簿長句之贈》：『閶闔晨開朝百辟，冕旒不動香煙碧。』

[三] 三垂：三邊。概指邊境。

## 書懷

男兒生有命，貧賤未須愁。碧宇恢恢大，滄江浩浩流。鳴琴彈海月，空壁掛吴鈎。高步平原外，王侯不足遊[一]。

**注釋**

[一] 王侯：指王侯之門。

# 三博士詩

## 鄧博士[一]

薄宦臨清潁[二]，疏園傍紫苔。春蔬池上緑，夏槿竹邊開。問字侯芭去[三]，談詩匡鼎來[四]。夜呼僊令坐[五]，明月照金罍。

## 方博士[六]

駈馬登脩阪，磷磷水石清。官仍寒博士，俸許及諸生。雨暗松蘿色，天空絃誦聲。對君沽濁酒，深見古人情。

## 林博士[七]

博士苦風煙，堪租潁上田[八]。爲園親種韭，臨水或窺蓮。居可無官舍，民猶逋俸錢。自憐吾道大，江海一青氈。

**注釋**

[一] 鄧博士：未詳。

[二] 清潁：指潁水，淮河支流。傳潁水爲紀念春秋鄭人潁考叔而名之。發源於今河南省登封縣嵩山西南，流經禹州、許昌、臨潁、周口和安徽省阜陽、潁上等縣市，在正陽關注入淮河。整條潁水皆可稱清潁，如宋蘇軾《木蘭花令・次歐公西湖韻》：『霜餘已失長淮闊，空聽潺潺清潁咽。』此在潁州（今阜陽）作。宋蘇轍《初築南齋》：『隔城過清潁，有井皆甘泉。』此在潁昌作（今許昌），自號潁濱遺老。屠隆任潁上縣令，故稱『薄宦臨清潁』。

[三] 侯芭：西漢鉅鹿人，揚雄弟子。見卷五《感懷詩五十五首・李文學之文》注釋[三]。

[四] 匡鼎：匡衡。西漢東海郡承縣人，善説《詩》，見卷四《贈暹茂弘孝廉》注釋[三]。匡衡先後任郎中、博士、御史大夫、丞相等職，封樂

安侯。

［五］僊令：對縣令之美稱。

［六］方博士：未詳。

［七］林博士：未詳。

［八］潁上：潁上縣。見沈明臣《由拳集敘》注釋［一］。

## 聞管建初同孫以德登太和却贈一首［一］

綠玉倚雙筇，青天倒五龍［二］。洞陰吹古雪，山翠滴疏鍾。醉拾峰頭月，同飡石上松。洪崖如有約［三］，他日倘相從。

遊覽意何窮，飄飄直御風。雙棲珠樹鶴，一到玉虛宮［四］。梁宋歸啼鴂［五］，山河入轉蓬。蘇門可舒嘯［六］，遠莫泛遼東［七］。

**注釋**

［一］管建初：明代山人，好遊山水，善畫，尤長畫梅。孫繼臯有《管建初山人從黃太史遊嵩少諸山賦贈》，胡應麟有《題管建初山人遊玄嶽卷》等。孫以德：孫繼臯，字以德。見卷五《感懷詩五十五首·孫太史以德》注釋［一］。太和：太和（大龢）山，即今湖北武當山。武當山爲道教名山，又名太和（大龢）山。

［二］五龍：武當山有五龍峰，山麓有五龍宮。

［三］洪崖：黃帝臣子伶倫之仙號。晉郭璞《遊仙詩》之三：『左挹浮丘袖，右拍洪崖肩。』

［四］玉虛宮：武當山宮殿群之一，全稱『玄天玉虛宮』，道教指玉虛爲玉帝居處。

［五］梁宋：今河南開封商丘一帶。梁指戰國魏都大梁（今開封），宋指宋國，其故都在今商丘。

［六］蘇門：蘇門山。位於今河南省輝縣市，係太行山支脈。晉人孫登善長嘯，隱居蘇門山。《晉書·阮籍傳》：『籍嘗於蘇門山遇孫登，與商略終古及棲神導氣之術。登皆不應，籍因長嘯而退。至半嶺，聞有聲若鸞鳳之音，響乎岩谷，乃登之嘯也。』山有嘯臺遺跡。

［七］遼東：遼河以東地區，戰國秦漢至南北朝，曾爲郡名；　明代爲都司名和軍鎮名。屠隆該詩既以『雙棲珠樹鶴』比喻管建初、孫以德，則末句『遠莫泛遼東』爲用遼東人丁令威化鶴典故，晉陶潛《搜神後記》：『丁令威，本遼東人，學道於靈虛山，後化鶴歸遼，集城門華表柱。時有少年舉弓欲射之，鶴乃飛，徘徊空中而言曰：「有鳥有鳥丁令威，去家千年今始歸。城郭如故人民非，何不學仙冢累累。」遂高上衝天。』

## 郊行

高原曠不分，平野緑波紋。水積蒹葭浦，天空鷗鷺群。千峰攢落日，萬木閣疏雲。薄莫蟬聲急，風高斷續聞。

## 行縣飯田間暫憩徐太常莊居四首[一]

午飯翠微中，春泉茗作供。巖花争媚客，石竹細含風。鷺下青沙暖，鶯啼白日空。獨憐農事少，環堵没枯蓬。

春日踏空原，傷心不可宣。野棠生蔓草，溝水漫荒田。父老無耕犢，王孫有釣船。笋魚吾自飽，竹裡斷炊煙。

郊行極宛轉，下馬類閑遊。芳樹雲初暖，垂楊風漸柔。東皋飛野雉，南陌語春鳩。村釀猶堪醉，終慙藿食謀[二]。

蕭然蒼莽外，臺樹與山平。行役吾知倦，登臨眼故明。連峰到海氣，衆壑自春聲。總有憂時淚，無妨達者情。

**注釋**

［一］行縣：古代官員巡行所主之縣，以盡勸人農桑、視察民情、振救乏絶等職責。屠隆時爲潁上縣令。徐太常：未詳。

［二］藿食：指藿食（以豆葉爲食）者，即在野之人，具體用晉人祖朝典故。漢劉向《説苑·善説》：『晉獻公之時，東郭民有祖朝者，上書獻公曰：「草茅臣東郭民祖朝，願請聞國家之計。」獻公使使告之曰：「肉食者已慮之矣，藿食者尚何與焉？」祖朝對曰：「……肉食者一旦失計於廟堂之上，若臣等之藿食者，寧得無肝腦塗地於中原之野與？其禍亦及臣之身，臣與有其深憂，安得無預國家之計乎？」』

## 送桂博士還四明[一]

憶昔長安市[二]，婆娑嘉樹前[三]。故人共今夕，一別是三年。短櫂發青浦[四]，長波破緑煙。還山逢酒伴，好拂石牀眠。

**注釋**

[一] 桂博士：桂茂枝，字蒨盈。見卷五《感懷詩五十五首・桂博士蒨盈》注釋[一]。四明：指桂博士家鄉寧波（桂博士爲寧波府慈溪縣人），以四明山故稱之。

[二] 長安：指北京。

[三] 嘉樹：屠隆京城寓居之旅舍，名嘉樹軒。卷十五《寄少宗王公》：『僦得長安旅舍，中有茂樹一章。』常有友朋高會，見《夏夜沈箕仲馮開之丁右武徐茂吴沈少卿陳伯符集嘉樹軒得人字》《秋夜諸君集嘉樹軒》詩；又《與馮開之小牘八條》：『今夕何夕？客中多懷，足下可乘晚涼來，共坐嘉樹軒，觀天孫渡河，僕當爲《長安七夕篇》酬之也。』《與周元孚》：『追維長安把臂，斗酒相勞，清談名理，婆娑嘉樹，徼寵靈於足下，自謂范張可作，管鮑不死。』

[四] 青浦：見沈明臣《由拳集敍》注釋[一]。

## 贈吴叔嘉[一]

白露下中庭，微涼酒易醒。牀頭琴是水，天上客爲星。鳳嘯真寥廓[二]，鴻飛入窈冥。對君清不極，開篋寫泠泠。

**注釋**

[一] 吴叔嘉：字昌齡。見卷五《感懷詩五十五首・吴徵君叔嘉》注釋[一]。

〔二〕鳳嘯：孙登之嘯。《晉書·阮籍傳》：『籍嘗於蘇門山遇孫登，與商略終古及棲神導氣之術。登皆不應，籍因長嘯而退。至半嶺，聞有聲若鸞鳳之音，響乎岩谷，乃登之嘯也。』

## 壽家長君六十〔一〕

霜前聽鳴鴈，月下坐吹笙。水闊桃花細，天寒沙渚清。生涯問漁釣，歲月在棋枰。六十貧猶昔，無慙廉吏兄。

**注釋**

〔一〕家長君：自家長兄，指屠佃。屠隆兄弟共六人，爲佃、侯、俅、俛、仍、儱（隆）。屠隆《先君丹溪公誄》：『公生六子，長佃。』（見本書卷二十二）

## 嘉則先生馮開之小坐①〔一〕

流水似官衙，空庭坐日斜。縣宜臨大澤，客本泛孤查〔二〕。鳥語墮芳②樹，虫絲綰落花。不須悲去住，得酒是年華。

**校勘**

① 坐：底本原作『生』，據目録和存目本改。

② 芳：底本原作『若』，據存目本改。

**注釋**

〔一〕嘉則：沈明臣，字嘉則。見沈明臣《由拳集敘》注釋〔一一〕。馮開之：馮夢禎，字開之。見沈明臣《由拳集敘》注釋〔二〕。

〔二〕客：客星，神話傳説中浮槎（同『查』）至天河之人。晉張華《博物志》卷十：『舊説云天河與海通。近世有人居海濱者，年年八月有浮槎去來，不失期。人有奇志，立飛閣於槎上，多齎糧，乘槎而去。十餘日中，猶觀星月日辰。自後芒芒忽忽，亦不覺晝夜。去十餘日，奄至一處，有城郭狀，屋舍甚嚴。遥望宫中多織婦。見一丈夫牽牛渚次飲之，牽牛人乃驚問曰：「何由至此？」此人具説來意，並問此是何處。答曰：「君還至蜀郡訪嚴君平，則知之。」竟不上岸。因還如期。後至蜀問君平，曰：「某年月日有客星犯牽牛宿。」計年月，正是此人到天河時也。』後以指客人。

## 池上夜坐

斜月到林初，波光動夜舒。深宵生寂歷，細語坐踟躕。宿鳥花間瞑，寒星竹外疏。泠然發天籟，爽氣濯衣裾。

## 董陽明以詩見投却寄[一]

天地真寥廓，斯人在薜蘿。投竿滄海曲，采秀碧山阿。名有文章在，貧如世路何。思君五湖上，春水緑於羅。

**注釋**

［一］董陽明：董大晟，字陽明（一作揚明），鄞縣人。據《鄞縣志》，董大晟『博學工文，著《海曙樓賦》，淵泓得體，不滯不詭。又有《雪月風花賦》，並爲世所稱。』有《嘯廬四賦》，亦善八股制義，屠隆《白榆集》卷四有《董陽明制義序》。屠隆《由拳集》卷十七《與李之文》云：『董陽明博雅士，僕居四明時，雖不時時還往，然契義相期矣。昨至海上，使人持足下書，渠自爲長歌一章、長牋一首見投，僕爲書答之，復爲賦詩一章附致之，成足下雅意。』

## 百舌詩

問爾何爲者，花間底自喧。物情那可詰，春事與誰論。不受金人戒[一]，空疑稷下魂[二]。請看桃李樹，開落總無言。

## 注釋

〔一〕金人：周太廟右陛前之銅人。金人戒，謂金人之告戒。漢劉向《説苑·敬慎篇》：『孔子之周，觀於太廟。右陛之前有金人焉，三緘其口，而銘其背曰：「古之慎言人也，戒之哉！戒之哉！無多言，多言多敗；無多事，多事多患……」孔子顧謂弟子曰：「記之，此言雖鄙，而中事情。詩曰：戰戰兢兢，如臨深淵，如履薄冰。行身如此，豈以口遇禍哉！」』

〔二〕稷下：爲戰國時齊國都城臨淄稷門附近地區，齊威王、齊宣王曾建學宫於此，文學遊説之士聚此講學議論。稷下魂，指稷下談士之精魂。《史記·田敬仲完世家》：『宣王喜文學遊説之士，自如鄒衍、淳于髡、田駢、接子、慎到、環淵之徒七十六人，皆賜第爲上大夫，不治而議論。是以齊稷下學士復盛，且數百千人。』

# 五言排律

## 登吴山遠眺〔一〕

騁望吴山頂，踟躕爽氣横。東南稱大國〔二〕，吴越見高城。水接江門闊，雲連海岱平。西陵空草色〔三〕，天目掛松聲〔四〕。落日朱樓迥，長堤垂柳榮。湖光開寶鏡，人語雜鳴筝。古戍烟仍合，寒塘潮自生。盪胸貼寥廓，策足上峥嶸。莽莽乾坤外，聊抒萬里情。

## 注釋

〔一〕吴山：在今浙江杭州西湖東南。又名胥山，上有子胥祠、有美堂等。歐陽修《有美堂記》：『山水登臨之美，人物邑居之繁，一寓目而盡得之。』

〔二〕東南：國家東南方。宋柳永《望海潮》：『東南形勝，三吴都會，錢塘自古繁華。』宋蘇軾《虞美人》：『湖山信是東南美。一望彌千里。』

〔三〕西陵：此指南朝齊錢塘名妓蘇小小墓地。在今杭州孤山西泠橋一帶，舊稱西陵。南朝樂府《蘇小小歌》：『我乘油壁車，郎乘青驄馬。何處結同心，西陵松柏下。』唐李賀《蘇小小墓》：『西陵下，風吹雨。』唐羅隱《江南行》：『西陵路邊月悄悄，油壁輕車蘇小小。』屠隆詩言『西陵空草色』，參見卷九《蘇小小墓》：『日落西陵冷莫潮，美人南國恨蕭條。江邊草緑青驄去，墓上花開紅粉銷。』

[四] 天目：天目山，位於浙江臨安境内。

## 贈李將軍①十六韻[一]

元戎清大漢，遠下薊門秋[二]。玉節臨東徼，牙旗逮海陬。千金裝越甲，萬騎擁吴鈎。蜃氣長帆合，潮聲古堞浮。雄關當虎豹，猛士肅貔貅。領隊趍三島[三]，吹笳渡十洲。將星依北斗，邊月落旄頭。天闊風烟斷，霜高瘴厲收。三軍今罷戰，天子近銷憂。折箭爲壺矢，開尊運酒籌。晝巡經戍壘，夜飲上歌樓。白練齊②超距，紅妝競打毬。美人來趙地[四]，新曲度涼州[五]。草映金貂緑，花明錦帳綢。春風輕寶扇，麗日煖箜篌。上客朱門入，平原駿馬、遊。功成當富貴，肘印取封侯。

### 校勘

① 李將軍：《屠長卿集》作『李大將軍』。

② 齊：底本原作『斉』，據存目本、《屠長卿集》改。

### 注釋

[一] 李將軍：李超。字升霄，明松門（今屬浙江温嶺市）人。著名抗倭將領，曾爲戚繼光、俞大猷部將，在浙江、福建等地抗倭有功。萬曆初年任寧波府總兵。後官至京城護軍都督。

[二] 薊門：即薊丘，位於北京城西德勝門外西北隅。見卷一《閔貞賦》注釋[九]。

[三] 三島：與下句『十洲』，本爲傳説中之海上神山，此代指海島。

[四] 趙地：指趙國。趙國出美女，秦李斯《諫逐客書》：『所以飾後宫，充下陳，娱心意，説耳目者，必出於秦然後可；則是宛珠之簪，傅璣之珥，阿縞之衣，錦繡之飾，不進於前；而隨俗雅化，佳冶窈窕，趙女不立於側也。』後以趙女泛指美女。

［五］涼州：古地域名，在今甘肅省（以武威爲中心）。其音樂頗有西域邊地特色。唐開元間，西涼府都督郭知運採涼州曲獻於朝廷。後有詩人依曲創作《涼州詞》《涼州歌》，如王翰《涼州詞》：『葡萄美酒夜光杯，欲飲琵琶馬上催。醉卧沙場君莫笑，古來征戰幾人回。』

## 奉贈少宗伯王公二十韻［一］

上相欽瓌偉，千年嶽降祥。雄姿推鶻俊，爽氣颯龍驤。東序陳蒼玉［二］，西櫺揖紫皇［三］。山河摇筆札，雷雨夾縹緗。斗氣誰堪擷，星精或可當。校書臨太乙［四］，起草立明光［五］。揚馬陪鵷簉［六］，夔龍接雁行［七］。秋河宵視直，春殿晝含香。道出空同上［八］，思超坱圠①旁［九］。千言抒鳳彩，五色駕虹梁。大業歸雄藻，僊都發秘藏。玄心窺象罔［一〇］，赤手劈洪荒。朗秀空巖電，温夷照截肪。神情還寂歷，名字放②飛揚。競睹銅池草，争酬天馬章。松蘿終結伴，禁籞暫尚羊［一一］。望氣關門紫，湌霞沆瀣黄。身依雙闕近，夢落五湖長。他日蓬萊頂，看君白日翔。

### 校勘

①圠：底本原作『北』，據存目本改。

②放：存目本作『故』。

### 注釋

［一］少宗伯王公：王錫爵，字元馭，號荆石，蘇州府太倉人。嘉靖四十一年（一五六二）會試第一，廷試第二。授編修，累遷至國子監祭酒。萬曆五年（一五七七）升詹事府詹事，兼掌翰林院。萬曆六年（一五七八）進禮部右侍郎。因剛直不阿，得罪張居正，遂回故里。屠隆此時恰任職於青浦，而有交往。少宗伯爲禮部侍郎之別稱。後張居正死，王錫爵拜禮部尚書，官至首輔。傳見《明史·列傳》第一百六。

［二］東序：夏代大學之名稱，以其在王宫之東，故稱。後世爲國子監之通稱。又爲朝廷收藏圖書、秘寶之所。屠隆此句謂王錫爵任職國子監祭酒。

［三］西櫺：天帝起居之處。三國魏曹植《五遊詠》：『徘徊文昌殿，登陟太微堂。上帝伏西櫺，群后集東廂。帶我瓊瑶佩，漱我沆瀣漿。踟躕玩靈芝，徙倚弄華芳。』紫皇：道教傳説中最高之神。《太平御覽》卷六五九引《秘要經》：『太清九宫，皆有僚屬，其最高者，稱太皇、紫

皇、玉皇。』

[四] 太乙：太乙星精。《三輔黄圖》卷六：『劉向於成帝之末校書天禄閣，專精覃思。夜，有老人著黄衣，植青藜杖，叩閣而進。見向暗中獨坐誦書，老父乃吹杖端，煙然，因以見向，授《五行》《洪範》之文。恐詞説繁廣忘之，乃裂裳及紳，以記其言。至曙而去，請問姓名，云：「我是太乙之精，天帝聞卯金之子有博學者，下而觀焉。」』

[五] 明光：漢代宫殿名。後泛指宫殿。

[六] 揚馬：漢揚雄和司馬相如。鵷簉：鵷鳳聚集，喻朝官會聚。

[七] 夔龍：傳爲舜之二臣。夔爲樂官，龍爲諫官。《尚書・舜典》：『伯拜稽首，讓於夔龍。』後世用以比喻朝官。《新唐書・上官儀傳》：『儀曰：「接武夔龍，簉羽鵷鷺，豈雍州判佐比乎？」』唐杜甫《奉贈蕭十二使君》詩：『巢許山林志，夔龍廊廟珍。』

[八] 空同：此指虚無渾茫之境。《關尹子・九藥》：『昔之論道者，或曰凝寂，或曰邃深，或曰澄澈，或曰空同。』

[九] 坱圠：漫無邊際貌。見卷四《遠遊》注釋[一]。

[一〇] 象罔：《莊子》寓言中人物名。《莊子・天地》：『黄帝遊乎赤水之北，登乎崑崙之丘而南望。還歸，遺其玄珠。使知索之而不得，使離朱索之而不得，使喫詬索之而不得也。乃使象罔，象罔得之。』王先謙集解引宣穎云：『似有象而實無，蓋無心之謂。』

[一一] 禁籞：禁苑周圍之藩籬，代指禁苑、宫廷。

## 吴門懷古二十二韻[一]

雄秀結名區，山川走大都[二]。長烟春嶂合，落月夜潮枯。遠樹深如沐，空沙映若無。谷風吹窌窱，山路折崎嶇。水抱林扉敞，雲奔石壁孤。前王犁墓道，霸氣死江蕪。莽蒼誰堪問，精靈不可呼。縱衡論往事，寂莫想雄圖。龍子腥滄海，魚腸壓鉅湖。樓船浮澤國，臺榭枕山隅。神女朝看鏡，妖蛟夜捧鑪。城烏驚振柝，水怪避揚桴。宫裡娥眉細，尊前烈士臝。弓開光黯淡，刀冷血模糊。一旦丘樊掩，千年野草蘇。廢園風槭槭，荒逕路塗塗。白日銷金虎，蒼苔繡玉凫。英雄悲逝水，歌舞委長衢。吊古心悽惻，登高氣欝紆。憑闌聊酌醴，吟嘯獨躊躕。

## 注釋

[一] 吴門：蘇州爲吴國故都，後世因稱蘇州或蘇州一帶爲吴門。

[二] 大都：大都邑，指蘇州。

# 開之居西湖甚適悵焉瞻遡十五韻[一]

故人湖上住，湖水浄娟娟。西去山雲盡，東来海日懸。珠寒龍戲浦，石裂虎跑泉[二]。秀絶空王閣，清含大士蓮。遊僧疏竹裡，啼鳥寺門前。波浪遥吞海，靡蕪上接天。疏星沉夜壑，芳樹沐春煙。漢女明璫濕[三]，江妃羅襪鮮[四]。鴛央宜水國，絲管沸樓船。塵外真玄朗，丘中足晏眠。波聲砰隱隱，霞氣濯僊僊。鷗夢侵歌扇，花容傍舞筵。飛揚跳急雨，寂滅入枯禪。賞愜心無累，神超物自捐。何當謝羈靮，相共訂真詮。

## 注釋

[一] 開之：馮夢禎，字開之。詳見沈明臣《由拳集敘》注釋[二]。西湖：杭州西湖。

[二] 虎跑泉：泉名，在杭州西湖西南原大慈山白鶴峰下大慈寺（後名虎跑寺，今慧禪寺）中。宋潛説友《咸淳臨安志》卷三十八：『舊傳性空禪師嘗居大慈山，無水，忽有神人告之曰：「明日當有水矣。」是夜二虎跑地作穴，泉湧出，因名。』虎跑泉爲西湖名勝。

[三] 漢女：見卷六《長安明月篇》注釋[一一]。

[四] 江妃：江漢神女。漢劉向《列仙傳·江妃二女》：『江妃二女者，不知何所人也，出遊於江漢之湄，逢鄭交甫，見而悦之，不知其神人也。』

# 由拳集校注卷之九

## 七言律詩

### 沈嘉則先生應聘之楚復聞留滯吴中有作[一]

關山迢遞雁來疏，故國經年一寄書。到處秖應彈短鋏，何王差可曳長裾。楚天雲樹空相望，吴地烟花好暫居。九月江南螃蟹熟，知君不食武昌魚[二]。

注釋

[一] 沈嘉則：沈明臣，字嘉則。見沈明臣《由拳集敘》注釋[一一]。吴中：此指蘇州。

[二] 武昌：初爲縣、郡名，治所在今湖北鄂州。武昌魚，指武昌附近所産之團頭魴。《三國志·吴志·陸凱傳》載，孫皓從建業遷都武昌，丞相陸凱進諫，引童謡曰：『寧飲建業水，不食武昌魚。』沈嘉則應聘楚地而滯留吴中，屠隆因以『九月江南螃蟹熟，知君不食武昌魚』調謔。

### 登太虚樓[一]

秋天蕭索獨登樓，長嘯憑闌望九州。城闕青山空極目，風烟白日黯生愁。千年吴越英雄盡，萬里滄波日夜流。

江上蘋花今正好，且須把酒勸江鷗。

**注釋**

［一］太虛樓：在杭州吴山上。明皇甫汸《胡開府招讌太虛樓》：『吴山高處謁氤氳，幽閣晴開一逕分。』王世貞《同年馬通政吴太常顧沈二臬及凌守要予與蔡憲使飲太虛樓》：『挾日千峰凌睥睨，浮天萬頃浸樓臺。西泠棹影煙從破，下界鐘聲晚自來。』

## 蘇小小墓［一］

日落西陵冷莫潮［二］，美人南國恨蕭條。江邊草緑青驄去，墓上花開紅粉銷。明月可能留寶靨，垂楊猶自學纖腰。白門亦有啼烏在［三］，多少香魂不可招。

**注釋**

［一］蘇小小：南朝齊錢塘名妓。出行常坐油壁香車，十九歲亡故。墓在今杭州孤山西泠橋畔。

［二］西陵：此指蘇小小墓地，見卷八《登吴山遠眺》注釋［三］。

［三］白門：六朝故都建康（今江蘇南京市）之正南門，俗稱白門。白門啼烏，出古樂府《楊叛兒》：『暫出白門前，楊柳可藏烏。歡作沉水香，儂作博山鑪。』李白《楊叛兒》：『君歌楊叛兒，妾勸新豐酒。何許最關人，烏啼白門柳。烏啼隱楊花，君醉留妾家。博山鑪中沉香火，雙煙一氣凌紫霞。』後常以指男女歡會之地。

## 贈李將軍①［一］

曾提虎旅靖胡沙，又泛東南萬里槎。出塞錦袍光照海，倚天長劍氣生花。樓頭鼓角黄煙斷，帳下歌鍾白日斜。四十登壇誰不羨，雄關長此鎮中華。

**校勘**

①贈李將軍：《屠長卿集》題作『贈李大將軍』。

**注釋**

［一］李將軍：李超，見卷八《贈李將軍十六韻》注釋［一］。

## 夜飲李將軍帳中［一］

兩行寶炬照華堂，一派笙歌夜未央。户外高牙明畫戟，燈前小隊舞紅妝。花生步障風光煖，月在簾鉤海色長。大將只今容揖客，不妨沉醉答青陽。

**注釋**

［一］李將軍：李超，見卷八《贈李將軍十六韻》注釋［一］。

## 送艾將軍之南海［一］

東方千騎去如雲，寶劍光摇白日昏。銅柱誰移標瘴海，尺書無計請天閽。即今何地非王土，此去封侯亦主恩。一望蠻烟春艸緑，夜來邊月照營門。

**注釋**

［一］艾將軍：未詳。

## 豔歌

風流歌舞世間稀，傳粉承恩入禁闈[一]。手把金丸花外度，身披宫錦雪中歸。水邊漢女應捐珮[二]，樓上秦王亦卷衣[三]。夜打繡毬宫柳動，滿屏明月燭光微。

**注釋**

［一］禁闈：宫廷之門户。代指宫内或朝廷。

［二］漢女：見卷六《長安明月篇》注釋［一一］。

［三］秦王：具體指誰，未詳。秦王贈衣與所愛女子，古樂府有《秦王卷衣曲》。宋郭茂倩《樂府詩集》卷七十三《雜曲歌辭》引唐吴兢《樂府解題》：「《秦王卷衣》，言咸陽春景及宫闕之美，秦王卷衣以贈所歡也。」《樂府詩集》輯梁吴均《秦王卷衣》詩。後世詩人擬之，如宋文同《秦王卷衣》：「咸陽秦王家，宫闕明曉霞。……美人却扇坐，羞落庭下花。閑弄玉指環，輕冰扼紅牙。君王顧之笑，爲駐七玉車。自卷金縷衣，龍鸞蔚紛葩。持以贈所愛，結歡期無涯。」

## 九日登郡城樓二首[一]

江上西風吹緑蕪，天高落日隱城隅。馬嘶大道侵官柳，砧斷寒烟入井梧。萬户不關秋月白，千山只並海雲孤。驚心歲歲看叢菊，且把流光醉玉壺。

天邊木葉萬家秋，江入河聲不斷流。落日行人馳驛路，莫烟歸鳥下城樓。四垂寥廓看無際，獨立微茫黯自愁。但使龍山高興在[二]，芙蓉花發照吴鈎。

**注釋**

［一］郡城：具體所指未詳。疑爲寧波府城，景物相符合。可與本卷《春日登郡城樓》互參。

［二］龍山：山名，東晉桓温九月九日大聚佐僚於此山。事見《晉書·孟嘉傳》、陶潛《晉故征西大將軍長史孟府君傳》等。龍山具體所在，有江陵説、當塗説等。後人重陽登高多以龍山佳會爲典故。

## 秋懷四首

楓葉千家帶莫①林，空江水氣薄秋陰。城高白日風煙迥，天盡黄河宫闕深。殘柳暗傷蓬鬢老，微霜不使劍花侵。關山極目中原外，野鶴雲間萬里心。

一夜空林霜葉飄，年來生事轉蕭條。山當落日垂秋樹，江如層城急莫潮。野曠平蕪昏宿鷺，天寒疎柳歇鳴蜩。愁看直北黄雲合，颯爽惟應代馬驕。

眼前萬事摠堪愁，蕭瑟西風吹敝裘。爲有黄花催客淚，不禁紅樹帶江流。亂山吹笛荒城暮，落葉行人古墓秋。遥想群公應載酒，向來佳句滿滄洲［一］。

露下梧桐秋色闌，越王城繞大江寒［二］。極天鳥影平沙磧，入夜砧聲出井欄。欲採白蘋愁遠道，好憑黄鵠望長安。美人不用傷遲暮，只恐天涯行路難。

### 校勘

① 莫：《屠長卿集》作『暮』。

### 注釋

［一］滄洲：見卷八《送余君房北上得洲字》注釋［三］。

［二］越王城：在紹興府城東南十里。《明一統志·紹興府》：『在府城東南一十里，越王勾踐棲兵處。《越絶》曰：「勾踐小城，山陰是也。」……又蕭山縣西九里，亦有越王城。』

## 携尊酌田叔[一]時田叔歸自京師

幾年京國問蹉跎[二]，門徑初歸長薜蘿。萬里烟霜空大海，七陵風雨渡黄河[三]。青天老我閒金劍，白日怜君佩玉珂。笑把一尊還勞爾，燈前落葉坐來多。

**注釋**

[一] 田叔：屠本畯，字田叔。見卷一《霞爽閣賦》注釋[一]。

[二] 京國：京城。

[三] 七陵：西漢七個帝王之陵寢稱『七陵』，此借指明朝遷都北京後之皇帝陵寢，在今北京西北郊昌平縣境内。明宗臣《問余德甫病二首》：『星河雙杵夕，風雨七陵秋。』

## 秋夜宿嘉則先生齋中[一]

客散深堂寳炬明，凉秋高館坐來清。城頭畫角吹霜氣，天外疏鐘落暮聲。永夜西看河漢轉，劇談東指月華生。詩篇歷亂光浮滿，手握榆花繞砌行。

**注釋**

[一] 嘉則先生：沈明臣，字嘉則。見沈明臣《由拳集敘》注釋[一一]。

## 送余君房沈箕仲北上[一]

北望關山酒未闌，白雲宫闕是長安[二]。送君十月黄河去，正遇西風易水寒[三]。千里層冰交宿莽，孤城落日解征鞍。黄金臺上春應好[四]，莫問人間行路難。

**注釋**

[一]余君房：余寅，字君房。見卷五《感懷詩五十五首·余孝廉君房》注釋[一]。沈箕仲：沈九疇，字箕仲。見卷五《感懷詩五十五首·沈比部箕仲》注釋[一]。

[二]長安：指北京。

[三]易水：河流名。荆軻往刺秦王，燕太子丹等在易水邊餞别。見卷三《易水歌》注釋[一]。

[四]黄金臺：燕昭王爲招賢納士所築，見卷一《閔貞賦》注釋[六]。

## 岳武穆①墓下作[一]

東来馬首解金鞍，西去龍輿望漢官[二]。水斷黄河旗影滅，霜高白日鼓聲寒。當時部曲傷心過，萬古行人掩泪看。墓木不隨宫樹盡，大湖春草路漫漫。

**校勘**

①岳武穆：《屠長卿集》作『岳武穆王』。

**注釋**

[一]岳武穆：岳飛，字鵬舉，相州湯陰縣（今河南安陽市湯陰縣）人，南宋著名軍事家。冤死二十年後，宋孝宗用史浩議爲其平反，謚武穆。《宋史·岳飛傳》：『淳熙六年，謚武穆。嘉定四年，追封鄂王。』岳飛墓在杭州西湖邊棲霞嶺南麓。

[二]龍輿：天子車輿，借指皇帝。西去龍輿，指靖康之難，金軍破東京，徽宗、欽宗被擄事件。

## 贈陳將軍使日本[一]

孤臣迢遞使夷王[二]，萬死間關出大荒。地盡樓船渡海水，寒深旌節下天霜。身經虎穴風蕭颯，手探驪珠夜莽蒼。頭白子卿猶屬國[三]，雙懸寶劍自生光。

**注釋**

［一］陳將軍：指陳可願。陳可願使日本，見卷六《贈陳將軍》注釋［一］。

［二］夷王：指日本國王。

［三］子卿：漢代蘇武，字子卿。據《漢書·蘇武傳》，漢武帝時，蘇武奉命出使匈奴，被扣留。不從脅降，徙至北海牧羊。居匈奴長達十九年，歷盡艱辛，持節不屈。後歸漢，拜爲典屬國。《漢書·百官公卿表》：『典屬國，秦官，掌蠻夷降者。』唐王維《隴頭吟》：『蘇武才爲典屬國，節旄空盡海西頭。』

## 賦得烏衣巷送周使君之金陵[一]

春風深巷舊豪奢，駿馬銀鞍日未斜。朱第空梁曾海燕，白門垂柳自宮鴉[二]。草香輦路銷金粉，花發江城問酒家。君去定尋王謝宅，大帆明月向天涯。

**注釋**

［一］烏衣巷：地名。在金陵（今南京市）秦淮河南。三國時，吴置烏衣營於此，士兵皆着烏衣，故得名。東晉時，王導、謝安等望族居此。唐劉禹錫《烏衣巷》詩：『朱雀橋邊野草花，烏衣巷口夕陽斜。舊時王謝堂前燕，飛入尋常百姓家。』周使君：未詳。

［二］白門：六朝都城建康（今江蘇南京市）之正南門。白門垂柳、鴉，參見卷七《白門行送徐長孺》注釋［一］。

## 讀孫太初集[一]

當年江海得詩名，湖上扁舟一葉輕。自有高蹤出寥廓，不妨長揖動公卿。雄文筆底寒星落，孤劍床頭夜雨鳴。八極神遊何處是，至今山鬼泣元精。

**注釋**

［一］孫太初：孫一元，字太初，自稱關中（今陝西）人。好老氏書，辭家入太白山，因號太白山人。工詩，多與名流倡和。善治印。與何景明、李夢陽、吴謹相頡頏，世稱『四才子』。

## 曹娥廟[一]

潮落潮生斷岸沙，直令千載路人嗟。香殘粉黛空秋草，怨入啼痕灑浪花。臺殿回風吹偃柏，墓門斜日照寒鴉。苧蘿山下妖姬死[二]，不敢江頭夜浣紗。

**注釋**

［一］曹娥：漢代著名孝女。《後漢書·列女傳》：『孝女曹娥者，會稽上虞人也。父盱，能弦歌，爲巫祝。漢安二年五月五日，於縣江溯濤婆娑迎神，溺死，不得屍骸。娥年十四，乃沿江號哭，晝夜不絶聲，旬有七日，遂投江而死。至元嘉元年，縣長度尚改葬娥於江南道傍，爲立碑焉。』度尚所立碑，其碑文爲邯鄲淳撰。興平二年（一九五），蔡邕題『黄絹幼婦，外孫齏臼』於碑陰，隱『絶妙好辭』四字。東晉王羲之小楷書曹娥廟碑於廟。北宋元祐八年（一〇九三），廟移至西岸，即今上虞百官鎮曹娥江西岸曹娥廟。

［二］苧蘿山：在浙江諸暨城南，西施故里。相傳山下溪邊浣紗石爲西施浣紗處。妖姬：美女，指西施。

## 清道觀[一]

寶幢絳節映寒星，嶽帝端居擁百靈[二]。瑶草空壇霜皓皓，陰萝古殿夜冥冥。夢隨雙鶴松間化，思入孤雲石上停。縹渺羽人高處見，玉簫吹斷萬山青。

**注釋**

[一] 清道觀：觀始建於唐天寶八載，在原慈溪縣治東南（今寧波市江北區慈城塔山）。南宋紹興間重建，並在其右側建東嶽行宫，樓鑰題匾『列仙遊館』。明洪武間擴宫，改稱清道觀。

[二] 嶽帝：東嶽大帝之簡稱。

## 吴太史廢宅[一]

太史風流不可論，山丘華屋祇銷魂。凄凉野老談歌舞，寂莫隣家寄子孫。誰遣空堦生緑草，曾經明月照朱門。傷心回首十年事，流水殘霞遶舊村。

**注釋**

[一] 吴太史：未詳。或爲吴中行，《白榆集》有《吴太史召還作》，即吴中行。

## 海上聞亂有懷

兵戈不奈阻他鄉，故國山河草樹荒。海水定添慈母淚，江流似學遠人腸。片雲望入雙眸盡，千古愁并一夜長。

月落戍①樓吹暮角，篋衣先自得秋霜。

**校勘**

①戍：底本原作『戌』，據存日本、《屠長卿集》改。

## 春夜集方山人話舊[一]

故人相見雙眼青，良宵坐来宜空庭。長林雨急夜泉響，高天霧重春山冥。鍾聲到樹鳥欲動，燭影出簾花初醒。不辭爛熳醉君酒，媿無好詩酬山靈。

**注釋**

[一] 方山人：未詳。

## 慈恩寺贈岐上人[一]

背郭千峰瞰水村，琴書喜得傍空門。我攜仗鉢從支遁[二]，僧向紗籠識李藩[三]。茶後鶴歸松子落，經餘龍去石潭渾。興來欲共凌丹壁，高處烟蘿正可捫。

**注釋**

[一] 慈恩寺：多地有慈恩寺，此詩之所稱，未詳爲何處。或爲開化山中之慈恩寺，卷十八《開化紀遊上》有『玄同子與諸生讀書山中……又居山中慈恩寺，夏夜，玄同子與諸君納凉佛堂中』語。岐上人：未詳。

[二] 支遁：字道林，陳留（今河南開封市）人。東晉高僧、文學家。早年隱餘杭山，後出家。精通佛老，尚清談，與名士孫綽、謝安、王羲

之等有交遊。其養馬愛其神駿，放鶴任其自由等事，後人傳爲美談。

［三］李藩：字叔翰，唐趙郡人。出身官宦有志行家庭，而自幼恬淡修檢，其家財散施殆盡。年四十餘未仕，讀書揚州，困於自給。後出仕，官至門下侍郎，同中書門下平章事。『僧向紗籠識李藩』事，宋孔平仲《談苑》卷四載：『李藩未第時，有僧告曰：「公是紗籠中人。」藩問其故，曰：「凡宰相，冥司必立其像，以紗籠護之。」後果至台輔。』

## 張司馬①新山成與社中諸君賦［一］

謝公不盡登山興［二］，又結青山傍水湄。峭壁孤亭高入漢，曲欄西日倒窺池。一天夜色朱門借，滿地春風緑艸知。爛醉只眠醒酒石，海門空闊月來遲。

### 校勘

① 張司馬：《屠長卿集》作『張司馬公』。

### 注釋

［一］張司馬新山：即張時徹園林，參見卷八《春日集司馬公園得年字》《陪張大司馬遊茂嶼二首》《夏日同程孟孺及社中諸君集張司馬公園》諸作。

［二］謝公：謝靈運。喻張司馬。

## 延慶寺格上人房楊伯翼携酒同諸君①祖餞留别得珠字［一］

舊是乾坤一酒徒，竹林高興落重湖［二］。尊前遠樹浮天緑，水上宫城倚寺孤。河漢夜深低殿瓦，榆花光散照尼珠。且拚酩酊酬今夕，明日千山又鷓鴣。

**校勘**

① 諸君：《屠長卿集》作『沈嘉則李賓父汪長文聞大連仲連』。

**注釋**

［一］延慶寺：在原寧波府城南門日湖上（今靈橋路旁）。寺始建於五代後周，原名報恩院，北宋大中祥符間改名延慶寺。格上人：未詳。楊伯翼：楊承鯤，字伯翼。見卷五《感懷詩五十五首·楊孝廉伯翼》注釋［一］。諸君：據《屠長卿集》該詩標題，點明具體人員。

［二］竹林：魏晉『竹林七賢』。屠隆等人自喻。

## 寄壽孔文谷先生［一］

八斗才華驚海上，歸來三晉老西河［二］。素王劍履雲孫在［三］，大國山川煙樹多。風度霓裳秋縹緲，夜凉銀漢碧嵯峨。山人萬里行爲壽，黄鶴凌空發浩歌。

**注釋**

［一］孔文谷：孔天允，字汝錫，號文谷，又號管涔山人，汾州人。嘉靖壬辰進士第二，官至浙江布政司參政。有《孔文谷文集》等。

［二］三晉：春秋末年晉國被韓、趙、魏三分，故後人稱晉國舊地爲三晉。地域範圍約當今山西全省、河南省中部和北部、河北省南部和中部。西河：本爲古地區名，戰國時屬魏地。孔文谷之家鄉汾州在歷史上曾治西河（今山西省汾陽市），或改名西河郡。孔子弟子子夏在西河設教居老，故西河又爲子夏代稱。《史記·仲尼弟子列傳》：『子夏居西河教授，爲魏文侯師。』《禮記·檀弓上》：『（子夏）退而老於西河之上。』屠隆以子夏比孔文谷。

［三］素王：指孔子。漢王充《論衡·定賢》：『孔子不王，素王之業在《春秋》。』唐劉滄《經曲阜城》：『三千弟子標青史，萬代先生號素王。』雲孫：泛指遠孫。屠隆此稱孔文谷爲孔子後人。

## 嚴陵二首［一］

千古桐江一釣磯［二］，羊裘人去漢宮非［三］。雲臺日月依龍衮［四］，烟水乾坤老布衣。潮落高灘魚欲上，艸荒古殿烏空歸。扁舟何處尋公隱，時有清風下翠微。
龍戰中原王氣開，長安諫議故人回。白雲深處真長往，黄鵠高飛不下來。片片鷗沙依落澗，山山草樹遶空臺[五]。日斜江上漁舟斷，極目猿聲起莫哀。

**注釋**

[一] 嚴陵：東漢嚴光，字子陵。見卷四《東海吟四首》注釋[三]。
[二] 桐江：富春江流經桐廬縣之一江段。釣磯：即嚴陵釣臺。
[三] 羊裘人：指嚴光。《後漢書·嚴光傳》：『嚴光……及光武即位，乃變名姓，隱身不見。帝思其賢，乃令以物色訪之。後齊國上言：「有一男子，披羊裘釣澤中。」帝疑其光，乃備安車玄纁，遣使聘之。』
[四] 雲臺：漢宮中高臺名。光武帝時，常於雲臺召集群臣議事。
[五] 空臺：指嚴陵釣臺。

## 蘭溪舟中[一]

薄霧冥冥煙霧重，青山盡在寂寥中。盤空石磴千峰合，落日樵人一徑通。水鳥齊飛驚浪白，江花初發映舡紅。嗟余擾擾何爲者，欲向滄波作釣翁。

**注釋**

[一] 蘭溪：縣名、江名，見卷八《蘭溪酒家》注釋[一]。

## 縠江舟中[一]

縠江江上放舟輕，久客舟人識姓名。一片錦帆天外落，萬山烟樹雨中行。年年芳艸皆愁色，處處黄鸝只舊聲。

姑①蔑城頭春自好[二]，祇應腸斷百花明。

## 校勘

①姑：底本原作『世』，據存目本、《屠長卿集》改。

## 注釋

[一]縠江：又稱瀔水，即今衢江，錢塘江主要支流。《太平寰宇記》卷九十七引《縠江輿地志》：『其水波瀨交錯，狀似羅縠之文，因以爲名。』發源於今安徽省休寧縣，幹流東南經今浙江省衢州市衢江區、龍遊縣境，至蘭溪市與金華江（婺江）合流後稱蘭江。

[二]姑蔑：古地名，今浙江省開化、龍遊一帶之古稱。見卷八《山中書懷十四首》注釋[二]。姑蔑城：《明一統志》卷四十三《衢州府・古蹟・姑蔑城》：『在龍遊縣縠溪之南。』沈明臣《送屠長卿十四秀才赴太末》：『迢遞青山江樹稀，送汝扁舟向姑蔑。姑蔑城頭花未齊，偃王廟裏鳩初啼。』

# 舟中别孫參軍志山及其從子廣文[一]

風流二阮世稱奇[二]，青眼相看白髮齊。夾路鶯花非故國，滿船煙雨共春溪。我行姑蔑城頭近[三]，君望匡廬山色迷[四]。定向閣中尋帝子[五]，一帆明月大江西。

## 注釋

[一]孫參軍志山：未詳。廣文：孫志山侄子，餘未詳。

[二]二阮：晉阮籍與侄子阮咸。均爲竹林七賢人物。宋劉子翬《勸六四叔卜居》：『竹林杖屨從兹始，二阮風流倘可追。』

[三]姑蔑城：見卷八《山中書懷十四首》注釋[二]；本卷《縠江舟中》注釋[二]。

[四]匡廬：即江西廬山。見卷八《送趙給事謫尉高安二首》注釋[三]。

[五]閣：指滕王閣。帝子：指唐李元嬰。元嬰爲唐高祖李淵之子，其任洪州都督時修建該閣。後元嬰封滕王，人稱該閣爲滕王閣。王

勃《滕王閣》詩：『閣中帝子今何在，檻外長江空自流。』

## 大雪渡錢唐[一]

錢唐大雪駕輕舠，十萬人家壓莫濤。斷岸冰交春草凍，長川風急浪花高。黑連越國迷鄉樹，白滿吴天照布袍。多少笙歌銀屋裡，誰知江上客心勞。

**注釋**

[一] 錢唐：錢塘江。

## 舟中懷社中諸友

水緑湖光入柳條，定知詞客有蘭橈。吴山盡處天應斷，海國看來地自遥。夢落猿聲經雨歇，春晴草色向人驕。大江日夜東流去，欲寄歸心與莫潮。

## 贈徐太常[一]

樫蘿高處入雲間，江揔歸來髩未班[二]。千樹桃花開淑景，萬年靈藥駐朱顔。樓當睥睨青山暮，簾卷珊胡白日閒。舊是尊前珠履客，風塵牢落掩刀環。

**注釋**

[一] 徐太常：未詳。

［二］江摠：即江總，『摠』同『總』。江總字總持，南朝後期文學家。歷仕梁陳隋三代。梁時爲太子洗馬，出爲臨安令。侯景之亂後，避難於吴、會稽，流寓嶺南。至陳天嘉四年（五六三）才被徵召回建康，已四十四歲。後歷官至尚書令。入隋，拜爲上開府。致仕，歸江南。江總歸陳事，屢被詩人化用，如唐杜甫《晚行口號》：『遠媿梁江總，還家尚黑頭。』元虞集《蝶戀花》：『江總白頭心更苦。』明楊基《淮安新河候船》：『江總歸陳嗟老矣，淮陰在楚奈貧何。』明李昌祺《張舒州家觀元承旨危素畫像》：『江總歸陳翻恨老，賈生鳴漢早稱雄。』

## 戴拾遺祠堂［一］

乾坤莽莽暗風塵，不道時危好致身。萬里河山歸朽骨，九天日月照孤臣。尊前空灑蘋花淚，死後誰迴宿草春。霜落高城遺廟肅，墓田蕭索過行人。

**注釋**

［一］戴拾遺：未詳。

## 冬夜酌司馬公所［一］

朔風吹海暗蒼蒼，門掩疏桐落葉黄。江上青山宜莫雨，尊前華髮感流光。孤城擊柝寒聲壯，高館燒燈夜色長。坐到殘更消白墮，開簾河水度微霜。

**注釋**

［一］司馬公所：當指張時徹園林。卷八有《再集司馬公新山》。

## 春日登郡城樓［一］

萬里烟銷海氣清，好風吹日上高城。雨迴疏樹當空出，江漲春波抱郭平。隔歲尚疑殘雪在，前山又見緑蕪生。

蒼茫天地吾將老，感歎流光黯自驚。

**注釋**

［一］郡城：具體所指未詳。疑爲寧波府城，景物相符合。可與本卷《九日登郡城樓二首》互參。

## 咏綠牡丹①有引

吴中王太史家得綠牡丹一本［一］，久而未花。一歲忽著花，吴中以爲絶奇，吴士多咏篇，王元美、曹子念諸君皆有作［二］。錢叔寶善繪事［三］，即從王氏座上寫一本，以遺沈嘉則先生［四］。先生亦有咏，仍命僕輩詠之。

不以紅芳學衆芬，空波黛色借春温。何來異物能銷妬，除是東皇別有恩［五］。愁自瑣窗窺冶髩，死從金谷化啼痕［六］。新妝白日誰相似，詫向人前揔斷魂。

**校勘**

①《屠長卿集》題作『綠牡丹』。

**注釋**

［一］王太史：未詳。

［二］王元美：王世貞，字元美。詳見卷四《答李伯達》注釋［一］。曹子念：曹昌先，字子念。王世貞之甥，見卷五《感懷詩五十五首·曹山人子念》注釋［一］。

［三］錢叔寶：錢穀，字叔寶，明吴縣（今蘇州）人。出文徵明門下，著名書畫家。

［四］沈嘉則：沈明臣，字嘉則。

［五］東皇：此指司春之神。唐戴叔倫《暮春感懷》詩：『東皇去後韶華在，老圃寒香別有秋。』宋趙抃《次韻文同學士春雪》：『東皇欲報豐年信，千里同雲六幕陰。』

［六］金谷：晉石崇之金谷園别館。石崇有愛妾緑珠，美而艷，善吹笛。後爲趙王倫親信孫秀看上，石崇不與，得罪孫秀。緑珠效死石崇，墜樓而亡。事見《晉書·石崇傳》。唐杜牧《題桃花夫人廟》：『至竟息亡緣底事，可憐金谷墜樓人。』

## 酬范司馬公[一]

乾坤莽蕩路漫漫，感激惟將涕淚看。長嘯夷門猶未老[二]，高歌易水故應寒[三]。劍開白日夫容色，馬借秋風苜蓿盤。不是平生知己在，百年寶瑟向誰彈。

**注釋**

［一］范司馬公：指范欽，見卷四《三司馬詩》注釋［二］。

［二］夷門：戰國魏都城東門。《史記·魏公子列傳》：『魏有隱士曰侯嬴，年七十，家貧，爲大梁夷門監者。』參見卷一《霞爽閣賦》注釋［一九］。

［三］易水：河流名。見卷三《易水歌》注釋［一］。

## 范司馬公園[一]

秀木扶疏衆艸齊，開殘紅藥半香泥。鳥窺青嶂平湖入，人倚朱樓落日低。曲竇暗通花徑外，垂楊横過石闌西。坐來麋鹿深深見，不是桃源路已迷。

**注釋**

［一］范司馬公：指范欽，見卷四《三司馬詩》注釋［二］。范司馬公園：即范欽天一閣園林，在寧波府城月湖旁。

# 輓劉民部四首[一]

風雨蕭蕭擁素幢，寒雲入夜暗華陽[二]。百年何處非行客，萬里無論死異鄉。歸路劍南凌峭壁[三]，遊魂閣道度飛梁[四]。天長水闊蛟龍去，山枕高墳近蜀王[五]。

慘澹中原落日昏，傷心何處薦芳蓀。巴猨已及聞①鄉樹，蜀魄那能化故園[六]。萬里悲風吹夜壑，三湘明月照歸魂[七]。使君獨有原鴒恨[八]，泣斷寒烟掛壁門。

一官容易死風烟，迢遞山川絶可憐。桂蝕清霜飄六合，劍銷紫氣掩重泉。魚鳧路断通秦日[九]，金馬人空祀漢年[一〇]。舊是長公門下士[一一]，無從雪涕向青天。

天盡蒼茫萬里橋[一二]，王孫草色况蕭條。玉棺遠葬青山暮，石鏡閒磨白日銷。風急荒城驚落木，霜高枯柳見寒蜩。幽魂何日過湘水，好爲臨風擬大招。

## 校勘

① 聞：底本、《屠長卿集》原作『間』，據存目本改。

## 注釋

[一] 劉民部：未詳。

[二] 華陽：縣名。最早設縣於唐代，明代屬成都府。一九六五年併入雙流縣。

[三] 劍南：唐代十道之一，唐太宗貞觀元年（六二七）改益州爲劍南道，治所成都。因位於劍門關以南，故名。後泛指劍門關以南地區。

[四] 閣道：此指棧道。

[五] 蜀王：應是指望帝、叢帝。望帝杜宇教民稼穡，叢帝開明爲民治水，遺愛流布後人，歷代尊祀。二帝陵墓在郫縣城西南，二冢對峙，狀若丘山，並有望叢祠。

[六] 蜀魄：指杜鵑，傳説爲蜀王杜宇（號望帝）死後魂魄所化。

［七］三湘：泛指湘江流域及洞庭湖地區。見卷一《溟海波恬賦》注釋［一一］。

［八］使君：具體所指何人未詳。原鴒：《詩經・小雅・常棣》：『脊令在原，兄弟急難。』脊令，即鶺鴒，水鳥名。後以『原鴒』喻兄弟友愛，急難相助。宋傅察《毛彥謨以其弟彥周出殯見索挽詞謹賦一首》：『秋風但結原鴒恨，曉露空聞蒿裏歌。』

［九］魚鳧：傳説中之古蜀王名。漢揚雄《蜀王本紀》：『蜀王之先，名蠶叢、伯濩、魚鳧、蒲澤、開明。』唐李白《蜀道難》：『蠶叢及魚鳧，開國何茫然。爾來四萬八千歲，不與秦塞通人煙。』

［一〇］金馬：金馬門，漢宮宦者署門，文士待詔之所。見卷二《十賢贊・東方朔》注釋［三］。

［一一］長公：指蘇軾。蘇軾爲蘇洵長子，因稱長公。見卷二《十賢贊・蘇軾》注釋［一］。宋胡仔《苕溪漁隱叢話後集・東坡五》：『《復齋漫録》云：「當時以東坡爲長公，子由爲少公。」』蘇軾蜀人，劉民部亦爲蜀人而有才，故屠隆譽其爲蘇軾門下士。

［一二］萬里橋：在成都城南。唐李吉甫《元和郡縣志・劍南道上・成都縣》：『萬里橋，架大江水，在縣南八里。蜀使費禕聘吳，諸葛亮祖之，禕嘆曰：「萬里之路，始於此橋。」因以爲名。』

## 金塘山人［一］

駈石何年過海神［二］，洞門瑶艸不知春。乘槎使者終歸漢［三］，採藥僊人自避秦［四］。萬里波濤行汗漫，三山日月照嶙峋［五］。古苔緑字生雲氣，寥廓中原物外身。

### 注釋

［一］金塘山人：具體未詳。金塘爲海島，明代屬寧波府定海縣，今屬舟山市定海區。屠隆《金塘歌》（見卷七）及《與李之文》（見卷十五）中提到之金塘生，疑即此金塘山人。

［二］海神：指傳説中助秦始皇於海中作石橋之神仙。唐歐陽詢《藝文類聚》卷七十九《靈異部下》引《三齊略記》：『始皇於海中作石橋，非人功所建，海神爲之豎柱。始皇感其惠通，敬其神，求與相見。海神答曰：「我形醜，莫圖我形，當與帝會。」乃從石塘上入海三十餘里相見，左右莫動手。巧人潛以脚畫其狀，神怒曰：「帝負我約！」速去。始皇轉馬還，前脚猶立，後脚隨崩，僅得登岸。畫者溺於海。衆山之石皆住，今猶岌岌，無不東趣。』

［三］乘槎使者：晉張華《博物志》卷十：『舊説云天河與海通。近世有人居海濱者，年年八月有浮槎去來，不失期。人有奇志，立飛閣於

槎上，多齎糧，乘槎而去。十餘日中，猶觀星月日辰。自後芒芒忽忽，亦不覺晝夜。去十餘日，奄至一處，有城郭狀，屋舍甚嚴。遥望宫中多織婦。見一丈夫牽牛渚次飲之，牽牛人乃驚問曰：「何由至此？」此人具説來意，並問此是何處。答曰：「君還至蜀郡訪嚴君平，則知之。」竟不上岸。因還如期。後至蜀問君平，曰：「某年月日有客星犯牽牛宿。」計年月，正是此人到天河時也。』槎同楂。

［四］採藥僊人：指徐福。《海内十洲記》：『祖洲近在東海之中……上有不死之草……昔秦始皇大苑中多枉死者横道，有鳥如烏狀，銜此草覆死人面，當時起坐而自活也。有司聞奏始皇。遣使者齎草以問北郭鬼谷先生。鬼谷先生云：「此草是東海祖洲上（有）不死之草，生瓊田中，或名爲養神芝。其葉似菰苗，叢生，一株可活一人。」始皇於是慨然言曰：「可採得否？」乃使使者徐福，發童男童女五百人，率攝樓船等入海尋祖洲。遂不返。福道士也，字君房，後亦得道云。』歷史上有人認爲，徐福入海之真正目的是避秦。如唐汪遵《東海》詩：『漾舟雪浪映花顔，徐福攜將竟不還。同作危時避秦客，此行何似武陵灘。』

［五］三山：傳説中之海上三神山。見卷三《臨高臺》注釋［一］。

## 姑蘇懷古［一］

浩蕩吴門古堞晴［二］，吴人猶識闔閭名［三］。兼無麋鹿經臺殿，獨有江流遶郡城。荒草盡平宫女色，繁絃空入棹歌聲。我來醉倚專諸巷［四］，落日寒光一劍横。

**注釋**

［一］姑蘇：蘇州之别稱。因姑蘇山而得名。

［二］吴門：蘇州爲吴國故都，後世因稱蘇州爲吴門。亦指今蘇州閶門。

［三］闔閭：春秋時吴王闔閭。

［四］專諸：春秋時吴國刺客。見卷七《贈王元美廷尉》注釋［一五］。

## 楊子江［一］

東來大海波濤迴，北壓長河天地開。白雪孤帆光自照，高秋萬馬勢相摧。山當京口捎雲過［二］，寺倚江心截浪迴。落日魚龍吞澤氣，長歌一曲且徘徊。

**注釋**

[一]楊子江：指長江流經揚州一帶江段。『楊』通『揚』。

[二]京口：古城名。在今江蘇鎮江市。三國時孫權曾一度遷都於此，稱京城；旋遷建業後，原地改稱京口鎮。東晉、南朝時均稱京口城。京口地據大江，有北固山、金山（金山寺）、焦山等名勝。

## 泰山夫人[一]

元君臺殿俯城壕[二]，香火遥分岱嶽高[三]。龍鳳旂翻翠羽蓋，山河影動赤霜袍。何人得見三花樹，此地曾無千歲桃。天上珠宫應縹渺，月明袛自度雲璈。

**注釋**

[一]泰山夫人：泰山女神，全稱『天仙玉女泰山碧霞元君』，俗稱泰山娘娘。

[二]元君臺殿：即泰山碧霞宫。始建於明嘉靖二十一年（一五四二）。

[三]岱嶽：泰山之别稱。

## 六合道中[一]

客中不覺年華變，閲歲因知道路遥。春入浦沙猶積雪，凍含河柳未垂條。蕭蕭匹馬行空闊，莽莽孤烟破寂寥。北去漸看風土異，愁來髩髮使人銷。

**注釋**

［一］六合：縣名，明屬應天府。今南京市六合區，範圍大小不同。

## 彭城登項王①戲馬臺［一］

當時霸氣滿彭城，六合風雲嘯咤生［二］。天下何人當割據，中原匹馬可橫行。名垂楚漢雄圖盡，恨入山河野戍平。獨上荒臺尋往事，蕭條寒水夕陽明。

**校勘**

① 項王：《屠長卿集》作「項羽」。

**注釋**

［一］彭城：今江蘇徐州之舊稱。見卷六《彭城下吊項羽》注釋［一］。項王戲馬臺：項羽滅秦後自立爲西楚霸王，定都彭城，於城南因山築臺，以觀戲馬，故名戲馬臺。

［二］六合：天、地、四方。

## 客中書懷

行行洒淚北風前，回首鄉關倍黯然。雪滿平原惟馬跡，天青鉅野斷人烟。一經別後江梅落，又見來時海月圓。日莫酒醒山店裡，定知今夜不成眠。

## 燕齊道中懷觀察劉公①［一］

駈馬山東向朔方，懷人忼慨路俱長。齊憐鮑叔高名在［二］，燕有荊卿俠骨香［三］。此日惟深知己泪，更誰得似古人腸。曉來拂拭孤桐看，照見扶桑海日光。

**校勘**

①觀察劉公：《屠長卿集》作『劉使君』。

**注釋**

〔一〕觀察劉公：指劉翾，見卷一《溟海波恬賦》注釋〔二六〕。

〔二〕鮑叔：鮑叔牙，春秋時齊國大夫。見卷五《感懷詩五十五首·張司馬惟静》注釋〔一〕。觀察劉公亦對屠隆有知遇之恩，如鮑叔牙之薦管仲。

〔三〕荆卿：荆軻。《史記·刺客列傳》：『荆軻者，衛人也。……之燕，燕人謂之荆卿。』

## 初至長安作〔一〕

崔嵬宫殿俯幽燕〔二〕，縹渺歌鐘撲市廛。白月曉浮千樹轉，紅雲長並百花然。遥連山海雄三輔〔三〕，直取關門控九邊〔四〕。聖主垂衣風日好，願歌麗藻入堯年。

**注釋**

〔一〕長安：指北京。

〔二〕幽燕：今北京、河北北部及遼寧一帶。其地戰國時屬燕國，唐以前屬幽州，故名。

〔三〕三輔：此泛稱京畿地區，見卷一《霞爽閣賦》注釋〔二五〕。

〔四〕九邊：明代設於北方之九個邊防重鎮。亦作邊境之泛稱。見卷六《薊門行送王生北上》注釋〔一〕。

## 春日早朝

嚴城銀鑰夜如何，月白朱闌曙色多。鳳炬千行然禁樹，龍旂十隊卷秋河。天垂露氣開金掌，風送鐘聲遶玉珂。花擁百官春殿滿，仙人初下拂雲和。

## 萬壽聖節①

僊露新承萬壽盃，金銀高闕照蓬萊[一]。靈官曉集卿雲下[二]，白帝秋臨御道開[三]。玉佩霞綃三殿動[四]，紫騮黄帊百蠻來[五]。至尊訪道空同上[六]，聞説軒轅有舊臺[七]。

**校勘**

①《屠長卿集》題作『萬壽聖節恭紀』。

**注釋**

[一]蓬萊：唐代有蓬萊宫，此喻明代宫殿。

[二]靈官：仙官，喻百官。因描寫皇上生日之喜慶情境，故多以仙境、祥瑞事物擬稱。

[三]白帝：神話中五天帝之一，西方之神，司秋。

[四]三殿：宫廷三大殿，泛指皇宫。

[五]百蠻：原爲對南方少數民族之總稱，後泛稱少數民族。

[六]至尊：稱皇帝。空同：即崆峒，山名，道教聖地。傳説軒轅黄帝訪廣成子於崆峒之上，聞至道，得長壽。見卷一《霞爽閣賦》注釋[三二]。後世指實之崆峒山有多處，其中薊州有崆峒山（今薊縣府君山），明孫承澤《春明夢餘録》卷七十《陵園》：『薊州東北有崆峒山，問道廣成子處。』

［七］軒轅臺：在今北京市平谷縣境内，見卷六《傅御史行》注釋［四］。

## 入自左掖［一］

千夫劍盾翼周廬［二］，百辟衣冠夾道趍［三］。遠近山河通御氣，岧嶤宫闕象天都［四］。空中復閣翔朱雁［五］，池上飛梁隱玉鳧。艸映宫雲香不散，階前昨日度鑾輿。

**注釋**

［一］左掖：宫城正門左邊之小門。明俞汝楫編《禮部志稿》卷十《常朝御門儀》：『洪武初定，凡早朝，文官自左掖門入，武官自右掖門入。』

［二］周廬：建於皇宫四周以爲警衛之廬舍。《史記·秦始皇本紀》：『衛令曰：周廬設卒甚謹，安得賊敢入宫？』

［三］百辟：百官。唐白居易《醉後走筆酬劉五主簿長句之贈》：『閶闔晨開朝百辟，冕旒不動香煙碧。』

［四］天都：天帝之都。

［五］復閣：重疊之閣。

## 長安七夕［一］

天迴河漢俯朱城，萬里無雲閣道平［二］。太液池波螢縹渺［三］，未央宫樹月從衡［四］。魂銷烏鵲明朝去，泪落關山此夜清。怪底人間倍惆悵，不知天上更多情。

**注釋**

［一］長安：指北京。

［二］閣道：即複道。樓閣間架於空中之通道。《史記·秦始皇本紀》：『秦每破諸侯，寫放其宫室，作之咸陽北阪上，南臨渭，自雍門以

東至涇渭，殿屋復道周閣相屬。』唐王維《奉和聖制從蓬萊向興慶閣道中留春雨中春望之作應制》：『鑾輿迥出仙門柳，閣道迴看上苑花。』

［三］太液池：池名。見卷一《歡賦》注釋［一九］。

［四］未央宮：漢宮名。見卷五《感懷詩五十五首·楊編脩公亮》注釋［三］。

## 西山［一］

龍輿鳳輦去班班，魚鑰千秋殿寢閒［二］。地迴烟霞通複道［三］，天寒狐兔走空山。黃沙不敢銷弓劍，白日猶能照珮環。一自百神看玉匣，長楸靈氣滿人間。

**注釋**

［一］西山：即今北京西山。爲太行山北段之餘脈，都城西邊一道天然屏障。

［二］殿寢：帝王所居之處，前爲殿，後爲寢。

［三］複道：即閣道。見本卷《長安七夕》注釋［二］。

## 贈柴大參入賀萬壽節便道歸省［一］

鏘鏘五玉列諸侯，鳴珮朝天此勝遊。澤潞秋光扶繡轂，薊門寒色擁貂裘［二］。衣冠儤仗開千隊，日月龍旂動九斿。天保萬年醻湛露，白雲相送到滄州［三］。

**注釋**

［一］柴大參：柴淶，字季東。浙江鄞縣人。嘉靖三十五年（一五五六）進士，官江西左布政使、福建監軍副使。著有《柴方伯詩略》。《由拳集》卷二十有《祭柴方伯季東文》可參。

［二］薊門：即薊丘，位於北京城西德勝門外西北隅。見卷一《閔貞賦》注釋［九］。

［三］滄州：見卷六《寄顧益卿》注釋［四］。

## 出塞四首

日落關門秋色空，角聲嗚咽動雲中。風吹苜蓿通秦塞，月照葡萄入漢宫。胡馬暗來驚夜火，邊軍寒起抱宵弓。舊時山下焉支路［一］，多少征人泣斷蓬。

漢家都護擁貔貅，白草黄榆滿戍樓。聞道名王今欵塞，更勞諸將近防秋。青霜淚落金戈暗，明月寒生畫角愁。候騎初回邊報急，夜來烽火照幽州［二］。

强兵一夜度飛狐［三］，大雪連營照鹿盧。明月五原容射獵［四］，長城萬里不防胡。單于塞外輸龍馬［五］，天子宫中出虎符。獨有流黄機上泪，西風吹不到征夫。

沙場歲月去駸駸，金甲光寒朔氣沉。魂夢不知遼水闊［六］，風烟并與薊門深［七］。寧須雪作關山凍，直是胡來天地陰。頭白總憂王相國［八］，何時虜騎罷南侵。

### 注釋

［一］焉支：山名。見卷六《蕩子從軍行》注釋［七］。

［二］幽州：見卷八《送余君房北上得洲字》注釋［六］。

［三］飛狐：關隘名。在今河北省淶源縣北。《漢書·酈食其傳》：『願足下急復進兵……距飛狐之口，守白馬之津，以示諸侯形制之勢。』

［四］五原：原爲關塞名或地名合稱，後泛指邊地。唐駱賓王《早秋出塞寄東臺詳正學士》：『促駕逾三水，長驅望五原。』唐賈至《出塞曲》：『傳道五原烽火急，單于昨夜寇新秦。』

［五］單于：匈奴君長之稱號。

［六］遼水：即遼河。見卷六《長安明月篇》注釋［一〇］。

［七］薊門：即薊丘，位於北京城西德勝門外西北隅。見卷一《閔貞賦》注釋［九］。

［八］王相國：未詳。

## 送李侍御按遼東［一］

豸冠繡服指遼陽，迢遞玄菟控白狼［二］。塞外風塵遥避馬，臺中劍戟凍含霜。雲屯夜壘關門黑，沙起秋空海日黄。君去先聲臨大漠，直看威德走降王。

### 注釋

［一］李侍御：未詳。遼東：遼河以東地區，戰國、秦、漢至南北朝均設郡，明爲軍鎮，『九邊』之一。屠隆時代，鎮守總兵官駐遼陽（今遼寧省遼陽市）。

［二］玄菟：漢郡名，武帝時置。轄境最廣時包括今遼寧省、吉林省西部及朝鮮咸鏡道一帶。後漸縮小，東漢時縮至遼東。白狼：漢代縣名，屬右北平郡。治所在今遼寧省凌源縣南。

## 送孔博士還太末兼之山東掃墓［一］

蘭臺祕省乍含香，博士新銜舊太常。掃墓東來經魯國，移家南去近徐王［二］。高原匹馬青山莫，大澤孤帆赤日長。闕里松楸雲自散［三］，絃歌聲不没靈光［四］。

### 注釋

［一］孔博士：未詳。太末：古縣名。見卷四《懷太末諸所知》注釋［一］。

［二］徐王：指徐偃王，西周徐國國君。相傳徐偃王被楚國所敗後，其一部分族人南遷到太末一帶。太末有徐偃王廟。唐韓愈《衢州徐偃王廟碑》：『衢州，故會稽太末也，民多姓徐氏，支縣龍丘，有偃王遺廟。』

［三］闕里：孔子故里。因有兩石闕，故名。故址在今山東曲阜城内闕里街。

［四］靈光：靈光殿。漢景帝子魯恭王劉餘建。其建築、壁畫等甚美。故址在今山東曲阜市東。

## 燕李臨淮①第［一］

才名藉藉李王孫，朱第騣騣羽騎屯。秋迥浮雲連玉劍，夜深明月下金尊。淮南詞賦留蘩桂［二］，梁國風流此兔園［三］。公子總多天下士［四］，終然虚左媿夷門［五］。

**校勘**

① 李臨淮：《屠長卿集》作『李臨淮惟寅』。

**注釋**

［一］李臨淮：李言恭，字惟寅。襲封臨淮侯。見卷五《感懷詩五十五首・李臨淮惟寅》注釋［一］。

［二］淮南：指西漢淮南王劉安。安博學善文辭，又禮賢下士，門下薈萃之文人衆多。劉安与門客爲辭賦，有《招隱士》流傳：『桂樹叢生兮山之幽，偃蹇連蜷兮枝相繚。……攀援桂枝兮聊淹留。』

［三］梁國：指西漢梁孝王劉武。兔園：梁孝王劉武園囿名，見卷一《歡賦》注釋［二一］。

［四］公子：泛指自古好養士之貴公子。

［五］夷門：夷門侯嬴，受魏公子信陵君虚左以迎。見卷一《霞爽閣賦》注釋［一九］。

## 新秋夜集吴文仲宅［一］

沉沉小雨歇西堂，蕭瑟諸君白苧涼。夏木明朝看落葉，秋虫一夜語流黄。片雲忽送天河色，萬户初來海月光。安得花前不盡醉，坐令雙鬢染朝霜。

注釋

［一］吴文仲：吴安國，字文仲，長洲人。萬曆五年（一五七七）與屠隆同年進士。除真陽知縣。後曾爲寧波知府。有《葆光軒稾》《今是堂集》。吴文仲宅，應爲其入京參加進士試時寓所。

## 夏夜沈箕仲馮開之丁右武徐茂吴沈少卿陳伯符集嘉樹軒得人字［一］

長安車馬暗飛塵［二］，芳樹婆娑且作隣。白日不能銷骯髒，青山還與借嶙峋。故園歲月尊前淚，此夜關河笛裏人。不爲乾坤憐數子，更將肝膽向誰陳。

注釋

［一］沈箕仲：沈九疇，字箕仲。見卷五《感懷詩五十五首·沈比部箕仲》注釋［一］。馮夢禎，字開之。詳見沈明臣《由拳集敘》注釋［二］。丁右武：丁此吕，字右武。見卷五《感懷詩五十五首·丁郡理右武》注釋［一］。徐茂吴：徐桂，字茂吴。見卷五《感懷詩五十五首·徐袁州茂吴》注釋［一］。沈少卿：沈季文，字少卿。見卷五《感懷詩五十五首·沈虞部少卿》注釋［一］。陳伯符：陳泰來，字伯符。見卷五《感懷詩五十五首·陳京兆伯符》注釋［一］。嘉樹軒：屠隆在京時寓所名。見卷八《送桂博士還四明》注釋［三］。

［二］長安：指北京。

## 夏夜集徐茂吴宅［一］

都城初散未央鐘［二］，御路清塵斷夜風。天闊涼雲銜繡户，月高流影下疏桐。古來馬骨終燕市［三］，老去蛾眉薄漢宫［四］。共探牀頭龍劍在，不辭今夜渌尊空。

注釋

［一］徐茂吴：徐桂，字茂吴，長洲人。見卷五《感懷詩五十五首·徐袁州茂吴》注釋［一］。

［二］未央：漢宫名。見卷五《感懷詩五十五首·楊編脩公亮》注釋［三］。

［三］燕市：戰國時燕國都市，指北京。馬骨終燕市，用燕昭王求賢典故，《戰國策·燕策一》：「燕昭王收破燕後即位，卑身厚幣以招賢者……郭隗先生曰：『臣聞古之君人，有以千金求千里馬者，三年不能得。涓人言於君曰，請求之。君遣之，三月得千里馬，馬已死，買其首五百金反，以報君。君大怒曰，所求者生馬，安事死馬，而捐五百金！涓人對曰，死馬且買之五百金，况生馬乎？天下必以王爲能市馬，馬今至矣。於是不能期年，千里之馬至者三。今王誠欲致士，先從隗始。隗且見事，况賢於隗者乎？豈遠千里哉！』於是昭王爲隗築宫而師之。樂毅自魏往，鄒衍自齊往，劇辛自趙往，士争湊燕。」

［四］漢宫：指漢代班婕妤見薄後退居之長信宫。明彭大翼《山堂肆考·音樂·樂章》：「《玉階怨》，即《班姬怨》也。樂府詞有『寄情在玉階』，故云。按，班婕妤，彪之姑，况之女。初爲成帝所寵，後幸趙飛燕姊妹，婕妤自知見薄，求供養太后於長信宫，作賦及《紈扇》詩以自傷悼。後人哀之，而爲《婕妤怨》也。」

## 秋夜集陸敬承①宅［一］

莫問江南庾信哀［二］，相逢不論鄴中才［三］。天②邊木葉明朝脱，塞上秋陰昨夜來。乍可涼風吹白苧，未教玉露下蒼苔。與君且飲長安酒［四］，醉上軒轅百尺臺［五］。

### 校勘

①陸敬承：《屠長卿集》作「陸敬承年丈」。

②天：底本原作「大」，據存目本、《屠長卿集》改。

### 注釋

［一］陸敬承：陸可教，字敬承。見卷五《感懷詩五十五首·陸編脩敬承》注釋［一］。

［二］庾信：字子山，南北朝文學家。早年仕梁，後奉命出使西魏，被强留仕。北周代魏，又留仕北周。庾信到北方後之文學創作，如《哀江南賦》等，多抒發故國之思。

［三］鄴中：三國魏都鄴城。曾匯聚過「三曹」「七子」等才情富贍之文人。宋嚴羽《滄浪詩話·詩評》：「雖謝康樂擬鄴中諸子之詩，亦氣

象不類。』而庾信早年仕梁時，曾聘於東魏，《周書·庾信傳》：『聘於東魏。文章辭令，盛爲鄴下所稱。』

［四］長安：指北京。

［五］軒轅百尺臺：見卷六《傳御史行》注釋［四］。

## 秋夜集周元孚宅得輝字［一］

明星華燭两依依，那忍尊前不醉歸。殿覆鴛央低夜色，月深鳷鵲隱秋輝。天高露下青絲騎，風起涼生白苧衣。目送關山鴻影斷，朱絃落落手中揮。

**注釋**

［一］周元孚：周弘禴，字元孚，見卷五《感懷詩五十五首·周民部元孚》注釋［一］。

## 夏夜對月咏懷

微茫涼月白如秋，此夜憑闌遍九州。華燭深堂憐舞影，露桃荒館照離愁。忽聞吹笛臨邊塞，知有鳴笳在戍樓。灑淚青天何處落，流黄機上玉搔頭。

## 對月代内作［一］

白馬青絲向朔方［二］，城隅緑水住横塘［三］。金鐙坐到清秋月，蕙帶涼生子夜霜。絡緯語聞藂桂裏，關山影落塞鴻長。殘機廢却鴛央錦，起看明河拭淚行。

**注釋**

［一］內：內人，妻子。屠隆妻子楊枚，字柔卿。《甬上屠氏宗譜》卷七《世略》：『（隆）娶楊氏，諱枚，字柔卿。』

［二］朔方：指北方。見卷三《燕歌行》注釋［一］。

［三］城隅：指寧波城隅。屠隆家在寧波城隅桃花渡北岸。桃花渡位於姚江口，北岸爲今江北區桃渡路一帶。横塘：此指姚江堤岸。

## 秋夜諸君集嘉樹軒［一］

縹渺疏螢掛薜蘿，深堂隱隱住鳴珂。燭光無那經秋雨，河影初疑落夜波。大漠天垂青樹闊，高坡凉入白雲多。古來燕趙藏遊俠［二］，忼慨尊前半楚歌。

**注釋**

［一］嘉樹軒：屠隆在京時寓所名。見卷八《送桂博士還四明》注釋［三］。

［二］燕趙：泛指戰國時燕趙二國之所在地區。唐韓愈《送董邵南遊河北序》：『燕趙古稱多感慨悲歌之士。』

## 酬趙兼父①［一］

羨君白璧價連城，共約春風騮馬行。日照彤庭花上下，星臨馳道樹縱橫。百年意氣斲韓白［二］，四海文章屬弟兄。人代總多詞賦客，凌雲終是漢家聲。

**校勘**

①《屠長卿集》題作『酬趙兼父年丈』。

## 注釋

［一］趙兼父：趙崇善，字伯兼，號石梁，浙江蘭溪人。萬曆五年（一五七七）進士，官山東道監察御史、太常寺少卿。常與徐用檢、徐天民、葉良相等講學於邑東天真山庵。萬曆三十二年卒。著有《證語》。焦竑《澹園續集》有《太常寺少卿石梁趙公墓誌銘》。屠隆《白榆集》詩卷二有《送趙兼父侍御請告還金華》。

［二］韓白：漢韓信和秦白起。二人均古代名將，以善用兵著稱。後人常以比喻兩位才能相當者。《抱樸子·辯問》謂：『孫吴韓白，用兵之聖也。』

# 贈陳伯符二首①［一］

定擬肝腸五色雲，千言下筆走昆侖。雷驚絶峽春濤壯，劍指寒星夜氣繁。入眼都無揚執戟［二］，前身恐是李王孫［三］。長安倒屣群公在［四］，玉字金書好共論。

才子翩翩爽氣橫，東南驟得此人名。越王臺壓湖雲半［五］，檇李城侵海岱平［六］。照夜龍媒還自詫，當風寶劍不留行。願君直取千秋看，射策寧須論賈生［七］。

## 校勘

① 原標題無『贈』字，據原目録補。陳伯符：《屠長卿集》作『陳伯符年丈』。

## 注釋

［一］陳伯符：陳泰來，字伯符。見卷五《感懷詩五十五首·陳京兆伯符》注釋［一］。

［二］揚執戟：對漢代揚雄之稱呼。《漢書·揚雄傳》：『雄年四十餘，自蜀來至游京師，大司馬車騎將軍王音奇其文雅，召以爲門下史，薦雄待詔。歲餘，奏《羽獵賦》，除爲郎，給事黄門。』郎職宿衛執戟。三國魏曹植《與楊德祖書》：『辭賦小道，固未足以揄揚大義，彰示來世也。昔揚子雲先朝執戟之臣耳，猶稱壯夫不爲也。』唐李白《古風》：『獨有揚執戟，閉關草《太玄》。』

［三］李王孫：指唐李賀。賀字長吉，爲唐諸王孫，其《金銅仙人辭漢歌》序中自稱『唐諸王孫李長吉』。

[四]長安：指京城。

[五]越王臺：在今紹興市種山（又名府山、卧龍山），《明一統志》卷四十五《紹興府》：『越王臺，舊在種山東北，越王勾踐登眺之所。宋汪綱復建在山之西麓。』

[六]檇李：古地名，在今浙江省嘉興西南。見卷七《存石草堂歌爲沈觀察先生賦》注釋[三]。海岱：渤海至泰山間地帶，古屬青州。《尚書·禹貢》：『海岱惟青州。』孔傳：『東北據海，西南距岱。』

[七]賈生：指漢代賈誼。見卷四《感懷十首》注釋[三]。漢以射策、對策取士，南朝梁劉勰《文心雕龍·議對》：『對策者，應詔而陳政也；射策者，探事而獻説也。』《史記·屈原賈生列傳》：『（賈誼）通諸子百家之書，文帝召以爲博士。是時賈生年二十餘，最爲少，每詔令議下，諸老先生不能言，賈生盡爲之對，人人各如其意所欲出。諸生於是乃以爲能，不及也。孝文帝説之，超遷，一歲中至大中大夫。』賈誼數上疏獻説，肯陳政事，皆具匡建。後人推舉賈誼射策之才而以喻人，如宋郭祥正《代先書寄盧帥朱龍圖》：『城中主人漢賈誼，妙年射策都群英。』

## 送查大參①之山東[一]

載酒都門落日西，金壺擊罷惜分攜。天迴曉日辭龍衮[二]，花發春風送馬蹄。水漲河堤連鉅野[三]，雲高海岱控青齊[四]。使君車蓋紛行部[五]，疑向山山聽鳥啼。

**校勘**

① 查大參：《屠長卿集》作『查大參年伯』。

**注釋**

[一]查大參：未詳。

[二]龍衮：天子禮服，其上繡龍紋。此代指皇帝。《禮記·禮器》：『禮有以文爲貴者：天子龍衮，諸侯黼，大夫黻。』

[三]鉅野：古大湖名。在今山東省鉅野縣北。

[四]海岱：見本卷《贈陳伯符二首》注釋[六]。青齊：古青州、齊州，此代指山東。

［五］使君：此尊稱奉命出使者，指查大參。行部：指巡行所屬部域。

## 送柴大參之太原①[一]

擊筑高歌大道旁，使君歇馬立垂楊。一官報主心如日，四十憂時鬢已霜。西去太行橫上黨[二]，南看澤潞入平陽[三]。山川世路真相借，莫爲人情重慨忼。

**校勘**

①《屠長卿集》目録中，題後注『公以江西左方伯左遷』。

**注釋**

［一］柴大參：柴淶，字季東。見本卷《贈柴大參入賀萬壽節便道歸省》注釋［一］。

［二］太行：太行山。上黨：古郡、縣名，地域略同今山西長治市。太行山脈在其東部。

［三］澤潞：澤州和潞州。澤州州治晉城（今晉城市）。潞州，明嘉靖八年（一五二九）升州爲潞安府，治所上黨縣（今長治市）。平陽：平陽府，治所在山西臨汾。

## 入直左掖中貴乞詩有作[一]

两朝出入有輝光，五夜疏鐘滿未央[二]。萬樹宫花歌寶扇，千門御柳映明璫。心如芳艸生金輦，身是紅雲近玉皇[三]。不貴人間明月色，曾於天上聽霓裳。

**注釋**

［一］左掖：宫城正門左邊之小門。見本卷《入自左掖》注釋［一］。中貴：中貴人，此指朝廷内顯貴之宦官。

［二］未央：漢宮名。見卷五《感懷詩五十五首·楊編脩公亮》注釋［三二］。

［三］玉皇：玉皇大帝。此喻皇帝。宋蘇軾《上元侍飲樓上》詩：『侍臣鵠立通明觀，一朵紅雲捧玉皇。』

## 歌風臺得歌字［一］

漢家湯沐舊山河，宮樹臨淮控夜波。明月可能銷艷舞，西風吹不散悲歌。山中紫氣春陰合，臺上黃雲秋色多。萬歲欢娛欢不足，平沙輦道此經過。

**注釋**

［一］歌風臺：《明一統志》卷十八《徐州》：『歌風臺，在沛縣治東南，泗水西岸，漢高祖征英布還沛，宴父老於此。歌曰：「大風起兮雲飛揚，威加海内兮歸故鄉。安得猛士兮守四方！」後人因以歌風名臺，立石，篆刻歌風辭於其上。』

## 燕子樓得樓字［一］

娥眉慘澹淚長流，明月金波總是秋。銀烛不曾開菡萏，紫苔一半上箜篌。春長語燕頻窺户，香冷疏螢自度樓。玉枕夢回天似水，分明歌舞賜纏頭。

**注釋**

［一］燕子樓：唐張建封愛妾關盼盼之居所。見卷六《蕩子從軍行》注釋［一四］。

## 贈孫以德太史［一］

清時載筆賦長楊，名綴詞臣第一行。天上玉皇香案吏［二］，人間金馬秘書郎［三］。文窺夜色星河落，花發春雲宮錦香。肯向風塵看下走，朱絃實瑟爲君揚。

**注釋**

［一］孫以德：孫繼皋，字以德。見卷五《感懷詩五十五首·孫太史以德》注釋［一］。

［二］玉皇：玉皇大帝。此借指皇帝。香案吏：隨侍皇帝之官員，此指孫以德。唐元稹《以州宅誇於樂天》詩：『我是玉皇香案吏，謫居猶得住蓬萊。』

［三］金馬：金馬門，見卷二《十賢贊·東方朔》注釋［三］。此指翰林院。元代至元間，翰林院始設修撰，明代因之。通常爲殿試後狀元授予此職。孫以德爲萬曆二年（一五七四）狀元，此時正任修撰。秘書郎：官名。三國魏始置，屬秘書省，掌管圖書經籍等。明代並職於翰林院。

## 送凌合肥①［一］

美名年少氣縱横，迢遞吴天一騎行［二］。草色秋連盧子國［三］，朝聲夜上楚王城［四］。山川日落雄風起，壁壘烟銷古戍平。把酒菰蒲江月出，應知慨忼②使君情。

**校勘**

①《屠長卿集》題作『送凌年丈令合肥』。

②慨忼：《屠長卿集》作『忼慨』。

**注釋**

［一］凌合肥：凌登瀛，字元學，號二洲，浙江錢塘人。據《皇明三元考》，凌爲隆慶四年（一五七〇）庚午科浙江解元，萬曆五年（一五七七）進士，授合肥知縣，遷禮科給事中。后任興化知縣。

［二］吴天：春秋時合肥曾屬吴地，故稱。

［三］盧子國：即盧子國，周武王時封國。因盧國爲『子』爵，故稱。宋樂史《太平寰宇記》卷一百二十六《淮南道四・廬州》：『廬州合肥郡今理合肥縣，《禹貢》「揚州之域」，古盧子國。』《明一統志》卷十四《廬州府》：『周以前爲盧子國。』

［四］楚王城：在明代寧國府府城宣城之北一百里。《明一統志》卷十五《寧國府》：『楚王城，在府城北一百里，相傳吴楚相拒，築此城。』

## 贈魏楙明司理荆州兼柬令弟楙權①［一］

魏大才名萬古論，雄篇錯落夜光繁。星河薊北都門迴，風雨荆南湖水昏。歸去天涯聞候雁，到來木葉下啼猿。君家小陸真同調［二］，寄爾相思總斷魂。

### 校勘

① 楙：原目録及《屠長卿集》作『茂』。

### 注釋

［一］魏楙明：魏允貞，字懋忠。大名府南樂人。萬曆五年（一五七七）進士，授荆州推官。後累官至右副都御使。以敢於直陳時弊著稱。有《魏伯子集》。楙權：魏允中，字懋權，懋忠之弟。萬曆八年（一五八〇）進士。除太常博士，遷吏部主事。惜早卒。有《魏仲子集》。

［二］小陸：西晉陸雲，或南宋陸九淵。文化史上兄弟『二陸』並稱者，一有西晉陸機陸雲，如杜甫《答鄭十七郎一絶》：『把文驚小陸，好客見當時。』《集千家注杜工部詩集》卷十三：『夢弼曰：晉陸機爲大陸，陸雲爲小陸，二陸皆以文章名世。公以小陸美其弟。』二有南宋陸九齡、陸九淵。如《宋史・吕祖謙傳》：『嘗讀陸九淵文，喜之，而未識其人。考試禮部，得一卷，曰：「此必江西小陸之文也。」揭示，果九淵。人服其精鑑。』屠隆以『小陸』稱美魏楙權，《明史・魏允貞傳》：『弟……允中爲諸生副使，王世貞大器之。歲鄉試，世貞戒門吏曰：「非魏允中第一，無伐鼓以傳也。」已而果然。』

## 贈沈丈［一］

潦倒王門蚤挂①冠，偶隨北斗到長安。秋高片月湖光白，夢落孤山鶴影寒［二］。總爲無官身自貴，向來騎馬路猶難。莫言髩髮蕭蕭短，開匣流星黯自看。

## 校勘

① 挂：底本原作『桂』，據存目本、《屠長卿集》改。

## 注釋

[一] 沈丈：未詳。

[二] 孤山：在杭州西湖中。宋林逋曾隱居於此。宋沈括《夢溪筆談·人事》：『林逋隱居杭州孤山，常畜兩鶴，縱之則飛入雲霄，盤旋久之，復入籠中。』

# 送史金吾之承天守皇陵[一]

漢官名重執金吾，繡服花驄出上都[二]。北去恩光分徼道，南來雲氣滿蒼梧[三]。金鳧縹渺雲常護，玉樹青葱雪不枯。明日橋山看葬地[四]，定知弓劍泣龍鬚。

## 注釋

[一] 史金吾：史雲津。沈德符《萬曆野獲編》卷二十一《禁衛·史金吾》：『溧陽史雲津（繼書），故冏卿雁峰（際庶）子，以鄉紳禦倭，蔭錦衣千户，官至都指揮管衛事。故江陵相客，與王弇州兄弟相善，亦時時稱許。』承天：承天府，明嘉靖十年（一五三一）升安陸州置，治鍾祥縣（今湖北鍾祥市）。嘉靖皇帝之皇考朱祐杬，追謚恭睿獻皇帝，陵寢名顯陵，在今鍾祥市城東郊松林山。

[二] 上都：古代對京都之通稱。

[三] 蒼梧：地名，相傳舜崩於蒼梧之野，葬於九嶷山（蒼梧山）。見卷一《閔貞賦》注釋[二九]。屠隆用以借指帝王葬地。

[四] 橋山：相傳爲黄帝葬處。位於今陝西省黄陵縣西北。《史記·五帝本紀》：『黄帝崩，葬橋山。』後亦借指帝王陵墓。

## 王太史送長公光禄先生歸南海[一]

楚楚王家雙玉樹，翹翹金闕並華簪。衣冠曉集千門月，嶺徼南懸萬里心[二]。秋霧乍開鴻影落，天香遥送馬蹄深。可堪蟋蟀西堂夜[三]，蕭索因君思不禁。

**注釋**

［一］王太史：未詳。長公光禄先生：未詳。南海：南海縣，明屬廣州府。

［二］嶺徼：指五嶺（大庾嶺、越城嶺、騎田嶺、萌渚嶺、都龐嶺）以南地區。

［三］西堂：西邊堂屋。《楚辭·九辯》：「澹容與而獨倚兮，蟋蟀鳴此西堂。」

## 都門懷嘉則先生[一]

沉沉日色古幽州[二]，去國懷人迥自愁。天末涼風吹遠道[三]，淮南落木送清秋[四]。山楓晚照烏藤杖，江閣寒生紫綺裘。歲莫憐君尚留滯，月明清泪濕刀頭。

**注釋**

［一］都門：都城門，借指都城。嘉則先生：沈明臣，字嘉則。見沈明臣《由拳集敘》注釋［一一］。

［二］幽州：見卷八《送余君房北上得洲字》注釋［六］。

［三］天末：天盡頭，指極遠之地。唐杜甫《天末懷李白》：「涼風起天末，君子意如何？」

［四］淮南：指淮河以南、長江以北地區。唐劉長卿《江州重別薛六柳八二員外》：「江上月明胡雁過，淮南木落楚山多。」

# 王母篇①[一]

霞綃鶴髮正相鮮，玉樹冬青不記年。東月坐來金作界[二]，南山照見酒如泉[三]。光分鸞舞迴銀燭，曲奏龍笙度綺筵。髣髴瑤池王母降[四]，天風吹下白雲篇。

**校勘**

①《屠長卿集》題作『壽王母薛太夫人六十』。

**注釋**

[一] 王母：據《屠長卿集》該詩標題作《壽王母薛太夫人六十》，王姓何人，薛太夫人，均待考。

[二] 金作界：即金界，指佛地。此喻念佛境地。《妙法蓮華經》卷五《分別功德品第十七》：『又見此娑婆世界，其地琉璃，坦然平正。閻浮檀金，以界八道，寶樹行列。』宋釋慧遠《偈頌一百零二首》：『佛國乍歸金作界。』

[三] 南山：終南山。《詩經·小雅·天保》：『如南山之壽。』明皇甫汸《上壽歌》：『寶籙家聞東海謠，金樽户獻南山酒。』

[四] 瑤池：神話傳説中西王母之池名，在昆侖山上。

# 送戴少府之溧水[一]

五雲闕下拜恩初[二]，少府翩翩錦綬俱。薊北清霜催疊鼓[三]，秣陵黄葉滿征車[四]。帝王佳麗兩都在[五]，絃管風流六代餘。潁水望君真只尺[六]，南天莫遣雁來疏。

**注釋**

[一] 戴少府：未詳。少府，爲縣尉之别稱。宋趙彦衛《雲麓漫鈔》卷二：『唐人則以明府稱縣令……既稱令爲明府，尉遂曰少府。』溧

水：明爲縣名，屬應天府，今南京市溧水區。因河流溧水（秦淮河支流）得名。

[二] 五雲闕：五色祥雲繚繞之宫闕，指朝廷。《明會典》卷七十一《禮部三十・樂章・殿前歡》：『五雲宫闕連霄漢，金光明照眼。』

[三] 薊北：泛稱薊州及以北地區。

[四] 秣陵：金陵（今南京）之别稱。見卷四《送陳子有遊金陵》注釋[二]。

[五] 兩都：北京和南京。《明一統志》卷一《京師》：『古幽薊之地，左環滄海，右擁太行，北枕居庸，南襟河濟，形勝甲於天下，誠所謂天府之國也。我太宗文皇帝龍潛於此，及纘承大統，遂建爲北京。』《明一統志》卷六《南京》：『古金陵之地，自周末時已有王氣，秦始皇謂東南有天子氣，諸葛亮謂龍蟠虎踞真帝王都，即此地也。……至我太祖高皇帝，功德隆盛，奄有四海，乃定鼎於此，爲京師，始足以當形勢之勝。永樂中於北平肇建北京，正統中以北京爲京師，遂以此爲南京，實根本重地云。』

[六] 頴水：又作穎水、潁水。見沈明臣《由拳集敘》注釋[一]。屠隆萬曆五年（一五七七）秋亦於京師赴潁上縣令，則距戴少府溧水縣不遠。

## 贈瞿睿夫還楚[一]

排雲直叫九關通[二]，雪涕高秋送斷鴻。沙迴天平沉落日，江寒月出照青楓。逢人罄折心猶在，失路悲歌賦轉工。歸去湘潭君自愛[三]，莫傷往日與回風。

### 注釋

[一] 瞿睿夫：瞿九思，字睿夫，黄梅縣人（屬黄州府）。見卷五《感懷詩五十五首・瞿孝廉睿夫》注釋[一]。此爲瞿九思獲釋後返楚，屠隆贈作。

[二] 九關：九重天關。見卷四《感懷十首》注釋[四]。屠隆此處以喻朝廷。『排雲』句謂訟冤事。

[三] 湘潭：楚地域名，明代湘潭縣，屬長沙府。屠隆借以指屈原流放、行吟之楚地。屈原『游於江潭，行吟澤畔，顏色憔悴，形容枯槁』（《漁父》），其行吟詩，有《憶往日》《悲回風》等。

## 贈姜山人[一]

霜落燕山見斷蓬[二]，蕭蕭短褐挂西風。朱絃不入時人調，白苧誰傳樂府工。鷁首醉來捫海月，馬蹄到處踏秋空。王侯甲第歌鐘在，五噫都門只自雄。

**注釋**

[一] 姜山人：未詳。

[二] 燕山：燕山山脈，自今薊縣東南綿延至海濱。

## 携尊與沈箕仲諸君①餞别王敬美[一]

直是盃中可陸沈，高城擊柝况秋深。歌殘落月西山白[二]，興入黄雲絶塞陰。世上倘憐詞賦在，髩邊終許歲華侵。菰蘆此去吴江好[三]，不盡關山送汝心。

**校勘**

① 諸君：《屠長卿集》作『沈君典周元孚于子冲馮開之』。

**注釋**

[一] 沈箕仲諸君：據《屠長卿集》該詩標題，參與者俱詳。沈箕仲：沈九疇，字箕仲。見卷五《感懷詩五十五首·沈比部箕仲》注釋[一]。沈君典：沈懋學，字君典。見沈明臣《由拳集敘》注釋[三]。周元孚：周弘禴，字元孚。見卷五《感懷詩五十五首·周民部元孚》注釋[一]。于子冲：于達真，字子冲，見卷四《酬于子冲》注釋[一]。馮開之：馮夢禎，字開之。詳見沈明臣《由拳集敘》注釋[二]。王敬美：王世懋，字敬美。見卷五《感懷詩五十五首·王觀察敬美》注釋[一]。

［二］西山：即今北京西山。爲太行山北段之餘脈，位於都城之西。
［三］吴江：又名松江、吴淞江、笠澤江、松陵江。分太湖之流，於今蘇州吴江區松陵鎮南太湖瓜涇口東出，流經吴江、蘇州、吴縣、昆山、嘉定、青浦等地，進入今上海市區後，俗稱蘇州河，匯入黄浦江。

## 贈王敬美［一］

君家兄弟太縱横［二］，盡掩高言萬古平。五嶽峰巒寒不起，黄河波浪夜無聲。愁來擊劍燕霜落，老去揚蛾漢月明。四海洪川化衣帶，終知不没此人名。

**注釋**

［一］王敬美：王世懋，字敬美。見卷五《感懷詩五十五首·王觀察敬美》注釋［一］。
［二］兄弟：指王世貞、王世懋兄弟。

## 中秋同黎惟敬諸君集陶茂中宅得朝字①［一］

尊前明月太無聊，坐傍凉雲酒易銷。露下金河秋色老，風迴銀燭夜光摇。不堪對客揮清淚，差可横空度紫簫。手擊唾壺酬忼慨，關山萬里是明朝。

**校勘**

①《屠長卿集》題作『中秋同黎惟敬王敬美沈箕仲沈叔成唐惟良周元孚梅客生集陶林中宅得朝字時予將以令行』。

**注釋**

［一］黎惟敬諸君：據《屠長卿集》該詩標題，參與者俱詳。黎惟敬：黎民表，字惟敬。王敬美：王世懋，字敬美。沈箕仲：沈九疇，字箕

仲。沈叔成：沈襄，字叔成，號小霞，山陰（今浙江紹興）人。沈錬長子。沈錬以劾嚴嵩謫戍，繼又論死，襄亦瀕危。嚴嵩敗後以蔭補官，仕至雲南鶴慶府知府。善書畫，有《小霞梅譜》。唐惟良：唐邦佐，字惟良。周元孚：周弘禴，字元孚。梅客生：梅國禎，字克生（又稱客生），麻城（今湖北麻城）人。萬曆十一年（一五八三）進士，授固安知縣，後官至兵部右侍郎，總督宣（宣府）、大（大同）、山西軍務。陶茂中：陶允宜，字茂中（又作楙中）。《居長卿集》該詩標題亦説明屠隆將赴潁上縣令之任。

## 留別孫文融儀部[一]

紛紛衰柳樸車輪，去住天涯總未真。桑葉自餘吴地緑，蛾眉好謝漢宮春。亦知尊酒能銷夜，無奈明河欲送人[二]。不惜爲君歌寶扇，如今已是在秋塵。

### 注釋

[一] 孫文融：孫鑛，字文融。見卷四《感懷詩五十五首·孫吏部文融》注釋[一]。

[二] 明河：天河。

## 李惟寅携酒顯靈宮同沈箕仲沈君典馮開之與余言别賦此①[一]

三疊悲歌白日殘，酒中聊取片時驩。愁當塞月征人少，語入秋蟲子夜闌。涿鹿天青空壘出[二]，盧龍霜落大刀寒[三]。殷勤莫上河梁望[四]，一道黄沙送馬鞍。

### 校勘

① 原目録中無『沈』字。

**注釋**

［一］李惟寅：李言恭，字惟寅。見卷五《感懷詩五十五首·李臨淮惟寅》注釋［一］。顯靈宮：在禁城西。《明史》卷五十《志·禮·諸神祠》：『崇恩真君、隆恩真君者，道家以崇恩姓薩名堅，西蜀人。宋徽宗時，嘗從王侍宸林靈素輩學法有驗。隆恩則玉樞火府天將王靈官也，又嘗從薩傳符法。永樂中，以道士周思得能傳靈官法，乃於禁城之西建天將廟及祖師殿。宣德中，改大德觀，封二真君。成化初，改顯靈宮。』後嘉靖間亦有擴建。其環境頗佳，文人樂此雅集，如何景明有《九日顯靈宮宴集》（《大復集》卷二十），李惟寅有《集顯靈宮作》（《貝葉齋稿》）、黎民表有《李惟寅招同顯靈宮望雪》（《瑶石山人稿》卷十二）等。沈箕仲：沈九疇，字箕仲。沈君典：沈懋學，字君典。見沈明臣《由拳集敘》注釋［三］。馮開之：馮夢禎，字開之。見沈明臣《由拳集敘》注釋［二］。屠隆本詩背景，是李惟寅爲屠隆將赴潁上縣令在顯靈宮召集之話别宴集。

［二］涿鹿：地名。見卷八《涿州懷古》注釋［二］。

［三］盧龍：古要塞名，見卷六《贈瞿九思》注釋［二］。

［四］河梁：指送别之地。見卷三《妾薄命》注釋［一］。

## 與馮開之登毘盧①閣言别［一］

關山萬里毘盧閣，坐旁空王覽薊丘［二］。雙闕晴臨千樹出②，高城寒抱大河流。西風浩蕩開秋色，落日蒼茫生莫愁。奈可登高復送遠，令人對酒不能酬。

**校勘**

①盧：原目録作『陵』。

②闕：底本原作『關』，據存目本、《屠長卿集》改。

**注釋**

［一］馮開之：馮夢禎，字開之。詳見沈明臣《由拳集敘》注釋［二］。毘盧閣：在京城西報國寺内。報國寺又稱慈仁寺，位於今北京市西

城區報國寺前街一號。《欽定日下舊聞考》卷五十九引《燕都遊覽志》：『寺後毘盧閣甚高，望蘆溝橋，行騎歷歷可數。』屠隆之前明代文人時有登臨，如王鏊《登毘盧閣》（《震澤集》）、高叔嗣《晚出都門登寺閣》（《蘇門集》）、李舜臣《報國寺餞薛君采緣陪諸僚登毘盧閣二十四韻》（《愚谷集》）等。

［一二］空王：佛之尊稱。此指毘盧遮那佛（略稱毘盧；漢譯爲大日如來）。薊丘：見卷六《薊門行送王生北上》注釋［五］。

## 長安秋興四首［一］

九月青砧動朔方［二］，征人北戍雁南翔。玉門夜度三秋月［三］，金柝寒生萬户霜。白草全枯射熊館［四］，黄雲不散鬬雞場。少年那識邊庭苦，醉向胡姬擁驌驦①［五］。

露白金鋪秋色微，夜長銀漏月輝輝。五侯駿馬金爲飾［六］，九月盧龍鐵作衣［七］。風急短刀鳴曠野，霜清長篴傍寒機。登臨不洒關山淚，三十年來意總違②。

葉落高城凍大河，袖中長劍眼摩③挲。終生自請懸胡粤［八］，陸賈猶能下尉佗［九］。一望浮雲連羽騎，何來夜夢枕霜戈。雁門太守能深谷［一〇］，親見陰山戰馬多［一一］。

作客長安幾月明，金刀玉尺總關情。高鴻畏向蘆花宿，遠客翻銜木葉行。濁酒且憑留莫色，寒天何處不秋聲。蕭蕭古路蓬根在，心折關河班馬鳴。

### 校勘

① 驌驦：底本原作『繡驦』，據存目本、《屠長卿集》改。
② 違：底本原作『然黄』，據存目本、《屠長卿集》改。
③ 摩：底本原作『前』，據存目本、《屠長卿集》改。

### 注釋

［一］長安：指北京。

[二] 朔方：見卷三《燕歌行》注釋[一]。此代指邊地。

[三] 玉門：玉門關，亦稱玉關。故址在今甘肅敦煌西北。唐李白《子夜四時歌·秋歌》：『長安一片月，萬户擣衣聲。秋風吹不盡，總是玉關情。何日平胡虜，良人罷遠征。』

[四] 射熊館：在漢長楊宫中。《漢書·揚雄傳下》：『明年，上將大誇胡人以多禽獸，秋，命右扶風發民入南山，西自褒斜，東至弘農，南驅漢中，張羅罔罝罘，捕熊羆豪豬虎豹狖玃狐兔麋鹿，載以檻車，輸長楊射熊館。』顔師古注：『長楊，宫名也。在盩厔縣，其中有射熊館。』

[五] 胡姬：見卷六《送桂博士入楚》注釋[四]。驌驦：良馬名。

[六] 五侯：見卷六《瞿童子詩》注釋[七]。

[七] 盧龍：古要塞名，見卷六《贈瞿九思》注釋[一二]。

[八] 胡粵：胡和粵。《漢書·異姓諸侯王表序》：『内鋤雄俊，外攘胡粵。』顔師古注：『粵，古越字。』

[九] 陸賈：漢初著名政治家。楚人。早年隨劉邦平定天下，能言善辯，常出使諸侯。漢高祖十一年（前一九六），奉命出使南越，成功招諭故秦南海尉趙佗臣屬漢朝，立佗爲南越王；漢文帝時，陸賈再次出使南越，又成功勸説稱帝之趙佗取消帝號。見《漢書·陸賈傳》《漢書·南越傳》。

[一〇] 雁門太守：指漢李廣。廣曾爲代郡、雁門、雲中等郡太守。一生與匈奴七十餘戰。嘗帶百騎深入敵陣，以其膽識和武藝取勝；又嘗『出雁門擊匈奴。匈奴兵多，破敗廣軍，生得廣。……廣時傷病，置廣兩馬間，絡而盛卧廣。行十餘里，廣佯死，睨其旁有一胡兒騎善馬，廣暫騰而上胡兒馬，因推墮兒，取其弓，鞭馬南馳數十里，復得其餘軍，因引而入塞。匈奴捕者騎數百追之，廣行取胡兒弓，射殺追騎。』被匈奴號曰『漢之飛將軍』。見《史記·李將軍列傳》。

[一一] 陰山：山脈名。見卷六《贈瞿九思》注釋[九]。

## 秋閨怨

燕去春泥落畫梁，螢飛團扇玉階涼。强將錦字傳秋雁，却恨疏簾捲夜霜。宛轉流蘇愁自結，步摇寶髻不成妝。
妾身願作關山月，猶得年年照朔方[一]。

**注釋**

［一］朔方：見卷三《燕歌行》注釋［一］。此指邊地。

## 途次懷寄長安諸故人四首［一］

何事都門日①易陰，離觴恨不一重斟。故人轉向相思好，涕泪翻從别後深。可奈單車行莫色，無端落木②傍秋砧。勞勞客思因風發，望國③懷鄉總不禁。

玉關金柝夜迢迢［二］，夢見君王視早朝。月白荒雞聞夜宿，天青羸馬度霜橋。衹④將濁酒供憔悴，猶有寒山問寂寥。宋玉大言鄒衍論［三］，長安去後恐蕭條。

别後相思空復多，六街燈燭散鳴珂［四］。也知燕市黄金客［五］，那少胡姬白雪歌［六］。日落西風吹觱篥，天寒明月照滹沱［七］。故人亦有盈尊酒，不醉其如長夜何。

岐路蕭條未敢陳，别離事事總傷神。怪來落葉催征馬，何處寒星照錦裀。向月自傷紈扇影，臨風終望屬車塵［八］。長安秋色尊前滿，定對黄花憶遠人。

**校勘**

①日：底本原作『目』，據存目本、《屠長卿集》改。

②木：底本原作『水』，據存目本、《屠長卿集》改。

③國：底本原作『問』，據存目本、《屠長卿集》改。

④衹：底本原作『作』，據存目本、《屠長卿集》改。

**注釋**

［一］長安：指北京。

［二］玉關：指宫門。唐許玫《題雁塔》詩：『寶輪金地壓人寰，獨坐蒼冥啓玉關。』

〔三〕宋玉：戰國時辭賦家。有《大言賦》，見唐人編《古文苑》卷二。賦云：『楚襄王與唐勒、景差、宋玉遊於陽雲之臺。王曰：「能爲寡人大言者上座。」……至宋玉，曰：「方地爲車，圓天爲蓋，長劍耿耿倚天外。」王曰：「未也。」玉曰：「併吞四夷，飲枯河海，跋越九州，無所容止。身大四塞，愁不可長，據地蹻天，迫不得仰。」』鄒衍：戰國末期齊國人，陰陽家學派代表人物。見卷四《觀海篇》注釋〔六〕。

〔四〕六街：唐、宋都城皆有六條中心大街，故以泛稱京城街市。

〔五〕燕市：戰國時燕國都城，指北京。黄金客：指有資格上燕昭王黄金臺領取黄金之人才。元王惲《燕城書事二首》：『燕臺坐老黄金客，甲第争高白玉鍾。』明沈鍊《送鄭明府之維揚》：『開樽幸接黄金客，鼓棹還經白鷺州。』

〔六〕胡姬：見卷六《送桂博士入楚》注釋〔四〕。

〔七〕滹沱：滹沱河，見卷六《寄顧益卿》注釋〔一〇〕。

〔八〕屬車：帝王出行時之侍從車，此喻朝中故人。

## 風雨渡寶應湖〔一〕

一棹東南出大湖，千層波浪起菰蘆。驚風夜卷魚龍遁，急雨秋翻雁鶩呼。直是神靈乘浩蕩，祇疑天地入虚無。狂來便欲凌空去，下見寒雲泛舳艫。

**注釋**

〔一〕寶應湖：明代寶應湖是清水、氾光、瀶火、津湖四個湖泊之合稱，《隆慶寶應縣志》：『清水湖在縣南，東西長十二里，南北闊十八里，西南連氾光湖。氾光湖在縣西南十五里，東西長三十里，南北闊十里，南會津湖，西通瀶火湖。瀶火湖在縣西南四十里，西通衡陽河，東北入氾光湖。津湖在縣南六十里，東通大運河，西北會氾光湖。清水、氾光、瀶火、津湖匯合爲一，人稱寶應湖。』寶應湖在今江蘇寶應縣西南、金湖縣東北。

## 揚州懷古

直將千古掩風流，宛轉魂迷十二樓〔一〕。半部烟花銀燭夜，滿江風雨錦帆秋。歌殘豔曲傳商女〔二〕，香散金塘自水鷗。年去年來春艸緑，斷腸明月照揚州。

### 注釋

〔一〕十二樓：漢武帝時方士公孫卿言仙人好樓居，黄帝爲五城十二樓以候神人，武帝於是作飛廉觀。後世常以十二樓喻仙境，或泛指高層樓閣。揚州自古繁華，元許有壬《長相思》：『夢揚州，到揚州，明月長街十二樓，珠簾不上鈎。』

〔二〕商女：歌女。唐杜牧《泊秦淮》：『商女不知亡國恨，隔江猶唱《後庭花》。』陳寅恪即言此『商女』爲揚州歌女，與屠隆『歌殘豔曲傳商女』句意相合。《元白詩箋證稿》：『牧之此詩所謂隔江者，指金陵與揚州二地而言。此商女當即揚州之歌女，而在秦淮商人舟中者。夫金陵，陳之國都也。《玉樹後庭花》，陳後主亡國之音也。此來自江北揚州之歌女，不解陳亡之恨，在其江南故都之地，尚唱靡靡遺音。牧之聞其歌聲，因爲詩以詠之耳。……後人昧於金陵與揚州隔一江及商女爲揚州歌女之義……』

## 金山寺二首〔一〕

樓臺澤氣寫氤氲，萬里空波蕩夕曛。天地蒼茫孤寺出，東南只尺大江分。鐘聲夜度秦淮月〔二〕，樹色寒生瓜步雲〔三〕。不用蓬萊望宫闕〔四〕，吾將此地浄埃氛。

山枕寒濤秋氣澄，牕中一帶望金陵〔五〕。東南澤國雲長抱，吴越江帆客自登。海色遥連三島樹〔六〕，風塵不到六朝僧。空堂寂寞魚龍夜，明月還來照紫藤。

### 注釋

〔一〕金山寺：在金山（今江蘇鎮江市西北金山），創建於東晋，舊名澤心寺，唐改今名。清代道光以前，金山一直矗立於長江中，以後江道北移，金山才與南岸陸地相連。

〔二〕秦淮：秦淮河。在今南京。見卷七《白門行送徐長孺》注釋〔四〕。無論懷古抑或寫景，古人詠秦淮月極多。

〔三〕瓜步：瓜步山。在江蘇六合東南。古代臨長江，爲軍事要地。唐皇甫冉《同温丹徒登萬歲樓》：『丹陽古渡寒煙積，瓜步空洲遠樹稀。』宋陸游《登賞心亭》：『黯黯江雲瓜步雨，蕭蕭木葉石城秋。』

［四］蓬萊：地名，縣名。《明一統志》卷二十五《登州府》：『蓬萊縣，附郭，本漢東萊郡黄縣地，武帝於此望海中蓬萊山，因築城以爲名。唐貞觀間置蓬萊鎮，神龍初始置蓬萊縣。宋金元俱爲登州治所。』

［五］金陵：此指鎮江。屠隆沿用中晚唐以來對潤州（明爲丹徒，今鎮江市）之稱呼。唐李紳《宿瓜洲》：『煙昏水郭津亭晚，迴望金陵若動摇。』

［六］三島：亦稱『三山』，傳説中之海上三神山。見卷三《臨高臺》注釋［一］。

## 哭張大司馬①四首［一］

大星忽報落前旌，颯颯寒空夜有聲。涕淚兩行多國士，束芻千里半門生。青山解妒英雄骨，白日空縣詞賦名。哭向乾坤都不省，江含殘雪凍雲平。

千年風雅與誰論，龍劍無光大澤昏。高木悲風吹斷雁，空江落日照啼猨。但歌黄鳥堪同死，不信明珠可報恩。何必山陽聞笛處［二］，曲池荒艸已消魂。

江海凄凉易夕曛，東南靈氣走氤氲。門前馬散留青樹，湖上尊空吊白雲。雙涕可能酬鮑叔［三］，寸心原自許徐君［四］。欲揮赤電捫群帝，閶闔門深哭不聞。

一片湖開緑野堂［五］，數從烟月醉微茫。終知去日無回照，且幸生時得盡觴。行客秋風過茂苑［六］，空名海水謝枯桑。君看古者今誰在，一一傷心問白楊。

### 校勘

①張大司馬：《屠長卿集》作『張大司馬東沙先生』。

### 注釋

［一］張大司馬：張時徹。見卷四《張大司馬惠芝園集寄謝》注釋［一］。屠隆哀悼張時徹之卒，除本詩外，可參見本集卷二十二《大司馬張公誄》。

［二］山陽聞笛處：指晉嵇康、吕安在山陽縣（在今河南焦市境内）之舊居。嵇康、吕安亡後，友人向秀經過其山陽舊居，聞鄰人吹笛，不禁追念亡友，作《思舊賦》。

［三］鮑叔：鮑叔牙，春秋時齊國大夫。見卷五《感懷詩五十五首·張司馬惟静》注釋［二］。

［四］徐君：指春秋時吴公子季札贈與寶劍之徐國國君。見卷二《十賢贊·延陵季子》注釋［三］。

［五］緑野堂：唐宰相裴度致仕後，在洛陽午橋建别墅，名緑野堂。爲古代著名私家園林。此喻張時徹在家鄉東錢湖茂嶼所建之山莊，參見卷八《春日集司馬公園得年字》《正月六日雨集司馬公流波館得青字二首》等詩。

［六］茂苑：指張時徹之茂嶼山莊。

## 遲孝子廬墓①［一］

原上烏傷白日摧，蕭蕭松柏使人哀。荒猿祇自啼青樹，華燭安能到夜臺［二］。野曠天寒茅屋短，草枯霜落墓門開。三年淚盡墳前土，萬里悲風爲汝來。

**校勘**

①《屠長卿集》題下自注：『孝子子爲遲茂才可遠，江淮名士，與余有一日之雅，爲作此詩。』

**注釋**

［一］遲孝子：遲可遠之父，潁上縣人。

［二］夜臺：墳墓，陰間。

## 西湖宿四賢祠四首［一］

窈窕孤亭水氣多，群公暇日此婆娑。天空原野無人在，日落湖雲奈晚何。迴浦蕭條飛雁鶩，荒祠寂莫挂藤蘿。

傷心千載風流去，獨夜明星照暗波。

十里西湖載酒來，湖邊古廟自崔嵬。倒垂星影銜簾入，亂卷波光拂檻迴。明月不知蘭槳去，芙渠猶爲使君開。菰蒲向夕漁歌起，曠望山川獨舉盃。

瑟瑟青松落日懸，磷磷白石枕清泉。平湖窈窕初開地，太守風流出牧年。艸色能銷遊女襪，荷花開上釣魚船。衹今寂寞湖邊宿，一片鷗鳧下夕烟。

一時冠蓋亦風流，天遣西湖向此州。綠水娟娟迴羽扇，青蒲的的媚蘭舟。偶來孤枕星河夜，絶似雙帆風雨秋。安得群公祠下路，葛衫桐帽此淹留。

**注釋**

［一］西湖：指潁州（今安徽阜陽）西湖。《明一統志·鳳陽府·山川》：『西湖，在潁州西北二里，長十里，廣二里，景象甚佳。宋晏殊、歐陽修、蘇軾相繼爲守，皆嘗宴賞於此，題詠甚富。』四賢祠：《大清一統志·潁州府·祠廟》：『在府城西北西湖，祀宋晏殊、呂公著、歐陽修、蘇軾。』屠隆本詩寫作背景，見卷十四《與馮開之》。

## 寄馮①開之四首［一］

關山一隔故人歡，幾見長河明月團。水落濠梁三楚白［二］，雲生蓼國九江寒［三］。向來日月侵雙鬢，何物乾坤寄一官。廣陌青驄能念我，不如楊柳傍金鞍。

長安回望總銷魂［四］，日落登臺淮泗昏［五］。僊吏南華藏石壁［六］，真人紫氣度關門［七］。船回自愛遊魚出，吏散猶嫌啼鳥喧。勾漏丹砂早晚就［八］，爲君重著五千言。

浩蕩東方扈從臣［九］，青藜高館醉華裀［一〇］。出隨走馬張公子［一一］，自折投壺郭舍人［一二］。月在池香分太液［一三］，秋高樓影傍鈎陳。裁書倘寄神明宰［一四］，莫妒河陽萬樹春［一五］。

羨君楚楚祕書郎，雨度相思寄八行。總謂凌雲出天地，寧知鴻寶挾風霜。河流北走淮徐闊［一六］，隴阪西連宛洛長[一七]。天上故人勞夢寐，雙鳧何日得迴翔。

## 校勘

①原標題中無『馮』字，據原目録補。

## 注釋

[一]馮開之：馮夢禎，字開之。詳見沈明臣《由拳集敘》注釋[二]。

[二]濠梁：見卷七《贈王元美廷尉》注釋[二]。三楚：舊楚地廣，秦漢時分爲西楚、東楚、南楚。《史記·貨殖列傳》：『夫自淮北、沛、陳、汝南、南郡，此西楚也。……彭城以東，東海、吳、廣陵，此東楚也。……衡山、九江、江南、豫章、長沙，是南楚也。』

[三]蓼國：春秋古國名。《左傳·文公五年》：『冬，楚子燮滅蓼。』晉杜預注：『蓼國，今安豊蓼縣。』九江：流入彭蠡湖之九條江水。唐陸德明《經典釋文》卷三：『《太康地記》曰：「九江，劉歆以爲湖漢九水入彭蠡澤也。」』常見古人三楚、九江對舉，如唐王維《登辨覺寺》：『窗中三楚盡，林上九江平。』唐盧綸《送郎士元使君赴郢州》：『漁商三楚接，郡邑九江分。』唐尚顔《雪》：『浸浸三楚白，渺渺九江寒。』明宗臣《寄贈姜使君》：『三楚白雲停涕淚，九江秋月卧蘭苕。』

[四]長安：指北京。

[五]淮泗：淮河和泗水。見卷四《徐州道中感懷》注釋[三]。

[六]僊吏：指莊子。莊子曾爲漆園吏，後人稱爲仙吏。宋李綱《莊子六絶句》之一：『漆園仙吏已賓霄，浩蕩奇言久寂寥。鵬鷃何須迭相笑，斯遊安往不逍遥。』《莊子》一書，道教尊爲《南華經》。

[七]真人：指老子。漢劉向《列仙傳·老子》：『老子姓李名耳，字伯陽，陳人也。生於殷時，爲周柱下史。好養精氣，貴接而不施，轉爲守藏史。……後周德衰，乃乘青牛車去，入大秦，過西關。關令尹喜待而迎之，知真人也。乃强使著書，作《道德經》，上下二卷。』《列仙傳·關令尹》：『關令尹喜者，周大夫也。善内學，常服精華，隱德修行，時人莫知。老子西遊，喜先見其氣，知有真人當過，物色而遮之，果得見老子。』《史記·老子韓非列傳》司馬貞索隱引漢劉向《列仙傳》，有紫氣浮關語：『老子西遊，關令尹喜望見有紫氣浮關，而老子果乘青牛而過也。』

[八]勾漏：山名，縣名。見卷七《贈王百穀》注釋[一一]。

[九]東方：指漢東方朔，爲漢武帝扈從之臣。機敏過人，放言不羈，擅長辭賦。見卷二《十賢贊·東方朔》注釋[一]。

〔一〇〕高館：指漢劉向校書之天禄閣。《三輔黄圖》卷六：『天禄閣，藏典籍之所。《漢宫殿疏》云：「天禄麒麟閣，蕭何造，以藏秘書處賢才也。」劉向於成帝之末校書天禄閣，專精覃思。夜，有老人著黄衣，植青藜杖，叩閣而進。見向暗中獨坐誦書，老父乃吹杖端，煙然，因以見向，授《五行》《洪範》之文。』

〔一一〕張公子：漢張放。張放爲漢成帝男寵、幸臣，《漢書·外戚列傳》：『成帝每微行出，常與張放俱，而稱富平侯家，故曰張公子。』

〔一二〕郭舍人：漢武帝所寵倖之倡優，擅投壺。晉葛洪《西京雜記》卷五：『武帝時，郭舍人善投壺，以竹爲矢，不用棘也。古之投壺，取中而不求還，故實小豆於中，惡其矢躍而出也。郭舍人則激矢令還，一矢百餘反，謂之爲驍，言如博之竪梟於掌中，爲驍傑也。每爲武帝投壺，輒賜金帛。』

〔一三〕太液：池名。見卷一《歡賦》注釋〔一九〕。

〔一四〕神明宰：稱識事聰明之縣令。《晉書·陸雲傳》：『（雲）出補浚儀令。縣居都會之要，名爲難理。雲到官，肅然，下不能欺，市無二價。人有見殺者，主名不立，雲録其妻而無所問。十許日，遣出，密令人隨後，謂曰：「其去不出十里，當有男子候之，與語，便縛來。」既而果然，問之具服，云與此妻通，共殺其夫，聞妻得出，欲與語，憚近縣，故遠相要候。於是一縣稱其神明。』

〔一五〕河陽：古縣名。見卷七《贈王百穀》注釋〔一〇〕。

〔一六〕淮徐：地域名，指古徐州一帶。

〔一七〕隴阪：山名，今六盤山之南段。見卷二《園有鳴鳩》注釋〔一〕。宛洛：南陽和洛陽。漢宛縣爲南陽郡治所，王莽時期五都之一，《漢書·食貨志下》：『遂於長安及五都立五均官，更名長安東西市令及洛陽、邯鄲、臨淄、宛、成都市長皆爲五均司市師。東市稱京，西市稱畿，洛陽稱中，餘四都各用東西南北爲稱。』故宛有南都之稱。宛、洛合稱，指名都。南齊謝朓《和徐都曹》：『宛洛佳遨遊，春色滿皇州。』

## 贈孫太史持節大梁四首〔一〕

未央前殿奏凌雲〔二〕，便捧天書洛水濆〔三〕。千古梁王稱愛士〔四〕，一時諸客雅能文。花明夜月青萍劍，酒映秋空白練裙。我有千行國士淚，裁書一寄信陵君〔五〕。

仙郎日夜愛滄洲〔六〕，冠蓋中原屬壯遊。二室秋開嵩少雨〔七〕，孤帆夕照大河流。金箋玉管西園裡〔八〕，白馬青絲南陌頭。君本吹笙王子晉〔九〕，何年控鶴上浮丘〔一〇〕。

車輪裊裊動輝光，鬢髮脩眉白面郎。杜客窮愁終望嶽〔一一〕，馬卿詞賦重遊梁〔一二〕。綵毫自帶螭頭月〔一三〕，繡縷猶分雞舌香。獨照青青芳草色，知君羨殺大堤倡[一四]。

勸君好賦大刀環，吴地春風簫管閒。寶馬參差遊宛洛[一五]，芙蓉日夜傍江灣。即飛皁盖千門裡，暫着萊衣五色班[一六]。不向淮南看桂樹，可堪寥落八公山[一七]。

## 注釋

[一]孫太史：孫繼皋。見卷五《感懷詩五十五首·孫太史以德》注釋[一]。大梁：戰國時魏都城，明開封府。孫太史持節大梁，屠隆詩文可互參，卷十四《與孫以德》：『足下稱持節使者大河以南，僕自五月十二日始得報，此時計行李已入洛。不及一候道左，祇深悵結。使者詞賦不重遊梁乎？信陵今不在，倘有屠中壯士及夷門監，幸不惜一握手，即佳公子異代同聲。足下且登嵩少，眺二室，聽王子晉吹笙；復上大龢禮玉虚師，相勝遊哉。言之令人飄飄欲僊。恨僕不得陪杖履，霄霏倚醉，共大呼山靈爾！』又卷十四《與馮開之》：『孫以德持節大梁，僕亦遺人物色之矣。孫生雲遊梁，登嵩少，躡太和，然後與僕南會潁水之上。僕且掃榻遲之。』

[二]未央：漢宫名。見卷五《感懷詩五十五首·楊編脩公亮》注釋[三]。

[三]洛水濆：洛水邊。

[四]梁王：西漢梁孝王劉武。梁王愛士，《史記·梁孝王世家》：『招延四方豪傑，自山以東，遊説之士莫不畢至，齊人羊勝、公孫詭、鄒陽之屬。』《史記·司馬相如列傳》：『會景帝不好辭賦，是時梁孝王來朝，從遊説之士齊人鄒陽、淮陰枚乘、吴莊忌夫子之徒，相如見而説之，因病免，客游梁。』

[五]信陵君：戰國魏公子無忌。見卷四《詠史六首》注釋[四]。

[六]仙郎：男仙人，此稱孫太史。滄洲：見卷八《送余君房北上得洲字》注釋[三]。

[七]二室：太室山和少室山，二室組成嵩山。在今河南登封市。嵩少：嵩山之别稱。

[八]西園：三國曹魏園林名，在鄴城。曹氏父子、鄴下文人常遊宴西園，曹植《公宴詩》：『清夜遊西園，飛蓋相追隨。』

[九]王子晉：王喬，字子晉。見卷一《溟海波恬賦》注釋[一二]。

[一〇]浮丘：傳説中之仙人，即接王子晉上嵩山之浮丘公。見卷一《溟海波恬賦》注釋[一二]。晉郭璞《遊仙詩》：『左挹浮丘袖，右拍洪崖肩。』

[一一]杜客：指杜甫。因杜甫長期漂泊，『萬里悲秋常作客』（《登高》），故稱。杜甫有三篇《望嶽》之作，分别爲望東嶽（青年時期作）、西嶽（中年時期作）、南嶽（暮年時期作）。

［一二］馬卿：指司馬相如，字長卿。《史記·司馬相如列傳》：『會景帝不好辭賦，……（相如）客游梁。梁孝王令與諸生同舍。相如得與諸生游士居數歲，乃著《子虛》之賦。』

［一三］螭頭：此指雕刻有螭龍頭像之宮殿石階。唐姚合《寄右史李定言》詩：『纔歸龍尾含雞舌，更立螭頭運兔毫。』和凝《宮詞百首》：『龍樓露著鴛鴦瓦，誰近螭頭擲玉籤。』

［一四］大堤倡：襄陽大堤曲歌女。見卷三《大堤曲》注釋［一一］。

［一五］宛洛：見本卷《寄馮開之四首》注釋［一七］。

［一六］萊：老萊子，春秋末楚國隱士，孝養父母。『萊衣』爲『老萊衣』簡稱，典故見卷八《送張京兆歸省》注釋［一一］。

［一七］八公山：在淮南（今安徽淮南市西與壽縣交界處），相傳漢淮南王劉安曾與蘇非、李尚、左吳、田由、雷被、毛被、伍被、晉昌八位門客登臨活動於此山，故名。淮南八公山之桂樹有名，乃得於文學渲染與寄意，如淮南小山《招隱士》：『桂樹叢生兮山之幽，偃蹇連蜷兮枝相繚。……攀援桂枝兮聊淹留。』南朝梁吳均《八公山賦》：『桂皎月而長圓。』唐李白《寄淮南友人》：『復做淮南客，因逢桂樹留。』

## 喜孫太史至自太和二首［一］

僊郎欲問大河津，千里裁書報故人。皎皎西湖賒月色［二］，喧喧南陌動車輪。便驅疏雨然銀燭，好取明星布錦裀。怪底衣裳雲氣滿，紫霄峰上卧嶙峋［三］。

碧海簫聲遶吹臺［四］，王喬新禮衆仙迴［五］。金梭堆上鳴鑣過［六］，玉笥峰前控鶴來［七］。九子魚龍秋壑冷［八］，八公雞犬莫雲哀［九］。憑君借問丹砂事，勾漏曾無仙令才［一〇］。

**注釋**

［一］孫太史：孫繼皋。見本卷《贈孫太史持節大梁四首》注釋［一］。太和：太和（大龢）山，即今湖北武當山。孫以德持節大梁，登二室，然後又往太和山，從太和山來潁上。卷八有《聞管建初同孫以德登太和却贈二首》。另屠隆《與孫以德》有言：『足下且登嵩少眺二室，聽王子晉吹笙，復上大龢，禮玉虛師，相勝遊哉。』

［二］西湖：此指潁州西湖。見本卷《西湖宿四賢祠四首》注釋［一］。

〔三〕紫霄峰：指太和山紫霄峰。『怪底衣裳雲氣滿，紫霄峰上卧嶙峋』二句，與孫太史來自太和相呼應。

〔四〕吹臺：在開封，舊傳爲列仙吹臺，又名梁王吹臺。唐李吉甫《元和郡縣志》卷八《河南道・汴州・開封縣》：『梁王吹臺，在縣東南六里。』宋樂史《太平寰宇記》卷一《河南道・開封府・開封縣》：『吹臺，在縣南五里。《陳留風俗傳》：「縣有蒼頡師曠城，其城有列仙吹臺，梁孝王亦增築焉。」』

〔五〕王喬：王子晉。見卷一《溟海波恬賦》注釋〔二二〕。

〔六〕金梭堆：地名。《明一統志》卷七《鳳陽府・古蹟》：『金梭堆，在壽州東一十里，俗傳淮南王遺金於此，人多於雨後得之。』

〔七〕玉筍峰：指太和山玉筍峰。

〔八〕九子：指安徽青陽縣九華山。原名九子山，因峰巒異狀，其數有九之故。唐李白來遊，改今名，其《改九子山爲九華山聯句並序》稱贊：『妙有分二氣，靈山開九華。』《太平御覽》卷四十六引《九華山録》：『山之上，有池塘數畝，水田千石。其池有魚，長者半尋，頒首頳尾，朱鬐丹腹，人欲觀之，叩木魚即躍。以可食之物散於池中，食訖而藏焉。其水流洩爲龍池，溢爲瀑泉，入龍潭。溪有白蟮窟。』今九華山喇叭河有魚龍洞，爲著名石灰岩溶洞。

〔九〕八公：漢淮南王劉安之八位門客，後人附會爲神仙，見卷三《善哉行》注釋〔二〕。

〔一〇〕勾漏：山名，見卷七《贈王百穀》注釋〔一一〕。又縣名。仙令：指晉葛洪，洪曾求爲勾漏令。《晉書・葛洪傳》：『（洪）以年老，欲煉丹以祈遐壽。聞交阯出丹，求爲勾漏令。帝以洪資高不許，洪曰：「非欲爲榮，以有丹耳。」帝從之。』

## 答贈范太僕先生①〔一〕

房星天駟映文昌，繡斧翩翩已十霜。筆駕彩虹垂海色，扇摇青雀動江光。風流嵇阮知龍性〔二〕，詞賦陰何避雁行〔三〕。一自東方私雨露〔四〕，至今桃李荷春陽。

**校勘**

① 原目録中無『先生』二字。

**注釋**

［一］范太僕：范惟一，字于中（一字允中），號洛川、中方，華亭（今上海松江）人，范仲淹十六世孫。嘉靖二十年（一五四一）進士，歷官鈞州知州、濟南府同知、工部郎中、湖廣按察司僉事、南京太僕寺卿等。著有《范太僕集》等。傳見《明詩綜》卷四十八、陸樹聲《陸文定公集》卷七《范公墓誌銘》。

［二］嵇阮：魏晉間之嵇康和阮籍，二人均有孤高、倔强之性，同爲『竹林七賢』人物。

［三］陰何：南朝梁陳間詩人陰鏗、何遜。見卷五《雜懷八首》注釋［九］。

［四］東方：東方朔，見卷二《十賢贊·東方朔》注釋［一］。

## 春日燕王元美先生弇州山堂分得青岑二字［一］

山靈許我坐空亭，醉向流波不忍醒。畫棟朱闌窺象緯，玉書金簡薄玄經。寒塘水散春聲細，傑閣烟含石氣青。惜取明燈華髮在，高言一一寄沉冥。

吴天日色晚沉沉，一夕能消萬古心。即有好山宜水閣，不知何物妒雲林。遊魚夜出平高樹，飛鳥春來逗遠岑。去日苦多佳會少，百年難得是知音。

**注釋**

［一］王元美：王世貞，字元美。見卷四《答李伯達》注釋［一］。弇州山堂：王世貞之家園，又稱弇山園（簡稱弇園），中有弇山堂等。在太倉。爲明代江南園林之傑作，出自園藝家張南陽之手。王世貞生活其間，十分愜意，《游潘顧諸園畢自題弇園》：『踏遍名園意未舒，大都京洛貴人居。穿錢作埒難調馬，縷石鋪池礙種魚。似比幼輿輸一壑，轉令元亮愛吾廬。興來呼得尖頭艇，煨蟻烹鱗信所如。』

## 哭竹墟司馬六首［一］

長松豈謂等陵苕，總是哀深廢大招。鉅野似聞山鬼哭，空潭夜見水犀妖。朱門月落歌鐘罷，開府雲屯部曲銷。

一飲江頭成死別，俏無言語恨春潮。

天地無情白日荒，春衫黯黯淚成行。當時龍劍曾雙合，今日人琴是兩亡。忽有涼風生宰樹，空憐明月在胡牀。定懸紫府真人位[二]，獵獵旌旗卷夜霜。

國士肝腸好自刳，袖中那有報恩珠。英雄失路瑚弓暗，天地揚塵滄海枯。自以丹書藏絶峽，不煩黃石借兵符[三]。墓門秋艸殘陽後，誰問生前玉唾壺。

欲奠生芻恨此官，吾宗耆舊已彫殘。虛疑繫肘黃金印，寔有凌空白玉棺。袖裡明珠吾自惜，道旁神駿若爲看。關河一望風沙黑，雙眼因君淚不乾。

去年湖上夜臺扃[四]，此日天邊隕歲星。恨不高堂常秉燭，那知人世摠流萍。劍沉空匣龍魂死，墓掛枯藤鬼火青。慟哭四明風雅盡[五]，如今海若定無靈[六]。

高臺容易起悲風，急管哀絃蔓草中。淚盡羊曇心欲折[七]，悲深宋玉賦難工[八]。玄言一夜黃壚隔[九]，白骨千秋青史空。身已無官丘壑裡，猶然造物妬冥鴻。

## 注釋

[一] 竹墟：屠大山，號竹墟。見卷四《三司馬詩》注釋[一二]。

[二] 紫府：傳説中之神仙居所。見卷二《十賢贊·李泌》注釋[一二]。

[三] 黃石：指秦末隱士黃石公，即授張良《太公兵法》之圯上老人。《史記·留侯世家》：『良嘗閒從容步遊下邳圯上，有一老父……曰：「孺子可教矣。後五日平明，與我會此。」良因怪之，跪曰：「諾。」五日平明，良往。父已先在，怒曰：「與老人期，後，何也？」去，曰：「後五日早會。」五日雞鳴，良往，父又先在，復怒曰：「後，何也？」去，曰：「後五日復早來。」五日，良夜未半往。有頃，父亦來，喜曰：「當如是。」出一編書，曰：「讀此則爲王者師矣。後十年興。十三年，孺子見我濟北穀城山下，黃石即我矣。」遂去，無他言，不復見。旦日視其書，乃《太公兵法》也。』

[四] 夜臺：墳墓，陰間。

[五] 四明：四明山，此代指寧波。見徐益孫《由拳集敘》注釋[七]。

[六] 海若：海神名。見卷一《溟海波恬賦》注釋[四〇]。

［七］羊曇：晉謝安之甥。『淚盡羊曇心欲折』，用晉羊曇過西州門而悼謝安之典。西州爲古城名，東晉置，爲揚州刺史治所（今江蘇南京市）。據《晉書·謝安傳》，安雅志未就，遂遇疾篤，還都。聞當輿入西州門，自以本志不遂，深自慨失。尋薨。『羊曇者，太山人，知名士也，爲安所愛重。安薨後，輟樂彌年，行不由西州路。嘗因石頭大醉，扶路唱樂，不覺至州門。左右白曰：「此西州門。」曇悲感不已，以馬策扣扉，誦曹子建曰：「生存華屋處，零落歸山丘。」慟哭而去。』

［八］宋玉：戰國末楚國辭賦家。

［九］黃壚：黃泉。

## 送孫以德北上［一］

白馬青絲照寶刀，千花春日豔江皋。月寒宮樹銅龍小［二］，露濕僊人金掌高［三］。出使正當飛槲葉，朝天行及薦櫻桃。長安故友如相問［四］，爲道潘郎已二毛［五］。

**注釋**

［一］孫以德：孫繼皋，字以德。見卷五《感懷詩五十五首·孫太史以德》注釋［一］。

［二］銅龍：見卷六《留別沈君典馮開之諸君》注釋［一一］。

［三］仙人：指漢武帝時於建章宮中所鑄以掌舉盤承露之金銅仙人。

［四］長安：指北京。

［五］潘郎：晉潘岳。岳《秋興賦序》：『余春秋三十有二，始見二毛。』

## 送符卿徐公還朝［一］

霓旌暫侍傍家山，玉節趨朝響珮環。丹鳳口啣天語重，白雲心戀舞衣班。江鷗欲下波光動，宮燕初窺扇影還。到日君王問黃髮，桃花歲歲比朱顔。

**注釋**

[一] 徐公：指徐琨，字揚卿，號繼齋。松江府華亭縣人，内閣首輔徐階之子。以蔭仕，歷中書舍人、尚保司少卿，擢本卿。符，指『符臺』。明代，中央官署設尚寶司，掌管寶璽、符牌、印章及其使用，别稱符臺。

## 送顧汝和中翰奉使滇南還朝二首[一]

酌酒登車攬大荒，馬頭雙劍落春霜。花明漢節爲天使，水緑蠻雲是夜郎[二]。萬里老披銅柱月[三]，千金貧謝尉佗裝[四]。送君正好歌南浦，欲採蘼蕪不滿筐。

詔書十道下炎州[五]，湖海英雄顧虎頭[六]。苦竹蠻童驕叱撥，山花溪女映箜篌。日臨大道烟光直，酒暖平原麥氣秋。一曲陽關送雙涕，樓船絲管咽江流。

**注釋**

[一] 顧汝和：顧從禮，字汝和，武陵（今上海）人。歷任中書舍人、太僕寺丞、光禄寺少卿等職。晚年歸故里，多有義舉。滇南：今雲南，古代簡稱滇，因位於國家南部，故名。

[二] 夜郎：古國名，亦地域名。見卷五《感懷詩五十五首·陸文學伯生》注釋[四]。

[三] 銅柱：指邊界樁，曾爲銅制。《後漢書·馬援傳》：『斬獲五千餘人，嶠南悉平。』李賢注：『《廣州記》：「援到交阯，立銅柱，爲漢之極界也。」』《新唐書·南詔傳》：『初，安寧城有五鹽井，人得煮鬻自給。玄宗詔特進何履光以兵定南詔境，取安寧城及井，復立馬援銅柱，乃還。』

[四] 尉佗：即秦時南海郡尉趙佗。《史記·南越列傳》：『南越王尉佗者，真定人也，姓趙氏。』

[五] 炎州：泛指南方地區。《楚辭·遠遊》：『嘉南州之炎德兮，麗桂樹之冬榮。』唐杜甫《得廣州張判官書》詩：『忽得炎州信，遥從月峡傳。』

[六] 顧虎頭：晉代畫家顧愷之，字虎頭。屠隆以比喻顧汝和。

## 寄懷張長公兼憶先司馬[一]

元禮通家異代論[二]，淒凉生死道空存。書來公子西園莫[三]，劍去司空北斗昏[四]。自是爲漁宜海曲[五]，不妨高嘯在蘇門[六]。幾年心折流波館[七]，湖上迴橈過雨痕。

**注釋**

[一]張長公：指張邦仁，張時徹之長子。詳見卷五《感懷詩五十五首·張明府孺穀》注釋[一]。先司馬：指張時徹。

[二]元禮：漢李膺，字元禮。孔融以『通家子弟』身份拜謁，得其賞識。見卷七《贈王元美廷尉》注釋[一一]。

[三]西園：曹丕、曹植爲公子時之鄴城西園，爲文人集會之所。曹植《公宴詩》：『公子敬愛客，終宴不知疲。清夜遊西園，飛蓋相追隨。』見本卷《贈孫太史持節大梁四首》注釋[八]。

[四]司空：指晉張華。華歷任多職，晚年遷司空。《晉書·張華傳》載，華使雷煥於豐城掘得龍泉、太阿寶劍，二人各佩其一。華去世後，劍亦失。

[五]海曲：海隅，海灣。

[六]蘇門：蘇門山，晉人孫登曾隱居於此，有嘯臺等遺跡。見卷八《聞管建初同孫以德登太和却贈二首》注釋[六]。

[七]流波館：張時徹東錢湖茂嶼山莊館舍名，見卷八《正月六日雨集司馬公流波館得青字二首》注釋[一]。

## 奉酬徐少師[一]

功成笑向大湖遊，手卷絲綸問釣鈎。太史占雲曾五色[二]，相君搦管自千秋[三]。衮龍日抱天門躍，青雀波平滄海流。老看山中瑶艸長，誰知綺皓是伊周[四]。

## 注釋

[一]徐少師：指徐階。字子升，號少湖，一號存齋。松江府華亭縣人。嘉靖二年（一五二三）進士。歷職頗多，曾加封少師。嘉靖朝後期至隆慶朝初年任内閣首輔。後告老還鄉家居。

[二]太史：官名，掌天文星曆等。占雲即其職，望雲氣以測吉凶。

[三]相君：對宰相之尊稱。

[四]綺皓：漢初隱士綺里季，『商山四皓』之一。伊周：商朝初重臣伊尹和周朝初重臣周公旦，後世常以喻指執掌朝政之大臣。

# 寄贈葉司理[一]

寒谷陽和散主恩[二]，法星夜夜照天門。使君不改南山判[三]，孝婦曾無東海冤[四]。擊汰鳴榔江欲立，登車攬轡日初温。駈來五嶽摇霜簡，看取神羊柱下尊。

## 注釋

[一]葉司理：當指寧波府推官葉時新，徐美潔《屠隆詩編年箋注》推斷合理。

[二]寒谷：山谷名，又名黍谷。在今北京市密雲縣。相傳爲戰國時齊人鄒衍吹律生黍之處。漢劉向《七略别録・諸子略》：『鄒衍在燕，有谷地美而寒，不生五穀，鄒子居之，吹律而温至黍生，至今名黍谷。』

[三]使君：指唐代李元紘。元紘判案不畏權勢，其『南山鐵案』之典實流傳後世，《新唐書・李元紘傳》：『元紘早修謹，仕爲雍州司户參軍。時太平公主勢震天下，百司順望風指，嘗與民競碾磑，元紘還之民。長史竇懷貞大驚，趣改之，元紘大署判後曰：「南山可移，判不可摇也。」』

[四]孝婦：指東海孝婦周青。孝婦少寡，亡子，養姑甚謹。姑自念年老，久累年少，自縊而死。孝婦被誣告入獄，含冤被殺，鮮血緣幡竹逆流，郡中枯旱三年。事見《漢書・于定國傳》、晉干寶《搜神記》卷十一。元關漢卿據以改編成雜劇《竇娥冤》。

# 送姚①孝廉還四明[一]

看君年少玉爲人，投我明珠照錦裍。符節才名自龍種，徐陵詞藻故麒麟[二]。三吴烟雨逢津吏，五月風濤過海神。歸去西陵堪秣馬[三]，明年最好上陽春。

**校勘**

①姚：底本原目録作『姬』。

**注釋**

[一]姚孝廉：未詳。四明：四明山，代指寧波。見徐益孫《由拳集敘》注釋[七]。

[二]徐陵：南朝梁陳間文學家。陵幼時，得寶誌爲其摩頂，贊爲天上石麒麟。《陳書·徐陵傳》：『時誌上人者，世稱其有道。陵年數歲，家人攜以候之，誌手摩其頂，曰：「天上石麒麟也。」』

[三]西陵：古地名，今杭州市蕭山區西興鎮之古稱。見卷二《述哀操》注釋[三]。

## 喜馮開之予告歸[一]

滄江豈是學垂綸，龍性終然不可馴。三殿晴雲傳賜詔[二]，五湖烟月引歸人[三]。西灣水緑堪銷夏，南浦花紅好送春。持節回來還四壁，漢朝惟有馬卿貧[四]。

**注釋**

[一]馮開之：馮夢禎，字開之。見沈明臣《由拳集敘》注釋[二]。

[二]三殿：唐大明宫之麟德殿。《玉海·宫室·唐三殿》：『三殿者，麟德殿也。一殿而有三面，故名。』唐杜甫《送翰林張司馬南海勒碑》詩：『詔從三殿去，碑到百蠻開。』後借指朝廷。

[三]五湖：此指太湖。《國語·越語下》：『果興師而伐吴，戰於五湖。』韋昭注：『五湖，今太湖。』馮夢禎號具區，具區爲太湖之古稱。

[四]馬卿：漢司馬相如，字長卿。相如蜀郡成都人，嘗事孝景帝，爲武騎常侍，會景帝不好辭賦，客游梁。梁孝王卒，相如歸，家貧，無以自業。受臨邛令王吉邀往，至與卓文君歸成都，家居徒四壁立。見《史記·司馬相如列傳》。

## 贈①陳子有以邦憲先生諸子見過[一]

梁苑諸公鄴下才[二]，手中斑管挾風雷。十年姓字江湖裡，一夕高歌滄海迴。南浦雲生摇夜舫，西園花發送春杯[三]。更煩太史占天象，誰引明珠照乘來。

**校勘**

①原目録中無『贈』字。

**注釋**

[一]陳子有：陳所蘊，字子有。見卷四《送陳子有遊金陵》注釋[一]。邦憲：朱察卿，字邦憲。見卷八《送嘉則先生之上海吊朱邦憲》注釋[一]。

[二]梁苑：漢梁孝王劉武之梁園，即兔園，見卷一《歡賦》注釋[一一]。梁苑諸公：指辭賦家枚乘、司馬相如等。鄴下才：指漢建安時期，鄴城所匯聚之『三曹』『七子』等文學才情富贍之人。

[三]西園：曹魏園林名，見本卷《贈孫太史持節大梁四首》注釋[八]。

## 寄贈陳使君思①進[一]

杲日曈曈紫氣浮，使君高義拜龍丘[二]。威行絶徼鯨鯢遁，恩闊春波滄海流。蕩槳採蓮湖水緑，啣盃走馬石帆秋[三]。三年不寄相思字，心折西陵古渡頭[四]。

**校勘**

①思：原目録作『恩』。

**注釋**

［一］陳使君思進：陳大科，字思進，通州人。隆慶五年（一五七一）進士。曾任紹興府推官。累官至右都御史，兼兵部侍郎。總督兩廣，定安南有功。有《陳如岡文集》。

［二］使君：指東漢任延。龍丘：西漢末隱士龍丘萇，隱居會稽郡龍丘山（位於今龍遊縣東），與同郡嚴光、鍾離意相友善。任延爲會稽都尉時，以禮延聘爲議曹祭酒。《後漢書·任延傳》：『吴有龍丘萇者，隱居太末，志不降辱。王莽時，四輔三公連辟，不到。掾吏白請召之，延曰：「龍丘先生躬德履義，有原憲、伯夷之節。都尉埽灑其門，猶懼辱焉，召之不可。」遣功曹奉謁，修書記，致醫藥，吏使相望於道。積一歲，萇乃乘輦詣府門，願得先死備録。延辭讓再三，遂署議曹祭酒。萇尋病卒，延自臨殯，不朝三日。是以郡中賢士大夫爭往宦焉。』

［三］石帆：山名，在紹興城東十五里。見卷五《感懷詩五十五首·陶比部楙中》注釋［一］。

［四］西陵：古地名，今杭州市蕭山區西興鎮之古稱。見卷二《述哀操》注釋［三］。

## 中秋夜餞別沈嘉則先生①［一］

疏疏楊柳故人情，忍向尊前唱渭城。香霧暗生秋樹暖，華燈高傍夜珠明。空簾忽度碪聲滿，長笛吹殘海氣清。月落烏啼天欲曙，碧湖蘭槳送君行。

**校勘**

①原標題無『沈』字，據原目録補。原目録無『先生』二字。

**注釋**

［一］沈嘉則：沈明臣，字嘉則。見沈明臣《由拳集敘》注釋［一一］。

## 秋日同沈嘉則袁履善馮開之泛泖登塔四首［一］

樓船載酒大湖中，落日長帆倒碧空。莫色歸雲沉海樹，天風吹浪濕秋鴻。絶憐暗水通沙渚，別有明霞夾蝃蝀。

自以形骸向寥廓，一尊今日與君同。

大艑駈來湖上峰，白雲千片劈夫容。水摇衣袂歌聲細，秋入蒹葭雨氣濃。遂見空中出臺榭，坐令盃底失魚龍。看君總在煙霞外，好共山僧及曙鐘。

島外諸峰青可捫，長湖一一帶秋原。日斜大樹迴帆影，風捲空波到寺門。夜半凉生聽佛語，天高月出照龍魂。偎郎手種菩提樹，知爾玄言定不煩。

空王臺殿入虚無，忽湧中流大地孤。不放秋聲到城郭，直分清嘯與浮屠。星河暈月來香霧，神女凌波出夜珠。一日逍遥吾亦得，自將濁酒酹菰蒲。

**注釋**

[一] 沈嘉則：沈明臣，字嘉則。袁履善：袁福徵，字履善。見卷五《感懷詩五十五首・袁太學非之》注釋[一]。馮開之：馮夢禎，字開之。泖：湖名，即三泖。見沈明臣《由拳集敘》注釋[五]。塔：即澄照禪院浮屠，又名泖塔。乾隆《江南通志》卷四十五《輿地志・寺觀三・松江府》：『澄照禪院，在泖中。唐乾符間老僧如海作井亭，施湯茗，建塔五層，標燈，爲往來之望。明嘉靖間，僧智明建大雄殿。其徒自正於隆慶六年築石隄以爲外護，建寶藏閣以奉大藏經。陸樹聲與弟樹德置常住田，太倉王世貞爲之記。隆慶三年丈田均糧，僉事鄭元韶、知府袁貞吉以泖塔在湖中，渰没不常，遂得免科。萬曆元年復建青浦，泖以西俱屬焉。獨塔基因不起科，仍隸華亭。今屬婁。』

## 送嘉則先生還四明[一]

天空星白醉微茫，笑引清溪入艸堂。不用金釵歌激楚，宛如銀燭坐瀟湘[二]。雁聲夜度平沙月，劍氣寒吹落木霜。莫道别時無一語，請看清淚在衣裳。

**注釋**

[一] 嘉則先生：沈明臣，字嘉則。見沈明臣《由拳集敘》注釋[一一]。四明：四明山，代指沈明臣家鄉。

[二] 瀟湘：本指湘江，因其地多竹，詩人有時以擬竹林清雅環境。如屠隆友人胡應麟《蘇君禹留集翠虚亭共賦二首》之一：『一徑雙松

裡，孤亭萬竹旁。高秋全障日，盛暑欲凝霜。籜自翻龍虎，枝從宿鳳凰。晝簾清絶處，渾擬坐瀟湘。』（《少室山房集》卷三十四）

## 送曹子念遊台宕①[一]

看君七尺氣飛揚，眼底區中五嶽長。聞道孫登能鳳嘯[二]，由來叔夜故龍章[三]。片颿東去浮滄海，疋馬南遊度石梁[四]。絶頂青霞堪結佩，定然晞髮向扶桑[五]。

### 校勘

①宕：原目録作『岩』字。

### 注釋

[一]曹子念：曹昌先，字子念。見卷五《感懷詩五十五首·曹山人子念》注釋[一]。台宕：浙江天台山和雁宕山之合稱。明徐渭《書石梁雁宕圖後》：『台、宕之間，自有知以來，便馳神於彼。』

[二]孫登：魏晉人，擅嘯，聲若鸞鳳之音。見卷八《贈吴叔嘉》注釋[二]。

[三]叔夜：魏晉人嵇康，字叔夜。《晉書·嵇康傳》：『嵇康，字叔夜。……有奇才，遠邁不群。身長七尺八寸，美詞氣，有風儀，而土木形骸，不自藻飾。人以爲龍章鳳姿，天質自然。恬静寡欲，含垢匿瑕，寬簡有大量。』嵇康爲『竹林七賢』領袖人物，著名文學家，音樂家。因遭鍾會誣陷，被司馬昭處死。

[四]石梁：天台山著名景點。見卷一《霞爽閣賦》注釋[八]。唐宋之問《靈隱寺》：『待入天台路，看余度石橋。』

[五]扶桑：神話傳説中樹名。見本卷《遠遊》注釋[四]。

## 答寄張幼于[一]

絶代風流自不群，水犀雄武碧雞文[二]。簫分西子宫中月[三]，劍落要離墓上雲[四]。紫蟹黄花霜後美，青衫白紵夜深聞。步兵況是多名酒[五]，秋日何緣醉使君[六]。

**注釋**

[一]張幼于：張獻翼，字幼于。長洲人。嘉靖中國子監生。負性高舉，行事駭俗，文采華贍，與兄鳳翼、燕翼並有才名，時稱『三張』。著有《文起堂集》《紈綺集》《讀易紀聞》《讀易韻考》等。

[二]水犀：指披水犀甲之軍士。取其雄武之義。碧雞文：漢王褒爲《碧雞頌》，以雄辯著稱。南朝梁劉孝標《廣絶交論》：『騁黄馬之劇談，縱《碧雞》之雄辯。』

[三]西子：西施。春秋時越國美女。吴王夫差得西施後，爲築館娃宫。

[四]要離：春秋末吴國刺客。見卷六《寄顧益卿》注釋[六]。後人時以喻俠義壯烈之士。

[五]步兵：指魏晉阮籍，因籍嘗官步兵校尉，故稱。

[六]使君：此爲對人之尊稱。

## 寄張伯起[一]

蚤罷公車事隱淪，才名俠骨重王孫。家藏匕首堪臨難，客有如姬解報恩[二]。歌入天風吹白帢，酒深江月浸朱門。看君直以千秋論，吾道今知丘壑尊[三]。

**注釋**

[一]張伯起：張鳳翼，字伯起。長洲人。張獻翼（字幼于）之兄。嘉靖四十三年（一五六四）舉人。擅作曲，有傳奇《紅拂記》《祝髮記》《竊符記》《灌園記》《扊扅記》《虎符記》（合題《陽春集》）。有詩文集《處實堂集》，另有《文選纂注》《四書句解》《清河逸事》等。

[二]如姬：戰國時魏國安釐王之姬，嘗助信陵君魏無忌竊符救趙。《史記·信陵君列傳》載，魏安釐王二十年（前二五七），秦兵圍趙邯鄲。趙數遣魏王及公子信陵君書，請救於魏。魏王使將軍晉鄙將十萬衆救趙。後魏王畏秦，使人止晉鄙留軍壁鄴以觀望。信陵君急欲救趙，夷門侯生獻計：『嬴聞晉鄙之兵符常在王卧内，而如姬最幸，出入王卧内，力能竊之。嬴聞如姬父爲人所殺，如姬資之三年，自王以下欲

求報其父仇，莫能得。如姬爲公子泣，公子使客斬其仇頭，敬進如姬。如姬之欲爲公子死，無所辭，顧未有路耳。公子誠一開口請如姬，如姬必許諾，則得虎符奪晉鄙軍，北救趙而西却秦，此五霸之伐也。』公子從其計，請如姬。如姬果盜晉鄙兵符與公子。遂救邯鄲。張鳳翼創作有《竊符記》，屠隆本集卷十六《寄張幼于兄弟》云：『伯起先生文雅淹貫，俠氣亮節，使人興專諸、要離之思。一棲兩雄，魚腸、水犀，當不死乎。聞伯起所作《如姬竊符》，新聲雄麗快人，不知可得一部寓目不？』

［三］丘壑：山陵溪谷，代指隱逸。

## 贈赫使君[一]

翩翩旌蓋駐河干[二]，華露蕭條木葉寒。水國芙容宜夜雨[三]，江田苜蓿薦秋盤。爲言貧邑將迎少，喜得君侯禮數寬。笑詠偶然忘下吏，汀蘭沙鳥共追懽。

**注釋**

［一］赫使君：未詳。

［二］河干：河岸。

［三］水國：水鄉。

## 集范太僕嘯園[一]

名園華屋路逶迤，高棟珠簾暝色遲。醉客狂來眠大石，城烏忽下踏空枝。陰陰夕嶂明秋日，蔌蔌寒花媚曲池。彭澤風流吾得似[二]，不妨清露月中披。

**注釋**

［一］范太僕：范惟一。見本卷《答贈范太僕先生》注釋［一］。嘯園：范惟一之園林名，在松江（今上海松江區松江鎮），卷十二《壽范太

僕先生七十敘》：『（范太僕）歸而築嘯園老也。』明皇甫汸《皇甫司勳集》卷二十二有《范參岳嘯園讌集寄賦二首》。

［二］彭澤：指陶淵明。淵明曾任彭澤令，故稱。淵明《歸去來兮辭》：『登東皋以舒嘯，臨清流而賦詩。』又《歸園田居》其三：『晨興理荒穢，帶月荷鋤歸。道狹草木長，夕露沾我衣。衣沾不足惜，但使願無違。』

## 寄答①柴仲初葉鄭朗二子［一］

東山何事出蒿萊［二］，海鶴江鷗總見猜。積水經旬迷大澤，悲風向夕起高臺。一從蘭槳歌南浦，三見桐花落紫苔。脉脉春情恨雙鯉，故人昨日有書來。

**校勘**

① 原目録無『答』字。

**注釋**

［一］柴仲初：柴應聰，字仲初。見卷五《感懷詩五十五首·柴文學仲初》注釋［一］。葉鄭朗：葉太叔，字鄭朗。見卷六《唁葉鄭朗》注釋［一］。

［二］東山：晉謝安早年隱居高卧處，見卷五《感懷詩五十五首·范少司馬堯卿》注釋［二］。

## 送杜使君入覲［一］

共説君侯闕内賢［二］，蕭條行李去朝天。旌旗裊裊揚江外，父老紛紛拜馬前。閣道九重開日月，樓船大海息風烟。君王若問東南事，澤國茫茫尚水田。

注釋

［一］杜使君：未詳。

［二］君侯：對達官人之敬稱。

## 寄嗐董生［一］

空然揚袂撫魚腸，不用知君自慨慷。哭斷九閽無白日［二］，悲深六月有繁霜。愁中作賦含秋色，暗裡探珠得夜光。鬓髮總銷名姓在，好紉蘭茝佩衣裳。

注釋

［一］董生：未詳。

［二］九閽：見卷四《感懷十首》注釋［四］。

## 送郁秀才之金陵［一］

憐君失意走泥沙，落落青衫飽歲華。芳艸未知紅版月［二］，春光先入白門鴉［三］。賣漿原自逃空谷［四］，取酒寧須向狹斜［五］。南浦銷魂才子去［六］，江淹惟有筆生花［七］。

注釋

［一］郁秀才：指郁承彬，華亭人。見卷五《感懷詩五十五·郁文學孟野》注釋［一］。

［二］紅版：紅板橋。白居易《楊柳枝詞八首》之四：『紅版江橋青酒旗，館娃宫暖日斜時。可憐雨歇東風定，萬樹千條各自垂。』沈明臣《送人之南都二首》之一：『金陵曾向酒家眠，十五當壚不數錢。紅版橋頭明月色，娟娟猶在玉釵前。』

［三］白門：金陵（今江蘇南京市）之正南門宣陽門，俗稱白門。白門鴉，參見卷七《白門行送徐長孺》注釋［一］。

〔四〕賣漿：賣漿者，此指隱士。《史記·信陵君列傳》：「公子聞趙有處士，毛公藏於博徒，薛公藏於賣漿家。公子欲見兩人，兩人自匿，不肯見公子。公子聞所在，乃間步往，從此兩人遊，甚歡。」空谷：空曠之山谷。《詩經·小雅·白駒》：「皎皎白駒，在彼空谷。」孔穎達疏：「賢者隱居，必當潛處山谷。」宋蘇軾《謫居三適》：「今我逃空谷，孤城嘯鵂鶹。」

〔五〕狹斜：本稱小街曲巷，特指冶遊之地。南朝梁沈約《長安有狹斜行》：「青槐金陵陌，丹轂貴遊士。方驂萬乘臣，炫服千金子。咸陽不足稱，臨淄孰能擬。」又沈約《麗人賦》：「狹斜才女，銅街麗人。」

〔六〕南浦：南面之水邊。《楚辭·九歌·河伯》：「子交手兮東行，送美人兮南浦。」後常用指水邊送別處。唐白居易《南浦別》：「南浦淒淒別，西風裊裊秋。一看腸一斷，好去莫回頭。」

〔七〕江淹：南朝梁文學家，其《別賦》爲代表作之一，有名句云：「春草碧色，春水渌波，送君南浦，傷如之何！」

## 寄贈王敬美觀察〔一〕時敬美有乞休疏

手捫蘿月上匡廬〔二〕，坐使塵心盡玉壺。片片丹霞生竹杖，泠泠清夢到鷗鳧。長安祇貴三都賦〔三〕，名姓終歸五嶽圖。一動天文纔辟穀，不妨白髮照江湖。

**注釋**

〔一〕王敬美：王世懋，字敬美。見卷五《感懷詩五十五首·王觀察敬美》注釋〔一〕。

〔二〕匡廬：即江西廬山。見卷八《送趙給事謫尉高安二首》注釋〔三〕。

〔三〕長安：指北京。

## 馮開之陸伯生吴叔嘉夜集齋中〔一〕

醉倚金罍看鸜鵒，毫端五彩落春霓。簾分高炬窺青竹，水映空階冒緑荑。坐久直愁明月老，歌清不放白雲低。酒醒便向天涯去，淡月疏花送馬蹄。

**注釋**

［一］馮開之：馮夢禎，字開之。見沈明臣《由拳集敘》注釋［一二］。陸伯生：陸應陽，字伯生。見卷五《感懷詩五十五首·陸文學伯生》注釋［一］。吴叔嘉：字昌齡。見卷五《感懷詩五十五首·吴徵君叔嘉》注釋［一］。

## 送馮開之之婁江訪二王先生［一］

伐鼓吹簫錦纜催，黏天波浪挾春雷。直看明月低芳樹，漸有繁花上嘯臺。曲奏空中神物下，龍啣江上夜珠來。行行目送僊郎去，望望閶門紫氣開。

**注釋**

［一］婁江：本河流名，西起蘇州婁門，東至太倉。此指二王先生故鄉婁東太倉。王世貞《弇山園記四》云：『西望婁水如練。』二王先生：王世貞、王世懋。

## 寄贈歐楨伯［一］

南海明珠照上都［二］，爲郎應得著潛夫。星拈綵筆名終在，劍蝕苔花俠未除。春日桄榔鳴翡翠，寒江罔象泣珊胡［三］。不愁人代精靈盡，玉笈金箱定有無。

**注釋**

［一］歐楨伯：歐大任，字楨伯。見卷五《感懷詩五十五首·歐博士楨伯》注釋［一］。

［二］上都：古代對京都之通稱。

［三］罔象：傳説中之水怪名。《國語·魯語下》：『水之怪曰龍、罔象。』

## 寄懷李臨淮[一]

曾向長安踏月明[二]，五侯池館百花亭。青絲絡騎歌初豔，紅燭嬌人酒未醒。公子流年對芳樹，故人踪①蹟轉浮萍。春風不折瑶華寄，葉滿空階霜霰零。

**校勘**

① 踪：底本原作『跎』，據存目本改。

**注釋**

［一］李臨淮：李言恭，字惟寅。襲封臨淮侯。見卷五《感懷詩五十五首·李臨淮惟寅》注釋［一］。

［二］長安：指京城。

## 聞元美先生有奇遇詩以訊之[一]

千年綵筆掞銀河，帝許滄霞卧薜蘿。遂有靈妃捐玉佩[二]，不須石洞采金鵝[三]。蹉跎我已慙勾漏[四]，只尺君應到大羅[五]。自向蓬萊見清淺[六]，西飛白日奈人何。

**注釋**

［一］元美先生：王世貞，字元美。詳見卷四《答李伯達》注釋［一］。

［二］靈妃：漢江神女。宋曾慥編《類説》卷三《列仙傳·漢江解佩》：『鄭交甫遊漢江，見二女，佩兩明珠。交甫悦之，不知其神人也。下請其佩，女解佩與交甫。行數十步，女忽不見。』

［三］石洞：指道士修煉之山洞。金鵝：金鵝蕊，即桂花，或石洞中一種似桂花之石英。道教認爲食之可成仙。《藝文類聚》卷八十九引

《神仙傳》曰：『離婁公服竹汁、餌桂得仙。許由父箕山得丹石桂英，今在中嶽。』唐李白《贈嵩山焦煉師》：『時餐金鵝蕊，屢讀青苔篇。』元陳旅《安雅堂集》卷二《壽吴宗師》：『竹間自洗金鵞藥，花外長留翠鳳旌。』元郭翼《林外野言》卷下《送林尊師》：『倘其歸去容成洞，采拾金鵞幸見分。』清金鉷等修《廣西通志》卷十四《山川·梧州府·懷集縣》：『道士巖在蓮花巖北，宏敞玲瓏，又名六龍洞。中有石，如藥竈丹爐几榻鐘鼓等狀。旁一洞曰迷仙，秉炬可遊，相傳有道士修煉於此。又云葛稚川采丹砂、金鵝蕊處。』

［四］勾漏：山名，道教稱爲第二十二洞天。晉葛洪嘗求爲勾漏令。見卷七《贈王百穀》注釋［一一］。

［五］大羅：大羅天，道教所稱三十六天中最高一重。《雲笈七籤》卷二十一：『《元始經》云：大羅之境，無復真宰，惟大梵之氣，包羅諸天太空之上。』

［六］蓬萊：海上仙山名。晉葛洪《神仙傳》卷三：『王遠，字方平，東海人也。……麻姑自説：「接待以來，已見東海三爲桑田。向到蓬萊，水又淺於往昔會時略半也。豈將復還爲陵陸乎？」方平笑曰：「聖人皆言海中行復揚塵也。」』唐陸龜蒙《高道士》：『東遊借得琴高鯉，騎入蓬萊清淺中。』宋蘇軾《口號》：『蓬萊清淺半桑田。』

## 花影

廣殿朱欄玉砌中，婆娑滿地細含風。芳魂脉脉嬌無語，夜色娟娟照欲空。黄鳥踏來驚水上，冰輪忽送過牆東。朝朝暮暮如神女［一］，除是高唐夢可通［二］。

**注釋**

［一］神女：巫山神女。戰國楚宋玉《高唐賦》：『昔者先王嘗遊高唐，怠而晝寢。夢見一婦人，曰：「妾巫山之女也。」』《文選》李善注：『《襄陽耆舊傳》曰：赤帝女曰瑶姬，未行而卒。葬於巫山之陽，故曰巫山之女。』

［二］高唐：戰國時楚國臺觀名，在雲夢澤中。宋玉《高唐賦》，李善注：『《漢書》注曰：「雲夢中，高唐之臺。」』

## 聞嘉則君典開之會於湖上有作［一］

布衣蹤跡混漁人，石室飛花送酒頻。不向人間道名字，可能天上隱星辰。坐來水殿摇青雀，笑入銀河濕紫巾。

此日江湖龍劍合，直愁風雨妒延津[二]。

傒人親汲虎跑泉[三]，路踏千峰竟窅然。何物凌空堪鳳嘯，忽吹長笛醒龍眠。夜深月色嬌歌扇，水冷桐陰覆酒船。自笑無端身作吏，飛心遥挂白雲邊。

## 注釋

[一] 嘉則：沈明臣，字嘉則。見沈明臣《由拳集敘》注釋[一一]。君典：沈懋學，字君典。見沈明臣《由拳集敘》注釋[三]。開之：馮夢禎，字開之。見沈明臣《由拳集敘》注釋[二]。湖：指杭州西湖。卷七《西湖曲爲三先生賦》序：『三先生者，沈山人嘉則、沈太史君典、馮吉士開之也。三先生相與浮西湖，高言長嘯，響振崖谷；名章麗藻，照映雲霞，爲兹湖標千古勝事。余聞而豔之，恨不能從也。乃賦西湖曲以見意，庶幾當宗生卧遊矣。』

[二] 延津：即延平津，晉時屬延平縣（今福建南平市東南）。相傳晉時龍泉、太阿兩劍於此化龍而去。《晉書·張華傳》載，張華使雷焕爲豐城令。焕掘地得寶劍龍泉、太阿，送一劍與張華，留一自佩。後『華誅，失劍所在。焕卒，子華爲州從事，持劍行經延平津，劍忽於腰間躍出墮水。使人没水取之，不見劍，但見兩龍各長數丈，蟠縈有文章，没者懼而反。須臾光彩照水，波浪驚沸，於是失劍。』

[三] 虎跑泉：泉名。見卷八《開之居西湖甚適悵焉瞻遡十五韻》注釋[二]。沈明臣三人本次西湖之會，遊歷多處，包括虎跑泉。屠隆《鴻苞集》卷二十二《沈君典諸公遊記》云：『沈君典在告，居青山歲餘，以萬曆八年四月出遊。方冠布袍，攜一奴自隨，徑至武林西湖訪開之郊園。會沈嘉則至，相與泛西湖，步六橋，入虎跑，登三天竺。』

# 東門河堤成四首[一]

明月高高照大堤[二]，襄陽兒女唱銅鞮。亭吞波浪春聲小[三]，城壓魚龍夜色低。天子定教沈白馬[四]，小臣寧敢論玄圭。桃花三月遊人看，鏡落霞光映錦雞。

白日①臺成象馬堆，垂楊低拂錦鱗開。竹枝便應春江曲，蘭槳如從秋浦迴。乍可帆前青艸合，偶然城下綠波來。沙虚水暖孤亭夕，好採蘋花泛酒盃。

水落長淮萬里通，大河春色片帆中。凌波塵度空堤月，遊騎香生廣陌風。樓影祇疑沉夜蜃，波光直似飲秋虹。

高歌負鍤千人和，遥見宣防瓠子宫[五]。潁川深媿漢循良[六]，浩蕩恩波自帝鄉[七]。萬户不須勞尺一，千人真自裹餱粻。晴窺雉堞春雲近，下見遊魚紫荇長。𩰚散將何酬父老，但歌七月問農桑。

## 校勘

①日：底本原作『目』，據存目本改。

## 注釋

[一]東門：潁上縣城東門。屠隆萬曆五年(一五七七)來爲潁上令，萬曆六年春重修東門外圮壞之河堤。堤成，屠隆作有《修潁上縣東門河隄碑記》，詳細記有重修之起止時間：『以萬曆六年戊寅春王正月六日，屠子自爲文，率父老、博士諸生，洎千夫長、百夫長，臨河而祭告於大河之神，是興此役。屠子日臨視者二，閔卒，爲更其老弱，節其勞苦，問其饑寒，而懊休之。卒感屠子忠誠，人人勸也。始於正月九日，終於二月廿有九日，蓋五十日而河工告成。』

[二]大堤：本襄陽一地名。參見卷三《大堤曲》注釋[二]。襄陽兒女愛唱《大堤曲》。宋張孝祥《醉落魄》：『桃花庭院光陰速，銅鞮誰唱大堤曲。』明公鼐《襄陽》詩：『林鶯送客巖花笑，曾見銅鞮歌舞無？』屠隆借襄陽大堤兒女歌舞場面，來喻指潁上縣東門河堤修復告成後人們歌舞歡樂之情景。

[三]亭：指綠波亭，屠隆新建。卷十八《管仲鮑叔廟碑記》：『既築東門河堤，劚長碑，創綠波亭，邑稍增勝。』

[四]天子：指漢武帝。武帝元光(前一三四—前一二九)中，黄河決口於瓠子，《史記·河渠書》：『自河決瓠子後二十餘歲，歲因以數不登，而梁楚之地尤甚。天子既封禪巡祭山川，其明年旱，乾封少雨，天子乃使汲仁、郭昌發卒數萬人，塞瓠子決。於是天子已用事萬里沙，則還自臨決河，沈白馬玉璧於河，令羣臣從官自將軍已下皆負薪窴決河。』

[五]宣防：宫名。亦作『宣房』。漢武帝塞瓠子決功成後，築宫其上，名曰宣房宫。見《史記·河渠書》。

[六]漢循良：漢代奉公守法之官吏。在東漢循吏中，有『潁川四長』。《後漢書·列傳》第五十二，爲荀淑、韓韶、鍾皓、陳寔四人之傳，皆潁川人。又，在《後漢書·循吏列傳》中，四人被稱爲『潁川四長』，唐李賢注：『荀淑爲當塗長，韓韶爲嬴長，陳寔爲太丘長，鍾皓爲林慮長。淑等皆潁川人也。』

[七]帝鄉：潁川上游新鄭，傳爲軒轅黄帝故里。《史記·五帝本紀》：『黄帝居於軒轅之丘。』《竹書紀年》卷上：『黄帝軒轅氏。元年，帝

即位，居有熊。』軒轅之丘在新鄭。宋潘自牧《記纂淵海》卷十九《鄭州・形勝》引《紀勝》：『軒轅丘在新鄭縣境，黄帝生此。』宋王應麟《通鑑地理通釋》卷四《歷代都邑攷・黄帝都》：『或曰黄帝都有熊，今河南新鄭是也。』又《明一統志・河南布政司・開封府上・新鄭縣》：『周封黄帝後於此，爲鄶國。春秋時爲鄭武公之國，名曰新鄭。秦屬潁川。漢始置新鄭縣。』

## 送陸伯生過訪楊明府同作秣陵遊[一]時伯生以詿誤罷諸生余憐其才作詩送行

林壑何緣有是非，蛾眉失寵妒應稀。即看杖屨生雲霧，無復風塵到布衣。花縣清尊桐子落[二]，版橋春月馬蹄歸。送君不作漂零意，我總無言淚自揮。

**注釋**

[一] 陸伯生：陸應陽，字伯生。見卷五《感懷詩五十五首・陸文學伯生》注釋[一]。楊明府：未詳。秣陵：金陵（今南京）之別稱。見卷四《送陳子有遊金陵》注釋[二]。

[二] 花縣：原指晉潘岳爲令之河陽縣（在今河南省孟州市西），因岳使滿縣遍種桃花，人稱『河陽一縣花』。見卷七《贈王百穀》注釋[一〇]。後人常以『花縣』稱美縣治。

# 由拳集校注卷之十

## 五言絶句

### 江上

天白千峰月，江清萬里船。夢回霜葉下，高枕聽流泉。

### 春日莊居

鳥鳴山路幽，秧田春雨足。夜來新水平，開門見新緑。

### 送戴仲德還山[一]

西園劇夜飲[二]，坐到天河没。還山應未遲，江舡待明發。

注釋

［一］戴仲德：鄞縣人，太學生。詳見卷八《江村晚步同戴仲德》注釋［一］。

［二］西園：曹魏園林名，見卷九《寄懷張長公兼憶先司馬》注釋［三］。後世常以喻文人雅集、宴飲之地。

## 江樓夜坐

川原無鳥度，河漢有星浮。月上潮生浦，夜凉人倚樓。

## 漁樵

樵人有束薪，漁人有雙鯉。折薪烹鯉魚，共醉西巖裡。

## 野望

高閣憑闌望，蒼茫草樹平。春風吹大谷，西日下空城。

## 春夜

深宵不成寐，淡月傷人心。草花香入户，風來鳴素琴。

## 軒轅石爲楊太學題①[一]

軒轅臺已空[二]，剩此軒轅石。六丁鑿不開[三]，萬古青天色。

**校勘**

①原目録無『爲楊太學題』五字。

**注釋**

[一]楊太學：楊承鯤，字伯翼。太學生。見卷五《感懷詩五十五首·楊孝廉伯翼》注釋[一]。

[二]軒轅臺：在今北京市平谷縣境内，見卷六《傅御史行》注釋[四]。

[三]六丁：六丁神，即丁卯、丁巳、丁未、丁酉、丁亥、丁丑六陰神。《後漢書·梁節王暢傳》：『從官卞忌自言能使六丁。』李賢注：『六丁，謂六甲中丁神也。……役使之法，先齋戒，然後其神至。』宋王庭珪《祖麟作東山藏主以一偈送之》：『海藏龍宫五千卷，口角流涎方誦遍。不如煩此六丁神，一日與君推百轉。』明張昱《題端古堂爲陸敏賦》：『女媧鍊餘五色石，藏在端溪成紫霞。天遣六丁神琢硯，夢中一夜筆生花。』

## 淮泗道上十首①[一]

日出原野空，牛羊散廣陌。清霜落何時，但見地上白。

古木風以寒，草短河流涸。百里無人烟，白日凍欲落。

天寒茅屋破，明月照荒雞。夜度黄泥阪，春霜滑馬蹄。

自從馬上來，不復知歲月。誰家拄青山，柴門十日雪。

淮上空前朝，我復來遊此。請君且勿愁，看取淮之水。

淮泗一何遠，年華悲轉蓬。墓田平楚漢，野燒白烟空。
白日壓空壘，黄雲浸大河。但當飲美酒，不必問流波。
野曠天逾高，苔覆碑陰卧。松柏但蕭蕭，不識誰家墓。
黄雲出芒碭[二]，落日一登臺[三]。我歌大風曲，遂有大風來。

## 校勘

①十首：底本、存目本均實際有詩九首。在《屠長卿集》中，題目爲《淮泗道上十詠》，第十首爲：『主家何楚楚，一宿不能去。偶然明月来，婆娑惜嘉樹。』

## 注釋

[一]淮泗：淮河和泗水。見卷四《徐州道中感懷》注釋[三]。

[二]黄雲：指天子氣。芒碭：莽山和碭山。《史記·高祖本紀》：『秦始皇帝常曰東南有天子氣，於是因東遊以厭之。高祖即自疑，亡匿，隱於芒碭山澤巖石之間。吕后與人俱求，常得之。高祖怪問之。吕后曰：季所居，上常有雲氣，故從往常得季。高祖心喜。』南朝宋裴駰集解：『徐廣曰：「芒，今臨淮縣也；碭縣在梁。」駰按，應劭曰：「二縣之界，有山澤之固，故隱於其間也。」唐張守節正義：「《括地志》云：「宋州碭山縣，在州東一百五十里，本漢碭陽縣也。」碭山在縣東。』又正義：『顏師古曰：「京房《易兆候》云：何以知賢人隱四方？常有大雲五色具，而不雨，其下有賢人隱矣。」故吕后望雲氣而得之。』芒、碭二山，明代俱屬徐州碭山縣。《明史·地理志·徐州·碭山》：『東南有碭山，其北有芒山。』

[三]臺：指歌風臺。《明一統志》卷十八《徐州·宫室》：『歌風臺，在沛縣治東南泗水西岸，漢高祖征英布還沛，宴父老於此。歌曰：「大風起兮雲飛揚，威加海内兮歸故鄉。安得猛士兮守四方！」後人因以歌風名臺，立石，篆刻《歌風辭》於其上。』

## 浮潁①四首[一]

方舟浮濁河，水禽飛肅肅。長帆不到天，兩岸蘼蕪緑。

魚龍夜出遊，波光如可掇。有人採江蘋，來坐沙上月。
登艫望淮泗[二]，晚天青岸花。漁舟入深窅，落日照空沙。
白鷺下芳蘅，日落水光吐。颯颯神女來，微風蕩迴浦。

**校勘**

①潁：原作『頴』。據原目録及《屠長卿集》改。

**注釋**

[一]潁：潁水。見沈明臣《由拳集敘》注釋[一]。
[二]淮泗：淮河和泗水。見卷四《徐州道中感懷》注釋[三]。

## 雜詠八首①

### 湘君[一]

杳杳靡蕪雨，娟娟杜若洲[二]。日斜湘水緑，斑竹使人愁。

**校勘**

①《屠長卿集》無此標題。

**注釋**

[一]湘君：湘水之神。相傳原爲舜二妃，舜南巡死於蒼梧，二妃投湘江殉情，遂爲湘水之神。漢劉向《古列女傳·有虞二妃》：『舜陟方死於蒼梧，號曰重華。二妃死於江湘之間，俗謂之湘君。』宋吴曾《能改齋漫録》卷五：『《湘中記》曰：舜二妃死，爲湘水神。』

〔二〕杜若洲：長有杜若之水中陸地。屈原《楚辭·九歌·湘君》：『搴汀洲兮杜若，將以遺兮遠者。』

## 巫山女〔一〕

高臺空逝水，芳樹落春猨。此日巫山雨，應非神女魂。

### 注釋

〔一〕巫山女：即巫山神女。宋玉《高唐賦》：『昔者先王嘗遊高唐，怠而晝寢。夢見一婦人，曰：「妾巫山之女也，爲高唐之客。聞君遊高唐，願薦枕席。」王因幸之。去而辭曰：「妾在巫山之陽，高丘之阻。旦爲朝雲，莫爲行雨，朝朝莫莫，陽臺之下。」』

## 宣姜〔一〕

宋都一以望〔二〕，河水瀰瀰流〔三〕。向來無限淚，只在葦花秋。

### 注釋

〔一〕宣姜：春秋時衛宣公夫人，齊侯女。其人生經歷頗爲複雜。衛宣公爲前夫人所生太子伋娶齊侯女，見齊侯女美，悦而自娶。是爲宣姜，生壽、朔二子。太子伋母死，宣姜欲立壽，與朔共讒惡太子伋。宣公使盜賊殺伋，結果致壽、伋均被殺。宣公死，朔立，爲衛惠公。後宣姜嫁朔庶兄昭伯，生三子二女，三子爲齊子、公孫申（後爲衛戴公）、公孫毁（後爲衛文公），二女爲宋桓公夫人、許穆夫人。見《左傳》（桓公十六年、閔公二年）、《史記·衛康叔世家》等。《詩經·邶風》之《新臺》、《鄘風》之《牆有茨》《君子偕老》《鶉之奔奔》等篇，舊説皆爲與之相關之諷刺作品。宣姜在劉向《古列女傳》中入《孽嬖傳》。

〔二〕宋都：春秋時宋國都城（今河南商丘西南睢陽故城）。宋國與衛國比鄰，衛北宋南，關係密切，宋桓公夫人爲宣姜之女；宋桓公二十三年（前六五九），迎衛公子毁於齊，立之，即衛文公。見《史記·宋微子世家》。

〔三〕河水：指黄河水。『河水瀰瀰』取自《詩經·邶風·新臺》：『新臺有泚，河水瀰瀰。燕婉之求，蘧篨不鮮。』《毛序》：『《新臺》，刺衛宣公也，納伋之妻，作新臺於河上而要之，國人惡之，而作是詩也。』《新臺》既刺衛宣公亂倫，又同情宣姜得非所求之不幸，屠隆乃從同情角度生發，故云『向來無限淚，只在葦花秋。』

## 瘿瘤女[一]

南陌斑鳩語，春日出采桑。蠶饑筐不滿，若個是齊王。

### 注釋

[一] 瘿瘤女：指戰國時齊國宿瘤女。爲齊東郭採桑之女，項有大瘤，故號宿瘤。齊閔王出遊遇之，召對與語，諫辭甚明。醜而蒙幸，卒升后位。見漢劉向《古列女傳·齊宿瘤女》。

## 趙飛燕[一]

太液歌聲起[二]，紅妝照緑波。回舟蕩浦口，其奈浦風何。

### 注釋

[一] 趙飛燕：漢成帝趙皇后。見卷六《長安明月篇》注釋[一八]。

[二] 太液：池名。見卷一《歡賦》注釋[一九]。《三輔黄圖》卷四《苑囿·池沼·太液池》：『成帝常以秋日與趙飛燕戲於太液池。以沙棠木爲舟，以雲母飾於鷁首，一名雲舟。又刻大桐木爲虯龍，彫飾如真，夾雲舟而行。以紫桂爲柁枻。及飛雲棹之玩，擷菱蕖，帝每憂輕蕩以驚飛燕，命佽飛之士以金鎖纜雲舟於波上。每輕風時至，飛燕殆欲隨風入水。帝以翠纓結飛燕之裾。常恐曰：「妾微賤，何復得預結纓裾之遊。」今太液池尚有避風臺，即飛燕結裾之處。』

## 青陵臺[一]

女蘿生古樹，有鳥鳴且哀。秋花寒不發，日莫青陵臺。

### 注釋

[一] 青陵臺：戰國時韓憑夫婦墓旁之臺。韓憑夫婦殉情故事見晉干寶《搜神記》卷十一。又，唐李亢《獨異志》卷中引晉干寶《搜神

記》：『宋康王以韓朋妻美而奪之，使朋築青陵臺，然後殺之。其妻請臨喪，遂投身而死。王令分埋臺左右。期年，各生一梓樹，及大，樹枝條相交。有二鳥哀鳴其上。因號之曰「相思樹」。』唐李白《白头吟》：『古來得意不相負，祇今唯見青陵臺。』

## 西施[一]

白日荷花語，青春山鳥啼。吴王宫裡月[二]，不及若邪溪[三]。

### 注釋

[一] 西施：春秋時越國美女，見卷五《雜懷八首》注釋[六]。

[二] 吴王宫：即吴王得到西施後所建之館娃宫，在姑蘇州靈岩山上。唐李白《烏棲曲》：『姑蘇臺上烏棲時，吴王宫裏醉西施。……銀箭金壺漏水多，起看秋月墜江波。』

[三] 若邪溪：亦作若耶溪。在今紹興若耶山下，相傳西施入吴前曾在溪邊採蓮、浣紗。屠隆該詩寫若耶溪美景，第一句『白日荷花語』，化用唐李白《採蓮曲》：『若耶溪傍採蓮女，笑隔荷花共人語。日照新妝水底明，風飄香袖空中舉。』第二句『青春山鳥啼』，化用南朝梁王藉《入若邪溪》：『蟬噪林逾静，鳥鳴山更幽。』

## 龍陽君[一]

曉起玉階除，宫花日照初。請君看落葉，不必泣前魚。

### 注釋

[一] 龍陽君：戰國時魏安釐王之男寵。見卷三《行路難》注釋[四]。

# 雜詩二十首

## 避雨陵[一]

翠華行眇眇，避雨二陵間[二]。衣冠肅靈氣，松檜滿空山。

**注釋**

[一] 避雨陵：即殽山北陵，相傳周文王曾於此避雨，故名。《左傳·僖公三十二年》：『蹇叔之子與師，哭而送之曰：「晉人禦師必於殽。殽有二陵焉：其南陵，夏后皋之墓也；其北陵，文王之所避風雨也。」』

[二] 二陵：即殽山北陵和南陵。

## 穆天子[一]

八駿踏秋空，日馭翻爲緩。五嶽縮如拳，西池白雲滿[二]。

**注釋**

[一] 穆天子：周穆王姬滿。見卷一《歡賦》注釋[八]。

[二] 西池：西王母之瑶池。《穆天子傳》卷三：『乙丑，天子觴西王母於瑶池之上。西王母爲天子謡曰：「白雲在天，山陵自出。道里悠遠，山川間之。將子無死，尚能復來？」天子答之曰：「予歸東土，和治諸夏。萬民平均，吾顧見汝。比及三年，將復而野！」』

## 韓重①答紫玉歌[一]

中心如皦日，君王不見省。黄泉以爲期，天青墓花冷。

**校勘**

①重：底本作『香』。據存目本改。

**注釋**

〔一〕韓重：相傳爲春秋時期吴國人，與吴王夫差女紫玉相戀，二人許爲夫妻。《搜神記》卷十六：『重學於齊魯之間，臨去，屬其父母，使求婚。王怒不與，女玉結氣死，葬閶門之外。三年，重歸，……哭泣哀慟，具牲幣往弔於墓前。玉魂從墓出見重，流涕謂曰：「昔爾行之後，令二親從王相求，度必克從大願，不圖别後遭命，奈何！」玉乃左顧宛頸而歌曰：「南山有烏，北山張羅。烏既高飛，羅將奈何。意欲從君，讒言孔多。悲結生疾，没命黄壚。命之不造，冤如之何！羽族之長，名爲鳳凰。一日失雄，三年感傷。雖有衆鳥，不爲匹雙。故見鄙姿，逢君輝光。身遠心近，何當暫忘！」歌畢，歔欷流涕……』

## 細腰宮〔一〕

六宮各自媚〔二〕，行雲日嫋嫋。猶言妾腰肢，不及花枝小。

**注釋**

〔一〕細腰宮：楚離宮名。《後漢書・馬廖傳》：『傳曰……楚王好細腰，宮中多餓死。』唐胡曾《細腰宮》：『唯有青春花上露，至今猶泣細腰宮。』宋陸游《入蜀記》卷六：『遊楚故離宮，俗謂之細腰宮。』

〔二〕六宮：原指皇后之寢宮，正寢一，燕寢五。《禮記・昏義》：『古者，天子后立六宮，三夫人、九嬪、二十七世婦、八十一御妻，以聽天下之内治。』後世『六宮』常泛指后妃。

## 高漸離擊筑〔一〕

白日雖杲杲，不移喬木陰。黄金雖如山，不改烈士心。

**注釋**

[一] 高漸離：見卷六《薊門行送王生北上》注釋[七]。又《史記·刺客列傳》：『秦並天下，立號爲皇帝。於是秦逐太子丹、荆軻之客，皆亡。高漸離變名姓爲人庸保，匿作於宋子。久之，作苦，聞其家堂上客擊筑，傍偟不能去，每出言，曰彼有善有不善。從者以告其主曰：「彼庸乃知音，竊言是非。」家丈人召使前擊筑，一坐稱善，賜酒。而高漸離念久隱畏約無窮時，乃退，出其裝匣中筑與其善衣，更容貌而前，舉坐客皆驚，下與抗禮，以爲上客。使擊筑而歌，客無不流涕而去者。宋子傳客之，聞於秦始皇。秦始皇召見，人有識者，乃曰：「高漸離也。」秦皇帝惜其善擊筑，重赦之。乃矐其目，使擊筑，未嘗不稱善。稍益近之，高漸離乃以鉛置筑中，復進得近，舉筑撲秦皇帝，不中。於是遂誅高漸離，終身不復近諸侯之人。』

## 五大夫松[一]

託根泰山頂，知不受秦官。海風吹作浪，秋捲萬峰寒。

**注釋**

[一] 五大夫松：在泰山步雲橋北側。《史記·秦始皇本紀》：『二十八年，始皇……乃遂上泰山，立石，封祠祀。下，風雨暴至，休於樹下，因封其樹爲五大夫。』

## 鴻門碎玉斗[一]

雪花飛玉斗，白日裂鴻門。君王不自斷[二]，舞罷劍光昏。

**注釋**

[一] 鴻門：地名，在臨潼東。項羽宴劉邦於此。鴻門宴上，項羽未用范增計，坐失殺掉劉邦之良機，范增憤而擊碎劉邦所贈玉斗。《史記·項羽本紀》：『張良入謝曰：「沛公不勝桮杓，不能辭。謹使臣良奉白璧一雙，再拜獻大王足下；玉斗一雙，再拜奉大將軍足下。」項王曰：「沛公安在？」良曰：「聞大王有意督過之，脱身獨去，已至軍矣。」項王則受璧，置之坐上。亞父受玉斗，置之地，拔劍撞而破之，曰：「唉！豎子不足與謀。奪項王天下者，必沛公也。吾屬今爲之虜矣！」』

〔二〕君王：指項羽。《史記·項羽本紀》：『范增數目項王，舉所佩玉玦以示之者三。項王默然不應。范增起，出召項莊，謂曰：「君王爲人不忍。若入前爲壽，壽畢，請以劍舞，因擊沛公於坐，殺之。不者，若屬皆且爲所虜！」莊則入，爲壽，壽畢曰：「君王與沛公飲軍中，無以爲樂，請以劍舞。」項王曰：「諾。」項莊拔劍起舞。項伯亦拔劍起舞，常以身翼蔽沛公，莊不得擊。』

## 江皋解珮〔一〕

漢水浩且廣，神女杳然去。月照環珮空，風吹原上樹。

**注釋**

〔一〕江皋：此指漢江邊。江皋解珮，《列仙傳》卷上《江妃二女》：『江妃二女者，不知何所人也。出遊於江漢之湄，逢鄭交甫。見而悦之，不知其神人也。謂其僕曰：「我欲下請其佩。」……（二妃）遂手解佩與交甫。交甫悦，受而懷之，中當心。趨去數十步，視佩，空懷無佩。顧二女，忽然不見。』

## 武帝悼李夫人〔一〕

靈風動繐帳，颯然如人來。幽魂不共語，相見令心哀。

**注釋**

〔一〕武帝：漢武帝。李夫人：李延年妹，有傾城傾國之貌，妙麗善舞，得幸於漢武帝。李夫人早卒，武帝哀悼不已。《漢書·外戚列傳·孝武李夫人》：『李夫人少而蚤卒，上憐憫焉，圖畫其形於甘泉宮。……上思念李夫人不已，方士齊人少翁言能致其神。乃夜張燈燭，設帳帷，陳酒肉，而令上居他帳遥望。見好女如李夫人之貌，還幄坐而步，又不得就視。上愈益相思悲感，爲作詩曰：「是邪？非邪？立而望之，偏何姗姗其來遲！」令樂府諸音家絃歌之。上又自爲作賦，以傷悼夫人。』

## 九微燈

廣殿張寶燈〔一〕，月晃虹梁夕①。照見西王母，十五桃花色。

**校勘**

①夕：底本原作『少』，據存目本改。

**注釋**

［一］廣殿：此指漢掖庭之九華殿。《西京雜記》卷一：『漢掖庭有月影臺、雲光殿、九華殿、開襟閣、臨池觀，不在簿籍，皆繁華窈窕之所棲宿焉。』傳説漢武帝於九華殿供帳待西王母，夜設九微燈。晉張華《博物志》卷八：『漢武帝好仙道，祭祀名山大澤，以求神仙之道。時西王母遣使乘白鹿告帝當來，乃供帳九華殿以待之。七月七日夜漏七刻，王母乘紫雲車而至於殿西，南面東向，頭上太華髻，青氣鬱鬱如雲。有三青鳥如烏大，立侍母旁。時設九微燈，帝東面西向。王母索七桃，大如彈丸，以五枚與帝，母食二枚。帝食桃，輒以核著膝前。母曰：「取此核將何爲？」帝曰：「此桃甘美，欲種之。」母笑曰：「此桃三千年一生實。」』

## 望鄉臺［一］

矢盡寶刀折，壯士不難死。日莫登高臺，臺上黄沙起。

**注釋**

［一］望鄉臺：古代望鄉臺極多，分佈亦廣。按屠隆該詩之意，乃指戍邊戰士登高望鄉之處。

## 相如滌器［一］

花滿成都市［二］，錦水流淙淙［三］。何物當壚者［四］，顔色如芙容。

**注釋**

［一］相如：漢司馬相如。《史記·司馬相如列傳》：『文君夜亡奔相如，相如乃與馳歸。家居徒四壁立。卓王孫大怒，曰：「女至不材，我不忍殺，不分一錢也。」人或謂王孫，王孫終不聽。文君久之不樂，曰：「長卿第俱如臨邛，從昆弟假貸猶足爲生，何至自苦如此。」相如與俱之臨邛，盡賣其車騎，買一酒舍酤酒，而令文君當壚。相如身自著犢鼻褌，與保庸雜作滌器於市中。』

［二］成都：即今成都市，古今同名。別稱芙蓉城、錦城。後蜀主孟昶令於城牆上遍植芙蓉，每至秋，四十里爲錦繡。宋張唐英《蜀檮杌》卷下：『城上盡種芙蓉，九月間盛開，望之皆如錦繡。昶謂左右曰：「自古以蜀爲錦城，今日觀之，真錦城也。」』

［三］錦水：即錦江。岷江分流之一，入成都市。成都盛産錦繡，相傳其水濯錦，錦色鮮豔。故稱。左思《蜀都賦》：『百室離房，機杼相和；貝錦斐成，濯色江波。』《文選》劉逵注引三國蜀譙周《益州志》：『成都織錦既成，濯於江水，其文分明，勝於初成；他水濯之，不如江水也。』

［四］當壚者：指卓文君。李商隱《杜工部蜀中離席》：『美酒成都堪送老，當壚仍是卓文君。』蘇軾《河滿子》：『試問當壚人在否？空教是處聞名。』

## 青冢［一］

天寒北風勁，琵琶泣泠泠。骨爲胡地白［二］，草是漢宮青。

**注釋**

［一］青冢：漢王昭君墓。傳説冢上草色常青，故稱。在今内蒙古自治區呼和浩特市南。

［二］胡地：指匈奴統治之地。

## 爨下琴［一］

孤桐出爨下［二］，洋洋發清商①。知音不可作，鬱然思中郎［三］。

**校勘**

①商：底本、存目本均作『啇』（古『適』字），誤。據意改。《由拳集》中有多處『商』字寫作『啇』。按，商、啇易誤，古已有之，如《四部叢刊》本《管子·輕重戊》：『以商九州之高。』其『商』字爲『啇』（適）字之誤。

**注釋**

［一］爨下：灶下。

［二］孤桐：本指特生於嶧陽之梧桐，因其採以製琴，音極清亮，故又爲琴之代稱。《尚書·禹貢》：『嶧陽孤桐。』孔傳：『孤，特也。嶧山之陽，特生桐，中琴瑟。』

［三］中郎：漢蔡邕，因其官至左中郎將，人稱『蔡中郎』。邕爲著名文學家、書法家，又善鼓琴，精通音律。《後漢書·蔡邕傳》：『吴人有燒桐以爨者，邕聞火烈之聲，知其良木。因請而裁爲琴，果有美音。而其尾猶焦，故時人名曰「焦尾琴」焉。』

## 白門柳［一］

楚楚白門柳，婀娜含春風。其上啼黄鳥，其下繫青驄。

**注釋**

［一］白門：六朝都城建康之正南門（宣陽門），俗稱白門。該門自來爲冶游、友朋送别地，白門楊柳往往爲興託之物。古樂府《楊叛兒曲》：『暫出白門前，楊柳可藏烏。歡作沉水香，儂作博山鑪。』李白詩中即多次取用白門柳，《楊叛兒》：『何許最關人，烏啼白門柳。烏啼隱楊花，君醉留妾家。』又《金陵酒肆留别》：『白門柳花滿店香，吴姬壓酒唤客嘗。金陵子弟來相送，欲行不行各盡觴。』又《金陵送張十一再遊東吴》：『春光白門柳，霞色赤城天。』又《金陵阻風雪書懷寄楊江寧》：『今朝白門柳，夾道垂青絲。』

## 鄭櫻桃［一］

雲薄鐘聲度，日斜簾影高。宫花一萬樹，妬殺鄭櫻桃。

**注釋**

［一］鄭櫻桃：東晉十六國後趙人，優僮出身，石虎寵惑，而先後饞殺二妻。後石虎稱帝，立櫻桃爲皇后。《晉書·載記·石季龍上》：『季龍寵惑優僮鄭櫻桃，而殺郭氏。更納清河崔氏女，櫻桃又譖而殺之。』唐李頎《鄭櫻桃歌》：『石季龍，僭天禄，擅雄豪，美人姓鄭名櫻桃。櫻桃美顔香且澤，娥娥侍寢專宫掖。後庭卷衣三萬人，翠眉清鏡不得親。』

## 習家池[一]

朝飲習家池，莫飲習家池。頹然倚嘉樹，池風吹接䍦。

**注釋**

[一] 習家池：晉襄陽豪族習氏園池，又名高陽池。《晉書·山簡傳》：『簡鎮襄陽，諸習氏荆土豪族有佳園池，簡每出遊嬉，多之池上，置酒輒醉，名之曰高陽池。』南朝宋劉義慶《世説新語·任誕》：『山季倫爲荆州，時出酣暢。人爲之歌曰：「山公時一醉，徑造高陽池。日莫倒載歸，酩酊無所知。復能乘駿馬，倒著白接䍦。舉手問葛彊，何如并州兒？」』南朝梁劉孝標注：『《襄陽記》曰：漢侍中習郁，於峴山南依范蠡養魚法作魚池，池邊有高隄，種竹及長楸，芙蓉、菱芡覆水，是遊燕名處也。山簡每臨此池，未嘗不大醉而還，曰「此是我高陽池也」。』

## 玉鏡臺

嬌女[一]晨理妝，春日照花枝。燈前看夫婿，乃是温家兒[二]。

**注釋**

[一] 嬌女：晉温嶠從姑劉氏之女。《世説新語·假譎》：『温公喪婦。從姑劉氏家值亂離散，唯有一女，甚有姿慧，姑以屬公覓婚。公密有自婚意，答曰：「佳婿難得，但如嶠比，云何？」姑云：「喪敗之餘，乞粗存活，便足慰吾餘年，何敢希汝比？」卻後少日，公報姑云：「已覓得婚處，門地粗可，婿身名宦，盡不減嶠。」因下玉鏡臺一枚，姑大喜。既婚，交禮，女以手披紗扇，撫掌大笑曰：「我固疑是老奴，果如所卜！」玉鏡臺是公爲劉越石長史，北征劉聰所得。』

[二] 温家兒：指温嶠。

## 狄梁公[一]

梁公亦快哉，張卿乃小孺[二]。上殿褫宮袍，下殿謝恩去。

**注釋**

〔一〕狄梁公：唐名臣狄仁傑。太原人，字懷英。善斷獄，不畏權貴；舉薦賢能；恪守職責，具政治遠見，歷官皆有政績，官至同鳳閣鸞臺平章事。封燕國公。卒後追封梁國公，故後人稱『狄梁公』。

〔二〕張卿：指張柬之。《舊唐書・狄仁傑傳》：『仁傑常以舉賢爲意，其所引拔桓彦範、敬暉、竇懷貞、姚崇等，至公卿者數十人。初，則天嘗問仁傑曰：「朕要一好漢任使，有乎？」仁傑曰：「陛下作何任使？」則天曰：「朕欲待以將相。」對曰：「臣料陛下，若求文章資歷，則今之宰臣李嶠、蘇味道，亦足爲文吏矣；豈非文士齷齪，思得奇才用之，以成天下之務者乎？」則天悦，曰：「此朕心也。」仁傑曰：「荆州長史張柬之，其人雖老，真宰相才也。且久不遇，若用之，必盡節於國家矣。」則天乃召拜洛州司馬。他日又求賢，仁傑曰：「臣前言張柬之，猶未用也。」則天曰：「已遷之矣。」對曰：「臣薦之爲相，今爲洛州司馬，非用之也。」又遷爲秋官侍郎。後竟召爲相。柬之果能興復中宗，蓋仁傑之推薦也。』

## 解語花〔一〕

君王太憐妾，唤作解語花。折花攬鏡笑，底是不如他。

**注釋**

〔一〕解語花：指唐明皇之楊貴妃。五代王仁裕《開元天寶遺事・解語花》：『明皇秋八月，太液池有千葉白蓮數枝盛開，帝與貴戚宴賞焉。左右皆歎羨，久之，帝指貴妃示於左右曰：「争如我解語花？」』

## 送陸君策之白下三首〔一〕

送子長河干，凉風動秋樹。鴻飛帆影深，天寒秣陵路〔二〕。
江闊寒星小，天青白露多。酒闌摇艇去，别意滿關河。
建業有名酒〔三〕，長干多故人〔四〕。無爲歎摇落，騎馬向秋塵。

注釋

[一] 陸君策：陸萬言，字君策。松江府華亭人，萬曆四年（一五七六）舉人。工書畫。白下：指南京。本爲古地名，在今南京西北。唐曾改金陵縣爲白下縣，後用爲南京別稱。

[二] 秣陵：金陵（今南京）之別稱。見卷四《送陳子有遊金陵》注釋[二]。

[三] 建業：南京之古稱，三國時吴國建立都城之地。漢末，吴國經營秣陵，孫策在此建將軍府。孫策死後，孫權將治所從京口遷往秣陵。漢建安十七年（二一二），吴改秣陵爲建業，同時修築石頭城。吴黄龍元年（二二九），孫權在武昌稱帝，九月即遷都建業，是爲南京建都之始。

[四] 長干：建鄴里巷名。見卷三《豔歌行》注釋[一]。

# 升木槿二首

木槿，故《詩》所謂『蕣英』也。爲女主所怒，貶爲凡卉。余見而寃之，作《升木槿》詩。

木槿何楚楚，緑葉而朱華。妖姬不足論，或恐妒明霞。
東籬分甘老[一]，不受粉黛污。爲君生顔色，欲結報恩珠。

注釋

[一] 東籬：此指園籬。木槿爲灌木，可作園圃、庭院之花籬，頗具觀賞性。唐王維《春過賀遂員外藥園》詩：『前年槿籬故，今作藥欄成。』清趙殿成箋注引《通志略》：『木槿，人多植庭院間，亦可作籬，故謂之槿籬。』宋陸游愛槿籬，詩中用『槿籬』一詞頗多，如《蔬圃絶句》：『小橋只在槿籬東，溝水穿籬曲折通。』《蝸廬》：『小葺蝸廬便著家，槿籬莎徑任攲斜。』《龜堂東窗戲弄筆墨偶得絶句》：『槿籬竹屋送餘年。』《己未歲莫》：『自課園丁補槿籬。』《倚樓》：『數掩槿籬端可老。』《暇日坐山麓松石間作》：『偶曳枯笻出槿籬。』《村居》：『槿籬竹塢得深藏。』陸游亦有園圃名『東籬』。

# 如姬[一]

懷哉信陵君[二]，折節天下士。何以令蛾眉，願爲公子死。

**注釋**

［一］如姬：戰國時魏國安釐王之姬，嘗助信陵君魏無忌竊符救趙。見卷九《寄張伯起》注釋［二］。

［二］信陵君：戰國魏公子無忌，見卷四《詠史六首》注釋［四］。

## 元夕同徐孟孺踏月［一］

野曠宜深宵，栖烏寒不起。高城蠟炬殘，明月照空水。

**注釋**

［一］徐孟孺：徐益孫，字長孺，又字孟孺。見徐益孫《由拳集敘》注釋［二］。

## 正月十五夜

萬户白如晝，天空滅彩雲。開簾延明月，懸燈待使君。

## 送徐孟孺哭茅生［一］

茅生者，遊閒公子也。嘗捐百金贈孟孺，孟孺不受，而心銜其義矣。於其死，走哭之。

之子古人心，含恩在一顧。生不受千金，死乃哭其墓。

**注釋**

［一］徐孟孺：徐益孫，字長孺，又字孟孺。見徐益孫《由拳集敘》注釋［二］。茅生：見序。生平等未詳。

## 袁將軍墓[一]

日夕悲風來，時窮壯士去。兒童竟無惜①，牧馬將軍樹。

**校勘**

①惜：存目本作『情』。

**注釋**

［一］袁將軍：未詳。

## 歲寒桃①

青浦署中桃樹九月著花，至蠟月而葉不隕，戲呼爲歲寒桃。

暗入冰霜裡，春風竟不知。何言碧桃花，不及青松枝。

**校勘**

①底本原標題中無『桃』字，據底本目録、存目本目録和標題補。

## 寄沈太史四首[一]

出處書中見，才名天下聞。相思江水闊，夢落敬亭雲[二]。

十日九山中，猶嫌人世喧。疏簾交碧樹，啼鳥日當門。
未拜黄石公[三]，先從赤松子[四]。長嘯懷伊人，忼慨不可止。
已自逃空谷[五]，何言嬾出門。湖邊有芳艸，日日待王孫[六]。

**注釋**

［一］沈太史：沈懋學，宣城人。曾任翰林院修撰。見沈明臣《由拳集敘》注釋［三］。

［二］敬亭：亭名，在宣城北敬亭山，傳爲南朝齊謝朓賦《遊敬亭山》詩處。山因亭名。沈懋學歸宣城，《答屠長卿》有言『不佞弟戊寅夏首歸卧敬亭』（《郊居遺稿》卷九）。屠隆詩『敬亭雲』，取意謝朓《遊敬亭山》：『兹山亘百里，合沓與雲齊。』及李白《獨坐敬亭山》：『孤雲獨去閑。』

［三］黄石公：秦末授張良《太公兵法》之圯上老人。見卷九《哭竹墟司馬六首》注釋［三］。

［四］赤松子：傳説中上古時之神仙名。《史記·留侯世家》載張良助劉邦建立政權後，欲功成身退：『願棄人間事，欲從赤松子遊耳。』唐司馬貞索隱引《列仙傳》：『神農時雨師也，能入火自燒，崑崙山上隨風雨上下也。』在詩文中，『赤松子』與『黄石公』天然成對，故時見對舉，如宋邵雍《題留侯廟》：『黄石公傳皆是用，赤松子伴更何爲。』又《讀張子房傳吟》：『直疑後日赤松子，便是當年黄石公。』元程文海《松石》：『前身不是赤松子，安知獨非黄石公。』明何景明《張良》：『一遇黄石公，還從赤松子。』

［五］空谷：空曠之山谷。《詩經·小雅·白駒》：『皎皎白駒，在彼空谷。』孔穎達疏：『賢者隱居，必當潛處山谷。』

［六］王孫：此喻隱者。與上句『芳草』關聯，典出《楚辭·招隱士》：『王孫遊兮不歸，春草生兮萋萋。』王夫之通釋：『王孫，隱士也。秦漢以上，士皆王侯之裔，故稱王孫。』

## 湖上二首

停橈大湖上，濯足還微吟。魚自知魚樂，吾自識吾心。
高枕聽江雨，閒情對野鳧。湖頭何限草，只愛採蘼蕪。

## 元旦有懷四首

世事今無賴，人生懷所歎。布衣真極貴，何事戀微官。

歲晚識盈虛，何枝堪息影。陶潛止一尊[一]，偃乃眷五鼎[二]。
綈袍①脱元不惡，粟詎須嗔。生爲故鄉客，願見故鄉人。
蕡葉無端長，椒花空復香。遊人侵白髮，啼鳥得春光。

**校勘**

① 綈袍：底本作『總泡』，據存目本改。

**注釋**

[一] 陶潛：晉陶淵明，晚年又名潛。潛好酒，《五柳先生傳》自云『性嗜酒』，詩文中寫酒甚多，如《讀山海經》：『在世無所須，惟酒與長年。』《止酒》：『平生不止酒，止酒情無喜。』以及《飲酒二十首》等等。顔延之《陶徵士誄並序》稱其『性樂酒德』。蕭統《陶淵明傳》記其言：『吾常得醉於酒，足矣！』

[二] 偃：漢主父偃，武帝時大臣。齊臨菑人，出身貧寒，早年學長短縱横之術，晚乃學《易》《春秋》百家言。曾長期不得志，後被武帝重用。《史記·主父偃列傳》：『主父曰：「臣結髮遊學四十餘年，身不得遂。親不以爲子，昆弟不收，賓客棄我，我阨日久矣。且丈夫生不五鼎食，死即五鼎烹耳。」』五鼎食，謂列五鼎而食，指高貴之地位和生活。

## 登天馬山四首[一]

萬曆庚辰仲春，屠子自郡還邑，道出天馬山下，捨舟獨登山，逍遥徐步。須臾，田父兒童躡而隨之者千人。屠子樂之，作是詩。

風日浄娟娟，春湖散緑煙。閒同田父語，倚樹問豐年。
如何林壑外，亦有人事喧。轉入空巖裡，藤蘿對石門。
高坐西①峰陰，青天一何欝。風光原上來，泉聲竹間出。
北渚花通磵，東田水落溝。春光醉百鳥，遮莫聽鳴鳩。

**校勘**

① 西：底本作『兩』，據存目本改。

**注釋**

［一］天馬山：指今上海佘山西南之天馬山，又名干山。見卷四《登天馬山》注釋［一］。

## 吴歌八首

下田春水深，高田春草緑。何故把長鋤，無錢買黄犢。
兩男易斗粟，猶勝委長渠。厨中無夜飯，門外收官租。
天上明月光，朣朧照華堂。富家一夕宴，貧家千日粮。
蓮子湖中生，亦在湖中長。嬌女年十三，乘舟學蕩槳。
風篷鳴夜雨，水檻出蒼烟。夫妻湖口住，白首不相捐。
終朝出耕田，薄暮歸織布。誰家懷春女，輕衫若煙霧。
春風吹黄草，鳥雀下荒田。人烟滅來久，井竈尚依然。
公子服春羅，佳人畫翠蛾。共乘青翰舫，倚醉唱吴歌。

## 開之别後作［一］

故人出門去，尊酒亦已空。蕭然無一事，吟詩細雨中。

注釋

［一］開之：馮夢禎，字開之。詳見沈明臣《由拳集敘》注釋［二］。

## 六言絶句①

校勘

① 存目本無此十六首六言絶句。

### 山中樂四首

竹帛堪憂後世，文章總媿前人。抛我青溪白石，换他紫陌紅塵。

憶得幽棲歲月，低頭自媿煙霞。大樹夕陽山寺，小橋流水人家。

家藏緑竹深深，路遶青蘿窅窅。澗中流出桃花，門外飛來山鳥。

野艇雲帆水宿，芒鞵竹杖山行。古路蘼來有跡，空林葉落無聲。

### 春日同袁履善徐長孺彭欽之顧仲方集莫廷韓齋中分韻四首［一］

#### 得空字

寶扇初迴雲暖，金鐙夜落簾空。壺上青絲可繫，古來白苧誰工。

## 得星字

雪銷芳樹乍緑，潮落吴天正青。客到竹西明月，光摇江上春星。

## 得寒字

挾琴高堂同調，片時歌舞爲驩。燭短奈他夜永，花深不問春寒。

## 得黄字

漁艇暗吞江色，城鵶晚逗林黄。東方明星不動，艮夜何其未央。

**注釋**

［一］袁履善：袁福徵，字履善。見卷五《感懷詩五十五首·袁太學非之》注釋［一］。徐長孺：徐益孫，字長孺。見徐益孫《由拳集敘》注釋［二］。彭欽之：彭汝讓，字欽之。見卷五《感懷詩五十五首·彭文學欽之》注釋［一］。顧仲方：顧正誼，字仲方，華亭人。顧中立之子。顧中立官至參知政事，正誼以父蔭官中書舍人。以詩、散曲、畫馳名。莫廷韓：莫是龍，字雲卿，更字廷韓。見卷四《聞莫廷韓諸君山中尋梅有作》注釋［一］。

## 雜言八首

自乏匡時大略，空懷拯物微情。骯髒難爲遇合，滑稽終擅時名。

豈有封侯廟食，不如飲水山棲。獨樹横分紫邏，數鷗飛下青溪。

三伏藴隆官泠，萬事紛擾心閒。庭下花開躑躅，林端鳥語間關。

昨日鶯啼廣陌，明朝葉落空階。苟識人生如此，寧辭爛醉金釵。

抱朴非營丹井，用拙自得天機。人謂東方曼倩[一]，吾師南郭子綦[二]。
折柳將遺遠道，采桑不願國卿。河漢迢迢夜永，衾裯肅肅宵征。
自媿籧篨戚施，何知跛扈飛揚。千秋萬歲生計，五嶽四瀆行藏。
百年帶索拾穗，五月披裘負薪。老去何妨無食，生來猶喜爲人。

## 注釋

［一］東方曼倩：西漢東方朔，字曼倩。爲漢武帝扈從之臣。見卷二《十賢贊·東方朔》注釋［一］。

［二］南郭子綦：莊子《齊物論》中人物，其人虛心忘淡，天機自得。《齊物論》：『南郭子綦隱几而坐，仰天而嘘，嗒焉似喪其耦。顔成子遊立侍乎前，曰：「何居乎？形固可使如槁木，而心固可使如死灰乎？今之隱几者，非昔之隱几者也。」子綦曰：「偃，不亦善乎，而問之也？今者吾喪我，汝知之乎？女聞人籟，而未聞地籟，女聞地籟而未聞天籟夫！」』成玄英疏：『楚昭王之庶弟，楚莊王之司馬，字子綦。古人淳質，多以居處爲號，居於南郭，故號南郭……其人懷道抱德，虛心忘淡，故莊子羨其清高而托爲論首。』

# 由拳集校注卷之十一

## 七言絶句

### 别牡丹

朱門向曉月如銀，醉别尊前獨悵神。露下天青嬌不語，似將紅淚送行人。

### 代牡丹送别

生來不解唱驪歌，愁倚東門奈别何。後夜月明憔悴盡，芳心一片下春波。

### 江上别友人

夫君相送出江關，我自登舟君自還。黯黯暮雲愁不極，江流照見别時顔。

## 秋雨懷張司馬公社中諸友十二首①[一]

### 司馬公

梧桐蕭颯雨沉沉，獨鶴高天下夕陰。華屋詞人空悵望[二]，太湖秋滿白雲深[三]。

**校勘**

①《屠長卿集》題作『秋雨懷張司馬公社中諸友』。

**注釋**

[一] 張司馬公：指張時徹。官至兵部尚書，故稱。見卷四《張大司馬惠芝園集寄謝》注釋[一]。

[二] 華屋：以張時徹爲主盟之甬上詩社，其活動多在東錢湖茂嶼山莊，故稱華屋。

[三] 太湖：指東錢湖。

### 包明臣[一]

江上青山入夢懽，大才終不稱微官。雨中落日黄烟斷，自買扁舟理釣竿。

**注釋**

[一] 包明臣：包大炣，字明臣。見卷五《感懷詩五十五首·包主簿明臣》注釋[一]。

### 沈嘉則[一]

幾年靈水泛秋槎，四海名成兩髩華。微雨草深平楚緑，日斜江上采蘋花。

**注釋**

［一］沈嘉則：沈明臣，字嘉則。見沈明臣《由拳集敘》注釋［一一］。

## 張孺穀［一］

百粤風烟引故山［二］，紫騮獨擁楚妃還［三］。劍頭緑暗芙容色，疏竹窗深早閉關。

**注釋**

［一］張孺穀：張邦仁，字孺穀。見卷五《感懷詩五十五首·張明府孺穀》注釋［一］。

［二］百粤：古代對南方越人及其居住地之總稱，亦作「百越」。見卷八《懷柴仲初》注釋［二］。張邦仁曾知邵武縣（在「百粤」範圍），今福建邵武市。清李鄴嗣敘傳、胡文學輯選《甬上耆舊詩》卷二十七《邵武張長公邦仁傳》：「少負異才，省試三中乙榜，由明經授知邵武縣。以不能事上官，罷歸。」清郝玉麟等修《福建通志》卷二十五《職官·邵武縣》：「明知縣……張邦仁，鄞縣人。」故山：指寧波家山。

［三］楚妃：此指吴中美女，因其曾爲楚地，故稱。《甬上耆舊詩》卷二十七《邵武張長公邦仁傳》：「余君房先生嘗爲作贊示吴人曰：「長公客吴中，左挾妹，右擁妹，前奏趨，後呼歈，若無吴門也者。」」「趨」指《吴趨曲》，「歈」指《吴歈》，均爲吴歌。《楚辭·招魂》：「吴歈蔡謳，奏大吕些。」晉陸機《吴趨行》：「楚妃且勿歎，齊娥且莫謳。四座並清聽，聽我歌《吴趨》。」

## 余君房［一］

蘼蕪門巷雨垂垂，城上秋陰鳥下遲。日莫夫君何處是，洞簫一曲掩江蘺。

**注釋**

［一］余君房：余寅，字君房。見卷五《感懷詩五十五首·余孝廉君房》注釋［一］。

## 李賓父［一］

高城水氣接微茫，懷玉山人白皙長［二］。入夜吹臺僊子集，雨深華燭碧梧涼。

注釋

[一]李賓父：李生寅，字賓父。詳見卷五《感懷詩五十五首·李處士賓父》注釋[一]。

[二]懷玉山人：此稱李賓父爲懷抱仁德者。《老子》：「知我者希，則我者貴，是以聖人被褐懷玉。」

## 沈箕仲[一]

風雨黄河燕趙回，又捫華頂上天台[二]。秋來不問腰肢瘦，只采夫容佐酒盃。

注釋

[一]沈箕仲：沈九疇，字箕仲。見卷五《感懷詩五十五首·沈比部箕仲》注釋[一]。

[二]華頂：華頂峰，浙江天台山主峰。見卷八《嘉則先生同葉元叔田叔過草堂》注釋[三]。

## 汪長文[一]

蓬户深深江雨多，片帆若個下烟波。白雲不斷青山在，幾月山中住薜蘿。

注釋

[一]汪長文：汪禮約，字長文。見卷四《聞沈嘉則先生與汪長文遊四明洞天作》注釋[一]。

## 聞大連仲連兄弟[一]

高樓把酒日常吟，歌動寒烟萬户砧。湖上雨餘秋水闊，孤城落日抱江深。

注釋

[一]聞大連：鄞縣人，字大連，名未詳，仲連之兄。大連既爲「社中諸友」之一，亦能詩者。卷九《延慶寺格上人房楊伯翼携酒同諸君祖餞留别得珠字》，據《屠長卿集》，該詩標題爲《延慶寺格上人房楊伯翼攜酒同沈嘉則李賓父汪長文聞大連仲連祖餞留别得珠字》，知屠隆離甬

時，祖餞即有此人。聞仲連：聞龍，字隱鱗。慕魯連之爲人，一字仲連。晚號飛遁翁。有至性，重孝悌，後舉賢良方正，堅辭不就。善詩，有集《幽貞廬草》等。事蹟見《甬上耆舊詩》、清戴枚等修《鄞縣志》及清曹秉仁等修《寧波府志》。

## 豐正元[一]

一代才空草掩門，詩名猶喜得王孫。腰間雪照吴鈎白，夜雨燈前好細論。

**注釋**

[一] 豐正元：豐越人，字正元。鄞縣人，豐坊之子。清李鄴嗣敘傳、胡文學輯選《甬上耆舊詩》卷二十三《豐正元先生越人傳》：「先生自號天放野人，考功之孫也。……性嗜學，工詩。寄情蕭散，每杜門散髮，翛然於脩桐疎竹之下，興到輒有詩。……所著《天放野人集》四卷。」

## 楊伯翼[一]

龍眠碧海探驪珠，莽莽高雲迥自孤。空憶對牀風雨夜，年來不寄一行書。

**注釋**

[一] 楊伯翼：楊承鯤，字伯翼。見卷五《感懷詩五十五首・楊孝廉伯翼》注釋[一]。

## 田叔[一]

不愛浮榮張長公[二]，煙霄萬里學冥鴻。新成臺榭開秋雨，雨過清尊海月空。

**注釋**

[一] 田叔：屠本畯，字田叔。見卷一《霞爽閣賦》注釋[一]。

[二] 張長公：張邦仁，字孺穀，張時徹之長子。

## 吕叔光七首[一]

昔年相送木蘭舟，黄葉秋風古渡頭。不道相思江上水，東西今作御溝流。

鶯花三月鬭青陽，楊柳絲絲怯夜霜。自是君心不肯渡，何言烏鵲限河梁。

春草春花空復情，豈應紈扇駐流鶯。玉階自起看明月，露下秋螢度紫笙。

月落金屏待曙雞，自歌白苧度前溪。年華總似君心變，秋草無情絡緯啼。

南浦年年生緑波，思君幾度下黄河。千金欲買相如賦[二]，儂比長門怨更多[三]。

世事風雲不可期，誤將明月託心知。乘船日暮中洲返，採得夫容好寄誰。

三山海上路漫漫[四]，家近蓬萊幾度看。但願儂如瑶草色，尊前長得奉君歡。

**注釋**

[一] 吕叔光：未詳。

[二] 相如：漢司馬相如。相如賦指《長門賦》，陳皇后被打入冷宫（長門宫）後，用黄金百斤請司馬相如作。見卷七《送吴叔嘉北上》注釋[五]。

[三] 長門：漢宫名。原爲漢武帝之姑館陶公主劉嫖之長門園，後獻與漢武帝，爲長門宫。劉嫖女阿嬌，即陳皇后。陳皇后被廢之後，遷居長門宫。愁悶悲思，作有《長門怨》。

[四] 三山：傳説中之海上三神山。見卷三《臨高臺》注釋[一]。

## 太末別友人四首[一]

風急霜鴻黯自驚，井頭梧葉作離聲。朝來各向扁舟去，秋館燒燈月不明。

青楓落日大江寒，怕向江頭問木蘭。但願孤帆西去斷，尊前留取片時歡。

何處秋天不悵情，垂楊立馬萬山青。直須買醉胡姬酒[二]，江上斜陽酒又醒。

去去天涯不可留，蕭條送汝上歸舟。輕帆一片風吹去，目斷寒烟水自流。

**注釋**

[一] 太末：古縣名。後稱今浙江龍遊、開化等縣。見卷四《懷太末諸所知》注釋[一]。

[二] 胡姬：指賣酒女子。見卷六《送桂博士入楚》注釋[四]。

## 贈孫太史便道歸吴會兼壽二親四首[一]

青羊橋上古僊人[二]，寄爾丹砂壽二親。花滿高堂明月夜，蒲桃緑酒鬢如銀。

斑衣綽約舞僊郎[三]，影動簾前列宿光。親向丹霞調鳳管，更於紫禁出雞香[四]。

裊裊香車十里聞，東方千騎擁春雲。采桑南國癭瘤女[五]，亦解提筐看使君。

去日青袍遊子顔，如今環佩玉珊珊。成都冠盖真閒雅，共羨相如持節還[六]。

**注釋**

[一] 孫太史：孫繼皋。見卷五《感懷詩五十五首·孫太史以德》注釋[一]。吴會：此爲對蘇州府之稱呼。孫太史爲無錫人，屬蘇州府。

[二] 青羊橋：橋名，在眉州青神縣。明曹學佺《蜀中廣記》卷十二《名勝記·眉州·青神縣》：『《志》云：「縣東門外有青羊橋，相傳老子騎青羊過此而入成都。」』

[三] 僊郎：稱孫太史。此句言孫太史行孝如老萊子，身著綵衣，作嬰兒戲以娱雙親。

[四] 紫禁：紫禁城，宫廷。

[五] 癭瘤女：本指戰國時齊國東郭採桑之宿瘤女，見卷十《雜詠八首·癭瘤女》注釋[一]。此指普通採桑女。

[六] 相如：漢司馬相如。《史記·司馬相如列傳》：『相如之臨邛，從車騎，雍容閒雅，甚都。』後相如主張通西南夷，『天子以爲然，乃拜相如爲中郎將，建節往使。副使王然于、壺充國、吕越人馳四乘之傳，因巴蜀吏幣物以賂西夷。至蜀，蜀太守以下郊迎，縣令負弩矢先驅，蜀

人以爲寵。於是卓王孫、臨邛諸公皆因門下獻牛酒以交歡。卓王孫喟然而歎，自以得使女尚司馬長卿晚，而厚分與其女財，與男等同。司馬長卿便略定西夷，邛、筰、冉、駹、斯榆之君皆請爲内臣。除邊關，關益斥，西至沬、若水，南至牂牁爲徼，通零關道，橋孫水以通邛都。還報天子，天子大悦。』

## 感事

玉堂人去事荒涼[一]，蔓草春回自野墻。惟有多情雙燕子，猶來江上覓雕梁。

**注釋**

[一]玉堂：玉飾之堂。

## 西湖四首[一]

停橈湖上踏歌行，湖草離離湖水清。一片紅蕖香杳藹，花間轉出佩環聲。

湖邊遊女玉珊珊，馬上王孫勒錦鞍。豔質新妝雙鬬美，大家生不怕人看。

大堤楊柳映紅霞，萬井樓臺千樹花。費盡黄金買歌笑，畫船强半載琵琶。

零落鈿釵香粉銷，明朝猶自①艤蘭橈。年年歌舞馳波去，留得寒烟鎖六橋。

**校勘**

①自：《屠長卿集》作『有』。

**注釋**

[一]西湖：據末句『留得寒煙鎖六橋』，知指杭州西湖。屠隆時代，杭州西湖有兩個『六橋』，一爲蘇堤六橋，名映波、鎖瀾、望山、壓堤、東浦、跨虹，宋元祐五年（一〇九〇）蘇軾知杭州時建；一爲西湖裏湖楊公堤六橋，名環璧、流金、卧龍、隱秀、景行、濬源，明正德初年知州楊孟瑛建。

## 趙姬墓七首 有引

趙姬，字可蘭，杭州名娼也。嫁蔡生。無何，蔡生死，姬亦死之。家人分兩冢葬，相去里許，姬不能從也。余君房過其墓[一]，傷之，爲賦絶句七章。沈嘉則亦賦絶句七章[二]。要余賦，余賦如數。

孤冢累累兩處悲，可憐生作蔡家姬。芳魂應化相思樹，不放春風長兔絲。

泥銷香粉襪生塵，燕子樓空不見春[三]。一片傷心秋草緑，墓門斜日照行人。

東風幾度墓花開，荒徑無人滿碧苔。地下相思應不死，黄壚那得望夫臺。

胭脂香冷閟寒坰，疏樹年年上古藤。愁絶江邊蘇小小[四]，無情明月下西陵[五]。

當年死不共埋香，零落鈿釵草樹荒。欲化韓憑空悵望[六]，一心無地託鴛央。

不向黄泉着舞衣，荒烟積草雨霏微。關情獨有雙蝴蝶，歲歲春來墓上飛。

青山落日下荒原，獨樹蕭蕭幾悵魂。鬼火陰陰秋草死，月明應自語黄昏。

**注釋**

[一]余君房：余寅，字君房。見卷五《感懷詩五十五首·余孝廉君房》注釋[一]。

[二]沈嘉則：沈明臣，字嘉則。沈明臣《豐對樓詩選》卷三十七《過趙姬墓六首序》：『趙姬，字可蘭，杭妓也，住新市。與蔡生善，久之蔡娶以歸。踰月，蔡死；又踰月，姬亦死之。家人分冢而葬，相望里許，姬曷從哉，姬曷從哉！此嘉靖間事。蔡生號白石君。白石君任俠，重然諾。棄諸生事賈，賈於海鄞之小白。人云余故識生，且識姬。萬曆二年秋日，予三人騎馬過姬墓，言其事，君房爲賦六首，余與汪生和如數。』

［三］燕子樓：唐張建封愛妾關盼盼居所，見卷六《蕩子從軍行》注釋［一四］。

［四］蘇小小：南朝齊錢塘名妓。見卷九《蘇小小墓》注釋［一］。

［五］西陵：此指蘇小小墓地，見卷八《登吴山遠眺》注釋［三］。

［六］韓憑：傳爲戰國時宋人，見卷六《述哀篇》注釋［二］，及卷十《雜詠八首·青陵臺》注釋［一］。

## 懷李生［一］

去年山路叫鈎輈，水滿平蕪共泛舟。又是一回春草緑，思君無日不登樓。

**注釋**

［一］李生：當爲屠隆外甥李先嘉（字之文），卷六有《李生行》。

## 懷諸子

面面青山壓户低，春深草長與人齊。連天不識王孫路［一］，樓外啼鵑日又西。

**注釋**

［一］王孫路：此扣前句『春深草長與人齊』，言離别，路遠難見。典出淮南小山《招隱士》：『王孫遊兮不歸，春草生兮萋萋。』

## 太末道中［一］

亂山深處有人家，一道青烟出樹斜。水暖沙晴溪女出，緑蘿低映小桃花。

注釋

［一］太末：古縣名。後稱今浙江龍遊、開化等縣。見卷四《懷太末諸所知》注釋［一］。

## 過孔生故居［一］

忍聽西窗有哭聲，王孫歸路夜冥冥。去年此日人猶在，洒淚東風草又青。

注釋

［一］孔生：未詳。

## 姑蘇送別二首①［一］

北行曾不恨東流，一別關河萬里愁。霜月滿天君去後，斷腸何處宿孤舟。

君尋歸路依南雁，我作行人犯北風。不奈客中兼送客，馬頭霜雪見枯蓬。

校勘

①《屠長卿集》題作『姑蘇送別』。

注釋

［一］姑蘇：蘇州之別稱。因姑蘇山而得名。

## 江南竹枝詞十首

江草家家鋪緑茵，海榴樹樹簇紅巾。滿天風雨黄魚熟，争唱江頭越榜人。

龍丘少年美風姿[一]，傅粉施朱抹口脂。洛浦渾疑拾翠女[二]，長安恐是賣珠兒[三]。

朱樓白日掩疏櫺，越女當壚見未曾[四]。香滅江邊蘇小小[五]，寒潮送月上西陵①[六]。

若耶道旁秋草肥[七]，越王臺上鷓鴣飛[八]。處處菱歌湖上度，家家蘭槳月中歸。

南朝風物花開早，吴地笙歌月上遲。白面郎來騎駿馬，紅顔女唤買胭脂。

行客登臚望虎丘[九]，榜人乘夜唱蘇州。舊是吴王歌舞地，至今弦索滿朱樓。

誰家公子綺羅香，明月照人江水長。緑波曉泛青②雀舫，翠被夜擁黄頭郎。

廣陵城侵淮水多[一〇]，好風一片錦帆過。行宫盡没隋煬帝，萬户垂楊空緑波。

江淮女兒刺蘭舟，浪打紅襦雪滿頭。猶有擁爐香閣裡，深籠玉指撥箜篌。

千人畫舫列如雲，一派名香静夜聞。手把黄旗紅抹額，泰山東去禮元君[一一]。

## 校勘

① 寒潮送月上西陵：此句《屠長卿集》作「無情明月下西陵」。

② 青：底本原作「情」，據存目本、《屠長卿集》改。

## 注釋

[一] 龍丘：地名。漢隱士龍丘萇隱居其地，故名。在今浙江省龍遊縣東。

[二] 洛浦：洛水邊。拾翠女：拾取翠鳥羽毛之女子。三國魏曹植《洛神賦》：「爾乃衆靈雜遝，命儔嘯侶。或戲清流，或翔神渚，或採明珠，或拾翠羽。」後指水邊遊春女子。宋張先《木蘭花·乙卯吴興寒食》：「芳洲拾翠暮忘歸，秀野踏青來不定。」

[三] 賣珠兒：漢董偃。《漢書·東方朔傳》載，偃幼時，與母在長安賣珠，出入館陶公主家。其容貌姣好，因留第中，及長成人，爲館陶公主所近幸。唐李白《古風》之八：「緑幘誰家子，賣珠輕薄兒。」

[四] 越女：泛指越地美女。越女當壚，化用唐韋莊《菩薩蠻》：「人人盡説江南好……壚邊人似月，皓腕凝霜雪。」

[五] 蘇小小：南朝齊錢塘名妓。見卷九《蘇小小墓》注釋[一]。

[六] 西陵：此指蘇小小墓地，見卷八《登吴山遠眺》注釋[三]。

［七］若耶道：若耶溪岸之路。若耶溪即今平水江，出紹興若耶山。相傳西施曾在溪中浣紗。
［八］越王臺：在今紹興市種山，越王勾踐登眺之所。見卷九《贈陳伯符二首》注釋［五］。
［九］虎丘：蘇州虎丘山。見卷四《於青溪思虎丘洞庭諸名山作》注釋［一］。
［一〇］廣陵城：指揚州。行宫：指隋煬帝所營江都行宫。隋煬帝時開鑿運河，連通黄、淮、長江等水系，堤岸植柳，錦帆南遊。
［一一］元君：全稱『天仙玉女泰山碧霞元君』，俗稱泰山夫人、泰山娘娘。明嘉靖二十一年，在泰山建有碧霞宫，供奉元君。

## 徐州元夕二首①［一］

客中元夕暗銷魂，此夜令人憶故園。踏遍九衢明月色［二］，獨將孤影照千門。
蕭條徐泗萬人行［三］，馬上絃歌落夜聲。月色無如今夕好，燈光不似故園明。

### 校勘

①《屠長卿集》題作『徐州元夕』。

### 注釋

［一］徐州：見卷四《徐州道中感懷》注釋［一］。
［二］九衢：四通八達之路，指繁華街市。
［三］徐泗：徐州與泗州之合稱，泛指徐泗地區。唐設徐泗節度使，治徐州，領徐、泗、濠、宿四州十六縣。李白《經下邳圯橋懷張子房》：『歎息此人去，蕭條徐泗空。』

## 渡黄河

野曠天陰日欲西，北風吹雪雁行低。黄河渡口行人少，一片寒沙没馬蹄。

# 燕京即事二首[一]

燕趙佳人騎馬來[二]，金鞍繡絡鳳頭鞋。橋邊不問行人看，只把微波照鈿釵。

玉貌花驄兩鬪輝，香風如水泛紅衣。燕姬少小能騎馬[三]，笑指金鞭踏月歸。

## 注釋

[一]燕京：北京之別稱。因其地曾爲燕國國都而得名。

[二]燕趙佳人：北京及周邊爲戰國時燕趙二國之地，古稱其地出美女。秦李斯《諫逐客書》：「必秦國之所生然後可，則是……佳冶窈窕，趙女不立於側也。」《古詩十九首·東城高且長》：「燕趙多佳人，美者顏如玉。」

[三]燕姬：燕地美女。唐李白《豳歌行上新平長史兄粲》：「趙女長歌入綵雲，燕姬醉舞嬌紅燭。」元薩都剌《京城春日》：「三月京城飛柳花，燕姬白馬小紅車。」

# 送姚司理之吉安二首①[一]

匡廬秀色自崔嵬[二]，水射香爐日倒開[三]。風采少年誰不羨，銀鞍白馬使君來。

宛宛青絲插佩刀，大江西去極波濤。都門愁絶相思夜[四]，北斗闌干海月高。

## 校勘

①《屠長卿集》題作「送姚年丈司理吉安二首」。

## 注釋

[一]姚司理：姚元禎，寧波府慈溪縣人。萬曆五年（一五七七）進士，吉安府推官。萬曆五年姚姓進士中，唯姚元禎吉安爲官。屠隆《栖

真館集》卷十八《與龍伯貞》中，有『同年亡友姚元禎母出見不肖』句。《屠長卿集》該詩題目稱姚司理爲『年丈』。司理，明朝對推事之別稱。吉安：明吉安府，治廬陵縣，領縣九，屬江西布政司。

〔二〕匡廬：即今江西廬山。見卷八《送趙給事謫尉高安二首》注釋〔三〕。

〔三〕香爐：廬山香爐峰。『水射香爐日倒開』句，化用唐孟浩然《彭蠡湖中望廬山》：『香爐初上日，瀑水噴成虹。』

〔四〕都門：都城門，代指都城。

## 同馮開之訪李臨淮馬上口占〔一〕

青樹扶疏映紫騮，長安大道夾朱樓〔二〕。輕塵不動流星過，落日垂鞭向五侯〔三〕。

**注釋**

〔一〕馮開之：馮夢禎，字開之。見沈明臣《由拳集敘》注釋〔二〕。李臨淮：李言恭，字惟寅，襲封臨淮侯。見卷五《感懷詩五十五首・李臨淮惟寅》注釋〔一〕。

〔二〕長安：指北京。

〔三〕五侯：見卷六《瞿童子詩》注釋〔七〕。

## 贈陳伯符①奉詔歸娶七首〔一〕

今夕何夕花燭紅，佩聲隱隱到房櫳。香氣乍熏芳樹暖，夜深明月照朣朧。

一双星影動秋河，高燭深堂簇絳羅。共道仙郎新折桂〔二〕，不知天上下姮娥〔三〕。

宮中勑賜金蓮燭②，天上初回玉鏡臺。不是君恩如雨露，春深那得百花開。

夾道笙歌扶繡轂，滿堂花月擁氍毹。美人南國雙鬟秀，夫婿東方千騎殊〔四〕。

樓上簫聲何縹緲，夢中香氣太氤氳。衹疑寶鏡爲秦月，不辨羅裙是楚雲。

少年白皙勝王昌[五]，笑看燈前七寶妝。冉冉紅蓮開並蒂，臨池妒殺紫鴛央。羅衣錦帶合歡襦，綽約雙釵明月珠。歌入青鸞迴寶扇，明年一曲鳳將雛。

**校勘**

①陳伯符：《屠長卿集》作「陳進士伯符」。

②賜金蓮燭：底本原作「令如花燭」，據存目本、《屠長卿集》改。

**注釋**

[一]陳伯符：陳泰來，字伯符。見卷五《感懷詩五十五首·陳京兆伯符》注釋[一]。

[二]仙郎新折桂：指陳伯符爲新進士。《屠長卿集》題目中亦稱「陳進士伯符」。

[三]姮娥：即嫦娥，傳説中之月中女神。姮，本作「恒」，俗作「姮」。漢代因避文帝劉恒諱，改稱常娥，通作嫦娥。

[四]夫婿東方千騎殊：化用古樂府《日出東南隅行》：「東方千餘騎，夫婿居上頭……坐中數千人，皆言夫婿殊。」

[五]王昌：約爲魏晉時人，具體情形已不可考，後世文學中常以作爲俊美男子之稱呼。梁蕭衍《河中之水歌》：「洛陽女兒名莫愁，十五嫁爲盧家婦……人生富貴何所望，恨不早嫁東家王。」唐喬知之《和李侍郎古意》：「自矜夫婿勝王昌，三十曾作侍中郎。」唐王維《雜詩》：「王昌是東舍，宋玉次西家。」

## 送劉弼父令高平二首①[一]

玉鞭裊裊紫絲繮，馬上秋雲擁太行[二]。三晉河山雄自昔[三]，聖朝況復起循良[四]。

驪駒一曲指西河[五]，紫氣關門仙令過[六]。君去山川堪浩眺，古來汾水白雲多[七]。

**校勘**

①原目録無「令」字。《屠長卿集》題作「送劉弼父年丈令高平二首」。

## 注釋

［一］劉弼父：當指劉一相。明高平縣，屬大同府澤州。據《同治高平縣志》卷十一《職官·名宦》，萬曆五年（一五七七）至十一年（一五八三）縣令乃劉一相。劉一相字惟衡，屠隆萬曆五年同年進士。歷任高平知縣、南京吏科給事中、稷山知縣、陝西按察司副使等。有《船政要覽》《燕喜堂文集》。

［二］太行：太行山。《明一統志》卷二十一《大同府·澤州·形勝》：『太行險固。唐奏議：「澤州全有太行之險固，實爲東洛之藩垣。」』又《山川》：『太行山。在州城南三十里，自此東西一帶諸山，雖各因地立名，實皆太行也。』

［三］三晉：春秋末年晉國被韓、趙、魏三分，故後人稱晉國舊地爲三晉。見卷九《寄壽孔文谷先生》注釋［二］。

［四］循良：稱奉公守法之官吏。

［五］西河：地名，原晉地，戰國時屬魏。《史記·仲尼弟子列傳》：『子夏居西河教授，爲魏文侯師。』

［六］關門：指函谷關。紫氣關門，《史記·老子列傳》司馬貞索隱引漢劉向《列仙傳》：『老子西遊，關令尹喜望見有紫氣浮關，而老子果乘青牛而過也。』仙令：指關令尹喜。見卷二《十賢贊·老聃》注釋［二］。

［七］汾水：即今山西省汾河。《山海經·北山經》：『管涔之山……汾水出焉，而西流注於河。』汾水多白雲，見於文學描寫。傳漢武帝行幸河東汾陰，祀后土，與群臣飲燕汾河上，作《秋風辭》：『秋風起兮白雲飛……』事見《文選》卷四十五及後人書中所引《漢武故事》。唐蘇頲《汾上驚秋》：『北風吹白雲，萬里渡河汾。』唐岑參《虢州後亭送李判官使赴晉絳》：『君去試看汾水上，白雲猶似漢時秋。』

# 陳生惠馬鞭①［一］

相贈還怜萬里心，一鞭裊裊鑄秋金。風雲似挾青驄去，柳散春堤白日深。

## 校勘

①《屠長卿集》題作『謝陳生惠馬鞭』。

## 注釋

［一］陳生：未詳。

## 酬黃清父四首[一]

燕姬壓酒一相從[二]，倚醉吳趍及曙鐘。袖出流星雙佩劍，白雲片片落夫容。

狂歌古得酒人名，手把①荆高燕市行[三]。閒殺姑蘇臺上月[四]，夜寒江水夢吹笙。

西風吹欲老貂裘，却買珊胡耀紫騮。莫向關門望秋色，黃雲落日易生愁。

布衣誰復禁狂歌，鐘鼓長安入夜多[五]。風急寒星吹得下，高臺置酒傍銀河。

**校勘**

① 把：存目本、《屠長卿集》作「拍」。

**注釋**

[一] 黃清父：黃德水，字清父，一作清甫，吳郡人。明李維楨《唐詩紀序》：「始黃清父紀《初唐詩》四十卷，無何，病卒。」（清黃宗羲編《明文海》卷二百二十五）清黃虞稷《千頃堂書目》卷三十一載，黃德水編著有《初唐詩紀》三十卷，《明詩紀事》，《國華集》三卷。黃德水曾淹留京師，明皇甫汸《皇甫司勳集》卷二十二有《黃清甫自京惠訊兼示新詩寄答》：「聞爾淹京國，將書達故園。式微聊永歎，長憶只空言。落木兼鄉淚，飛花共旅魂。可能懷筆札，更向五侯門。」

[二] 燕姬：燕地美女。見本卷《燕京即事二首》注釋[三]。

[三] 荆高：荆軻和高漸離。見卷五《雜懷八首》注釋[八]。

[四] 姑蘇臺：臺名，見卷六《長安明月篇》注釋[九]。

[五] 長安：指北京。

## 宮詞十首

君王下詔選朱顏，萬里明妃去不還[一]。春殿月明多少淚①，今人只恨玉門關[二]。

漢殿花開萬户春，空懸明月照綦巾②。紛紛玉貌圖中見，翻使娥眉嫁遠人[三]。
草滿玉階延夜月，霜淒繡户掩秋蟲。一生不識君王面，那得龍輿入夢中。
藕花開到緑波香，芳草生來繡陌長。太液池頭蓮子大[四]，自抛金彈打鴛央。
嬋娟三五夜厭猒，蕩漾清輝手可拈。不照君王百子帳[五]，教人却恨水晶簾[六]。
廣殿陰陰桂樹青，姮娥千古説娉婷[七]。傷心烏鵲橋邊過[八]，安得身如織女星。
深宫一入鏁天台[九]，漠漠春雲覆紫苔。人在桃花千樹裡，年年惟有燕飛來。
緑窗寂寞午鶯啼，紅玉搔頭壓髻低。一陣桐花飄繡帶，因風流過御溝西[一〇]。
睡起楊花滿繡牀，晚天如水碧雲涼。珍珠簾外玲瓏月[一一]，照見西宫春夜長[一二]。
金殿門開簇絳紗，明珠先賜貴人家。同來女伴空相望，已是遥天隔彩霞。

## 校勘

① 涙：《屠長卿集》作『怨』。
② 巾：底本原作『中』，據存目本、《屠長卿集》改。

## 注釋

[一] 明妃：即漢王昭君。昭君名嬙，字昭君。漢元帝時宫女，被遠嫁與匈奴單于。晉代避晉文帝司馬昭諱，改稱明君，又稱明妃。《漢書·匈奴傳》：『元帝以後宫良家子王嬙字昭君賜單于。』《後漢書·南匈奴傳》：『昭君字嬙，南郡人也。初，元帝時以良家子選入掖庭。時呼韓邪來朝，帝勑以宫女五人賜之。昭君入宫數歲，不得見御，積悲怨，乃請掖庭令求行。呼韓邪臨辭大會，帝召五女以示之。昭君豐容靚飾，光明漢宫，顧景裴回，竦動左右。帝見大驚，意欲留之，而難於失信，遂與匈奴。』

[二] 玉門關：關名。又簡稱玉門、玉關。見卷九《長安秋興四首》注釋[三]。屠隆此詩以玉門關擬昭君出塞之門户。唐上官儀《王昭君》：『玉關春色晚，金河路幾千。』唐李白《王昭君》：『漢家秦地月，流影照明妃。一上玉關道，天涯去不歸。』

[三] 『紛紛玉貌圖中見』二句：事見《西京雜記》卷二：『元帝後宫既多，不得常見。乃使畫工圖形，按圖召幸之。諸宫人皆賂畫工，多者十萬，少者亦不減五萬。獨王嬙不肯，遂不得見。後匈奴入朝，求美人爲閼氏。於是上案圖以昭君行。及去，召見。貌爲後宫第一，善應對，

舉止閑雅。帝悔之。而名籍已定，帝重信於外國，故不復更人。乃窮案其事，畫工皆棄市。籍其家，資皆巨萬。畫工有杜陵毛延壽，爲人形，醜好老少必得其真。……同日棄市。』唐崔國輔《王昭君》：『何時得見漢朝使，爲妾傳書斬畫師！』唐李商隱《王昭君》：『毛延壽畫欲通神，忍爲黄金不爲人。』

［四］太液池：池名，漢建章宫、唐大明宫中均有之。見卷一《歡賦》注釋［一九］。漢、唐太液池皆種蓮。《三輔黄圖》卷四《苑囿・池沼・太液池》：『成帝常以秋日與趙飛燕戲於太液池，……擷菱蕖。』唐王涯《秋思》：『宫連太液見蒼波，暑氣微清秋意多。一夜輕風蘋末起，露珠翻盡滿池荷。』唐白居易《長恨歌》：『歸來池苑皆依舊，太液芙蓉未央柳。』五代王仁裕《開元天寶遺事・解語花》：『明皇秋八月，太液池有千葉白蓮數枝盛開，帝與貴戚宴賞焉。』

［五］君王百子帳：君王婚禮洞房所用之帳。唐宋時期，帝王、民間婚禮洞房均用百子帳。唐陸暢《雲安公主下降奉詔作催妝》：『催鋪百子帳，待障七香車。』宋程大昌《演繁露・百子帳》：『唐人昏禮多用百子帳，特貴其名與昏宜。』宋袁褧《楓窻小牘》卷下：『若今禁中大婚，百子帳則以錦繡織成百子兒嬉戲狀。』

［六］水晶簾：此取齊謝朓、唐李白《玉階怨》中之特定意象，與『百子帳』形成鮮明對照。謝朓《玉階怨》：『夕殿下珠簾，流螢飛復息。長夜縫羅衣，思君此何極。』李白《玉階怨》：『玉階生白露，夜久侵羅襪。却下水晶簾，玲瓏望秋月。』

［七］姮娥：即嫦娥。見本卷《贈陳伯符奉詔歸娶七首》注釋［三］。

［八］烏鵲橋：即神話傳説中銀河上之鵲橋。傳説分隔在銀河兩岸之牛郎和織女，每年只能在七月初七夜相會，此夜烏鵲爲二人在銀河上搭成鵲橋。唐李郢《七夕》：『烏鵲橋頭雙扇開，年年一度過河來。莫嫌天上稀相見，猶勝人間去不回。』

［九］天台：天台山。見卷一《霞爽閣賦》注釋［八］。唐李白《夢遊天姥吟留別》：『天台四萬八千丈。』

［一〇］御溝：宫苑之水道。

［一一］珍珠簾外玲瓏月：李白《玉階怨》：『却下水晶簾，玲瓏望秋月。』

［一二］西宫：位於西邊之宫室。此謂小宫室。《公羊傳・僖公二十年》：『西宫者何？小寢也。』何休注：『西宫者，小寢内室，楚女所居也。禮，諸侯娶三國女……夫人居中宫，少在前；右媵居西宫，左媵居東宫，少在後。』《樂府遺聲》『怨思二十五曲』中，有《西宫春怨》《西宫秋怨》。唐王昌齡《西宫春怨》：『西宫夜静百花香，欲捲珠簾春恨長。斜抱雲和深見月，朦朧樹色隱昭陽。』又《西宫秋怨》：『芙蓉不及美人妝，水殿風來珠翠香。却恨含情掩秋扇，空懸明月待君王。』

## 塞下曲十首［一］

秋來驕虜盗邊疆，混入關前蹴鞠場。夜半形聲齊上馬，刀頭明月白如霜。

旌旗雨雪壓營門，刁斗無聲日欲昏。總是焉支胡地長[二]，琵琶馬上亦銷魂。

部落千群番馬高，黄金大椀賜蒲萄。軍前落日胡雛醉[三]，踏入轅門弄寶刀[四]。

鐵騎横行大漠空，將軍羽箭插長虹。單于臺上看秋色[五]，獵獵旌旗卷北風。①

狂隨都護出行邊[六]，斬得胡頭馬上懸。萬里無人沙月白，霜前獨枕大刀眠。

千里風錐血色斑，長城人去幾時還。馬頭十丈陰山雪[七]，凍殺黄雲不度關。

昨夜旄頭報虜塵，咚咚疊鼓促車輪。旗開但聽刀聲落，一片黄沙不見人。

邊城九月寄衣裳，不見啼妝見泪行。借得長安歌舞月，爲君一照玉門霜[八]。

北風烈烈碎金笳，壯士臨邊鬢總華。却怪胡姬顔似玉[九]，生來少小慣風沙。

怨入秋閨玉筯寒，滿天明月錦機殘。一生不識關山路[一〇]，欲作遼西夢更難[一一]。

## 校勘

①《屠長卿集》第四首作：『漢家長策事和親，不惜明珠送遠人。聞説天驕新假道，秦關一帶度胡塵。』

## 注釋

[一]塞下：邊塞附近。塞上曲、塞下曲，爲『征戍十五曲』中之二曲，本出漢樂府《出塞》《入塞》，見宋郭茂倩《樂府詩集》卷二十一《漢横吹曲二》、宋鄭樵《通志》卷四十九《樂略一》等。

[二]焉支：山名。見卷六《蕩子從軍行》注釋[七]。

[三]胡雛：胡兒。唐耿湋《涼州詞》：『氊裘牧馬胡雛小，日暮蕃歌三兩聲。』唐杜牧《邊上聞笳三首》：『胡雛吹笛上高臺，寒雁驚飛去不回。』

[四]轅門：即營門。《六韜·分合》：『大將設營而陳，立表轅門。』

[五]單于：匈奴君長之稱號。

[六]都護：官名。漢宣帝時始置西域都護，爲西域地區軍事、行政最高長官。其後廢置不常。唐置安東、安西、安南、安北、單于、北庭六大都護。元置北庭都護。唐王維《使至塞上》：『蕭關逢候騎，都護在燕然。』又《隴西行》：『都護軍書至，匈奴圍酒泉。』

［七］陰山：山脉名。見卷六《贈瞿九思》注釋［九］。

［八］玉門：玉門關，亦稱玉關。見卷九《長安秋興四首》注釋［三］。

［九］胡姬：胡人女子。胡姬顏似玉，唐李白《幽州胡馬客歌》：『婦女馬上笑，顏如赬玉盤。』

［一〇］關山：關隘山嶺。北朝民歌《木蘭詩》：『萬里赴戎機，關山度若飛。』宋晏幾道《南鄉子》：『意欲夢佳期，夢里關山路不知。』

［一一］遼西：遼河以西地區。戰國、秦、漢至南北朝均設郡拒胡。《史記・匈奴列傳》：『燕亦築長城，自造陽至襄平。置上谷、漁陽、右北平、遼西、遼東郡以拒胡。』欲作遼西夢更難句，化用唐金昌緒《春怨》詩：『打起黄鶯兒，莫教枝上啼。啼時驚妾夢，不得到遼西。』

## 擬李白清平調三首［一］

兩邊紅粉映春紗，一片初陽生彩霞。幾度妝成臨太液［二］，君王錯認是荷花［三］。

嫦娥天遣下彤闈［四］，暫與君王着寶衣。不是神僊安有此，三千粉黛失光輝［五］。

一痕紅玉上春梢，歲歲名花總不銷。吹篴闌干明月滿［六］，與君共度可憐宵。

### 注釋

［一］李白清平調：本事見宋樂史《李翰林别集序》：『開元中，禁中初重木芍藥，即今牡丹也。得四本，紅、紫、淺紅、通白者。上因移植於興慶池東沉香亭前。會花方繁開，上乘照夜車，太真妃以步輦從。……上曰：「賞名花，對妃子，焉用舊樂辭焉？」遽命龜年持金花箋宣賜翰林供奉李白，立進《清平調》詞三章，白欣然承詔旨。由若宿酲未解，因援筆賦之。其一曰：「雲想衣裳花想容，春風拂檻露花濃。若非群玉山頭見，會向瑶臺月下逢。」其二曰：「一枝紅豔露凝香，雲雨巫山枉斷腸。借問漢宫誰得似？可憐飛燕倚新妝。」其三曰：「名花傾國兩相歡，長得君王帶笑看。解釋春風無限恨，沉香亭北倚闌干。」』（見宋本《李太白文集》卷一）

［二］太液：池名。見卷一《歡賦》注釋［一九］。

［三］君王：指唐明皇。『君王錯認是荷花』句，唐白居易《長恨歌》謂『太液芙蓉未央柳』『芙蓉如面柳如眉』；五代王仁裕《開元天寶遺事・解語花》：『明皇秋八月，太液池有千葉白蓮數枝盛開，帝與貴戚宴賞焉。左右皆歎羨，久之，帝指貴妃示於左右曰：「爭如我解語花？」』

［四］彤闈：朱漆宫門。

〔五〕三千粉黛：指後宫美女。白居易《長恨歌》：『回頭一笑百媚生，六宫粉黛無顔色。』『後宫佳麗三千人，三千寵愛在一身。』宋柴望《西施》：『十二金釵對對鋪，三千粉黛膩如酥。』

〔六〕吹篴闌干：指唐明皇吹笛事，見宋樂史《李翰林別集序》，李白詩成之後，『龜年以歌辭進，上命梨園弟子略約調撫絲竹，遂促龜年以歌之。太真妃持頗梨七寶杯，酌西涼州蒲萄酒，笑領歌辭，意甚厚。上因調玉笛以倚曲，每曲遍將换，則遲其聲以媚之。太真妃飲罷，斂繡巾重拜。』

## 秋夜客懷二首

高城霜落大江空，蕭蕭馬上生寒風。安知今夜秋閨夢，不在蘆花明月中。

別後都忘歲月闌，偶於紅葉見秋殘。西風吹入流黄簟，應念征人關塞寒。

## 雨雪發潁上留別遲茂弘諸子二首〔一〕

諸子走大雪中二百餘里相送，日暮臨分，涕泗横集，不忍別，乃託宿村中一夕。明旦，痛哭而別，遂有此作。

管鮑墳前白艸腓〔二〕，如君不謂古人稀。天寒走馬來相送，踏破荒郊雪滿衣。

宛轉別君真自難，天涯龍劍若爲看。疏燈今夜山橋雪，明日寒雲應更寒。

### 注釋

〔一〕潁上：潁上縣。見沈明臣《由拳集敘》注釋〔一〕。遲茂弘：潁上人，爲孝廉。見卷四《贈遲茂弘孝廉》注釋〔一〕。

〔二〕管鮑：春秋時管仲和鮑叔牙。見卷四《三司馬詩並引》注釋〔六〕。管、鮑均潁上人，屠隆景慕，爲潁上令期間，特捐俸哀金，修建管鮑祠，作有《管仲鮑叔廟碑記》，見卷十八。管鮑祠在今潁上縣管仲公園内，並有管仲衣冠冢。

# 金閶詩四首[一]

中官分賜緑蒲桃[二]，醉落金鐙夜月高。莫問長安車馬色，君王不召欝輪袍[三]。

日照雕梁粉黛空，自傷團扇及秋風。吴桑不顧飛蓬首，誰道蛾眉老去工。

吴歌宛轉緑波前，何處西園不可憐。翠被不來空老大，幾時重上鄂君船[四]。

年年燕子傍朱門，日暖花深酒力温。君有緑琴休自弄，主人不是卓王孫[五]。

**注釋**

[一] 金閶：指蘇州。因蘇州有金、閶兩城門，故稱。

[二] 中官：宫内之官。

[三] 欝輪袍：本琵琶曲名，此代指唐王維。『欝』同『鬱』。唐薛用弱《集異記》載，王維年未弱冠，文章得名，性娴音律，妙能琵琶，爲岐王所眷重。維將應舉，求岐王庇借。王遂引至貴公主第，使奏新曲《鬱輪袍》，公主大奇，並驚駭其詩作，力薦於試官，維遂作解頭而一舉登第。

[四] 鄂君：鄂君子晳。親楚王母弟，官爲令尹，爵爲執珪。漢劉向《説苑·善説》載，鄂君子晳汎舟於新波之中，榜枻越女擁楫而歌，『今夕何夕兮，搴中洲流。今日何日兮，得與王子同舟。蒙羞被好兮，不訾詬耻。心幾頑而不絶兮，知得王子。山有木兮木有枝，心説君兮君不知！』於是鄂君子晳乃揄脩袂，行而擁之，舉繡被而覆之。

[五] 卓王孫：漢卓文君之父。《史記·司馬相如列傳》載，司馬相如受臨邛令之邀，參與臨邛富人卓王孫宴會，得與卓王孫女文君通殷勤。參見卷一《歡賦》注釋[一八]。

# 寄莊壽州二首[一]

青青草色送王孫，岸上紛紛車馬喧。不是候人迷紫氣[二]，仙郎偷得度關門[三]。

一曲滄浪酒一盃，平沙渺渺櫂船回。金梭堤上空延佇[四]，白日八公風雨來[五]。

**注釋**

［一］莊壽州：未詳。壽州，今安徽壽縣。屠隆時代，壽州與潁上縣（屬潁州）同屬鳳陽府。

［二］候人：掌管道路之官員。《周禮·夏官·司馬》：『候人各掌其方之道治與其禁令。』指關令尹喜，屠隆以自喻。紫氣：紫氣浮關，代指老子。見卷九《寄馮開之四首》注釋［七］。屠隆以喻莊壽州。

［三］仙郎：男仙人，此稱老子，喻莊壽州。關門：函谷關，屠隆自喻其所在地潁上。

［四］金梭堤：即金梭堆。《明一統志》卷七：『金梭堆，在壽州東一十里。俗傳淮南王遺金於此，人多於雨後得之。』

［五］八公：漢淮南王劉安之八位門客，後人附會爲神仙，見卷三《善哉行》注釋［二］。壽州有八公山，爲『八公』神話起源地，故屠隆以爲喻。

## 京兆四首［一］

五雲闕下拜新恩［二］，舊日聲名動紫宸［三］。花滿六朝金粉地，垂楊夾道隱朱輪。

兩世華簪擁漢冠，玉階朝罷出承歡。舞衣五色裁宮錦，美酒千鍾賜大官。

京兆風流到處聞，王孫争看擁如雲。緑楊一片秦淮水［四］，春日無波照使君。

美人爲政漢循良［五］，自古金陵亦帝鄉［六］。萬户不關清夜月，滿城歌吹暖生香。

**注釋**

［一］京兆：京兆尹之簡稱。初爲漢代管轄京兆地區之行政長官。後因以稱京都地區行政長官。屠隆該詩所指何人未詳，據詩意，其所任在南京。

［二］五雲闕：指朝廷。見卷九《送戴少府之溧水》注釋［二］。

［三］紫宸：宫殿名，用以泛指宫廷。

［四］秦淮水：即秦淮河。在今南京。見卷七《白門行送徐長孺》注釋［四］。

［五］美人：品德美好、能爲美政之人。《詩經·邶風·簡兮》：『云誰之思，西方美人。』鄭玄箋：『思周室之賢者。』漢循良：漢代奉公守

法之官吏。如張敞，人稱『張京兆』。其任京兆尹，治理有方，『枹鼓稀鳴，市無偷盜，天子嘉之』。其『賞罰分明，以經術自輔，其政頗雜儒雅，往往表賢顯善，不醇用誅罰』。見《漢書·張敞列傳》。

[六] 金陵：此指南京。金陵爲南京之別稱。見卷四《送陳子有遊金陵》注釋[一]。

## 七夕別友人四首

嬌歌宛轉落君前，白露凉風秋滿船。獨有清淮流日夜[一]，長河明月到時圓。

蘭舟絲管在河梁[二]，惜別頻移燈燭光。愼勿尊前歌白苧，古來此曲斷人腸。

關山獨夜對凄清，此夕何夕送君行。天上黄姑織女淚[三]，相看絶似兩人情。

呼童膾鯉出金盤，北斗闌干銀燭殘。且莫與君論後夜，天涯有酒不能歡。

**注釋**

[一] 清淮：對淮河之美稱。唐宋之問《初宿淮口》：『晚泊投楚鄉，明月清淮里。』唐劉禹錫《浪淘沙》：『汴水東流虎眼文，清淮曉色鴨頭春。』

[二] 河梁：指送別之地。見卷三《妾薄命》注釋[一]。

[三] 黄姑：牽牛星之別名。《玉臺新詠》卷九《歌辭二首》：『東飛伯勞西飛燕，黄姑織女時相見。』吴兆宜注引《歲時記》：『河鼓、黄姑，牽牛也。皆語之轉。』

## 青龍浦仝諸君送莫廷韓得春字[一]

沙棠迤邐大隄春，水緑花紅送遠人。可忍臨觴不盡醉，明朝芳草伴車輪。

**注釋**

[一]青龍浦：明青浦縣，隆慶六年（一五七二）建，縣治青龍鎮，臨青龍江。「青龍鎮浦」「青龍浦」之稱古有之（如宋楊炬《重開顧會浦記》中即有，見元徐碩《至元嘉禾志》卷二十），因以青浦（簡稱）名縣。莫廷韓：莫是龍，字雲卿，更字廷韓。見卷四《聞莫廷韓諸君山中尋梅有作》注釋[一]。

## 寄訊沈嘉則先生[一]

漠漠春雲隔大江，延津龍劍幾時雙[二]。先生杖底中原闊，何處花前倒玉缸。

**注釋**

[一]沈嘉則：沈明臣，字嘉則。見沈明臣《由拳集敘》注釋[一一]。

[二]延津：地名，即延平津。相傳爲晉時龍泉、太阿兩劍於此合雙化龍而去之處。見卷九《聞嘉則君典開之會於湖上有作》注釋[二]。

## 寄懷王百穀四首[一]

樓船空壓太湖青，愁絶蘼蕪湖上亭。脈脈思君芳樹下，夜深若個坐春星。

西園草緑染吴天[二]，南浦傷心月幾圓[三]。珍重玉巵空復寄，春醪誰與醉花前。百穀見遺玉巵。

自緘萬恨寄春波，門外他人青雀過。花雨紫苔生繡佛，知君談笑落天河。

一紙書來見故人，天涯芳艸望車輪。江陰昨日看花去[四]，閒殺河陽縣裡春[五]。

**注釋**

[一]王百穀：王稚登，字百穀。見卷五《感懷詩五十五首·王太學百穀》注釋[一]。

[二]西園：曹魏園林名，見卷九《寄懷張長公兼憶先司馬》注釋[三]。後世常以喻文人雅集、宴飲之地。

［三］南浦：見卷九《送郁秀才之金陵》注釋［六］。
［四］江陰：明江陰縣，屬常州府。王百穀先世江陰人，後移居吴門（今蘇州）。
［五］河陽：古縣名。見卷七《贈王百穀》注釋［一〇］。『閒殺河陽縣裡春』句，屠隆意在邀王。以『河陽』比喻自己所爲令之縣。

## 舟中宴集得期華字

滄洲偶與故人期［一］，日莫回風卷釣絲。席上水光銀燭冷，青溪白石坐來遲。
春田細雨逗空沙，修竹斑斑映落花。安得縣齋無一事，畫船簫鼓送年華。

**注釋**

［一］滄洲：見卷八《送余君房北上得洲字》注釋［三］。

## 故人孫茂才見枉贈别［一］

東壁圖書北斗文［二］，曾占寶氣識妖㿿。十年名字猶湖海，底是雲霄不借君。

**注釋**

［一］孫茂才：未詳。
［二］東壁：本星宿名，即壁宿。居天門東，故稱。古人以壁星主文，因稱皇宫藏書處爲東壁。《晉書·天文志上》：『東壁二星，主文章，天下圖書之祕府也。』

## 寄田叔兼憶先司馬［一］

白兔青蛇霧樹昏，千年龍穴①挂精魂。思君月照孤桐冷，潮落空江掩墓門。

**校勘**

① 穴：底本原作『六』，據存目本改。

**注釋**

［一］田叔：屠本畯，字田叔。見卷一《霞爽閣賦》注釋［一］。先司馬：指屠大山，屠本畯之父。

## 和嘉則先生四詩［一］

嘉則先生自言好衣緋，春郊①則用以走馬，東山則用以擁妓［二］，秋江則用以把釣，高樓則用以對雪，因作四詩而余和之。

花邊郭外散春愁，白日春衫豔紫騮。一道紅光流水過，行人疑是富平侯［三］。
山壓平湖緑水長，鴛央驚見少年裝。調笙雜坐櫻桃下，血暈佳人繡裲襠。
木蘭烟嫋釣絲風，落日青迴江上峰。不是瀟湘秋瑟瑟，仙人那得着夫容。
羅浮夢破月漫漫［四］，凍合銅瓶傍井欄。白雪樓中光忽赭，疏簾銀燭不知寒。

**校勘**

① 郊：底本原作『邛』，據存目本改。

**注釋**

［一］嘉則：沈明臣，字嘉則。見沈明臣《由拳集敘》注釋［一一］。
［二］東山：本晉謝安早年隱居高卧處，此謂棲遲東山。見卷五《感懷詩五十五首·范少司馬堯卿》注釋［一］。
［三］富平侯：漢張安世。張湯之子，封富平侯。安世喜歡穿自家所制衣服，《漢書·張湯傳》：『安世尊爲公侯，食邑萬户，然身衣弋綈，夫人自紡績。』

[四]羅浮：山名。在今广东省东江北岸。晋葛洪曾於此修道，爲道教第七洞天。羅浮夢，據舊題唐柳宗元《龍城録》載，隋趙師雄遷羅浮，一日天寒日暮，在醉醒間見一女子，淡妝素服，但覺芳香襲人，語言極清麗。遂相與飲。頃醉寢。及覺，乃在大梅樹下。

# 雜詩二十首

## 湘妃竹[一]

翠華寂寞倚龍孫，哭向蒼梧白日昏[二]。江雨自深三楚淚[三]，春雲不散九疑魂[四]。

### 注釋

[一]湘妃：即舜之二妃娥皇、女英。相傳舜南巡，病，二妃追至洞庭，舜已死於蒼梧，二妃哀痛，淚灑於竹，竹盡斑。後人稱其竹曰『湘妃竹』。二妃投湘水而死，後人以爲湘水之神，有湘妃、湘夫人、湘靈、靈妃等稱呼。參見卷一《閔貞賦》注釋[三〇]。唐劉禹錫《瀟湘神二首》：『斑竹枝，斑竹枝，淚痕點點寄相思。楚客欲聽瑶瑟怨，瀟湘深夜月明時。』

[二]蒼梧：地名，相傳舜崩於蒼梧之野。見卷一《閔貞賦》注釋[一九]。唐李嘉祐《江上曲》：『蒼梧秋色不堪論，千載依依帝子魂。君看峰上斑斑竹，盡是湘妃泣淚痕。』

[三]三楚：見卷九《寄馮開之四首》注釋[二]。但屠隆本詩『三楚』是與『九疑』對舉而用之，當實指洞庭瀟湘流域。

[四]九疑：山名。『疑』又作『嶷』。位今於湖南甯遠縣南。《史記・五帝本紀》：『虞舜者……南巡狩，崩於蒼梧之野，葬於江南九疑，是爲零陵。』《山海經・海内經》：『南方蒼梧之丘，蒼梧之淵，其中有九嶷山，舜之所葬，在長沙零陵界中。』郭璞注：『其山九溪皆相似，故云「九疑」。』唐劉禹錫《瀟湘神二首》：『湘水流，湘水流，九疑雲物至今愁。君問二妃何處所，零陵香草露中秋。』

## 秦王捲衣[一]

承恩侍宴夜鐙紅，月上咸陽春樹中[二]。親捲龍綃三百疋，侍臣捧出合歡宮[三]。

注釋

[一]秦王：具體指誰，未詳。秦王捲衣，古樂府名。見卷九《豔歌》注釋[三]。

[二]咸陽：秦都城。立都於秦孝公十二年（前三五〇），至秦亡。

[三]合歡宮：漢長安未央宮中有合歡殿，後世人稱合歡宮，或借指其他宮殿。《三輔黄圖·漢宮·未央宮》：『《三輔決録》曰：未央宮有延年殿、合歡殿、四車殿。』唐許景先《柳》：『春色東來渡渭橋，青門垂柳百千條。長陽西連建章路，漢家林苑紛無數。縈花始遍合歡宮，遊絲半罥相思樹。』唐王昌齡《蕭駙馬宅花燭》：『青鸞飛入合歡宮，紫鳳銜花出禁中。』

## 吴王試劍石[一]

千載吴王氣未平，鬭雞走馬出郊坰①。夜磨寶劍空山響，石上苔花春雨青。

校勘

①坰：底本原作『垌』，據存目本改。

注釋

[一]吴王試劍石：在虎丘。見卷七《贈王百穀》注釋[六]。

## 高帝斬蛇劍[一]

天門列缺曜真龍，大澤寒雲抹劍鋒。鬼母夜呼妖血冷[二]，北風吹出緑芙容。

注釋

[一]高帝：指漢高祖劉邦。高祖斬蛇事，見《史記·高祖本紀》：『高祖被酒，夜徑澤中。令一人行前，行前者還報曰：「前有大蛇當徑，願還。」高祖醉曰：「壯士行，何畏！」乃前，拔劍擊斬蛇。』唐司馬貞索隱：『《漢舊儀》云：「斬蛇劍，長七尺。」』晉葛洪《西京雜記》卷一：『高祖斬白蛇劍，劍上七采珠、九華玉以爲飾，雜厠五色琉璃爲劍匣。劍在室中，光景猶照於外，與挺劍不殊。十二年一加磨瑩，刃上常若霜雪。開

匣拔鞘，輒有風氣，光彩射人。』

［二］鬼母：指劉邦所斬白蛇之母。《史記・高祖本紀》：『蛇遂分爲兩，徑開。行數里，醉，因卧。後人來，至蛇所，有一老嫗夜哭。人問何哭，嫗曰：「人殺吾子，故哭之。」人曰：「嫗子何爲見殺？」嫗曰：「吾子，白帝子也，化爲蛇，當道，今爲赤帝子斬之，故哭。」人乃以嫗爲不誠，欲笞之，嫗因忽不見。』唐李賀《春坊正字劍子歌》：『先輩匣中三尺水，曾入吴潭斬龍子。……提出西方白帝驚，嗷嗷鬼母秋夜哭。』

## 賈佩蘭出爲叚儒妻［一］

水泛楊花出御溝［二］，扶風月似漢宮秋［三］。閒來記得宮中事，五色同心百鍊彄。

### 注釋

［一］賈佩蘭：漢高祖劉邦寵姬戚夫人之侍女。戚夫人死後，出爲扶風人叚儒妻。晉葛洪《西京雜記》卷三：『戚夫人侍兒賈佩蘭，後出爲扶風人段儒妻。説在宮内時，見戚夫人侍高帝，嘗以趙王如意爲言，而高祖思之，幾半日不言，歎息悽愴，而未知其術。輒使夫人擊筑，高祖歌《大風》詩以和之。又説在宮内時，嘗以弦管歌舞相歡娱，競爲妖服，以趣良時。十月十五日，共入靈女廟，以豚黍樂神，吹笛擊筑，歌《上靈之曲》。既而相與連臂，踏地爲節，歌《赤鳳凰來》。至七月七日，臨百子池，作于闐樂。樂畢，以五色縷相羈，謂爲相連愛。八月四日，出雕房，北户竹下圍碁，勝者終年有福；負者終年疾病，取絲縷就北辰星求長命，乃免。九月九日，佩茱萸，食蓬餌，飲菊花酒，令人長壽。菊花舒時，並採莖葉，雜黍米釀之，至來年九月九日始熟，就飲焉，故謂之菊花酒。正月上辰，出池邊盥濯，食蓬餌，以祓妖邪。三月上巳，張樂於流水。如此終歲焉。戚夫人死，侍兒皆復爲民妻也。』叚儒：人名，『叚』或作『段』。

［二］御溝：流經宮苑之河道。

［三］扶風：右扶風，漢政區名，治所長安。地屬京畿，爲三輔之一。

## 探丸

向夕探丸禁月高，不辭名入五陵豪［一］。殺人使酒驚都市，紫鷰斜飛露寶刀。

**注釋**

［一］五陵：西漢五個皇帝陵墓所在地，即長陵、安陵、陽陵、茂陵、平陵五縣。因漢代皇帝立陵墓，多遷富家豪族及外戚居住於陵墓附近，故五陵地區多豪族、豪人。《漢書·原涉傳》：『郡國諸豪及長安五陵諸爲氣節者，皆歸慕之。』唐王維《送鄭五赴新都序》：『邠人前京兆，右扶風，居上谷間，與寢園接。……五陵之豪，雜居其地。』唐李白《白馬篇》：『龍馬花雪毛，金鞍五陵豪。』

## 藏鈎

雜坐斕斑繡襖襛，群姬一一列夫容。百花深處渾無覓，却被微波誤殺儂［一］。

**注釋**

［一］儂：指漢武帝『鈎弋夫人』。《史記·外戚世家》褚少孫補記：『鈎弋夫人，姓趙氏，河間人也。得幸武帝，生子一人，昭帝是也。……上居甘泉宮，召畫工圖畫《周公負成王》也，於是左右群臣知武帝意欲立少子也。後數日，帝譴責鈎弋夫人，夫人脱簪珥，叩頭，帝曰：「引持去，送掖庭獄。」夫人還顧，帝曰：「趣行，女不得活。」夫人死雲陽宮。時暴風揚塵，百姓感傷。……其後帝閒居，問左右曰：「人言云何？」左右對曰：「人言且立其子，何去其母乎？」帝曰：「然，是非兒曹愚人所知也。往古國家所以亂也，由主少母壯也。女主獨居，驕蹇、淫亂、自恣，莫能禁也。女不聞呂后邪？」』按，藏鈎之戲，相傳源自鈎弋夫人。《漢書·外戚傳》：『武帝巡狩，過河間，望氣者言此有奇女。天子亟使使召之。既至，女兩手皆拳，上自披之，手即時伸。由是得幸，號曰拳夫人。』舊題漢劉向《列仙傳》稱：『武帝披其手，得一玉鈎，而手尋展，遂幸。』漢辛氏《三秦記》：『昭帝母鈎弋夫人，手拳而有國色，先帝寵之。世人藏鈎，法此也。』

## 蹴鞠

繡毬①花毬少年場［一］，對立金釵十二行。粉面乍低紅玉軟，春風無賴綺疏香。

**校勘**

①毬：底本原作『様』，據存目本改。

## 注釋

[一] 少年場：年輕人聚會之場所。三國魏曹植《結客篇》：『結客少年場，抱怨洛北芒。』北周庾信《結客少年場行》：『結客少年場，春風滿路香。』唐白居易《雙石》：『人皆有所好，物各求其偶。漸恐少年場，不容垂白叟。』

# 鞦韆

十五妖姬體欲僊，長虹高挂彩繩邊。茜裙半蘸銀河水，翻落驚鴻破紫烟。

# 春日獨當壚

二八胡姬白似霜[一]，春風小雨石楠香。壚頭玉腕金跳脱，醉殺揚鞭馬上郎。

## 注釋

[一] 胡姬：指賣酒女子。見卷六《送桂博士入楚》注釋[四]。

# 七寶避風臺[一]

天寒雪色暈微紅，自是神僊下漢宮。不有高臺臨太液，因風吹去碧雲中。

## 注釋

[一] 七寶避風臺：臺名，傳説漢成帝爲趙飛燕所造，在建章宮太液池。參見卷十《雜詠八首·趙飛燕》注釋[二]。又宋樂史《楊太真外傳上》：『漢成帝獲飛燕，身輕欲不勝風。恐其飄翥，帝爲造水晶盤，令宮人掌之而歌舞。又製七寶避風臺，間以諸香安於上，恐其四肢不禁也。』

# 薛夜來[一]

露濕烟空銅雀臺[二]，君王龍輦鄴城開[三]。六宮簫管千門火[四]，新得佳人字夜來。

**注釋**

[一] 薛夜來：魏文帝曹丕所寵愛之宮女。晉王嘉《拾遺記》卷七：『魏文帝所愛美人，姓薛名靈芸，常山人也，……容貌絶世。……帝以文車十乘迎之。車皆鏤金爲輪輞，丹畫其轂軛。前有雜寶，爲龍鳳銜百子鈴，鏘鏘和鳴，響於林野。……靈芸未至京師數十里，膏燭之光相續不滅。車徒喧路，塵起蔽於星月，時人謂爲塵宵。又築土爲臺基，高三十丈，列燭於臺下，名曰燭臺，望如列星之墜地。又於大道之傍，一里致一銅表，高五尺，以誌里數。……靈芸未至京師十里，帝乘雕玉之輦，以望車徒之盛。嗟曰：「昔者言朝爲行雲，暮爲行雨。今非雲非雨，非朝非暮。」改靈芸之名曰夜來。入宮後，居寵愛。』

[二] 銅雀臺：漢建安十五年（二一〇）曹操築於鄴城。見卷一《霞爽閣賦》注釋[二八]。

[三] 鄴城：又人稱鄴都（今河北臨漳縣西南鄴北城遺址）。東漢末年，曹操擊敗袁紹後，即在此經營王都，大興宮苑。

[四] 六宮：見卷十《雜詩二十首・細腰宮》注釋[二]。

## 清夜遊西園[一]

芙容開滿曲池頭[二]，熠耀宵行水氣秋。公子風流華屋在[三]，絳紗高燭引箜篌。

**注釋**

[一] 西園：此指曹魏鄴城西園。見卷九《寄懷張長公兼憶先司馬》注釋[三]。『清夜遊西園』出自曹植《公宴詩》。

[二] 曲池：西園有芙蓉池，又稱曲池。曹丕《芙蓉池作》：『乘輦夜行游，逍遥步西園。』曹植《芙蓉池詩》：『逍遥芙蓉池，翩翩戲輕舟。』劉楨《公宴詩》：『芙蓉散其華，菡萏溢金塘。』王粲《雜詩》：『日暮遊西園，……曲池蕩素波，列樹敷丹榮。』

[三] 公子：曹植《公宴詩》：『公子敬愛客，終夜不知疲。清夜遊西園，飛蓋相追隨。』《文選》吕向注：『文帝每以月夜，集文人才子，共游西園。』

## 愛妾换馬[一]

青驪不數千金價，紅粉真傾十五城。鸞鏡自空龍種在，陌頭春日萬花明。

**注釋**

［一］愛妾：魏任城王曹彰之美妾。彰愛駿馬，嘗以美妾换之。唐李亢《獨異志》卷中：『後魏曹彰，性倜儻。偶逢駿馬，愛之，其主所惜也，彰曰：「余有美妾可换，唯君所選。」馬主因指一妓，彰遂换之。馬號曰「白鶻」。』後人詠其事，爲《愛妾换馬》，奏之絃歌。

## 採蓮曲

金塘渌水月痕微，採得紅香夜未歸。欲取蓮花爲妾貌，更將荷葉比儂衣。

## 若耶溪［一］

佳人玉臂捲春羅，拂水紅蓮出緑波。自唱青溪小姑曲，畫船風送採菱歌。

**注釋**

［一］若耶溪：見卷十《雜詠八首·西施》注釋［三］。

## 北風吹裙帶

西園蕙草亂鳴蛩［一］，池上涼風羅帶香。洒淚向天天欲濕，秋河不動月如霜。

**注釋**

［一］西園：此處泛指園林。『西園蕙草』乃出自南朝齊王融《永明樂十首》『西園抽蕙草』句；王融下句爲『北沼掇芳蓮』，其『西園』『北沼』，即是對仗需要而措辭，非特指。屠隆取園池景象爲女子拜月之環境。詩題出自唐李端《拜新月》：『開簾見新月，便即下階拜。細語人不聞，北風吹裙帶。』

## 宫蠶［一］

桑園寂寂六宫人［二］，鳳管龍笙别殿新。愁似春絲抽不得，羅衣空自疊秋塵。

**注釋**

［一］宮蠶：古代宮苑中養蠶，以親農事。皇后、宮人均事之。《禮記·祭義》：『古者天子、諸侯必有公桑、蠶室，近川而爲之。築宮，仞有三尺，棘牆而外閉之。及大昕之朝，君皮弁素積，卜三宮之夫人世婦之吉者，使入蠶於蠶室，奉種浴於川；桑於公桑，風戾以食之。歲既殫矣，世婦卒蠶，奉繭以示於君，遂獻繭於夫人。』《詩經·大雅·瞻卬》：『婦無公事，休其蠶織。』毛傳：『婦人無與外政，雖王后，猶以蠶織爲事。』《後漢書·荀悦傳》：『故在上者先豐人財以定其志，帝耕籍田，后桑蠶宮，國無遊人，野無荒業。』《晉書·禮志上》：『漢儀，皇后親桑東郊苑中，蠶室祭蠶神。』

［二］六宮：見卷十《雜詩二十首·細腰宮》注釋［二］。

## 燕姬墮馬［一］

美人綽約萬花西，寶馬横翻碧玉蹄。總是身輕如燕子，落來羅襪不沾泥。

**注釋**

［一］燕姬：燕地美女。燕地出美女，《古詩十九首》：『燕趙多佳人，美者顔如玉。』燕地女子能騎馬，别有風致，元薩都剌《京城立春》：『燕姬白馬青絲韁，短衣窄袖銀鐙光。御溝飲馬不回首，貪看柳花飛過牆。』屠隆詩寫燕姬善騎，輕盈若燕。王世貞唱和《燕姬墮馬》：『墮馬胡姬不動塵，飛鞍一躍轉如神。』可互參。

## 春閨怨

雲母屏前月到初，露桃花下淚如珠。閒來自抱箜篌坐，彈落春霜冷繡襦。

## 反愛妾换馬［一］

娥眉黯黯向乘黄，欲取繁花比淚行。妾有千金堪買駿，爲君長鞚紫遊繮。

## 注釋

[一] 愛妾換馬：見本卷《雜詩二十首·愛妾換馬》注釋[一]。

# 從軍行三首

太白旗高掣紫霓，寒雲直壓五陵西[一]。笑驅龍馬行空去，門外蛾眉黯自低。

紫塞黃河未立功[二]，月高霜冷陣門空。馬頭一曲丁都護，吹落胡笳萬里風。

年少貪趍麟閣動[三]，提兵親屬大將軍[四]。畫旗畫捲盧龍雪[五]，鐵騎宵馳瀚海雲[六]。

## 注釋

[一] 五陵：指長陵、安陵、陽陵、茂陵、平陵五座漢代帝王陵墓所在地區，均在長安西北，渭水以北。借漢、唐說事，從軍多向西北方。故云『寒雲直壓五陵西』。

[二] 紫塞：北方邊塞。晉崔豹《古今注·都邑》：『秦築長城，土色皆紫。漢塞亦然。故稱紫塞焉。』唐沈佺期《塞北二首》：『將軍朝授鉞，戰士夜銜枚。紫塞金河裏，葱山鐵勒隈。』唐周朴《塞上曲》：『黃河九曲冰先合，紫塞三春不見花。』

[三] 麟閣：漢麒麟閣，在未央宮中。《三輔黃圖·閣》：『蕭何造，以藏秘書，處賢才也。』漢武帝元狩年間（前一二二—前一一七）打獵獲麒麟，圖其像於閣，遂名。漢宣帝時，圖霍光、張安世、蘇武等十一功臣像於閣上，以表揚其功勳並作紀念。後人以畫像於『麒麟閣』爲最高榮譽，又與東漢雲臺閣、初唐凌煙閣並稱。南朝梁虞羲《詠霍將軍北伐》：『當令麟閣上，千載有雄名。』唐高適《塞下曲》：『畫圖麒麟閣，入朝明光宮。』唐杜甫《前出塞》：『功名圖麒麟，戰骨當速朽。』

[四] 大將軍：武官名。各代職位級別不一。漢代大將軍爲武官最高稱號，統兵征戰，但不常設。漢代封任過大將軍一職、打仗最著名者爲衛青。

[五] 盧龍：古要塞名。見卷六《贈瞿九思》注釋[二]。

[六] 瀚海：《史記·衛將軍驃騎列傳》：『（霍去病）封狼居胥山，禪於姑衍，登臨瀚海。』南朝虞羲《詠霍將軍北伐》：『飛狐白日晚，瀚海愁陰生。』後在從軍、邊塞之作中，瀚海多用爲對北方大漠、大湖之泛稱。高適《燕歌行》：『校尉羽書飛瀚海，單于獵火照狼山。』

## 青浦署中有鶴臨池照影偶然①失足幾墮焉戲爲此詩[一]

縞衣丹頂雪離披，照影疏疏到曲池。六翮未齊雙足在，忽驚春水踏空枝。

**校勘**

① 原目録無『然』字。

**注釋**

[一] 青浦署中：青浦縣衙裡。

## 送彭欽之應試留都二首[一]

六朝絃管上烟空[二]，玉殿虚無星漢中。君去天街①踏秋月，白門疏柳映青驄[三]。

客子單衫白苧輕，月光如水露華清。天風吹落霓裳曲，樂府先傳第一聲。

**校勘**

① 街：底本原作『行』，據存目本改。

**注釋**

[一] 彭欽之：彭汝讓，字欽之。見卷五《感懷詩五十五首·彭文學欽之》注釋[一]。

[二] 六朝：指三國吴、東晉、宋、齊、梁、陳。均建都於建康（吴名建業，今南京市），統稱六朝。

[三] 白門：六朝都城建康之正南門（宣陽門），俗稱白門。見卷十《雜詩二十首·白門柳》注釋[一]。

# 書五嶽壯遊卷贈張山人平叔二首[一]

五嶽如今總屬君，太華西去躡層雲[二]。拾來一片峰頭月，更取蓮華照劍文。

袖裡真形五嶽圖，坐看名字落江湖。芒鞵竹杖中原大，醉入千峰雲氣孤。

**注釋**

[一]張山人平叔：張塗，字平叔，四明人。處士，能詩，曾入白榆社。明王世貞《弇州續稿》卷十《張山人平叔五嶽歌》：『人間再見張平叔，能否長將悟真讀。四明狂客偶見許，五嶽山人生不辱。三花近撲二室粉，雪山遠接峨眉玉。所恨恒陽寓公石，僅捧太華蓮花足。歸來貧憊遊興孤，盧敖之杖不可呼。少文畫壁毋乃迂，胡不乞寫真形圖。侑以廓落流金符，自稱紫陽遊玉都。君不見王郎手創團焦不盈丈，跬武以還皆草莽。偓佺安期却來往，何但區區五嶽觀，千億須彌托吾掌。』

[二]太華：太華山，即西嶽華山。華山有東、西、南、北、中五峰，狀似蓮華（花），故名華山。又其西峰亦曰蓮華峰。唐李白《西嶽雲臺歌送丹丘子》：『白帝金精運元氣，石作蓮花雲作臺。』

# 豔歌二首

素藕紅菱露氣微，芙容片片剪秋衣。美人家住横塘口，一曲蘭舟泛夜歸。

湖上絃歌沙嘴晴，鴛央豈是使君情。似將緑水爲雙髩，自合吹簫向月明。

# 浦口夜泛同沈嘉則馮開之三首[一]

出郭逍遥亦偶然，夜深明月滿樓船。使君落落風流在，淥水横塘歌采蓮。

水國微茫夜欲分，蘭舟沙渚獨憐君。露華不妒蒹葭色，一派歌聲入彩雲。
牢落三霜改鬢毛，相逢一笑問吴刀。笛聲吹落魚龍夢，頭上銀河炯自高。

**注釋**

［一］浦口：青浦縣縣治所在地青龍鎮之浦口。其青龍江爲古松江（今吴淞江）故道。沈嘉則：沈明臣，字嘉則。馮開之：馮夢禎，字開之。

## 秋夜與嘉則先生微服登城四首[一]

月照嚴城露滿天，六街燈燭散秋煙。青溪窈窕無人處[二]，忽送清歌出水邊。
水抱千家樹色空，逍遥野服步涼風。自憐得傍真人氣，疑在緱山明月中[三]。
郭西寒渚落紅衣，隱隱疏林白板扉。紫荇參差菱葉暗，唱歌浦口夜船歸。
海色蒼蒼卷莫雲，五花亂影七星文。兒童燈下來相認，白雪單衫是使君。

**注釋**

［一］嘉則先生：沈明臣，字嘉則。見沈明臣《由拳集敘》注釋［一一］。城：此指青浦縣城。詩中『浦口』，即縣治所在地青龍鎮浦口。
［二］青溪：青浦之别名。見卷四《於青溪思虎丘洞庭諸名山作》注釋［一］。
［三］緱山：又稱緱氏山，位於今河南省偃師市東南。相傳周靈王太子晉在此升仙。漢劉向《列仙傳·王子喬》：『王子喬者，周靈王太子晉也。好吹笙作鳳凰鳴。遊伊洛間，道士浮丘公接上嵩高山。三十餘年後，求之於山上，見柏良曰：「告我家：七月七日待我於緱氏山巔。」至時，果乘鶴駐山頭，望之不可到。舉手謝時人，數日而去。』

## 送方衆甫上春官四首[一]

天寒碧瓦海雲蒼，紅燭燒殘入夜霜。好去疏鐘長樂下[二]，定知春色在垂楊。

門前明月掛簾鈎，塞上寒風吹不休。濁酒欲醒君欲去，大江落木送行舟。
紅版青樓出杏花，風和春殿燕飛斜。萬户雞聲東海曙，珊胡寶玦向誰家。
急管悲絲雜雁聲，輕煙散盡浦沙晴。長安豈是無明月[三]，得似尊前此夜清。

**注釋**

[一] 方衆甫：方應選，字衆甫，亦作衆父。華亭人。見卷五《感懷詩五十五首·方孝廉衆父》注釋[一]。此詩爲屠隆在青浦時送方衆甫進京應試作。

[二] 長樂：漢長樂宫。代指宫殿。唐錢起《贈闕下裴舍人》：『長樂鐘聲花外盡，龍池柳色雨中深。』

[三] 長安：指北京。

## 湘水曲爲張太史賦二首[一]

芙容萬片楚峰青，潮響空舲月欲生。春雨相思斑竹淚，坐凭瑶瑟寂無聲。
江花綽約水娟娟，不盡蘼蕪罥楚煙。我自含情向雙鯉，南風吹曲月明前。

**注釋**

[一] 張太史：應指張嗣修。見卷四《留别張太史》注釋[一]。

## 寄懷高升伯讀禮山中[一]

高空瑟瑟斷雲低，荒土烏傷入夜啼。憶爾含悽霜月下，悲風多在白楊西。

**注釋**

［一］高升伯：高萃，字升伯。見卷五《感懷詩五十五首·高博士升伯》注釋［一］。

## 爲范太僕咏孫漢陽畫緑牡丹［一］

漢陽太守舊王孫，筆點春工到嘯園［二］。玉笛聲中明月老，東風吹出緑珠魂［三］。

**注釋**

［一］范太僕：范惟一。見卷九《答贈范太僕先生》注釋［一］。孫漢陽：孫克弘（一作克宏），字允執，號雪居，松江人。禮部尚書孫承恩子，官至漢陽知府。善畫，傳世畫作較多，常用『漢陽太守』印。

［二］嘯園：范惟一之園林名，在松江（今上海松江區松江鎮）。見卷九《集范太僕嘯園》注釋［一］。

［三］緑珠：晉石崇愛妾，美而豔，善吹笛，後爲孫秀所逼，緑珠效死石崇，墜樓而亡。事見《晉書·石崇傳》。後人詠牡丹，以美女相比喻，如宋梅堯臣《洛陽牡丹》：『古來多貴色，殁去定何歸。清魄不應散，豔花還所依。紅棲金谷妓，黄值洛川妃。朱紫亦皆附，可言人世稀。』明文肇祉《緑牡丹》：『若使移從金谷裏，倚闌疑是墮樓人。』明徐應秋《玉芝堂談薈》卷三十六《牡丹譜》云：『古人詠緑牡丹詩，如「……珠憐金谷妓，蕚降九疑仙。」』

## 爲陳仲醇壽其尊人［一］

何年騎鶴向青城［二］，况有仙郎善玉笙［三］。雞犬似携天上住，不逢眉宇只聞名。

**注釋**

［一］陳仲醇：陳繼儒，字仲醇。華亭人（今上海松江）。工詩善文，擅書法、繪畫，與董其昌齊名，著述甚豐。尊人：此爲對陳仲醇父母之敬稱。

[二] 青城：青城山，道教名山。

[三] 仙郎：男仙人，本指王子晉。其善吹笙，後成仙。此喻陳仲醇。

## 咏白團扇

班姬宮怨夜初長[一]，影妒團團明月光。樹底流螢度裊裊，池風滿泛玉階涼。

### 注釋

[一] 班姬：即漢班婕妤。見卷三《行路難》注釋[三]。班姬《怨歌行》：『新裂齊紈素，鮮潔如霜雪。裁爲合歡扇，團團似明月。出入君懷袖，動摇微風發。常恐秋節至，涼飆奪炎熱。棄捐篋笥中，恩情中道絶。』又名《團扇》。

## 江上觀水軍

樓船疊鼓響空陂，海上魚龍避水犀。坐看將軍開鵲印，蕭蕭落葉大旗西。

## 代①内以玉簪遺孫夫人三首

孫夫人者，白下人[一]，太史君典姬也[二]。與室人有昏姻之約，遺以玉簪，而屠子爲代作詩三首。

六朝香粉五陵豪[三]，擲下箜篌看寶刀。舊是蝦蟆陵下住[四]，欲將春色比夭桃。

一紙雲箋五色羅，緘題親自發關河。如今異姓爲棠棣，肯着春風上女蘿。

文采真能愛子虛，少年親見比雙魚。玉簪錦字遥相寄，聞道卿家玉不如。

**校勘**

①代：底本目録作『伐』。

**注釋**

〔一〕白下：指南京。見卷十《送陸君策之白下三首》注釋〔一〕。

〔二〕君典：沈懋學，字君典。

〔三〕六朝：見本卷《送彭欽之應試留都二首》注釋〔二〕。五陵：見本卷《雜詩二十首·探丸》注釋〔一〕。

〔四〕蝦蟆陵：古地名，在唐京城長安南。唐白居易《琵琶行》：『自言本是京城女，家在蝦蟆陵下住。』屠隆此詩中以代指南京。

## 寄瞿生甲〔一〕

瞿郎十四髮覆額，大叫天門撼日光。生兒如此真英物，才子文章烈士腸。

**注釋**

〔一〕瞿生甲：瞿甲，見卷六《瞿童子詩》。

## 贈沈秀才之西湖訪開之二首〔一〕

故人蹤跡寄滄州〔二〕，引得烟霞飛滿樓。花下小車堤上月，不知何處坐箜篌。

送君向夕發青溪〔三〕，訪我同心湖水西。杲杲春陽無一事，雙柑斗酒聽黃鸝。

**注釋**

〔一〕沈秀才：未詳。西湖：指杭州西湖。開之：馮夢禎，字開之。見沈明臣《由拳集敘》注釋〔二〕、卷八《開之居西湖甚適悵焉瞻溯十五韻》等詩。

［二］滄州：即滄洲，濱水之地。指隱士之居處。南朝齊謝朓《之宣城郡出新林浦向板橋》詩：『既歡懷祿情，復協滄洲趣。』馮夢禎罷職後，在杭州西湖孤山築快雪堂，在西溪築別業，悠閒自適。

［三］青溪：青浦之別名。見卷四《於青溪思虎丘洞庭諸名山作》注釋［一］。

# 由拳集校注卷之十二

## 序

### 沈①嘉則先生詩選序[一]

不佞覽觀赤縣神州[二]，吊古豪傑，蓋私心誠咨嗟慨歎之焉。則竊疑河嶽英靈之氣[三]，天或者獨私於西北。西北土厚而其氣雄渾，故其民博大而深沉。若青齊燕趙[四]，若關中太原，古振世豪傑之産，往往而在。無論姚姒姬孔[五]，即如文章家稱不朽者，亦率皆其産。無論古昔，即如空同、大復兩先生[六]，又西北人。嗟嗟，吾東南之美，信徒竹箭矣乎？是東南之羞也。吴越金陵王氣，直走姑蘇，下大江，經會稽，而盤礴於甬東。甬東者，西枕會稽，東俯滄海，故越王勾踐之墟，地不壯於此矣？大風之所震湯②，而長波之所激射，氣不烈於此矣？謂宜有振世豪傑生其間，命令當世，而照耀來兹，與青齊燕趙、關中太原相等埒，可矣。至歷千百歲無之，即有之，非其至者。嗟，何以故？乃近者靈氣攸降，人文稍稍出焉。司馬公主盟於藝壇[七]，沈肩吾馳聲於金馬[八]，君房、箕仲高視於青紫[九]，嘉則絶出於布衣，後來之雋，龍變雲蒸，指殆不可以一二屈③也，而莫不力追遷固[一〇]，氣吞曹劉[一一]，六代而下所不齒也。蓋雅道勃勃興起矣。迹諸君所到，皆傑然名家，乃嘉則先生者，當何以云哉？

先生才奇甚，少爲博士諸生，所操博士家言，好麾斥常調，而高自出奇。以故有司得之，輒茫然不省其云何，坐是竟連蹇不第。世宗皇帝時[一二]，嘗從胡少保行間爲書記[一三]。少保才先生，待以國士。少保死，先生遂挾筴走湖海，往來吴楚閩粵間。先生少年時，才思敏博，能對客揮長句，落筆百韵不止，咸蕭灑出塵，聲名以是大譟。及歷覽天下佳山水，結交海内豪傑，遂以盡文章之大觀，所造益精，而所得益艱，往往悔其少作矣。方先生從少保時，余少不解事，稍長，從諸大夫士遊，而先生又多在湖海間，故余雖嚮慕先生，先生亦且知東海有屠生也者，而絶不相聞。一日晤先生於張司馬公所，一見把臂，驩如平生，遂連宿先生齋中。先生盡出所爲諸藁，讀之，至漏下五鼓不④休。如登西華山，下睇黄河若帶，踞泰岱、臨碣石而瞰滄海，曾不盈睫焉。蓋窅然喪其六合矣。始先生名滿天下，天下士大夫無弗稱先生者，而余猶强項不下，至是始嗒然心折先生，願北面稱弟子云。

夫今世脩文之士滿宇内，用力勤矣，或不自得；自得矣，或不見大；見大矣，或不致精；致精矣，或才情不傅合。薄收須臾之譽，而終滅萬世之名。天刑之，安可解也？乃同志之夫，文法司馬子長[一四]，詩法漢魏樂府，樂府而下法盛唐，以是古卑今，則人人能矣。乃取之博大而出之無窮，挹之流長而運之神應，所謂一代總統之才者，竊以謂先生是邪？非邪？今人學子長，尺尺寸寸求之，字模句仿，惟恐弗肖，循牆而走，跼蹐不得展步。而先生獨從容出之，若不經意，即言言皆若出自太史公口吻中，譬如庖丁之技，提刀而立，躊躇四顧，何勇也！今之擬樂府者，徒得古樂府之字句耳。先生不屑屑於擬古，而春容璀燦，即言言無不作漢魏聲。五言古詩亦出自機杼，而富才勁力，自令鮑謝却走[一五]。若先生之於唐音，猶傴僂丈人之承蜩，掇之而已矣。而尤長於七言古詩，蓋海内稱獨步焉。王元美謂先生布衣之傑[一六]，嗟乎，先生獨傑布衣也與哉？先生嘗從酒中大言曰：『世人多稱李杜，率無定品，李如春草秋波，無不可愛，然注目易盡耳。至如老杜，如堪輿中然，大山喬嶽，長河巨海，纖草穠華，怪松古柏，惠風微波，嚴霜烈日，何不有也。吾當李則顔行，當杜則北面。』聞者錯愕，余蓋有味乎其言之也。

先生先登藝壇之上，奮臂一呼，千夫同聲，即海上諸君子犂然蔚起。乃先生建標之力，何可誣也？而令四明增而高，大海增而深，東南之美遂與青齊趙燕、關中太原争雄長，豈不盛哉？昔班孟堅作《漢書》[一七]，傅武仲猶然笑之[一八]；揚子雲《法言》信其必傳者，桓君山一人而已[一九]。夫兩生之文，同時者有識有不識，乃皆闇沕當時，而顯灼後代。矧先生爲後人譽，濟南生、汪伯玉、吴明卿、徐子與、王元美兄弟皆以才自雄[二〇]，傲睨一代，視海内空無人，而獨推轂先生，此其人可知矣。即不佞言無當，然不佞非諛先生者也。今其篇章具在⑤，正法眼者第觀之，須⑥何有於不佞言？

先生命其從子箕仲選先生詩，爲詩選若干，箕仲之選精矣，而先生屬不佞序之。夫先生之集不朽，不佞得以文字持名其間，亦且不朽，不佞之徼惠於先生大矣。

## 校勘

① 原目録及《屠長卿集》題目中無『沈』字。

② 湯：《屠長卿集》作『蕩』。

③ 屈：底本原作『公』，據存目本、《屠長卿集》改。

④ 不：《屠長卿集》作『未』。

⑤ 其篇章具在：底本原作『具篇章其在』，據存目本、《屠長卿集》改。

⑥ 須：存目本、《屠長卿集》作『顧』。

## 注釋

［一］沈嘉則：沈明臣，字嘉則。見沈明臣《由拳集敘》注釋［一一］。

［二］赤縣神州：指『中國』。見卷七《金塘歌》注釋［九］。

［三］河嶽：黄河和五嶽之並稱。

［四］青齊：古青州和齊州，指山東一帶。燕趙：戰國時燕、趙兩國所在地區，即今河北省北部及山西省西部一帶。

［五］姚姒：指虞舜和夏禹。相傳舜爲姚姓，禹爲姒姓。姬孔：周公姬旦與孔子之並稱。

［六］空同：指李夢陽，號空同子。見卷七《康生歌》注釋［六］。大復：指何景明。字仲默，號白坡，又號大復山人，信陽人。弘治十五年（一五〇二）進士，授中書舍人。正德初，宦官劉瑾擅權，何景明謝病歸。劉瑾誅，官復原職。官至陝西提學副使。爲『前七子』文學集團成員之一，與李夢陽並稱文壇領袖。有《大復集》。

［七］司馬公：即張時徹，官至兵部尚書。見卷四《張大司馬惠芝園集寄謝》注釋［一］。下文中『張司馬公』同。

［八］沈肩吾：沈一貫，字肩吾。見卷五《感懷詩五十五首・沈太史肩吾》注釋［一］。

［九］君房：余寅，字君房。見卷五《感懷詩五十五首・余孝廉君房》注釋［一］。箕仲：沈九疇，字箕仲。見卷五《感懷詩五十五首・沈比部箕仲》注釋［一］。

〔一〇〕遷固：司馬遷和班固。

〔一一〕曹劉：曹植和劉楨並稱。鍾嶸《詩品・總論》：『昔曹劉殆文章之聖。』

〔一二〕世宗皇帝：朱厚熜，明朝第十一位皇帝，廟號『世宗』，年號『嘉靖』。

〔一三〕胡少保：胡宗憲，字汝貞，號梅林，徽州績溪（今屬安徽）人。明朝最著名之抗倭將領。官至兵部尚書，加太子太保銜。

〔一四〕司馬子長：司馬遷，字子長。下文中『子長』同。

〔一五〕鮑謝：南朝宋鮑照和謝靈運之並稱。

〔一六〕王元美：王世貞，字元美。

〔一七〕班孟堅：班固，字孟堅。

〔一八〕傅武仲：傅毅，字武仲。扶風茂陵（今陝西興平東北）人。東漢辭賦家，有《七激》《洛都賦》《舞賦》等傳世。曾爲蘭臺令史，與班固等共典校書。屠隆謂『昔班孟堅作《漢書》，傅武仲猶然笑之』，今失考徵。倒是班固曾輕傅毅，曹丕《典論・論文》：『文人相輕，自古而然。傅毅之於班固，伯仲之間耳。而固小之，與弟超書曰：「武仲以能屬文爲蘭臺令史，下筆不能自休。」』屠隆或另有所本，或誤記。又卷十三《與李之文》中亦云：『班固作《漢書》，傅毅詆之爲覆瓿。』又其《續娑羅館清言》中亦云：『文謝班生，終取覆瓿於傅毅。』

〔一九〕桓君山：桓譚，字君山。沛國相（今安徽濉溪縣西北）人。東漢哲學家、經學家、古琴家。譚受揚雄影響甚大，《後漢書・桓譚傳》：『（譚）博學多通，遍習《五經》，皆詁訓大義，不爲章句。能文章，尤好古學，數從劉歆、揚雄辨析疑異。』桓譚推崇揚雄《法言》等書，《漢書・揚雄傳》載：『時大司空王邑、納言嚴尤聞雄死，謂桓譚曰：「子常稱揚雄書，豈能傳於後世乎？」譚曰：「必傳！顧君與譚不及見也。凡人賤近而貴遠，親見揚子雲禄位容貌不能動人，故輕其書。昔老聃著虛無之言兩篇，薄仁義，非禮學，然後世好之者尚以爲過於五經，自漢文景之君及司馬遷皆有是言。今揚子之書，文義至深，而論不詭於聖人，若使遭遇時君，更閱賢知，爲所稱善，則必度越諸子矣。」』另，桓譚《新論》中，有議論、評價揚雄之言，可參考。

〔二〇〕濟南生：此指李攀龍。李攀龍爲歷城（今濟南）人。見卷四《酬于子冲》注釋〔二〕。汪伯玉：汪道昆，字伯玉，號南溟，又號太函。歙縣（今屬安徽）人。嘉靖二十六年（一五四七）進士，擅長古文辭，工詩詞，文學家、戲曲家。著有《太函集》《大雅堂樂府》等。世稱『後五子』之一，頗受時人見重。吴明卿：吴國倫，字明卿，號川樓子、南嶽山人。湖廣興國（今屬湖北省陽新縣）人。嘉靖二十九年（一五五〇）進士。明朝『後七子』文學集團成員之一。徐子與：徐中行，字子輿，一作子與，號龍灣，又號天目山人，長興（今屬浙江）人。嘉靖二十九年（一五五〇）進士。明朝『後七子』文學集團成員之一。

# 壽稷丘先生八十序[一]

稷丘先生者，沈箕仲九疇之尊大人也。不佞觀於稷丘先生，而知沈氏之所以大也。

先生蓋所謂篤行君子。先是，先生家貲用饒，已而居貧，則以弟妹子女多故。先生眎子女不後於其身，眎弟妹不後於其子女。母王夫人爲後母，先生事其後母王夫人不異其所生母，身所自奉衣食取苟具，而以其美者進之王夫人。及其弟若妹子若女，家人或習閑逸，弗自力，率一切置不問，而獨身當操作。或謂之曰：『君良苦，而家人多矣。彼各不有命耶？人生幾何，而胼胝黧黑、兀兀窮年？且弟妹之與子女孰親乎？而蚤自異，猶可爲富人居；而不蚤自異，而奈何獨以一身當勞苦？』先生曰：『家不幸就落，所身當獨有余爾。余則不勞，誰當勞者？弟妹、子女，吾以爲皆一體，吾又安能知其孰親，而早自異？貧富天①爾，吾又安能燕粤其家之人，而求爲富人居？謹謝長者。』其好勤勞食力，篤厚天倫，不恍如此。

所居中林[二]，田廬牆圃相屬。先生日課傭保治田圃，而或與雜作，率先之。暇則手一編，起繞舍前後徐行，口咿嚶微吟古詩文。登望四野，遠近緑油油然如沃。以此自老。少讀書，知大義，明於世務。在布衣絶口不談世務，曰：『吾藿食者爾，安事肉食語？彼肉食者鄙不鄙，吾何知？而以布衣口嘵嘵從諸大夫談，不亦左乎？』教其長子九韶②業儒。九韶病厎廢業，又教其仲子九疇。九疇以諸生才名蔚起吴越間，寢寢取上第策名矣。而先生又置不問，曰：『吾教兒子讀書，能爲人爾，吾又安能知上第策名？』完真抱一，弗與外事。與人處，廓落無他腸。人或以機事進，先生曰：『乃翁抱甕灌園者爾，何知機事？洪荒以還，混沌既鑿，人懷城府，巧詐横生。九疑百折，匪直地險，由人心生矣。而余獨抱朴以遊於世，世且以爲愚公谷之人，奚而不可？且吾不能詭人，人亦奈何能詭我？』世以是益多先生，稱爲長者。

余鄉中林沈氏，出自吴興，六朝而下，代有聞人，稱盛矣。乃中林其先未甚盛，盛之自今日始。若嘉則、箕仲、肩吾、長孺諸君[三]，皆世所號稱魁壘雄傑之夫，行能顯名，當世爲聞人，盛甲天下。今天下誠不乏才，顧夫若諸沈纍纍然者，寧有二矣？不佞嘗一再過中林，山川無大奇，即何以能有此諸沈哉？則得之稷丘先生云。不佞觀天地之生大物也，夫物非能自大，則深沈盤鬱之氣爲之。沃土上腴，寔生梗柟。蛟龍之生也，蓋必有大澤矣。故曰：『風之積也不厚，則其負大翼也無力；水之積也不厚，則其負大舟也無力。』夫物大者，未有以薄殖者也。今諸沈之纍纍乎，方駕而起，而聲相切，而武相望，以翕絶一時③，此非必得之山川，則其前人敦龐好脩，薄收之身，而厚遺其後之人，其所底藉者深也。所底藉者深，以有顯人令聞長世，不亦宜乎？故曰『觀於稷丘先生，而知沈氏之所以大也』。

諸沈氏與不佞隆輩用文學起，爲豪舉好操枵鉅，舍然自放，而厭薄樸遬小儒拘攣俗學而飾性命之談，以護其所短也。先生弗是也，亦弗禁，蓋所謂完真抱一而弗與外事者，此其天生。

先生今年八十高矣④，是爲萬曆五年丁丑，會九疇與不佞隆並登進士第。九疇一日過不佞隆，請曰：『家大人茹荼蓼，教兒子，九疇堇堇有立。今年家大人春秋八十，而適九疇成進士，乃始通藉都下，不得束具巵酒爲壽，神惘惘動矣。將徼寵靈於吾子，吾子寔知家大人深，幸圖之。』不佞隆因繫之感焉，曰：『隆家有老母，明年且八十。倘得就小吏四方，迎養老母，上爲明天子牧養元元，而下伸烏鳥之私，不佞隆之所大願也。明年，余將乞言於子。即⑤今者，隆惡得無言⑥！』

## 校勘

① 天：底本原作『大』，據存目本、《屠長卿集》改。
② 九韶：《屠長卿集》作『九章』，下文同。
③ 以翕絶一時：《屠長卿集》此句後有『夫人亦所謂用物弘而取精多矣』句。
④ 先生今年八十高矣：《屠長卿集》此句前有『肩吾尊君慕閒先生與先生同德，稱長者，慕閒先生少先生五年』句。
⑤ 即：《屠長卿集》無此字。
⑥ 隆惡得無言：此句《屠長卿集》作『隆固當有言』。

## 注釋

[一] 稷丘先生：沈熺，字德輝，自號稷丘子。鄞縣人。沈九疇（字箕仲）之父。
[二] 中林：寧波櫟社中林里，爲沈氏故里。

［三］嘉則：沈明臣，字嘉則。箕仲：沈九疇，字箕仲。肩吾：沈一貫，字肩吾。長孺：沈一中，字長孺。

## 唐詩品彙選釋斷序①

夫詩由性情生者也。詩自《三百篇》而降，作者多矣，乃世人往往好稱唐人，何也？則其所託興者深也。非獨其所託興者深也，謂其猶有風人之遺也［一］。非獨謂其猶有風人之遺也，則其生乎性情者也。

夫性情有悲有喜，要之乎可喜矣。五音有哀有樂，和聲能使人歡然而忘愁，哀聲能使人悽愴惻惻而不寧。然人不獨好和聲，亦好哀聲，哀聲至於今不廢也，其所不廢者可喜也。唐人之言繁華綺麗、優遊清曠，盛矣。其言邊塞征戍、離別窮愁，率感慨沉抑，頓挫深長，足動人者，即悲壯可喜也。讀宋而下詩，則悶矣。其調俗，其味短；無論哀思，即其言愉快，讀之則不快。何也？《三百篇》博大，博大則詩；漢魏詩雄渾，雄渾則詩；唐人詩婉壯，婉壯則詩。彼宋而下何爲？詩道其亡乎！

廷禮高氏選《唐詩品彙》［二］，其所取，博則博矣，精未也。乃黄觀察公選之［三］，加精焉，而又爲之釋斷，然後唐人河嶽之精靈，歷百千載如在乎。則觀察公之勤，奈何可眇小也！

### 校勘

①《屠長卿集》題作『刻唐詩品彙精選釋斷序』。

### 注釋

［一］風人：古代採集民歌以觀民風之官員。

［二］高氏：高棅。字彦恢，後改名廷禮，號漫士。福建長樂人，『閩中十才子』之一。永樂初以布衣徵爲翰林待詔，遷典籍。論詩主唐音，編唐代詩歌選集《唐詩品彙》，初編九十卷，後又補十卷，收六百八十一家詩六千七百二十五首，明確將唐詩分爲初、盛、中、晚四期，特重盛唐。

［三］黄觀察公：黄元恭。字資禮，號省菴。鄞縣人，范欽外弟。嘉靖二十六年（一五四七）進士。歷官河南兵備，漳州通判。千頃堂書

目著録其《漫遊集》。

# 舊集自敍①[一]

今學士譚詩文者，何其砉虖戰方内哉[二]。腹不買先民，足不登大雅，嘗試咿嚶，稍能音節，輒奓口而薄古人。夫古人安可薄也？當其卒業此道，神摇摇乎蹈曶荒而上之，之而遊乎九天，之而遊乎九淵，取精多矣，用物弘矣，業大以侈矣。及其日久論定，名言幾何？其大者，才寥寥數篇爾。而今學士，往往富極於數百萬言，則古人不既拙乎？古人之業，專精一家，而今人好獵衆體，及其卒也，無當一家，即奚論衆體矣。而笑日月，爲山川羞，後世且遺迹棄之，則古人非拙也。今學士用諸生譚藝起家，朝釋呫嗶，莫爲詩歌，肖何速乎！身殁而集出，出且充棟矣。其高者，蟬蜕諸生，影向古人，務作壯語，厚自標表，目爲雄才，高天大海不笑乎？

余自總角學伊吾，時有所得，多棄而不收，懼爲大物灾。今存者什不當一二，曾不敢望今之君子，而何以夢寐古人爲？客語屠子曰：『往子與客論詩文於京師，則古證今，甲是乙不，此瑕彼瑜，多所彈射，言辯矣，而持論卒無定。子知詩美與？惡與？何説而定？』屠子曰：『余惡知詩？又惡知詩美？其適者美邪。夫物有萬品，要之乎適矣；詩有萬品，要之乎適矣。今夫天青日出，山川晶皛，六合曠朗；黝黑霾霿，雷電交至，崩雲走雨，惡風谽谺，其狀異矣。今夫閬風之上[三]，泰山之巔，鴻蒙超忽，萬里几席；陰崖盤谷，下臨千仞，紆迴澒洞，龍蛇鬼神，窅不可測，其境殊矣。今夫長波鉅海，回蕩六幕，天地若翻，日月倒行，險狀無極也；而清溪白石之間，渟泓瀺灂，浸日星，鑑鬚眉，小大易觀矣。今夫鄭衛之郊，邯鄲之道，茸茸者艸邪，華灼灼邪。歌懷春之章，稱芍藥之詩，則可謂至麗；而方瞳緑睛之夫，采芝茹松，刳形息景，叩大石而歌，履巉岩而遨，榮枯殊致矣。今夫翟冠翠翹，縞衣綦巾，文質螯矣；洪鐘鼉鼓，清濁辨矣，然而當之無弗適也。夫當之無弗適，斯兩存之也。余讀古人之詩，則灑然以適，而讀今人詩則不適，斯其故何也？其美惡之辨與？余惡知詩，又惡知詩美？』

曰：『若是，則空同子所稱金元之樂[四]，今盛行民間，淫媟而哀思，響越而瀏湸，亦快人矣！美與？惡与？』

曰：『噫嘻，是惡乎快哉！余方入耳，則驩然而心動，已則悄然以悲，久則氣索索然而沉。余嘗讀古詩歌，讀數過，稍厭，束書起。過而復新，讀可老也。嘗試取民間音讀之，能終篇乎？何論金元，夫宋人亦若是矣。此適不適之辨与。即余之作，吾取吾適也。吾取吾適，而惡乎美，而惡乎不美，吾又安能知之？』

**校勘**

①《屠長卿集》無此自敍。敘：底本、存目本目録作『序』。

**注釋**

［一］舊集：指《屠長卿集》。

［二］方内：指國内，域中。

［三］閬風：即閬風巔。見卷一《霞爽閣賦》注釋［一〇］。

［四］空同子：李夢陽，號空同子。見卷七《康生歌》注釋［六］。

## 贈陳伯符①奉命歸娶序［一］

萬曆丁丑，陳子成進士，奉命歸娶，則春秋十九爾。陳子之奉命歸娶也，都人士嘖嘖中豔之。胡然乎？陳子才也，才少而成進士也，成進士而歸娶也，歸娶而奉命以行也。是都人士之所爲嘖嘖中豔者也。成進士有不必才者矣，而陳子才；才有不必少者矣，而陳子少；才且少，有不必成進士者矣，而陳子成進士而歸娶，而奉命以行，豈不亦世之盛美罕覯者哉！

顧不佞之所爲中豔陳子者不在是。陳子以萬曆丙子歲，與不佞同舉於鄉，今年成進士又同。陳子十九爾，其所爲公車奏牘，顧湛欝爾雅，蒼然色也。至談國家善敗之數，洎諸種種時務，又大氐智計深長，款款謀國石畫。主者得之，謂是必夙學。比啓牘，則少年，乃大相視歎詫。於是才名藉藉譟都下，都下諸公争識陳子。人謂陳子必豪少年負氣，而陳子殊不豪少年負氣，蓋嗛嗛磬折諸公間，其中耿介毫不苟，而外爲共襦。與人不忤，惟其適而已；處事不膠，惟其當而已。以是遊於世，世無難也。

不佞蓋視陳子十五年長，而處世不逮陳子遠甚矣。昔賈長沙、王子淵皆少年稱俊才[二]，率不免浮華跌宕之氣。而陳子長厚不啻老成人，若爾，豈不難哉！不佞之所爲中黯陳子者以此。陳子歸，可謂衣繡晝行矣，光動里閈[三]，里閈且又嘖嘖中黯陳子。不佞願陳子益自廣，其無徒取光榮里閈也與哉！

## 校勘

① 陳伯符：《屠長卿集》作『陳伯符年丈』。

## 注釋

[一] 陳伯符：陳泰來，字伯符。見卷五《感懷詩五十五首・陳京兆伯符》注釋[一]。

[二] 賈長沙：指漢代賈誼，見卷四《感懷十首》注釋[三]。王子淵：王褒，字子淵。蜀地資中（今四川省資陽市）人。西漢著名辭賦家，有《洞簫賦》等作品，與揚雄齊名，並稱『淵雲』。

[三] 里閈：原指里門，代指鄉里。

# 贈楊君①令益都序 代作[一]

太原楊君爾立②，以經術起家萬曆丁丑進士，拜益都令。將行，過不佞問政，曰：『植不肖，幸藉先生寵靈，通藉於朝。爲令則亦惟是不肖之故，顧安所能爲？植懼廢墜闕業，以忝門下，將若之何？』不佞曰：『夫仕，奈何薄令哉？令奉天王之命長一邑[二]，一邑之事皆關白令。事有不關白令者，皆得操天王之法議其後矣。貴臣藉寵靈於朝，可頤指百僚；而乃歸，俛而聽於令，無敢横。即横，以法裁之，易爾。市井豪椎埋爲姦，力折千夫，莫有詰者；而令走一二斷隸，以鞭箠使之，如驅孤豚。又諸編民老少婦子，阽危痌瘝，煩冤鬱苦，罔不朝夕仰而待命，蓋不啻農夫之望歲也。士起布衣，朝拜官而志意可夕行者，惟令爾。仕奈何薄令哉？』

顧不佞私計之，令宰制一邑，舉手摇足，即境内視以禍福焉。政令之行，有如枹③鼓，其所伸縮展厝，非持之至公不可吾之頗僻起微茫，而彼下之受之者已盈於尋丈。一不當，而頗政行於一家，即一家之人悲愁嗟歎矣；頗政行於一邑，即一邑之人悲愁嗟歎矣。此猶其顯者。有姑息疑於仁恕，趍走疑於通方，刻核疑於威明，闒茸疑於長厚，有一於此，皆黔首之患也。此猶其在我者。政令之行，有上之人以爲賢，而下以爲不賢；有下之人以爲賢，而上以爲不賢。吾以爲上則下不堪，以爲下則上不堪。下不堪，則德義不修，而令之職廢；上不堪，則名譽不起，而令之職亦廢。令獨奈何而可易爲也！雖然，亦顧人爲之而已。今夫涉者，亂流而渡，則其所以爲患者，非風濤也。操舟而謹維楫，蔑不濟矣。其有不濟者，天乎！天，吾奚憾也！射者不志於的，中無幸矣；志於的矣，有不中者，不遠也。爲令而兢兢循法守，謹官戒，上之敬共主命，而下之顧畏民嵒，蚤夜以思，庶幾其爲賢令。如是，即不幸而得過，必小，上且亮焉。藉令蔑視其上下而從欲以逞，其誰能堪之？顧吾無患爲令難，爲賢令難也。

楊君爲益都，益都固古青齊大國，往牒所稱車擊轂、人肩摩者也。今其繁華沃饒雖讓往昔，其爲冗劇可知也。又古稱齊人好詐，青社之間[二]，其鬪雞走馬、樗蒲蹴鞠、用豪舉爲奸利者，安知視昔不百有一存者乎？則楊君獨奈何以治之也？仁而不柔，通而不詭，嚴而不刻，厚而不阿，而又出之忠誠，操之粹白，何齊之弗可爲矣！楊君德器深湛，蓋有道君子也。爲益都，吾且奚患哉？

## 校勘

① 楊君：《屠長卿集》作「健齋楊君」。

② 楊君爾立：《屠長卿集》作「健齋楊君」。

③ 枹：底本、存目本原作「抱」，據《屠長卿集》改。

## 注釋

[一] 楊君：名植，字爾立，號健齋。太原人。萬曆五年（一五七七）進士，任益都令。益都：位於山東半島，屬山東青州。

[二] 天王：指帝王。

［三］青社：借指青州。轄境在今山東北部一帶，爲齊故地。

## 贈徐君令海陽序代作［一］

姑蘇徐君維嶽起家萬曆丁丑進士，出令海陽。海陽者，嶺以南劇邑［二］，固賢哲展布之資也。世人不達，往往中黷内僚，謂内僚無所彈壓，不至磬折奔走監司間，貴倨矣；而薄州縣之役爲勞，人且不見尊貴。嗟嗟，士君子涉世，何論勞逸？即奈何用尊貴爲賢哉！

彼都人士方屈首白屋之下［三］，覽觀古今，馳騁書史，或抵掌譚當世之務，則以爲天下可迎刃而解矣，然皆非得於身所涉歷，而以意揣摩之者也。夫以意揣摩之，是不登九折之峻、不泛大海之深而言高深者也，空言鮮實矣。及一朝起迹布衣爲王官，幸而叨内僚，依輦轂，文學侍從之臣，待詔金馬［四］，鋪張鴻烈；諫諍之臣，出入禁闥，拾遺補過，則既可謂榮名茂伐矣。而從事州縣者，分天子只尺之符，出而宰制一方，彼一方黔首環而待命，受約束，窺喜怒，望靈爽，布恩澤，何令弗行？何禁弗止？何威弗宣？何德弗布？朝行一政，莫而及民矣；莫行一政，朝而及民矣。吾且爲言公［五］，吾且爲文翁［六］，吾且爲龔黄卓魯［七］，一展厝爾。即有所彈壓，然以彈壓故而令掣肘，不得逞所願，欲爲循良，世寧多見乎？又多閒於世故，諸糾棼劻勷，細大靡捐，皆其身所閱歷而經營。其所閱歷者多，則其所見博；其所經營者久，則其形神固。故無論不辦，州縣之事辦，無不辦者矣；無論不能，州縣能，其官無不能者矣。登九折之峻，泛大海之深，將疇者復爲高深乎？由此言之，州縣奚而左於内僚也？

不佞觀徐君雋爽澒洞，蓋豈弟長厚人，而又平居鄭重不輕發，遇事且捷若矯矢，則其爲海陽可知也。抑不佞猶有説焉。爲令長者，群百里之人而頤指，稟教令不敢貳，即其喜怒易逞也。一人儼然臨於其上，從卒吏胥羅列其下，炰烋張皇，小民脅息扶伏，即其沉冤不易達也。貴勢族鉅者，里閈之豪有力者，或姦利積於丘山，而長吏至不敢詰。狡猾之胥盤結積蠹，舞文玩法，肆爲侵牟，而閭閻至吞聲不敢出口。故御門以内，弗逮於寬政，以禁姦也；御門以外，弗逮於苛政，以廣慈惠也。平易以拊循元元也，威力以鋤强横也，斯其大者也。徐君豈弟英明，其罔不辦矣。庖丁之技，提刀十九年如新發於硎。夫十九年猶新發於硎，方其新發，何可當也。從此十九年而往，卜諸此矣。徐君其勉之。

## 注釋

[一]徐君：徐申，字維嶽，號文江，長洲（今江蘇蘇州）人。萬曆五年（一五七七）進士，歷官海陽令、御史、應天府丞，仕終南京通政使。傳見李維楨《大泌山房集》卷一一〇《徐公神道碑》、葉向高《蒼霞續草》卷十二《徐公墓誌銘》。海陽：今屬廣東潮州。

[二]嶺以南：五嶺以南地區，即廣東、廣西一帶。

[三]白屋：指不施采色、露出本材之房屋，或指以白茅覆蓋之房屋，爲古代平民寒士所居。

[四]金馬：金馬門，見卷二《十賢贊・東方朔》注釋[三]。此借指朝廷。

[五]言公：立言爲公者。

[六]文翁：名党，字仲翁。西漢廬江舒（今安徽省舒城）人。景帝時爲蜀郡太守，興教育、舉賢能、修水利，政績卓著。見《漢書・文翁傳》及《尚友録》卷四。

[七]龔黄：漢代循吏龔遂、黄霸之並稱。龔遂，字少卿，西漢山陽南平陽人。宣帝時爲渤海太守，時值饑荒，開倉濟貧，勸民農桑，境内大治。見《漢書・循吏傳》。黄霸，見卷五《雜懷八首》注釋[七]。卓魯：漢代著名官員卓茂、魯恭之並稱。卓茂，字子康，東漢初南陽宛人。精《詩》《禮》及曆算，極有學問，稱爲通儒。性寬仁，曾爲密縣令，勞心諄諄，視民如子。後爲太傅，封褒德侯。見《後漢書・卓茂傳》。魯恭，字仲康，東漢末年扶風平陵人。曾擔任中牟縣令，以仁德治縣，使境内民風淳厚，人心向善。見《後漢書・魯恭傳》、晉袁宏《後漢紀》卷十四。後因以「龔黄卓魯」指循良賢能之官吏。

# 壽李翁六十序[一]

夫呢呢貧賤，固不若磊磊富貴。古之賢豪大人，苟非顔回、原憲[二]，而徒跼蹐席門窮巷之下[三]，即何足以稱揚哉？蓋昔者太史公嘗崇勢利而羞貧賤。夫勢利何足榮？謂其磊磊富貴者也。貧賤何足羞？謂其呢呢貧賤者也。范蠡霸越成，退而浮五湖，即三致千金。夫三致千金，人以爲賈豎小節耳，不知此亦英雄長算之餘也。世有操奇嬴市肆，終身而猶然窶人子者[四]，非獨數奇，亦或其智計淺矣。

余姻李翁，束髮遊京師，從大俠酒人放浪樗蒲蹴踘之場，蓋其少年時豪甚。已而乘巨艦出五湖，依鴟夷子故事[五]，即策賈成敗，無不奇中者。會亦有天幸，不十年而手致數千金。顧布衣飯脱粟，質任自然，不以貲雄里中兒，而時與故人賓客箕踞豪飲。酒後耳熱，投壺射覆，慷慨歔詫，四座生風，居然五陵豪[六]。又儻蕩善施而謬爲纖嗇，嘗出千金潤故人賓客而浮怒嫚罵之，人不見德。又善以智自全，不以財府怨，平生不作兒女子仁媚人，而人亦無有甘心於翁者。此其智計豈淺小哉？令得當長頸烏喙之主，庶幾佐會稽下風，而乃徒以英雄長算用之刀錐米鹽間，則所遇異也。

李翁三丈夫子。中子之文彬彬雅儒生，而孟、季則豪舉有父風。三子者，其氣局不同，皆賢子也。人言李翁有後哉。

萬曆戊寅中秋日，乃翁六十生辰，屬不佞居淮泗，不得與賓客奉觴之列，乃遥申此章爲翁壽。顧不佞無能游揚翁，夫人貌榮名，豈有既乎？

**注釋**

[一]李翁：李先嘉之父。李先嘉，字之文。見卷五《感懷詩五十五首・李文學之文》注釋[一]。

[二]顔回：字子淵，春秋末魯國人，孔子最得意弟子。自漢代起，顔回被列爲七十二賢之首。原憲：字子思，亦稱原思、原思仲。春秋末魯國人，孔門七十二賢之一。二人均以安貧樂道著稱。

[三]席門：以席爲門。喻指清貧之家或隱者之居。

[四]窶人：窮苦人。

[五]鴟夷子：即范蠡。范蠡助越王破吴後，遂扁舟遨遊五湖，自號『鴟夷子』。見卷二《十賢贊・范蠡》注釋[一]。相傳其經商致富，《史記・越王勾踐世家》：『（范蠡）乃歸相印，盡散其財，以分與諸友鄉黨，而懷其重寶，間行以去，止於陶……逐什一之利。居無何，則致貲累巨萬。天下稱陶朱公。』

[六]五陵：見卷十一《雜詩二十首・探丸》注釋[一]。

# 壽黃翁七十序[一]

夫黃先生者，可謂高曠玄朗者也。士業已屈首授書，即思經營天下。其卑卑者馳騁於榮利之場，多殖厚亨，內以媚其妻子，而外誇里閈，此無論。高者砥厲崇階，上伐以爲脩名而託竹素，或竭天下之力以徼厚倖，而軒舉鴟張，投機遘會，殫心勞形，至皓首窮年而不知止。此非不鴻鉅。爲世丈夫，其於性命之理曷與焉？

黃先生以貲爲郎丞，鴻臚留都，贊國家典禮，文采表於世矣。循是而歷揚中外，踐登華要，即無論榮利，以彼其知計，脩名上伐無難致者。先生顧志輕珪組，心慕雲壑，玄髩乞身，東營菟裘。海上日與諸賢豪長者釣遊鯉，弋高鴻，彈琴歗歌，而詠先王之風。歲時伏臘，置酒張筵，作大雅之會。詩取適性靈而止，不以雕蟲之技苦心勞形。酒德不甚深，而三爵冲融，居然綺皓，何至倒接離豪飲哉！其於世味泊如也。又以行義高於一鄉，郡大夫虛左鄉祭酒之位者踵接也。即古之表通德門，稱鄭公鄉者[二]，先生不媿焉。夫世味薄則純德守，勞勩去則天和全，行義高則基垣厚，逍遥放則神明宅。以是而託於萬形之間，何往而不得其所謂高曠玄朗者哉！

不佞某與先生有昏姻之好，其子某君弘達而溫夷，有先生風，如漢萬石君家[三]，稱世篤行長者，不佞某有咨嗟豔慕焉。於是先生春秋且七十，而某爲之敘。夫不佞某之凉德，烏能稱揚先生哉？

**注釋**

[一] 黃翁：黃振古之父，屠隆親家。據《甬上屠氏宗譜》卷七《世略》，屠隆長女瑶瑟，『適同邑庠生黃振古』。

[二] 鄭公鄉：鄭公，指鄭玄，字康成，北海高密（今山東高密）人，東漢末年經學大師。《後漢書・鄭玄傳》：『國相孔融深敬於玄，屣履造門。告高密縣爲玄特立一鄉，曰：「公者仁德之正號，不必三事大夫也。今鄭君鄉宜曰鄭公鄉。」』後以『鄭公鄉』稱譽仁德者之鄉里。

[三] 萬石君：指漢石奮。《漢書・石奮傳》：『奮長子建，次甲，次乙，次慶，皆以馴行孝謹，官至二千石。於是景帝曰：「石君及四子皆二千石，人臣尊寵乃舉集其門。」凡號奮爲萬石君。』

# 壽江太夫人六十序[一]

夫婦德難哉！丈夫子覽觀古昔，彼其中多有概於達人獨行，從寥廓之觀而操介特之標，岸然矯俗，爲衆庶規。倘非其好，則或以爲名高者也。非以爲名高，則其見至也。夫婦德難哉！平居不習見往牒鴻鉅，其見不越乎家人米鹽絲絮間，顧安所得高義而稱之？婦行高義，非得之習見，蓋其天性然矣。

太夫人者，姓某氏，余年伯新都江先生夫人[二]，同年江君東之母也[三]。夫人十六歸江先生，歲食貧。夫人相先生，事其姑某夫人曲盡孝養，寧夫婦饘粥不備，而不忍一日不備某夫人甘毳。先生居鄉，好伉慨赴人之急爲高行，不以貧爲解。夫人提德義與先生相砥勸，無所苦。嘗收先人遺責於姑孰之姜氏[四]。姜氏鄰富人，欲兼姜氏室，則陰持其事説先生，令急之。急之則姜氏坐困，其家且折而入於富人。先生謝曰：『奈何傾人以自封殖。吾寧無責，不可令姜氏無家。』遂棄責歸。夫人殊喜：『行義當如是矣。』諸兄弟坐貧，先生罄産資諸兄弟，逐什一之利。諸兄弟貲用稍饒，而先生日益困。夫人處之怡然，謂先生曰：『君家伯仲故自不給，君實罄産爲諸伯仲地，君之不給，則亦惟是諸伯仲之故。令諸伯仲誠幸不乏絶，君即有不給，其奚傷？其又安能枵腹其家之人，而厚自擁其富饒？』蓋未嘗怨言德色諸姒間。此尤人情之所難哉！

世恒稱慈母，夫人即慈，不以煦嫗姑息畜其諸子，務朝夕教督，引之德義。江君自甲子舉於鄉，顧連蹇不第者十年有奇，意悒悒不自得。夫人呼謂曰：『兒來。兒患不能爲人，無患不第矣。其益自砥志脩名，以自託士君子之林，以無墜先人之休光。余觀人士以行義名天下而照來兹者，豈必盡世之通顯貴人哉？至貧，常事爾，余其無以口體累兒子，兒子其勉之矣。』及萬曆丁丑，江君與不佞同第進士，夫人則又遺書京師，戒之曰：『兒嘗患不第，今業已第矣。顧余之所爲若患者，非不第也。若蒙主上恩，且叨一官中外，其有不矢乃心從事，而或二三其德以忝厥分者，余且弗子！』不佞幸得以同年之義從江君遊，見其恂恂雅人，行能率矜卓，不爽於程則，既私心嚮慕。及觀於太夫人，然後乃知江君之賢有自哉，有自哉！

今年太夫人壽六十。不佞觀於太夫人之所爲壽者，以其有德而賢。有德而賢，名在史氏，壽且越千百紀，即百歲不爲永年，何言六十哉？至兒子他日致位通顯，將藉天子之寵光，以爲太夫人榮，此世俗之語，咸無取焉。

**注釋**

［一］江太夫人：江東之之母。

［二］新都：指徽州。

［三］江君東之：江東之，字長信，號念所，歙縣人。萬曆五年（一五七七）進士，擢御史，歷太僕少卿。以事左遷兵部員外郎，官終右僉都御史、巡撫貴州。有《瑞陽集》十卷。傳附《國朝獻徵録》卷六十三『鄒元標』後。

［四］姑熟：當塗縣之古稱，包括今馬鞍山市及蕪湖市部分地區。

# 出使録序

嗟嗟，陳將軍何其壯也［一］！陳將軍故書生，嘗持文墨議論。即持文墨議論，顧獨心慷慨，喜奇節，時時與人談《陰符》《黄石》①［二］。人竊姍笑之，不信也②。世宗皇帝時，會海上多故，日本内訌，尋干戈不已。當事者計得深智辯有口如陸賈者［三］，緩頰折虜，而難其人③。陳將軍與蔣生者遂仗劍起［四］，使日本，及説王直諸酋［五］，立奇功海上。兩生實同首事，而陳將軍功最高。

余讀兩君《出使録》，則霍然心壯將軍。夫東方大患，不煩操寸刃，咄嗟而解，將軍豈非所謂天下奇男子哉！五石之瓠，非不枵然大也，而或濩落無用，則奚耴於大矣？余觀書生，平居抵掌談天下事，則氣蓋一世，而往往大言無當。即一旦出，經營四方，有不爲五石瓠者乎？其老死文墨間者，又何可勝道？而邊陲功名，大都出材官武夫之手。彼且輕④書生爲徒空文無益，是士之羞也。嗟嗟，陳將軍顧獨非書生耶！抑余又慨當其時，縉紳大夫不少，曾無一人慨然赴公家之急者。而陳將軍獨起布衣，出任馳驅，可不謂難哉！

嗟嗟，將軍今老矣，尚不得綰通侯印，而猶然領偏師，從大將軍海上，俯仰浮湛，尺寸不展。將軍何數奇！以方漢李將軍［六］，異世同慨矣。將軍嘗爲余言：『余自起海上，事戎行，履危涉⑤險，奚翅九死？賴天子之靈，幸保首領。今余顛毛種種[七]，何能爲？而猶屈首出入人麾下，不亦左乎？余且營一室歸老焉，暇則挾弓矢射虎南山，銷乃公雄心已爾⑥。」

一日出《出使録》，屬余輯之。余既輯之，而又以數語道將軍事，將軍得無少怏怏於兹哉？願將軍無以怏怏爲也。

## 校勘

①《陰符》《黄石》：《屠長卿集》作「兵事」。
②《屠長卿集》無「人竊姗笑之，不信也」八字。
③《屠長卿集》無「日本内訌」至「而難其人」三十一字。
④輕：《屠長卿集》作「笑」。
⑤涉：《屠長卿集》作「蹈」。
⑥《屠長卿集》無「暇則挾弓矢射虎南山，銷乃公雄心已爾」二句。

## 注釋

[一]陳將軍：指陳可願，見卷六《贈陳將軍》注釋[一]。

[二]陰符：即《陰符經》，又稱《黄帝陰符經》，道家典籍，論涉養生、政道、兵略等。黄石：指《黄石公素書》，相傳爲秦末隱士黄石公所著，道家典籍，論涉兵法。黄石公，即授張良《太公兵法》之圯上老人。見卷九《哭竹墟司馬六首》注釋[三]。

[三]陸賈：漢初思想家，政治家。見卷九《長安秋興四首》注釋[九]。

[四]蔣生：蔣洲。寧波諸生，胡宗憲幕賓。

[五]王直：即汪直。徽州府歙縣人，又名五峰，號五峰船主。明代海上貿易商人，著名海盜。明海禁政策致海上貿易中斷，汪直召集幫衆及日本浪人組成走私團隊，自稱徽王，終因失控而釀成倭寇之亂，爲胡宗憲誘殺。

[六]李將軍：西漢名將李廣。見沈明臣《由拳集敘》注釋[七]。廣屢建戰功，論封賞而不及部屬，《史記·李將軍列傳》：「諸廣之軍吏及士卒或取封侯。廣嘗與望氣王朔燕語，曰：『自漢擊匈奴，而廣未嘗不在其中，而諸部校尉以下，才能不及中人，然以擊胡軍功取侯者數十人，而廣不爲後人，然無尺寸之功以得封邑者，何也？豈吾相不當侯邪？且固命也？』」「大將軍青亦陰受上誡，以爲李廣老，數奇，毋令當單

于，恐不得所欲。』唐王維《老將行》：『李廣無功緣數奇。』

［七］顛毛種種：謂衰老。

# 陳子有制義敘①［一］

夫士頡頏世資、抗手而譚青雲之業，良不易哉！ 余觀古士，射策上書、逃羊豕、起徒步而都鄉相者，非必皆鴻鉅大人，然其大較，流覽百家，鼓鑄群彙，精詣獨運，霏屑而出之，一也。其最下者，蘇張言從衡［二］。乃攷其當時，立談世主之庭，雄辯朗暢，亦自斐然。計其胸中，非絓萬古不能辦。比於弄丸舞劍、投壺射覆、鄙夫曲士之技，靡弗各臻其妙。故古人無不精之業也。

我高皇帝置令甲，以制義登士，士雖鴻鉅大人，非制義不登。要以博綜經史諸家，而出之以閎達爾雅，即以此覘其胸中與其他日之所表見。及其敝也，士務華絶根，剿一二陳言以取媚時眼，幸而遇合，即文軒華裀，意津津不啻得矣。其有好古博雅者，則世恒目以爲妖。嗟哉乎！夫士而誠②文軒華裀爾，已無所不可有，如入而謀謨巖廊，出而經營四方，講五帝三王之業，即一二陳言，安用哉？夫嘗試令今博士諸生顏行古蘇、張諸君，則唾而去。不知令蘇、張見今博士諸生制義，亦唾而去也。由此言之，今之鴻鉅大人，蓋不得與古鄙夫曲士之業論精矣。古人之業博極群藉，而今才須牘方寸爾；古者談藝至皓首，今垂髫搦管而輒登作者之場，何相懸哉！余蓋甚苦讀今制義如嚼蠟，每手一編，或不卒業罷去矣。天作皇德，士興大雅，修文者往往舍枝葉而求本根。士之博雅好古者，其始如黿甲長神，白日行市中，見即錯愕交走已，稍狎之，不甚驚怪。今則如蒲萄、枸醬入中國，有見珍者矣。士生斯時，其亦幸矣哉。嗟哉乎，士之登朝，寧徒爲獵華要貴富哉？固將樹尺寸而流竹素也，而乃徒以空文進，而又卑之乎陳言是汩也。丈夫七尺之謂何？何士之爲邪？

雲間自二陸先生而後，才士纚纚輩出，邇時號爲極盛。若陳生子有者，諸子白眉矣。余自曩歲布衣耕東海田，則雅聞雲間諸文人才士名，私用向往。乃今以小吏從君子後，蓋視事之明日，子有諸君輒見枉，余爲驩然把臂。再③過，子有出所爲制義問敘於余，余得而卒業，則多平日所習見者，沉雄高朗，秀拔人群，是博雅好古之效也。菰蘆中有人哉！余不佞乃幸得竊觀大國之風，折節諸茂才異等，而愜其平生，雖登昆侖從化人遊，何足以云！於是樂而爲之敘。

**校勘**

①敘：底本、存目本目録作『序』。
②誠：底本原作『成』，據存目本改。
③再：底本原作『每』，據存目本改。

**注釋**

［一］陳子有：陳所藴，字子有。見卷四《送陳子有遊金陵》注釋［一］。
［二］蘇張：戰國時縱横家蘇秦、張儀之並稱。

## 壽范太僕先生七十敘①［一］

夫折珪儋爵者，靡識山林之味；披裘拾穗者，不絓人代之憂。斯非不各適其適，乃皆未免局於一隅，闕曠之士絀焉。如必以箕潁、谷口爲英雄［二］，則伊箢不齒於明智［三］；必以駟馬高蓋爲奇傑，則商山洛水之夫不列於人倫［四］。要以達權觀化，視所遭矣。世有賢豪大人，心執玄德，神動天遊，進可伊箢，退可箕谷，遇合則駟馬高蓋，不遇則商山洛水，夫是之謂玄同。則今太僕范中方先生其人也。

先生以妙歲揚聲，翱翔天路，所至鴻烈訇隱，如馳駭電。方視學越絶，時某尚童子，未能執經以進於門下，而數從鄉之父兄長者聞先生高才卓識。先生群東海都人士，而試之都人士，出私議曰：『某也儁，某也不。』已而果然。逮試於鎖闈，出私議曰：『某也儁，某也不。』已而果然，蓋無不符合者。東海於是咸驚范先生神智能得人，而都人士賴先生以成名者無算。又宅心平而持憲肅也，以故范先生之爲督學使者，稱越絶師表云。無何，爲大方嶽，晉冏寺，登於九列，涉歷榮華，功名愈益茂焉。而乃黑髮懸車歸，歸而築嘯園老也［五］。夫由前觀之，則灼灼伊、管之烈也；由後觀之，則居然箕谷之操也。斯不亦閎曠士也與哉！

不佞某以職事至雲間，得數奉先生顏色。先生不以某不佞，時時投以瑶華之篇，又引之遨於嘯園，觴詠爲樂也。蓋不知昔者阮嗣宗之登蘇門[六]，有以異乎？無以異乎？

今萬曆七年己卯嘉平月，是爲先生七十生辰，諸文學莫生廷韓、彭生欽之、方生衆甫、徐生孟儒、郁生孟野輩②謂不佞知先生[七]，以敘辱焉。夫世俗之吏可以爲文乎，則班揚不足貴矣[八]。

## 校勘

① 敘：底本、存目本目録作『序』。

② 輩：底本原作『單』，據存目本改。

## 注釋

[一] 范太僕：范惟一。見卷九《答贈范太僕先生》注釋[一]。

[二] 箕潁：此指高士許由、巢父。箕潁本指箕山和潁水。相傳堯時，高士許由、巢父曾隱居箕山之下，潁水之陽。後因以『箕潁』指許由、巢父，或稱隱居者，或指隱居之地。谷口：指漢人鄭朴。朴字子真，居谷口，世號谷口子真。修道守默，漢成帝時大將軍王鳳禮聘之，不應；耕於岩石之下，名動京師。見《漢書·王貢兩龔鮑傳序》。後以『谷口』指隱居躬耕、修身自保之隱士。

[三] 伊筦：即『伊管』，『筦』同『管』。商伊尹和春秋管仲之合稱。伊尹助商湯建商；管仲名夷吾，相齊桓公稱霸，均爲賢相。

[四] 商山洛水：漢初『四皓』隱居之地，後以稱隱士所處之地。

[五] 嘯園：范惟一之園林名，在松江（今上海松江區松江鎮）。見卷九《集范太僕嘯園》注釋[一]。

[六] 阮嗣宗：阮籍，字嗣宗，陳留（今河南開封）人，魏晉時詩人，『竹林七賢』之一。曾任步兵校尉，人稱阮步兵。蘇門：蘇門山，晉人孫登隱居於此，有嘯臺等遺跡。見卷八《聞管建初同孫以德登太和却贈二首》注釋[六]。蘇門舒嘯喻高士情趣。

[七] 莫生廷韓、彭生欽之、方生衆甫、徐生孟儒、郁生孟野：分别指莫是龍、彭汝讓、方應選、徐益孫、郁承彬。

[八] 班揚：班固和揚雄。

# 壽谿谷先生五十序[一]

歲萬曆丁丑，不佞隆舉於南宫。時同舉於南宫者三百人，而檇李馮君夢禎爲舉首[二]，與不佞隆一見語合，結駟聯鑣，兄弟之好有加焉。蓋數過從余於長安逆旅，每君至，余則閉門謝他客，獨呼二三同心相對，坐茂樹，乘凉風。時而劇談雄辯，懸河倒峽，訇訇走雷電乎舌端；時而爲枯禪，突然窅寥，靈籟不發，天青日朗，意境所到，坐失千古。不佞隆亦數脱驌驦裘，從黄公貰酒佐驩，每秉燭至丙夜，北斗垂於檐阿，而西山低於几席，輒起擊玉唾壺，忼慨不休。或因以達曙矣。

馮君博雅慕古，言則稱先王。與之譚六籍子史，旁及稗①官小説，則灑灑乎炙轂而出之也。所謂結深湛，非竹書、汲冢、之罘、蠶室間文字，不以辱墨卿，孟堅、亭伯而下勿論也[三]。爲人高擴玄虚，守真味道。余兩人嘗以志操相砥曰：『男子墮②地，豈止折圭儋爵，要以提德義雄瑰自放，遵大白之塗，含耿亮之素，不媿兩間，榮貴何爲？夫神龍之所以盤迴重淵而翱翔太清者[四]，無欲故也。脱令有欲，人即得而縶之，是董父之所豢也[五]。』以故吾兩人居長安，未嘗騎馬衝泥，懷一刺通豪貴人，泊然自潔云。無何，馮君以舉首故，得留待詔金馬門[六]，而不佞隆遂領潁上去，然信使往來無間也。朞年而移青浦。青浦去檇李一水也，於是時時使人賫書往候其尊人谿谷先生，乃君亦以予告東。是爲萬曆七年己卯，而谿谷先生適壽五十，遘會逢時，稱異數哉！

先是，君遺書潁上曰：『子意不可一世，而獨某得幸於子。子以兄弟之好視某，明年家君壽五十，秋七月實維生辰，某將以是月獻一卮爲家君壽，以子疇昔義，寧得無一言貺家君？家君谿谷先生者，蓋吴越間隱君子也。其先儻蕩，然以俠節少年冶遊聞於里閭。已而從寬大長厚之行，輕財樂義，爲世通德。今則屏去嗜好，翛③然清枯，日講玄真要眇之術，居貧不悶也。蓋家君爲人，大都若此矣。』不佞隆既與君脩兄弟之好，而以諸父事谿谷先生，是故當有言。雖然，余蓋亦有大感焉。先生生辰以七月，時招摇指申[七]，天氣乍凉。馮君百拜舉觴上壽，洵美且樂。而不佞隆乃坐困簿牘，不獲列於諸子，起舞婆娑，彈八琅之璈，吹雲和之笙，以爲先生壽也。夫盈盈一水相望，何但如天漢間哉？

校勘

① 稗：底本、存目本原作『裨』，據上下文意改。
② 隳：底本原作『隨』，據存目本改。
③ 儵：底本原作『倏』，據存目本改。

注釋

〔一〕谿谷先生：馮夢禎之父。
〔二〕檇李：古地名，在今浙江省嘉興市西南。馮君夢禎：馮夢禎，見沈明臣《由拳集敘》注釋〔二〕。
〔三〕孟堅：班固，字孟堅。東漢史學家、文學家。亭伯：崔駰，字亭伯，東漢文學家，涿郡安平人。博學通經，少遊太學，與班固齊名。崔駰善屬文，後人輯有《崔亭伯集》。
〔四〕太清：天空。
〔五〕董父：傳説爲帝舜時人，乃飂國叔安之後裔，能馴龍。《左傳·昭公二十九年》：『昔有飂叔安，有裔子曰董父，甚好龍，能求其耆欲，以飲食之。龍多歸之。乃擾畜龍以服事帝舜。帝賜之姓曰董，氏曰豢龍。』董父所豢，指豢養之龍。
〔六〕金馬門：見卷二《十賢贊·東方朔》注釋〔三〕。此借指翰林院。
〔七〕招摇：即北斗第七星摇光，亦借指北斗。招摇指申，稱七月。《淮南子·時則訓》謂：孟秋之月，招摇指申；仲秋之月，招摇指酉；季秋之月，招摇指戌。

## 青溪集敘

青溪者何？青浦也。青浦，古由拳地，居雲間西鄙〔一〕，爲澤國。空波四周，多鷗鳧、菱芡，景小楚楚。每乘月蕩槳，如鏡中游，九峰三泖落几席〔二〕。湖上蓋又有二陸先生墓云〔三〕。余雅抱微尚，緬懷哲人，而余鄉沈嘉則先生、就李馮開之吉士〔四〕，適以七夕至。至即相與操方舟，出郭行遊葦蕭野水間。是夜雲物大佳，天星並麗。余三人叩舷和歌，仰視青漢，因風而送曼聲，樂甚。已復①相攜汎泖湖，登湖上浮屠〔五〕，尋佘丘②，躡天馬〔六〕，吊二陸祠，忼慨興懷焉。蓋流連三日，而開之别去。嘉則留齋頭旬日，余退食，即相與揚扢風雅，諷詠先王，不及於政。嘉則得詩如干首，余詩與之署相等。先生髮短矣，而心甚長，諸所撰結，更雄麗神王哉。余與對壘，逡巡畏之。於是謀刻先生詩，余與開之附焉，而用『青溪』命集。

## 校勘

① 復：存目本作『後』。

② 佘丘：底本、存目本原作『余丘』，據上下文意改。

## 注釋

［一］雲間：松江府之别稱。見卷五《感懷詩五十五首·莫文學廷韓》注釋［二］。

［二］九峰：指佘山、天馬山、横山、小昆山、鳳凰山、厙公山、辰山、薛山和機山等九座山峰，在今上海市松江區境内。《明一統志·松江府》引舊志：『府稱澤國，以九峰勝。』三泖：湖名，見沈明臣《由拳集敘》注釋［五］。

［三］二陸：即西晉文學家陸機、陸雲兄弟，爲雲間人。

［四］沈嘉則：沈明臣，字嘉則。見沈明臣《由拳集敘》注釋［一一］。就李：即檇李，古地名，在今浙江省嘉興西南。馮開之：馮夢禎，字開之。見沈明臣《由拳集敘》注釋［二］。

［五］浮屠：佛寺。

［六］天馬：天馬山。見卷四《登天馬山》注釋［一］。

# 由拳集校注卷之十三

## 書

### 讓柴仲初①[一]

語有之『士有争友，則身不失令名』。今者僕將開口前數足下以罪，願足下少聽之。僕鄙人也，天性拓落，其於人禮數蓋未嘗數數然也，然不敢以此事足下矣。區區願爲足下忠臣，願足下少聽之。

昔魏文侯與左右飲酒樂[二]，而天雨。顧業已與虞人期，即飲酒樂，即天雨，文侯無爲爽也。晉文公業與原人有期[三]，即失信得原，文公弗爲也。夫季布所以有聲梁楚間者[四]，豈非以其不侵然諾爲名高哉。故信者，士之質也，行之寶也。自國君至匹夫，弗可易矣。僕始謂足下信人也，乃今知足下非信人也。始足下與僕期訪僕山中，僕甚遲足下。每晨起，輒戒閽人掃門，庖人治具，館人設榻，時時謂足下且來。乃一期不來，則爲再期，而三而四五。僕常坐齋中，聽户外履聲，則謂足下來矣，而足下竟不果來。

僕所居山中誠落莫。夫遯空谷者，聞跫然之音輙喜，斯恒物之大情也。矧僕與足下，交遊中號稱相知者哉！僕交諸大夫士，石交不少矣，顧獨拳拳足下若斯，斯其故可知也。足下自處宜何如者？丈夫處心有如白日，如其一諾，即萬鍾若失，千金可捐，輕泰山爲一擲，等六尺猶秋毫，指幽闥於廣庭，揭冥冥於白晝，弗可改也。是以聶政抉面於嚴仲[五]，荆卿湛族於燕丹[六]，延陵挂劍於丘墓[七]，伍相投金於瀨水[八]，豈非貞士之楷模，匹夫之耿介乎！以此徵於足下，足下何居？足下訪我山中，相去三十里耳。計暫往而返腹猶果然者，非有跋履山川之勞也。昔人纔一想思，千里命駕，此其視足下何如哉？足下即不惜玉趾，無爲空約。不者，何辱命焉？而徒令僕朝夕引領西望，是足下以此弄僕也，僕即何有於足下哉。僕日閉門下楗，讀三墳、五典、八索、九丘，則北面古帝王；讀六籍、《語》《孟》，則執弟子禮孔孟[九]；覽《左》《國》，則折節丘明[一〇]；三披《史記》《漢書》，則長揖太史[一一]；其他諸子，僕日與之晤對一堂，劇譚千載。僕即坐窮山中，未大落莫也，足下何爲挾城市傲我？

曩子居大江以北，僕十至足下之門，足下乃一再渡江，是足下徒能坐邀國士耳。去三十里而遥，即裹足退不敢前，尚奚論千里命駕②哉！僕自擁篲役海上，諸君有辱投刺先叩僕之門者，有往而見荅者，有徒空言脩殷勤而竟不一造其廬者，僕於諸君固不數數然也。乃僕於人則又大異：有見則喜，不見則悄然以悲；有見則喜，不見則不悲；有亦無見亦無不見，亦無喜亦無悲。此其大較也。以此徵足下，則其所謂拳拳足下者，其故可知也。足下自處宜何如者？足下嘗試思之，汗蔌蔌下矣。

葉元叔於僕猶足下也[一二]。疇昔之約，元叔寔與焉。幸爲我寄聲。僕無狀，不能佞足下，剌剌盡所欲言，幸足下恕我。

## 校勘

① 《屠長卿集》題作『讓柴仲初書』。

② 駕：《屠長卿集》後有『之雅』二字。

## 注釋

[一] 柴仲初：柴應聰，字仲初。見卷五《感懷詩五十五首·柴文學仲初》注釋[一]。

[二] 魏文侯：戰國時魏國國君，姬姓，魏氏，名斯。禮賢下士，重然諾。《戰國策·魏策一》：『文侯與虞人期獵。是日，飲酒樂，天雨。文侯將出，左右曰：「今日飲酒樂，天又雨，公將焉之？」文侯曰：「吾與虞人期獵，雖樂，豈可不一會期哉！」乃往，身自罷之。魏於是乎始强。』虞人：宋鮑彪注：『掌山澤之官。』

[三] 晉文公：春秋時晉國國君，姬姓，晉氏，名重耳。文治武功，爲春秋五霸之一。晉文公與原人期而不失信事，見《韓非子·外儲説左

上》：『晉文公攻原，裹十日糧，遂與大夫期十日。至原十日而原不下，擊金而退，罷兵而去。士有從原中出者，曰：「原三日即下矣。」群臣左右諫曰：「夫原之食竭力盡矣，君姑待之。」公曰：「吾與士期十日，不去，是亡吾信也。得原失信，吾不爲也。」遂罷兵而去。原人聞曰：「有君如彼其信也，可無歸乎？」乃降公。』原人：原國人。『原』爲春秋時國名，姬姓。

［四］季布：見卷四《三司馬詩並引》注釋［四］。

［五］聶政：戰國時韓國人，著名俠客。受韓大夫嚴仲子之托，刺殺韓相韓傀（俠累）。爲不連累其姊，自毀容抉眼，剖腹而死。見《戰國策・韓策二》與《史記・刺客列傳》。

［六］荆卿：即荆軻。荆軻爲燕太子丹行刺秦王，義無反顧，不怕被滅七族。《史記・魯仲連鄒陽列傳》：『荆軻之湛七族。』裴駰集解引應劭曰：『荆軻爲燕刺秦始皇，不成而死，其族坐之，湛没。』又引張晏曰：『七族，上至曾祖，下至曾孫。』南朝梁劉孝標《廣絶交論》：『誓殉荆卿湛七族。』宋司馬光《資治通鑑》卷七《秦紀二・始皇帝下》：『荆軻懷其豢養之私，不顧七族。』

［七］延陵：即延陵季子，名札，爲春秋時吴王壽夢第四子。延陵季子重許諾，掛劍於徐國國君墓，見卷九《哭張大司馬四首》注釋［四］。

［八］伍相：春秋末期伍員。見卷四《伍員廟》注釋［一］。伍員爲吴國大夫，封相國公。故後人稱伍相。瀨水：河流名，今江蘇省溧水之别稱。伍員投金於瀨水事，見漢趙曄《吴越春秋・闔閭内傳》：『子胥等過溧陽瀨水之上，乃長太息曰：「吾嘗饑於此，乞食於一女子。女子飼我，遂投水而亡。將欲報以百金，而不知其家。」乃投金水中而去。有頃，一老嫗行哭而來，人問曰：「何哭之悲？」嫗曰：「吾有女子，守居三十不嫁。往年擊綿於此，遇一窮途君子而輒飯之，而恐事泄，自投於瀨水。今聞伍君來，不得其償，自傷虚死，是故悲耳。」人曰：「子胥欲報百金，不知其家，投金水中而去矣。」嫗遂取金而歸。』

［九］孔孟：孔子和孟子。

［一〇］丘明：春秋時魯國人左丘明。據《春秋》紀年而作《左氏春秋》。傳《國語》亦其所作。

［一一］太史：本官名，漢代稱太史令，掌天時星曆、修史等。此處指司馬遷、班固。

［一二］葉元叔：即葉太叔，字鄭朗。見卷六《唁葉鄭朗》注釋［一］。

## 與李之文①［一］

語云：『人之相知，貴相知心。』不佞處鄉邦，走江海，交天下士多矣，大都市道紛如，石交零落。浮雲蒼狗，惝怳難憑。豈惟小夫曲士，即號稱一代碩人君子，始以才名取人，推轂見賞，乃不勉之以就萬世之業，而徒以富貴相期。

或外爲相知，内存觀望；或始匱剪拂，已改初心。不佞疇昔虚名稍稍起，彼都人士謂『駃騠千里無留行矣』，多樂與不佞交，往往懷刺及門，執贄求見。倒屣以迓王粲[二]，虚左而迎侯生[三]，此時盼睞生光采，一言借羽翼，誰不爲不佞鮑子哉[四]！不佞亦感恩銜遇，折節委心，義貫白虹，氣干天日②，思湛族以報燕丹[五]，斬衣以酬智氏[六]。豈不盛哉？既而斬焉衰絰，讀《禮》山中。一再試於有司，有司敝帚棄之。說劍談兵，迄無左驗。疇昔之把臂而稱相知者，一旦棄不佞如遺跡焉。詩人託意於《谷風》，孝標著論於《絶交》[七]，有旨哉！静言思之，可謂③於邑。

不佞深維平生知己不變者三人：縉紳之望則有張大司馬[八]、竹墟司馬[九]，骨肉之親則有之文。之三人者，金石比堅，芝蘭同臭；識管仲④於纍臣[一〇]，收孟明於囚帥[一一]；真可謂歲寒松柏，幽谷陽春。即使大海變爲桑田，黄河揃爲衣帶，逝川西注，白日東沉，豈可移其志哉！

之文頃與不佞居，年益老成，見益高時。時能賞子文。不佞每有所綴，文未及成，輒索讀之，讀之惟恐其易盡也。當其得意，則拊掌狂叫，擊節咨嗟，懷拍拍然也。不佞文豈能當人意至是，之文愛我過耳。然而莊生之惠施[一二]，伯牙之子期[一三]，千載而下，當不令兩人者獨稱相知矣。坐是，吾兩人者，如蹷與駏虚然，步武不可以相去。不佞時有所綴，而之文不及注目，之文不樂也，乃不佞亦不樂也。每坐齋中屬藁，會之文不在，即無奇思，無佳句；已而之文適至，即得奇思，得佳句。嗟嗟，此何以哉？

夫物常珍於罕得而賤於所有餘，常喜於偶遭而猒於所習見，斯恒物之大情也。夫珠玉之貴於瓦礫者，以瓦礫多而珠玉寡也⑤。藉令珠玉多於瓦礫，人弗貴之矣。鵷雛之貴於烏鳶者，以烏鳶常有而鵷雛不常有也。藉令鵷雛常有如烏鳶，人弗貴之矣。故漢武帝讀相如賦[一四]，恨不得與此人同時；而班固作《漢書》，傅毅詆之爲覆瓿[一五]。達觀古今，諒同斯揆矣。乃之文獨何見哉，而耽耆鄙作，臭味不殊，譬如噣吸金莖，饑飡玉粒，足下之好得無癖乎？

昔楊惲爲司馬子長之甥[一六]，故其爲文豪宕疏爽，有子長風。今不佞於子長無能爲役，而之文天資秀發，是不難爲惲也。他日以文章高視東海，是在之文矣，是在之文矣！則不佞之所拳拳於之文，又豈獨以相知之故哉？

**校勘**

① 《屠長卿集》題作『與李之文書』。

② 干：底本原作『于』，據存目本、《屠長卿集》改。

③ 謂：《屠長卿集》作『爲』。

④ 管仲：底本原作『管鮑』，據存目本改。

⑤ 也：底本空缺，據存目本、《屠長卿集》補。

## 注釋

［一］李之文：李先嘉，字之文。見卷五《感懷詩五十五首·李文學之文》注釋［一］。李先嘉爲屠隆外甥，卷十七另有一篇《與李之文》云：『足下閔僕貧吏，無以爲家，爲僕置負郭田三十畝。』可知甥舅交情甚厚。

［二］王粲：字仲宣，東漢末年文學家。少有才名，爲蔡邕所賞識，嘗倒屣迎之。見卷一《霞爽閣賦》注釋［一八］。

［三］侯生：戰國時魏隱士侯嬴。見卷一《霞爽閣賦》注釋［一九］。

［四］鮑子：鮑叔牙，春秋時齊國大夫。見卷五《感懷詩五十五首·張司馬惟静》注釋［一二］。

［五］燕丹：戰國末期燕國太子丹。禮賢下士，荆軻湛族以報，見本卷《讓柴仲初》注釋［六］。

［六］智氏：春秋末期晉國卿大夫智瑶。家臣豫讓甚得其尊寵。後智瑶被趙襄子所殺，豫讓爲酬恩，至殘身苦形，盡力替主復仇。第一次行刺趙襄子，未遂，被釋放；第二次行刺，亦未遂。豫讓死前，求得趙襄子衣服，斬衣三躍，以示復仇，隨後伏劍自殺。見《史記·刺客列傳》。

［七］孝標：南朝梁劉峻，字孝標，平原人（今山東平原縣）。好讀書，爲著名學者、文學家。有《世説新語》注釋、《廣絶交論》等傳世。

［八］張大司馬：張時徹，見卷四《張大司馬惠芝園集寄謝》注釋［一］。

［九］竹墟司馬：屠大山，號竹墟。見卷四《三司馬詩》注釋［二］。

［一〇］管仲：春秋時齊國管夷吾，字仲，潁上人（今安徽潁上縣）。鮑叔識管仲於纍臣，《史記·管晏列傳》：『管仲夷吾者，潁上人也。少時常與鮑叔牙游，鮑叔知其賢。管仲貧困，常欺鮑叔，鮑叔終善遇之，不以爲言。已而鮑叔事齊公子小白，管仲事公子糾。及小白立爲桓公，公子糾死，管仲囚焉。鮑叔遂進管仲。管仲既用，任政於齊，齊桓公以霸，九合諸侯，一匡天下，管仲之謀也。』

［一一］孟明：春秋時虞國人，名視，字孟明。爲秦穆公將領。秦晉崤之戰，孟明被晉軍俘獲。後放回，秦穆公自擔責任，不替孟明。孟明終復仇，大敗晉軍。秦遂霸西戎，用孟明也。見《左傳》僖公三十三年、文公一至三年。

［一二］莊生：即莊子。惠施：即惠子。莊、惠爲知己，見卷五《感懷詩五十五首·李文學之文》注釋［四］。

〔一三〕伯牙：春秋時晉國上大夫，善鼓琴。子期：鍾子期，春秋時楚人，伯牙好友，善聽琴。見卷七《贈王元美廷尉》注釋〔一二〕。

〔一四〕漢武帝：劉徹。相如：司馬相如。『漢武帝讀相如賦，恨不得與此人同時』二句，事見《史記·司馬相如列傳》：『蜀人楊得意爲狗監，侍上。上讀《子虛賦》而善之，曰：「朕獨不得與此人同時哉！」得意曰：「臣邑人司馬相如自言爲此賦。」上驚，乃召問相如。相如曰：「有是。然此乃諸侯之事，未足觀也。請爲天子《游獵賦》，賦成奏之。」……奏之天子，天子大説。』

〔一五〕傅毅：字武仲。東漢辭賦家，曾爲蘭臺令史，與班固等共典校書。屠隆謂『班固作《漢書》，傅毅詆之爲覆瓿』，今失考徵。屠隆或另有所本，或誤記。參見卷十二《沈嘉則先生詩選序》注釋〔一八〕。屠隆《續娑羅館清言》中再云：『文謝班生，終取覆瓿於傅毅。』按，『覆瓿』之譏，出劉歆諷揚雄，《漢書·揚雄傳下》：『鉅鹿侯芭常從雄居，受其《太玄》《法言》焉。劉歆亦嘗觀之，謂雄曰：「空自苦！今學者有禄利，然尚不能明《易》，又如《玄》何？吾恐後人用覆醬瓿也。」雄笑而不應。』

〔一六〕楊惲：字子幼，華陰（今陝西華陰）人。漢宣帝時丞相楊敞之子，司馬遷之外孫。其爲人爲文，均受外祖父影響，《漢書·楊敞傳》：『惲母，司馬遷女也。惲始讀外祖《太史公記》，頗爲《春秋》，以材能稱，好交英俊諸儒，名顯朝廷。』其名篇《報孫會宗書》，亦與司馬遷《報任安書》風格相近。司馬子長：司馬遷，字子長。

## 報楊伯翼二首①〔一〕

### 一②

讀足下《江南曲》，真漢聲矣。足下所謂『盤空橫硬語』，豪書生哉。昨與足下縱談千古於仲初樓中〔二〕，乃歸途不覺失聲曰：『楊大理乃有此兒③〔三〕！』足下方領先鋒旗鼓索戰詞場，氣磊磊盛也。僕則姑櫜弓矢退舍，避足下鋭氣，俟其氣稍安和，然後與足下對壘耳。僕亦慕李山人甚〔四〕，足下有命，明日當走大雪中赴山人。

### 二

咄咄，楊生才何太奇也！僕居江南，則奇楊生；乃今居都下，則又奇楊生甚。居江南有楊生，楊生稱奇爾；乃今居都下無有楊生，即奇不又甚乎。總四方奇士來集闕下，豈不多賢？至求如伯翼者輒無有。何也？僕襪線之才爾，辱都下諸君謬見推轂，謂屠生才。屠生惡乎才？謂屠生猶爾。令得見我伯翼，當何以云？不大驚辟易走乎？僕時時對諸君口足下不置，大江以南，寔爲生色。夫大江以南，靈怪之所盤鬱也，惡得無有楊生？即無有楊生，何以大江爲？

足下近作何狀？足下摇筆，海嶽輒鼓舞相摧，余恐波臣且訴足下上帝太横哉！

僕居都下無狀，日騎馬懷刺出走道上。出即勞苦，不出即得過諸君。獨奈何萬里去，舍其所適，而從牛馬走中，以爲名高。顧安所名高？旦莫且及足下矣，幸足下無姍笑我。尊君而下安不？汪長文入城不[五]？長文住山中，附書恐不能達，不具，亦冗不及具，幸爲我謝汪君。

## 校勘

①報：原目録作『與』。翼：原目録作『翌』。原標題無『二首』二字，據目録補。《屠長卿集》卷六此文分作《報楊伯翼書》《與楊伯翼書》兩篇。

②一：原無序數，爲校注者所加。下篇『二』同。

③兒：底本原作『兄』，據存目本改。

## 注釋

[一] 楊伯翼：楊承鯤，字伯翼。見卷五《感懷詩五十五首·楊孝廉伯翼》注釋[一]。

[二] 仲初：柴應聰，字仲初。見卷五《感懷詩五十五首·柴文學仲初》注釋[一]。

[三] 楊大理：指楊美益，楊伯翼之父。《甬上耆舊詩》卷十四：『楊少卿美益，字以謙，進士，歷官太僕少卿。伯翼先生其子也。』屠隆該句『楊大理乃有此兒』，乃仿杜甫稱嚴武口氣，《舊唐書·杜甫傳》：『上元二年冬，黄門侍郎鄭國公嚴武鎮成都，奏（甫）爲節度參謀檢校尚書工部員外郎，賜緋魚袋。武與甫世舊，待遇甚隆。甫性褊躁，無器度，恃恩放恣，嘗憑醉登武之牀，瞪視武曰：「嚴挺之乃有此兒！」武雖急暴，不以爲忤。』

[四] 李山人：李生寅，見卷五《感懷詩五十五首·李處士賓父》注釋[一]。

[五] 汪長文：汪禮約，字長文。見卷四《聞沈嘉則先生與汪長文遊四明洞天作》注釋[一]。

## 與賀伯闇①[一]

僕，海以東鄙人也，蓋未嘗知足下。知足下以馮生[二]。咄咄，馮生奈何褎然絶多士而奔也？彼主者，頋安所得雋始謂是適然爾。洎讀其奏牘，稍壘峗乎標奇而出之也；洎又叩其中，則又多奇閎肆哉，稱博物君子矣。禦兒港上寔生此人[三]，是吴越霸氣之餘也，泱泱大風哉！僕謂之物遂，窮檇李之勝，觀止矣。

乃馮生不自賢，數數然爲僕稱賀生不能休，云：『僕蹩躠之足爾，尺尺寸寸，堇而得路。至如賀生，八駿者也，以穆天子登遐而躡崑崙之上[四]，下眎大河，不承兩睫爾，斯之謂神物。若鄙人，安所稱奇？令天不生賀生者，鄙人則獨往矣。』僕殊不聞。

居無何，馮生出足下尺一，僕讀之卒業，輒爽然自失也，亦幾失馮生。何物小兒，雄快若是！不圖越之東鄙兩見夫夫，令此兩生並轡而駕中原，將誰者前矣？而且也佐之鄙人，鄙人即不佞，無能爲役，令辱在偏裨，猶可領旗鼓，冒矢石而獨當一隊，天下士馮軾以觀吾東海，當不復窺吾東海作何狀！是以鄙人始而驚，已復沾沾喜也。

書辭多高自稱譽，是絶類東方先生，殊伉爽可喜；稱西方聖人語，可謂開士。至口津津中蠱一舉首者，何故？夫一舉首，何足爲足下道。僕謂取之物，譬若群兒之攫一摶黍，之先而先，之後而後，偶先得之，偶後失之，玆奚以馮也。即亦謂技有精與不，壯夫奚取焉。壯夫者，方將上之乎九天，下之乎九地，鼓鑄萬彙而翕蕩六合，操鉅矣，細何爲乎？而足下云云也。且馮生曷以此重？天下曷以此重馮生？重馮生以此者，衆庶之見也。足下之取此物，縱送閒爾。足下佛也，佛是無天地，是無天地盡；是無萬物，是無萬物盡。安有天地萬物？都無，而復有其一舉？推斯以譚，足下之於佛，猶未乎。

聞足下雅不善里中傖父，此又何言？彼隆隆起地上者，山嶽乎；浩浩走八紘者，江海乎；爝爝捧出而燭下土者，日月乎。此其爲奇怪亦大矣，而世人不驚，則習見也。夜光之珠以暗投人於道，或按劍而相視，則不習見也。彼促遬小夫，惡睹所謂廓落非常者哉。今天下幸猶不乏魁壘之士，士稍稍鵲起，奮臂大呼，當必有千里響應者。馮生且乘順風矣。傖父當以馮生故而信足下，足下何有於傖父哉！足下正正奇奇，無所不可，而以奇服取吒於時，誠可爲足下稱冤。然此惡乎貶賀生？下士聞道，大笑之，不笑不足以爲道，非虚語矣。願足下自信，無議改玉也。大丈夫知己，恃有海内二三奇傑耳，若此曹，幸置不問。賀生以奇服擯於里中人，而屠生未嘗與有宿昔驩，乃從數千里寄聲足下，勞苦若平生，足下知非皮相矣。假令賀生治治容，飾繁聲，而奏諸時人之前，時人必喜，屠生則却而不前。之二者，孰賢哉？願足下自信。

方馮生褎然絶多士而奔也，聲名藉藉起都下，都人士咸延頸，願得一當馮生，獨鄙人以不知故，猶然掉臂也。馮生以鄙人掉臂也，私計謂延頸者萬人，不直屠生一眄矣？一日，僕方有狗馬疾，杜門謝客，馮生乃排闥直入視僕。僕乃據牀與語，語意氣殊易馮生，馮生乃稍稍吐奇。既而相與縱譚千古，如倒囊而出物也。僕則矍然起曰：『吾幾失一馮生，馮生寔已吾疾！』蓋自是始爲石交矣。馮生奇士，能知足下奇，倘所謂臭味乎？彼悠悠者，則又奚辱也！

僕入燕來，思得一觀天下奇士。寥寥爾，少當僕意者。即如馮生，指不能一二屈。而卓傀拓落之士，往往散之四方。無論西北，即如我東南，蓋多奇傑，人執一麾，自雄里社間。安得張彌天之網，頓八紘而掩之，盡致闕下，令鄙人不大落莫也。

然屠生亦行，且以小吏走四方矣。僕有四方之役，當得便道，南將尋足下具區之上，與足下爲十日飲，酹酒波臣，仰天大噱，亦一快事！幸足下無鑿坏逃我。

## 校勘

①《屠長卿集》題作『與賀伯闇書』。

## 注釋

[一] 賀伯闇：賀燦然，字伯闇。秀水縣（今屬浙江嘉興市）人。萬曆乙未（一五九五）進士。歷官吏部員外郎。有《六欲軒初稿》。

[二] 馮生：指馮夢禎。

［三］禦兒港：港名。該港名幾乎不見他書，屠隆《竹箭編序》又有「（王稚登）由禦兒港東渡錢唐，取道西陵，然後浮甬東」語。禦兒爲地名，又名語兒，曾是吴越交界之地。清秦蕙田《五禮通考》卷二百十《嘉禮》八十三：「禦兒，越地，一名語兒。在今浙江嘉興府石門縣東二十里。」即在今桐鄉市西南，石門鎮、崇福鎮地域。港臨官道，京杭運河邊。

［四］穆天子：指周穆王。見卷一《歡賦》注釋［八］。

## 與余君房①［一］

君房足下：

昔者先生之馬首東也，僕與二三知己送之都門，相眎不能出一語，蓋顔情殊不懽。豈惟僕與二三知己，即白日亦爲足下黯淡無色矣。

足下雅好奇服，峻絶而深湛。無論六合，蓋直以千百歲擅長者。一第何有，而令摧頽若爾？可謂有天乎。僕居都下，都人士無問識不識，往往爲僕言：「君房無恙？以彼其才，魁天下當有餘，而顧不第者何？」僕輒爲之欷歔慨歎。即鏁闈而入者，亦無問識不識，往往爲僕言：「君房作何狀？」又復見落落君房者，今不知爲誰，異物當前，易愕眙失主，余其無落夫夫爲天下口實矣。余又爲之欷歔慨歎。嗟嗟君房，命則云何！他人一不得志，即泯泯爾；而先生獨令天下竊竊然口之不置。且天下不中黜諸得志之士，或置喙焉，而獨勞苦一不得志者，夫此其效可睹也。夫士博一第，與博天下識不識之人之勞苦，斯二者孰賢哉？足下蓋可用此自慰矣。然此皆他人爲足下云爾，足下何所不可？謂有所不可，足下不胡盧我乎？

僕居都下無狀，且無能爲，而又且無可爲。晨起，第騎馬出走往候諸公間。諸公間即往候，門者率不入②，馳去。即不往候，又得過。詰朝輒復然。日莫倦歸，有亟命枕席卧爾。給事大司馬省中，殊無所事事。與諸君雜坐一室中，候大司馬升堂，出揖。揖罷復入坐室中。長日無以爲驩，諸君則嘈嘈孟浪媟語爾。旅進旅退，如是而已。此何以聞於足下？

主上慎選文學侍從之臣，不佞隆不得與。不得與，箕仲且然，何論不佞？不佞居海以東，時聞人言君房、箕仲兩君；今居長安，豈不多賢，乃人言亦未有出君房、箕仲兩君者。難之乎，其爲才矣！足下東還作何狀？秋冬間得就一官，東尋足下，湖上爲十日飲，良足愉快。而徒日僕僕牛馬走中，山靈笑人哉！田叔書來[二]，甚督過僕，僕寔不佞，以勤田叔，幸爲我謝之人。

**校勘**

① 《屠長卿集》題作「與余君房書」。

② 入：底本作「人」，據存日本、《屠長卿集》改。

**注釋**

[一] 余君房：余寅，字君房。見卷五《感懷詩五十五首·余孝廉君房》注釋[一]。

[二] 田叔：屠本畯，字田叔。

## 與田叔①[一]

章君來[二]，得足下尺一②，具見欵欵之忠。

不佞自謂廓落無他腸，抱樸直以遊於世，譬如不繫之舟，汎汎澤中，任其所之。多故當前，未嘗一經意想，無論善敗，漫而爲之。何者爲善？何者爲敗？之善而善矣，之敗而敗矣。日中所爲，至莫有命枕席，沉沉卧爾。詰朝復然。苟無甚大利害，即有甚大利害，時或都忘之矣。思慮爲勞，多愁則苦。蓋心無思，而且也不任於思；無愁，而且也不任於愁。不佞之心之混混沌沌，猶若未嘗剖判矣。惟不樂行其心之所不忍，以是爲自適。不佞數奉教於君子，其罔敢二三其德，以取大戾，足下所知也。惟不能小廉曲謹，以沽鄉曲之譽。計生平所操務，將疇爲足以取名，疇爲足以敗名，又都忘之矣。又雅不善與時浮湛，憎喜自如，轉喉觸忌，黑白太明，臧否太别。當其得意，口津津有味其言，即直鈎在前，曲鈎在後，僕亦惡覩其然。方言脱於口，而其中已忘。人方結念，若鐫在金石，而僕固已舍然久矣。乃今涉③世不爲不深，世務紛如蝟毛，多所盭戾。蹶而復奮④，將遂議改玉，而疏畧成性，迄不能懲熱羹而吹齏。嗟嗟！夫人之心拓落無城府一至此，可謂至愚極陋，世奈何求多於愚人哉！

居都下，勉爲周慎，作閉關人，蓋畫地而守之，三緘其口矣。所通聞問，惟我二三知己，不敢令門者妄通一人。以是城守，庶幾免乎。惟田叔以爲何如？余寔不佞，以勤田叔藥石之言，敢蔑大惠？

**校勘**

① 《屠長卿集》題作『與田叔書』。

② 得足下尺一：《屠長卿集》此句後有『奉大教』三字。

③ 涉：底本難辨，據存日本、《屠長卿集》。

④ 奮：底本原作『書』，據存日本、《屠長卿集》改。

**注釋**

［一］田叔：屠本畯，字田叔。見卷一《霞爽閣賦》注釋［一］。

［二］章君：未詳。

## 與沈長孺①［一］

都門一别，至今猶懷惘惘然。

僕之與足下，猶張弓乎？僕引弱弓，一發而盡至其敝也，不能穿魯縞；足下開萬石之弓，引滿不發，發則穿七札，飲羽伏虎，洞匈達腋，百步之外無留行矣。

足下東作何狀？大江之上，大湖之濱，事事適也。僕今在牛馬走中，風塵作苦。方落拓不第時，世人多勞苦屠生，乃屠生方載營抱魄，此心自放於丘壑間，殊無顑頷可憐之色。及幸叨此一第，居長安，日負羈紲，從諸君馳道上，頫仰人眉睫，將降心諧俗，僕有不能。時而厚自墨守，已忽忘之矣。將循故步，而行動多蹠盭。利害之所錯，而憂惧之所併，如行閣道，下九折阪，而臨百丈之溪，獨奈何無廪廪也？又苦炊玉而然桂。長安信美，不可以久居矣。足下無徒謂僕虚語，旦莫且及足下，當有味余言哉。秋冬倘得就一小吏，東尋足下山中，把臂一笑，亦大是快事。家有老母，方資升斗爲朝夕甘毳計；且又苦無買山之資，須暫爲吏隱，然後惟所適爾。急流勇退，僕能爲之，譚何太早，所謂未卯而求時夜者也。足下許之否？

**校勘**

①《屠長卿集》題作『與沈長孺書』。

**注釋**

［一］沈長孺：沈一中，字長孺。見卷六《送沈長孺東還》注釋［一］。

# 與馮開之小牘八條［一］

## 一①

足下得楚歌，不自私，幸惠與僕共之。僕便當爲足下邀西山落日，一倚醉爾。足下無日不過僕。詰朝就館試，便杜門理舊業邪？此足下家物，何爲自苦。疇昔足下云宦情太薄，欲早尋僕西湖之上。僕信人也，且先至湖滑俟子矣。今若爾，英雄欺人哉。

## 二

詰朝一會，周元孚、丁右武及楚瞿君、梅君二人［二］，皆豪士也，蘄足下過同敘。適造瞿君，大似恂恂謹厚。其兒子亦美秀而文，明日之會並邀其兒子。才十一二歲耳，無論奇文，即作字亦不凡，英物哉！夜來作《錦帳》文，又殊自喜起舞，蓋惝怳如見物矣。

## 三

早起作《祭伍君》文[三]，稍自得意。自取讀之，令我懷拍拍然。始傷乎悲哉，已復稱達人語，輒復大快矣，得意可知也。文之工不工所不敢知，亦一時奇興，幸足下急過賞也。

## 四

昨過從足下，甚善，乃不幸遭傖夫作灌仲孺使酒罵座[四]，令人意邑邑不懽。顧安得與足下據胡床譚噱，又安得長策揮俗客於門，令吾兩人勿傷雅道也。嗟嗟！人奈何能無此遭哉。大史占僕夜來流孛入度，足下豈亦有是邪？當騎過足下，閉門下楗，復取一丸泥封户，抵掌作嘉話，何如？來諭已悉，拜命之辱。

## 五

午前自兵部引堂回，正欲邀足下，適天大雨。大水從街衢溢入室中，至深三尺，如泛家浮宅然。弟有據牀第耳，以此不得如約。弟豈真蛟龍邪，何爲水中居？足下當採大筏急濟我！牀上艸艸。

## 六

爲陳郎作《花燭篇》七絶[五]，寄意類深，幸足下過讀之。今夕何夕？客中多懷。足下可乘晚涼來，共坐嘉樹軒，觀天孫渡河，僕當爲《長安七夕篇》酬之也。甚望，甚望。

## 七

宿負奉償伍金，如暫寄故府，緩急或再有請，須今日預爲地爾，一笑。屠長卿日乞米長安如此，僕或者曼倩後身邪[六]？

## 八

不佞南矣。道出涿鹿[七]，曠哉，黄沙莽莽，天何高乎！鉅野千里，回望宫闕，迥不見故人。此僕銷魂時也，氣結臨風，不能長語。廿九日，隆頓首勒狀，無他言。

### 校勘

① 一：原無序數，爲校注者所加。下『二』至『八』同。

### 注釋

[一] 馮開之：馮夢禎，字開之。詳見沈明臣《由拳集敘》注釋[二]。

[二] 周元孚：周弘綸，字元孚。丁右武：丁此吕，字右武。瞿君：瞿九思，字睿夫，湖北黄梅人。梅君：梅國禎，字客生。

[三] 伍君：伍惟忠，字效之，號藎吾，安福（今屬福建）人。萬曆五年（一五七七）屠隆同年進士，是年四月客死京城，年僅四十。與鄒元標友好，同吏部侍郎趙用賢等反對首輔張居正專權，遭到打壓。傳見沈懋學《郊居遺稿》卷十《明刑部觀政進士伍藎吾先生墓誌銘》。屠隆本集卷十七《與歐楨伯》：『會友人伍君客死，僕哀而爲文哭之，爲沈君典、馮開之諸君見而奇之。』又參見卷二十《祭同年伍進士文》。

[四] 灌仲孺：漢灌夫，字仲孺，潁陰（今河南許昌）人。以勇猛聞名，漢景帝時爲代國宰相。漢武帝時，任過淮陽太守、太僕、燕國宰相等職，後觸法免官。爲人好使酒。曾赴丞相田蚡宴，使酒罵座，終至被斬。事見《史記·魏其武安侯列傳》。

[五] 陳郎：指陳泰來，字伯符。見卷五《感懷詩五十五首·陳京兆伯符》注釋[一]。

[六] 曼倩：漢東方朔，字曼倩。見卷二《十賢贊·東方朔》注釋[一]。東方朔待詔公車時，奉禄薄，《漢書·東方朔傳》載：『臣朔生亦言，死亦言。朱儒長三尺餘，奉一囊粟，錢二百四十。臣朔長九尺餘，亦奉一囊粟，錢二百四十。朱儒飽欲死，臣朔飢欲死。臣言可用，幸異其禮；不可用，罷之。無令但索長安米。』

[七] 涿鹿：地名。見卷八《涿州懷古》注釋[二]。

# 上座主先生啓①[一]

青陽布令②，群芳含氣於木公[二]；白帝乘秋[三]，萬寶告成於金母。吐納靈潮，屬神龍之變化；酌量元氣，在斗極之平衡。大鵬鼓垂天之翼，必借力於風雲；八駿騁逐電之蹄，亦取資於銜轡。都人士之意氣鴟張，寧逃主者；子大夫之文章鵲起，爾何能爲。彼鎖棘闈而入[四]，實驅司命而來。走造化於筆端，片言寵辱；握星辰於掌上，萬里升沉。之玉之石，一顧眄而已分；爲龍爲蛇，不斯須而遂定。揚之則昂藏於霄漢，抑之則淪落於泥塗。似此鈞衡之司，可忘水木之自？

恭惟太宗師老先生，東海鉅儒，南宮清德[五]。石帆秦望[六]，競秀於會稽[七]；玉簡金書，探奇於禹穴[八]。碑枕蘭亭[九]，墨妙右軍之筆[一〇]；波涵鏡水[一一]，文馳賀監之聲[一二]。甘泉扈從[一三]，賦擬凌雲；天禄校讐[一四]，星臨太乙。暫違侍從之班，來況掄材之地。目分蒼素，口辯淄澠。身登泰岱[一五]，望匹練於吴門[一六]；劍落豐城[一七]，指雙龍於牛斗。象罔之求玄珠[一八]，去喫詬離朱之迹；伯樂之相神馬[一九]，觀存亡滅没之機。九州土廣，設天網以該賢；六幕塵清，頓八紘而掩雋。謂梁棟奇材，不見遺於寸朽；是以虫魚薄技，得自奏於大方。提之汩没，起迹羊豕之間；出之風塵，共赴雲龍之會。是太宗師有大造於諸生也，雖甚盛德，蔑以加諸。何以報之，如彼罔極？

爰治具於庖人，敬申燕喜；用徼寵於執事，聊敘雅懷。伏惟大君子不鄙夷諸生，惠然臨況，不勝光榮歡忭之至！

## 校勘

① 原目録無『先生』二字。《屠長卿集》題作『請座主先生啟』。

② 青陽布令：《屠長卿集》此句前有『伏以』二字。

## 注釋

[一] 座主：明清舉人、進士對其主考官或總裁官之稱呼。此指屠隆應進士試時之座主朱賡，亦即卷十四《上座主朱太史先生》之朱太史。據卷十九《祭比部朱先生文》，有言：『某等不佞，辱次公太史先生幸收卹之門下。……先生會稽人，卒於京師。』又《明史·列傳一百七》載：『朱賡，字少欽，浙江山陰人。父公節，泰州知州。兄應，刑部主事。』則朱先生爲朱應，朱太史爲朱賡。賡字少欽，號金庭，山陰（今紹興）人。隆慶二年（一五六八）進士，改庶吉士，授翰林編修，萬曆六年（一五七八）以侍讀爲日講官，歷禮部左、右侍郎，纍官至禮部尚書，兼東閣大學士。卒後贈太保，謚文懿。有《文懿公集》。

〔二〕木公：又稱東王公、東王父、扶桑大帝、東華帝君。與西王母（即金母）並稱爲道教尊神，其主陽和之氣。唐韋渠牟《步虛詞》：『西海辭金母，東方拜木公。』

〔三〕白帝：神話中五天帝之一，西方之神，司秋。

〔四〕棘闈：即『棘圍』，指科舉之考場。因唐、五代試士，爲防止作弊，曾以棘圍試院，故名。

〔五〕南宮：此指主進士試之禮部。

〔六〕石帆：山名，在紹興城東十五里。見卷五《感懷詩五十五首·陶比部郴中》注釋〔一一〕。秦望：秦望山。見卷一《霞爽閣賦》注釋〔六〕。

〔七〕會稽：此指紹興府。

〔八〕禹穴：指會稽宛委山。傳大禹得黄帝所藏金簡書之處。見卷五《感懷詩五十五首·陶比部郴中》注釋〔三〕。

〔九〕蘭亭：亭名，《明一統志》卷四十五《紹興府·宫室》：『在山陰縣西南二十五里。晉王羲之與諸賢會處，有《蘭亭序》。

〔一〇〕右軍：指王羲之。因曾任右軍將軍，故稱。

〔一一〕鏡水：即鏡湖，又稱鑒湖。傳其名始於王羲之，唐徐堅《初學記》卷八《州郡部·江南道·鏡水》：『《輿地志》曰：「山陰南湖，縈帶郊郭，白水翠巖，互相映發，若鏡若圖。故王逸少云：山陰路上行，如在鏡中遊。」』

〔一二〕賀監：唐賀知章。見徐益孫《由拳集敘》注釋〔一九〕。晚年乞爲道士還鄉，玄宗勅賜鏡湖一曲。《回鄉偶書二首》云：『唯有門前鏡湖水，春風不改舊時波。』

〔一三〕甘泉：漢宫名。漢武帝時作。故址在淳化縣北。揚雄扈從漢成帝至甘泉宫，還奏《甘泉賦》。《漢書·揚雄傳》：『蜀有司馬相如，作賦甚弘麗温雅。雄心壯之，每作賦，常擬之以爲式。……孝成帝時，客有薦雄文似相如者，上方郊祠甘泉泰畤、汾陰后土，以求繼嗣，召雄待詔承明之庭。正月，從上甘泉，還奏《甘泉賦》以風。』屠隆下句言『賦擬凌雲』，即是説揚雄作賦擬司馬相如。《史記·司馬相如列傳》：『相如既奏《大人之頌》，天子大説，飄飄有凌雲之氣，似遊天地之間意。』

〔一四〕天禄：漢閣名，在未央宫中，爲皇家藏書之所。漢劉向曾在天禄閣校讎古書，相傳其專精覃思，有太乙星精下而燃藜授書。《三輔黄圖》卷六：『天禄閣，藏典籍之所。《漢宫殿疏》云：「天禄麒麟閣，蕭何造，以藏秘書處賢才也。」劉向於成帝之末校書天禄閣，專精覃思。夜，有老人著黄衣，植青藜杖，叩閣而進。見向暗中獨坐誦書，老父乃吹杖端，煙然，因以見向，授《五行》《洪範》之文。恐詞説繁廣忘之，乃裂裳及紳，以記其言。至曙而去，請問姓名，云：「我是太乙之精，天帝聞卯金之子有博學者，下而觀焉。」』

〔一五〕泰岱：泰山。

〔一六〕吴門：指春秋時吴都（今蘇州）閶（又作昌）門。《太平御覽》卷八百十八《韓詩外傳》：『孔子、顔淵登魯東山望吴昌門，淵曰：「見一疋練，前有生藍。」子曰：「白馬、蘆蕩也。」』唐李白《殷十一贈栗岡硯》：『灑染中山毫，光映吴門練。』

［一七］豐城：古縣名。傳説寶劍龍泉、太阿沉埋之地。見卷六《瞿童子詩》注釋［六］。

［一八］象罔：《莊子》寓言中人物名。下句喫詬、離朱亦是。見卷八《奉贈少宗伯王公二十韻》注釋［一〇］。

［一九］伯樂：春秋秦穆公時人，善相馬，觀其存亡滅没之機。見《列子·説符》。

## 與沈君典諸子①［一］

一別足下，遂作勞人。東還，内戒行李，外接賓客，終日馳逐，夕至漏下四五鼓不得休。去冬十一月初四日，始得奉老母涉潁［二］，又鞅掌可知也。坐是久缺脩問，我心殊勞。

潁故自小邑［三］，不謂又彫敝不可言。延城廣袤三里，寥落數家。一所鎮，與縣官雜治，軍三倍於民。城中所官專制，縣大夫莫得詰，非一日。所鎮家人，至騎馬與縣官争道。其家之瓦覆而崇墉者，問之，皆千夫長、百夫長家。編民僅僅七室，草屋泥垣，蔽風雨而已。城外塊然荒土如掌大。景於何有？惟枯楊數株，霜雪玲瓏然如玉樹，可爲娱玩。

蓋東折而入於壽州［四］，北折而入於潁州［五］，此蓋潁、壽間一村落。東、北去潁、壽二州治稍遠，故别置一縣治。漢稱黄霸所治潁川及灌夫家潁川者［六］，今河南汝州，非潁上也。唐宋所稱潁川，爲歐、蘇宦遊處者［七］，即今潁州，去潁上尚百數十里而遥。蓋北不近箕潁［八］，東不近濠梁、淮泗［九］，而自爲一村。所謂塊然荒土如掌大者爾，無所取義矣。史稱管仲潁上人［一〇］，今潁上有管仲墩［一一］。然攷管仲墓在山東，舊志所稱諒不誣，或相齊後遂家山東，死即葬山東爾。然潁上舊未有管子祠，潁人之不好事如此哉！邑小而民貧，征求作苦，民日以不堪。又界潁、壽間，爲汴、泗孔道，車蓋供億不絶。

不佞以去冬十一月二十六日莅任。莅任之日，緋衣皂蓋，逍遥乎須臾，即衣故敝衣出城，馳數十②里，扶伏道旁，迎貴客。貴客呵聲如雷，使人魂銷。

村落數家，舊猶不失本業，且俗纖嗇無華，足備饘粥；近歲爲大水蕩析，民以縣罄。又土燥，不宜秔稻蔬菜，堇有豆麥雞豚四種。雞豚又味瘠薄，不可食。不佞今下車禁雞豚，一無所市。日麥飯一匙，而啖乾葫蘆。官舍頹垣敗壁，大風灌室，號嘎不止。老母苦寒夜起，不佞手爇蘆葦，細君進湯汁[一二]。

土風誠然淳樸，不復知官府禮法。其最者，言之可爲諸君長安抵掌之資[一三]。不佞下車之日，舊令舉公燕，燕不佞堂上。盡召城中千夫長、百夫長，及數輩龍鍾而皤然者，爲鄉老、博士及故縣尉、丞、州司馬，至有頂儒巾而青袍者，稱故上舍，皆與不佞南面分席而坐。堂上惟舊令下坐，稱主人，縣官不知所出。旁一吏對曰：故事，明日不佞舉公燕酧舊令。諸君復來，不佞方與舊令爲交盤，日夕不得休，命從人治酒賓館欵客，盡徹門者，爐火庭燎佐客驩，又時時遣人謝過。諸君至二鼓醉飽盡驩，遂相與約，無待公燕，奈何以交盤故慢客？私開縣門，不告而去。詰朝縣官猶令人持帖子謝過也。

不佞今遭人無短長，惟罄折，而又善謝過。疇謂屠長卿終骯髒人哉，然於行公法則不敢爾矣。此大都猶其小小者。其最不可爲者，城臨大河，河廣十丈，深二丈許。先是，去城垣猶稍遠，歲遭大水壞堤，水漸迫城下，今去城僅二尺許。今年三月，春水時至，或夏秋間淫潦，則城垣不復可保，民其魚乎？奚官之爲也！危在旦夕。方脩築河堤，邑無一木一石，取木石當於壽州，二百里外，度支盈萬金，邑中一無所出，而日奉上司之督責甚棘。前官業已脫走，今至不佞，將安所逃？不佞雖日夜焦勞，蕞爾小邑，寥落數家，計無所出。今方出廬外舍，與土人多方區畫，盡出縣治之瓦石，以義倡百姓，家借一石。諸草屋泥垣，又苦無石，則取敗石，伐枯楊。不佞方且身畚鞲，與土人同操畚鍤，列在負擔，日遶行百里，而夜令人從門外報太夫人以無恙。百姓見不佞忠誠，人人勸也。嗟乎，疇昔搦管清言屠生，今一至此哉！

不佞以前歲馬上馳二千五百里入京師，去歲間關抵家，又間關奉老母渡淮而北。喘息未寧，又走壽州，走中都，走滁州，走淮泗，走楊州，謁上官而歸，遂興此役。迄今形容枯槁，手足胼胝。又爲風雪所侵蝕，鬚髮種種作枯松狀，雙耳皸黑如木菌，鼻促縮而善涕。昨方庭謁上官，跼蹐無奈涕何！蓋不復曩時白晳楚楚屠生。天乎其以我爲時夜也？誰令聽之？故人良苦，始謂數字聊寄相思，不意臨書遂不能止。勉旃先生，努力霄漢。

## 校勘

① 《屠長卿集》題作『與沈君典馮開之沈箕仲孫以德周元孚諸子書』。

② 數十：《屠長卿集》作『十數』。

## 注釋

[一] 沈君典：沈懋學，字君典。見沈明臣《由拳集敘》注釋[三]。諸子：據《屠長卿集》該文題目，可知具體人員。

[二] 潁：潁水。見沈明臣《由拳集敘》注釋[一]。

[三] 潁：潁上縣。

[四] 壽州：屠隆時代，壽州領霍丘、蒙城二縣。州治在今安徽壽縣，處潁上縣下游。

[五] 潁州：屠隆時代，潁州領潁上等三縣。州治在今安徽阜陽市，處潁上縣之上游。

[六] 黄霸：西漢循吏。見卷五《雜懷八首》注釋[七]。灌夫：字仲孺，漢潁陰（今河南許昌）人。見本卷《與馮開之小牘八條》注釋[四]。

[七] 歐蘇：歐陽修和蘇軾。二人均曾知潁州，發展生産，興修水利，關懷民生；與民同樂，西湖遊處，風雅至極。均留下文學作品。

[八] 箕潁：箕山潁水，偏指箕山所在地（在河南府登封縣）。相傳堯時，高士許由、巢父曾隱居箕山之下，潁水之陽。

[九] 濠梁：此指鳳陽府治所在地（鳳陽縣），因古郡名濠梁。見卷七《贈王元美廷尉》注釋[二]。淮泗：此當指鳳陽府所領之泗州（治所臨淮）。

[一〇] 管仲：見卷十一《雨雪發潁上留別遲茂弘諸子二首》注釋[二]，及本卷《與李之文》注釋[一〇]。

[一一] 管仲墩：管仲衣冠冢。潁上人又稱『管仲父墓』。位於潁上縣東北潁河右岸。《江南通志·輿地志·壇廟·祠墓附》：『周齊相管夷吾墓，即潁上縣管仲墩，在北關大寺後，明屠隆有碑。』

[一二] 細君：此爲對妻子之稱呼。

[一三] 長安：指北京。

# 與孫太史諸君①[一]

抵任兩月，奉職亡狀，惟勉强勤思治理，不敢即安。懼官以賄敗，一錢不敢入私囊。懼窳惰失職，朝夕兀兀，至盡廢筆研。懼囹圄積冤，除重犯，不敢濫囚一夫。又日問獄囚饑寒冤苦狀，而燠休之。有盜遣徒道亡，縣囚其婦幾二載，饑病委頓，冬月單衣敝盡者，隆②廉得其狀，給與衣食。亡徒感泣，自縛來歸。蓋二年逃不得，自來歸，義而刑之，不可，則爲請於當道，得末減。先是，民貧，苦吏苛，又苦征斂急，則皆亡去。隆先撫字而後催科，又盡去銖錙，非正額秋毫無取。又審稽户口、田畝實數，丁死亡盡者，産歸他人者，地瘠薄者，富横隱漏者，悉犁正之。民稍稍來歸，告復業者，今且委積車下，日以百什計矣。

懼閭閻隱痛不得上聞，每出，停車按轡，聽受人言，黄稚滿車前後。數人對簿，務令人各盡言，無説乃已；已，即③刑，而有言亦輟，令聽之，聽之而無説，乃已。神解未至，務沉深而盡下情，庶幾無冤。

懼訟煩長刁風，務在息争訟而講解，即大事弗問，講解縱舍者什之八九，罷法者多一二，萬萬不得已爾。其罷法而可以理諭者，不敢盡法也。有母告兒子不孝毆母者，召一二鄉父老會問。隆反復諭以天性至情，語至移晷，薄責兒子。兒子號救母，母前相持泣，隆泣，鄉父老亦泣，堂上下無弗泣者。而後令鄉父老領之去，日教督之。今以孝聞。山西賈人持帛貨縣中，縣逋商④貨二百金，以十餘家訟縣至隆前。十餘人都無券，皆如賈人言，亡一人欺隆者。隆感其美，悉放免，無所拘縶，聽其償賈人，且謂賈：『此曹無庸縶，亡不償若。所不償若者，予則代償。』果出而盡償賈，亡一負者。所出入人，出者稱謝，入者亦稱謝。隆不知所出，心殊自喜。

惟終不能事上官作繞指柔，平日又如揭日月而行。世人皆好煩苛，而隆尚寬大；世人皆以斂先入者爲賢，而獨後催科。諸所謂民便者，多不探上喜怒，而徑移文。上所罪有絶可憐者，隆多白免之；有賣兒子贖罪者，隆立釋之，而後以聞。其所謂以德化民近迂闊，又似矯俗爲名高；其不賄，又近好名；不能媕阿取媚上官，又似誕謾；其勇於興革，又似見所長。

先是，各州縣皆卑潁上，潁上齊民多不關白本縣，而赴愬他州縣。他州縣亦不關白本縣，而徑縶我民人去。前官屈體詭隨，跼蹐自保，至奸僞朋興，乘機竊弄，魚肉元元，擾我四境。隆悉取而法之。鄰封不謂隆持法紀，而以爲好上人。先是，監司人至縣，捉吏堂上，械擊誶詈，庭辱縣官。隆在事，一切呵止門外，不得入，入公文。督府舍人過，入據御史臺，南面毆卒，隆召而庭責之，其人謝過良久乃已。由此言之，下民即德隆，隆無以託於世路矣。雖然，隆何求哉。

嗟嗟！江淮以北，荒土千里，人煙消疏，流移滿眼，婦子不保。監司雲列，文移星馳，簿書山積。徵令急於絞繩，法吏猛於彪虎，摧輸析於秋毫，供應疾於湧泉。言及拊循，衆皆目⑤笑，共以爲妖，奈何官⑥爲？

故人知我，敢布腹心。子當云何，因風寄我。

河工告成矣，不費官錢一文，而萬金之役成不旬日，黔首驩然，父老咸謂：『非明府營，三十年不成！』自古役以民力又以民財而無怨聲者爲難，隆德薄，無以致此；此適徼天幸，亦或其民醇之效歟？

謝生者，潁上人，雅有文行，以貢上京師，幸借顏色。不佞所以治潁上，謝生或能道一二矣。會言天下大計，不及相思。

**校勘**

① 原標題無『諸君』二字，據原目録補。《屠長卿集》題作『與孫太史馮吉士沈比部書』。
② 隆：此文中屠隆用以自指之『隆』，《屠長卿集》均作『某』。
③ 即：《屠長卿集》此字前有『則』。
④ 商：底本、存目本均做『商』，今改作『商』。
⑤ 目：底本原作『日』，據存目本、《屠長卿集》改。
⑥ 官：底本原作『宫』，據存目本、《屠長卿集》改。

**注釋**

［一］孫太史：指孫繼臯。見卷五《感懷詩五十五首·孫太史以德》注釋［一］。諸君：據《屠長卿集》該文題目，可知具體人員。馮吉士，指馮夢禎。沈比部，指沈九疇。

## 與張長公諸君①［一］

渡淮來，吏事勞人，風塵作苦。一城斗大，土瘠民貧。編户十九里，多流移人，誅茅小結。先是，邑有所，千夫長、百夫長耳，膏田盡折入屯。崇墉瓦屋爲富人居者，多軍伍。齊民草屋斗粟，外無長物。俗纖嗇而鄙，好訟善逃。監司乘傳過邑，見居人多瓦屋，往謂潁於河北稍殷富，歲增額征。又多代他邑辦賦入，名爲協濟，民重不堪。又介潁、壽二大州間，車徒供億，上與二州等。當汴泗孔道，冠蓋相望也。一道潁、壽至下邑，下邑何能望二大州，易以得罪，民又重不堪。

隆世情故疏，雅不閑於吏事，奉職無狀。足下試問隆何以治潁，隆則焉置對矣？顧獨好黄霸寬和[二]，惡覩寬理哉！才智既不先人，諸棼棼者率不更練，乃務深湛而盡下情。久之，百姓稍安。其拙東門之役，度支萬金矣，隆以其款款之愚風百姓，不煩官錢一錢，旬日而河工告成事，此非可以智計取，則或其拙之效也。故骫髒有聲，厚自貶損。令卑，令江北更復卑。乘傳過者，無論屬不屬，咸罄折作庭參，不佞即庭參。他郡②倅州大夫過，無論屬不屬，咸扶伏郊迎，不佞即扶伏郊迎。千夫長、百夫長及監司從事，皆得與令南面分席坐，不佞即與南面分席坐。平生屠長卿，勉爲共謹太過，政得與他人等爾。

馮生書來，云：『足下龍也，能乘雲，不能伏爪。』烏睹龍哉！龍則安能？其此爲尺蠖邪！嗟嗟，予不負令，而令負予。出，與吏胥伍；入，漏下四五皷，猶手牘，倦稍隱几。支離癰瘇，體中日癯。且舊業長置篋笥中，携圖書數卷渡江，不復注目，又何敢對客譚文章家也。遵巫馬戴星之途[三]，即奚暇自託於鳴琴之致哉。藉令入而鳴琴，出遭官長嫚罵，致安在邪？嗟嗟！屠生苦令，令苦屠生。偉哉造物，窺井而自詫矣。

足下栖遲海曲，望之欲僊。夜來夢坐流波館[四]，與足下把琖，蓋殊自豪也。諸公多嵓嵓作大丈夫氣，奈何屠生獨兒女子向人，長袖善舞，以此取憐羞，諸公可爲長慨。

**校勘**

① 《屠長卿集》題作『與張長公諸君書』。

② 郡：底本原作『即』，據存目本、《屠長卿集》改。

## 注釋

[一] 張長公：指張邦仁，張時徹之長子。詳見卷五《感懷詩五十五首·張明府孺穀》注釋[一]。

[二] 黄霸：西漢循吏。見卷五《雜懷八首》注釋[七]。

[三] 巫馬：巫馬施，姓巫馬，名施，字子期，亦稱巫馬期。春秋末年魯國人，孔子弟子。曾爲魯國單父（在今山東菏澤市單縣）宰，日夜操勞，《吕氏春秋·察賢》：『宓子賤治單父，彈鳴琴，身不下堂，而單父治。巫馬期以星出，以星入，日夜不居，以身親之，而單父亦治。巫馬期問其故於宓子，宓子曰：「我之謂任人，子之謂任力。任力者故勞，任人者故逸。」宓子則君子矣。逸四肢，全耳目，平心氣，而百官以治義矣，任其數而已矣。巫馬期則不然，弊生事精，勞手足，煩教詔，雖治猶未至也。』

[四] 流波館：張時徹東錢湖茂嶼山莊館舍名，見卷八《正月六日雨集司馬公流波館得青字二首》注釋[一]。

# 與沈君典三首[一]

## 一 ①

世人相別，多作兒女子悲道上，握手數行下。蘇李河梁之情[二]，何其愴也。昔人有言：黯然銷魂，維別而已。足下殊不然。居都下，足下之於僕，用情至矣，獨不用情於別。沈箕仲、馮開之、周元孚、孫以德二三兄弟[三]，臨行握僕手，惆悵欷歔，邑邑不能出一語。謂僕且行，至不忍復過僕故居。追憶此時，天地爲僕二三兄弟慘然無色。足下耻之，獨奮起去不顧。烈士悲心，即不可謂二三兄弟非夫，而足下方竟起去不顧，乃真有英雄之氣哉！足下方落第時，走九邊，觀營壘，與健兒戍卒卧沙場之上，可謂氣雄萬夫。又好結交海内豪傑，重然諾，敦意氣。僕東歸，與諸故人談足下，則莫不灑然以起。此豈可以兒女子仁望足下哉！

王上舍來[四]，得老母壽敘，不獨文字高朗，通家兄弟之好，具見款款。向也吾見足下之面，乃今知足下之心矣。僕自別足下東，駈馳甚苦。始，足下勸僕棄去吏事作京兆博士甚力，僕不從，乃今悔之。足下故逆見僕今日矣。自今而往所爲潁上不善者，何以謝足下？僕滋懼矣。足下居長安，與諸君子高步闊眎，睥睨一世，獨僕風塵下走，面有黧色，心多俗腸。命也，如何？昔之達者，虫臂鼠肝，無所不可，僕安能以此置芥蒂胸中？所與足下道此者，明僕猶能知世情，非僕至意也。

十一月初四日，離家之潁上，奉老母及携細君以行。行北漸寒，老母苦寒，幸康彊無恙，無廑故人。

小子何知，何以爲吏？令屠生吏，是尸祝代庖人也。足下用世之才，何以教之？僕在下風，敬竢嘉猷。閲邸報，知周元孚上書一節，可爲吾道生色，第以不見全疏爲恨。家師劉見嵩先生亮已入京[五]，向託足下，寄謝，知不忘此言。

## 二②

都門把臂，眷焉傷離。嚴霜載零，玄雲四馳。天寒以風，白日爲速。僕也壯士，能無破顏？子惠好我，爲我抆涕。事在昨日，焱易歲乎！思疇昔作吏，行李戒途，子與箕仲、元孚、以德、開之二三兄弟，勞我良苦，欵留拳拳。中夜彷徨，相視永歎。北斗闌干，同袍之情，可謂篤至。

僕不能，從命也。子歷天路，我行畏途。九月去國，十月渡淮，仲冬始奉老母涉潁。簿書山積，吏事川湧。折腰而趋公府，伍眉以見上官。扶伏道左，望塵遥拜；屏息車下，不敢出聲。泥沙在衣，風塵撲面，丈夫之氣摧頹盡矣。且欲行寬大則牽於深文，議息肩則苦於督責。强項者爲傲吏，繞指者爲通人；逢迎者爲忠厚，砥志者爲沽名；尚鷙悍者爲幹敏，行古道者爲迂闊。俯仰高厚，常苦跼蹐。平居邑邑，黯乎不歡。臨風念子，中心若結。謂足下奮翼霄漢，優遊清華；方且立交戟之下，侍承明之廬[六]，奏淩雲之賦，扈甘泉之駕[七]，仙仙乎虎觀、石渠[八]，儼焉天上，而乃二月以告聞矣。

夫寵靈恩澤，人情所籍，足下當鵲起之飆，遭龍變之會，順風而呼，乘時振響，逍遥歲月，公輔可立致也。何爲得意自苦，居寵不樂；閉門下楗，有如窮愁；懷賈生之憂[九]，抱劉向之憤[一〇]；脱屣富貴，榮華秋毫？語云『高臺悲風，烈士悲心』，足下不能脂韋突梯，坐取尊官，上光九族，下媚妻子，此如皦日，鬼神所知矣。方足下不得志時，固嘗走九邊，臨大漠，握將帥，觀壁壘，履黄沙之上，卧霜月之下；歸而招置賓客，結納豪傑，家散千金，日食萬錢，意氣於世無雙。及褎然舉首，晉登華秩，顧反嗛嗛温厚，折節下人，憐瞿子於困窮[一一]，拔屠生於稠伍。一言稍合，輒布腹心；洞觀始終，高朗粹白。何者非雄豪丈夫之致哉？即彼榮華，視於何有，而能依阿取憐，坐獵高貴？曩僕固知足下必有今日矣。若神龍可縶，安名爲神？足下今狀元及第，名在清班，朝而煙霄，莫而林壑，明星有爛，卿雲在天，四方誦義，士林動色，用匡皇國，光我同袍，豈不雄快？何必旦夕公輔，闒茸通顯，然後爲得意邪？

故人相知，以賀不以唁。僕今辱在下走，事多牽制，殊不快心，而猶蹭蹬一官，眷戀五斗。由足下言之，奚趐腐鼠之與鵷雛哉！足下今歸且高卧，落敬亭之雲[一二]，醉呼李白；誦澄江之句，長揖玄暉[一三]。僕且又視足下於天上矣。僕願足下益自愛：方今聖明在上，雲龍既遘，魚水自投；無令泉石情深，煙霞成癖；何必巢許[一四]，即如姬孔[一五]，不可謂非人豪；謝朓③青山[一六]，終非卿家物也。

東望故人，大江間之。再拜使者，神與書往。

## 三④

屠隆拜書君典足下⑤：

足下今歸矣，何不樂矣？身輕如蟬翼，而名重於九鼎。足下以彼其才令小貶損，不數年可鴻漸台司。不然，歲食大官，紆徐清華，無所不可。豈其十年流落，從數千里躡篰擔簦走京師，上書見稱，爲子大夫，留直金馬，居京師甫一歲，而飄飄然告歸，豈人情哉？

海内寥廓之士謂沈郎心慕雲壑，志輕圭組，譬如高鴻不受罻羅，終絶四海也，玄暉、李白携手同車矣。夸毗之子又謂足下英雄妙機權，包絡寰宇，鼓弄豪雋，既已得清華之班，又趯然遠舉爲名高，靐動六合也。最下者咄嗟沈狀元寵靈天子，被恩澤，不乘時獵等⑥要路津，上報國恩，下光九族，以爲交遊榮施，獨何苦朝見天子，莫戒行李，見彈求鴞炙⑦，未卵⑧求時夜也。斯三者咸遠於名實矣，何足以知沈郎。

沈郎居交戟之下，爲天子補衮職，入直扈從，奏詩賦，揚大雅，此豈不亦華陽洞天、閬風縣圃哉[一七]？何必尋青山仙遊，即子房功成掉臂[一八]，而後從赤松子爾[一九]。沈郎言何太早也。夫足下以一歸爲名高，有如不歸。沈郎之名寧卑乎？鴻士鉅儒遭時揚聲，上可夔龍，下猶不失歲星。金馬⑨即榮名[二〇]，寧出山林枯槁下哉，而汲汲以引決爲名高也。乘時登要路津，勉作功名，寧獨世人，足下願之矣。憂時眷主感深哉，獨邑邑誰語。不得已，而託獨往之迹。廟堂不可，聊之而山林，斯足下之操也。故曰三者咸遠於名實矣。推斯以譚，足下今雖歸青山，暫與漁父伍，不樂也。雖然，何不樂也？足下僊品者也，進而婆娑乎即玉堂、金馬、甘泉、長楊〔二一〕，亦洞天也；退而婆娑乎即天台、金庭、丹山赤水〔二二〕，亦洞天也，何不樂也！

計歸來乎山中，陵陽白龍〔二三〕，琴高頳鯉〔二四〕，揮手而招，足下散髮狂歌，聲出天地之外也。獨爾故人苦爲令，然爾故人亦有以自遣，不以其所苦而易其所樂。所居淮泗，篯鏗、伯陽、蒙周、八公咸在焉〔二五〕，時時夢寐神遊。即簿書旁午中，奚而不灑灑也。昔人大隱，多在下吏。僕勾漏令也〔二六〕，丹砂不日且就，就且遺子數丸也。

河上碑文辱見許，今業已劖碑，幸即示去人⑩。僕自製碑文一首，並河工告成申文一首，附覽。楚天吳樹，無限相思，儻能過我潁上乎？日夜遲之。隆白。

## 校勘

① 一：原無序數，爲校注者所加。下二篇『二』『三』同。《屠長卿集》此篇題作『與沈君典』。
② 二：《屠長卿集》此篇題作『與沈君典書』。
③ 謝朓：《屠長卿集》作『謝家』。
④ 三：《屠長卿集》此篇題作『與沈君典書』。
⑤ 屠隆拜書君典足下：《屠長卿集》作『君典沈太史年丈先生足下』。
⑥ 等：《屠長卿集》作『登』。
⑦ 鴞炙：《屠長卿集》作『炙鴞』。
⑧ 卵：《屠長卿集》作『卯』。
⑨ 金馬：紹興圖書館藏《屠長卿集》作『金卯』。
⑩ 幸即示去人：《屠長卿集》該句下有『老伯母、尊嫂夫人而下萬福乎？家母安好如昨，無勞故人』語。

## 注釋

〔一〕沈君典：沈懋學，字君典。見沈明臣《由拳集敘》注釋〔三〕。
〔二〕蘇李：漢蘇武和李陵。河梁：指河梁送別。參見卷三《妾薄命》注釋〔一〕。

〔三〕沈箕仲：沈九疇，字箕仲。馮開之：馮夢禎，字開之。周元孚：周弘禴，字元孚。孫以德：孫繼皋，字以德。

〔四〕王上舍：未詳。上舍爲監生之别稱。

〔五〕劉見嵩：劉翾，見卷一《溟海波恬賦》注釋〔一六〕。屠隆見知於劉翾而感恩，又參卷十五《與馮開之四首》：『西屬劉先生觀察明州，於弟有知己大恩。客歲曾與足下備言之，且屬足下爲弟一往候劉先生致謝，亦屬沈君典。今劉先生謁選入京，旅食幾半歲矣，居承恩寺，甚寂寥不得意。』

〔六〕承明之廬：漢未央宮中承明殿旁之屋，爲侍臣值宿所居。曹魏時，朝臣待制處亦曰承明廬。屠隆此處以指在朝爲官。

〔七〕甘泉：漢甘泉宮。見本卷《上座主先生啓》注釋〔十三〕。

〔八〕虎觀：即漢未央宮中之白虎觀，爲講論經學之所。石渠：漢未央宮中之石渠閣，爲皇室藏書之處。《三輔黄圖·閣》：『石渠閣，蕭何造。其下礲石爲渠以導水，若今御溝，因爲閣名。所藏入關所得秦之圖籍。至於成帝，又於此藏祕書焉。』

〔九〕賈生：漢賈誼。見卷四《感懷十首》注釋〔三〕。

〔一〇〕劉向：原名更生，字子政，後改名向。西漢人，楚元王劉交四世孫。宣帝時任諫大夫。元帝時，任宗正，因反對宦官弘恭、石顯亂政而下獄，免爲庶人。成帝時任光禄大夫，領校秘書，官至中壘校尉。劉向著述頗多，爲西漢著名學者、文學家。

〔一一〕瞿子：瞿甲，見卷六《瞿童子詩》。

〔一二〕敬亭：亭名、山名。在今安徽宣城市區北郊。見卷十《寄沈太史四首》注釋〔二〕。唐李白《獨坐敬亭山》：『衆鳥高飛盡，孤雲獨去閑。相看兩不厭，只有敬亭山。』

〔一三〕玄暉：南朝齊謝朓，字玄暉。謝朓曾爲宣城太守，有《遊敬亭山》：『兹山亘百里，合沓與雲齊。隱淪既已託，靈異居然棲。……要欲追奇趣，即此凌丹梯。皇恩竟已矣，兹理庶無睽。』另，謝朓名詩《晚登三山還望京邑》：『餘霞散成綺，澄江静如練。』曾令李白十分感念，李白《金陵城西樓月下吟》：『解道澄江净如練，令人長憶謝玄暉。』沈君典爲宣城人，屠隆因以歷史上宣城人事爲説項、擬況。

〔一四〕巢許：巢父和許由。傳説中遠古時代兩位避世高士。見晉皇甫謐《高士傳》等書。

〔一五〕姬孔：周公姬旦和孔子之並稱。古人以之爲入世聖人。

〔一六〕謝朓青山：謝朓愛青山；亦指任宣城太守時所卜居當塗之青山（又名青林山），築室青山館。其詩《高齋視事》：『餘雪映青山，寒霧開白日。』《往敬亭路中》：『渌水豐漣漪，青山多繡綺。』《遊東田》：『不對芳春酒，還望青山郭。』《還塗臨渚》：『渌水縈清波，青山繡芳質。……白沙澹無際，青山眇如一。』唐許渾《題青山館》詩，題注：『即謝公館。』唐陸龜蒙《懷宛陵舊遊》：『謝朓青山李白樓。』尤其李白，《酬殷佐明見贈五雲裘歌》感歎『謝朓已没青山空』，又《題東溪公幽居》贊賞『宅近青山同謝朓』。《新唐書·李白傳》：『（白）悦謝家青山，欲終焉。及卒，葬東麓。』宋楊萬里《望謝家青山太白墓》：『阿朓青山自一村，州民歲歲與招魂。』沈君典家宣城，亦愛青山，屠隆《鴻苞集》卷二十二《沈君典諸公遊記》：『沈君典在告：居青山歲餘。』

〔一七〕華陽洞天：道教十大洞天之第八洞天，在今江蘇句容、金壇二市交界處之茅山。閬風：即閬風巔。縣圃：即玄圃堂。傳説爲昆侖山上神仙居住之處。見卷一《霞爽閣賦》注釋〔一〇〕。

〔一八〕子房：漢張良，字子房。見卷二《十賢贊·張良》注釋〔一〕。

〔一九〕赤松子：見卷十《寄沈太史四首》注釋〔四〕。

〔二〇〕金馬：金馬門。見卷二《十賢贊·東方朔》注釋〔三〕。

〔二一〕玉堂：玉堂署。漢時學士待詔處。宋以後因以稱翰林院。甘泉：漢甘泉宮。見本卷《上座主先生啓》注釋〔一三〕。長楊：漢長楊宮。揚雄《長楊賦》：『振師五柞，習馬長楊。』

〔二二〕天台：天台山。見卷一《霞爽閣賦》注釋〔八〕。晉孫綽《遊天台山賦》：『天台山者，蓋山嶽之神秀者也。涉海則有方丈、蓬萊，登陸則有四明、天台，皆玄聖之所遊化，靈仙之所窟宅。』金庭：山名。在今浙江嵊縣，爲道教三十六小洞天之一。宋張君房《雲笈七籤》卷二十七：『第二十七，金庭山洞，周迴三百里，名曰金庭崇妙天。』丹山赤水：即今浙東四明山，爲道教三十六小洞天之一，《雲笈七籤》卷二十七：『第九，四明山洞，周迴一百八十里，名曰丹山赤水天。』

〔二三〕陵陽：指人物陵陽子明。宣城有陵陽山，北魏酈道元《水經注·沔水三》：『又東，旋溪水注之，水出陵陽山下。逕陵陽縣西，爲旋溪水。昔縣人陵陽子明釣得白龍處，後三年，龍迎子明上陵陽山。山去地千餘丈。』又見卷一《溟海波恬賦》注釋〔二一〕。

〔二四〕琴高：古仙人。見卷一《溟海波恬賦》注釋〔三四〕。

〔二五〕籛鏗：即彭祖。姓籛名鏗，封於彭，又稱彭鏗。古人以其長壽，列爲神仙。晉葛洪《神仙傳》：『彭祖者，姓籛名鏗，帝顓頊之玄孫。至殷末世，年七百六十歲，而不衰老。少好恬静，不恤世務，不營名譽，不飾車服，唯以養生治身爲事。』伯陽：即老子。漢劉向《列仙傳·老子》：『老子姓李名耳，字伯陽。』蒙周：即莊周。周爲戰國時期宋國蒙人，故稱蒙周。八公：漢淮南王劉安之八位門客，後人附會爲神仙，見卷三《善哉行》注釋〔二〕。

〔二六〕勾漏：山名，又爲縣名。晉葛洪曾求爲勾漏令。見卷七《贈王百穀》注釋〔一一〕。

# 由拳集校注卷之十四

## 書

### 與沈嘉則先生①二首[一]

一②

嘉平之月，道出姑蘇，遇王百穀[二]，問先生蹤跡，云：『行李不日且次吴。』某以王事牽人，不能得便，留八行去。自後遂聞渡江而東矣。入潁，日苦吏事鞅掌，不復使人尋先生淮楊[三]，又不得東使人一訊起居，耿耿予懷。四月初，有人自廣陵來[四]，言先生尚留滯廣陵陸無從家[五]。即走信使陸無從，蹤跡先生。陸君不在，家人云：『行李數日前渡江矣。』惆悵可知。司馬倦遊歸[六]，即山川生色哉。湖上過流波館[七]，不見尚書公[八]，想不勝山陽之感矣[九]。

隆③雅不善吏事。今爲令，雖隆④自知其不可，况他人哉。視事以來，日夜祇懼，恐大不稱此官，以爲門下僇⑤辱。藉先生寵靈，幸無甚得過此邦父老。生平好黄次公寬和[一〇]，今爲潁川，無他材，能獨用款款，小大必以情，先教化而後刑名，即蒲鞭一切置之。民亦以此附焉，顧莫有干⑥三尺者。而又頗覩見閭閻隱痛，比於神君。神則安能？所謂小大必以情者耳。平時骯髒有聲，今遭人惟罄折，亦不復敢對客譚文章家。詎意百鍊剛，化爲繞指柔？

獨怪曩時諸公爲僕私計過也。然爲吾民請命，監司諸公有不可，往往彊争，諸公亦見寬不深罪，則或有天幸矣。

城東門臨大河，歲洪水爲妖，薄我城垣，故隄失守，父老惴惴，恐一夕化爲魚。隆抵官，老幼遮道，爲言東門之役。先是，議數十年，無成，度支可萬金。下邑枵然濩落，獨奈何守空城坐待魚也。僕寔興是役⑦，昕夕兀兀矣。始於王正四日，終於三月晦日，而告成事，未嘗以一鞭箠使其民也。蓋才智既不逮人，又苦世務不更練，又徒用款款之愚。然是役也，秋毫民力竭膏血以從事一堤，此豈可以智計取哉。由此言之，雖有才，無所用之矣。

海内人士多皮相屠生，謂屠生必不善此官，故勉而就此。勉而就此，故凡所措畫，救過不暇，何暇論丈夫鴻烈卓異哉！又苦上官稽會徵令，簿書山積矣，諸竢大教。

小集爲文學諸生索刊，刊成寄先生。先生倘再客淮南，能遂涉潁乎？下邑雖鄙，將治十日酒待先生。

## 二

得七月帖子詩四章，《通志》一册，讀之娓娓不能休。方輿豈不廣，志亦夥矣。若《通志》，閎博深雄，包絡三才，鱗次萬品，匪獨稱胥臣多聞[一一]，茂先博物[一二]，即其文章巨麗，超軼前後，真宇宙間一種奇書。聞有議其太直者，今人多以臧否爲浮薄，以依違爲長厚，稍别黑白，定淄澠，輒來口語，目爲涼德。夫仲尼豈不恂恂長厚哉[一三]？乃其作《春秋》，何如也！願先生自信，若山川亡恙，玄黄不改，後世不廢竹帛之事，則有名山可藏也。

客歲得海陵書[一四]，盛稱顧使君[一五]。杪秋，使君入燕，過某者十度，某亦十往造使君之廬，不得一面。及發都門出，舍報國寺[一六]，使君乃與沈箕仲、馮開之、沈君典來會[一七]，一見把臂大笑，酣語達旦。某覩其才氣，真簸蕩千古，非英雄不能知英雄矣。之潁，時復與陳使君晤於西陵[一八]，忼慨不及顧君，而樸茂有之，亦自絶塵。此兩君者，實品中奇犖，海陵之勝，何必狼山！《志》中讀林大夫諸詩文，想其人，亦必疏朗清曠之士。非之，夫何以能客先生哉！

先生今高卧明月榭[一九]，故人寥寥乎，何以爲驩？某治吏事黴纆，終日兀兀，嘗苦世俗情深，風雅道喪，每念先生滄海之東，便令人欲仙。積水可極，遠道寧窮？何時登蒼蒼閣[二〇]，撫弄雲日，一眺平野也。

拙藁爲諸生强刻之縣齋，寄上。先生云何？無逃品藻矣。

## 校勘

①原標題目無『先生』二字，據目録補。

②一：原無序數，爲校注者所加。下篇『二』同。《屠長卿集》此篇題作『與沈嘉則先生書』。

③隆：《屠長卿集》作『某』。

④隆：《屠長卿集》作『僕』。

⑤僇：底本原作『伊』，據存目本、《屠長卿集》改。

⑥干：底本原作『千』，據存目本、《屠長卿集》改。

⑦僕：《屠長卿集》作『隆』。

## 注釋

［一］沈嘉則：沈明臣，字嘉則。見沈明臣《由拳集敘》注釋［一一］。

［二］王百穀：王稚登，字百穀。

［三］淮楊：即淮揚，明代爲淮安、揚州二府合稱。此指揚州。

［四］廣陵：揚州之舊稱。

［五］陸無從：陸弼，字無從。揚州人。好交遊，工曲，著有傳奇《存弧記》等，詩文有《正始堂集》。

［六］司馬：此指張時徹。見卷四《張大司馬惠芝園集寄謝》注釋［一］。

［七］流波館：張時徹東錢湖茂嶼山莊館舍名，見卷八《正月六日雨集司馬公流波館得青字二首》注釋［一］。

［八］尚書公：指張時徹。官至兵部尚書，故稱。

［九］山陽：山陽縣（在今河南焦市境内）。晋嵇康、吕安亡後，友人向秀經過其山陽舊居，不勝感慨，追念亡友，作《思舊賦》。

［一〇］黄次公：漢黄霸，字次公。西漢循吏。見卷五《雜懷八首》注釋［七］。

［一一］胥臣：字季，春秋時晋國名臣，有功封於臼，又稱臼季。早年曾隨重耳流亡。城濮之戰中，任下軍佐，出奇計立功。《國語·晋語四》：『公使趙衰爲卿，辭曰：「欒枝貞慎，先軫有謀，胥臣多聞，皆可以爲輔。臣弗若也。」』

［一二］茂先：晋張華，字茂先。著有《博物志》。

［一三］仲尼：孔子，名丘，字仲尼。孔子爲人温恭，《論語·鄉黨》：『孔子於鄉黨，恂恂如也，似不能言者。』孔子曾修訂《春秋》。

［一四］海陵：明泰州治所（今江蘇泰州市）。

［一五］顧使君：顧養謙，見卷五《感懷詩五十五首·顧觀察益卿》注釋［一］。

［一六］報國寺：見卷六《寄顧益卿》注釋［二］。

［一七］沈箕仲：沈九疇，字箕仲。馮開之：馮夢禎，字開之。沈君典：沈懋學，字君典。

［一八］陳使君：陳大科，曾任紹興府推官。見卷九《寄贈陳使君思進》注釋［一］。西陵：古地名，今杭州市蕭山區西興鎮之古稱。見卷二《述哀操》注釋［三］。

［一九］明月樹：沈明臣居所名，在鄞縣櫟社。卷八有《登沈嘉則先生明月樹》。

［二〇］蒼蒼閣：未詳。

## 與孫以德①［一］

長須回［二］，手足下尺一，讀之神王。足下裁書時，坐天禄閣上［三］，適太乙下來邪［四］？何巨麗也！至拳拳道僕作吏良苦狀，更復多情。曩僕不知爲令，涉潁而後知爲令也。貴人東西過下邑，時時望車塵扶服②淮泗道上，比於一候人，甚者奴視僕，何論亭長哉。然貴人傲僕而僕愈益恭，乃私心殊愉快不悲。僕即不肖，奈何區區以此罥諸胸中也。數奉教足下勉爲吏，幸籍寵靈，無大得過此中士民，庶幾報故人萬一。

足下稱持節使者大河以南，僕自五月十二日始得報，此時計行李已入洛。不及一候道左，祇深悵結。使者詞賦不重遊梁乎［五］？信陵今不在［六］，倘有屠中壯士及夷門監［七］，幸不惜一握手，即佳公子異代同聲。足下且登嵩少［八］，眺二室［九］，聽王子晉吹笙［一〇］；復上大穌禮玉虚師［一一］，相勝遊哉。言之令人飄飄欲僊。恨僕不得陪杖履，霄霏倚醉，共大呼山靈爾！

來書許與僕南會潁水之上。下邑鄙，無能具供帳，則命庖人治庖，酒人治酒，日夜引領望矣。惠而好我，梁宋非遥［一二］。昔司馬長卿倦遊［一三］，過臨邛令［一四］，今足下建節而過之，僕且負弩矢郊迎，即恭敬奚繆矣。第下邑無卓王孫家，政恐足下無爲一再行爾。一笑。日者語足下於謝使君［一五］，使君亦爲足下設榻久矣。送足下遊梁，有詩，今不奉去；竢行李次潁，乃奉持左券，邀足下也。

## 校勘

①《屠長卿集》題作『與孫以德太史書』。

②服：《屠長卿集》作『伏』。

## 注釋

[一]孫以德：孫繼臯，字以德。見卷五《感懷詩五十五首·孫太史以德》注釋[一]。

[二]長須：男僕。唐韓愈《寄盧仝》詩：『先生又遣長須來，如此處置非所喜。』宋陳師道《謝傅監》：『當使有近行，應門有長須。』

[三]天禄閣：漢閣名。見卷十三《上座主先生啓》注釋[一四]。

[四]太乙：太乙星精。見卷八《奉贈少宗伯王公二十韻》注釋[四]。

[五]梁：指戰國時期魏國都城大梁故地，在明開封府。見卷四《詠史六首》注釋[五]。

[六]信陵：信陵君。見卷九《贈孫太史持節大梁四首》注釋[五]。

[七]屠中壯士：指朱亥，戰國魏人，隱於大梁屠中，被侯嬴薦與信陵君。在竊符救趙事件中，朱亥椎殺將軍晉鄙。見《史記·魏公子列傳》。

夷門監：指侯嬴。見卷一《霞爽閣賦》注釋[一九]。

[八]嵩少：嵩山之别稱。在今河南登封市。

[九]二室：太室山和少室山，二室組成嵩山。

[一〇]王子晉：見卷九《贈孫太史持節大梁四首》注釋[九]。

[一一]大龢：即太和，山名，今湖北武當山。玉虛：玉虛宫，見卷八《聞管建初同孫以德登太和却贈二首》注釋[四]。

[一二]梁宋：見卷八《聞管建初同孫以德登太和却贈二首》注釋[四]。又潁上縣境在西周、春秋時曾爲宋國屬地。

[一三]司馬長卿：漢司馬相如，字長卿。

[一四]臨邛令：漢臨邛縣令王吉。見卷七《青浦吟贈彭欽之》注釋[七]。

[一五]謝使君：未詳。

## 與貞夫①[一]

下邑荒凉，貧民鄙樸，土産雞豚大麥及豆爾。雞豚又以土瘠故味薄不可食。至蔬筍亦無之，無以奉老母朝夕。

老母亦猒苦此中，日夜思東歸。

隆今竭力以勞萬民，形容顦顇乎，而無一善狀可聞於下執事，則亦惟不肖之故也。庭不敢陳鞭箠，門不通一介。以此當官，庶幾免乎？未邪？獨可憐吏胥苦饑寒告去，官舍逾荒落爾。僕雅不閒於吏事，爲吏拙如此，亦以此少得過此邦父老子弟。執事吾家黄髮也，何以教我？

**校勘**

①《屠長卿集》題作『與貞夫書』。

**注釋**

［一］貞夫：未詳。

## 與王元美先生①［一］

隆髮未燥，即知有吴會王元美先生。蹉跎三十年，犬馬之齒長矣，日手大篇，耳榮名，夢寐玄圃［二］，終屬隔塵。言念哲人，臨風悵結。

隆海以東豎儒耳，行能無所比數，而好古有之。每讀古人文章，則馳神往哲，恨不得與此人同時。時過其故里，經其墳墓，考其陳迹。或故物從古人之遺，或片語出人間之秘，輒展然大喜，且披且詫，想見其人。神惝怳乎迴翔寥廓之外，而馳騖太上之前。此何也？又如先朝李夢陽先生［三］，近世李攀龍先生［四］，業已恨余生之晚，不得奏薄技、挾櫜鞬以一當兩公，徒負高山之懷，抱下泉之戚矣。隆賦材故卑，抗志頗遠，不能建標藝壇，而往往願北面大雅，匪云同志，亦其性然矣。昔然明傾心於國僑［五］，甯越委身於晏子［六］，荀爽御車於李君［七］，廷尉結襪於王生［八］，君山歎息於子雲［九］，中郎折節於王粲［一〇］。精之所嚮，九原可以執鞭；神之所潛，虎賁可以隕涕。誠以緇衣之好篤，好爵之情縻也。

嗟乎，往者不可作矣。不圖隆乃得與元美先生同時，又吴越相去近也。世無先生，何羨異代？世有先生，何羨異代？而乃空懷佳人，竟違良晤。河清難俟，日月易徂。隆支離涉世，已見二毛，而先生亦垂老倦遊，將圖五嶽，恐一朝長畢，卒負平生，令往者諸公笑我泉下，同天壤者承睫不見，慕古何爲乎？

且隆束髮爲諸生，厭薄制義，中豔古雅，讀《廣成》《素問》，則霄霓欲僊；覽《竹書》《元苞》，則形骸遂往。近探禹穴[一一]，抽秘金書；遥望岱宗[一二]，覃思玉簡。又鄒魯悦孔孟之仁義[一三]，濠梁慕莊老之玄虚[一四]，之罘誦李斯之古文[一五]，湘漢懷屈賈之詞賦[一六]，龍門仰太史之跌宕[一七]，成都愛相如之麗藻[一八]，大梁豔鄒枚之浮華[一九]，淮南羨八公之鴻烈[二〇]，幽薊喜鄒衍之談天[二一]，青齊驚淳于之炙轂[二二]，稷下服田巴之雄辯[二三]，靈光覩文考之俊才[二四]，天台高興公之逸韻[二五]。諸圖書秘記，古文奇字，頗嘗泛其洪波，收其鉅麗，可謂窮老不厭，專精靡他。

顧生也貧賤，僻處東海，青山拄屋，寒潮在門；波臣竊窺，黿鼉相弔。客無大雅，座鮮高言；識比夏蟲，見同河伯[二六]。倜然自参，高步闊視，謂於世無雙，譬如夜郎王之掘强於南徼[二七]，扶餘國之自雄於海中[二八]，亦可笑矣。既而自拔幽囚，稍窺玄朗，奮然决起，欲出而與海内豪俊論文譚藝。而天刑不解，人事多違。始困諸生，既束官守。玄冬躡雪，倉皇涉淮。不屈首苦簿書，則折腰趍公府，促訾咿嚘，扶伏婉孌。丈夫工爲蛾眉，百鍊化爲繞指，玄髩儵爲朝霜。雅志都喪，俗情轉深，吏事日嬰，舊業盡廢，終棄大雅，寤寐永歎。命之不淑，安用生爲？

每望吴會，雲亭亭起如車蓋，耿耿余懷，恨不得即解印綬，從先生散步長洲之苑爾。去年獲晤敬美先生於都門[二九]，託頡頏之羽，結綢繆之驩，不啻幸矣。吴下舊稱機雲[三〇]，今云二美[三一]。昔見次公[三二]，稍酧平日，然乃令人转思大美[三三]，何也？

近世七子[三四]，砰隱有聲，並驅方軌，横行中原。苟有遭之，人馬辟易數十里矣。然愚竊謂先生最勝，譬諸七②雄，當爲秦楚。先生富材勁力，靁動飈馳，包絡千古，吸蕩六合，固也赤幟往哲，寧獨白眉數子乎？即如李于鱗雄深奇古[三五]，非不驚動一世，標異將來。詩無論，論其文，信奇矣。先生推轂濟南亦至[三六]，而愚以爲無當先生。何也？今夫天有揚沙走石，則有和風惠日；今夫地有危峰峭壁，則有平原曠野；今夫江海有濁浪崩雲，則有平波展鏡；今夫人物有戈矛叱咤，則有俎豆晏笑。斯物之固然也。藉使天一於揚沙走石，地一於危峰峭壁，江海一於濁浪崩雲，人物一於戈矛叱咤，好奇不太過乎？將習見者厭矣。文章大觀，奇正、離合，瑰麗、爾雅，險壯、温夷，何所不有。嘗試取先民鴻製大作讀之，《書》如《盤庚》，《禮》如《檀弓》，《周禮》如《考工記》，亦云奇古近險矣，而不過偶一爲之。其平曠瑩徹，揭日月而臨大道者固多。他如《穆天子傳》《左》《國》《莊》《騷》、秦碑、《呂覽》諸篇，雖云魁壘多奇，而其中平易者亦往往不少。惟楊子雲好奇言[三七]，言艱棘，後世而下，論者爲何？平生辛苦，蟲魚自況，出奇間道，終屬偏師。固未聞獨模後人，盡掩前哲也。

先生嘗謂李王③孫奇過則凡[三八]，老過則稚。嗟嗟！獨王孫哉？于鱗之奇，驅駢周漢，固非子雲敢望，然言言若此，終墮好奇。譬如終南懸崕，奇矣，然使終日而在目，則厭，不如日月之光也；江上裂石，奇矣，然使終日而在耳，則厭，不如雲龢之奏也。信如于鱗標異，凌厲千古，吞掩前後，則六藉之粹白，漢詔誥之温厚，賈長沙之浩蕩[三九]，司馬子長之疏朗[四〇]，長卿之詞藻[四一]，王子淵之才俊[四二]，六朝之語麗，不盡廢乎？即天又奚以龢風惠日爲也？故愚竊不自量，謂于鱗雖奇而無當先生。

先生何所不有也？有于鱗，有獻吉[四三]，又兼有往哲，而又自有元美，廣大變化，斯其所以極玄也。讀《藝苑卮言》，辨博哉，如涉太湖、雲夢焉。讀《弇州④集》，魁瑰鉅麗、和暢雄俊哉，如泛大海焉，又如觀玄造焉。其爲文，包羅《左》《國》，吐納《莊》《騷》，出入楊馬[四四]，鞭箠褒雄[四五]。其爲詩，鍊格漢魏，借材六朝，同工沈宋[四六]，登壇李杜[四七]。誠天府之高華，人文之鴻鉅，作者之極盛矣。觀止矣！

然小子隆又竊有疑焉。雋永之中，不嫌雜俎；閎麗之極，間出麄豪。又撰著太多，篇章太富；宇宙群品，題咏靡遺；古今萬狀，蒐蘿略盡。無乃傷於雜乎？豈玄造之中，本無所不有邪？竊意無所不有，亦必有所無矣。

遊目羣玉之巔，失足閬風之上，精眩魂摇，迷不知所適。何時摳衣登堂，面受大教也？隆自知小技不合大方，區區之心，欲自進門下，亦無鹽之所以見齊王也[四八]。然先生廣心遠識，延攬四方豪俊，惟恐失之，豈可使門下不知有東海屠生哉？

吾鄉沈嘉則先生聲律雄大[四九]，與龍伯爭長[五〇]。東海鄙，數千年無大雅，其他瑣尾者又不足道，賴嘉則出，一浣之耳。先生以爲何如？

友人⑤沈楙學者[五一]，其人英雄，善談藝、談兵、談堪輿家言，體皃不甚偉，能運鐵矛，手馘百夫。疇昔嘗散千金，走九邊，觀戎壘，結交豪傑將帥。藻思超逸，落筆萬言，雖不甚深古，而雄快可喜。又忼慨忠義，重然諾，篤交遊，多情稱丈夫哉。先生不可不識其人。馮夢禎者[五二]，素心人，好古博雅，尤深玄理。每遭事，意氣有之，不則瞑目趺坐竟日，若枯槁。觀其人亦自不凡。京師今多奇士，此兩生者，尤與隆交驩，敬而愛之，敢以聞於門下。

先生高才，爲尊官，下邑小吏，不當輒以尺一通，又不當輒奓口狂言，罪僇是懼。然隆私度，扶伏州郡長吏車下，至屏息不敢出聲，而揚眉先生之前，斯其故可知也。先生豈以高才尊官傲天下士者哉？謹以所爲鄙言請教門下，生平撰造，隆不自知，先生云何，即爲定品。南風有便，幸惠德音。

## 校勘

①《屠長卿集》題作『與王元美先生書』。

② 七：底本原作『十』，據存目本、《屠長卿集》改。

③ 王：底本原作『平』，據存目本、《屠長卿集》改。

④ 弇州：《屠長卿集》作『弇州山人』。

⑤ 友人：《屠長卿集》作『同年』。

## 注釋

[一] 王元美：王世貞，字元美。詳見卷四《答李伯達》注釋[一]。

[二] 玄圃：玄圃積玉之省稱。玄圃本指傳説中昆侖山上神仙之居處，其中多美玉，後常以稱美人之文章精華薈萃。《晉書・陸機傳》：『葛洪著書稱機文，猶玄圃之積玉，無非夜光焉。』南朝梁庾肩吾《書品論》後序：『今以九例該此衆賢，猶如玄圃積玉，炎洲聚桂。』

[三] 李夢陽：見卷七《康生歌》注釋[六]。

[四] 李攀龍：見卷四《酬于子冲》注釋[二]。

[五] 然明：春秋時鄭國鬷蔑，字然明。鄭簡公時爲大夫。國僑：春秋時鄭國公孫僑，以父字（子國）爲氏，故又稱國僑，字子產。鄭簡公十二年（前五五四）爲卿，二十三年（前五四三）起執政，多有政績。然明見知於子產，《左傳・襄公二十五年》：『子產始知然明，問爲政焉。對曰：「視民如子。見不仁者誅之，如鷹鸇之逐鳥雀也。」子產喜，以語子大叔，且曰：「他日吾見蔑之面而已，今吾見其心矣。」』子產不毀鄉校，令然明傾心，《左傳・襄公三十一年》：『然明曰：「蔑也今而後知吾子之信可事也。小人實不才。若果行此，其鄭國實賴之，豈唯二三臣？」』

［六］甯越：戰國時期趙國中牟人。因苦耕稼之勞，苦學十五年有成，爲周威公之師。見《吕氏春秋·博志》。晏子：春秋時齊相晏嬰。甯越無委身於晏子事，二人不同時，屠隆誤記。有齊國人越石父，曾爲人臣，被囚禁，僕於趙國中牟。晏子之晉，途經趙國中牟，遇之，解救回國，待爲上客。見《晏子春秋·内篇·雜上第五》。另，與越石父相提並論者有甯戚，漢王褒《四子講德論》：『甯戚商歌，以干齊桓；越石負芻，而寤晏嬰。』但甯戚亦無委身於晏子事，二人不同時。後人易混淆。

［七］荀爽：字慈明，東漢潁川郡潁陰人。爲官至司空，爲學治經籍，著述頗多。李君：指李膺。膺字元禮，東漢潁川郡襄城人。歷任多職，爲官嚴明。膺爲當時名士，受人敬慕。膺與荀爽之父荀淑爲師友，荀爽得以謁膺。《後漢書·黨錮列傳》：『荀爽嘗就謁膺，因爲其御。既還，喜曰：「今日乃得御李君矣！」其見慕如此。』

［八］廷尉：指漢張釋之。王生：漢處士，嘗使張釋之爲之結襪。見卷七《贈王百穀》注釋［一二］。

［九］君山：桓譚，字君山。譚受揚雄影響甚大，歎息揚雄事，參見卷十二《沈嘉則先生詩選序》注釋［一九］。

［一〇］中郎：蔡邕，字伯喈。東漢著名文學家、書法家。因官至左中郎將，人稱『蔡中郎』。王粲：『建安七子』之一。少有才名，爲蔡邕所賞識，嘗倒屣迎之。

［一一］禹穴：指會稽宛委山。傳大禹得黄帝所藏金簡書之處。見卷五《感懷詩五十五首·陶比部楙中》注釋［三］。

［一二］岱宗：泰山。古人以泰山爲五嶽之首，諸山所宗，故稱。古代帝王泰山封禪，封禪之文鐫於玉簡，斂於金匣，封埋於祭壇下。

［一三］鄒魯：鄒國和魯國。分別爲孟子、孔子之故鄉，乃文化昌盛、仁義禮樂之邦。

［一四］濠梁：見卷七《贈王元美廷尉》注釋［一］。

［一五］之罘：山名。在今山東烟台市北。秦始皇立刻石文其上。見卷五《感懷詩五十五首·方孝廉衆父》注釋［一］。

［一六］湘漢：湘水和漢水。屈賈：屈原和賈誼。湘、漢均屈原流放地，屈原部分楚辭作品，即作於該區域。賈誼曾謫爲長沙王太傅，期間作有《吊屈原賦》《鵩鳥賦》。

［一七］龍門：地名，黄河流經今山西省河津縣西北和陜西省韓城市東北處之大缺口，其處峭壁對峙，河水落差極大，咆哮奔放，聲如萬雷，因稱龍門。《尚書·禹貢》：『導河積石，至於龍門。』太史：指司馬遷。龍門爲司馬遷出生地。《太史公自序》：『遷生龍門，耕牧河山之陽。』司馬遷之文，一如龍門河水之奔騰跌宕。

［一八］成都：明代成都府所在地，即今四川省會成都市。其得名取意，宋樂史《太平寰宇記》卷七十二：『以周太王從梁山止岐山，一年成邑，二年成都，因名之成都。』相如：漢司馬相如，成都人。晉左思《蜀都賦》：『江漢炳靈，世載其英。蔚若相如，皭若君平。』

［一九］大梁：此指西漢梁孝王劉武封地。梁孝王好營宫室苑囿，以開封爲都城，又於睢水邊築兔園（又稱梁園、睢園、修竹園，故址在今商丘市梁園區）。鄒枚：漢鄒陽和枚乘，辭賦家，爲梁王睢園座上客。北魏酈道元《水經注·睢水》：『梁王與鄒、枚、司馬相如之徒極游於

其上。』《太平御覽》卷一百五十九：『《圖經》曰：「梁王有修竹園，園中竹木天下之選。集諸方遊士，各爲賦。故館有鄒枚之號。」』枚乘有《梁王兔園賦》傳世；鄒陽後來下獄，有《獄中上梁王書》傳世，均富文采。

〔二〇〕淮南：此指漢淮南王劉安封地，都壽春。八公：漢淮南王劉安之八位門客，參見卷三《善哉行》注釋〔二〕。劉安及門客作《淮南子》，別稱《鴻烈解》，省稱《鴻烈》。《西京雜記》卷三：『淮南王安著《鴻烈》二十一篇。鴻，大也；烈，明也；言大明禮教，號爲《淮南子》。』

〔二一〕幽薊：此指京師，古爲幽州和薊州之地。《明一統志》卷一《京師》：『古幽薊之地，左環滄海，右擁太行，北枕居庸，南襟河濟，形勝甲於天下，誠所謂天府之國也。我太宗文皇帝龍潛於此，及纘承大統，遂建爲北京。』鄒衍：戰國末期齊國人，陰陽家學派代表人物。見卷四《觀海篇》注釋〔六〕。燕昭王招賢納士，鄒衍自齊入燕，《史記・孟子荀卿列傳》：『（鄒衍）如燕，昭王擁彗先驅，請列弟子之座而受業，築碣石宮，身親往師之。』

〔二二〕青齊：古青州和齊州，此指山東。淳于：戰國時齊國淳于髡，爲稷下學宮代表人物，博學多才，善於辯論，言語機智流暢。《史記・孟子荀卿列傳》：『談天衍，雕龍奭，炙轂過髡。』司馬貞索隱：『劉向《別録》「過」字作「輠」。輠，車之盛膏器也。炙之雖盡，猶有餘津，言髡智不盡如炙輠也。』

〔二三〕稷下：指稷下學宮，見卷八《百舌詩》注釋〔二〕。田巴：戰國時齊國辯士。《太平御覽・人事部・幼智上》：『魯連子曰：「齊之辯士田巴，辯於狙邱，議於稷下，毁五帝，罪三王，訾五伯，離堅白，合同異，一日而服千人。」』

〔二四〕靈光：靈光殿。見卷九《送孔博士還太末兼之山東掃墓》注釋〔四〕。文考：王延壽，字文考。漢宜城（今湖北襄陽宜城）人，《楚辭章句》作者王逸之子。作《魯靈光殿賦》，極富文采。《後漢書・王逸傳》：『子延壽，字文考。有儁才，少遊魯國，作《靈光殿賦》。後蔡邕亦造此賦，未成，及見延壽所爲，甚奇之，遂輟翰而已。』

〔二五〕天台：浙江天台山。見卷一《霞爽閣賦》注釋〔八〕。興公：孫綽，字興公。見卷六《贈天台范文學汝東》注釋〔二〕。

〔二六〕河伯：黄河之神。見《莊子・秋水》。

〔二七〕夜郎王：漢代西南方夜郎國國君。屠隆此取『夜郎自大』之意。《史記・西南夷列傳》：『滇王與漢使者言曰：「漢孰與我大？」及夜郎侯亦然。以道不通，故各以爲一州主，不知漢廣大。』南徼：南方邊陲地區。

〔二八〕扶餘國：約爲秦漢至南北朝時期東北地區少數民族古國名，又作『夫餘國』。位置大致在今遼東及朝鮮半島。《後漢書・東夷傳》：『夫餘國，在玄菟北千里。南與高句驪，東與挹婁，西與鮮卑接，北有弱水。地方二千里，本濊地也。』

〔二九〕敬美：王世懋，字敬美。王世貞弟。

〔三〇〕機雲：晉陸機和陸雲兄弟。見徐益孫《由拳集敘》注釋〔一〇〕。

〔三一〕二美：元美（王世貞）和敬美（王世懋）兄弟。

[三二] 次公：指王世懋。以長次排行稱人兄弟，兄爲長公，弟爲次公。如稱蘇軾爲長公，蘇轍爲次公。又如屠隆本集稱張時徹長子張邦仁爲張長公。

[三三] 大美：即元美（王世貞）。

[三四] 七子：指明代文學流派之『後七子』，相對於李夢陽、何景明等『前七子』而言。『後七子』即李攀龍、王世貞、謝榛、宗臣、梁有譽、徐中行、吴國倫七人。

[三五] 李于鱗：李攀龍，字于鱗。見卷四《酬于子冲》注釋[二]。

[三六] 濟南：指李攀龍，濟南人。

[三七] 楊子雲：即漢揚雄，字子雲。見卷一《霞爽閣賦》注釋[二]。

[三八] 李王孫：指唐李賀。見卷九《贈陳伯符二首》注釋[三]。明王世貞《弇州四部稿·藝苑卮言四》：『李長吉師心，故爾作怪，亦有出人意表者。然奇過則凡，老過則稚，此君所謂不可無一，不可有二。』

[三九] 賈長沙：漢賈誼。因曾貶爲長沙王太傅，故稱。見卷四《感懷十首》注釋[三]。

[四〇] 司馬子長：漢司馬遷，字子長。

[四一] 長卿：指漢司馬相如，字長卿。

[四二] 王子淵：漢王褒，字子淵。見卷十二《贈陳伯符奉命歸娶序》注釋[二]。

[四三] 獻吉：明李夢陽，字獻吉。見卷七《康生歌》注釋[六]。

[四四] 楊馬：漢揚雄和司馬相如。

[四五] 褒雄：漢王褒和揚雄。

[四六] 沈宋：初唐詩人沈佺期和宋之問之並稱。二人五七言近體詩對仗工整，平仄諧調，對近體詩之定型貢獻甚大，時稱『沈宋體』。

[四七] 李杜：唐代詩人李白和杜甫。

[四八] 無鹽：戰國時齊宣王后鍾離春。見卷三《行路難四首》注釋[七]。

[四九] 沈嘉則：沈明臣，字嘉則。

[五〇] 龍伯：龍伯國巨人。見卷四《觀海篇》注釋[三]。

[五一] 沈懋學：見沈明臣《由拳集敘》注釋[三]。

[五二] 馮夢禎：見沈明臣《由拳集敘》注釋[二]。

# 與馮開之①[一]

長須回，得足下素書。長跪讀之，語我相思，勸我加餐，情津津厚矣。僕喜劇後②悲，至終篇，泣數行下，忼慨傷懷焉。空谷跫然，人③情有之。

疇昔之日，吾兩人邂逅適願，旅食京華[二]。日南雙珠[三]，延津二龍[四]，形忘神交，精氣感天，青松敘心，皦日莅盟。足下迴翔金馬[五]，僕亦蹩躠天衢[六]。每過嘉榭軒④[七]，婆娑竟日，流連卜夜。時而燕客高堂，臨坐前楹；賜饌大官，取酒都市；學劍秦隴，徵歌吴越。朝出左掖[八]，莫過屠中[九]，醉蹋俠斜[一〇]，迴盻倡家，酒支千日，門有萬里。五陵大俠[一一]，三河少年[一二]，探丸借客，蹴踘六博；鉅儒鴻士，轉日亘雲，談天雕龍，片語南金，咳唾成珠；虬須鋭頭，傀形殊相，方袍鷸冠，高標遠韻；娟娟者子，翠眉鬒髮，光輝照梁，清歌遏雲；三三五五，洵美且都，莫不連鑣分席，摳衣登堂，把臂結交，率四方奇士：

宣城沈郎[一三]，文藻懸河，俠氣干雲，旁通青囊，兼精白猿，真太華三峰[一四]，武夷九曲[一五]，寰中鉅麗，物外魁奇；荊楚周郎[一六]，辯倒江海，字挾風霜，心戀雲壑，志輕圭組，真浙江靈潮[一七]，吕梁懸水[一八]，望而清魂，蹈之驚骨。毘陵孫郎[一九]，衛玠膚清[二〇]，王褒才俊[二一]，展也海上金光，山中玉乳；臨淮李郎[二二]，雄篇霞舉，孤標朗映，誠然含英咀實，玉瓚黄流。四明沈郎[二三]，才如宿將，先登藝壇；濟南于郎[二四]，亦提偏師，間出歷下[二五]。檇李陳郎[二六]，婉孌多態，姿材雙美，不減安仁[二七]；吴江沈郎[二八]，秀雅而文，氣骨兼勁，何慚賈傅[二九]。南海姚生[三〇]，尚玄守雌，避世金馬；金華陸生[三一]，詩魔酒德，大隱清朝。又有黎秘書[三二]，白首校讎，比廣文之三絶[三三]；歐博士[三四]，青氊風雨，擬平子之四愁[三五]。沈吉士[三六]，賦就相如[三七]，逍遥而直禁内；黄文學[三八]，歌窮元叔[三九]，骯髒以倚門邊。姜山人[四〇]，疏才薄藝，舌比君卿[四一]；瞿孝廉[四二]，積毀煩冤，心同屈子[四三]。徐茂吴[四四]，翩翩秀士；顧益卿[四五]，落落奇姿。

足下壘塊之才，超逸之品，情符太上，中懷希夷，如天台長松，峨眉古雪，高華氣色，隔塵遠矣。僕則才卑而氣高，言誕而行潔，席門窮巷，炊玉然桂，驅車迴轅，懷刺成字。絶三臺之跡[四六]，却五侯之鯖[四七]，寄東方之傲[四八]，守子雲之玄[四九]。寧爲拙仕，毋爲巧宦；寧爲顔駟[五〇]，毋爲虎圈[五一]；寧爲崔駰[五二]，毋爲狗監[五三]。鳳閣雖榮[五四]，不獻⑤翠華；雞香可羡，不奏明河。雲霄無路，不進鬱輪；泉石可盟，不抱荆璞。以此誨妒，亦以此得名。世應且憎，固賢豪之所許也。

畧而言之，頗盡都下。相與躡燕臺之層雲[五五]，邀西山之落月[五六]，濯潞河之長流[五七]，横睨酒人，倚醉胡姬[五八]，亦一時雄快也。

不意迍巡歲月，轉眄風波，故人參商，舊遊零落。元孚楚人，歸采蘭芷；于定交產，夢想桄榔。沈郎返駕於青山[五九]，于子分符於澤潞[六〇]。茂吴一麾於江海，益卿三⑥黜於滇南[六一]。陳生放浪於吴中，僕亦旅泊於淮泗。百年之内，爲驩幾何？大澤壘空，江漢流萍。能不感矣？

乃足下於僕，交遊中尤爲最篤。方其晤對，則明星有爛，夜猶未央；至其睽離，則一日三秋，只尺萬里。嗟嗟開之，安所取屠生而昵好若此也？金石之誼，勒乃深中。離索以來，憂思轉積，翹首北望，眼穿落日，涙迸長雲。每裁尺書，山川則阻，道遠莫致，中懷不宣。足下云：『鴻鯉不絶，無相忘也。』嗟嗟，僕豈忘之乎！足下待詔金馬[六二]，起艸明光[六三]，出與諸公列館分直，開群玉之府，抽萬卷之秘；入而割肉遺細君[六四]，把弄兒子，或焚芸香，讀賜書，蒙主上寵靈，愉快矣！又足下所謂至貴倨矣，顧何有於泗上一亭長，而拳拳繫心？書來耿切也，此其所爲惇友道至哉。

僕居潁良苦，至不得比於人。遭人無大小，咸折腰，僕即折腰；使者過無大小，咸負弩矢郊迎，僕即負弩矢郊迎。扶伏，兩手據地；貴客誚讓，或箕踞嫚罵，隸也不力，供帳不盛，起而塵揥面矣。或哀憐黔首，催科稍從寬假，則所轄移檄督過，虓猛炰烋之氣如虎焉。嗟嗟開之，奈何令爲？而僕未嘗一日作攢眉，牛邪，馬邪，雞時夜邪？無不可矣。古者黄屋之貴，不加於廣成，河上[六五]；台鼎之尊，不加於蓋公[六六]。奈何以一官驕僊令？僕且從旁胡盧之矣，奚其悲夫？白龍魚服，蝦蛆笑之，豫且制之。匪龍不靈，則其所託者然也。今僕龍而魚服也，彼且爲蝦蛆，彼且爲豫且。假令下吏而辱，則大官榮邪？爲人陵轢而怒，則陵轢人遂喜邪？僕雖不肖，辨此久矣。

所可恨者，簿書既熟，文藝愈疏；世俗情深，風雅道喪；聲譽日增，人品日減。嗟嗟開之，如屠生何？僕聞古之爲令者，彈琴弦歌，咏先王之風；河陽名花[六七]，勾漏丹砂[六八]，風翛然遠矣。而今乃爲名法之所大禁，朝行雅道，暮挂物議。僕居潁半歲，始得一至子瞻西湖[六九]，戴星而往，戴星而還。是夜湖水微緑，芙蕖盛開；天假一夕，六合朗霽，雲物且爲僕作五色焉。依依歐蘇兩公[七〇]，晤對丙夜。偶憶長公垂老還媪戯居[七一]，死客舍，爲之泫然出涕。侍坐兩公，得詩四⑦，蓋不復就枕。詰朝吏事牽去矣。

僕自作一官，五臟俱俗。嗟乎！開之，而懼我不異平生，而寧知我大異平生？九折稱良，百煉繞指，事固然也。蠅化爲鼃，陵舄化爲烏足，烏足化爲蠐螬，斯彌化爲食醯，食醯化爲九猷，羊肝化爲地皋，馬血化爲轉燐。令僕爲此官不已，將何化乎？雖然，泥蟠宵行亦化也，龍故在矣。足下有言：『能乘雲不能伏爪，烏覩龍哉。』願足下無以皮毛相我。

三月晦日，沈君典舟抵淮揚，曾遣問行李，書來款款，天下多情人也。孫以德持節大梁[七二]，僕亦遣人物色之矣。孫生云遊梁，登嵩少[七三]，躡太和[七四]，然後與僕南會潁水之上。僕且掃榻遲之。恨不得足下與俱南爾。

僕今者躬勞簿書，晝夜兀兀。稍暇，讀莊老之書，默觀天地之化，大塊幻迹，萬物皆空。即身非吾有，而區區以世務徽纏，而以官爲桎梏，何也！夫運有必停，物有必化，握必化之器，託不停之運，而妍醜爽惑，欲與大化争長，亦惑矣！何論小吏，即侯王將相，不波澌乎？何論崇秩，即鐘鼎竹帛，不寂草乎？何論功伐，即軒轅、仲尼[七五]，不罣宰乎？何論聖賢，即⑧天地日月，不墮劫乎？是故達人帶索鼓琴，拾穗行歌，彼誠有見焉，非漫也。而僕竊竊焉論世情，譚宦況⑨，矜榮辱，敘離合，忼慨傷懷，不尤可展然笑乎⑩？足下深於玄理，蓋懸解之日久矣。僕此言謂何？多欲觀徼，漸返自然。五嶽可⑪期，三山不遠，御風騎氣，何⑫所不之。安能舍逍遥之道，而繫天弢也？僕始以令東，所親迎勞之曰：『嘻！長卿，以彼其才，上而金馬，次猶不失諸曹，奏詞賦於至尊，抒文采於交遊，庶幾得當。而奈何令爲？』僕茫然自失也。何物而金馬，何物而諸曹，何物而令，僕不知也。僕不知而世方以其所不知者相唁乎？涉潁來，僕恐天下謂僕師心不善此官也，而勉爲之；世乃遂以是賢僕，而不知僕方以是爲桎梏者也。之二者，咸失名實矣。世之所爲榮辱者，唁而慶者，賢而不肖者，何據哉？

僕所居濠梁[七六]，伯陽、南華皆在焉[七七]。足下來，僕且膝行而從之矣。

## 校勘

①《屠長卿集》題作『與馮開之年丈書』。
②後：存目本、《屠長卿集》作『復』。
③人：底本原作『之』，據存目本、《屠長卿集》改。
④嘉榭軒：《屠長卿集》作『嘉樹軒』。
⑤獻：《屠長卿集》作『厭』。
⑥三：底本原作『一』，據存目本、《屠長卿集》改。
⑦四：《屠長卿集》作『二』。
⑧即：底本原作『節』，據存目本、《屠長卿集》改。
⑨譚宦：底本原作『之官』，據存目本、《屠長卿集》改。
⑩不尤可展然笑乎：底本作『不尤笑展然人乎』，據存目本、《屠長卿集》改。
⑪可：底本原作『何』，據存目本、《屠長卿集》改。
⑫何：底本原作『之』，據存目本、《屠長卿集》改。

## 注釋

〔一〕馮開之：馮夢禎，字開之。見沈明臣《由拳集敘》注釋〔二〕。
〔二〕京華：京城之美稱。因景象繁華，文物、人才彙集，故稱。
〔三〕日南：漢郡名，武帝時設立，在今越南中部。其地産珍珠。北朝周庾信《擬連珠》：『日南枯蚌，猶含明月之珠。』雙珠：比喻風姿或才華出衆之兩兄弟或朋友。漢孔融《與韋休甫書》讚美韋端之子元將與仲將爲雙珠：『前日元將來，淵才亮茂，雅度弘毅，偉世之器也。昨日仲將又來，懿性真實，文敏篤誠，保家之主也。不意雙珠，近出老蚌，甚珍貴之。』
〔四〕延津：延平津，龍泉、太阿兩劍會合化龍處。見卷九《聞嘉則君典開之會於湖上有作》注釋〔二〕。
〔五〕金馬：金馬門，見卷二《十賢贊·東方朔》注釋〔三〕。此指翰林院，因馮開之時任編修。
〔六〕天衢：指京城大道。唐岑文本《奉和正日臨朝》：『清蹕喧輦道，張樂駭天衢。』
〔七〕嘉榭軒：即嘉樹軒，屠隆在京時寓所名。見卷八《送桂博士還四明》注釋〔三〕。

〔八〕左掖：宫城正門左邊之小門。見卷九《入自左掖》注釋〔一〕。

〔九〕屠中：指屠宰牲畜、售賣其肉之處。屠中可能有豪俠之士，《史記·刺客列傳》：『荆軻既至燕，愛燕之狗屠及善擊筑者高漸離。』又，戰國時魏人朱亥即隱於大梁屠中，被侯嬴薦與信陵君。

〔一〇〕俠斜：即狹斜。本稱小街曲巷，特指冶遊之地。見卷九《送郁秀才之金陵》注釋〔五〕。

〔一一〕五陵：見卷十一《雜詩二十首·探丸》注釋〔一〕。五陵大俠，即五陵豪。

〔一二〕三河：漢代以河内、河東、河南三郡爲三河，轄境在今河南北部及山西南部一帶，地近洛陽。《史記·貨殖列傳》：『夫三河，在天下之中，若鼎足，王者所更居也。』因近京師之故，少年多氣度不凡。唐王維《老將行》：『節使三河募少年。』宋敖陶孫《詩評》：『曹子建如三河少年，風流自賞。』

〔一三〕宣城沈郎：指沈懋學，字君典，宣城人。

〔一四〕太華三峰：太華即西嶽華山。華山有五峰，以蓮花、毛女、松檜三峰最高。唐陶翰《望太華贈盧司倉》詩：『行吏到西華，乃觀三峰壯。』

〔一五〕武夷九曲：武夷指武夷山。在今福建武夷山市。武夷山有九曲溪，其山水佳勝，爲著名景觀。

〔一六〕荆楚周郎：指周弘禴，《明史·李沂傳》附：『周弘禴，字元孚，麻城人。倜儻負奇，好射獵，舉萬曆二年進士，授户部主事。』麻城（在今湖北），古楚地。見卷五《感懷詩五十五首·周民部元孚》注釋〔一〕。

〔一七〕浙江：指錢塘江。錢塘江潮水，蘇軾《催試官考較戲作》稱其『壯觀天下無』。

〔一八〕吕梁：地名。吕梁有懸水，《列子·黄帝》：『孔子觀於吕梁，懸水三十仞，流沫三十里，黿鼉魚鼈之所不能游也。』唐殷敬慎釋文：『（吕梁）在今彭城郡。《爾雅》曰：「石絶水曰梁。」』

〔一九〕毘陵孫郎：孫繼皋，字以德，無錫人。無錫舊屬毘陵郡。孫以德爲萬曆二年（一五七四）狀元，見卷五《感懷詩五十五首·孫太史以德》注釋〔二〕。

〔二〇〕衛玠：晉河東安邑（今屬山西夏縣）人，字叔寶。爲當時名士，中國古代著名美男子。《晉書·衛瓘傳》附：『玠字叔寶，年五歲，風神秀異。……總角乘羊車入市，見者皆以爲玉人，觀之者傾都。驃騎將軍王濟，玠之舅也，儁爽有風姿，每見玠，輒歎曰：「珠玉在側，覺我形穢！」又嘗語人曰：「與玠同遊，冏若明珠之在側，朗然照人。」』《世説新語·容止》：『衛玠從豫章至下都，人久聞其名，觀者如堵牆。』

〔二一〕王褒：漢代著名辭賦家。見本卷《與王元美先生》注釋〔四二〕。

〔二二〕臨淮李郎：李言恭，字惟寅。襲封臨淮侯。見卷五《感懷詩五十五首·李臨淮惟寅》注釋〔一〕。

〔二三〕四明沈郎：沈九疇，字箕仲。四明鄞縣人。萬曆五年（一五七七）進士。見卷五《感懷詩五十五首·沈比部箕仲》注釋〔一〕。

〔二四〕濟南于郎：于達真，字子冲。山東歷城（濟南）人。見卷四《酬于子冲》注釋〔一〕。

〔二五〕歷下：即歷城（今山東濟南），此指『後七子』領袖人物李攀龍，攀龍歷城人。見卷四《酬于子冲》注釋〔二〕。

〔二六〕檇李陳郎：陳泰來，字伯符。見卷五《感懷詩五十五首·陳京兆伯符》注釋〔一〕。檇李爲古地名，在今浙江省嘉興西南。見卷七《存石草堂歌爲沈觀察先生賦》注釋〔三〕。

〔二七〕安仁：潘岳，字安仁。西晉文學家。才、貌俱佳。《晉書·潘岳傳》：『岳美姿儀，辭藻絶麗。』南朝梁鍾嶸《詩品》：『潘才如江。』

〔二八〕吴江沈郎：沈季文，字少卿。吴江人。萬曆五年（一五七七）進士。見卷五《感懷詩五十五首·沈虞部少卿》注釋〔一〕。又該詩有言：『余昔居長安，折節交良友。君從吴江來，一見情款厚。』

〔二九〕賈傅：漢賈誼。曾爲長沙王太傅、梁懷王太傅，故稱。見卷四《感懷十首》注釋〔三〕。

〔三〇〕南海姚生：姚岳祥，字于定。廣東化州人。化州在東漢時期曾先後屬交趾刺史部（後改交州），故後文稱『于定交産』。萬曆五年（一五七七）進士。見卷五《感懷詩五十五首·姚吉士于定》注釋〔一〕。

〔三一〕金華陸生：陸可教，字敬承。浙江蘭溪人，明蘭溪縣屬金華府。萬曆五年（一五七七）進士。見卷五《感懷詩五十五首·陸編脩敬承》注釋〔一〕。

〔三二〕黎秘書：黎民表，字惟敬。見卷五《感懷詩五十五首·黎秘書惟敬》注釋〔一〕。

〔三三〕廣文：唐鄭虔。爲廣文館博士，人稱鄭廣文。擅長詩、書、畫，時稱『鄭虔三絶』。《新唐書·文藝列傳·鄭虔》：『玄宗愛其才，欲置左右，以不事事，更爲置廣文館，以虔爲博士。……嘗自寫其詩並畫以獻，帝大署其尾曰：「鄭虔三絶。」』參見卷五《感懷詩五十五首·高博士升伯》注釋〔五〕。

〔三四〕歐博士：歐大任，字楨伯。曾入爲國子監博士。見卷五《感懷詩五十五首·歐博士楨伯》注釋〔一〕。

〔三五〕平子：漢張衡，字平子。著名文學家。有《四愁詩》等作品。

〔三六〕沈吉士：指沈自邠。見卷五《感懷詩五十五首·沈檢討茂仁》注釋〔一〕。

〔三七〕相如：漢司馬相如。

〔三八〕黄文學：未詳。

〔三九〕元叔：漢趙壹，字元叔。見卷五《感懷詩五十五首·桂博士蒨盈》注釋〔三〕。

〔四〇〕姜山人：未詳。卷九有《贈姜山人》詩。

〔四一〕君卿：西漢樓護，字君卿。護善辯，見卷一《霞爽閣賦》注釋〔一三〕。

〔四二〕瞿孝廉：瞿九思，字睿夫。見卷五《感懷詩五十五首·瞿孝廉睿夫》注釋〔一〕。該詩有言：『煩冤類屈平，才氣亦相亞。』

[四三] 屈子：屈原。

[四四] 徐茂吴：徐桂，字茂吴。見卷五《感懷詩五十五首·徐袁州茂吴》注釋[一]。

[四五] 顧益卿：顧養謙，字益卿。見卷五《感懷詩五十五首·顧觀察益卿》注釋[一]。

[四六] 三臺：《後漢書·袁紹傳》：『坐召三臺，專制朝政。』李賢注引《晉書》：『漢官，尚書爲中臺，御史爲憲臺，謁者爲外臺，是謂三臺。』

[四七] 五侯：見卷六《瞿童子詩》注釋[七]。

[四八] 東方：漢東方朔。見卷二《十賢贊·東方朔》注釋[一]。

[四九] 子雲：漢揚雄，字子雲。《漢書·揚雄傳》：『哀帝時，丁、傅、董賢用事，諸附離之者或起家至二千石。時雄方草《太玄》，有以自守，泊如也。或謿雄以玄尚白，而雄解之，號曰《解嘲》。其辭曰：「……僕誠不能與此數公者並，故默然獨守吾《太玄》。」』

[五〇] 顔駟：西漢人。漢張衡《思玄賦》：『尉龙眉而郎潛兮，逮三葉而遘武。』《文選》李善注：『《漢武故事》曰：顔駟，不知何許人，漢文帝時爲郎。至武帝，嘗輦過郎署，見駟龙眉皓髮。上問曰：「叟何時爲郎，何其老也？」答曰：「臣文帝時爲郎。文帝好文，而臣好武；至景帝好美，而臣貌醜；陛下即位，好少，而臣已老。是以三世不遇，故老於郎署。」上感其言，擢拜會稽都尉。』

[五一] 虎圈：本指養虎場所。屠隆謂『毋爲虎圈』，是謂不願做管理虎圈之『虎圈嗇夫』。《史記·張釋之列傳》：『釋之從行，登虎圈。上問上林尉諸禽獸簿，十餘問，尉左右視，盡不能對。虎圈嗇夫從旁代尉對上所問禽獸簿，甚悉。欲以觀其能，口對響應，無窮者。文帝曰：「吏不當若是耶？尉無賴！」乃詔釋之，拜嗇夫爲上林令。釋之久之前曰：「陛下以絳侯周勃何如人也？」上曰：「長者也。」又復問：「東陽侯張相如何如人也？」上復曰：「長者。」釋之曰：「夫絳侯、東陽侯稱爲長者，此兩人言事，曾不能出口，豈斆此嗇夫諜諜利口捷給哉！……」文帝曰：「善。」乃止不拜嗇夫。』

[五二] 崔駰：字亭伯，東漢涿郡安平人。博學通經，少遊太學，與班固齊名。和帝時，車騎將軍竇憲辟爲掾。憲擅權，駰屢諫之，被出爲長岑長，辭歸。

[五三] 狗監：漢代朝中内官名，主管皇帝獵犬。

[五四] 鳳閣：唐官署名，由中書省改置。

[五五] 燕臺：見卷八《送李太學北上》注釋[二]。

[五六] 西山：即今北京西山。爲太行山北段之餘脈。

[五七] 潞河：即白河，又稱北運河。主河段在今北京市通州區。

[五八] 胡姬：指侍酒或賣酒女子，見卷六《送桂博士入楚》注釋[四]。

[五九] 青山：即青林山。見卷十三《與沈君典三首》注釋[一六]。

[六〇] 澤潞：澤州和潞州。于子冲萬曆五年（一五七七）進士，授澤州知州。

[六一] 滇南：雲南簡稱滇，因位於國家南部，故名。顧養謙坐事調爲雲南僉事。

[六二] 金馬：金馬門，文士待詔之所。見卷二《十賢贊・東方朔》注釋[三]。此指翰林院。

[六三] 明光：漢宮殿名，後世泛指朝廷宮殿。

[六四] 細君：此爲對妻子之稱呼。

[六五] 廣成：即廣成子，傳説中之仙人。晉葛洪《神仙傳・廣成子》：『廣成子者，古之仙人也。居崆峒之山石室之中。黄帝聞而造焉。』《黄帝内經》中，多有黄帝問道於廣成子之對話。河上：即河上公。漢時人，姓名未詳。後世傳其所作《老子注》。晉葛洪《神仙傳・河上公》：『河上公者，莫知其姓字。漢文帝時，公結草爲庵於河之濱。』

[六六] 蓋公：名未詳，西漢學者，治黄老之術。《漢書・曹參傳》：『參之相齊，齊七十城。天下初定，悼惠王富於春秋，參盡召長老諸先生，問所以安集百姓。而齊故諸儒以百數，言人人殊，參未知所定。聞膠西有蓋公，善治黄老言，使人厚幣請之。既見蓋公，蓋公爲言治道貴清静而民自定，推此類具言之。參於是避正堂舍蓋公焉。其治要用黄老術。故相齊九年，齊國安集，大稱賢相。』

[六七] 河陽：縣名。晉潘岳爲河陽令，樹桃李花。見卷七《贈王百穀》注釋[一〇]。

[六八] 勾漏：山名，縣名。晉葛洪曾求爲勾漏令。見卷七《贈王百穀》注釋[一一]。

[六九] 子瞻：宋蘇軾，字子瞻。西湖：此指潁州西湖。見卷九《西湖宿四賢祠四首》注釋[一]。

[七〇] 歐蘇：宋歐陽修和蘇軾。

[七一] 長公：指蘇軾。蘇軾爲蘇洵長子，因稱長公。見卷二《十賢贊・蘇軾》注釋[一]。蘇軾還媪屋而僦居事，宋費衮《梁谿漫志・東坡卜居陽羨》載：東坡自儋北歸，卜居陽羨。買得一宅，爲錢五百緡，坡傾囊僅能償之。待卜吉入新第。一日外出，偶聞婦人哭聲極哀。原爲不肖子將祖傳故居售人。坡問其故居所在，則坡以五百緡所得者。坡再三慰撫，對媪焚其屋券，竟不索其直。坡自是遂還毗陵，不復買宅，而借顧塘橋孫氏居暫憩。是歲七月，坡竟歿於借居。

[七二] 大梁：指明開封府，見卷四《詠史六首》注釋[五]。

[七三] 嵩少：嵩山之别稱。

[七四] 太和：太和山，即今湖北武當山。

[七五] 軒轅：黄帝。《史記・五帝本紀》：『黄帝者，少典之子，姓公孫，名曰軒轅。』仲尼：孔子，名丘，字仲尼。

[七六] 濠梁：指鳳陽府。鳳陽府古郡稱濠梁，屠隆任職之潁上縣隸屬鳳陽府。見卷七《贈王元美廷尉》注釋[一二]。

〔七七〕伯陽：老子，姓李名耳，字伯陽。南華：即莊周，唐玄宗天寶元年（七四二）詔封『南華真人』。本卷《與沈箕仲》言：『（隆）所居淮泗，北折而苦縣，則伯陽産焉；南折而濠梁，莊生之所家也。』

## 與沈少卿①〔一〕

蒼頭入京〔二〕，奉尺書足下，云始得書甚喜，自詑，已開椷，寥寥數言爾。又云長安諸公得書，皆甚喜，自詑，謂屠生有書見寄，已開椷，寥寥數言爾。

僕自與足下別，便苦吏事冗甚，不能一一作書。作一書偏報諸公，亦近時常例。然非所以施於足下矣。足下又云見馮生、沈生書〔三〕，復作長語，以爲恨。嗟嗟！足下之厚僕如此，而僕不能盡知，尚可爲人哉？足下願得僕長語，不得以爲恨，此何心！僕於此雖至愚，亦知少卿以厚我故云云。不然者，書來一過，棄置篋笥中爾。念此感激，泣數行下。僕居長安時，與足下交不薄。僕方以令行，始不知令善也，而楚楚作苦。諸君亦多勞苦屠生者，獨足下不然。英雄用心，良有爲矣。僕又不能察足下所以不相勞苦故，而誤以足下爲薄，謂足下不用情於小子，乃後②不敢以長語進，道其縷縷之私。其一二長語不休者，皆疇昔勞苦③屠生者也，亦誤矣。丈夫交遊，豈在兒女子仁哉。馮沈諸生皆賢豪丈夫，而作兒女子仁，足下弗是也。僕以此失足下矣。

聞少卿居長安甚高義，侃侃郭亮、朱勃之風〔四〕。來書譚説時事，忼慨傷懷。少卿白皙，秀眉婉孌，而節概若此，固知太史公稱子房不诬哉〔五〕。

足下云僕今且作繞指柔乎？世情增半，人品咸半，僕非敢然也。子不聞應龍之泥蟠乎？飲沮洳，友蝦蛆，窋窀躨跜，蜿蜒屈體，時也。子豈以其飲沮洳、友蝦蛆而謂龍性改邪？今之爲令者，豈弟惠和志意猶可行，惟以骯髒取罪上官，則必不可行。以骯髒取罪上官，則雖文學如游夏〔六〕，治行如龔④黄〔七〕，無所用之。世人言文人多不善此官，以其性誕謾也。游夏非文人乎？僕嘗謂若神龍可測，安名爲神？世人好以皮相天下寥廓士，即不幸以丈夫氣敗官，世不謂丈夫而謂爲以不善失之，且謂相吾輩奇中也。是以且橐丈夫氣橐中，而從兒女子面目爲容取憐，學應龍之跡，習蜿蜒之態，遵顯晦之塗，明卷舒之用，然後矯首揚眉，惟吾所適。屠長卿之故吾自在也！咄咄少卿，僕誠不能以一令骯髒矣。何者？一令不足惜，惡其爲天下所相也。然而爲下民請命，大義所在，往往彊争。丈夫之氣，猶嫌其橐不盡也。譬如河朔俠少年[八]，學爲好女子，嫣然都雅，時露壯浪本色。足下笑我摧⑤頹，當蘇君時[九]，儀何敢言[一〇]？

## 校勘

① 《屠長卿集》題作『與沈少卿書』。
② 後：底本原作『一』，據存目本、《屠長卿集》改。
③ 苦：底本原作『言』，據存目本、《屠長卿集》改。
④ 襲：底本原作『聾』，據存目本、《屠長卿集》改。
⑤ 摧：底本原作『榷』，據存目本、《屠長卿集》改。

## 注釋

[一] 沈少卿：沈季文，字少卿。見卷五《感懷詩五十五首·沈虞部少卿》注釋[一]。
[二] 蒼頭：指僕人。
[三] 馮生：指馮夢禎。沈生：指沈懋學。
[四] 郭亮：字恒志，東漢汝南朗陵人。李固弟子。固被梁冀誣陷殺害，露屍於四衢，令有敢臨者加其罪。亮年始成童，遊學洛陽，乃左提章鉞，右秉鈇鑕，詣闕上書，乞收固屍。不許，因往臨哭，陳辭於前。太后憐之，得遂斂歸葬。見《後漢書·李固傳》。朱勃：字叔陽，東漢扶風平陵人。官至雲陽令。早年與同郡馬援爲友。援遠征五陵五溪蠻病死，却遭饞蒙冤，勃上書，慷慨陳狀。見《後漢書·馬援列傳》。
[五] 太史公：指司馬遷。子房：漢張良，字子房。見卷二《十賢贊·張良》注釋[一]。司馬遷稱張良，見《史記·留侯世家》：『太史公曰：……余以爲其人計魁梧奇偉，至見其圖，狀貌如婦人好女。蓋孔子曰「以貌取人，失之子羽」，留侯亦云。』
[六] 游夏：孔子之學生子游（言偃）和子夏（卜商）。二人長於文學。《論語·先進》：『德行：顔淵、閔子騫、冉伯牛、仲弓。言語：宰我、子貢。政事：冉有、季路。文學：子游、子夏。』
[七] 龔黄：漢代循吏龔遂和黄霸。見卷十二《贈徐君令海陽序》注釋[七]。
[八] 河朔：古代泛指黄河以北地區。

〔九〕蘇君：指蘇秦。字季子，戰國時東周洛陽人。著名縱横家、外交家。擅長遊説，一度兼佩六國相印。事迹見《戰國策》《史記・蘇秦列傳》。《漢書・藝文志》有《蘇子》三十一篇，早佚。帛書《戰國縱横家書》存有其游説辭及書信十六篇。

〔一〇〕儀：指張儀，戰國時魏國人。著名縱横家、外交家。早年與蘇秦同師鬼谷子學縱横之術。擅長遊説，先後爲秦相、魏相。事迹見《戰國策》《史記・張儀列傳》。有《張子》，已佚。

## 上汪宗伯①〔一〕

隆不肖，童牙譚藝，三十無聞，流落風塵，漂泊嗟吴楚，婆娑雙鬢，蚤見二毛。奏技有司，有司敝帚；退處鄉曲，鄉曲遺跡。家在大江之上，長風卷茅，寒潮打門，木落高天，猨啼曠野，泬寥蕭瑟之境，真使人魂銷。又苦窶甚也，而隆處之殊適。好讀五帝三王之書，百家衆技之説，饑以之爲餐，寒以之爲衣。又好執鞭天下賢士大夫，咸謬辱才名見收，進之交遊之末。

若先生者，固大海以東鉅麗也，隆亟欲一望見輕塵。第私念布衣，義不敢先於薦紳先生，遂止也。且先生有道長者，風采嶽嶽，僕安敢自媒而進之？自媒而進之，雖隆知其不可，況先生哉。周公雖躬吐哺，下白屋，其不以自媒收天下士，明矣。是以隆生三十年，交遊士大夫時時有之，而顧不敢求先生一盼。

夫空同、太華〔二〕，作鎮於西，無論東也，即西人不一登焉。何也？蓬萊、瀛洲〔三〕，立極於東，無論西也，即東人不一望見焉。何也？是隆之義也，亦隆罪也。乃今不意得以薄藝收於門下爲門生。夫士之所稱賢不肖者，如龍泉焉，如鉛刀焉，如騏驥焉，如駑馬焉，如夜光、燕石焉，如豫章、樗櫟焉。彼良工之所收者，龍泉乎，鉛刀乎，騏驥乎，駑馬乎，夜光乎，燕石乎，豫章乎，樗櫟乎？士誠得望見清塵，愜其平生，即以鉛刀進，以駑馬進，以燕石進，以樗櫟進，所不辭也。而乃今又得以賢士之名，與天下俊髦並席而升、分道而趨以進，聆大君子之緒論，愜平生望見之願，而又有賢聲，即徼幸，顧不厚哉。

曩歲釋褐居京師，朝脱草履，莫列縉紳，捐三十年漂泊之苦，而一旦回翔雲霄之上，意津津不啻足矣。是以安心下吏，息念清華，遊目簿書，絶望金馬，杜門塞竇，閟影裹足，度材而處，力罔命争，亦既得當矣。夫何世人不量，以内館爲高華，以外隸爲流俗，以詞賦爲雅道，以吏事爲風塵，以入直爲閒適，以視篆爲鞅掌，厭薄外補，勞苦屠生，謂隆不得館職而擯之小吏，以爲太息。隆不惠，心切非之。隆才藝不加於人而過求非分，則大罪也。夫制科甲、乙，莫非俊髦；清華、流俗，莫非王官；收録、陶熔，莫非主恩；矢謨、宣力，莫非報稱。立交戟之下，出入承明之廬，撰文奏賦，納誨進講，補衮闕，暢國美，稱侍從臣，誠然清華；至分符佩印，承命出牧，爲天子勤宣職事，惠養元元，即何言流俗哉？且輦轂之内，提封之外，萬里几席也，中外百執事如星羅焉，不有清班疇潤鴻業？不有吏治疇宣鉅化？交相資者也，此奚論。論他日所操竪者可不可爾。世之譚者，又往往謂文人多不善吏治。吏治夥矣，民隱至闇，政務至棼。俯仰多方，當機靡定，人情九疑，世路洪波，非涉歷不熟，非圓轉不達，非鍛煉不精，而文藝皆不得兼焉，故文人多不善吏事。使文人爲吏事，是使騏驥捕鼠，而劍補履也。隆竊又非之。夫人情世故，誠萬變夥矣，其有出於先王之訓、百家之外者乎？文人覽觀先王，稱説詩書，泛濫百家，曷不究矣？考古驗今，觀變察時，曷不精矣？如是而爲吏治，曷不善矣！夫太阿純鈎，陸剸水斷，剖瓜切玉，無擇也。取長途，識迷道，必老馬之智，從所習也。使文人吏治，是寶劍之割而老馬之指迷道也。世人謂文人不善吏治，隆謂必文人而後善吏治。其有不善者，必其於文藝疏也。彼游夏不宰乎[四]？誠謂文人不可以吏治，則椎魯無文者，市人爾，市人可用吏邪？則天子安得市人而用之也！

隆無他行能，平生獨喜業文，乃文藝又殊疏也，是隆之所大懼也。雖然，亦爲之而已。夫終日而眂②，則虱大如車輪焉；終日而運，則太行、王屋移焉[五]，其神到也。跬步不已，跛鼈千里，其力倍也。天下事不患無能，而患不知懼。懼也，則勤可補拙，勞可相不逮；無懼也，即賢豪聖智或困。隆知懼矣。先生試問隆所以治潁上，焉置對矣。方今天子神聖，小大臣工咸懷忠良；先生以黄髮耆德師表百僚，翊贊主③上，穆乎休嘉，行軼三五，隆恨不得自比於虎賁衛士之列，一睹光華也。主上倚毗方切，不啻五嶽；願先生强飯自愛，上答隆眷，俯慰四海，隆在下風，幸藉餘光。裁書敘心，不既虔耿。

**校勘**

①《屠長卿集》題作『上大宗伯汪先生書』。

② 而：《屠長卿集》作『爲』。
③ 主：底本原作『王』，據存目本、《屠長卿集》改。

### 注釋

[一] 汪宗伯：汪鏜。字振宗，號遠峰，明寧波府鄞縣人。嘉靖二十六年（一五四七）進士。翰林院學士，累官至禮部尚書。詩文集有《餘清堂稿》。『宗伯』爲對禮部尚書之稱呼。

[二] 空同：即崆峒，山名，道教聖地。見卷一《霞爽閣賦》注釋[三二]。後世指實之崆峒山不止一處，該文中既與『太華』並稱，『作鎮於西』，則當指今甘肅省平涼市西之崆峒山。太華：即西嶽華山。

[三] 蓬萊、瀛洲：傳説中之海上兩座神山。

[四] 游夏：孔子之學生子游和子夏。見本卷《與沈少卿》注釋[六]。

[五] 太行：太行山。王屋：王屋山。屠隆此化用《列子・湯問》中愚公移山故事。

## 與沈箕仲①[一]

足下得閒曹，適矣。乃僕爲令，亦不惡也。僕囊不解事，從人言苦令。夫令奚苦矣？夫理棼治劇，非令不効；振刷調劑，非令不行；精明果斷，非令不見；寬仁惠和，非令不宣。士朝弛負擔，莫列薦紳，綰符佩印，展布四體，丈夫何不可哉？又世之所爲難色者，徒以令磬折諸公間。丈夫抱藝，幸遭遇一時，與甲乙之科，不能獵上第，登清華，軒然高蹈，榮名振藻，而沾沾兒女子向人，工眉嫵，取憐當世，辱在泥塗，非夫也。嗟嗟，不然哉！士苦脩名不立，夫磬折奚苦矣。軒轅位居黃屋[二]，號爲至尊，而膝行前廣成子[三]。周公身都將相[四]，吐哺以勞天下士。正考父一命而傴[五]，再命而僂，三命循牆而走。魯之賢者，年七十猶恭也。士苦脩名不立，夫磬折奚苦矣！

僕爲小吏淮泗之上，朝夕兀兀，扶伏奔走將迎，下以和柔萬靈，而上取憐尊官長者；內存狷介，外飾膏沐，望見其眉嫵者。何物長卿，綽約若爾？漫罵則受之，呼牛馬則應之，唾則乾之，發於餘竅則承之。彼怒而卑辭和顏，退而置之矣；誚讓而謝過，背而胡盧之矣。故朝夕兀兀，則無窳其業也；扶伏奔走將迎，則無虞其患也；爲眉嫵取憐，則無逢其怒也；逆而順之，則無滑其和也。磬折奚苦矣。此非所謂刓方毁行，而以絜楹也。余蓋以爲玩世者也。夫玩世之樂，爲娱大矣。所居淮泗，北折而苦縣，則伯陽産焉[六]；南折而濠梁[七]，莊生之所家也[八]。東西去百里而近，爲潁、壽[九]。潁，古潁川，歐文忠、蘇長公宦其地[一〇]。有西湖，漭瀁十里，可泛也。壽，古淮南八公山在焉[一一]，馮高而眺之，如落几席，八公可揮手招也。又雲氣時時起芒碭諸山[一二]，長歌《大風》，風颿肅肅至矣。

城下新隄初成，度支可萬金，帑有一錢乎？亡之，則秋毫民力也。秋毫民力而民不怨者，何？僕無他材，能終日百拜而勸之，用其愚也。愚，所以誠也。隄成，乘月臨流望焉，水光凝碧，遊魚上下，雲物四揭，六合曠朗，爽然快哉！恨不得命沙棠取巵酒，呼沈郎而夜泛也。僕不佞，爲令樂如此，令苦余而余不苦令，令如我何？足下無挾白雲司驕我。雖然，余竊有大懼焉。世俗情深，風雅道喪，聲譽日增，人品日減，則令之故也。曩固與開之言之矣[一三]。余不苦令，令亦何樂也。余終黄鵠舉矣。

嗟乎沈郎，努力雲霄，上報人主，下光友朋。竹帛之事，足下圖之。

## 校勘

①《屠長卿集》題作『與箕仲書』。

## 注釋

[一] 沈箕仲：沈九疇，字箕仲。見卷五《感懷詩五十五首·沈比部箕仲》注釋[一]。

[二] 軒轅：黄帝。《史記·五帝本紀》：『黄帝者，少典之子，姓公孫，名曰軒轅。』黄屋：帝王所居宫室，代指帝王權位。

[三] 廣成子：傳説中之仙人。見卷十四《與馮開之》注釋[六五]。

[四] 周公：姬旦。周文王之子，武王之弟，成王之叔。輔武王滅商。武王崩後，成王立，年幼，周公攝政。《韓詩外傳》卷三：『成王封伯禽於魯，周公誡之曰：「往矣，子無以魯國驕士。吾文王之子，武王之弟，成王之叔父也，又相天下，吾於天下亦不輕矣，然一沐三握髮，一飯三吐哺，猶恐失天下之士。」』

[五] 正考父：春秋時宋國人。其世代爲宋國上卿。及正考父，輔佐戴、武、宣三公，官位愈高，行爲愈恭。《左傳·昭公七年》：『及正考父佐戴、武、宣，三命茲益共。故其鼎銘云：「一命而僂，再命而傴，三命而俯。循墻而走，亦莫予敢侮。饘於是，鬻於是，以餬余口。」其共也

如是。』正考父爲孔子七世祖。正考父之孫、孔子五世祖木金父，因避禍遷居魯國。後人繼承其家風，故居隆下句言：『魯之賢者，年七十猶恭也。』

〔六〕伯陽：見本卷《與馮開之》注釋〔七七〕。

〔七〕濠梁：見本卷《與馮開之》注釋〔七六〕。

〔八〕莊生：指莊周。

〔九〕潁壽：潁州和壽州。

〔一〇〕歐文忠：宋歐陽修，卒謚文忠。蘇長公：指蘇軾。蘇軾爲蘇洵長子，因稱長公。見卷二《十賢贊·蘇軾》注釋〔一〕。歐蘇二公均曾知潁州。

〔一一〕八公山：見卷九《贈孫太史持節大梁四首》注釋〔一七〕。

〔一二〕芒碭：芒山、碭山。漢高祖劉邦曾隱此地，見卷十《淮泗道上十首》注釋〔二〕。『雲氣』、《大風》，均與劉邦關聯。

〔一三〕開之：馮夢禎，字開之。

## 上座主朱太史先生①〔一〕

隆行能不數，辱在泥塗，幸荷先生一盻，遂齒於人。提之風塵，置諸雲霄，拔其垢溷，而揚其光彩，以徼寵靈於諸公，緊匪隆能，先生一盻之力也。夫先生持當世作者之衡，標②大雅，振鴻響，而隆以薄技過之，布鼓雷門，不啻勘矣。此豈誠稍有當於先生哉？則其所覆茹者閎也。孫陽誠善相天下馬〔二〕，乃其所收者豈能盡騕褭、飛兔哉？騕褭、飛兔，世不一二有，則衆馬亦或不得不一盻也。惟其一盻也，而衆馬亦且與騕褭、飛兔分槽而食，並轡而馳矣。世蓋不信馬，信孫陽之一盻也。即隆之徼幸於先生者，厚哉。

私中自度，門下士多揚休策名，䮒然砰隱，爲大雅生色。而隆獨黯靄失意，牛馬走淮泗上。是神駿一日千里，而衆馬果不前也。雖然，不可爲跛鼈乎。蹩躠不已，亦千里矣。世人豔慕承明之廬〔三〕，多舉以爲隆唁，不知萬物自有分也。騏驥千里，狸狌捕鼠，龍劍切玉，而錐補履，分弗可易也。今夫名在蘭臺石室〔四〕，則沖舉易爾。即脱③凡骨而飄飄欲僊乎，則惑也。鳳而朝陽，雞而時夜，是隆之所安也。故疇昔京師閉門下楗，知此分矣。雖然，亦有大恨焉。

主上神聖不世出，先生鴻德鉅儒，日侍講筵，羲皇堯舜之化[五]，旦莫間矣。譬如景星在天，卿雲有爛，含靈之屬，疇不願一睹見爲婾快也？今隆得爲虎賁、嗇夫、陛盾郎、拂盖郎，與侏儒争飽，而一快睹當世之盛，誠立槁無根。奈何天刑之也，以爲陛盾則太短，以爲侏儒則太長，則烏睹交戟之下也。然此隆又有言焉。隆誠不佞，無當大雅，令得備侍從之列，雖不敢許身夔龍[六]，補衮輔德，至如相如楊雄之徒[七]，抽思上林，振藻甘泉，稱天下之巨麗，蒙至尊之歎賞，豈能復出他人下哉？此言懷之私中，絶不敢語世人，而知己前又不一吐，是終於候秋草、先朝露而文采無見也。此隆之所爲仰首伸眉一陳説，而不慙者也。

隆今者爲令，無他材能，有朝夕懼而已矣。懼官以賄敗，懼務以惰窳，懼瞀而自障，懼率而矜露，懼柔而繞指，懼剛而若梏，懼拙取賤，懼巧誨妒，懼多言而數窮，懼肮髒而逢怒。蔀屋難照，糾棼難理，下民難調，上官難事。日履巉巖，行畏途，作吏良苦，能無懼乎！又其甚者，媕阿疑於忠厚，直道疑於任氣，木强疑於持重，幹濟疑於輕浮，奔走疑於精神，刻核疑於英敏④，寬仁疑於庸懦。避事則爲不職，任事則爲沽名。或上之人以爲賢，而下不以爲賢；或下之人以爲賢，而上不以爲賢。求以爲上則下不堪，而令之職廢；求以爲下則上不堪，而令之職亦廢。不自信則顛越而喪厥植；果於自信則且語而窘步。舍其職業而媚上以取憐，夸毗以保聲譽，則名法之所禁；知實心爲下而且語窘步，一切置之，則世俗之所不韙。即不幸不得乎上，雖文如游夏[八]，守如隨夷[九]，才如管晏[一〇]，治如高傒[一一]，無所用之。作吏良苦，能無懼乎？隆且奈何，朝夕兀兀，如是爾矣。隆又不幸居京師濫竊文章之聲；杜門自守，不敢促訾呷嗄乞憐諸公間，又有肮髒聲。夫好文章家，則以爲必薄吏事；好肮髒，則强項而不下。如令何？是諸公之所以相隆者⑤也。如是，則隆滋懼矣。期朝夕勉强從事，以無負主上而爲門下僇辱。其道靡繇也，願先生教之，隆且膝行而前聽也。秋風多厲，勉矣加餐。

## 校勘

① 原目録無『先生』二字。《屠長卿集》題作『上座主朱太史先生書』。
② 標：底本作『慓』，據存目本、《屠長卿集》改。
③ 脱：《屠長卿集》作『蜕』。

④『刻核疑於英敏』至篇末，存目本並頁時出現錯並。
⑤者：《屠長卿集》無此字。

## 注釋

[一] 朱太史：指朱賡。見卷十三《上座主先生啓》注釋[一]。

[二] 孫陽：伯樂之原名。《莊子·馬蹄》：『及至伯樂曰：「我善治馬。」』唐陸德明釋文：『伯樂姓孫，名陽，善馭馬。石氏《星經》云：「伯樂，天星名，主典天馬，孫陽善馭，故以爲名。」』

[三] 承明之廬：見卷十三《與沈君典三首》注釋[六]。

[四] 蘭臺、石室：均爲宮廷藏書處。《後漢書·儒林列傳》：『及董卓移都之際，吏民擾亂。自辟雍、東觀、蘭臺、石室、宣明、鴻都諸藏典策文章，競共剖散。』《南史·徐勉傳》：『方領矩步之容，事滅於旌鼓；蘭臺石室之典，用盡於帷蓋。』

[五] 羲皇：伏羲氏。見卷五《感懷詩五十五首·高博士升伯》注釋[六]。

[六] 夔龍：傳爲舜之二臣。見卷八《奉贈少宗伯王公二十韻》注釋[七]。

[七] 相如、楊雄：漢司馬相如和揚雄。下句『抽思上林，振藻甘泉』，分別指司馬相如作《上林賦》、揚雄作《甘泉賦》。

[八] 游夏：孔子之學生子游和子夏。見本卷《與沈少卿》注釋[六]。

[九] 隨夷：商朝之卞隨和伯夷。《漢書·賈誼傳》：『謂隨夷溷兮，謂蹠蹻廉。』顔師古注：『應劭曰：「隨，卞隨，湯時廉士，湯以天下讓而不受。夷，伯夷也，不食周粟，餓於首陽之下。」』

[一〇] 管晏：春秋時齊相管仲和晏嬰。事迹見《史記·管晏列傳》等。

[一一] 高傒：字祖望，春秋時齊國上卿。公孫無知作亂，殺齊襄公自立，高傒等誅除亂黨，擁立公子小白爲齊桓公。與管仲、鮑叔牙等輔以治國。《史記·齊太公世家》載：『桓公即得管仲，與鮑叔、隰朋、高傒修齊國政，連五家之兵，設輕重漁鹽之利，以贍貧窮，祿賢能，齊人皆説。』

## 與唐惟良①[一]

都下逢君，邂逅適願，把臂促席，狂歌浩眺。躡層臺之長雲，邀西山之落月，真出天地之外，之乎寥廓也。陶比②部席上［二］，得聞佳論，具見款款，徹我顓蒙，肉我枯朽，真不世之造也。青松指心，皦日蒞盟。足下忘之，僕豈能忘之乎。足下矯矯雲鴻，高視天壤，眷焉去國，内無悁忿之懷，外無淒凉之色，天下奇男子哉。聞之使人爽然神快，又爲足下悽惻傷也。勉矣惟良，圭組奚貴，貴德義顯爵爾。丈夫七尺之謂何，而咿嚘促訾，從兒女子求食也？足下身輕於蟬翼，而名重於九鼎，山嶽之秀，交遊之光。僕今瑣尾一吏，俛仰磬折，都無丈夫氣，回面自③媿矣。足下何以振我？

弭節維揚［三］，乘月坐二十四橋上［四］，聽玉人吹簫，飄飄欲仙，僕望之矣。謹裁短書，使人迓旌於江上。吏事正冗，不宣我懷。小刻新成，奉寄覽教。關山非遥，因風神往。

**校勘**

① 該文存目本並頁時出現錯並。《屠長卿集》題作『與唐惟良書』。
② 比：底本作『北』，據存目本、《屠長卿集》改。
③ 自：底本作『之』，據存目本、《屠長卿集》改。

**注釋**

［一］唐惟良：唐邦佐，字惟良。見卷四《懷唐比部惟良》注釋［一］。
［二］陶比部：陶允宜，字茂（又作懋、楙）中。曾任職刑部。見卷五《感懷詩五十五首·陶比部楙中》注釋［一］。
［三］維揚：揚州之别稱。見卷四《徐州道中感懷》注釋［二］。
［四］二十四橋：揚州歷史名橋，又名紅藥橋，相傳因二十四位美人吹簫於橋上而得名。唐杜牧《寄揚州韓綽判官》：『二十四橋明月夜，玉人何處教吹簫。』

## 與曾合肥①［一］

足下温温都雅，玉瓚②黄流，久乃益令人敬慕。弟曩居都下，風塵汩人，不能時時從足下遊。今雖同出宰淮上，又苦吏事徽纏。山川非遥，鴻鯉且闊，神爽雖近，晤言則希。其爲悵結何云？海内二三兄弟，汎如流萍。山靈善妒，不令把臂一區，傲倪天雲。只尺佳人，龍劍兩地，逢此摇落，感彼蟪蛄。何時令買櫂江東，放浪五湖也？足下龍德正中，僕野麋爲性，青雲大業，小子讓焉。或當先生至笠澤、彭蠡之間[二]，尋漁父買山，遲子矣。白波紫峰，言之繫心也。率爾裁書，凉風在念。新刻一種奉寄③，不洎所云。舊志合肥出都梁香草，今尚有否？有之，幸見惠數莖。

**校勘**

①《屠長卿集》題作『與曾年丈書』。

② 玉瓚：底本作『王贊』，據存目本、《屠長卿集》改。

③ 寄：《屠長卿集》作『覽教』。

**注釋**

[一] 曾合肥：當指曾乾亨。《屠長卿集》該詩題稱其爲『年丈』，又《由拳集》卷十五《與馮開之四首》之三有言：『合肥曾年丈，遇弟最厚矣。』曾乾亨，字于健，號健齋，江西吉水人。屠隆萬曆五年（一五七七）之同年進士，授合肥知縣。屠隆爲潁上縣令，故文中有『同出宰淮上』句。

[二] 笠澤：指太湖。彭蠡：彭蠡湖，今鄱阳湖。

## 寄余沈二太史[一]

東奉璽書，駪駪在道，下邑小吏，遠望榮光。行李何日次都門？長途勞人，向不得的報於郵卒，未嘗遣一介使者候旌於大江之上，何得無罪？恃有此心。

僕自童牙神往大雅。乃先生迴翔霄漢，而不肖久辱泥塗。懷刺及門，門者不入，恨不得垂櫜鞬以一當下執事。坐負十年懷想，每低而不食也。冬月北還，會先生家居，得暫奉清塵，借玉趾，如農夫之獲歲也。以此知人生晤言亦有數矣。僕豈敢云龍劍合哉，聊寫我十年仄注，則曷不快心也。

先生遭時遇主，策名揚休，上接夔龍[二]，下薄賈董[三]，竹帛上伐，金石鴻賓，噌吰巨麗，執事兼焉。丈夫致身差勝，獨不肖折威鳳之羽，而①遵跛鱉之途。一邑斗大，猶然難之。戴星出入，蓐食視事，入折腰長吏，退而屈首受簿書。無論立名，惴而救過。世言拊循，安所事拊循，才賢不肖，大都視趨走力不力爾。昔人以令長佩印專城而臨元元爲得意。今衣冠隸乎，又苦賦斂急也，令方議息肩，而監司尺一下矣。假令昔人今爲令也，尚能鳴琴弦歌，栽②花而營丹砂邪？每遇有不可，則仰屋歎爾。僕最不肖，諸事多晻，而尤不閒於作吏，徒用昕夕斤斤，即形神爲枯不問，問民所疾苦，將以小勞而補其所大拙，亦不敢過於朘削以求當監司求聲名。會有天幸，無大得過尊官大人。遊世無術，則退而安其拙，顧亦以拙亮焉。令良苦，執事身處雲霄，婆娑金馬[四]，烏覩令哉。僕乃甘之，視荼如薺。譬彼小星，實命不同。僕安敢望交戟之下、屬車之塵哉。自度無《大人》《甘泉》之技，何以比於揚馬③[五]？風塵牛馬，固其分也。

願言努力明德，茂建鴻鉅，上報主上，下光同袍，豈不盛哉。僕在下風，式歌且舞。吏事方冗，率爾裁書。倘因南鴻，八行慰我。

## 校勘

① 而：《屠長卿集》無此字。

② 栽：底本原作『裁』，據存目本、《屠長卿集》改。

③ 何以比於揚馬：《屠長卿集》此句後有『又以爲陛盾則太短，以爲侏儒則太長』二句。

## 注釋

[一] 余沈二太史：指余有丁和沈一貫。余有丁，字丙仲，號同麓，鄞縣人。嘉靖四十一年（一五六二）進士，授翰林編修。萬曆二年（一五七四）升南京國子祭酒，後爲少詹事，升太常寺，歷禮部左右侍郎，尋改吏部，充會典副總裁。萬曆十年（一五八二）任禮部尚書兼文淵閣大學士，入閣參與機務，晉太子太保。遼東、滇南告捷，以贊助策劃功加少傅、太子太傅、建極殿大學士。卒謚文敏。沈一貫，見卷五《感懷詩五十五首・沈太史肩吾》注釋[一]。

[二] 夔龍：傳爲舜之二臣。見卷八《奉贈少宗伯王公二十韻》注釋[七]。

〔三〕賈董：指漢賈誼和董仲舒。二人以文才著名。
〔四〕金馬：金馬門。見卷二《十賢贊・東方朔》注釋〔三〕。此代指翰林院。
〔五〕揚馬：漢揚雄和司馬相如。司馬相如作《大人賦》，揚雄作《甘泉賦》。

## 寄高先生〔一〕

江上一別，又復素秋。天寒水落，陵苕載枯。年華逝波，令我髮短。佇立淮泗，遥望哲人，心中悵而。某不敏，每有疑於天人之際，《小星》託之永歎〔二〕，孝標所以纍息〔三〕。先生修文砥行之謂，何而落寞十霜，謂有天乎？時時作客，蒯緱向人，關山霄征，江潭野宿，金馬誰何，先生乃爾。念此忽墮雙臂，感深五中。某爲吏廉，無能爲先生備晨炊，徒有拳拳。風雨如晦，雞鳴不已。某願先生益崇明德，大旱之後，豈無豐年。知先生曠度，諸亡罥懷。某數奉教門下，日夜祇懼，罔敢以凉德惰棄成命。顧黔驢之質，爲技幾何？世涂九折，難可策足，是某之所大懼也，先生何以教之？母夫人而下萬福。大兄讀書，楚楚玉瓚黄流，今年從何人授《易》也？率爾椷書，有懷不悉。

**注釋**

〔一〕高先生：未詳。
〔二〕小星：本《詩經》中詩篇，以小而無名之星，喻忙碌而卑職無名之小吏。《詩經・召南・小星》：『嘒彼小星，三五在東。肅肅宵征，夙夜在公，寔命不同。』
〔三〕孝標：劉峻，字孝標，南朝梁著名學者、文學家。有《辨命論》，感慨良深。

# 由拳集校注卷之十五

## 書

### 寄田叔[一]

田叔足下：

田叔書來，舉詆訶先達文以爲罪，甚善。思深哉，沉痛而有味，婉曲而盡物情，真長者之言。吾過矣，吾過矣！

然此非自今日，當少年時讀乃公文，奓口彈射，蓋知乃公鄉人，不知其尊官，亦不知其子孫誰何也。足下謂不當彈射官人，恐其子孫有甘心於不佞者。不佞不任主臣，顧不佞亦何心於取罪乃公與其子孫哉。口中雌黄，偶及於此，此稾爲諸生彊刻，忘削去。業已爲足下所瑕擿。足下愛我，不以美疢而以藥石，甚善甚善。刻成寄長安諸君，發一日矣，而家僮持足下書來，即翻然起趾，及於堂皇之外，令二隸馳騎追還，削此而後發也。不佞賦於昔人無能爲役，而欲詆訶先達，少不解事如此，所謂笑古人之未工，忘己事之爲拙，斯揚馬之所掩口也[二]。然不佞此事可謂疏狂，未可謂凉德。夫妒物品而爽衡量，掩前美而崇己觀，是薄夫之趨也。不佞第有不當予心，偶逗於口，固非易置蒼素，妄爲瑕瑜也。品騭人文，從古不廢，亦非揚惡翹過以傷厚道者也。魏文、陳思、劉勰、鍾嶸、沈約、張説、殷璠[三]，嘗品藻諸子；近世王元美亦彈射時流[四]，罕所忌諱；昔者仲尼褒貶二百四十二年之人物[五]。假令評騭盡爲浮薄，則仲尼豈非恂恂長者哉？

足下又謂不當輒名乃公。古之身都將相、賢豪先生，曷嘗不名？公旦、召虎[六]，當兩公之世不諱也；而仲尼亦往往名王之卿士；魯仲連先生[七]，至今以爲美談；李唐去古稍遠，李杜兩公[八]，亦相稱名不諱也。僕嘗致書王廷尉[九]，稱李夢陽先生、李攀龍先生，稱同年兄弟曰沈懋學、馮夢禎。沈郎作碑，亦曰『此明穎上令屠隆築東門隄也』。近見海内二三君子以古道相砥，率名往來，不以爲異。審如來諭，則揶揄嫚罵，當亡已時。

今足下徒以爲不當名尊官，又吾鄉先達，後世之睚眦可虞也。藉令僕名布衣、賢豪、縣令、亭長，或遠在四海九州之外，或上世將相大臣，則足下亦不復云云矣。足下所謂諱温室樹者，僕亦安敢自託於市井豪，使氣罵座以爲俠節？顧氣濁而志芳，言嫚而行潔，内去城府，外撤町畦，轉喉觸忌，可謂太拙。足下罪僕深矣，淺中矜率，取譏風雅，則僕爲宵人。然不肖亦有以自度，平生未嘗妒一宵蟯之屬，獨疏爾。

今居官，亡他材能。計所長，獨信亡一念一事不可與神明語爾。志行可質於神明，而不諒於同袍，則命也。僕又何言。不佞不幸有凉德，重辱吾子。今不崇朝謝過矣，不知此後諸可得稍從末減乎？願足下亡廢後命，拙集稍附近作，請正大雅。

## 注釋

[一]田叔：屠本畯，字田叔。見卷一《霞爽閣賦》注釋[一]。

[二]揚馬：漢揚雄和司馬相如。

[三]魏文：魏文帝曹丕。其文學批評見《典論・論文》、《與吴質書》等。陳思：魏陳思王曹植。有《與楊德祖書》等品評人物。劉勰：南朝梁文學批評家，有《文心雕龍》。鍾嶸：南朝梁文學批評家，有《詩品》。沈約：南朝文學家，有《謝靈運傳論》等文章品評人物。張説：唐代文學家。張説曾和徐堅一起品評集賢院諸學士文章（見《大唐新語・文章第十八》）。殷璠：唐詩評家，有《河岳英靈集》，評價王維等詩人、作品。

[四]王元美：王世貞，字元美。其文學批評有《藝苑卮言》等。

[五]仲尼：孔子，名丘，字仲尼。孔子褒貶人物，見《論語》。

[六]公旦：周公姬旦。見卷十四《與沈箕仲》注釋[四]。召虎：召穆公姬虎，周宣王時重臣，曾擁宣王繼位，淮夷不服，宣王命召虎平定淮夷。《詩經・大雅・江漢》：『江漢之滸，王命召虎。』

［七］魯仲連：戰國末期齊國人。見卷二《十賢贊·魯仲連》注釋［一］。

［八］李杜：唐代詩人李白和杜甫。二人相互稱名不諱，如李白有《沙丘城下寄杜甫》，杜甫有《春日憶李白》等詩。

［九］王廷尉：王世貞，官刑部主事，累官至刑部尚書。屠隆致書王廷尉，書中稱李夢陽先生、李攀龍先生，稱同年兄弟曰沈懋學、馮夢禎，見卷十四《與王元美先生》。

# 寄海上故人

不佞落魄三十年，困甚，乃得一官，猶蒲服人下。昔者呼同聲蹋海浪，倚大越山和歌，自謂雄豪，乃今須眉婦人爾。望貴官車輪，彊膏沐而前顧，何如布衣牧豕海上哉。每誦嚴陵寄侯君房兩言［一］，輒自用砭規，以罔敢穢行爲知己羞，亦不能以一令骯髒矣。世人皆相吾輩爲令必骯髒，吾固以繞指柔處之，是壺丘子林①之示之以波流也［二］。世人又相不佞疏，不佞非疏也，直忘機爾。嗟乎，疏不疏，復何言哉。僕於世味頗澹，山林無青雲之骨，珪組豈煙霞之相？僕終尋陵陽子明［三］，撫白龍背，玩弄明月爾。百年之内，爲驩幾何？而令彫耗壯心於簿書期會間，日與吏胥伍，競刀錐之能而牿性命之理，斯志士之所大痛也。不佞雖爲令，晝夜兀兀然，不敢以外膠滑内和。抱神守宅，即丹砂不成，猶將超然。比於海鳥，悲太牢九奏，固不若於在曠野喋唼荇藻也。所以未即長往者，勢不可爾。世人徒見僕居官欽欽，鞁皺視事，謂屠生努力仕宦，聲名爲他日地，乃不佞聊以此見志，非有所覬望者也。

足下方逍遥丘園海上，二三兄弟時時呼麯君，握手流連，白日未闌，繼之秉燭。獨不佞遠遊，莽莽南雲，可勝延結？足下與諸君爲驩時，亦嘗一念汝故人不？新刻一種，請教大雅。居潁半歲，始得寄訊左右，冗可知也。

**校勘**

①林：底本原作『材』，據存目本改。

## 注釋

［一］嚴陵：東漢嚴光，字子陵。見卷四《東海吟四首》注釋［三］。侯君房：東漢侯霸，字君房。嚴陵寄侯君房兩言，見卷七《贈王百穀》注釋［一四］。

［二］壺丘子林：姓壺丘，名林，又稱壺子。戰國鄭人，列御寇之師。壺丘子林示巫咸以波流事，見《莊子·應帝王》：『壺子曰：「鄉吾示之以未始出吾宗。吾與之虚而委蛇，不知其誰何，因以爲弟靡，因以爲波流，故逃也。」』詳見原文。

［三］陵陽子明：道教神話人物。見卷一《溟海波恬賦》注釋［二一］。

# 又寄余君房［一］

君房先生足下：

嗟嗟，人言君房窮愁，願君房無以窮愁。兕虎曠野，昔賢所悲，世固拙於用大也。夫登臺而敖，臨淵而睎，其意亦放絀六幕也。爲之登亡極之高，臨不測之深，浮雲四奔，日月下走，則喪其五内焉。自非神揚寥廓，足蹈曶荒，不與斯觀矣。此可以喻吾君房先生。君房以高言驚世，固世之所爲喪五内者也，又鬼物之所呵也。放而之壙垠大澤，即山川烈風，雷電交作，百里而外，車轍不得停焉，蹩躠得路，天矯窘步，則乃其固然矣。僕又願先生稍卑之，亡徒取驚世爲也，而令世人得稍稍逼眡之。雖然，垂竿而終年不獲，一獲而横千里，斯會稽之釣也。先生故曠然玄朗，即獲不獲，烏知大海雲霧，波濤舂天，挂長飆，拾海月，凌虚徑度，三山非遥，何不樂矣。

僕瑣尾一官，跼蹐畏人，歲月幾何，强半馬上，素衣化盡，玄髩日短，簿書不治，風雅亦衰。秋氣一動，候蟲早吟，感彼代謝，傷此摇落。儻蘭茝乎可託，何脩名之足云。僕性跅弛，少無鄉曲之譽，學書不成，遊世無術。今①爲令，塊然株守，勉持三尺，息簸蕩之氣，而遵繩墨之塗；思懷仁負義以幸天下，哀憐黔首，上不負主上，下不媿交遊，光明粹白，少見感槩，然後三山五嶽惟吾投足爾。奈何茫茫遠道，苦足不展也。材陪下乘，命則小星，竹素之事，儻非吾分矣。然何敢不日夜澡行脩事，以忝同袍哉。幽晻之中，求不負神理，即同袍之諒不諒無論。至於榮枯之數，吾尚何以罣諸胸中哉。

足下寥廓之士，默坐寂照，何所不覽。幸惠大教，徹我顓蒙。沈嘉則先生、張孺穀、汪長文、楊伯翼、沈長孺、家田叔諸君俱無恙[二]？聞游府公試士[三]，舒郎得雋[四]，殊喜。此君故秀才異等，一日千里，此爲前旌。小刻新成，寄足下請教。文品僕不能自知，寧逃作者，敬竢後命。大江秋氣，幸愛景光。

**校勘**

① 今：底本原作『令』，據存目本改。

**注釋**

[一] 余君房：余寅，字君房。見卷五《感懷詩五十五首·余孝廉君房》注釋[一]。

[二] 沈嘉則：沈明臣，字嘉則。張孺穀：張邦仁，字孺穀，張時徹之長子。汪長文：汪禮約，字長文。楊伯翼：楊承鯤，字伯翼。沈長孺：沈一中，字長孺。田叔：屠本畯，字田叔。

[三] 游府公：未詳。

[四] 舒郎：未詳。

## 又寄楊伯翼[一]

伯翼孝廉先生足下：

五月聞令先公之喪，怛爲傷心。遠道之人，不能一致生芻，延佇大江，南雲若結。司馬物故[二]，既悲長公[三]；楊氏不天，復傷季子[四]。人亦有言，歲在龍蛇，喬木載摧，風雅彫喪。我二三兄弟，煢煢在疚，何能爲懷。足下才情美贍，高言故綺。今感彼下泉，買屋青山，冥視寂照，大悟玄理。長風白茅，助子悲心，寄蕭瑟之興，闕沉欝之致。旨哉作者乎！每臨風誦足下佳句，秋天颯颯下。芒碭寒雲，時序摇落，蟋蟀宵鳴，江上涼風，故人亡恙？吟無過苦，勉爾加餐。新刻一種，寄上覽教。槭屬百冗，畧敘不宣。

**注釋**

［一］楊伯翼：楊承鯤，字伯翼。見卷五《感懷詩五十五首·楊孝廉伯翼》注釋［一］。

［二］司馬：此指張時徹。

［三］長公：指張邦仁，張時徹之長子。

［四］季子：指楊伯翼。

## 寄張長公［一］

孺穀先生足下：

得足下七月書，具見心曲，讀之惘然。不佞受司馬公知己厚德［二］，非言語文字可盡。不負泉壤，恃有此心。輓章有云：『但歌黄鳥堪同死，不信明珠可報恩。』即無論詩寫我沉痛，情致不淺，臨風自誦，寔下西州之涕矣［三］。不佞自涉潁来，日夜禔身澡行，惟恐惰棄成命，爲知己羞。嗟嗟！典刑未忘，德音在耳。某之不肖，逢時徼幸，勉圖湔祓，以獲免於大戾，則司馬公寵靈自天也。歲不在龍蛇，賢人災，何耶？而我二三兄弟，煢煢苦塊之上，僕獨何心能不悵而？每望大江雲起，亭亭如車蓋，不自知其悲從中來也。

足下高姿遠韻，直可度世。今居忧，得亡過傷乎。子山故蕭瑟，當不廢曠懷。秋氣方深，無歎摇落，亦無數過流波館［四］，恐不勝華屋之感。倘悲能傷人，一夕可老也。

今閲邸報，知次公請祭奠書已奏［五］，尚未見成命。殊勞嘉則先生［六］，《通州志》湛雄逼古，當是宇内一種奇書。識掩古今，義公美刺，彼悠悠者流，奚傷大雅。僕少不解事，作《閔貞賦》，誤及某公。田叔書來［七］，督過甚急，僕已應時削去。猥不自度，妄有所彈射，僕則過矣。田叔罪僕良是，而瑕謫太深，然不廢忠告之義，僕敢不敬承？

孺覺留燕［八］，孺愿家居無恙［九］？吏事正冗，不能一一裁書。遠望江天，可勝延結。

## 注釋

[一]張長公：指張邦仁，字孺穀，張時徹之長子。見卷五《感懷詩五十五首・張明府孺穀》注釋[一]。

[二]司馬公：指張時徹。

[三]西州：古城名，東晉置，爲揚州刺史治所（今江蘇南京市）。西州之涕，用晉羊曇過西州門而悼謝安之典，見卷九《哭竹墟司馬六首》注釋[七]。

[四]流波館：張時徹東錢湖茂嶼山莊館舍名，見卷八《正月六日雨集司馬公流波館得青字二首》注釋[一]。

[五]次公：指張邦伊，字孺覺，張時徹次子。以父任歷官苑馬少卿。

[六]嘉則：沈明臣，字嘉則。

[七]田叔：屠本畯，字田叔。

[八]孺覺：張邦伊，字孺覺。

[九]孺願：張邦侗，字孺願，張時徹子。以太學生官光禄署丞。

# 寄李之文[一]

尊君生辰，白雲在天，海月甚麗，諸子賓客奉觴爲驩。獨遠人漂泊淮泗，是夕把酒東望，爲汝大人長歌白雲之謡，因風而寄曼聲也。珠履數中少此人乎？足下念之矣。

句章先生時時過從不[二]？僕往來四方，交遊多矣，故自不乏賢豪人，要如沈先生才致風流，高霞孤映，朗照人群，甚不易遘。不可以當世而失此人。百遍相過，無①云數也。故人如吴愚谷、金塘生、吾家八郎[三]，尚時時把酒言笑如故乎？

潁上令廉，無槖金以助貧交。吴愚谷書來，困甚。吴生一寒如此哉！乃潁上令寒猶吴生也。自到官來，不敢私民間尺布一錢，所得歲俸米，堇足爲老母備晨炊。而往來交遊饋遺，猶然取給焉。家中有一金，買薪、水，兼市笋、魚，跪而進諸家大人，揚揚稱富矣。雖一金，時時有缺乏，則與細君相顧而笑，爲驩樂。爲吏貧如此哉！

僕本海上布衣，遭時致身爲一官，歲得常俸，奉老母及妻孥，於某足矣。尚敢有過望妄想以敗官箴，以爲同袍諸故人羞哉？且自揣知，骨相不得富貴，爲吏信貧，視之奔走糊口四方時，則差勝矣。是僕之所爲，知分也。爲我謝故人，無笑屠生拙哉。僕寧貧不富，寧拙不巧。僕亦欲稍從時人雅尚，無奈天地百神常恍在耳目； 即欲稍從時爲雅尚，輒不敢。以天之道、足下之寵靈，幸稍得民和，無大得罪此邦父老子弟，則其効可覩也。足下以爲何如？幸不惜遠教。

聞之芳已棄去學士業[四]，操舟從范蠡計。然五湖間耻作老博士，頭戴平頂巾，倚杖婆娑。即商②賈遊可哉。第無③多上胡姬酒樓，不獨黄金易盡，白日亦易闌也。之華上舍已入京不？入京可過我潁上。官况如此，且無言索債也，來當治千日酒醉之爾。林生爲我書《明月》諸篇遠寄[五]，深感雅情，幸一謝之。吏事正冗，裁書不次。

## 校勘

① 無：底本原作『无』，據存目本改。

② 商：底本、存目本均做『商』，今改作『商』。

③ 無：底本原作『无』，據存目本改。

## 注釋

[一] 李之文：李先嘉，字之文。見卷五《感懷詩五十五首·李文學之文》注釋[一]。

[二] 句章先生：沈明臣，號句章山人，人稱句章先生。見沈明臣《由拳集敘》注釋[一一]。

[三] 吴愚谷：未詳。金塘生：金塘（今舟山市定海區金塘島）人，餘未詳。屠隆《金塘歌》（見卷七）、《金塘山人》（見卷九）似亦寫此人。吾家八郎：未詳。

[四] 之芳：與下文『之華』，應爲李先嘉之兄、弟。卷十二《壽李翁六十序》：『李翁三丈夫子。中子之文彬彬雅儒生，而孟、季則豪舉有父風。』

[五] 林生：林芝，字仙客，號半士。鄞縣山人。長於書法。詳見卷六《東海病農歌爲林生賦》。

# 與馮開之四首①〔一〕

## 一②

疇昔長安諸公嘗以弟調官爲憂，乃觀察朱公亦累言之〔二〕，愿不肖無有此也。而七月間孫太史以德過潁〔三〕，與朱公言之潁父老子弟不願調屠隆者，恒以爲憂。朱公愕然：『公何言調也？』孫太史又言：『第恐撫按諸公有此意爾，惟先生圖之。』朱公答云：『撫按都無此意。』弟遂私計可以免此矣。乃不謂竟有此舉也。若不肖，烏知令哉。勉强禔身澡行，庶幾寡過爾。若之吴會〔四〕，固大邦雜糅，欲以潁上之治治之，不可得，罪過當彌深爾。潁之父老子弟以隆雖無他行能，此中頗實；又以爲能從事節省，以稍息肩貧民，憐而昵之。一邑之人，真如家人父子也。今驟有此遷，誠難爲情。聞報後，徒有日夕對此間父老相視掩泣爾。而適部使者先生按壽，父老子弟奔走遮留於按院者百千人，第恐此無益於弟之去留，適足爲累，禁之，不能止也。倘按院公肯憐而留之，回天不難。今諸爲地方事體俱未睹成効，中道而棄之；今夫塗人相逢於逆旅，追隨累日，去之亦難爲情，况號稱父母子弟者哉。秋天摇落，寒風蕭蕭，人情物候，兩足悲心。去去淮泗，原野爲空，吴會信美，非吾土矣。足下謂我奈何？

會有小吏入京，密布腹心，不能一一。弟之曲折，幸且無爲諸公深言之也。箕仲、伯符諸兄〔五〕，幸爲寄聲。

## 二

冬十一月，屠隆頓首，致書開之仁兄足下：

潁陽父老子弟千人白御史臺遮留業已可之矣〔六〕，既而成命爲解。首鼠兩端，即青浦之行决矣〔七〕。之青浦，去神京更遠，音書不易達，然山川當不得間吾兩人驩也。居潁上不入覲，而居青浦即得入覲，握手有期，以是爲快爾。弟居此間一歲，監司諸公皆憐不佞勤苦，私其獎借太過，第未知京師諸公評騭若何？弟雅有不能名，又多雕蟲一技，重爲身累；又爲邑諸生刻小集，此恐足招尤，尋亦悔之。仕宦聲名無論，每憶嵇叔夜、李北海三數公〔八〕，可爲寒心。便欲奉老母歸耕海上田，即又苦無田。嗟我仁兄，何以謂我？足下處清華，不知弟下流難居多愁，真令人老也。弟素以不能名，今廷議首調不佞。青浦真號爲難治矣。斯其故，弟不能知，豈去歲難潁上，今年遂不難青浦哉？仄仄懼之。足下倘有所聞，幸以見告。冗務蝟興，百不宣一。

## 三

仲冬既望，屠隆頓首，白開之足下：

解馬價人入京，已附致八行。屬天寒薄冗草率，不盡所欲言。西蜀③劉先生觀察明州[九]，於弟有知己大恩。客歲曾與足下備言之，且屬足下爲弟一往候劉先生致謝，亦屬沈君典[一〇]。今劉先生謁選入京，旅食幾半歲矣，居承恩寺，甚寂寥不得意。乞足下要沈箕仲、陳伯符、沈少卿[一一]，或館中年丈一二厚善者，爲一過存劉先生，具道不佞鄙中，令劉先生知屠生居長安能得諸賢豪大人之心，又以見劉先生門下士能不忘疇昔。諸公能以不佞故而重劉先生，一爲知己生色，甚善，甚善。惟先生留意。沈箕仲、陳伯苻、沈少卿、陸敬承、沈楙仁諸公[一二]，當脩一言白狀，會積雪筆涷、童子炙火而作書，不能多具，幸即以此出示之。部檄已到府，監司更定視篆官未到，到乃得行。入吴會，當取道就李[一三]，一過先生之廬。青浦去京師雖稍遠，鴻鯉往來亦便。弟在下吏，無他營爲，獨時時繫心諸故人，知己往來，夢寐不絶也。何故哉？勾吴孫太史[一四]、合肥曾年丈[一五]，遇弟最厚矣。宣城君不通信使者兩月[一六]，念之不置，渡江即遣人問訊。宣城君方屏居青山中不出，歲星大隱者哉。渡江苦無路費，無能寄，將奈何？羢襪二量奉去，幸勿罪菲薄。

## 四

屠隆頓首開之大兄足下：

渡江來，遂不得通一問訊。懷我開之，日夜不置。嗟！天乎苦我，一潁上不啻足矣，奈何青浦也。四方無賴羣其中，爲一小村落，華、上二縣復割荒區瘠土稍附益之[一七]，置縣。城中廬舍寥落，大都華上兩縣貴官大家別業，僦流民索緡錢者。民貧甚矣，而令出賦税至十數萬。民貧，故俗日趋於姦利；苦賦斂急，故俗又益日趋於姦利。又賦歛多爲貴官大家所逋，催租吏持縣官剌叩士大夫，士大夫輒叱去不視，吏脅息不敢出聲。甚而爲門者所呵，不得一見貴人之面。編民慓詐者，挾官錢從博人酒家飲，而募無賴受縣官鞭箠痛楚，貧者體無完軀。易麻枲絲粟不得錢，有鬻妻帑，鬻妻帑不得，則化爲烏有先生爾。僕無狀，欲以潁上之治治青浦，勢不可；將釋拊循而議操切，又苦天性雅不能也。二十萬官錢，令荒落瘠土出辦，誰能堪此者？非刀錐朘削不得有。即刀錐朘削，膏血幾何矣！今强其天性而用箠楚，良苦不能；稍寬而息肩元元，十數萬官錢必不辦。監司者將持三尺而問罪，青浦令寧復爲令乎？嗟！天乎苦我，一潁上不啻足矣，奈何復青浦爲也！他縣官即百冗官④，日會須有一刻之閒，此中十二辰嘗苦不足也。僕何得罪神理而降罰如此深哉！

已矣，文墨事，請足下勿復與僕言也。偶有入京之便，據案草草，百不宣一。足下念我，無廢八行。

## 校勘

① 原目録作『寄開之四首』。

② 一：原無序數，爲校注者所加。下篇『二』『三』『四』同。

③ 蜀：底本、存目本俱作『屬』，誤。據意改。

④ 官：存目本作『窮』。

## 注釋

[一] 馮開之：馮夢禎，字開之。見沈明臣《由拳集敘》注釋[二]。

[二] 觀察朱公：即屠隆座主朱賡。見卷十三《上座主先生啓》注釋[一]。

[三] 孫太史以德：孫繼皋，字以德。

[四] 吳會：青浦縣故地域曾隸屬蘇州，蘇州別稱吳會。

[五] 箕仲：沈九疇，字箕仲。伯符：陳泰來，字伯符。

[六] 潁陽：潁水之北。指潁上縣。

[七] 青浦：縣名。見沈明臣《由拳集敘》注釋[一]。

［八］嵇叔夜：魏晉時嵇康，字叔夜。見卷九《送曹子念遊台宕》注釋［三］。李北海：唐代李邕，曾任北海太守，人稱李北海。李邕工文，尤長碑頌，工書法，爲著名書法家。被李林甫所忌，含冤杖殺。

［九］劉先生觀察：劉見嵩。內江（今四川內江市）人。見卷十三《與沈君典三首》注釋［五］。

［一〇］沈君典：沈懋學，字君典。卷十三《與沈君典三首》：『家師劉見嵩先生亮已入京，向託足下，寄謝，知不忘此言。』

［一一］沈少卿：沈季文，字少卿。吳江人。萬曆五年（一五七七）進士。

［一二］陸敬承：陸可教，字敬承。萬曆五年（一五七七）進士。沈楙仁：沈自邠，字茂（楙）仁。

［一三］就李：即檇李。見卷七《存石草堂歌爲沈觀察先生賦》注釋［三］。馮開之爲秀水（今屬浙江嘉興）人，秀水古稱檇李。

［一四］勾吳：原吳國之别稱。『勾』同『句』。周代立國於江南之姬姓吳國，被稱爲『荆蠻句（勾）吳』、『夷蠻之吳』。後代指吳地。孫太史：孫繼臯。無錫人。

［一五］曾年丈：指曾乾亨。見卷十四《與曾合肥》注釋［一］。

［一六］宣城君：指沈懋學，宣城人。

［一七］華上二縣：華亭縣、上海縣。屠隆爲令時，青浦縣屬松江府。府領華亭、上海、青浦三縣。青浦縣爲嘉靖二十一年（一五四二）始置，乃析華亭縣之西北修竹、華亭二鄉，上海縣之西新江、北亭、海隅三鄉，合而置之，縣治青龍鎮。嘉靖三十二年廢縣（一五五三）。萬曆元年（一五七三）復置縣。

## 與沈君典［一］

聲問不及數月矣，念足下不去口。客歲冬十二月奉青浦之命，扶持老母渡江南，兩歲之間，奔走南北無虚日。薄命之人，犬馬固當。

青浦故一村落爾，民無土著，群四方無賴居其間；又土瘠而善逋官錢，當事者以其善逋，大縣徵令之所不及也，而置縣；又割華、上瘠土稍附益之，歲額增至十數萬。今視城中數百家，皆華、上貴官大家别業，流民僦居，諸氏族莫可究詰。吏胥俱有罪亡人，與居民表裡爲奸，如含沙之虫。强者乘巨艦出没吴淞間［二］，爲椎①埋。

自置縣至今不佞某，令凡三易爾。前令無他，狼藉率以群下竊弄敗。自前令敗，民益蔑視令長，弁髦之矣。最號難治。渡江千里来，未抵縣，言青浦難治者滿耳矣。督府公移書主爵者，特爲青浦擇令長，而謬推不佞某。嗟嗟！是何異庖人之不治庖而代以尸祝也。

某自冬十二月抵官，百務蝟毛，勉强振刷。尤苦催科，民無賴者，挾官錢從博徒倡家飲，而募人受箠楚。貧者賣麻枲絲粟不得，即思鬻妻帑田廬，不可，有挈家逃爾。先是，催徵者頗虐用鞭箠，民愈恐，逃去。某以官寬之，諭以温言，風以至情，父老子弟歡然樂輸也。諸所覆茹燠休，一如居潁上時。獨約束猾胥姦氓，隸奉三尺維謹，此與潁上稍異矣。又苦三吴孔道[三]，冠盖旁午，奔走將迎，日不暇給。某又以文辭竊海内虚聲，吴會文人才士亡不延頸願交，墮棄民事而與諸公日聚首，空文游談，招尤誨妒，則吾不敢，令門者一切谢不見。即爲吏鄙，士應且憎，俯仰周旋，難不難乎？

子惠閭閻，清刷公府，呴哺孤窮，捶撲豪猾；不入苞苴於庭，而開門延士；不諂事貴人，而折節布衣賢者；不以骩髒取罪，不以依阿乞憐；不昭昭而挾日月，不汶汶而負泥塗。斯中庸之操，賢智者所託也。某願學未能，足下何以教之？

某每思浮辭侈説，玄素所絀，將盡火竹素，不復與雕蟲角技。獨守純白，玩心玄虚，豈不亦曠士幽賞哉？奈遇詞人，無當技癢，今居煩劇，種種勞人，一日十二辰嘗苦不足，即文字之缘可知矣。僕學植既荒，官復濩落，相如、次公之業两失之矣，奈何能爲知己生色也？

足下薄金馬之榮，而眷丘中之樂，義重南山，名高北斗，海内才杰咸願執鞭甚盛。吴會山川佳勝，人物娟秀，足下恐不可不一遊。九峰三泖[四]，望子久矣。

冗中敬遣一介行李，奉訊太②夫人百福。倘惠然過我，則有山中竹杖，湖上蘭舟。翹首天雲，因風神往。

**校勘**

① 椎：底本原作『推』，據存目本改。
② 太：底本原作『大』，據存目本改。

## 注釋

［一］沈君典：沈懋學，字君典。見沈明臣《由拳集敍》注釋［三］。

［二］吴淞：即吴淞江，古稱吴江、松江、松陵江、笠澤江等。見卷九《携尊與沈箕仲諸君餞别王敬美》注釋［三］。

［三］三吴：指東吴蘇州、中吴常州、西吴湖州。見卷四《仲春田家作》注釋［一］。

［四］九峰：指佘山等九座山峰，見卷十二《青溪集敍》注釋［二］。三泖：湖名，見沈明臣《由拳集敍》注釋［五］。《明史·屠隆傳》稱屠隆在青浦『時招名士飲酒賦詩，遊九峰三泖，以仙令自許，然於吏事不廢，士民皆愛戴之』。

# 寄少宗伯王公［一］

隆之於風雅之道，醯雞爾，無當鉅儒鴻烈也。往歲居都門，自度非玉瓚黄流，不登清廟［二］，乃退而安其拙。韜子雲之筆［三］，裹君卿之舌［四］；滅刺五侯［五］，却步平津［六］；文慙繁露［七］，不遇何辭，義薄凌雲［八］，自薦爲祟。庶幾哉尚玄守雌矣。

儻得長安旅舍［九］，中有茂樹一章，杜門偃息其下，讀古人書，六藉而下，間流覽諸子，尚羊乎！偶騎馬出，歸復尚羊如故也。以故雖鉅儒鴻烈如先生者，亦未嘗抱尺一之牘，求通姓名於記室。乃先生頋雅知不肖隆，游揚之諸公間，而又以隆方辱在牛馬走中，咄咄憐之也。宣城、吴興兩沈生往爲隆言之［一〇］。隆雖不敢輒報謝，然心銜高義矣。

献歲行役太倉，得奉車輪清塵，如披五色雲，峩峩霞爽，慰我素心。乃先生入門勞苦如平生，始知兩沈生言良不虚。頋影自照，隆無一足當鞭箠使者，謬中耆愛，便可藉以自老。

隆兩經罷邑，鞅掌勞人。青浦令爲吴會孔道，縣治視二大邑十不當一，而供億徵令等之。又土瘠賦重，狡僞朋興，百事如蝟。又日承事諸薦紳大人，救過不暇，奈何令爲？一日十二辰，常苦不足也。行年三十，蚤見二毛，命也良苦，犬馬固當。隆爲令，無他治行，維不敢行恣睢以傷寬理，析秋毫以敗三尺，而重爲知己者羞。諸顛謬種種，幸願長者教之。

隆讀書，竊觀古瓌人碩士，崇敦大者，乏踔厲之操；標伉爽者，闕長厚之德。樹氣節則易於矜露，務沉毅則傷於刻深。器局近於高朗，則闊步而多疏；行能依乎中庸，則瑣尾而不振。此根之至性，真不可强率而行之，皆有以豎尺寸，流竹素。乃先生博大勁爽，秉節蹈道，華實兼收，仁明並篤，此其大都，豈徒崎嶔歷落淺中小知之夫可窺先生萬一哉！

隆不肖，平生汩没小儒文藝而闇於大道，然於古人安身立命之處，亦嘗稍見一班矣。今爲小吏，雖促遬不足比數間，方且摧耿介之氣，遵寬和之理，思懷仁負義以悦天下，耻空抱筆墨區區與雕虫角技。而涉世未深，才智短淺，如驅車隴坂，櫂①舟灩澦，將焉濟矣？至於踵文士習氣，逍遥以遨而蔑視民事，偃蹇自放而厌薄簿書，清談名理而惰棄官守，以爲天下口實，則吾豈敢哉！

先生文章鉅麗，人物冠冕，此真不肖隆所願奉鞭箠使者。况既受知門下，不敢不布其款款之愚，且以致平居嚮往，幸惟財察。小刻多諸生時撰結，請正大雅。

## 校勘

①櫂：底本原作『擢』，據存目本改。

## 注釋

［一］少宗伯王公：王錫爵，見卷八《奉贈少宗伯王公二十韻》注釋［一］。

［二］清廟：太廟。古代太廟祭祀，用到玉瓚（一種玉柄金勺之禮器）酌美酒（黄流），《詩經·小雅·旱麓》：『瑟彼玉瓚，黄流在中。』《禮記·明堂位》：『季夏六月，以禘禮祀周公於太廟，牲用白牡，尊用犧象、山罍，鬱尊用黄目，灌用玉瓚、大圭。』元朱德潤《軋賴機酒賦》：『玉瓚黄流，薦之廟祀。』

［三］子雲：西漢谷永，見卷一《霞爽閣賦》注釋［一二］。

［四］君卿：西漢樓護，見卷一《霞爽閣賦》注釋［一三］。

［五］五侯：見卷六《瞿童子詩》注釋［七］。

［六］平津：指平津閣。見卷三《行路難四首》注釋［六］。

［七］繁露：指漢董仲舒所作《春秋繁露》。

[八]凌雲：指漢司馬相如所作《大人賦》。《史記·司馬相如列傳》：『相如既奏《大人》之頌，天子大説，飄飄有凌雲之氣，似遊天地之間意。』故《大人賦》又被稱爲《凌雲賦》。

[九]長安旅舍：此指嘉樹軒。見卷八《送桂博士還四明》注釋[三]。

[一〇]宣城、吴興兩沈生：宣城沈生指沈懋學，吴興沈生未詳。

## 與①徐孟孺二首[一]

### 一②

孟孺徐孝廉先生足下：

往讀吴鈎發硎，知足下諸子白眉，翩翩麗藻，故自非老博士家。無何，居長安，於馮生所得徐生澤夫書[二]，云足下善病，則以爲造化小兒妒足下才俊爾。自後乃時時向往足下。

吴會從二陸後[三]，代多文人才士。足下今鵲起菰蘆中，他日領旗鼓，挾橐鞬，凌厲中原，非足下而誰？僕於此道無能爲役，顧獨私心好之，又雅好游揚諸公。往歲嘉平月移官吴會，僕誠仄仄難之，而喜得從吴中文人才士遊。甫弭節於郊，輒問：『徐先生無恙？』乃不佞時時虛左賢豪，而獨不得一當徐生。闻足下方爲白下遊[四]，忽披大章，如睹卿雲，爛焉五色，驚喜可知，纚纚踰所聞矣，乃知『楓落吴江』此何足以稱揚哉！

得王先生書[五]，知足下從姑蘇結襪王生而歸。此君無論詩，若文即懸河談天，能令稷下生息影而逃[六]，疑乃公舌端有五色雲。除夕嘗與周旋，真使人意銷。

馮生素心人，當不作公孫子忘故人態[七]，久不通尺一，足下當是嬾故爾。

書來，會入府唁府公。冗甚，率爾椷書，百不宣一。倘過臨邛令乎[八]？當一日三朝相如也。

### 二

日者青雀舫過浦口，屬不佞患頭瘡，不勝進賢冠，不能倒屣出迎高賢。詰朝令人物色二君，將科頭相見，與足下唱《陽關三疊》，倚茂樹婆娑言别，則報解維去矣，爲之悵惘纍日。

三月中旬送莫廷韓浦口[九]，把酒唱歌，僕有『水緑花紅送遠人』之句，逡巡情致不減文通[一〇]。恨足下不此時行也。聞何士抑清標遠韻[一一]，與足下頡頏青雲，真僕所願從遊，不得一傾握爲恨。孫以德太史玉瓚黄流[一二]，雖少年自致雲霄，絶不作貴人態，每見之使人生塵外之想。詞賦大楚楚如其人，足下言良不謬。足下詩辭秀麗，筆札遒拔，可無古人。至博士家言石室洞天，青霞紫氣，當是不從人間來，非關尹喜輩不能識矣[一三]。世人好雌黄，亡當信而自堅。是在足下，如謂九州入貢，任土而可，不必篠簜瑶琨。則是謂寶筏玄津，反不足度世，世亦寧有僊真墮劫乎？願足下益煉丹砂，九轉不已，白日且生羽翰。不然，費長房可虞也[一四]。

君典數日前以書相聞[一五]，云首夏且微服見枉。第青山眷人，恐未易出門爾。便時脩問，當通足下姓名於君典。足下如豐城獄中物[一六]，雖厚自韜斂，寶氣猶時時燭天，何必藉僕輩游揚？然人倫賞鑒，自是吾事。嘉則詩選未有寄到[一七]，到則尋雙鯉致之矣。

白門柳色無恙乎[一八]？青驄巷陌，誰與迴翔？六朝佳麗，僕未得一至，自笑傖父[一九]。送廷韓一絶，書扇頭，即借送足下，情致一爾。人南附報，冗不及多具。

## 校勘

① 與：原目録作『報』。

② 一：原無序數，爲校注者所加。下篇『二』同。

## 注釋

［一］徐孟孺：徐益孫，字孟孺，華亭人。見徐益孫《由拳集敘》注釋［一］。徐益孫孝廉事，明范濂《雲間據目抄》卷一載：『……公少孤，十歲喪父，奉貞母陸孺人教。日下帷讀書，厥有成立。年十七補博士，已入游國子，名傾都下。所至公卿大夫，比於黄叔度云。事母至孝。居恒，教授弟子，束脩皆以供肥毳。母死，遂絶意進取，捐太學符繻焚之，示不復出。結廬墓側，昕夕悲慟。郡邑大夫請上其事以旌異。公辭益力，其奏記有曰：「益孫既賴母以成身，當立身以報母。不能揚名以慰母，何忍借母以竊名？未能從殞，以是偷生，莫可抒哀，敢希幸進？反覆三思，只欠一死。」讀者比於《陳情表》云。年未半百而卒，衆共惜之。』

［二］馮生：指馮夢禎。徐生澤夫：徐元普，字澤夫，華亭人。前内閣首輔徐階之孫，太常卿徐璠之子。

［三］二陸：晉陸機、陸雲。見徐益孫《由拳集敘》注釋［一〇］。

［四］白下：指南京。見卷十《送陸君策之白下三首》注釋［一］。

［五］王先生：指王世貞。

［六］稷下生：指戰國時齊國都城臨淄稷下談士。

［七］公孫子：對不記舊情之貴族子弟之泛稱。

［八］臨邛令：漢臨邛縣令王吉。王吉恭待司馬相如事，見卷七《青浦吟贈彭欽之》注釋［七］。

［九］莫廷韓：莫是龍，字廷韓。見卷四《聞莫廷韓諸君山中尋梅有作》注釋［一］。

［一〇］文通：南朝江淹，字文通。江淹《别賦》：『春草碧色，春水渌波，送君南浦，傷如之何！』

［一一］何士抑：何三畏，字士抑。華亭人。萬曆間舉人，曾任紹興推官。著有《何氏居廬集》等。

［一二］孫以德：孫繼臯，字以德。見卷五《感懷詩五十五首・孫太史以德》注釋［一］。

［一三］關尹喜：周大夫尹喜，周昭王時爲函谷關令。見卷二《十賢贊・老聃》注釋［二］。

［一四］費長房：漢汝南（今河南上蔡）人。曾爲市掾。傳説隨從壺公入深山求道，未成而歸。得壺公所贈符，能醫療衆病，鞭笞百鬼，及驅使社公。後失其符，爲衆鬼所殺。事見《後漢書・方術列傳》及《神仙傳・壺公》。

［一五］君典：沈懋學，字君典。

［一六］豐城獄：見卷六《瞿童子詩》注釋［六］。

［一七］嘉則：沈明臣，字嘉則。

［一八］白門：見卷十《雜詩二十首・白門柳》注釋［一］。

［一九］傖父：指見識鄙陋之人。

## 與王百穀［一］

携江陰牡丹歸，此何異相如從臨邛竊文君逃哉［二］。相如區區以一文君遂病消渴，今爲文君者數十，奈何不令王先生頗頷乎？固知足下方迷花，花間玉缸便可自老，棄青浦令如遺迹矣。然僕從鞅掌中思足下良甚，參差日莫，夫君不來。昨拜書，宜足下有意於僕，復讀第二械，竟使人心如寒灰。足下自爲河魴[三]，即諸君子皆陽撟邪[四]？乃臨邛令終欲引相如爲重[五]，惟執事圖之。

讀送莫廷韓詩[六]，格高聲俊，綺麗難忘，古今才情之極！咄咄，莫生携之槖中，五色光怪，上燭五星矣。吴章叔來[七]，知先生有北征之意，僕喜動顔色。碧雞金馬，遭遇好文之主，然後協諸金石，光垂竹素。丈夫鉅麗，何必箕山。日侍先生，人倫賞識，談咏煙霞，宜抗山林之節。然或扼腕當世，便娓娓不休，固知子陵非录录隱者[八]，懷仁負義以幸天下。僕竊爲蒼生跂之，毋謂處則遠志，出則小草也。

承惠玉卮，此非僕所敢當，取酒南鄉酹地，拜嘉貺矣。重耳無以報莊王[九]，奈何？蒼頭回，敬附空械，不日且遣一力訊下執事。不盡拳拳。

## 注釋

[一]王百穀：王穉登，字百穀。見卷五《感懷詩五十五首·王太學百穀》注釋[一]。

[二]相如：漢司馬相如。『相如從臨邛竊文君逃』事，參見卷一《歡賦》注釋[一八]。

[三]河魴：喻有才德、請而未必至者。漢劉向《説苑·政理》：『宓子賤爲單父宰，過於陽晝，曰：「子亦有以送僕乎？」陽晝曰：「吾少也賤，不知治民之術。有釣道二焉，請以送子。」子賤曰：「釣道奈何？」陽晝曰：「夫扱綸錯餌，迎而吸之者，陽橋也。其爲魚，薄而不美。若存若亡，若食若不食者，魴也。其爲魚也，博而厚味。」宓子賤曰：「善！」於是未至單父，冠蓋迎之者交接於道，子賤曰：「車驅之，車驅之！夫陽晝之所謂陽橋者至矣。」於是至單父，請其耆老尊賢者，而與之共治單父。』

[四]陽撟：即『陽橋』，亦作『陽鱎』『陽喬』，喻不召而自至者。

[五]臨邛令：漢臨邛縣令王吉。見卷七《青浦吟贈彭欽之》注釋[七]。

[六]莫廷韓：莫是龍，字廷韓。見卷四《聞莫廷韓諸君山中尋梅有作》注釋[一]。

[七]吴章叔：據王穉登《王百穀集》十九種之《荊溪疏卷》(上)，吴章叔，名冠，明州山人，北川學士孫。沈明臣另有《送吴章叔遊吴》：『以我常遊地，送君今復行。晚山湖上好，春水樹中生。故舊幾人在，江流七郡平。殷勤謝楊柳，秋滿闔閭城。』

[八]子陵：漢嚴光，字子陵。又簡稱嚴陵。見卷七《贈王百穀》注釋[一四]。

[九]重耳：春秋時晉公子，後爲國君，即晉文公。《左傳·僖公二十三年》載：公子重耳早年出亡，『及楚，楚子饗之，曰：「公子若反晉

國，則何以報不穀？」對曰：「子女玉帛，則君有之；羽毛齒革，則君地生焉。其波及晉國者，君之餘也。其何以報君？」』楚子，指楚成王。成王厚贈重耳，見《史記·晉世家》。莊王：楚莊王，楚成王之孫。按，重耳應報答者爲楚成王，屠隆誤記。

## 奉徐少師[一]

隆竊讀傳記，覽觀古昔鉅儒大人建立鴻業，翊贊綦隆，光昭史策，此其人必高朗粹白，渾博深沉，智慮包乎四海而持之以謙冲，遇事疾於風雷而出之以慎重，其所展布，大都非小材淺智所能窺。自夔龍宰衡而下[二]，老成器局莫如韓魏公[三]，識者以爲間氣。其他疏爽俊快之杰，古今不少，而事業成就不無瑕疵，利害相半，得失相參，後世往往有遺議焉。士大夫屈指我朝賢相，必以先生稱首。隆自髫齔授書，輒知嚮慕華亭相公盛德大業。洎叨下吏，雲間獲一再望見顔色，私計名臣元老涉世且久，更事既多，天下之務何者不了了胷中。况雲間又先生桑梓之地，聞見既真，計慮尤審。而隆小子幸得以通家之好受知門下，所願虚心請教之日久矣。

青浦土瘠賦重，流移相望。當道爲地方慎選有司，誤及不肖。不肖遘兹艱虞，夙夜祗懼。隆竊聞醫家治病，急則治其標。今青浦之病亟矣，施爲要領，將從何先？隆聞先是衙役竊弄，政出多門，而故令又往往寄耳目於匪人，以致敗事。隆今嚴戢各役，奉三尺惟謹，門以内從嚴，門以外從寬。諸聽斷惟情惟理，絶不敢咨訪近習，以滋他弊。似矣，然左右禁嚴，耳目盡廢，形影塊然，門外萬里，即地方利弊，閭閻隱痛，皆莫能知。欲密訪於左右，恐未得是非之實，而適足以啓奸萌；試顯問於衆人，則或避恩怨之嫌，而莫肯以實對，此其難者一也。

先是，催科太嚴，箠楚過濫，總經催人等至，枵腹而完官，裹創而催辦，民甚稱苦，逃亡接踵。今不肖隆以官寛之，下頗感激，黽勉完納。似矣，然朝廷歲額必不可緩，徒以官受累，無補於民。夫與其始寛而隨誤，以貽後日燃眉之急，不如先嚴而責完，以與百姓息肩之期。且錢粮不完，或係貧民拖欠，或係奸豪負賴，或係經收侵欺。一槩從寛，寛貧民，猶不失拊循；縱侵負，則幾蔑國法。此其難者二也。

本縣因田地瘠薄，歲苦重差，以致人户逃絶者衆。因人户逃絶，以致田地愈荒者多。先是，召募開墾之令，非不日懸，但缘鄉野小民領種告帖者到縣不即時，給發有①守候之苦，有科索之費，而官府未聞留意存恤，則恐領種荒田，未見其利而先受其害，是以小民疑畏不來。今不肖訪知弊端，另爲立法，小民始樂於開墾，一月之内，領貼者已不下三百餘家。但貧民開墾荒田，必資工本。有田而無工本，將焉用之？即給帖，猶勿給矣。將議賑恤，則官帑既不可擅動，申請又未必見從，此其難者三也。

今爲計不得已，捐不肖俸資及無碍官銀共得百兩，立法給散貧民爲開墾工本。而俸錢無多，小惠未徧，則出示勸諭富民大家於民間自相賑助，以富濟貧，捐有餘，補不足，尚義量力，不拘多寡。而本縣則爲之懸立賞格，或免其罪責，或免其雜差，重則或獎以牌扁，或榮以衣冠，以相風勸。似矣，然自古恤民之政，未聞有此，計出不得已，恐非政體。其可行與否，伏願門下教之。

荒田人户既已逃絶，而重額尚存，往往遺累里排賠納，萬萬不堪。不肖業已遵奉撫院明文，親歷四鄉，沿丘履畝踏勘荒田，頗爲得實。中間委多抛荒，一望野草，井閈堙滅，人煙消疏，誠可哀憫。若不設法調停，地方日就彫落，將來愈不可支。已經造册總數，申請議處。議者謂求減額糧，又謂求作改折。愚議竊謂，議改折則恐小利，無補於民；議減額則恐定額難以頓減。此一節，煩望門下將青浦痌瘝苦情，爲撫臺一言之，即片言九鼎，爲地方造福不小矣。

其他大小事宜，多所未盡。

隆不肖，稍知自愛，不敢爲惡。然天下事亦大難矣。不惟惡不敢爲，即爲善，恐涉於近名；不惟害民不敢爲，即興利，恐未免有害。義理難窮，事體難安，群疑難釋，衆口難調。竊不自量，蚤夜思維，欲爲敝邑小補，而以一書生初出涉世，更事不多，識見未定，乖剌種種，祇深芒負。仰惟相公朝廷柱石，鄉邦元老，治道模楷，後學指南，伏冀惠賜大教，隆在下風敬端拱以聽，不任瞻仰惶悚之至。

**校勘**

① 有：底本作『者』，據存目本改。

**注釋**

[一]徐少師：徐階。見卷九《奉酬徐少師》注釋[一]。

[二]夔龍：傳爲舜之二臣。見卷八《奉贈少宗伯王公二十韻》注釋[七]。

[三]韓魏公：北宋韓琦，字稚圭，相州安陽（今河南安陽）人。天聖進士，其經歷極豐富，歷仁宗、英宗、神宗三朝，立二帝，爲相十載，亦曾被貶在外十餘年。著名政治家、賢相，封魏國公。著有《安陽集》。《宋史》有傳。

## 寄①高升伯[一]

升伯居賢關，操文衡，懷仁負義，攬華披秀，作我髦士，宣暢鴻烈，暇日與諸公清言名理，篝燈丙夜，迴翔赤螭，歌詠振鷺。嗟乎升伯，良不負平生。

賤子奉馬箠之役，日承事貴人，如小家女充貴介下陳，盥掃易盡，蛾眉難工。獨日夜欽欽，勤苦則習，罵詈則承，俯仰周旋，徒跣自潔，種種甘之，小星稱命矣。

天下郡縣莫難於雲間，雲間莫難於青浦。青浦者，故華、上東南瘠土惡壤也。民無土著，七邑逋逃居之，成一村落。歲坐水旱不登，國額日逋，兩大縣患苦之，爲別置邑，治又新創，百務草昧。當三吴孔道，車蓋旁午。兩大縣薦紳大夫田宅在焉，部民大都其佃人僦户爾。以一新置小邑而當兩大縣，大夫、士户外之屨常滿也。且多不諒，望賤子或太深，故百廢難理，群逋難問，多口難調，爲吏頤不良苦哉？勤苦將事，加之以忠誠，庶幾免於大戾。僕竊慕此未能，先生何以教不佞？

北征有便羽，敬附荒椷。莫廷韓之人才可念也[二]。

**校勘**

①寄：原目録作『與』。

注釋

［一］高升伯：高萃，字升伯。見卷五《感懷詩五十五首·高博士升伯》注釋［一］。

［二］莫廷韓：莫是龍，字雲卿，更字廷韓，華亭人。見卷四《聞莫廷韓諸君山中尋梅有作》注釋［一］。

## 答沈嘉則先生二首［一］

### 一①

青浦望鹽官［二］，盈盈一水爾。乃坐困簿領，不能遽擲頭上進賢冠，從先生杖屨山間水涯。筆牀茶竈，何物不宜。悲哉，一吏如檻猥。富貴既非所須，持此將安歸也？八月之期，不已晚乎。隆不肖，不能做彊幹吏，而能以寬理和其士民。門庭真如水，日日蕭然。新種卉木，今已蓊欝成林，日夜望先生來，一歗詠其間。天馬佘丘［三］，二陸先生祠墓在焉［四］。泖上浮屠［五］，四面孤懸空水中，有陸宗伯新創藏經閣［六］，藏經數萬卷；佛子數十，俱白皙長爪，日夕齋素誦經，聲郎郎徹於大湖，亦一佳勝也。願先生即櫂扁舟來，敢爲山靈敬邀寵光。錢給事先生集可携之篋笥中［七］，且行且讐②。不然，竢再返就李卒業［八］，未晚也。馮吉士開之予告［九］，計此時已抵家矣。其人開美玄超，不可不一通問。碑文真文章鉅家，深嚴閎麗，第不肖德薄，無當游揚爾。當取便寄潁人。潁人雅不閒③於翰墨事，恐不足辱大雅，奈何。

### 二

讀《越草》，如失足昆侖絶頂下，見丹霞赤水，文虎玄豹，雕麟紫麐，冰桃碧藕，目眴神摇，誠不自知安所去取也。先生近作乃爾爾，豈惟才情轉富，前無古人，亦占知先生喬松遐壽焉［一〇］。玉棺不下來，奈何？會須且婆娑人間爾。（嘉則《越草》詩有云：『不如醉卧空山中，玉棺下來便堪死。』故末及之。）

## 校勘

① 一：原無序數，爲校注者所加。下篇「二」同。

② 讐：底本原作「仇」，據存目本改。

③ 間：底本原作「問」，據存目本改。

## 注釋

[一] 沈嘉則：沈明臣，字嘉則。見沈明臣《由拳集敘》注釋[一一]。

[二] 鹽官：指明海寧縣。其地三國吴始置鹽官縣。元陞爲鹽官州，後更名海寧。明洪武初改州爲縣。

[三] 天馬：天馬山。見卷四《登天馬山》注釋[一]。佘丘：佘山，與天馬山爲松江「九峰」之二座山峰。

[四] 二陸：晉陸機、陸雲。見徐益孫《由拳集敘》注釋[一〇]。

[五] 泖上浮屠：見卷九《秋日同沈嘉則袁履善馮開之泛泖登塔四首》注釋[一]。

[六] 陸宗伯：陸樹聲，字與吉，松江府華亭人。嘉靖二十年（一五四一）進士，選庶吉士，授翰林院編修。後歷太常卿，掌南京祭酒事。官至禮部尚書。其淡泊名利，數辭官歸里。門生甚多，袁可立、董其昌皆出其門。董其昌《畫禪室隨筆》云：「王廷尉妙於文章，陸宗伯深於禪理。合之雙美，離之兩傷。」屠隆有《答陸宗伯》，見卷十六。

[七] 錢給事：錢薇。字懋垣，鹽官（今屬浙江海寧市）人。嘉靖十一年（一五三二）進士，官行人，擢禮科給事中，再進右給事中。因疏諫南巡，斥爲民。歸里，專務講學。卒年五十三歲。著有《承啟堂稿》。《明史》有傳。屠隆本卷《與開之四首》之二：「沈嘉則先生布衣雄杰，人倫冠冕，今正作客鹽官之錢氏，爲故給事錢薇先生輯遺文。弟累以書促之，則以校讐未卒業爲解。」

[八] 就李：即檇李。見卷七《存石草堂歌爲沈觀察先生賦》注釋[三]。

[九] 馮吉士開之：馮夢禎。

[一〇] 喬松：傳説中之仙人王子喬和赤松子。《戰國策·秦策三》：「君何不以此時歸相印，讓賢者授之，必有伯夷之廉，長爲應侯，世世稱孤，而有喬松之壽。」

# 答錢淵父[一]

不佞從就李諸名流仄聞高雅舊矣[二]。屬人來，言沈先生客足下[三]。足下非雅秀孤映，安能客我沈先生哉。沈先生盛言足下俊才，恨未得一叩齋頭。郊居，兼得巖穴奇處士爲侶，太史當重占真人東行矣。因風遥羡，臨邛令久遲相如[四]，而足下占悋不發，使人兩睫不得下。如何，如何？敬遣榜人操小刀迓沈先生浦口，足下能與沈先生同過江城，擊鮮取酒，大醉九峯之上[五]，亦無所不可。不然，無徒久奪我五湖長爲也[六]。新相知間輒放言及此，罪過。人回，草草白狀，冗不及多具。

**注釋**

[一] 錢淵父：錢與映，字淵父。錢給事薇（見上篇注釋[七]）之子，嘉靖末舉人。沈明臣爲其父錢薇校讐遺文，客居其家。後屠隆與錢與映交往，有《贈錢淵父》《錢淵父有舟名宛在漫賦》《投贈錢淵甫》（分别見《棲真館集》卷二、卷七、卷八）等。

[二] 就李：即檇李。見卷七《存石草堂歌爲沈觀察先生賦》注釋[三]。

[三] 沈先生：指沈明臣。

[四] 臨邛令：漢臨邛令王吉。見卷七《青浦吟贈彭欽之》注釋[七]。相如：司馬相如。

[五] 九峰：指佘山等九座山峰，見卷十二《青溪集敘》注釋[二]。

[六] 五湖長：管理五湖之長官，多喻隱於湖澤者。見卷七《送莫廷韓北上》注釋[六]。

## 與開之四①首[一]

### 一②

適過婁江[二]，謁徐觀察[三]，因言與仁兄遇於淮上，計此時行李抵家矣。弟日困簿領，不能負弩矢走迓旌干，心神飛動。足下暫辭鵷鷺之班，歸而作五湖長[四]，揚颿鼓柁，雲沙亂目，鷗鳧近人，大是樂事。下官向不自戒，失足泥塗，爲家大人日竊五斗，海鳥受羈，麏麚驂乘，安得通脱自快也。足下東，弟亦先期移此中。雲間去就李只尺爾[五]，即視仁兄眉睫間，而尚阻晤言。脉脉一水，自非土木，詎不勞魂？雲間足下舊遊，諸名士故在傾握，日夜望足下一來，不啻望歲也。徐長孺、袁非之南征[六]，莫雲卿、徐澤夫北上[七]，行時以不及候行李爲恨。足下誠惠過此中，與弟訪二陸先生之故蹟[八]，九峰三泖[九]，敬徼寵光。泖上僧創藏經閣，孤懸大湖，四面空水；衆比丘俱白皙長爪，焚香誦經其中，亦佳勝可遊也。

足下歸省，尊公驩樂可知。幸道隆問訊。嫂及諸公子平善不？雲間之行，不可復遲，幸足下報可，弟當理櫂湖濆待矣。

## 二

六月廿四日屠隆頓首寓書開之仁兄：

往沈翁見枉[一〇]，又得仁兄書，甚慰饑渴。敝邑荒鄙，勞長者車轍，款遇疏蕳，何能無③皐？仁兄初歸，正在鞅掌，想未能即遠出。賤子之望故人，真以日④爲歲，恨羈於令，無⑤能奮飛。『誰謂河廣，曾不容刀⑥』，深味風人此言，歷歷如畫，良足悲心。始謂行李一出都門，便堪握手，逡巡半歲，尚阻晤言，是何睽離之易而遇合之難也。

三吳大水，溝塍化爲巨浸，魚鱉舞於長衢。徒跣自責，傷爲令無狀，計且奈何！側想明智，當作何良圖也？

尊公華誕，以七月何日上壽？既罷，能遂買雲間之櫂不？儻沈夫人當户牽衣，恐仁兄亦復多情。不妨長嘯出門，把臂湖山，吟弄煙月，使太史再奏東南聚星，良亦不俗。

沈嘉則先生布衣雄杰[一一]，人倫冠冕，今正作客鹽官之錢氏，爲故給事錢薇先生輯遺文[一二]。弟累以書促之，則以校讐未卒業爲解。鹽官去秀州只尺[一三]，足下不可以當世而失此人。今山人處士滿宇内，大都崇虚聲，遊談無當。獨乃公翩翩，不惟辭賦偉麗，陵轢古今墨卿，而行義卓絶，朗然孤映，即丰標談咏，俊爽玉立，理致清遠，與之周旋，可以忘老。恨近日頭顱且種種，吾欲取南山銅鑄此君。此君或亦自有長生丹訣，不可知。今世若無之夫，便能使山川黯霮無光，風日凄淡。一朝失去，千古長嗟。足下急走信使往通之，勿失，乃此君亦傾向高賢之日久矣。馮先生素以屠長卿言不阿，如此神物，暗中可索摸得也。足下幸過青浦，可約與俱來，弟且復折柬招之。青浦令門庭真如水，不妨擁篲而逆上客也。

賀伯闇近作何狀[一四]？想數過從，論心道故。久慕袁了凡君[一五]，相見，幸爲寄聲。前有長牋致伯闇，久未奉報音，何故？

河漢左界，雙星在門；瑶姬奏笙，龍女進曲；蒲桃新緑，銀缸乍紅；階下斑衣，堂上珠履；人間差樂，何羡洞天。又得《玉皇香案吏》新篇，聊足爲壽矣。不腆之儀，並希麾置。鴛央湖上[一六]，時時繫心。向辱沈翁託以壽章，今弟既自爲敘，不能復握筆，乞爲我謝之。

## 三

湖上之會樂矣，弟以吏事促歸，質明不得與足下再盡繾綣，私心殊未快。後會何時，言之悵惋。嘉則先生尚留齋中，日以賦詩讀書爲事，神肆力王，出語驚人，使人悚然心服。暑中無事，戲爲二十咏，多言古麗情綺語，弟與嘉則同賦成，讀之頗懷拍拍然。命記室録上請教，更要足下賦之。已寄王元美先生屬和矣[一七]。歸途定佳勝。生朝上壽年伯尊人，爽氣颯颯，涼風乍適，恨弟不得與珠履之列，能不依依？沈君典未有來意[一八]，奈何！渠云云真未可出門，吾輩不當强之遊。

小力還，附有尺素，敬上侍者。泛泖作共爲二册。其首嘉則者，奉足下；首弟作者，求足下書佳篇，付嘉則先生；其一空白者，求足下首佳篇付弟。過下邑雜詩，當另書一册，同二十咏並奉去也。

## 四

西湖之遊樂乎？弟從部使者考歸，而梁伯龍適見[一九]，況云日客就李，與足下周旋。伯龍故翩翩豪士，今老矣，誠然哉『烈士暮年，壯心不已』。弟本探丸走馬之夫，誤爲小吏，局促如轅下駒。日心懸天目長松，夢落五湖間。足下何乃掉臂去我，不通消息兩月？即百冗，尚留足下胸中，久欲遣平頭奴致數行，輒復冗奪。足下每賜一札，必俟弟先之爾，不然者，經歲無，此可以觀吾兩人之交情矣。然不肖視足下，猶爲勞薪乎？

**校勘**

① 四：原目録作『五』。

② 一：原無序數，爲校注者所加。下篇『二』『三』『四』同。

③無：底本原作『无』，據存目本改。

④日：底本原作『目』，據存目本改。

⑤無：底本原作『无』，據存目本改。

⑥刀：底本原作『乃』，據存目本改。

## 注釋

［一］開之：馮夢禎，字開之。見沈明臣《由拳集敘》注釋［二］。

［二］婁江：見卷九《送馮開之之婁江訪二王先生》注釋［一］。

［三］徐觀察：未詳。

［四］五湖長：管理五湖之長官，多喻隱於湖澤者。見卷七《送莫廷韓北上》注釋［六］。

［五］雲間：松江府之別稱。見卷五《感懷詩五十五首·莫文學廷韓》注釋［二］。就李：即檇李。見卷七《存石草堂歌爲沈觀察先生賦》注釋［三］。

［六］徐長孺：徐益孫，字長孺，松江華亭人。袁非之：袁福徵，字履善，又字非之，華亭人。

［七］莫雲卿：莫是龍，字雲卿，更字廷韓，華亭人。見卷四《聞莫廷韓諸君山中尋梅有作》注釋［一］。徐澤夫：徐元普，字澤夫，華亭人。

［八］二陸：晉陸機、陸雲。見徐益孫《由拳集敘》注釋［一〇］。

［九］九峰：指佘山等九座山峰，見卷十二《青溪集敘》注釋［二］。三泖：湖名，見沈明臣《由拳集敘》注釋［五］。

［一〇］沈翁：指沈明臣。

［一一］沈嘉則：沈明臣，字嘉則。

［一二］錢薇：見本卷《答沈嘉則先生二首》注釋［七］。

［一三］秀州：指嘉興。五代時錢氏置秀州，治嘉興縣。至北宋政和以前亦稱秀州。明嘉興府領嘉興、秀水等七縣。馮開之秀水人，故云『鹽官去秀州只尺』。

［一四］賀伯闇：賀燦然，字伯闇。秀水人。見卷十三《與賀伯闇》注釋［一］。

［一五］袁了凡：袁黄，字慶遠，號了凡。嘉善縣人。萬曆十四年（一五八六）進士，曾任寶坻知縣、兵部職方司主事等職。後罷官歸鄉。博學多才，著述甚豐，有《了凡四訓》《兩行齋集》《評注八代文宗》等。

［一六］鴛央湖：湖名，在嘉興。馮夢禎家住鴛鴦湖畔，卷七《馮先生行》：『知卿家住鴛央湖，湖風日日吹雕胡。』

［一七］王元美：王世貞，字元美。

［一八］沈君典：沈懋學，字君典。

［一九］梁伯龍：梁辰魚，字伯龍。昆山人。明代著名戲劇家，有《浣紗記》《紅線女》等作品。

# 由拳集校注卷之十六

## 書

### 與王元美二首[一]

一①

天降災下邑，元元離此大眚。隆日夜蓬跣自傷，爲令無狀，無能出一籌救我父老子弟，徒步走雨中，率父老子弟，親操畚鍤築隄阡。今禾稼僅存其十五爾。平居不能脩德行政以召天和，及馮夷竊弄其威命[二]，乃始倉皇出走，黽勉支吾，亦左矣。先生不加誚讓而勞苦如平生，隆感而自恧，滋爲主臣矣。

昨以長年操青雀舫②迎沈嘉則先生[三]，甫至自鹽官，縣齋得此，如操白雪而下神物也。嘉則年來詩律更細，神力更王，其所得意，前無古人。署中無事，戲爲二十咏。隆與沈先生同賦成，左右顧盼，提挾風霜，舉趾頗高矣。敬要先生同賦之，旋奉篇目，幸握管以待。有如先生不賦此者，雖非鮑昭才盡[四]，終無以厭天下英雄心，惟先生圖之。嘉則先生甫至，未能輒修問，多致意長者謝記存，且云八月中旬過弇園訪先生也[五]。

## 二

曹子念見枉[六]，得先生五言絶句二十首。讀之，齒牙間泠泠生山泉，爽氣留三日不去。子念台蕩之行以何日[七]？日許作詩送行，別後竟冗奪，奈何。

敝鄉張大司馬德表東海[八]，文高越絶[九]，且天性好游揚士類。後来之秀，賴以成名者甚衆。不肖故出司馬公門下，平生國士之遇，烈於皦日。不肖哭公詩云：『但歌黄鳥堪同死，不信明珠可報恩。』大槩可覩矣。今其嗣子邦仁將走千里[一〇]，扶服謁門下，爲司馬求墓銘。先生持海内文衡，天下之人莫不欲得先生片言隻字以爲重，敬徼寵靈，光此下泉，司馬待以不朽。家少司馬平生又門下所知也[一一]，不肖心知，蓋稱兩司馬云。其子畯亦將以墓銘爲請[一二]。兩司馬身後事，咸在先生。南向再拜使者，敬陳於下執事，伏惟財察。

沈嘉則先生辱先生款遇良厚，私謝之。

中懷耿耿，言何能宣？黄雀紫蟹肥矣。

### 校勘

① 一：原無序數，爲校注者所加。下篇『二』同。

② 舫：底本作『舡』，據存目本改。

### 注釋

[一] 王元美：王世貞，字元美。詳見卷四《答李伯達》注釋[一]。

[二] 馮夷：傳説中之河神，泛指水神。見卷一《溟海波恬賦》注釋[三八]。

[三] 長年：稱船工。宋戴埴《鼠璞·篙師》：『海壖呼篙師爲長年……蓋推一船之最尊者言之。』沈嘉則：沈明臣，字嘉則。

[四] 鮑昭：即鮑照，字明遠，南朝宋著名詩人、辭賦家。有《鮑參軍集》。

[五] 弇園：弇山園之簡稱，王世貞之家園。見卷九《春日燕王元美先生弇州山堂分得青岑二字》注釋[一]。

[六] 曹子念：曹昌先，字子念。王世貞之甥。

〔七〕台宕：浙江天台山和雁宕山之合稱。見卷九《送曹子念遊台宕》注釋〔一〕。
〔八〕張大司馬：指張時徹。
〔九〕越絶：越地邊境。多用指越地。
〔一〇〕邦仁：張邦仁，張時徹之長子。
〔一一〕家少司馬：指屠大山。見卷四《三司馬詩》注釋〔二〕。
〔一二〕畯：指屠本畯，字田叔。

## 與丁右武〔一〕

往歲與仁兄倚醉長安，連鑣廣陌，雅志絶塵，冥心獨往，可謂極裴徊之驩，悟逍遥之旨。假令人生長如此乎，即榮掛七命，身登九列，何羨也？頡頏未幾，便各翻飛。一出都門，歧路南北，鴻雁中斷，霜露再零。望山川於南中〔二〕，思君子於天末，不自知其黯然隕涕矣。

足下揚旌四郊，攬轡七閩〔三〕，宣勞①茂忠，勤施不怠，足稱須眉男子。弟鄙庸椎魯，兩爲下吏，了無②善狀，僅習折腰貴人，而氣數多阨。三吴近苦水潦，漂屋傷稼，饑殍載途。徒跣自勞，痌瘝無補，爲之奈何。

故人久闊，近况可知？仁兄英標曠度，秀拔人群，聞與汝虞相得驩甚〔四〕。漳浦令故吴雅士，而足下深篤同袍③之義，修兄弟之好。丁君終長者，意氣乃如此哉！

汝虞兄使南，便附數行。不盡中懷，伏蕲遠察。

### 校勘

① 勞：底本原作『士』，據存目本改。
② 無：底本原作『无』，據存目本改。
③ 袍：底本原作『礼』，據存目本改。

## 注釋

［一］丁右武：丁此吕，字右武。見卷五《感懷詩五十五首·丁郡理右武》注釋［一］。

［二］南中：此泛指南方。

［三］七閩：古代閩人分爲七族，故稱七閩。地域則指今福建及浙江南部一帶。

［四］汝虞：朱廷益，字汝虞。嘉善（今浙江嘉善縣）人。萬曆五年（一五七七）進士，授福建漳浦縣令。

# 與王敬美［一］

都門把臂，爲歡須臾，一夕分攜，千古永嘆。賤子自淮南量移吴會［二］，只尺婁江［三］，會以職事，至得一再奉長公顔色［四］。觴余飄渺閣上［五］，上倚①茂樹，下臨曲池，玄言名理，滌我滓穢，召我清虚。可謂出幽谷，披閬風［六］，中殊泠然。因唸謝家春艸［七］，有懷瓊樹枝更切也［八］。自後連遭水潦，饑傷孔多，賤臣徒跣空罷於奔命，未能一脩寒暄門下，而信使業先之，益以惠貺，滋爲媿矣。率爾附致，殊不尽中懷，伏蕲亮察。

## 校勘

①倚：底本原作『漪』，據存目本改。

## 注釋

［一］王敬美：王世懋，字敬美。見卷五《感懷詩五十五首·王觀察敬美》注釋［一］。

［二］自淮南量移吴會：指從潁上縣令調任青浦縣令。

［三］婁江：見卷九《送馮開之之婁江訪二王先生》注釋［一］。

［四］長公：指王世貞。爲王忬長子，王世懋兄，故稱長公。

［五］飄渺閣：未詳，疑爲弇園中閣名。

［六］閬風：即閬風巔，傳説爲昆侖山上神仙居住之處。見卷一《霞爽閣賦》注釋［一〇］。

［七］謝家：指南朝宋謝靈運。謝靈運《登池上樓》寫春景名句：『池塘生春草，園柳變鳴禽。』金元好問《論詩絶句》：『池塘春草謝家春，萬古千秋五字新。』

［八］瓊樹枝：稱美王家兄弟，此喻王敬美。南朝宋劉義慶《世説新語・言語》：『謝太傅問諸子姪：「子弟亦何預人事，而正欲使其佳？」諸人莫有言者。車騎答曰：「譬如芝蘭玉樹，欲使其生於階庭耳。」』

## 奉陳玉叔［一］

往袁之熊上舍赴白門［二］，道淮上，伏謁明公，以書相聞，具言明公念不肖隆良殷。隆愕而不信，謂袁生固謬稱。明公騷壇大將，人文泰岱，安所得襪線之士而游揚之哉？且也安下吏之分，不敢輒以姓名通於記室。平生傾嚮大雅，真如調饑。又雅聞明公獎借才畯，恒恐不及。風流師表，海内延頸。下走益欽欽豔焉，每投袂自奮。夫蜀山之銅，延津之劍，氣類苟同，應若桴鼓，而況含靈之屬、秀異之品哉？隆即不當以賤吏爲解，天下豈有挾監司貴驕天下士陳先生哉？而三吴屬當有大眚，雨師不仁，陽侯竊權［三］，鬼母呼於城門，而青猿出於長衢，洪洚蕩析，爲元元憂。小臣蒲服，奉畚鍤之役，徒跣自傷，竟使鄙吝日固，風雅坐衰，執鞭之私，久未得請業。先承長者下訊，惠以瑶華，霞光映人，明珠入手，五色爛焉，奪我魂氣，如墮崑崙萬仞罡風中。乃細察書詞，又何情至也！明公折節後進，固自得之天性。乃不肖隆東海鄙男子，見不踰于坎蛙，而技且謝乎鼯鼠，顧何以望見車輪清塵，而奉盤盂下風哉。不肖隆竊睹見先生於此道意念深矣，便欲杖策渡江，伏謁道左，一領謦欬畢平生，而卒牽於簿領。

草草脩不腆之辭，緘付使者，再拜而進之下執事。伏惟明公不以厮養賤質而棄其麻蒯，即無當列屋，固居然侍者下陳也。悚息以聽。

### 注釋

［一］陳玉叔：陳文燭，字玉叔。見卷五《感懷詩五十五首・陳大參玉叔》注釋［一］。

［二］袁之熊：國子監生，餘未詳。白門：六朝都城建康（今江蘇南京市）之别稱。見卷七《白門行送徐長孺》注釋［一］。

［三］陽侯：傳説中之波濤神。

## 與馮太常[一]

足下官太常，居白門，頗適。獨弟兩爲卑冗下吏，百勞侵人，頭顱早白。固云材具蓋亦有數焉。仁兄平居恂恂長者，乃睹問者諸所剸割，抑又何磊砢也。男子墮地，豈止取尊官厚禄，内以飽其妻孥，而外誇里閭？要以蹈道執節，粹爍貞亮，不失丈夫之致爾。仁兄翱翔雲霄，而弟浮湛簿牘，脩名不立。玄素復雕，神飈促人，羲和轉轂，每思栖足峨眉積雪之間，翛然自廣，而罻羅羈之，長轡莫騁，奈何！

王上舍來[二]，得足下華札，如對龍光。自足下入留都[三]，弟之浮踪飄轉南北，卒卒無須臾之暇修一寒暄，而芳訊先至，使人抱媿良深。王上舍通家弟兄，覩其人樸茂，雅有諸父風。此來道仁兄厚情不置，兄亦何所不厚哉。

敝邑曹上舍志伊遊南雍[四]，便附數行，不盡縷縷。

**注釋**

[一] 馮太常：或爲馮景隆。景隆字叔熙。浙江山陰（今紹興）人。萬曆五年（一五七七）進士。歷任南京工科給事中、蘇州判官、南陽推官等職。

[二] 王上舍：未詳。

[三] 留都：指南京。明太祖建都南京，後成祖遷都北京，南京便爲『留都』。

[四] 曹上舍志伊：曹志伊。上舍，爲監生之别稱。餘未詳。南雍：明代稱設於南京之國子監。

## 與鄭職方[一]

往歲一晤年丈於闔閭城下[二]，瞬息分攜。及抵西陵[三]，見蒼頭來言胠篋之狀，良所太息。此後浮萍南北，尺素不將，同袍義缺，悵如之何！弟囊不能望氣而知賢人，至加聲色於長年三老，雖坐不知，亦可謂無鹽唐突西子矣[四]。仁兄不加誚呵，反辱折柬。足下不失長者，而僕爲宵人，至今媿之。

諸孫本志承厚款異數[五]，居然通家子之愛，足下可謂專取仁義，遠絶常倫，感戢非言語所宣矣。鴻才駿爽，翊贊本兵安攘之略，中外倚辦，丈夫致身差勝。如弟委蘭下吏，兩困災罷，昕夕焦勞，不堪救過，故吾都失，日以紛拏，行且奈何。

敝轄曹上舍志伊入南雍①[六]，便附荒椷，奉訊台祉，倉卒不莊。

**校勘**

① 上：底本原作『土』；伊：底本原作『尹』。均據存目本改。

**注釋**

[一] 鄭職方：鄭一麟，字肖龍，號趾庵。上虞人（寄籍山陰）。萬曆五年進士（故稱年丈）。授兵部職方郎中。萬曆十三年（一五八五）任肇慶知府，官至山西按察使。鄭一麟時任兵部職方郎中，故文中有『翊贊本兵安攘之略，中外倚辦』句。傳見《肇慶府志》、《嘉慶山陰縣志》卷十四鄭遂傳後亦附。

[二] 闔閭城：蘇州之别稱。見卷六《贈吴生》注釋[二]。

[三] 西陵：古地名，今杭州市蕭山區西興鎮之古稱。見卷二《述哀操》注釋[三]。

[四] 無鹽：本指戰國時齊宣王后鍾離春，貌極醜。見卷三《行路難四首》注釋[七]。此喻醜女。西子：西施。

[五] 本志：屠隆族孫。

[六] 曹上舍志伊入南雍：見上篇《與馮太常》注釋[四]。

## 答陸宗伯[一]

日睹龍光，仄聞玄論，虛往實歸，心殊泠然。先生日焚香燕坐，默視寂照，窺溟涬之化，達要眇之旨，雖空同柱下，何以加焉？

隆故自鄙庸，犇走俗狀，滓穢日盛，清虚不來。自揣無由得聞至道，然每從垢溷而披玄朗，未嘗不心醉旬日也。别來殊用茫然，忽荷華緘，兼拜嘉惠，如奉清儀。人還裁謝，率爾不莊。

## 寄張幼于兄弟[一]

不佞往居海上，輒向慕君家兄弟明秀爾雅。越在東鄙，不一觀大國之風，良用缺然。丙子歲北征，倚櫂閶闔城下[二]，王百穀先生儼然造不佞[三]。時不佞謝病，百穀彊起之。攬衣初殊頭岑岑，既聽王先生玄言清遠，如披松下風，肌骨爲爽，病良已，自是定交。獨以不得一當君家兄弟爲恨。

屬謁范府公[四]，府公出足下所爲見懷之作，意甚。僕爲令，不能先高賢，而使賢者先令，令可知矣。周公蝦名滿海内[五]，僕亦未能一修寒暄之常①。僕之孟浪乃爾。不佞鄙，無足辱諸公友藉，然執鞭賢豪，區區之心良有之。敬布之門下，惟先生崇察。

伯起先生文雅淹貫[六]，俠氣亮節，使人興專諸、要離之思[七]。一棲兩雄，魚腸水犀，當不死乎？聞伯起所作《如姬竊符》，新聲雄麗快人，不知可得一部寓目不？

坐困職事，不能掃門懷刺，輒以荒札通致其欵欵。外小詩奉懷二足下，蟲吟鳳嘯，滋爲鄙矣。

### 注釋

［一］陸宗伯：陸樹聲。「宗伯」爲對禮部尚書之稱呼。見卷十五《答沈嘉則先生二首》注釋［六］。

### 校勘

①暄：底本原作「愃」；常：底本原作「堂」。均據存目本改。

## 注釋

[一]張幼于：張獻翼，字幼于。長洲人。幼于兄弟，見卷九《答寄張幼于》注釋[一]。

[二]闔閭城：蘇州之别稱。見卷六《贈吴生》注釋[二]。

[三]王百穀：王穉登，字百穀。見卷五《感懷詩五十五首·王太學百穀》注釋[一]。

[四]范府公：未詳。

[五]周公瑕：周天球，字公瑕，號幼海，又號六止居士，長洲（今蘇州）人。明代著名書畫家。

[六]伯起：張鳳翼，字伯起。張幼于之兄。見卷九《寄張伯起》注釋[一]。

[七]專諸：春秋時吴國刺客。見卷七《贈王元美廷尉》注釋[一五]。要離：春秋時吴國刺客。見卷六《寄顧益卿》注釋[六]。

# 答徐孟孺[一]

昨青雀發浦口，蒼頭持足下書至。急啓椷，讀不終篇色動，已把黑蹏，手戰而不定，已灑灑神爲王也。何物徐生，胸吞七澤，筆摇五嶽，雲間有此[二]，直令二陸文章黯霮無色矣[三]。

僕厭苦游辭，無當玄帝素王之道[四]，又恐鬼物善妒，竹素爲祟，思一切屏去雕蟲，玩心玄虚，不能自割，則命侍史火殺青，餘者覆瓿矣。乃今讀足下文辭，不覺技癢也。諸評騭僕文字，僕烏敢當。足下第亦弄其楮墨，一吐胸中千古，非至意也。不然者，鍾子不失聽乎[五]。然伯喈之寶《論衡》[六]，即又何足爲吾兩人者道哉。吾兩人，或者張茂先所稱豐城之物[七]，延津遇合[八]，光怪動天，其亦有數耶？乃僕恨爲一官所縛，俯仰高厚，嘗苦跼蹐，不得與足下時時放迹九峰三泖間[九]。足下亦且駈車南矣，白門柳色[一〇]，依依向人，廣陌青驄，垂鞭緩步，此時視青浦令一檻猿耳。

兩沈先生曠士[一一]，足下不可不交其人。足下龍①也，處壺中可矣，無入人指甲，恐爲斷尾，他日上下天門，爲東海龍女笑也②。昔張路斯爲宣城令[一二]，歸與石氏夫人、九子俱龍去③，故潁上人也。僕倘似之乎？僕亦夢爲龍④，鱗甲隱隱，乘風雷，駈海門巨濤者三。即今與足下遇合，寧獨偶然哉？幸足下自愛。

來書願得僕長語，方冗不能也。倚櫂略敘，敬謝故人。入郡城，當一造請。

## 校勘

① 龍：底本原作『竜』，據存目本改。

② 龍：底本原作『竜』，據存目本改。

③ 夫：底本原作『大』；龍：底本原作『竜』，均據存目本改。

④ 龍：底本原作『竜』，據存目本改。

## 注釋

[一] 徐孟孺：徐益孫，字孟孺。見徐益孫《由拳集敘》注釋[二]。

[二] 雲間：松江府之别稱。見卷五《感懷詩五十五首·莫文學廷韓》注釋[二]。

[三] 二陸：晉陸機、陸雲。見徐益孫《由拳集敘》注釋[一〇]。

[四] 玄帝：即玄聖。素王：空王。玄帝、素王，均指具有帝王之德而未居帝王之位者。《莊子·天道》：『夫虛静恬淡寂漠無爲者，萬物之本也。明此以南鄉，堯之爲君也；明此以北面，舜之爲君也。以此處上，帝王天子之德也；以此處下，玄聖、素王之道也。』

[五] 鍾子：鍾子期，春秋時楚人，伯牙好友，善聽琴。見卷七《贈王元美廷尉》注釋[一二]。

[六] 伯喈：東漢蔡邕，字伯喈。著名學者、文學家。蔡邕珍視王充《論衡》，《後漢書·王充傳》李賢注：『袁山松書曰：「充所作《論衡》，中土未有傳者。蔡邕入吴始得之，恒祕玩，以爲談助。」』唐劉知幾《史通·鑒識》：『適使時無識寶，世缺知音，若《論衡》之未遇伯喈，《太玄》之不逢平子，逝將煙燼火滅，泥沈雨絶，安有殁而不朽，揚名於後世者乎？』

[七] 張茂先：西晉張華，字茂先。豐城：古縣名。傳説寶劍龍泉、太阿沉埋之地。見卷六《瞿童子詩》注釋[六]。

[八] 延津：地名，即延平津。相傳爲晉時龍泉、太阿兩劍於此合雙化龍而去之處。見卷九《聞嘉則君典開之會於湖上有作》注釋[二]。

[九] 九峰：指佘山等九座山峰，見卷十二《青溪集敘》注釋[二]。三泖：湖名，見沈明臣《由拳集敘》注釋[五]。

[一〇] 白門：六朝都城建康之正南門（即宣陽門），俗稱白門。見卷十《雜詩二十首·白門柳》注釋[一]。

[一一] 兩沈先生：沈明臣和沈懋學。

[一二] 張路斯：隋唐時潁上人。傳説其爲龍，見宋歐陽修《集古録·張龍公碑》：『右張龍公碑，趙耕撰云：「君諱路斯，潁上百社人也。隋初明經登第，景龍中爲宣城令。夫人關州石氏，生九子。公罷令歸，每夕出自戍，至丑歸，常體冷且濕。石氏異而詢之，公曰：吾龍也。蓼人鄭祥遠亦龍也，騎白牛據吾池，自謂鄭公池。吾屢與戰，未勝。明日取決，可令吾子挾弓矢射之。繫鬛以青綃者，鄭也；絳綃者，吾也。子

遂射中青綃，鄭怒，東北去，投合肥西山死，今龍穴山是也。由是公與九子俱復爲龍。」亦可謂怪矣。余嘗以事至百社村，過其祠下，見其林樹陰蔚，池水窈然，誠異物之所託。歲時禱雨，屢獲其應，汝陰人尤以爲神也。』

## 答王敬美[一]

隆不佞於文藝亡所知識，獨私心知向往海内賢哲，嘗如渴饑。曩歲得奉清塵燕市，秉燭深夜，談天雕龍，盡披玉屑，便自謂不虚此生。已從濠濮量移吴會，遂得摳衣拜長公廷尉先生[二]。先生曠度，一見謬賞，把臂入林。乃隆故鄙庸，兼以災罷多故，俗務嬰心，每濡毫伸紙，不能吐一語，亡以自進於兩先生門下，奈何？

日承廷尉先生臨况敝邑，爲言明公北上抵吴門，乃不一迴車婁東，僕以未得報於郵人，亡從負弩矢親迓旌干道左，惋悵可言。駪駪征人，蒙犯霜露，猶且記存故人於千里之外，椷書爛然，貺及下吏，書詞更多肝膈款語，此爲高雅洵語，倍萬恒情，益令不佞隆慙恧亡地矣。

使者行促，率爾附椷，殊不盡鄙悰，尚容端謝。

**注釋**

［一］王敬美：王世懋，字敬美。見卷五《感懷詩五十五首・王觀察敬美》注釋［一］。

［二］長公：指王世貞。爲王忬長子，王世懋兄，故稱長公。

## 寄張太史[一]

往歲旅食京華，過蒙足下曠蕩之知。僕自度於文藝淺薄，譬諸甕盎之物，不睹天地之大全。時發而爲里言，伊吾自適於村社間；以奏於雲門六英之側，則啞然失聲矣。足下何自得之？而嫫母、夷光[二]，質從好移，僕亦遂亡其醜，塗澤而前，乃足下不加唾去，謬見推與，僕即不敢津津誦言爲謝，然心感其知矣。

一走泥塗，遂越霄漢。嘗念夷門老監[三]，猶能以信陵之故，感激酬恩；矧僕雖不佞，猶操雕蟲之技，挂空名於藝林，含恩懷義，當不後於常人。客歲曾裁一短牋敬候足下，屬足下南，託馮開之轉致之[四]，而開之予告，又以屬沈茂仁[五]，不諗終得，又浮湛不？邇聞仁兄暫辭清蹕之班，尚羊渚宫之下，江蘺、杜若、蘼蕪、射干，無不可以攬擷，揚芬振藻，甚善甚善。僕不佞，奉職無狀，三吴洚洞，元元是疚，罪在守土。文雅日減於昔，而吏治不光，將何以仰副知己，顛越是懼。

敝邑丞高君家僮還，敬脩一言，附致寒暄之私，伏惟崇察。外具拙草，請教大方，因風神注。

**注釋**

[一] 張太史：應指張嗣修。見卷四《留别張太史》注釋[一]。

[二] 嫫母：黄帝之妃，貌甚醜。《荀子·賦》：『嫫母、力父，是之喜也。』楊倞注：『嫫母，醜女，黄帝時人。』夷光：西施别名。晉王嘉《拾遺記》卷三：『越又有美女二人，一名夷光，一名脩明，以貢於吴。』

[三] 夷門老監：指侯嬴，《史記·魏公子列傳》：『魏有隱士曰侯嬴，年七十，家貧，爲大梁夷門監者。』侯嬴得魏公子信陵君虚左以迎，後感激酬恩，見卷一《霞爽閣賦》注釋[一九]。

[四] 馮開之：馮夢禎，字開之。

[五] 沈茂仁：沈自邠，字茂仁。

## 寄館中諸同年①

恭聞年兄拜官從太史事，上匡皇國，下光同袍，仰望雲霄，可勝欣豫。隆自違清塵，遂即險巇，比於勞薪。淮泗之上，扶服經年。漂轉吴會，西鄙惡壤，蓽路藍縷，如理棼焉；而洚洞爲眚，歲復不登，爲之奈何？鼯鼠之技窮矣。往旅食京華，數奉教於大君子，别來何得便去諸懷？每思脩不腆之辭，小致寒暄門下，而俗狀種種，含毫伸紙不得一語。嘗丙夜起步中庭，踟躇久之，不自知其霜露之沾衣也。近奉明旨，無由叩首闕下，一望見天上故人，此心誠摇摇然如懸旌矣。

敝邑高丞來，敬布空椷奉訊，簡樸之罪，知不可文，伏惟長者崇察。

**校勘**

① 同年：底本目録作『司馬』。

## 上張申二閣師[一]

隆材質疏庸，荷蒙恩師門下特達之知，真宰鑪錘，恩及賤品，銘之肺腑。往歲旅食京華，杜門養拙，不敢以燕見仰溷，棨戟清嚴，時時從稠衆中望見台光，階墀之下，如披青冥，卿雲有爛，慰浣可言。洎從小吏奔走泗上，量移雲間，漂轉吴楚，逡巡歲月，數從南天瞻望北斗，常思修尺一之書，敬候恩師相公百福。顧念賤臣下吏，恐不當輒用寒暄常語，濫瀆清聽。翹首霄漢，邈若河山矣。恭惟恩師翊贊鴻化，均調四海，大業郅隆，並登三五，甚盛甚盛。

隆爲令，奉職無狀。境内水潦爲灾，元元痌瘝，朝夕憂勤，罔以佐百姓之一二。司牧多闕，罪何可文。兹當縣丞某上計，敬裁短牋，附布其欵欵之愚。神馳闕下，睠懷台光，隆不任瞻仰悚灼之至。

**注釋**

[一] 張申二閣師：據《皇明貢舉考》卷八載，萬曆五年會試考試官為大學士張四維、申時行。張四維，字子維，號鳳磐，又號午山。蒲州（今山西永濟西）人。嘉靖三十二年（一五五三）進士，授編修。萬曆初期，得首輔大臣張居正引薦入内閣參預機務。萬曆十年張居正去世，遂代為内閣首輔，力反張居正遺政。次年以父喪離職。申時行，字汝默，號瑤泉，晚號休休居士。長洲（今蘇州）人。嘉靖四十一年（一五六二）進士第一，授翰林修撰。萬曆五年（一五七七）後，歷任吏部右侍郎兼東閣大學士、禮部尚書兼文淵閣大學士、首輔等職。萬曆十九年致仕。

# 與王百穀二首[一]

一①

君家先君子布衣之俠，令弟得執筆以從事其間，何異伯喈作《郭有道碑》[二]。第足下當代才子，而徵君行實又多海内名筆爲之先駈，持我瓦礫，厠彼珠玉，自局促難爲前耳。別來更日走塵俗中，墨卿久疏，坐逋宿約，罪且不可文。獻歲當徹一二日視篆，爲尊君一搦管。

長洲公書竟浮湛，殷洪喬抗志乃爾[三]。惠書四紙，俊爽真如飛天仙人，可謂前無率更[四]，後掩②待詔[五]。更辱惠香奩，當坐一小閣中，燃龍腦子而讀《玉臺》《香奩》諸書，然非爲令事矣。

日者念足下良甚，何時得一税駕金昌[六]，卧解嘲軒[七]，再與足下縱談名理也？足下欲得布一縑，作大袖方袍。青浦故産布，然皆市民里婦易錢米者，直可斗米。一縑耳，僅堪與足下擦疥。因思敝邑荒落，民無生計，日織此一布，易斗米備晨炊，户以爲常。布一日不售，則子婦有枵腹。坐足下詩云：『天子若知荒政苦，東南倘許賜田租。』今賜租十不當一。又上海諸縣最稔，而賜租與敝邑等，奈何。何以佐黔首之一二。

二

尊公小傳脱藁，奉去請教。承諸君子麗藻之後，如夷光在御[八]，殆難爲容。張司馬公墓銘[九]，孺穀何不見貽一首[一〇]？昨於此中，徐孟孺許見之[一一]，固是足下所貽。廷尉公筆力更遒[一二]，洵是老將。足下小楷精工乃爾，足稱雙絶。邵武君寓吴門良久[一三]，僕日促之來，竟絶屐綦而去，可謂不念先司馬屋上之烏[一四]。足下獻歲來何所事事？『座上客常滿，尊中酒不空』，千百年來風流，先生當不讓人。僕故亦北海座中客[一五]，區區困一斗大城子，每想聆玉屑之音，真如消暍。

北征何時，幸一見報。飛花布一端，附械。

## 校勘

① 一：原無序數，爲校注者所加。下篇『二』同。

② 掩：底本原作『備』，據存目本改。

## 注釋

［一］王百穀：王穉登，字百穀。見卷五《感懷詩五十五首·王太學百穀》注釋［一］。

［二］伯喈：東漢蔡邕，字伯喈。名士郭泰（太）有德行，人稱郭有道。郭去世後，蔡邕爲其撰寫碑文，《後漢書·郭太傳》：『蔡邕……曰：「吾爲碑銘多矣，皆有慚德，唯郭有道無愧色耳。」』

［三］殷洪喬：晉人殷羨，字洪喬。《世説新語·任誕》：『殷洪喬作豫章郡，臨去，都下人因附百許函書。既至石頭，悉擲水中，因祝曰：「沉者自沉，浮者自浮，殷洪喬不能作致書郵！」』

［四］率更：本官職名，此指唐代書法家歐陽詢及其法書。詢曾任率更令，故稱。

［五］待詔：指明代文徵明。徵明爲著名書畫家，曾授翰林院待詔，人稱『文待詔』。

［六］金昌：即金閶。蘇州有金門、閶門，故『金閶』稱蘇州。王穉登居蘇州。

［七］解嘲軒：王穉登號解嘲客卿，其蘇州居所之軒、堂等建築亦以解嘲名之。有解嘲堂印章等。

［八］夷光：西施别名。見卷五《雜懷八首》注釋［六］。

［九］張司馬：指張時徹。

［一〇］孺穀：張邦仁，字孺穀，張時徹之長子。

［一一］徐孟孺：徐益孫，字孟孺。

［一二］廷尉：指王世貞。詳見卷四《答李伯達》注釋［一］。

［一三］邵武君：指張邦仁，曾知邵武縣。

［一四］先司馬：指張時徹，張邦仁之父。本卷《與孺穀》：『昨致書百穀，謂足下不念先司馬屋上之烏，誠恨之矣。』

［一五］北海：指漢孔融。見卷五《感懷詩五十五首·范少司馬堯卿》注釋［三］。此以孔融喻王世貞。

## 與沈①君典［一］

往歲殷無美、曹任之兩致君典尺素［二］，殷生乃不欲自爲洪喬［三］，置書王元美廷尉而去［四］，未得倒屣此君。曹生訪足下郊園，幸以不佞故作青眼，敬謝多情。曹生無大藝能足當一隊，而心知慕足下，此其志可取爾。徐生秀才異等[五]，偶以母病不能出門，念青山更切也。

昨閲邸報，見起足下命，果不？足下尊名良是，而云起復，何也？足下蒙天子恩，擢第一，官太史，至渥矣。足下宜何如以報稱？足下抱經略大材，非樸②遨儒生比。平居抵掌，庶幾張子房、鴟夷子皮者流[六]，不宜汶汶爲山林客。足下且被命，出處大節，大丈夫内斷於心，似不必問諸詹尹[七]。陛下神聖，翼佑貞良。子房、少伯，不以此時樹尺寸而光竹素，則無時矣。不佞曩與足下言『謝朓青山，終非卿家物』，願足下即秣③馬治行。大人之操，何必箕潁[八]；五湖之約，請勿復敢言。

足下卧龍之姿，義薄雕蟲，日所示高篇自是英雄本色，不佞又安能持沾沾小技，而仰首稱説於子房、范蠡之前，爲英雄捧腹哉？無論經綸手段，即如此藝，亦何有於么麼長卿[九]？『他山之石，可以攻玉』，非僕與足下之謂矣。有如淮陰實降心下問[一〇]，僕亦不惜自爲李左車也[一一]。一笑。

年伯母而下萬福。初八日已遣平頭奴歸迎老母，計時下且到。辱佳惠，良謝。文三種完上，足下欲僕沉思自爲之，沉思而竟不能工，奈何。近作數首，書便面奉去。孺子不知終可教不。蘇長公真蹟一卷[一二]，王少微私印二方[一三]，輕吹一端，奉寄足下。近況幸以相聞。

## 校勘

① 原標題中無『沈』字，據目録補。
② 樸：底本原作『僕』，據存目本改。
③ 秣：底本原作『秫』，據存目本改。

## 注釋

[一] 沈君典：沈懋學，字君典。見沈明臣《由拳集敘》注釋[三]。
[二] 殷無美：殷都，字無美。據《明詩綜》，殷都爲蘇州嘉定人。萬曆十一年（一五八三）進士，除夷陵知州。入爲兵部員外。歷郎中，後

調南刑部。曹任之：未詳。

[三]洪喬：晉人殷羨，字洪喬。見上篇《與王百穀二首》注釋[三]。

[四]王元美：王世貞，字元美。

[五]徐生：指徐益孫。

[六]張子房：西漢張良，字子房。見卷二《十賢贊・張良》注釋[一]。鴟夷子皮：春秋時范蠡之號。見卷二《十賢贊・范蠡》注釋[一]。《史記・越王勾踐世家》：『范蠡浮海出齊，變姓名，自謂鴟夷子皮。』

[七]詹尹：鄭詹尹，古卜筮者。《楚辭・卜居》：『心煩慮亂，不知所從。往見太卜鄭詹尹。』王逸注：『鄭詹尹，工姓名也。』

[八]箕潁：此指隱居。相傳堯時，高士許由、巢父曾隱居箕山之下、潁水之陽。後世遂以『箕潁』稱隱居，或隱居者，或隱居之地。

[九]長卿：漢司馬相如，字長卿。

[一〇]淮陰：指漢淮陰侯韓信。見沈明臣《由拳集敘》注釋[六]。

[一一]李左車：秦漢時謀士，趙國名將李牧之孫。輔佐趙王歇有功，被封爲廣武君。後韓信滅趙，俘獲李左車。韓信誠心師事之，得收復燕、齊之策。參見《史記・張耳陳餘列傳》《史記・淮陰侯列傳》。

[一二]蘇長公：指蘇軾。蘇軾爲蘇洵長子，因稱長公。見卷二《十賢贊・蘇軾》注釋[一]。

[一三]王少微：字幼朗，明蘇州人。與父王元微均善治印，主要活動在嘉靖間。參見明周應願《印說・成文》。明董其昌《畫禪室隨筆・雜言上》稱其『王少微山人』。

## 與周元孚①[一]

往歲得足下尺素，追往道故，歎逝惜別，故人之情良厚。追維長安把臂，斗酒相勞，清談名理，婆娑嘉樹[二]，徼寵靈於足下，自謂范張可作[三]，管鮑不死[四]。洎弟以小吏奔走之役，蒼茫分手；辱足下時時過我逆旅，相對黯然，雖蘇李河梁之別[五]，不過此矣。每一念此，便使人心折。

足下形絓珪組，心眷雲壑，三歲之中，兩得請於上，旌旄翩翩，日從鄉父老徊翔故林，昔人所謂吏隱，足下是也。僕不肖，牛馬於四方，浮萍於南北，踐更災罷，殊耗心力。歲月云迈，侵尋二毛，真世之勞薪命也，何言業已安之？然閱歷漸深，世味都盡，人生能幾，兀兀胡爲？東海之曲，可以投竿；或尋足下荊南夢澤之間。所非至情而言之，願指蒼天以爲正。

讀懷人諸作，言言璀燦，胸中之奇何多邪！邇者出薊門，下潞河，歷邊陲，返荆楚，登覽山川，篇章當更侈，幸不恡見寄。君家季子詒我長牋，揮霍雄藻，洵有足下門風。楚雖多才，要如君家兄弟，定然寡儔，使人慴②伏。

懷諸君近作，效顰西子，幸大賜雌黄。

高丞罷官還，遣吏從行，更布數語，冗次據案勒狀，百不宣一。令弟不及裁書，幸爲致意。

**校勘**

① 該文復見卷十七，詞語、文句有一些差别。

② 慴：底本原作『情』，據存目本改。

**注釋**

［一］周元孚：周弘綸，字元孚。見卷五《感懷詩五十五首·周民部元孚》注釋第［一］。

［二］嘉樹：嘉樹軒，屠隆在京時寓所名。見卷八《送桂博士還四明》注釋［三］。

［三］范張：東漢范式和張劭。《後漢書·獨行傳·范式》載二人生死之交事蹟。後人以爲朋友交情生死不渝之典範。

［四］管鮑：春秋時管仲和鮑叔牙。見卷四《三司馬詩並引》注釋［六］。

［五］蘇李：漢蘇武和李陵。蘇李河梁之别，參見卷三《妾薄命》注釋［一］。

## 答徐孟孺［一］

足下出門，諸邑佐俱報罷官。兀然一身，萬事咸肩之。俯仰天地之間，太無聊賴。宦情日以蕭疏，如秋天雲。以故身在百冗而心益以閒。清夜篝燈，朗朗兀坐，懷人念舊，濡毫信紙，得詩六十餘首。詩成，寂寥無可與語者，急欲寄足下一賞音，而平頭奴適至，良快。僕詩姑無論其工拙，五言古詩以一二夕得六十餘首，僕亦太①挑撻矣哉。求足下直言揶揄之，勿有所諱惎。

吴生久聞其名[二]，來書小傷於拙，何也？豈刻成當不爾耶？

**校勘**

① 太：底本原作『大』，據存目本改。

**注釋**

[一] 徐孟孺：徐益孫，字孟孺，又字長孺，華亭人。見徐益孫《由拳集敘》注釋[二]。

[二] 吴生：未詳。

## 與王元美先生①[一]

友人馮開之開美[二]，工古文辭，爲人亦淵懿，不與流俗伍。雅慕先生，躡蹻擔簦，願以北面之禮見。不佞觀此君意念深矣。先生其猶海乎，以爲百谷王，則馮生者，宜不在麾斥之列。馮生又稍解禪理，閔不佞紛溷，日墮苦海，勸不佞稍讀西方聖人諸書，以求自解脱。不佞略叩其旨，即未必登彼岸，比於人代，亦可謂越然。先生試與一談，無②逃法眼矣。近購佛書不可得，敢從先生求《楞嚴經》一副本。

退食多暇，結念友人，得感懷詩五十餘首，録去求先生刊定。

**校勘**

① 原標題無『先生』二字，據目録補。

② 無：底本原作『旡』，據存目本改。

**注釋**

[一] 王元美：王世貞，字元美。詳見卷四《答李伯達》注釋[一]。

［二］馮開之：馮夢禎，字開之。

## 與王百穀①［一］

昨友人馮開之過［二］，齋頭作三日留，抵掌而談天下佳山川處，間及玄素之道，甚適。開之開美有致，其言空寂更精詣，相期共脱進賢冠，築室西湖之上老也。言之津津，至丙夜不能休，多世外語。若使王先生據胡牀揮麈②尾而談，當更有進於此者，便可令兩生咋舌矣。恨不得同此燈燭光，悵恨何已。

新春協風且至，農事方興。天何復霖雨浹旬，元元重困，何以官爲？使人宦情益蕭條。亡賴人奴不識大賢，至爲發千鈞之弩邪？聞吳縣公已移去，誰當聽此者？雅聞胡侍御公高行亮節［三］，竟坎廩死。往過無錫，不能一造其廬，其爲長恨可言。

誠得以筆札③供役，甚愿不敢辭。齋中卉木爲雨傷，未大爛熳，當是含芳而待足下，惟足下來，爲牡丹主人。

### 校勘

① 原標題無『王』字，據目録補。

② 麈：底本、從目本均作『塵』，誤。據意改。

③ 札：底本作『足』，據存目本改。

### 注釋

［一］王百穀：王穉登，字百穀。見卷五《感懷詩五十五首·王太學百穀》注釋［一］。

［二］馮開之：馮夢禎，字開之。

［三］胡侍御：指胡涍。字原荆，號蓮渠，無錫人。嘉靖四十四年（一五六五）進士，先後知永豐縣、安福縣，升任廣西道監察御史。後被貶爲民。《白榆集》文卷十八有《故明御史蓮渠胡公墓誌銘》。

# 與瞿睿夫[一]

去歲居潁，得足下及賢郎書，語意高古，情寄沈鬱。虞卿信窮愁[二]，何其言之工也！足下束髮讀書，有如徹天之靈，蚤至雲霄，立天子丹陛之下。即摛藻如春華，亦詞人遭遇之常爾，安能歎咤萬夫、驚動六合如今日哉？今夫大海，峰巒秀特，一望浩浩，平波安流，烏睹奇觀？逮長風下擊，洪波湧起，日月跳而不止，然後見其險絶也。屈大夫即才氣瑰麗[三]，非煩冤，胡有《離騷》？韓之孽公子不遭孤憤[四]，其文辭欲齒於蘇張諸君[五]，何可得？平居視司馬子長[六]，一瞽史；及其下於蠶室[七]，爛然文采，遂與五嶽四瀆比壽，而日月齊光也。

僕嘗試與足下一抵掌而譚，從古賢人才子，童牙逢時，白首富貴，終身不見窮愁之事者何人？生無一日驩，死有萬世名，蓋古今同病矣。僕年三十五得一第，三十八①爲小吏，足下謂僕遇乎，不遇乎？乃三十年以前，人世之所謂艱難困苦，無一不備嘗之矣，而僕未嘗一日作攢眉態。從此三十八年而往，世間之榮枯憂喜，何復能入僕之眉睫，又況冒其肝臆哉。僕方嬰世網，不當作超然語。苟世人肯掣檻穽而縱麋鹿，則深山之上，長林之下，此樂可以忘死。吾聞英雄不爲將相，則爲神僊，免其將相，而令就神仙之業，亦人生大快，何不可耶？

故僕竊以爲屈平、子長諸公，不以此時觀性命之理，極逍遥之樂，而含毫禿穎②，苦垂空文，急而託於世，是去人禍而復自投天刑也，僕以爲非計。子房、四皓[八]，均爲漢傑，良也慕封侯之業，而四公卒抗商③山之操。今足下以罷罷公車，則有商④山之芝可茹也。足下勿復爲窮愁，恐爲四公笑。古人畏富貴之逼人，而甘心於清泠之淵。如足下以絶意富貴爲窮愁，即賢不肖，何止九萬里哉。

世人見僕終日欽欽，澡行勤事，作吏良苦，謂僕故脩名者，且以此求聞於世，梯通顯爲，可謂皮相寥廓之士。僕不能以官爲瓠，亦以此爲逍遥者也。身爲不才吏，日崇穢德而求逍遥，豈不遠哉？願足下自廣，後五年而尋僕嵩陽、匡廬之間，元乎亦可與共此者。臭味苟同，煙霞不遠。

## 校勘

① 八：底本作『後』，據存目本改。

② 穎：底本、存目本均做『潁』，誤。據意改。

③ 商：底本、存目本均做『商』，今改作『商』。

④ 商：底本、存目本均做『商』，今改作『商』。

## 注釋

[一] 瞿睿夫：瞿九思，字睿夫。見卷五《感懷詩五十五首·瞿孝廉睿夫》注釋[一]。

[二] 虞卿：戰國趙邯鄲人。甚有謀略，主張聯合楚魏以抗秦。因遊説趙孝成王，封爲上卿。後爲救魏相魏齊，棄趙之相印逃亡至魏，終困於大梁，窮愁著書，有《虞氏春秋》。《史記·平原君虞卿列傳》：『太史公曰：……虞卿料事揣情，爲趙畫策，何其工也！及不忍魏齊，卒困於大梁，庸夫知其不可，況賢人乎？然虞卿非窮愁，亦不能著書以自見於後世云。』

[三] 屈大夫：指屈原。屈原曾任三閭大夫等職。

[四] 韓之孽公子：指戰國末韓非。《史記·老子韓非列傳》：『韓非者，韓之諸公子也。喜刑名法術之學，而其歸本於黄老。非爲人口吃，不能道説，而善著書。……非見韓之削弱，數以書諫韓王，韓王不能用。……故作《孤憤》《五蠹》《内外儲》《説林》《説難》十餘萬言。』

[五] 蘇張：戰國時縱横家蘇秦、張儀之並稱。二人俱善言辭，均曾説韓王。《戰國策》之《韓策》中，分别有蘇、張説韓王辭。

[六] 司馬子長：司馬遷，字子長。

[七] 蠶室：受宫刑者所居處之室。司馬遷《報任少卿書》：『李陵既生降，隤其家聲，而僕又佴之蠶室，重爲天下觀笑。』

[八] 子房：漢張良，字子房。見卷二《十賢贊·張良》注釋[一]。四皓：秦末漢初之東園公、綺里季、夏黄公、甪里先生四人，隱於商山，因均年高，鬚眉皓白，時稱『商山四皓』。

# 與馮①開之四首[一]

## 一②

别足下嘗苦不得見，見輒恐其别也。河干分手，良覺銷魂。婁東謁二王先生罷[二]，便可解維。僕且自起焚香掃地而待足下，敬遣小吏迓僊舟河干，返齋頭，尚須作三日留。不見足下，一日爲三秋；與足下游處，即以三朝爲一歲矣。燈前佳語，如聞天樂。

## 二

足下既不能與拘囚之夫久遊處，遠去而可，乃走數十里外，群諸豪少年酣暢長嘯大語，髣髴乘泠風聞③於予耳，不獨恨恨足下，且以妒諸公矣。

宇宙亦大寥廓矣，十洲五嶽，何往不可容一么麼屠生？而區區以升斗故，從人涕唾下作生涯，良足自鄙；又安得御長風，騎六氣，而從足下萬里，凌虛徑度也？不穀亡望矣，惟愿先生丹砂蚤成，惠一粒拯我。屠生即無他美，風流調笑，亦自可人。異時閬風之上[三]，具茨之下[四]，無我，寂寞也。

來役候足下行李發而後返，此人頗樸實，堪奉奔走，足下命之返乃返。廷韓、長孺、欽之、非之、仲方諸君作何狀[五]？吴會山川，爲足下及諸君驛騷；日月五星，至奔迫失次，微聞真宰上訴於帝，謂公等太横哉。僕又愿公等小戢詞鋒，乃僕亦不能自戢也。言之失笑。君典若來，千萬馳急足報我。

## 三

老母以十九日抵官署，距仁兄行一日爾，輒荷見存，敬道雅意於老母前矣。仁兄之華亭，日與諸故人燕笑爲樂。弟一别足下，便與輿臺爲伍，退坐一室，蕭然泬寥，念足下腹腸真如車輪。弟固不知爲令，念足下而後知爲令也。堂堂六尺，坐困五斗，五斗亡所恨，恨不得飛揚隨足下爾。旬日返西湖，西湖花事且爛熳，然君家鴛央湖當亦不減。嘉則昨日書到[六]，云仁兄曾有湖上看桃花約，渠且有渡江意。仁兄歸，當與此公遇，僕益怔忪心動矣。木蘭舟上，幸爲我酹一杯波臣。

去冬大雷電，吾郡有人被擊，死者有子殺母者，天時人事如此，可畏哉。今春又久陰雨不解，將來歲時不知又若何。弟不才，濫竊升斗於此，朝夕欽欽，靡敢踰法度尺寸，竟何以税駕？

奉教以來，小暇即焚香而讀《楞嚴》，僅舉其句，未得其冥詮，如煩熱人飲冰，便自清涼。當洗心從開士求證正果，幸弗棄弟子惷愚。相見無期，可勝紆軫。

## 四

小刻，足下與長孺意既决，敢不惟命。新舊稾並奉去，在兩君財擇。目録且無刻。隨有得，不妨次第寄往兩君。業爲敘，嘉則宜有作，敬遣吏持上原稾④，第⑤檢閲。不日有人走西湖，工直弟自處分。兩君貧士，不如令牀頭猶有俸錢，不以相累，費公神思可爾。

### 校勘

① 原標題中無『馮』字，據目録補。
② 一：原無序數，爲校注者所加。下篇『二』『三』『四』同。
③ 聞：底本原作『間』，據存目本改。
④ 稾：底本原作『臺』，據存目本改。
⑤ 第：底本原作『弟』，據存目本改。

### 注釋

[一] 馮開之：馮夢禎，字開之。見沈明臣《由拳集敘》注釋[一]。
[二] 二王：指王世貞、王世懋兄弟。
[三] 閬風：即閬風巔，傳説爲昆侖山上神仙居住之處。見卷一《霞爽閣賦》注釋[一〇]。
[四] 具茨：山名。見卷二《短歌》注釋[一]。
[五] 廷韓：莫是龍，字雲卿，更字廷韓。長孺：徐益孫，字孟孺，又字長孺。欽之：彭汝讓，字欽之。非之：袁福徵，字履善，又字非之。仲方：顧正誼，字仲方。
[六] 嘉則：沈明臣，字嘉則。

# 與孫以德二首[一]

## 一 ①

隆疏庸薄命，行與時常相左。天猶不蔑小人，得幸於二三兄弟。二三兄弟咸海内名流，不我嘔去，使得把臂而講交遊之禮。捫心顧影，誠不自知其何從得之，豈不以隆雖鄙，行能不齒，而此中頗實，亦爲諸君子所寬。世人了不識所以，謂璅尾觚生[二]，何乃抗顔人代間，多大人之遊。此豈惟他人，雖僕亦自疑之矣。然僕亦知自守，靡敢孟浪以廣遊道。惟是二三兄弟，驩然如故。蚤夜濯磨，居恒懼一旦濩落，以貽知己者羞。所非至情，愿指皦日。此中巨室貴人，敬事以禮，寔不能作諂子，非禮將迎。身處鄙賤，不思勤宣職事以安義命，而徒粉澤嫫母面孔[三]，爲容取憐，求理於大人長者之口，不惟僕羞之，亦先生之所弗是也。

居此中歲餘，頗以志行無他，爲賢士大夫所併容，至部中父老子弟，久益相安。僕守身如處子，即一顰笑，亦真不敢苟。不獨力求爲文士解嘲②，且亦自免罪過。而偶遭天下寥廓士不堪，時露抗浪，非敢云英雄本色，亦端爲習氣未除。仁兄何以進之？泥塗賤士，何能一日而忘雲霄故人。故人念我，當亦不減。會面無期，北望雪涕。

## 二

以德太史仁兄足下：

數日前邑貢唐生來，附致八行，心緒如蠶絲，了不可抽。抒心則易，下筆則難。僕以不肖幸辱仁兄友藉，仁兄之視不肖，何如蕭朱欸欸於下泉[四]，張范陶陶於永③夕[五]。方之今日，芳風不減。往得足下書，中有一二藥④石語，覆露不肖深矣。不肖鄙無識，不達足下雅意，便疑足下小有厭薄寒賤意，作書奉答頗傷和平。僕之鹵莽乃若此，譬之嬰兒，祇以一摶黍故便足號嗄，涕泗横集。僕行年近四十而猶有童心，宜志行不立，德業無聞也。

然謂非厚足下，不可。長門之怨、團扇之歌，怨生於情，令僕遇塗人，當不若是。又意氣易動，殊爲淺夫，而悲喜咸真，不失赤子矣。不肖流落風塵三十餘年，涉世多矣，中間更歷人情變態，不可謂不深。摇精汨神，鑿此混沌，即令滑稽圜轉，何所不化。而自信赤子之心，終未淪喪。即事親交友，務篤厚，不敢浮游。禔身好廉潔，居官而有愛百姓之癖，咸根至性，非有所爲，而直以氣質頗近豪爽，通脱自快。世人不肯深察，第以爲孟浪之士，不復可以仁義羈紲爲。如是，則孝友、慈惠、忠信、廉潔，必屬之闒茸懦夫，而豪爽快士無一而可，即蘇長公、文丞相諸君[六]，不大稱冤乎？此言又近童心，聊足爲足下捧腹之助。

僕居此中，日勞神塵溷，夜則篝鐙兀坐，焚香啜茗。近頗好讀釋老諸書，冥心寂照，恍若有得。大地之中，紛紛擾擾，何異朝菌榮枯，蚊蚋起滅。敝精勞形以從之，一旦委謝，盡成虚幻。大丈夫當包笼造化，而乃爲造化所包笼邪？竹杖一在手，五嶽足下爾，安能低眉强顔，與雞鶩争食也！

世人仕宦託興山林，往往虚而不實，口絓煙霞，情繫軒冕，彼固聊以此爲高致，非本性也。僕自無貴人之骨，富家公之相，非敢遠託山林爲高，第顧影自照，此子似終宜丘壑爾。足下此興不淺，而業爲人所器識，恐終不得自解免。進而三公，退亦尚可浮五湖，名在凌煙，又復挂蘭臺石室，如韓稚圭諸人[七]，良亦不俗。足下圖之。

## 校勘

① 一：原無序數，爲校注者所加。下篇『二』同。
② 嘲：底本原作『朝』，據存目本改。
③ 永：底本原作『水』，據存目本改。
④ 藥：底本原作『樂』，據存目本改。

## 注釋

[一] 孫以德：孫繼皋，字以德。見卷五《感懷詩五十五首・孫太史以德》注釋[一]。
[二] 鰍生：指淺薄愚陋之人。
[三] 嫫母：此指醜女。
[四] 蕭朱：指西漢蕭育和朱博。兩人始爲好友，後有隙，不能終。《漢書・蕭育傳》：『(育)少與陳咸、朱博爲友，著聞當世。往者有王

陽、貢公，故長安語曰「蕭、朱結綬，王、貢彈冠」，言其相薦達也。始育與陳咸俱以公卿子顯名，……時朱博尚爲杜陵亭長，爲咸、育所攀援，入王氏。後遂並歷刺史、郡守相，及爲九卿，而博先至將軍上卿，歷位多於咸、育，遂至丞相。育與博後有隙，不能終，故世以交爲難。』

[五] 張范：指東漢張劭和范式。見本卷《與周元孚》注釋[三]。

[六] 蘇長公：指蘇軾。蘇軾爲蘇洵長子，因稱長公。見卷二《十賢贊・蘇軾》注釋[一]。文丞相：指宋文天祥。字宋瑞，一字履善。吉州廬陵（今屬江西吉安）人，保祐四年（一二五六）狀元，官至右丞相。尚氣節，兵敗被俘，寧死不降。著有《文山詩集》《指南録》等。

[七] 韓稚圭：北宋韓琦，字稚圭，見卷十五《奉徐少師》注釋[三]。

## 與董陽明[一]

僕之疏庸，乃作簿書吏，又得巖邑也，匪敢云干將補履，其實使跛鱉晞驥也。視事以来，日夕欽欽，求爲文士一解嘲，而才力短矣。往居東海時，好弄筆墨，日以執鞭之役從諸君子遊，多聞齋給。如足下，尤不佞所注想。顧不佞居江沚蕭曠之野，與足下游處稍不便，不能時時把臂相歡，然相見未嘗不欵曲也。今不佞不幸爲吏，爲文法所拘持，屈首受事，不得如曩時追隨豪俊雅遊，而私中紆結如幽囚人。男子在世，不得封侯廟食，希天壤之烈而垂竹帛之聲，即五嶽四瀆，何處不可寄傲，何至局促一官，眷戀五斗，爲造化小兒所籠絡。長往決起，會須有日。不即引去者，少見梗槩以求託於世。數年以後，捫蘿栖霞。此言如孟浪，終當自見。

伯翼不通一字者三年[二]，送足下小及不佞，僕猶感其不忘。足下之上海，不肯爲不佞屈，固知逸鳳遊龍，非罻羅所制。讀來札，宏放軼塵；洎讀高篇，又纚纚整贍，欽伏何已！

小刻板已毁，自去年來久亡此槀。《青溪集》板，嘉則先生業持以去，亡以奉命。里語請教，敬附不腆。

### 注釋

[一] 董陽明：董火晟，字陽明。鄞縣人，見卷八《董陽明以詩見投却寄》注釋[一]。

[二] 伯翼：楊承鯤，字伯翼。

## 與嘉則先生[一]

歲杪無便羽，無從一寄訊，念先生不去懷中。老母東歸，承先生時過存，具見長者高義。二月十九日，家兄始奉老母抵署中。得先生手札，如睹先生之面矣。村居多暇，誰與周旋？新篇幾何，渴欲一洗塵心，幸不恡見寄。花朝，開之兩度見過[二]，居齊中俱數日，劇談高嘯，驩如常時。恨不得先生在座，吾兩人相念，如出一口矣。此時西湖春事正盛，湖上樓船，隄邊士女，六橋楊柳，夾岸桃花，良可遊。適開之正在歸途，先生以此時出門，計三月初旬可值於湖上。開之高曠軼塵，精通内典，篤於友義，深於人情，雖玄朗出世，而用情特厚。知先生深，至日夕與不肖私語，可謂傾向大賢，屬在肺腑。論交得此，真自可人。

先生西湖之興小闌，不識能便買清溪之棹不？開之出門岑寂，退食偶暇，譔得《嘉則先生傳》一首。傳先生固多名筆，乃隆不肖，敢自謂知先生於行輩中爲最深，握筆者余小子何敢多讓，文字即未精工，其言先生大略若是。敬奉去，惟高明自擇焉。中間描寫胡司馬及先生行實一二，頗得英雄本色，差少法度耳。

開之固欲爲我翻刻小集，不得已付之，先生傳亦已付去。外臨別時有七言律一首送行李，不及録藁；之武林，幸持原藁付梓人。新舊集，再乞先生一刊定焉。

獻歲，又復苦陰雨連綿。今月廿三，告城隍神，是日乃霽，徼天之幸，二麥有望矣。來書言明州災異可畏，濫竽一命，自多苦心。先生飲水山栖，亦復有世道隱憂。夫嫠①猶不恤其緯而憂家國，况先生哉！

孺穀、田叔、鄭朗、仲初諸君[三]，時時握手不？心緒多端，臨書屬百冗，不盡所欲言。

### 校勘

① 嫠：底本、存目本均作「婺」，誤。應作「嫠」，據意改。《左傳·昭公二十四年》：「嫠不恤其緯，而憂宗周之隕爲將及焉。」

注釋

[一]嘉則：沈明臣，字嘉則。見沈明臣《由拳集敘》注釋[一一]。
[二]開之：馮夢禎，字開之。
[三]孺穀：張邦仁，字孺穀。田叔：屠本畯，字田叔。鄭朗：葉太叔，字鄭朗。仲初：柴應聰，字仲初。

## 與孺穀[一]

仁兄客吴門，弟不能尋一便奉晤，中心軫結，而足下亦恡雲間跬步，不肯暫過衙齋。昨致書百穀[二]，謂足下不念先司馬屋上之烏[三]，誠恨之矣。司馬公墓銘幸見惠一册，昨於雲間一友生處見，則百穀所詒也。祭司馬公文，去年承兄賜稾，旋復失之，今馮開之太史固請小集翻刻[四]，此文似必不可不登梓者。開之客武林[五]，足下可寫原作付之，或擲弟轉致，何如？君家諸賢昆季作何狀？久不得一奉晤言，結念良甚。爲司馬公舉襄事，弟坐羈職守，不得走會葬，一申白茆絮酒之哀，恨同終天。孺覺、孺愿二兒[六]，不及裁問，爲致拳拳。伯翼不通一字者三年[七]，弟三年致書矣。近作詩送董陽明遊，小及不佞，乃不佞猶感其不忘。嘉則先生東海高品，今論定矣。足下不可比屋而失之，百遍過從，一夕千古。

注釋

[一]孺穀：張邦仁，字孺穀。見卷五《感懷詩五十五首·張明府孺穀》注釋[一]。
[二]百穀：王稚登，字百穀。
[三]先司馬：指張時徹，張邦仁之父。
[四]馮開之：馮夢禎，字開之。
[五]武林：杭州之别稱，以武林山得名。
[六]孺覺、孺願：均張邦仁之弟。
[七]伯翼：楊承鯤，字伯翼。

## 與甘應溥侍御[一]

往歲居京師，幸得以同袍之義數奉顔色，接緒論，則見以爲足下倜儻之士，閎廓多聞，即亦徒得足下之面，而未得足下之心。今而知足下高朗粹白，皭然垢紛之外。闒茸剪庸之徒，固唾去不論；雖世號稱伉爽有氣者，尚未必能歷足下之籓垣。凡士大夫之氣揚而光外耀者，其器猶淺矣。至人懿德，譬猶滄海焉，上含元氣，下爲百谷王，尾閭洩之不爲涸，川瀆歸之不爲盈，是所謂上善也。足下之器似之。交遊中得士如足下，可爲吾徒增一恒岱。

然不佞竊有疑於足下之言，云『足下苦爲令，僕苦爲吉士』。此非足下之言。令亦何苦，吉士亦何苦？大丈夫可黔婁，可公侯，何論其他。足下拔俗之標，逸群之骨，了了於此久矣。此兩言當爲僕發，然僕亦有以自廣。自爲令以來，入①困簿書，出遭官長罵詈，良足以稱苦。而僕未嘗一日作愁眉，人以譽聞不爲喜，以毁聞不爲怒，頗勤職事，寔嬾將迎，升沉之事，一一委命主者。而足下云云，豈亦所謂故人知君，君不知故人邪？

簿書小暇，亦惟是二三故人，馮開之、沈嘉則時時相聞問；而此中有士曰莫廷韓、徐長孺、彭欽之，皆藻雅沖亮，可與言。僕雖處泥塗不悶也，偶意興所到，吐一二里言，伊吾北窗下，自取快意而止。而議者有謂空文無當，無補於殿最之毫末②，所知遂舉以相戒。嗟嗟！令賤子日夜工雕蟲之技，而置民事都不問，以廢職業而買虛聲，則吾豈敢。僕不過偷取一時之暇，或夜懸燈而手一編，以解煩散鬱；及吐一二言自爲適，固非沈酣其中者也。居官而至以讀書脩藝文爲戒，亦可悲矣。夫官之穢德足以敗官者何限，而獨文章哉？屠隆東海男子，進不得志，則有長竿可投，何爲呢呢自苦！

足下冠惠文冠立柱下，爲貴近臣，賤吏瑣尾，不當復爲此言進，然足下之恬愉，非心有其尊官者，是以僕輒奓口無忌。不然者跼蹐屏氣，噤不敢前矣。瑣瑣略陳，伏惟澄照。

**校勘**

① 入：底本原作『示』，據存目本改。

②末：底本原作『未』，據存目本改。

**注釋**

［一］甘應溥：甘雨。字子開，又字應溥。見《感懷詩五十五・甘侍御應溥》注釋［一］。

## 與董太史［一］

弟之於仁兄，豈特附在青雲之末稱兄弟行，然後相善也。蓋自總角同遊膠庠［二］，外託交遊，內連蒹葭，義至厚矣；其後以貧賤之故就食太末［三］，又出入雅相親；無何，同舉於鄉；成進士，又同也。中間閱歷險夷，鮑叔、夷吾情好愈篤［四］，兄弟行中，更逾常倫。

今足下聳壑昂霄，天下想望風采，而弟顛頷支離，淪於鄙賤。諺云『爲龍爲猪』，此其驗矣。累辱牋素，殷殷款語，故歡如昨，不以泥途見遺，弟是以益信足下長者，而不佞未免有童心。

作吏以來，日坐塵冗，久未布其區區，恐足下自以能終厚故人，而不佞乃局促貴賤常格，过於引嫌，甘心退縮，則弟益不知足下矣，故敢提肝挈膽一吐露焉。然不佞寔非敢爲浮薄，亦未始過自引嫌以避長者，冗故爾。每一念至，心魂長隉杌不安。

仁兄出入承明之廬，珪璋特達，冰壺朗徹，西來好音，日满人耳。而弟奔走瑣庸，徒奉虎子而事貴大人，不意邯鄲才人嫁爲厮養卒婦，長恐一旦濩落，爲知己辱。庭中廚下，朝夕惟虔，蛾眉薄命，得免主人翁捶楚罵詈足矣，榮華安敢望。仁兄聽此，當爲淒其不歡。

作書時偶亡好懷，語多疏鹵失次，幸弗以爲訝。年伯父母而下，邸中亮平安善飯，幸道隆問訊。

**注釋**

［一］董太史：指董樾。字子亨，寧波府鄞縣人，萬曆五年（一五七七）進士。歷官編修、修撰。文中有『成進士，又同也』句。

［二］膠庠：學校名。周代，膠爲大學，庠爲小學。後作爲學校之通稱。

［三］太末：古縣名。見卷四《懷太末諸所知》注釋［一］。

［四］鮑叔：鮑叔牙，春秋時齊國大夫。夷吾：管夷吾，字仲。鮑叔牙與管夷吾二人爲知交。見《史記·管晏列傳》。

## 與馮駕部［一］

往居京師，受事司馬署中，雅知明公博洽之材，忠篤之慮，韜精葆光，光不外耀，沉幾内朗，真人倫之卓絶，吾徒之師表。僕私用歸往而天性疏拙，不善納交，明公亦復尚玄守雌，悔悔厚默，莫逆於心，相視亦不笑矣。以故日處一堂，比肩而失明公。夫彼此相慕悦，有當於心，雖故知不過，而曾無一言道所懷，如山林樵牧，交臂遊處甚習，而了不通姓名。僕以爲猶有太上之風焉。即不蚤結託，固無恨矣。從此以往，見面論①心而有不稱故人者，非事情矣。

讀明公所惠長牋，文字高古，識慮沉雄。至讀韻語，瑰壯奇麗，坐失岑王。乃若談説當世之務，鑿鑿中窾，抱忼慨朗暢之氣，而以平和出之，固知明公暐曄君子，他日不獨擅文章名家，要當以功業顯乎？今天下有士如明公，即僕又不得不私自悔其相知晚矣。

不佞待罪岩邑，奉職亡狀，境内災傷，蚤夜濯磨，罔敢惰棄。而才智鄙庸，亡能佐黔首之急之一二，何以仰副拳拳？敬修不腆之辭，奉候下執事，冗率無次，察納不宣。

### 校勘

① 論：底本原作『侖』，據存目本改。

### 注釋

［一］馮駕部：未詳。

# 與陸敬承[一]

不佞往居都門，辱二三兄弟謬愛，日夕過從，挑鐙促席，每恨短晷。或一朝不把手，輒有山河闊絶之思。而足下顧獨迴車息影，不爲通者半歲。偶遭於路，掉臂去如市人。僕素憒憒，不察深中，便謂二三兄弟中厭薄不佞者，無如足下，而不知足下之鍾情特厚也。不佞惛瞀亡識，固誠足自哂；而足下之真誠簡樸，了無機事，謂非羲皇以前人，可乎？向聞足下之言云，僕雅愛子，不啻渴饑。而天性疏嬾，偶不及懷一刺爲通。及至相見同儕中，又偶不及作寒暄數語，去後未始不悔，悔復已已。偶而相疏，亦偶而相厚，人情有如此，豈非太上之遺哉？自是或累月不一會，會輒驩然也。嗟嗟！僕自信平生疏而任真，了與世俗異，而機事猶未忘盡。機事都盡，未有若足下者也。酒德同於伯倫，玄同超於蒙莊，所營者特猶有文章，所多者官爵爾。

長苦世人深，不深則以爲淺，夫不可與任事。天下事，豈必深者所了？深也，而其器易滿，不失爲淺。豁達疏朗之士，但不爲機穽，臨事當機，安知其不沉雄，即淺亦有深也。方寸溪谷，對面九疑，一跌不收，立得奇禍，亦深者之過也。提肝挈膽，洞見底裡，爲人所易，必爲人所寬，亦淺者之效也。

足下真僕之師。富貴不可以巧取，巧取而得者，其命固得之也。命得之也，巧亦來，不巧亦來，不然，造物能破壞之矣。天下巧者豈少哉？人謂僕拙，乃僕猶恨其巧。以僕方般倕，則誠拙；若比之抱甕灌園丈人，則僕之機事亦多矣。僕而誠拙，僊佛不遠。今之苦塵𡏖中者，徒以未大拙也。足下近真人矣，何以教我，指我迷方？

開之冲淡[二]，可與足下共脩浄土。近訪僕署中，盡遺氛溷，作世外語，如飲冰矣。此時恨不得與足下印正焉。

**注釋**

[一] 陸敬承：陸可教，字敬承。見卷五《感懷詩五十五首·陸編脩敬承》注釋[一]。

[二] 開之：馮夢禎，字開之。

# 與沈①箕仲[一]

足下居西曹閒適[二]，乃以筆札之役，頗聞勞神，良工苦心，知者亦不希矣。世有賞音，何妨奏流水。聞一篇每出，長安紙價爲貴也。昔錢郎之居京師[三]，未必如此。聊足爲吾曹吐氣。

若弟之濩落，當復何言？數奉教賢者，擇地而蹈，不敢踰法度尺寸。至骫骳取憐，澳涊以買名譽，實鄙賤所未能。直以肮髒無端而得罪大人長者，有死不敢爲。若苦細氓而媚貴人，屈正法而樹私德，誠鄙心不忍也。悉力周旋，使人人得所欲而去，以無失名譽，即僕亦愿之。然人心不足，多口亦大難調矣。所貴相知心，幸以格外見亮。若朝聽一愛者之口，便可伯夷[四]；暮聽一憎者之口，立爲盜跖[五]，僕尚何賴乎？矢而自信，終不敢爲穢德以負知者。昔人有言：『寧爲刑罰所加，毋爲陳君所短[六]。』僕念此矣。所以不求知世人，而求知足下。如以多口交譽爲賢，則阿大夫何以烹[七]？如必以毀言日至者爲賢，則龔黄諸公聲施後世矣[八]。此何可爲據！

僕居此中，無治狀可稱。弟不但操行，即一顰笑，亦不敢苟，而嘵嘵者猶向肩吾不休[九]。僕何敢知其人，即知之，何敢恨也。善乎，馮開之之言曰[一〇]：『用君之心，行君之事，安君之命。』僕雖不肖，敢忘此言！

然僕寔有一事，不敢爲知己隱。平生好弄筆墨，今爲簿書吏，固嘗决意焚楮研，專志治簿書，庶幾得職。而偶遭文人，不堪技癢，又好折節時賢，旁觀不察，或以爲近名。百日墨守，一朝而失之，片語出人間，便足誨妒。明知其如此，而不能割也。譬如甘酒耆音者，雖復受戒父兄，時或當前，故病旋發。使僕盡捐筆墨，一意簿書，便覺太無聊賴，亦不能知有官人之樂矣。然以此故，長恐爲世人口實，而勤苦恒倍於他人。黔首之事，以身任之，即至猥瑣勞瘁，不敢辭，足下所知也。薄命之人，進退維谷。假使僕雅無文藝之好，而别有凉德，人將舍我乎？語云順風而呼，僕今呼逆風矣，何施而不難也。

滄海之曲可以投竿，僕不當攢眉而向故人。窮愁之言，不覺覼縷，恐足下厭聽。

## 校勘

①原標題中無『沈』字，據目録補。

## 注釋

[一]沈箕仲：沈九疇，字箕仲。見卷五《感懷詩五十五首·沈比部箕仲》注釋[一]。

[二]西曹：刑部之別稱。沈箕仲爲萬曆五年（一五七七）進士，授刑部主事。

[三]錢郎：唐代詩人錢起和郎士元。錢起爲天寶十載（七五一）進士，歷任秘書省校書郎、司勳員外郎、考功郎中、翰林學士等，爲『大曆十才子』之一。郎士元爲天寶十五載（七五六）進士，歷任拾遺、補闕、校書等職，官至郢州刺史。二人詩名甚盛，世稱『錢郎』。元辛文房《唐才子傳·郎士元》：『與員外郎錢起齊名，時朝廷自丞相以下出牧奉使，無兩君詩文祖餞，人以爲愧。其珍重如此。』

[四]伯夷：商末孤竹國君之長子。相傳與弟叔齊互讓國君位，逃至周。武王伐紂，伯夷、叔齊叩馬而諫以仁；後武王滅商，天下宗周，二人義不食周粟，餓死於首陽山。參見《史記·伯夷列傳》。古人以伯夷爲賢人，《論語·述而》：『子貢……入曰：「伯夷叔齊，何人也？」子曰：「古之賢人也。」曰：「怨乎？」曰：「求仁而得仁，又何怨乎？」』《孟子·公孫丑上》：『非其君不事，非其民不使；治則進，亂則退，伯夷也。』

[五]盜跖：名跖，『盜』爲貶稱。《史記·伯夷列傳》：『盜跖日殺不辜，肝人之肉，暴戾恣睢，聚黨數千人，横行天下。』後常作爲兇惡、暴亂者之稱。

[六]陳君：指東漢循吏陳寔。其人品甚高，處事公正，《後漢書·陳寔傳》：『寔在鄉閭，平心率物。其有争訟，輒求判正，曉譬曲直，退無怨者。至乃歎曰：「寧爲刑罰所加，不爲陳君所短。」』

[七]阿大夫：齊威王時齊國阿城大夫。《史記·田敬仲完世家》：『威王初即位以來，不治，委政卿大夫，九年之間，諸侯並伐，國人不治。於是威王召即墨大夫而語之曰：「自子之居即墨也，毁言日至。然吾使人視即墨，田野闢，民人給，官無留事，東方以寧。是子不事吾左右以求譽也。」封之萬家。召阿大夫語曰：「自子之守阿，譽言日聞。然使使視阿，田野不闢，民貧苦。昔日趙攻甄，子弗能救。衛取薛陵，子弗知。是子以幣厚吾左右以求譽也。」是日，烹阿大夫，及左右嘗譽者皆並烹之。』

[八]龔黄：漢代循吏龔遂和黄霸。見卷十二《贈徐君令海陽序》注釋[七]。

[九]肩吾：傳説中之神名。

[一〇]馮開之：馮夢禎，字開之。

# 與楊公亮[一]

開之來[二]，具道足下氣骨勁爽，風度凝遠，真張曲江、宋廣平之流[三]，而文采過之。又與開之相善。開之玄寂穆愉，間露豪氣，細扣其中，終是風塵外品。僕居鄙穢，賴此君相存，銷吾習氣，進以玄理，每一談對，如披松下風，泠然清絶。

僕流落湖海三十年，中間涉歷風波，飽嘗世味，不可謂不習矣。乃往者居長安，猶以骯髒有聲，不能諧俗。蓬心頑質，非可物化。逮淪一令，日作溷子，駈馳糞壤間，内爲文法拘持，而外遭官長訾詈，乃始降心屈首，俛而就羈紲。多務勞人，百憂相煎，習氣漸平，似得磨鍊之力，而頭顱亦日漸種種矣。

敝邑新，土瘠賦重，民貧俗嚚，介於諸大縣之間，大人長者多如星，豪右窺伺，猾胥旁睨，案牘山委，冠蓋蜂涌。大家日責禮貌，禮貌失則大家怨；小民日望恩澤，恩澤不下則小民怨。一意寬恤黔首而脩令之職事，則勢格不行，易以得罪；置閭閻之隱憂一切不問，而惟悉力奔走將迎，則失居身之義。又民亦有口，不可防也。甘心澒涊，則官常大壞，而必不免；操行皦皦，自可亡媿，而亦未必免，其故良不易言。清濁之間，又非士君子之所宜自處也，將奈何哉？僕本蛾眉薄命，斤斤以法度自守，庶幾不爲同袍羞。又見此中寠苦災罷，勉爲拊循，厚卹小民，而薄奉士大夫，外節閭閻之費，而内自甘澹泊，此不佞區區一念微情，亦爲令之分也。而旁觀不悦者，或反指爲好名。假如僕日就不肖，以身爲壑，豈惟此中士大夫弗與，足下亦必明目張膽而斥之矣。其間曲折如此，未可一數盡也。足下以爲僕遭此苦邪，不苦邪？里語有言：『笑啼俱不敢，方信做人難。』僕甚類之。言此不能不破壯士顔矣。

僕亦何苦而道此煩悶事，向足下嘵嘵不休。顧盼江湖，俯仰天地，於是爲快然語而罷，足下亮之。足下奮翼雲霄，名位日起，文章命達，絶出寒賤，僕不敢妒，亦不敢羡也。萬物各有分，安見雲鳳而嗤糞蛆，安見籬鷃而羡大鵬？苟知其分，何不逍遥！

僕偶捉筆向故人道往論今，遂爾感慨。僕平居寠不長如此。僕而長如此，不達甚矣。

## 注釋

［一］楊公亮：楊德政，字公亮。見卷五《感懷詩五十五首·楊編脩公亮》注釋［一］。

［二］開之：馮夢禎，字開之。

［三］張曲江：唐張九齡，韶州曲江（今廣東省韶關市）人，因稱「張曲江」。張九齡爲盛唐賢相，著名詩人。宋廣平：唐宋璟，字廣平。宋璟亦盛唐賢相，詩人。

# 由拳集校注卷之十七

## 書

### 與李之文[一]

家兄奉老母抵署中，正擬足下與俱，不謂竟得空札，翟然不來也，懊悵何已。董陽明博雅士[二]，僕居四明時，雖不時時還往，然契義相期矣。昨至海上，使人持足下書，渠自爲長歌一章、長牋一首見投，僕爲書答之，復爲賦詩一章附致之，成足下雅意。足下閔僕貧吏，無以爲家，爲僕置負郭田三十畝。僕之饘粥稍具矣，不妨便老也。諸故人終始竟屬之文，固知不佞眼中不失人。

**注釋**

［一］李之文：李先嘉，字之文。見卷五《感懷詩五十五首·李文學之文》注釋［一］。

［二］董陽明：鄞縣人，見卷八《董陽明以詩見投却寄》注釋［一］。

## 與陳伯符[一]

不見伯符三年矣。江上秋風，都門夜月，聯鑣結軫，大堤曲巷，燒燈把醆，細語雄談①，顧盼②生雲煙，俯仰無天地，此驩若可長久，侯王何貴③哉！旬日之間，星流霞散。伯符折而東，僕折而西，如斷蓬一離本根，隨長風飄轉，天涯相失，茫茫何之。每念瓊樹枝，心斷何言！

足下騎瘦馬，長安稱失意矣。然有才如安仁[二]，年少而風流；又明粹温夷，穆乎老成，秉心内朗，應機外員，東序天球[三]，的然國寶；即坐冷青氊，作三輔師表[四]，言爲春華，行爲秋實，持論折角，説詩解頤，良亦適。又何如老廣文[五]，白首龍鍾，而猶婆娑此官哉。夫賈生非不抱長材[六]，習知古今治亂，稱開美士，第才識英朗，器局未定，不無跌宕喜事之習，所以窘步。足下之材具，不減大傅[七]。讀足下五策，坐失治安，又青年而有黄髮之心矣，前途雖遠，何所不到。

僕面孔猶昔爾。三十年以前，奔走饑寒；三十年以後，勞苦簿書。踐歷艱難，備嘗世味者，無如不肖。而知不加達，行不加良，人物伎倆，居然故吾，何以見足下？今得艱邑，煩苦萬狀，足下所知也。勞苦甘之，此則在我者；其有不在我者，獨奈之何。以爲私利，則甘置身不肖，而名行盡喪，私利安可爲也；以爲仁義，則或指爲近名，而反以得罪，仁義安可爲也。僕雖至不肖，終不敢自處穢德，以辱九族而負交遊。至是非毁譽、顯晦升沉，懸解久矣。

足下勉之，光此令德，青雲伊始，慎作功名。僕當先至四明、天姥上[八]，掃一石以待足下。開之諸君[九]，良可與語。俟足下了廟堂之筴，永結煙蘿之緣。裁書敘心，足下亮我。

**校勘**

① 談：底本原作『詞』，據存目本改。
② 盼：底本原作『先』，據存目本改。
③ 貴：底本原作『責』，據存目本改。

**注釋**

[一] 陳伯符：陳泰來，字伯符。見卷五《感懷詩五十五首·陳京兆伯符》注釋[一]。

[二] 安仁：西晉潘岳，字安仁。見卷十四《與馮開之》注釋[一七]。

[三] 東序：夏代大學之名稱，後世又爲朝廷收藏圖書、秘寶之所。天球：玉名。《尚書·顧命》：『大玉、夷玉、天球、河圖，在東序。』陳伯符萬曆五年（一五七七）進士，授順天府教授，進國子博士。故屠隆稱美其爲『東序天球，的然國寶』。

[四] 三輔：此泛稱京畿地區，見卷一《霞爽閣賦》注釋[一五]。

[五] 廣文：指唐鄭虔。曾爲廣文館博士，故人稱鄭廣文。見卷五《感懷詩五十五首·高博士升伯》注釋[五]。

[六] 賈生：指漢賈誼。見卷四《感懷十首》注釋[三]。

[七] 大傅：即太傅。指賈誼。誼曾爲博士，後又爲長沙王太傅，梁懷王太傅。人稱賈太傅。

[八] 四明：四明山。天姥：天姥山。

[九] 開之：馮夢禎，字開之。

## 與歐楨伯[一]

僕居東海時[二]，則雅聞南海有歐崙山先生，其人明智而敦龐，博學有高才，文章如司馬遷，聲詩如王維、李頎；所至戢翼卑栖，恬於勢利，又如楊子雲。僕私心慕焉。然賤性疏，好詩文而不肯精，好折節賢人名士而不能納交。杜門下楗，手一編隱几，頹然自放。起而仰視庭中飛雲，便以爲適。

少年結屋曠野，大江横於門前。春雨秋潦，長風卷樹，靈潮走沙，洪波浸竈下者浹旬。僕乘孤槎往來，駕鵞群飛，鴈鶩相呼，人跡罕至。此時少且亡賴，直思騎金鼇背上，出海門，一至龍伯國而還[三]。以故野性益習，疏嬾日甚。偶不自堅，漫從諸公遊都下，譬如海鳥，一旦去平沙島嶼之間而遊於上國，彷徨自失矣。以故居都下，亦閉門下楗，居半歲，無一人知者。會友人伍君客死[四]，僕哀而爲文哭之，爲沈君典、馮開之諸君見而奇之[五]，問爲何人作，或以僕對。相約聯騎過我，三及門，僕猶堅卧不起。諸君排闥尋我卧内，僕不得已强起，擁布被據匡牀而與之談。談有頃，乃呼童子取衣冠，諸君信可人。自是日取酒掃榻而延此二三相知。二三相知稍習不佞，頗益喜，無日不見過。旅舍有茂樹一章，相與偃息其下，或張燈至丙夜不罷去，而門外之客日益疏。二三相知偶然而合，諸公亦偶然而疏，非敢爲骯髒也。

以先生之才之德，僕向神交三十年，及至長安而落落如途人者，此豈人情哉？又有賢貴大人懷刺先於僕，出僕之文章，讀而賞之再三，愛好篤至，而命僕無及門。僕即無及門，座主先生至感恩知己者也，堇堇從稠衆謁見政府，而未嘗一及私第，至今使座主先生尚不識僕面孔。僕之疏嬾率真，誠爲有罪，然寔非敢爲骯髒也。巖棲野宿之人，偶徼時幸，驟而躡草履婆娑長安，耳目盡易，心魂隉杌，安得周旋俯仰如素官？舉止山野，則其固然，苟非深察，鮮不爲罪。今屈首爲一令，世故漸涉，周旋頗熟，而真性亦漸以漓矣。儵忽之鑿混沌，將爲若德，適害之爾。

僕羈居長安，亡所恨，恨不蚤自結交先生，亦不知先生之拳拳於不佞若是。友人馮開之來，言先生，亦言李宛平[六]。宛平奇杰士，注念僕良不淺，僕心感之，不及以姓名通，蓋不佞平生大都不敢先人。今處疏賤，益以局促。先生爲我謝宛平公。

友人來，得先生詩一、牋一、雜刻數種，窮兒暴富矣。敬美罷官歸[七]，山林生色，近讀其匡廬、京口諸名山遊記①[八]，固知其有今日。天放二龍乎！屬北鴻有便，布此區區，案牘劻勷，率爾不次。

## 校勘

① 記：底本原作『祀』，據存目本改。

## 注釋

[一] 歐楨伯：歐大任，字楨伯。見卷五《感懷詩五十五首·歐博士楨伯》注釋[一]。

[二] 東海：此指屠隆家鄉寧波。

[三] 龍伯國：傳説中之大人國。見卷四《觀海篇》注釋[三]。

[四] 伍君：伍惟忠。見卷十三《與馮開之小牘八條》注釋[三]。

[五] 沈君典：沈懋學，字君典。馮開之：馮夢禎，字開之。

[六] 李宛平：李蔭，字于美，號岵客，南陽（今河南南陽）人。嘉靖四十三年（一五六四）舉人，授臨海教諭。萬曆六年（一五七八）爲宛平

令。後遷户部主事。

［七］敬美：王世懋，字敬美。

［八］匡廬：即江西廬山。見卷八《送趙給事謫尉高安二首》注釋［三］。京口：古城名。在今江蘇鎮江市。見卷九《楊子江》注釋［一］。

## 與沈①君典［一］

條風駘蕩，景物明麗，郊園春事當盛。花下玉缸，有良友固善，獨酌亦自成趣。海内豪傑咸得所處，即朗寂異操，出處殊致，尚都不失逍遥。獨不佞淪於糞壤，即今青陽之月，蓬垢而對囚徒，夭桃刺眼，鳴鳩聒人，坐惜春光擲於簿領。所幸故人馮開之從錢唐見存［二］，留齋頭數日去，之婁東謁二王先生［三］，復還留數日。借彼緣力，暫解我天弢，相對嘯歌，一破孤悶。去矣！開之出門，旋坐囂溷，雙眉放數日遂復攢。先生寧有意乎？曹生遣使候起居，彭徐二生亦以長牋奉投，便致此語，不盡不盡。

### 校勘

①原標題無『沈』字，據目録補。

### 注釋

［一］沈君典：沈懋學，字君典。見沈明臣《由拳集敍》注釋［三］。

［二］馮開之：馮夢禎，字開之。錢唐：此指杭州。見卷八《富陽舟中》注釋［五］。

［三］婁東：婁江之東，指太倉，二王先生之故鄉。二王：王世貞、王世懋。

## 與王①元美先生［一］

適有一客從婁東來，傳言上元夫人遣一力士貽書報先生名占僊籍［二］，勸先生脩上清之業，百歲後白日飛昇，住蓬萊山頂。寧有之乎？ 先生學窺峋嶁，語破鴻蒙，故自非人間凡骨。今髩髮半如銀矣，而顔猶十五童子，作桃花色，僕故疑之； 更聞時下業已屏去文字之緣，壹意脩真服食。誠如是，先生爲韓稚圭[三]，婆娑人代，遂翱翔清都[四]，真千古大快事。下士賤士聞之，心神趯趯，飛揚天地之外也。果爾，幸勿見秘。勾漏令苦丹砂不成[五]，奈此塵劫何？ 即得爲八公雞犬[六]，亡所恨，惟先生命之。敬美先生遂得請乎[七]？ 急流勇退，亦神僊之亞。子念遊台岩，歸不？

**校勘**

① 原標題無『王』字，據目録補。

**注釋**

[一] 王元美：王世貞，字元美。詳見卷四《答李伯達》注釋[一]。

[二] 上元夫人：神話傳説爲西王母之小女阿環。任上元之官，統領十方玉女名録，稱『上元夫人』。唐李白《上元夫人》：『上元誰夫人，偏得王母嬌。』又《古風》：『西海宴王母，北宫邀上元。』唐顧況《梁廣畫花歌》：『王母欲過劉徹家，飛瓊夜入雲軿車。……上元夫人最小女，頭面端正能言語。』

[三] 韓稚圭：北宋韓琦，字稚圭，見卷十五《奉徐少師》注釋[三]。

[四] 清都：見卷四《遠遊》注釋[五]。

[五] 勾漏令：勾漏爲山名、縣名，因出産丹砂，晉葛洪曾求爲勾漏令。屠隆好神仙，自喻勾漏令。

[六] 八公：漢淮南王劉安之八位門客，後人附會爲神仙，見卷三《善哉行》注釋[二]。

[七] 敬美：王世懋，字敬美。王世貞之弟。

## 與沈楙仁[一]

兩得足下尺素，宛如談對。不佞自抵吴中，勞苦倍於居潁時。故人音問，往往闊絶。每握筆欲作一交遊書，而俗務種種無端攪人，擲筆起罷矣。形神復敝，且無好懷。即勉强作一書，堇可通寒暄，不復得雅語。則又念足下金馬貴臣，文章鉅儒，不佞即下土賤吏，不能作一二清言，而徒齪齪爲溷子語，漫以寒暄瀆下執事之聽，竊不自安，以此久缺問訊，非敢爲簡也。足下温然長厚，而僕又嘗辱一日之知，當不以疏賤見遺，乃僕自次且不敢前，如里婦村媪布衣縞裙而見王公貴家女，彼不相哂，此自羞澀爾。

足下業爲金華侍從[二]，行且登講筵，潤色大業，宣此鴻烈，儒者遭遇，可謂命達。而僕不肖，領下邑，朝夕勤宣天子之德意，以佐元元，亦不可謂不遇也。神龍不笑蝘蜓，鷽斯不羨大鵬，僕知分矣。今日廟堂之業，僕不如君；他日山林之樂，君亦不如僕。率然言之，足爲一拊掌。

開之東[三]，冲然馮先生[四]，止一蒯緱，無長物。嘗一至青溪[五]，相對清絶。君家所親楊生，雖屬不佞部下士，不肯以足下故一至縣庭，楚楚居郊園，良可愛敬。僕寔未嘗有所推分，成足下高雅也。不宣。

**注釋**

[一] 沈楙仁：沈自邠，字楙（茂）仁。見卷五《感懷詩五十五首·沈檢討茂仁》注釋[一]。

[二] 金華：金華殿，在漢未央宫，爲帝王受業之所。後亦借指内庭。

[三] 開之：馮夢禎，字開之。

[四] 馮先生：戰國齊人馮驩。《史記·孟嘗君列傳》：『馮先生甚貧，猶有一劍耳，又蒯緱。』屠隆以喻馮夢禎。

[五] 青溪：青浦之別名。見卷四《於青溪思虎丘洞庭諸名山作》注釋[一]。

## 與沈少卿[一]

莫延韓歸[二]，不得足下一字，以爲恨。足下遂忘僕乎？足下忘青浦令，非忘僕也。往足下恨僕不作長牋而直寥寥數語乎，今一字吝之矣。屠長卿爲令，乃不能當沈先生一字。人果不可以無官，然令亦太强項矣，何敢貽書數千里而數長安故人？幸足下寬我。僕乃爲調笑，非數也。

足下居長安無恙？不佞自移此中，勞苦百倍於昔。晨起理髮，感我二毛矣。潘安仁年三十四而見二毛[三]，僕三十八而見二毛；安仁居河陽有滿縣花，僕居青浦有蒿萊；安仁綽約美丈夫，而僕顑頷如老媪；安仁詞賦齊聲二陸[四]，而僕椎魯不能吐一語。大約同也。足下在諸曹有聲，名位且日起；僕之支離，欲以令起家取功名，難矣。公等坐致大業，不佞若不能從，請爲詩歌里言，以咏盛美。冗次念故人不能已，遂遣老蒼頭走數千里，奉訊足下。言不宣心，相示以臆。

**注釋**

[一] 沈少卿：沈季文，字少卿。見卷五《感懷詩五十五首・沈虞部少卿》注釋[一]。

[二] 莫延韓：莫是龍，字雲卿，更字廷韓，華亭人。

[三] 潘安仁：西晉潘岳，字安仁。

[四] 二陸：晉陸機和陸雲。見徐益孫《由拳集敘》注釋[一〇]。

## 與顧實甫[一]

足下之高才盛德，僕曩固雅知之。至用情於不肖，若此其篤至，僕不能深知也。比肩而失足下，僕之耳目不復可使矣。開之來[二]，道足下麗藻蔚起，朗映人代，不忝王氏宅相之親矣[三]。而顧眷然一椎魯小吏，乃知屈子耆芰[四]，良亦近情。便欲裹粻走數千里，一奉清塵而還。而罻蘿羈人，身亡羽翼，江河遠絶，含意不申，將奈之何！

久慕君家元美先生[五]，堇以事一登弇園[六]，自後書問時時通，謬辱王先生許可。而簿書之吏爲文法所拘持，不得長奉執鞭之役，此心良缺。近聞敬美先生乞休[七]，急流勇退，便是飛僊。足下立金馬門下，名位差不薄，金石鴻藻，鳳麐異彩，不識肯一惠教鄙賤不？

若僕之廓落，何足復挂口吻。世人通顯，動引山林聊以爲高，初非實際；又有興在長林而身絓朱紫不得自解免，徒勤夢寐者。若僕則不必夢想山林。會須有人放之威鳳，來儀庭除；野麋祇宜艸澤。廟廊之士體貌穆莊，巖穴之人舉動疏野，性之所近，真不可强。僕今勉爲一令，以求不媿兩間，慙交遊，於某足矣。蓋僕天性冲澹，體亦清羸，所需於世間之穠腴有數。廉潔自將，可以寡過。顧弟不難於廉潔，而難於媕阿。居北方，簡僕處猶可；移之吴會，非鄙陋所宜矣。圜轉敏捷尚懼不堪，而况僕之固陋用拙者哉。艱難困苦之中，直以日爲歲。所幸上有天地，下有交遊，志行苟乎，升沉不問。僕之領邑而出也，謂廉勤慈惠，奉法守正而不阿，庶幾免乎？顧有不盡然者，此非僕之所能了矣。譬如良家女不幸出爲人奴，掃除易力，顰笑難爲，轉眄之間，動而得過。人奴之家，翁媪一爾；今爲不肖之翁媪者，何可數計，獨奈何？

開之書來，『用君之心，行君之事，安君之命』，旨哉斯言，僕奉以周旋矣。種種苦情，捉筆漫及，亦恃惠子之知己〔八〕，伏惟足下鑒原。

**注釋**

〔一〕顧實甫：顧紹芳，字實甫。見卷五《感懷詩五十五首·顧檢討實甫》注釋〔一〕。

〔二〕開之：馮夢禎，字開之。

〔三〕王氏：指王世貞、王世懋家族。宅相之親，指顧紹芳爲王氏外甥。顧紹芳之父顧章志，嘉靖三十二年（一五五三）進士，歷官行人、刑部郎中、饒州知府、南京兵部右侍郎，與王世貞兄弟爲好友，皆惡嚴嵩父子之專權。

〔四〕屈子：指春秋時楚國屈到。屈到喜歡芰（即菱），《國語·楚語上》：『屈到嗜芰。』《韓非子·難四》：『屈到嗜芰，文王嗜菖蒲菹，非正味也，而二賢尚之，所味不必美。』

〔五〕元美：王世貞，字元美。

〔六〕弇園：王世貞之家園，見卷九《春日燕王元美先生弇州山堂分得青岑二字》注釋〔一〕。

〔七〕敬美：王世懋，字敬美。

〔八〕惠子：戰國宋人惠施，莊子好友。見卷五《感懷詩五十五首·李文學之文》注釋〔四〕。

## 奉少宗伯余公〔一〕

相公居闕下，隆不自度，頓首奉書，致寒暄之私者再矣。疏賤小吏，乃敢抱只尺之牘累瀆尊嚴，死罪死罪。則以相公東海鉅儒，人倫標的，而隆幸竊同里閈，固平生之所日夜延頸者。

隆自爲諸生，輒忘其韋布之賤，固嘗爲書數千言瀆長者清聽，則不肖傾心大人先生非一日矣。客歲神往相公，不能自已，每欲遣一介行李問百福，屬大計，且屆期逡巡引避不敢前，而饑渴之衷莫可自制。則於北鴻之便附布一言，荒簡良甚，言之動魂。相公長者，倘不罪鄙賤，伏惟相公德業侔造化，制作參神明，秉時奮跡，宣猷樹勳，德配陽春，功在亭毒。此真崧高重降，列星再出，休嘉照史册，餘光被桑梓，譬如大雅振響，某願比於六馬矣。不肖猥以疏庸，待罪罷邑，雖稍知自愛，而行能無聞，何以仰副德意？伏惟相公少賜教植，其何幸如之。

敬遣家僮馳不腆之辭，奉候台履，不任瞻戀惶悚之至。

**注釋**

［一］余公：指余有丁。其時任禮部侍郎，故稱少宗伯。參見卷十四《寄余沈二太史》注釋［一］。

## 與沈肩吾太史[一]

賤子鄙，性復跅弛，行能不足比數，雅無鄉曲之譽，鄉父兄長者駭子弟畜之。賤子亦甘寂歷，退處江壖，蓬蒿滿户矣。猶以雕蟲薄技謬録於二三知己，間有大人之遊。家貧無藏書，罕所涉覽，偶從士大夫借一筴寓目焉，嘗鼎一臠而已。學又無師承，所謂結師心獨出，罔詮正覺，徒耽耽作野狐禪。偶爲大宗門所發，不堪拊掌。屬有天幸，往往得承顔色於當世之賢者，不我麾去。如君家山人[二]，居然臭味同也，而賤子亦請以北面之禮見。箕仲、長孺[三]，盛許氣義，比肩而論交。賤子不肖，誠不自知其得幸於諸君子若是。

乃足下之文章行義，卓絶今古，即令綿曠千載，遼邈萬里，猶將神交精馳，趯趯决起而從之。而况大賢近接宇下，不得一當，恐一旦先狗馬以爲長恨。則以足下官京師，侍金華，而賤子方困泥塗，無從自進，私心往矣。比足下東歸，即對家田叔首問長卿無恙；及賤子丙子北上，足下又儼然損惠珠玉，爛焉色澤，蓋似深有意於不肖者。一作小吏，日苦囂塵，久不得一吐胷中積愫，缺然爲恨。足下人物權衡，天朝瑚璉，而不肖鄙庸下品，誠無足當長者盻睞，顧其志可念爾。待罪鄙邑，亦惟是日夕兢兢，擇地而蹈，罔敢踰法度尺寸。敝邑父老子弟頗安其拙，乃聞有向長者横作口語，此必不肖有凉德於彼，偶不自知，不然者何以至此？伏蘄足下哀其惷愚而教植之，幸甚。

**注釋**

［一］沈肩吾：沈一貫，字肩吾。見卷五《感懷詩五十五首・沈太史肩吾》注釋［一］。

［二］君家山人：指沈明臣。號句章山人。沈一貫爲沈明臣從子，故稱「君家」。

［三］箕仲：沈九疇，字箕仲。長孺：沈一中，字長孺。

## 與李臨淮［一］

君侯青海龍種［二］，崑丘鳳毛［三］。束髮論交，名無踁而走九域，天下艷慕，英雄延頸。某不佞往者固嘗於交遊處窺見一斑，私中良切，顧安敢望執牛耳之盟，庶幾古人執鞭之義。而遠方布衣韋帶，名字不聞於上都，亡從自進。及以公車之役旅食長安，幸得以薄技見收於二三君子，又幸得以有人之推轂交於下執事也。

僕平生椎鄙，亡他嗜好，獨如五色蠹魚好食神僊字，又好折節交時賢，而性復疏，不能骫骳取名、圜轉滑稽以遊於大人。苟非從寥廓相視，鮮不對面而失之。如僕之獲交於下執事相驩，盖殊有數，非偶而已也。朱第傾觴，琳宫飛盖，二三友人狂呼大噱，北斗下拄，星河倒流，千載奇踪，真宰所忌。把袂不數，轉盻河山。而僕乃爲邑小吏，支離塵溷，躑躅路旁，望長安諸貴人如閶闔群僊矣。顧猶念君侯逸群之骨，不當漫以世俗相期，敢作數語，展訊故人。僕今者叩閶闔矣，則實以故人，非以君侯也。

胡元瑞［四］，不佞同袍友，雅與君侯善，今居長安，把臂定如故。漂轉以來，久絶音耗，幸爲不佞致此情。

**注釋**

［一］李臨淮：李言恭，襲封臨淮侯。見卷五《感懷詩五十五首・李臨淮惟寅》注釋［一］。

［二］青海：湖名。青海龍種，指駿馬，喻良才。《魏書·吐谷渾傳》：『青海周回千餘里，海内有小山，每冬冰合後，以良馬置此山，至來春收之，馬皆有孕，所生得駒，號爲龍種。』

［三］崑丘：昆侖山。傳説昆侖山上有鳳凰，李白《古風五十九首》其四十：『鳳饑不啄粟，所食唯琅玕……朝鳴崑丘樹，夕飲砥柱湍。』又《鳳笙篇》：『仙人十五愛吹笙，學得崑丘彩鳳鳴。』鳳毛，喻人之華美風度、傑出才華。李白《感時留别從兄徐王延年從弟延陵》詩：『令弟字延陵，鳳毛出天姿。』屠隆以崑丘鳳毛喻李臨淮之美雅風度與出衆才華。

［四］胡元瑞：胡應麟，字元瑞，號少室山人，明蘭溪縣（今浙江蘭溪市）人。萬曆四年（一五七六）舉人。著名學者、詩人和文藝批評家，著有《詩藪》等。

## 與王敬美［一］

往讀先生遊名山諸記，胷中何磊塊哉！耽幽攬勝，語語煙霞，知先生雅抱尚平之癖。無何，聞先生疏乞身，季鷹、賀監［二］，千載同聲矣。久之不得的耗，想疏入不報也。朝廷固惜賢達，恐未得遂卧山中。季鷹黑髪歸五湖，『使我有身後名，不若生前一杯酒』，良足稱達士。而賀監白首始從天子乞鑑湖，亦無不可。百代而下，豈以賀老不若張公哉？盡了四方之志，然後永結五嶽之緣。『夜抱九僊骨，朝披一品衣』，如李鄴侯［三］，要亦不失爲逍遥。先生第稍遲之。

賤子遊道既疏，世味亦淺，放筏雖後於先生，而及岸或反先之，未可知。終當杖策追先生於雲山煙水之間。長公穎異［四］，當是蘭臺石室中人［五］；先生高才曠度，豈應凡骨？他日聯翩雁序，並馳清都［六］，爲區中一大快事。賤子無狀，誠妒之矣。

軒車東，不得一面，私心良恨。昔趙咨道經營陽［七］，令曹暠，不爲留，暠至亭坎，望塵不及，謂人曰：『趙君過界不見，必爲天下笑。』即棄印綬，追至東海謁之。而不肖坐戀五斗，空望車塵，海内必且姗笑。某不比於人，以袖障面自恧也。先生寧有意乎？

奉去竹箑一握，乞先生爲書近作數首，庶幾哉出入懷袖，日披清風。肯爲不肖譔一言更幸，非所敢望也。日求長公佳篇，業已見諾，煩先生一慫慂之。只尺婁東，精爽飛越。

## 注釋

[一] 王敬美：王世懋，字敬美。見卷五《感懷詩五十五首·王觀察敬美》注釋[一]。

[二] 季鷹：西晉張翰，字季鷹。見卷三《行路難四首》注釋[一〇]。賀監：唐賀知章。曾任秘書監，故稱。賀知章乞歸鑑湖，見卷十三《上座主先生啓》注釋[一二]。

[三] 李鄴侯：唐李泌，見卷二《十賢贊·李泌》注釋[一]。肅宗李亨《賜梨李泌與諸王聯句》稱讚：『先生年幾許，顔色似童兒。夜抱九仙骨，朝披一品衣。不食千鍾粟，唯餐兩顆梨。天生此間氣，助我化無爲。』

[四] 長公：指王世懋之兄王世貞。

[五] 蘭臺石室：指宫廷藏書處。見卷十四《上座主朱太史先生》注釋[四]。

[六] 清都：見卷四《遠遊》注釋[五]。後世又常以喻帝王所居之京城。

[七] 趙咨：東漢人，字文楚，東郡燕（今河南延津）人。桓帝時舉至孝有道，歷仕敦煌太守、東海相，爲官清廉，極有聲譽。《後漢書·趙咨傳》：『累遷敦煌太守。以病免還，躬率子孫耕農爲養。盗嘗夜往劫之，咨恐母驚懼，乃先至門迎盗，因請爲設食，謝曰：「老母八十，疾病須養，居貧，朝夕無儲，乞少置衣糧。」妻子物餘，一無所請。盗皆慙歎，跪而辭曰：「所犯無狀，干暴賢者。」言畢奔出。……復拜東海相，之官，道經滎陽，令敦煌曹暠，咨之故孝廉也，迎路謁候咨，不爲留。暠送至亭次，望塵不及，謂主簿曰：「趙君名重，今過界不見，必爲天下笑。」即棄印綬，追至東海。謁咨畢，辭歸家。其爲時人所貴若此。』

# 報賀伯闇[一]

昔人有言『時無英雄，使孺子成名』，今天下不乏英雄，而足下謂僕名滿人耳，僕即胡敢爲名高？不佞無卧龍之姿，而有麋鹿之性。少栖海曲，泬寥無人，洸洋自放。讀書粗了大義，發爲辭章，好作寥廓語，而才不逮情，氣常浮格。立馬横槊，意氣有之，而不講於黄石之畧[二]，徒野戰爾。縱衡江淮間，或可得志，何足當足下節制之師？而足下謬見推轂，倘非衷言乎。

不佞未嘗識足下面孔，亦未獲盡發武庫之藏。往從馮先生所讀尺一[三]，便見文藻跌宕，胷懷磊塊，嘗鼎一臠，大畧可睹矣。豐城神物[四]，可遠望而知，而況親捧瑶華。單辭隻語，足晛明月，又何必淋漓盈楮，若斯之富哉！曩一讀華械，香三日不去口，因風遥遡，遂投長牋。三年不奉足下報音，僕心良未已也。昔嗣宗就孫登蘇門[五]，與語種種，登竟日不答，夫以嗣宗之賢，尚無一足當孫先生而啓其玉齒，發其玄論，即僕可知矣。

乃者遂儼然荷足下謦欬之音，小吏發械，虹霓之光上燭於九天，五嶽忽隱起紙上，氣何浩磊也。中間高自矜許，言不過實，衆人所驚，僕乃以爲愉快。不佞之才遠遜足下，而閒情遠韻頗謂近之。僕真足下之友也，願以馮生爲介紹，交於足下矣。

夫榮名亦幻，富貴何論。達哉張季鷹[六]，『但取生前一杯酒，不用身後名』！杜征南沉碑[七]，或亦未達。余登聖賢王侯蓬顆之上，未嘗不泫然心悲也。大丈夫苟不用身後名，即文章亦敝帚。龐公、尚平[八]，庶幾吾師乎。他日不佞與開之方且共脩玄素之業，足下才氣胷懷，定然此輩中人，願無以世資故抱此悁忿，坐彫素心。使者還，率爾寄答。其諸情事，非相見不可悉。不腆敝邑，冀借寵靈，不備。

## 注釋

[一] 賀伯闇：賀燦然，字伯闇。見卷十三《與賀伯闇》注釋[一]。

[二] 黄石：黄石公，秦末授張良《太公兵法》之圯上老人。見卷九《哭竹墟司馬六首》注釋[三]。

[三] 馮先生：指馮夢禎，字開之。

[四] 豐城：古縣名。豐城神物，指沉埋豐城獄底之寶劍龍泉、太阿。見卷六《瞿童子詩》注釋[六]。

[五] 嗣宗：阮籍，字嗣宗。孫登：西晉人，善長嘯，隱居蘇門山。蘇門：蘇門山，孫登隱居於此，有嘯臺等遺跡。見卷八《聞管建初同孫以德登太和却贈二首》注釋[六]。

[六] 張季鷹：西晉張翰，字季鷹。見卷三《行路難四首》注釋[一〇]。

[七] 杜征南：西晉杜預，字元凱，京兆杜陵（今陝西西安東南）人，著名政治家、軍事家，伐吴建功。卒贈征南大將軍，後世因稱『杜征南』。杜預沉碑事，《晉書・杜預傳》載：『預好爲後世名，常言「高岸爲谷，深谷爲陵」，刻石爲二碑，紀其勳績，一沉萬山之下，一立峴山之上，曰：「焉知此後不爲陵谷乎？」』

[八] 龐公：指東漢龐德公。見卷二《十賢贊・龐公》注釋[一]。尚平：東漢尚長，字子平。隱居不仕，爲子女嫁娶畢，遂不復以家事累，肆意與同好北海禽慶俱遊五嶽名山，竟不知所終。見《高士傳》卷中。

## 與馮開之[一]

足下坐占西湖，領畧風月，淥水奏曲，桃花佐觴，此造物者私足下。不佞神往名區，形留垢溷，憮焉自穢矣。足下無賴好弄人，復盛言西湖詫我，使我邑邑不怡，醜此印綬，如縶絛鏇。宇宙亦寥廓矣，湖山之間若可容乃公，止須片石，不相假而令乃公爲處褌之虱邪？昔人有言『州縣之職徒勞人爾』，此非爲懟，誠以爲無聊也。僕不敢慕王公，又安敢薄州縣，第以此故妨我嘯歌，不能無少芥蔕。然苦乏饘粥之資，又無辟穀之術，區區以五斗困一大人先生，低眉而媿范萊蕪諸公矣[二]。

足下近況佳適，聞嫂氏玉體且康。出與故人賢者拍浮酒船，入與細君焚名香而彈寶瑟，即蓬萊僊人，欲得其處，塵囂之士，豔慕何言。君典昨有書來[三]，擬於今月過訪足下湖上，然後偕卿泛青溪之櫂；而造物者妒之，會有長女之殤，業已中止。爲之惆悵心斷。嘉則先生亦未渡江[四]，此中久不得其近耗。君房中第[五]，亦吾曹一喜。往君房言即不出，出則不敢負人，不佞且望之矣。此君終可人。伯闇儼然損書[六]，才致雄放，高自矜許，當遂豫吾此流，非孟浪者，不佞將把袂論交，且又足下之友也。

新刻都雅可觀，第僕意欲直稱《由拳集》，其上不必冠以『屠長卿』三字，更商之。足下所删十之三四，爲不佞藏拙，甚善。所删去篇目，幸一一示來。脱有一二文字可去，而其人其事有當存者，尚欲爲足下請之；亡則遂已之，不敢自庇護也。近作可多存不？黔婁之家[七]，鮮有奇寳，足下恐第亦姑就其人存之，若僕則宋人之自寳燕石[八]，良可發一笑。潰癰决瘤，豈能自割？須他人操刀。惟足下留意焉，更望稍秘此事。

承命作《歡賦》。古人作賦，動以一二紀，不佞一夕而作此，其何能工？然沉着不足，飄爽有餘，方之江、鮑[九]，亦是宗門。足下讀之，懷當爲拍拍然矣。古樂府嗣作若干，祇用舊題，出以新意，不襲前人一語。嘗見作樂府者，好遞相剿襲。《陌上桑》云『使君自有婦，羅敷自有夫』，此古今絶唱，而傅玄改爲『使君自有婦，賤妾有鄙夫』[一〇]，可謂點金成鐵手。近世李于鱗《擬樂府》[一一]，全襲舊語，有一篇之中更三四字，遂掩爲己物，僕不敢以爲然。《感懷詩》必不忍棄去，今增唐惟良、曹子念二首[一二]，置之楊公亮後[一三]。徐彭二子敘[一四]，都作六朝語，徐當爲前敘，彭爲後敘。二子既作六朝，足下當爲史漢。嘉則恐不可無一言。王百谷於不佞有知己之雅[一五]，恐亦不能忘情。僕往所自製，可刻之集中，題當云何，足下定之，不欲棄去也。

僕近者玄虚日進，世情轉空，誓降三尸，終期五岳，甚不欲抱淫欲之心，積幽冥之過，以自墮棄。嗜好既寡，忮薄且銷，損之又損，以求真境。惟文字之魔尚未能伏。足下清真，大得湖山之助，近更當精進，幸有以教我。雕虫之技，恐終非至人所貴；淫思滑精，爲患亦不小。倘兩者都不就，文字不藏於名山，姓名不登於石室，侵尋歲月，堇同朝菌，僕之進退安所據乎？使吾兩人同處一室，可以朝夕相砥，共商①去就。今復乖違若此，言之抱痛，愿各努力，勿負初心。相見何時，足下命之。

## 校勘

①商：底本、存目本均作『商』，今改作『商』。

## 注釋

[一]馮開之：馮夢禎，字開之。見沈明臣《由拳集敘》注釋[一二]。

[二]范萊蕪：東漢范冉（或作丹），字史雲，陳留人。《後漢書·范冉傳》載，冉少爲縣小吏，奉檄迎督郵，耻而遁去。桓帝時以丹爲萊蕪縣長官，遭母憂，不到官。後辟太尉府，以狷急不能從俗。議者欲以爲侍御史，因遁身逃命於梁沛之間，徒行敝服，賣卜於市。遭黨人禁錮，遂推鹿車，載妻子，捃拾自資。或寓息客廬，或依宿樹蔭，如此十餘年，乃結草室而居。所止單陋，有時絶粒，窮居自若，言貌無改。閭里歌之曰：『甑中生塵范史雲，釜中生魚范萊蕪。』

[三]君典：沈懋學，字君典。

[四]嘉則：沈明臣，字嘉則。

[五]君房：余寅，字君房。

[六]伯闇：賀燦然，字伯闇。

[七]黔婁：春秋時貧士，齊人（一説爲魯人）。隱居不仕，修身清節。晉皇甫謐載之入《高士傳》。晉陶潛《詠貧士》：『安貧守賤者，自古有黔婁。』

［八］宋人：指宋之愚人。《太平御覽》卷五十一：『《闞子》曰：宋之愚人得燕石於梧臺之東，歸西藏之，以爲大寶。周客聞而觀焉。主人端冕玄服以發寶，華匱十重，緹巾十襲。客見之，盧胡而笑曰：「此燕石也，與瓦甓不異。」主人大怒，藏之愈固。』

［九］江鮑：南朝江淹和鮑照，均著名辭賦家。

［一〇］傅玄：字休奕。西晉文學家。『使君』二句，出自其《豔歌行》。

［一一］李于鱗：李攀龍，字于鱗。見卷四《酬于子冲》注釋［二］。

［一二］唐惟良：唐邦佐，字惟良。曹子念：曹昌先，字子念。

［一三］楊公亮：楊德政，字公亮。

［一四］徐彭二子：指徐益孫、彭汝讓。

［一五］王百谷：王穉登，字百谷（穀）。

## 與沈君典［一］

仁兄出門，遂化爲車下塵。人生不滿百，何自苦乃爾！邑中無佐貳官，區區一令，上事貴大人而下躬庶務，入視邑篆而出治水，垢不及沐，饑不及飡，形神且耗，將安所税駕矣？

聞仁兄在弇園［二］，何處別開之也［三］？馬上懷人，泪及馬足，遂跳而下，道旁捉筆馳訊。歸途當出何道，幸不惜相聞。武康山中儻可投足［四］，則有蕨薇在。吾饑吾腹而閒吾心，何至作如此狀？伏惟仁兄終惠教我，所不輸心，有如皦日。開之同東下不？歸途必使人報我。

### 注釋

［一］沈君典：沈懋學，字君典，見沈明臣《由拳集敍》注釋［三］。

［二］弇園：王世貞之家園，見卷九《春日燕王元美先生弇州山堂分得青岑二字》注釋［一］。

［三］開之：馮夢禎，字開之。

［四］武康：湖州武康縣（今屬德清縣），境内有武康山、計籌山等，古有仙道傳説、隱士棲居。

## 與君典開之[一]

昨使者來，率爾酬答，殊不盡鄙情。叟江還，二兄會於何所？想蹤跡尚留滯吴門，如從泰山絶頂望疋練，神目幾竭矣。百谷竟通耗不[二]？過金閶而不一接此君[三]，恐終是缺事。吴姬買不？挾之艎中泛五湖，此便是范少伯本色[四]，第太蚤爾。新人即能勝故，幸勿使孫夫人抱長門之恨[五]，恐他日更煩長卿[六]。

始謂姻事，仁兄倘非衷言，不肖無德以堪之，不敢遽信。乃徐察仁兄，似屬至情，不肖望不及，此喜可知也。有如青松不移，皦日可指，當遂作千古奇事佳話，此在仁兄不在僕。皇天有情，仁兄當得好女。即孫夫人産麒麟兒，請爲後期。此事望開之兄一慫慂之。歸途幸一相聞。長孺、欽之追送畫鷁[七]，歸，言二兄情極篤。託寄區區繡段輕羅，奉新夫人裁爲合歡被。

**注釋**

［一］君典：沈懋學，字君典，見沈明臣《由拳集敍》注釋［三］。開之：馮夢禎，字開之，見沈明臣《由拳集敍》注釋［二］。

［二］百谷：王穉登，字百谷（穀）。

［三］金閶：指蘇州。蘇州城有金門、閶門，故稱。

［四］范少伯：春秋時范蠡，字少伯。見卷二《十賢贊·范蠡》注釋［一］。

［五］孫夫人：指沈懋學之妻。見卷十一《代内以玉簪遺孫夫人三首》序。長門：漢長門宫。長門之恨，指陳皇后被打入冷宫事。

［六］長卿：司馬相如，字長卿。《文選·長門賦序》：『孝武皇帝陳皇后，時得幸，頗妒。别在長門宫，愁悶悲思。聞蜀郡成都司馬相如天下工爲文，奉黄金百斤，爲相如、文君取酒，因於解悲愁之辭。而相如爲文以悟主上，陳皇后復得親幸。』屠隆此處用『長卿』，語意爲雙關，既用司馬長卿典故，亦自指（屠隆亦字長卿）。

［七］長孺：徐益孫，字孟孺，又字長孺。欽之：彭汝讓，字欽之。

## 與馮開之[一]

何處别君典也[二]？沈郎、吴姬好不[三]？青雀月明，短簫長笛，沈郎故得與麗人俱。足下别後，五湖煙雨，誰與爲驩？昨得書見約，望前再過齋頭，敬掃地焚香以待。日來淫潦，不佞蓬跣泥沙，政堪愁絶。今日放晴，始有生色矣。急欲仁兄來，消此胸懷。

**注釋**

[一] 馮開之：馮夢禎，字開之。

[二] 君典：沈懋學，字君典。

[三] 沈郎：即沈懋學。吴姬：即上篇所言沈懋學新買女子。

## 與王元美先生[一]

王孝廉見過[二]，拜嘉命之辱。顧小子虚薄，何敢言不朽之業。先生愛而忘其奇醜，奬進後來，此自先生至性，敢不敬承。

日來淫雨爲虐，不肖徒跣踉蹡，泥没於脛矣。敝邑幸春間豫築圩隄，今得不爲災。天道放晴，倘可無事。兩歲再潦，吏兹土者罪狀可言，日夜祇懼。

君典自婁江還金昌[三]，遂買一吴姬，泛五湖煙雨去。古來英雄，都未免兒女子仁。詒書以妙麗見詑，云不減夷光[四]，恐措大面目，未識絶代之姿，當爲少伯所笑[五]。先生業證大道，不復當以此言聞，要悉沈郎别後近况爾。

嘉則先生留滯上海顧汝脩家[六]，不通聞問月餘矣。昨始得寄一聲，未見報。家司馬兒畯約以是月謁先生[七]，爲先司馬乞墓銘，至則嘉則與俱來。先生方收視返聽，遊於玄寂，獨奈何丐文字者户常满屨，此恐尚是先生一業障乎？先司馬故嘗受知先生，身後之事敢以累掌故。畯來，能具言之。

**注釋**

［一］王元美：王世貞，字元美。
［二］王孝廉：未詳。
［三］君典：沈懋學，字君典。金昌：即金閶。蘇州有金門、閶門，故『金閶』稱蘇州。
［四］夷光：西施別名。
［五］少伯：春秋時范蠡，字少伯。見卷二《十賢贊・范蠡》注釋［一］。
［六］嘉則：沈明臣，字嘉則。顧汝脩：顧從德，字汝脩，武陵（今上海）人。好收藏、研究古璽印，編著有《集古印譜》。
［七］家司馬：指屠大山，見卷四《三司馬詩》注釋［二］。屠隆因與大山同宗，故稱『家司馬』。畯：屠本畯，字田叔。屠大山之子。

## 與李之文［一］

日來勞苦不可言，以天之靈、足下之福庇，幸善飯不病爾。公等天之驕子，而僕爲天之戮民，敢少怏怏乎？所可喜者，四月初四日亥刻，室人舉一子。彌月之先一日，沈君典、馮開之及嘉則同日來作湯餅客［二］，各出金錢洗兒。兩長庚星、一少微星仝日照耀此兒。而沈郎手摩其頂，大詫曰：『此兒風骨秀異，不出二十即飛揚九州，他日文章不數阿爺，科名不數沈郎矣！』開之按王曆復云：『支干大吉！』蓋沈郎善相人術，馮生善日者言。問小字於沈先生，先生字之曰『阿雲』，雲間生兒也。阿爺無賴，烏能生佳兒？充閭過承，長者粉飾。但得善伊吾阿爺小詩，跳地作虎子，足矣。才望富貴，所不敢冀。足下得無笑其言乎？家母健甚，山妻免身後亦健，僕以一清貧換『平安』二字，無靨故人。

諸郎君析產居，尊公當遂安閒，此舉良是。足下文譽日起，讀來札殊爾雅，操筆之業，可不移桑陰而知。慰浣慰浣。

柴方伯遂不禄［三］，使人痛悼。聞訃即遣祭吊，生平大義頗盡奠文中，想當入目。

邇來治水禳田，泥没至膝，積勞殊苦，毛髮爲枯。猶記二三同心，投長竿河曲，雙柑斗酒。起聽黄鸝聲，不知隔幾世矣，能不惘然？

**注釋**

［一］李之文：李先嘉，字之文。見卷五《感懷詩五十五首·李文學之文》注釋［一］。

［二］沈君典：沈懋學，字君典。馮開之：馮夢禎，字開之。嘉則：沈明臣，字嘉則。

［三］柴方伯：柴淶，字季東。見卷九《贈柴大參入賀萬壽節便道歸省》注釋［一］。《屠長卿集》目録《送柴大參之太原》標題下注『公以江西左方伯左遷』。

## 與周元孚①［一］

往歲得足下尺素，追往道故，歎逝惜别，故人之情良厚。追維長安把臂，斗酒相勞，清談名理，婆娑嘉樹，幸徼寵靈於足下，此時自謂范張可作，管鮑不死。洎弟以小吏奉奔走之役，蒼茫分手。僕夫在門，辱足下持觴過我，逆旅相對黯然，欲行不行，數視日影，雖蘇李河梁之别，不過此矣。每一念此，便使人心折。

足下湖海雄心，煙霞傲骨，三歲之中兩得請於上，旌旄翩翩，日從鄉父老迴翔故林，昔人所謂吏隱，足下是也。僕不肖，牛馬於四方，浮萍於南北，踐更災罷，殊耗心力。歲月云邁，侵尋二毛，真世之勞薪命也，何言業已安之？然閲歷漸深，世味都盡，人生能幾，兀兀胡爲？東海之曲，可以投竿；或尋足下荆南夢澤之間，長嘯而入紫煙，永遺世氛，終證大道，快矣哉！

讀懷人諸作，字字璀璨，胸中之奇故多。邇者出薊門，下潞河，歷邊陲，返荆楚，登覽山川，新篇當更侈，幸不悋見寄。君家季子詒我長牋，藻思洵有足下門風。楚雖多才，要如君家兄弟，定然寡儔。

懷諸君近作，效顰西子，幸大賜雌黄。

高丞罷官還，遣吏從行，便布數語，冗次據案勒狀。

## 校勘

① 卷十六已見該篇，詞、句有一些差異。

## 注釋

［一］周元孚：周弘綸，字元孚。因該篇重出，其他注釋見卷十六。

# 與王百谷［一］

僕昨詒書君典、開之，過吴門而不見王百谷先生［二］，亦如過泗州不見大聖［三］。此後兩君書來，云遂與先生投分結契，稱石交矣。僕心良善。然高賢作佳會於湖山名勝，而僕不得與，命也，又不無懊我胸懷。

君典買吴姬，以娟好相詫，且雅感足下從臾，不謂磊塊丈夫，風情政自不淺！君典與不佞有女蘿之約，且指蒼天以爲正矣，先生有便，亦幸一從臾之。僕故重其人，非以其金馬貴客。如君典者，政使布衣蕭然，更可鄭重爾。

開之爲不佞校刻小集，敬懇先生一言。自知緼麎，欲借飾山龍，惟先生圖之。

日來治水穰田，益以多事，可憐王大令輩中人［四］，化爲泥涂溷子。第觀海内雅流，非迴翔清華，即高嘯霽月。不佞獨奈何坐困鄙賤，下與輿臺等。僕今不慕開之、君典，而慕王先生，三山五湖近在足下。僕復何言？仰慙黄鵠，頫媿遊魚。開之約望前再過齋頭，先生肯與俱？僕且邀西山白雲，以待足下。

## 注釋

［一］王百谷：王穉登，字百谷（穀）。見卷五《感懷詩五十五首·王太學百穀》注釋［一］。

［二］吴門：指蘇州。

［三］泗州大聖：指僧伽大師，傳説爲觀音化身。僧伽本西域人，唐高宗時來大唐，遊歷較廣，後住錫泗州。其神異傳説頗多。景龍二年（七〇八）唐中宗派特使迎往京城，受到極高禮遇。景龍四年（七一〇）圓寂，歸葬泗州。宋太宗時加封『大聖』。唐李白《僧伽歌》：『真僧法號號僧伽，有時與我論三車。問言誦呪幾千遍，口道恒河沙復沙。此僧本住南天竺，爲法頭陀來此國。戒得長天秋月明，心如世上青蓮色。

意清淨，貌棱棱，亦不減，亦不增。瓶裏千年舍利骨，手中萬歲胡孫藤。嗟予落泊江淮久，罕遇真僧説空有。一言懺盡波羅夷，再禮渾除犯輕垢。』

［四］王大令：晉王獻之，王羲之第七子。風流倜儻，才氣不凡，擅長書法。因官至中書令，世稱『王大令』。屠隆此處亦有以喻王穉登之意。

## 與馮開之［一］

沈郎挾吴娃泛五湖煙雨去［二］，便謂足下買江陰棹矣，不意尚留王先生齋頭［三］。昨遣一訊王郎，缺足下書，奈何爲情？沈郎買一麗姝，而足下挾龍陽，平分風月，大鬧吴門。兩太史亡賴，東南霪雨，疑二足下所爲。不佞日來被髮跣足，踉蹡泥水中，上告雲君，下告陽侯，駈癡龍妖蛟，勞苦不可言。今春嘗預脩水田隄圩，力障洪川，而不佞手擲瓣香，即操畚臿，敝邑當得不災。有如兩歲再災，民生行且殄，令將安歸？不佞苦情如此，而諸君方把硨渠聽鳴瑟，吾欲直躡天門，攬司命之袂而問之：『賢愚不甚相遠，乃貴賤勞逸何遼絶也？』雖然，僕不妒子，惟復快意當耇，爲故人酹一杯，以無相忘，即足矣。

足下久客王先生，王先生細君且怨釜中魚、竈下蛙矣。王先生計必私竊香團啖足下，不然者，幾何不立稿？來書云江陰令將爲足下置負郭［四］，急赴之。此豳僕貧作措大面孔［五］，不能厚遇馮先生，聽長卿雄談，勝得千石黄耳米。願足下與王先生及家田叔速過僕［六］，僕自駈龍咒神後，情思太惝怳不佳，須足下急來消之。脱問種秫田，吾力猶能爲足下地，使仁兄以此奔走縣門，不佞弟之罪，罄竹莫數矣。

百谷盛稱雙鬟，至使田叔垂涎。老奴猶憐，况我乎？幸携與俱。不佞當冠進賢、執手板而拱立，從旁聽一曲，便當令君片時風月也。家田叔土木形骸，魯男子自許［七］，而垂涎雙鬟，此不可曉。手中宣廟冷猪肉［八］，一朝墮地。

### 注釋

［一］馮開之：馮夢禎，字開之。見沈明臣《由拳集敘》注釋［一二］。

〔二〕沈郎：指沈懋學。

〔三〕王先生：指王稚登。

〔四〕負郭：「負郭田」之簡稱。靠近城郭之良田。

〔五〕措大：稱貧寒失意之人。

〔六〕田叔：屠本畯，字田叔。屠本畯爲屠隆族孫，故屠隆稱其「家田叔」。

〔七〕魯男子：指拒近女色之男子。《詩經・小雅・巷伯》：「哆兮侈兮，成是南箕。」毛傳：「魯人有男子獨處於室，鄰之釐婦又獨處於室。夜，暴風雨至而室壞，婦人趨而託之，男子閉户而不納。婦人自牖與之言曰：「子何爲不納我乎？」男子曰：「吾聞之也，男子不六十不閒居。今子幼，吾亦幼，不可以納子！」婦人曰：「子何不若柳下惠然？嫗不逮門之女，國人不稱其亂。」男子曰：「柳下惠固可，吾固不可。吾將以吾不可，學柳下惠之可。」」

〔八〕宣廟：宣聖廟之簡稱。宣聖指孔子，漢平帝元始元年（公元一年）謚孔子爲褒成宣公，後世尊稱爲「宣聖」。宣廟冷豬肉，爲宣廟裏之祭祀供品。

## 與王百谷〔一〕

昨走一力問足下，想當達掌故。不謂開之尚留齋頭〔二〕，家田叔亦不相聞〔三〕，如張公子何〔四〕？故僕自東家丘爾〔五〕，寄聲田叔，勿怨此言大虐。沈郎小姬〔六〕，髮才覆額乎？便攜以去，猶勝杜舍人歌『緑葉成陰』〔七〕。適詒書馮生，誤以雙鬟爲龍陽，既乃細思之，非也。措大之不解事，可笑如此。曾記馮垂罄囊中青銅三十萬〔八〕，始得至迷香洞，題九迷詩於青屏而歸。若然，開之今日定須窘爾。有故人在，當不至唱《蓮花》。

如卿所云，僕曩在天門下誤回盼真人三千粉黛，故被罰作人間溷子，了與風月無緣。然口尚多微辭，幸勿以村翁訕我。所云文生滅跡縣門〔九〕，僕故無從倒屣，亦偶忘君卿冄日書，不及使人物色也。足下笑僕重雁門太守而輕逢掖〔一〇〕，僕媿皇甫威明多矣〔一一〕。然謂僕專下二千石，足下非逢掖邪？昔人以不識玄真子爲俗吏〔一二〕，僕之失於先施，惡得自解免矣。

僕自斲龍禁雨來，顦顇日甚，急欲聞談天快人語，一除煩懣。幸偕開之、田叔過我，拜携謝朓驚人詩來〔一三〕。

## 注釋

[一]王百谷：王穉登，字百谷（穀）。見卷五《感懷詩五十五首・王太學百穀》注釋[一]。

[二]開之：馮夢禎，字開之。

[三]田叔：屠本畯，字田叔。

[四]張公子：指漢張放。見卷九《寄馮開之四首》注釋[一一]。

[五]東家丘：孔子西鄰不知孔子才學，蔑呼爲『東家丘』。見《孔子家語》。北齊顔之推《顔氏家訓・慕賢》：『世人多蔽，貴耳賤目，重遥輕近，少長周旋，如有賢哲，每相狎侮，所以魯人謂孔子爲「東家丘」。』

[六]沈郎：指沈懋學。小姬：指所買吴姬。

[七]杜舍人：唐杜牧，官至中書舍人，故稱。杜牧歌『緑葉成陰』事，宋計有功《唐詩紀事》卷五十六載：『牧佐宣城幕，游湖州，刺史崔君，張水戲，使州人畢觀，令牧閑行，閲奇麗，得垂髫者十餘歲。後十四年，牧刺湖州，其人已嫁生子矣。乃悵而爲詩曰：「自是尋春去校遲，不須惆悵怨芳時。狂風落盡深紅色，緑葉成陰子滿枝。」』

[八]馮垂：唐馮贄《雲仙雜記》卷一『迷香洞』條引《常新録》：『史鳳，宣城妓也，待客以等差。甚異者，有迷香洞、神雞枕、鎖蓮燈；次則交紅被、傳香枕、八分羹；下列不相見，以閉門羹待之。使人致語曰：「請公夢中來。」馮垂客於鳳，罄囊，有銅錢三十萬，盡納，得至迷香洞。題九迷詩於照春屏而歸。』

[九]文生：未詳。

[一〇]雁門太守：此指東漢皇甫規同鄉，以錢買官而得雁門太守之職者，見卷七《放歌行贈徐孟孺》注釋[八]。逢掖：本義指寬大之衣袖，曾因儒生所穿，代指儒生。《禮記・儒行》：『孔子曰：丘少居魯，衣逢掖之衣。』鄭玄注曰：『逢，猶大也。大掖之衣，大袂單衣也。』《後漢書・王符傳》中，『逢掖』指王符。屠隆該文以比『文生』。

[一一]皇甫威明：東漢皇甫規，字威明。見卷七《放歌行贈徐孟孺》注釋[八]。

[一二]玄真子：指唐張志和。志和以明經擢第。獻策肅宗，特見賞重，命待詔翰林，授左金吾衛録事參軍。後坐事貶南浦尉，會赦還，以親既喪，不復仕。居江湖，自稱『煙波釣徒』。著《玄真子》，亦以自號。兄鶴齡恐其遁世不還，爲築室越州東郭，志和居之。每垂釣不設餌，志不在魚。有縣令不識爲高人，使浚渠執畚，而無忤色。見《新唐書・隱逸傳・張志和》。

[一三]謝朓：南朝齊詩人，字玄暉。李白推重謝朓詩爲『驚人詩』，唐馮贄《雲仙雜記》卷一『搔首問青天』條引《搔首集》：『李白登華山落雁峰，曰：「此山最高，呼吸之氣，想通天帝座矣。恨不攜謝朓驚人詩來，搔首問青天耳！」』

## 與田叔[一]

嘉則先生客海上[二]，遲足下先過齋頭，然後馳報嘉則，俱至王元美先生所[三]。乃不聞消息者久之，忽報行李已次吴門，悵甚。吴門館於王百穀[四]，遇馮開之[五]，良友佳會，恨不得從。何日謁元美，不佞業已三致此意於王先生矣。王先生甚知先司馬磊落大節[六]，想當即爲搦管。聞田叔稍從歌兒飲，數十年老寡婦，晚施粉黛，與少年姬按笙度曲乎？一笑一笑。老母在家園時，極感君家母夫人、細君雅意，聞足下且至，命婢子掃地焚香以待，幸有以慰之。

**注釋**

[一]田叔：屠本畯，字田叔。見卷一《霞爽閣賦》注釋[一]。
[二]嘉則：沈明臣，字嘉則。
[三]王元美：王世貞，字元美。
[四]王百穀：王穉登，字百穀。
[五]馮開之：馮夢禎，字開之。
[六]先司馬：指屠大山，屠本畯之父。

## 與馮①開之二首[一]

### 一②

別足下遂曠若隔世，俟河之清，相逢幾何？西湖之上，亂峰迴遭，林壑窈窕，不知何丘寄足下之杖履乎！東望低回，秪堪癡絕。錢唐山川清佳，洵吴越甲秀，乃人物有風調者甚少，足下誰與朝夕？意到興來，或成獨往，花下小車，煙中游舠，水窮雲起，澹③矣忘歸。此時而屠卿若在者，其樂何云！造物固不令若此也。

足下聽然物外，而下官日就鄙淪。足下即念僕，當不如僕之念足下切也。或都置不念，非僕之本懷，何敢以此度足下？今天下豪儁塞路，何齒不肖。金石之烈，渺無前期。潘安仁有言〔二〕：『身齊逸民，名綴下士。』彈琴賦詩，可以忘饑，惟恨平生不能飲酒。博覽載藉，嘗見寥廓之士爲罻羅所羈，以叔夜、夷甫諸賢口談玄虛〔三〕，心慕④潔朗，而猶婆娑人代，自取釁尤。有如諸公遂偕孫登、王烈長嘯入林〔四〕，何所不適！感昔歎逝，情意坐銷。足下之與司命帝君似分義差厚〔五〕，不得已，能爲下官乞一廣文官〔六〕？僕之齒牙猶堪閣閣向諸子談經，何久溷此中爲？往不從公等教令，悔誠無地。不然者，何至只尺欲與一故人相見而不可得？偶結一念，便欲擲頭上進賢冠。足下有可提我出風塵，幸不遺餘力。

承仁兄及賢嫂氏念及寒荆，果於四月初四夜亥刻舉一子，沐髮矣。作書時，寒荆倚牀囑僕寄聲謝賢嫂。相見之期，在足下不在僕。

下官所與士，彭、徐而外〔七〕，又有一沈獻可者〔八〕，元美廷尉門下士也〔九〕，才甚宏麗，元美亟所許可。失意於時，薄遊錢唐，特爲引見門下。其人亦爾雅有致，青翰舟中，可與擊汰揚波。

足下輞川之裴迪也〔一〇〕，賢嫂才調不下子昂管夫人〔一一〕，湖上管絃時，一同眺聽不？足下出對賓客則如子建〔一二〕，入對細君則如相如〔一三〕，直承明則如東方〔一四〕，撫湖山則如賀監〔一五〕。火食神僊，錦衣巢許〔一六〕。人代風雅事，足下占盡乎，誠妒之矣！

端陽前後，如足下不一視我縣中，僕且爲文詛楚。

## 二

僕蓋密遣一細作，物色君典於西湖之旁〔一七〕。至廿六日亭午得飛報，知君典魚服過足下，足下業與俱馳至就李〔一八〕，而不密以聞。何故？兩賢相得，復何知鄙人。鄙人之望見君典，猶仁兄也。兩君即厚自闊，無逃關尹矣〔一九〕。弟之用情如此，天下有心人，渴饑之衷，一一足下何以慰之？言之飛動。

## 校勘

① 原標題無『馮』字，據目録補。

② 一：原無序數，爲校注者所加。下篇『二』同。

③ 澹：底本原作『墰』，據存目本改。

④ 慕：底本、存目本均作『暮』，誤。據意改。

## 注釋

［一］馮開之：馮夢禎，字開之。見沈明臣《由拳集敘》注釋［一］。

［二］潘安仁：西晉文學家潘岳，字安仁。其《閒居賦》，有『身齊逸民，名綴下士』語。

［三］叔夜：魏晉人嵇康，字叔夜。夷甫：晉王衍，字夷甫。二人皆好莊老，談玄理。

［四］孫登：晉人，隱居蘇門山，善長嘯。見卷八《聞管建初同孫以德登太和却贈二首》注釋［六］。王烈：字彦方，漢末名士。相傳其長壽，與孫登隱居同遊。

［五］司命帝君：掌管命運之神。

［六］廣文官：指清苦閒散之儒學教官。參見卷五《感懷詩五十五首·高博士升伯》注釋［五］。

［七］彭徐：指彭汝讓（字欽之）和徐益孫（字長孺）。

［八］沈獻可：屠隆文中稱其爲『元美廷尉門下士』，另據沈明臣《豐對樓詩選》卷三十三《萬曆庚辰又四月四日宣城沈君典就李馮次公及其子丌之華亭莫廷韓昆山沈獻可集屠長卿青浦署中分韻余得山字》詩，獻可爲昆山人。

［九］元美：王世貞，字元美。

［一〇］輞川：山谷名，在今陝西藍田縣境内，山水優勝。唐王維别業在輞川谷中。裴迪：唐詩人，曾居輞川。嘗與王維浮舟往來，彈琴賦詩，嘯詠終日。馮開之坐擁西湖，故以裴迪比之，裴迪詩言輞川湖上之樂，有《輞川集二十首·欹湖》：『空闊湖水廣，青熒天色同。艤舟一長嘯，四面來清風。』

［一一］子昂：元趙孟頫。字子昂，號松雪，吴興人。才氣英邁，爲元代著名詩人、書畫家。管夫人：趙孟頫夫人管道昇。字仲姬，一字瑶姬，青浦人。才調不凡，爲元代著名女性書法家、詩人、詞人。封吴興郡夫人，又册封魏國夫人，世稱管夫人。隨夫仕宦流轉，而思南方山水之樂，如其《漁父詞》，道湖上之趣：『南望吴興路四千，幾時回去霅溪邊。名與利，付之天，笑把漁竿上畫船。』又：『身在燕山近帝居，歸心

日夜憶東吴。斟美酒，膾新魚，除却清閒總不如。』又：『人生貴極是王侯，浮名浮利不自由。争得似，一扁舟，吟風弄月歸去休！』

［一二］子建：三國魏曹植，字子建。子建風流倜儻，聰敏過人，每有難問，應聲而對，言出爲論，下筆成章。故宜出對賓客。

［一三］相如：漢司馬相如。相如與卓文君兩相愛慕，琴瑟和諧。

［一四］承明：承明廬，漢未央宫中承明殿旁之屋，爲侍臣值宿之處。東方：漢東方朔。見卷二《十賢贊·東方朔》注釋［一］。

［一五］賀監：唐賀知章。見徐益孫《由拳集敘》注釋［一九］、卷十三《上座主先生啓》注釋［一二］。

［一六］巢許：巢父和許由。傳説中遠古時代兩位避世高士。唐杜甫《奉贈蕭十二使君》詩：『巢許山林志。』

［一七］君典：沈懋學，字君典。

［一八］就李：即檇李，見卷七《存石草堂歌爲沈觀察先生賦》注釋［三］。就李爲秀水之古稱，馮開之家鄉。

［一九］關尹：周昭王時函谷關令尹喜。老子西遊，喜先見其氣。見卷二《十賢贊·老聃》注釋［二］。此屠隆自比。

## 與君典開之［一］

千古西湖，爲林叟措大所點。今幸得一二三大英雄一浣之，大爲湖山吐氣。湖上諸作，似有神助。是日晨起，眉端作紫氣；薄莫使人回，不佞坐中庭讀兩君書若詩：長天紺碧，頭上雲物五色，爛如錯綺，明星見日下，是何祥也！文章如此，詎不上動天文？僕非漫語者，二足下天放閒適，奈何令不佞跼蹐若此？弟不難棄此死牛皮帶，祇缘家有老親，不敢直行其志。念二足下豪暢，顧影自穢。咄咄屠生，爲小吏所縛。許由、石户之農［二］，非天上人，何爲呢乃爾。與仁兄輩相見，當共商①此事。人謂屠卿貧甚，不可以若此。丈夫寧懼餓死？有卿等在，當不令立槁。

急欲與二足下相見，秉燭達曙，不能寐，故復遣力奉迓書到。焚香掃地，家人爲足下百冗。幸即買櫂青溪，必無舍此而他之。嘉則先生同來［三］，此千秋佳事。

**校勘**

①商：底本、存目本均作『商』字，今改作『商』。

注釋

［一］君典：沈懋學，字君典。開之：馮夢禎，字開之。

［二］許由：人名，傳説中遠古時代之避世高士，不受堯之禪讓。見《莊子·逍遥遊》《莊子·讓王》。石户之農：石户爲地名，石户之農，傳説爲舜之友，不受舜讓，《莊子·讓王》：『舜以天下讓其友石户之農。石户之農……以舜之德爲未至也，於是夫負妻戴，攜子以入於海，終身不返也。』

［三］嘉則：沈明臣，字嘉則。

## 與沈①君典［一］

適得一密報，聞仁兄微服至西湖與開之會［二］，今已仝往檇李［三］。檇李去青溪盈盈一水矣，令我飛心直挂天外。如只尺不得一奉顔色，便成千古長恨。敬走急足尋仁兄，仁兄何以慰我三年饑渴？昔曹暠②以不得見趙咨爲恨［四］，至棄官追至北海相見。仁兄許我，弟非戀此五斗者。倘仁兄憐其區區，幸作良圖。兩睫視不得下。

校勘

①原標題無『沈』字，據目録補。

②暠：底本、存目本均作『嵩』，誤，應作『暠』。據意改。《後漢書·趙咨傳》作『暠』。屠隆本卷《與王敬美》中亦作『暠』。

注釋

［一］沈君典：沈懋學，字君典。

［二］開之：馮夢禎，字開之。

［三］檇李：見卷七《存石草堂歌爲沈觀察先生賦》注釋［三］。秀水古稱檇李，馮開之家鄉。

［四］曹暠：東漢人。趙咨爲敦煌太守時，舉暠爲孝廉，後暠爲敦煌令。曹暠棄官追至北海見趙咨事，見本卷《與王敬美》注釋［七］。

## 與君典開之[一]

今日蚤起攬鏡，忽見眉端隱隱作大絳色如含桃，呼細君，與語當爲何兆，宜必有真人過此。既念，二仁兄業抵秀州[二]，刻下且艤舟浦口乎[三]？望至日莫，不來，乃得二兄札子。急讀君典書，若詩，神氣蕭灑，如挾飛僊；復讀開之長牋，情境叠出，麗藻間發。世上乃有此等人物，作此等言語！不佞乃得目睹，坐空古人。僕即化爲異物，固可亡恨。見二君文章，想二君眉宇，恍墮崑崙萬仞罡風中，骨驚神悚，忽忽毛羽生於胷懷。湖上復值嘉則先生往呼大語[四]，一片湖山，恐蹂爲荒丘，此時何處可着乃公？乃公平時稍高自揚詡，亦復奪氣，何況梁生輩哉[五]。

二君既至秀州，便可買櫂青溪。望見故人，直以夕爲歲。至姑蘇而後視我，不佞即男子，立化爲石矣。堇走吏復得鄙意，二足下急圖之。

**注釋**

[一] 君典：沈懋學，字君典。開之：馮夢禎，字開之。

[二] 秀州：見卷十五《與開之四首》注釋[一三]。

[三] 浦口：青浦縣縣治所在地青龍鎮之浦口。

[四] 嘉則：沈明臣，字嘉則。

[五] 梁生：指東漢梁鴻。見卷五《感懷詩五十五首·桂博士倩盈》注釋[一一]。晉郭璞《客傲》，將鴻與諸賢並列：『莊周偃蹇於漆園，老萊婆娑於林窟。嚴平澄漠於塵肆，梅真隱淪乎市卒。梁生吟嘯而矯跡，焦光混沌而槁杌。阮公昏酣而賣傲，翟叟遯形以倏忽。吾不能幾韻於數賢，故寂然玩此員策與智骨。』

## 與馮①開之[一]

人生非麋鹿，安得長聚首。然每至分携，便成悽絶，要亦人情。足下泊舟郭外，僕病不能出城視足下。病而復傷離，作惡殊甚！ 别後數以書來，無相忘也。

**校勘**

① 原標題無『馮』字，據目録補。

**注釋**

［一］馮開之：馮夢禎，字開之。

## 與沈嘉則二首［一］

### 一①

先生别後，治水穰田，遂無虛日。治水使者弭節邑中，百務肩於一身。先是，使者下治水令，隆以災傷之後不可以興大役爲言，不得請。無何，璽書下，不復可争。部使者方臨，而治水官諸事不備，隆恐得罪上官，兩日而集數千人，河工遂起。三日而部使者親臨閲視，得免於後言。斯亦勤矣。旬日來，工且就緒，會天大雨，河水漲溢，工難卒完，而田禾復懼渰傷，幸賴春間之圩岸畢修，不至如去歲盡没。乃萬人羈於河工，衆心惶駭。隆又懼河工既難遂完，農事又復盡廢。三十日冒雨夜馳往工所，先散大衆，而後白狀御史臺，田野驩動。隆方私念，一行而解萬姓於危難，自差可快意。隆不肖，救災恤苦，近遂以成癖，日求稍積功行，以當天心，而艱虞踵至，憂勞萬狀。世之專犯忌諱者多徼天幸，此非不肖所能知矣。隆反覆念昔人言『脩正尚未蒙福，爲邪欲以何求』，勉强爲善，以安義命，斷不敢自墮落，重負長者。

聞先生館於汝和宅［二］，作客有此賢主人，差不惡。不肖因日溷勞薪，久失修候。平生自負，謂何而沈淪鄙賤如此？ 惟稍得當世賢豪心，以爲私慰。君典遂買一吴姬［三］，自詫妙麗。開之同住吴門［四］。沈郎挾吴姬歸宣城［五］，馮生暫往江陰[六]，約望前過齋頭，此時先生不可不來作佳晤。此兩君書來，復申昏姻之約，甚至指皦日以爲正，殊可喜。

小集敬徹惠大雅。汝和昆季[七]，幸致傾向。田叔尚未見枉[八]。羅浮硯一枚，天池茶一瓶，辰砂、雄黄各一，緘奉上。

## 二

讀《由拳集序》，奇氣咄咄來逼人，真舉龍文寶鼎手，快甚。顧余小子虚薄，無足當先生揚詡爾。

天道淫雨，不肖徒跣，且拜且行，泥没至膝，斲龍禁陽侯[九]，爲力良苦。不意今春圩塘遂以收功，河水高於田間一二尺許，而不入田。不肖復駕小舠巡行阡陌，龍骨遍野，車軋軋聲聞於四郊，禾苗大生色。父老咸言『仗使君力，今年不爲灾』。而天道更放晴，歲可望矣。非但不爲灾，水落土膏滋潤，且可冀倍獲。去歲潦没者無論，其不潦没者則倍獲。此其驗也。夜來明月作半圭色，河漢左界，白雲微點，不肖叩頭中庭，起徐步，甚爲此中父老喜。知先生急欲聞，故備述之。

開之昨宿齋頭。質明駕快舫暫過華亭一日，夕返縣齋，尚作數日留。家田叔徑抵吴門，客王百穀齋中[一〇]，未相聞，故不及奉報。今業從婁江過齋頭，一二日間且至。正欲馳一急足促先生來，而使者適至，遂遣小吏與俱行，奉邀行李，先生幸速覓一輕舟見過。

固也知汝和、汝脩昆季賢主人，至則如歸，乃使司馬作客百里内良久[一一]，臨邛令媿欲死[一二]，唯先生速圖之。

### 校勘

① 一：原無序數，爲校注者所加。下篇『二』同。

### 注釋

[一] 沈嘉則：沈明臣，字嘉則。見沈明臣《由拳集敘》注釋[一一]。

［二］汝和：顧從禮，字汝和，見卷九《送顧汝和中翰奉使滇南還朝二首》注釋［一］。
［三］君典：沈懋學，字君典。
［四］開之：馮夢禎，字開之。
［五］宣城：宣城縣（今安徽宣城市）。沈懋學爲宣城人。
［六］江陰：江陰縣（今江蘇江陰市）。
［七］汝和昆季：顧汝和、顧汝脩兄弟。顧汝脩，見本卷《與王元美先生》注釋［六］。
［八］田叔：屠本畯，字田叔。
［九］陽侯：傳説中之波濤神。
［一〇］王百穀：王穉登，字百穀。
［一一］司馬：司馬相如。喻沈明臣。
［一二］臨邛令：漢臨邛縣令王吉。見卷七《青浦吟贈彭欽之》注釋［七］。屠隆自比臨邛令。

## 報開之［一］

人言足下尚擁白雲，高卧小君山上［二］。遣張史往促行李東還，數日不見報。乃足下遂還就李乎［三］？不知秋風颯從何處來，摇落之感，想當同之。

拙稾刻甚精工，重勞尊神。僕於此道不深，而片語入我齒牙，便自絶倒，亦一癖乎。終當如玄晏先生［四］，浸淫其中，不問外事矣。適有家長公之戚［五］，荒亂失次。君典與孫姬及新吴姬同居郊園［六］，嘗挈新姬入城拜其母夫人，頗宜家室。孫夫人尚未免身。數日前曾有人來，書中令僕勸仁兄稍擇交息遊，亦謂不佞也。仁兄頷之不？

**注釋**

［一］開之：馮夢禎，字開之。
［二］小君山：山名。在今江蘇江陰縣君山公園。

［三］就李：即檇李。見卷七《存石草堂歌爲沈觀察先生賦》注釋［三］。

［四］玄晏先生：原爲晉人皇甫謐之號。謐沉静寡欲，隱居不仕。後以『玄晏先生』泛指高人雅士或隱士。

［五］家長公：指屠隆之長兄屠佃。屠隆兄弟共六人，爲佃、侯、俅、俛、仍、儱（隆）。家長公之戚，參見《白榆集·文集》卷二十《哭伯兄東山先生文》。

［六］君典：沈懋學，字君典。

# 由拳集校注卷之十八

## 記①

### 修潁上縣東門河隄碑記[一]

潁上城東門面大河[二]。河從汴下，走淮泗，北折而東，衝激城垣。夏秋間浩蕩漫衍，包林麓原隰，稱雄險哉。河故有隄，水歲齧隄，圮矣。去城不一武而近，水至輒灌城，城且不支，民惴惴焉，朝不謀夕。

萬曆歲丁丑，屠子隆②奉命來令潁上。甫弭節於郊，則進父老、博士諸生曰：『隆③不佞，以主上命得從諸君子遊，諸君子何以教不佞？敢問治狀何先？』父老、博士諸生起對曰：『善哉！大夫幸辱此言，潁之人福矣。治寧有先於河者？隄，城衛也。隄壞，城將從之失。今不治，明年無可爲者，民其魚乎。』屠子愕然曰：『令何爲？凡以措意氓黎而安全之者也。民其魚乎，奚令之爲也？先是爲潁上者，何狀而至此？』曰：『治難哉！潁小邑，十九里爾。歲苦不登，民貧而賦斂急，逃且十之二三矣，帑有一錢乎？亡之，河且奈何。』屠子曰：『其亟議。議是，民安得逃？逃寧能已乎？』於是衆議，僉編富氓，不可；亡論貧富，家括一錢，又不可。夫是役也，秋毫民力矣。失民之心而用民力，蔑以濟矣。

時嘗受命觀察朱公，又受命郡守張公，兩公爲治精明多惠政，授隆④方略甚詳。屠子議先捐俸，同官亡不捐者。而後下令百姓，曰：『河務急矣。此執事者之責，亦黔首之患也。今不敢以大功勤苦爾父老子弟，而聽爾輩各以其力助。夫疇非食土之毛乎？爾亡有所愛，大水且至，執事者行與爾父老子弟同日魚爾，又何愛乎？爾即忼慨赴公家之急，生爲高義，歿有榮名，而又免於患，顧不休哉！執事者其以大小議功，亡忘爾勤。』蓋令下之明日，而捐金錢、持牛酒糗粻、伐木畚土來者，滿車下焉。邑又苦無石，則盡廢邑治以風，而徒步走百姓家借石一二。父老子弟爭爲位，焚香門迎。至城隍，兩廡外有鐘鼓樓二，甎石可數萬。屠子命取之，衆爲請曰：『樓縣鐘鼓。廢樓，是廢鐘鼓也。如神何？』屠子曰：『堂左右不可鐘鼓乎？置神以爲民。民，神依也。水至，民且喪其室家，神將安依？令爲民，神宜亦有之。』遂取之。他神祠亡不取者。又徧索郊以外殘碑斷碣、壞橋廢寺，於是有石矣。

以萬曆六年戊寅春王正月六日，屠子自爲文，率父老、博士諸生，洎千夫長、百夫長，臨河而祭告於大河之神，是興此役。屠子日臨視者二。閔卒，爲更其老弱，節其勞苦，問其饑寒，而懊休之。卒感屠子忠誠，人人勸也。始於正月九日，終於二月廿有九日，蓋五十日而河工告成。城下築土爲路，路外爲石隄，下用巨石，甎其上，鑿木爲鈎連，而灌灰其中。石隄之外復隄以土，土隄之外植木爲樁，植木之外又隄以土，植木焉。爲土隄者三，爲石隄者一，爲植木者二。自東起而北走，凡長五十丈，廣五丈，高五丈五尺。

成之日，諸君咸舉爵勞屠子。屠子謝曰：『自古歌於思，詠澤門，未有不詈多口者。今是役也，以民力且以民財，而大衆爭先，功成不怨。奚論不怨，且也驩然虖終始矣。隆⑤不佞何以及此？此豈適有天幸，亦或其民醇之效與？不然，則神之相之也。』

隄成，告成事觀察朱公、郡守張公，兩公閱之喜，犒令以下有差。衆議工成宜有碑，乃亭其上，劖石碑焉。於是屠子又爲《東門之歌》，歌曰：

浩浩東門，流波紆耶。日落風起，蛟龍趖邪。黑雲垂垂，波臣呼邪[三]。瓠子夜決[四]，翻具區邪。水來平城，民其魚邪。民其魚邪，官蝦蛆邪。皇德曠蕩，九域宅邪。河工之成，一何亟邪。興東門者晳邪，繫神力邪。

## 校勘

① 記：原目録中作『碑記』。

② 隆：《屠長卿集》作『某』。

③ 隆：《屠長卿集》作『某』。

④ 隆：《屠長卿集》作『某』。

⑤ 隆：《屠長卿集》作『某』。

**注釋**

[一] 潁上縣：位於安徽西北部，淮河北岸。見沈明臣《由拳集敍》注釋[一]。

[二] 大河：指潁水。潁水，見沈明臣《由拳集敍》注釋[一]。

[三] 波臣：指水族。古人設想江海之水族亦有君臣，其被統治之臣隸稱爲『波臣』。

[四] 瓠子：黄河古堤名。見卷六《贈瞿九思》注釋[四]。

# 禱雨記前

屠隆爲潁上之明年，是爲萬曆戊寅四月，有事壽春[一]。四之日大風，明日，人言潁上大雨雹，傷麥苗。隆方食，憂懼，食噎幾殆。歸視東郊，原野空也。稽顙謝過，自傷爲令亡狀，皇天嫁禍我民，仰天而哭。已，入中庭，對邑父老又哭。父老曰：『天禍下民遠矣。他郡邑雹災者，汴梁以北[二]，建業以南[三]，多有之，寧獨潁上矣？使君無爲自苦。』隆曰：『風雨不避灌壇乎？余寔不德，以召此殃也。奈何以他郡邑爲解。』

至五月，又大旱，爲文禱於城隍，又禱於張龍王之神[四]。會里人召村巫降神，妄言禍福。隆察其有異，繫而廉得其詐。禱二日，不雨。隆曰：『天之降禍深矣。而雹爲災，民已重不堪，而又加之歲旱，寧有噍類者？』隆乃赤日暴中庭，從朝至莫。越二日，又不雨。博士諸生、齊民心憐余，環而涕泣者以百千數，曰：『潁邑小，不貧，粟猶支一二年。歲旱，民不即至死也，而胡以苦使者至此極爲？』隆謝曰：『隆不獨爲吾民，且以盡吾心焉。天降災吾邑，而方且泄泄然息陰就凉，以自爲愉快，吾懼重有戮辱，繫獨爲民？故吾暴日中，蒼蒼凉凉；處一室，則惄焉如焚矣。』

爲文告於神者三。始頓首謝過乞憐，其辭哀；已而激切，語涉不遜，命遷神對暴日中，日晡乃已。即夕雲起，詰朝而雨，明日又雨。然陰雲如黛，雨不甚霑足。隆又懼，入禱玄帝廟[五]。既出，隆忽與同官曰：『盍與諸君返玄帝廟待雨乎？』遂返入後殿。俄見上帝像坐群神東偏，隆驚曰：『此何爲？』同官曰：『其上故有玉皇閣，下神像脩閣，閣成而不上，今且數年於兹矣。』隆曰：『天子祀上帝，諸侯祀封内山川，即神像，下邑安得有之？而又令居群像東偏，彼群神奚而安也？且《記》稱上帝所居，常有紅雲擁護，雖真僊罕得見其面，而令居湫隘，近樵豎，簡甚矣。天之降罰，無乃是乎？即奚以專罪令爲也？』於是亟命上之，隆與同官免冠頓首伏，不敢仰視。先是，嘗謀上神像，聚三百人不能動而止。至是，才須四十人耳，如雲登焉。異哉！是時日向暝矣，應時大雨。竟夕，四郊霑足。自是連日大雨。嗚乎，又異哉！

夫上帝高拱上清，其靈氣當不在是，乃維天聰明，何不燭矣？矧又百神在邪。應時澍雨，理或有之。雹而旱，旱而禱，不得雨。禱而得雨，而又微。蓋至是而後大雨，如響也。入禱玄帝廟，既出矣，復入何爲乎？嗚呼，可畏哉！朝出禱，夕還内舍，窮日夜不休，形容顛頷無人色。家人謂隆遂駃，相視而泣。婦心憐隆，亦同隆夜蒲伏，稽首達曙，期在必得雨乃已。心又私計，禱祠如此而神卒不應，將遂謂窅冥不可詰。嗟乎，詎謂其如響也！神理孔章，可畏哉！隆於此滋惴惴懼矣。世之貪殘恣睢負心者，豈誠謂天道神明遠哉？隆謂此事可用以自警，亦可以警世也。故記之。

## 注釋

[一] 壽春：壽州，今安徽壽縣。

[二] 汴梁：今河南省開封市。戰國時爲魏都大梁，簡稱梁。隋唐改置汴州，簡稱汴。金元以後合稱汴梁。

[三] 建業：南京之古稱，見卷十《送陸君策之白下三首》注釋[三]。

[四] 張龍王：張路斯。參見卷十六《答徐孟孺》注釋[一二]。又據《潁上縣志·人物》記載，張路斯原籍南陽。隋朝初年，遷居潁上百社村，十六歲考取進士。唐朝景龍年間（七〇七—七一〇），任宣城縣令，有政績。當地百姓傳其死後與九子化龍，在潁河邊建張公祠，又名龍王廟。宋真宗景德年間（一〇〇四—一〇〇七），曾下詔擴建潁上張公祠。元末毀於兵禍。明洪武三年（一三七〇），潁上人於舊址重建此廟。

[五] 玄帝：此指道教所奉之真武帝。又稱玄武大帝、玄天上帝。

# 禱雨記後

始隆暴日以求雨也，官師、士民及家人咸曉之曰：『夫雨暘，天也。天，積氣也，隆隆高爾矣，弗可梯也。沉寥爾矣，圠坱茫蕩爾矣。呼弗聞也，叩弗應也，諛之弗喜也，觸之弗怒也，若頑焉。當其潦也，弗格之使倒流也；當其旱也，弗挩河漢而瀉之也。大化獨運，適焉爾矣。遭其適也，故潦於堯而旱於湯[一]。夫潦於堯而旱於湯，堯弗知天也，天亦弗知堯也；湯弗知天也，天亦弗知湯也。何物而堯，何物而湯，何物而天？適焉爾矣。子暴而求必雨，天且不雨，而三日，而五日，而百日，子即立槁穎水之上，竟不雨也，弗遭其適矣。子如天何？天如子何？則無乃不惠乎？何爲自苦？』

隆應之曰：『非也。子不聞精誠之極乎？夫精誠之極者，不惠也；不惠，所以精誠也。精誠之極，神明通焉，無不可爲矣。故可以耳視而可以目聽也，可以手行而足指也，神可存而器可廢也。粗而入精，行殼蜕也；闇而生光，玄照朗也。故大荒可挾，而六幕可遊也。大鵬蚊虻，焦螟嵩山，須彌芥子[二]，毫光六合，秋毫泰山，泰山秋毫，小大一矣。不知彭之爲殤[三]，不知殤之爲彭；不知龍伯之爲僬僥[四]，不知僬僥之爲龍伯，修短齊矣。天卑邪？地高邪？日月闇邪？深谷朗邪？流而五嶽耶？九河峙邪[五]？齊州近邪[六]？眉睫遠邪？蠼蚭者飛耶？翼而蜿蜒邪？軒孔雖聖，吾不知其聖；夸父雖愚[七]，吾不知其愚。黄屋左纛雖貴，吾不知其貴；被裘帶索雖賤，吾不知其賤。萬物之觀齊矣。是皆不惠之道也。不惠，所以精誠也。精誠則神一，神一則物化，物化則累釋，神明通焉。故風可反也，日可回也，月可捫也，雹可掉也，霜可夏也，陽可冬也，水可蹈也，石可遊也，龍可下也，馬可角也。理也，豈怪也哉！夫六合廣矣，何所有，何所爲？何所不有，何所不爲？有而有，爲而爲；無有而有，無爲而爲；有而無有，爲而無爲；無不有也，無不爲也。有而有，爲而爲，理也，人之所信也；無有而有，無爲而爲，亦理也，人之所不信也。人之所不信而怪名焉，亦惑矣。令夫員而方、蒼蒼茫茫者何物？爝而煌煌、朗照八方者何物？嵲巕而鬱蒼、森而茫洋、浩浩湯湯者何物？發聲砰彭、閃爍而有光者何物？鬢而清揚、顱而目眶、須而吻張、手攫而足鏘、有聲朗朗者何物？令此偶一見之，斯不亦大怪乎？六藉所載，諸子所傳，《山海》、《玄經》之所列，《齊諧》、《夷堅》之所志，都是物矣。昔北山愚公不自量[八]，欲移太行、王屋二山[九]，聚族而運之。河曲智叟啞然而咍之[一〇]，愚公不止也，且世世子孫平焉。操蛇之神聞之，懼其不止也，告之於帝。帝感其誠，夸蛾氏二子負二山[一一]，遂移之也。又有遭僊人山中者，求其不死之術。僊人畀一木令穿石焉，石穿乃僊。其人受教，無日夜寒暑饑寒垂四十年，石穿而僊去矣。夫山非可移也，石非可穿也，精誠之極也。隆誠不惠，無以謝諸公行，休矣。』

屠子語未畢而雨。

## 注釋

[一] 堯：傳説中之聖君，《尚書》《史記》稱其名『放勳』，後代又説他號陶唐，姓伊祁氏，故亦稱爲唐堯。湯：商朝之建立者，又稱武湯、武王、天乙、成湯、成唐，甲骨文作唐、太乙，一稱高祖乙。堯、湯，皆指古代英明帝王。此處謂水旱之自然災害雖堯湯不能免。

[二] 須彌：原爲古印度神話中之須彌山，後爲佛教所採用，指一小世界之中心。

[三] 彭：彭祖，古代傳説中長壽之人。殤，夭折，未成年而死。

[四] 龍伯：指龍伯國巨人。見卷四《觀海篇》注釋[三]。僬僥：傳説中之國名。此處指僬僥國矮人。《列子·湯問》：『從中州以東四十里，得僬僥國，人長一尺五寸。』

[五] 九河：古時黄河之九條支流，泛指黄河。

[六] 齊州：猶中州，指『中國』。見卷四《感懷十首》注釋[一]。

[七] 夸父：神話人物。《列子·湯問》《山海經·海外北經》有『夸父追日』，言夸父欲追日影，逐之於隅谷之際。渴欲得飲，赴飲河渭。河渭不足，將走北飲大澤。未至，道渴而死。

[八] 北山愚公：《列子·湯問》有『愚公移山』故事：『太行、王屋二山，方七百里，高萬仞，本在冀州之南，河陽之北。北山愚公者，年且九十，面山而居。懲山北之塞，出入之迂也。聚室而謀曰：「吾與汝畢力平險，指通豫南，達於漢陰，可乎？」雜然相許。其妻獻疑曰：「以君之力，曾不能損魁父之丘，如太行、王屋何？且焉置土石？」雜曰：「投諸渤海之尾，隱土之北。」遂率子孫荷擔者三夫，叩石墾壤，箕畚運於渤海之尾。鄰人京城氏之孀妻有遺男，始齔，跳往助之。寒暑易節，始一反焉。河曲智叟笑而止之曰：「甚矣，汝之不惠。以殘年餘力，曾不能毁山之一毛，其如土石何？」北山愚公長息曰：「汝心之固，固不可徹，曾不若孀妻弱子。雖我之死，有子存焉；子又生孫，孫又生子；子又有子，子又有孫；子子孫孫無窮匱也，而山不加增，何苦而不平？」河曲智叟亡以應。操蛇之神聞之，懼其不已也，告之於帝。帝感其誠，命夸娥氏二子負二山，一厝朔東，一厝雍南。自此，冀之南，漢之陰，無隴斷焉。』後用爲知難而進，有志竟成之典故。

［九］太行：太行山，在黄土高原和華北平原之間。王屋：王屋山，在今山西陽城、垣曲與河南濟源之間。
［一〇］河曲：古地名，在今山西省芮城縣西。
［一一］夸蛾氏：古代神話中之大力神。

## 重建敕封昭靈侯①張龍王祠碑記[一]

張龍王，諱路斯，唐進士，宣城令也[二]。宣城令則曷爲龍也？斯所謂玄同者也。夫陵舄蠐螬，物有必化，而況玄聖神明之德乎？真人託寄於物，而獨化於無方，且躡靈虚而消摇乎，抱炁而守神。夫炁抱則累釋，累釋則亡不之矣。神守則器廢，器廢則亡不化矣。故崧高爲申甫[三]，安知申甫之不復爲崧高也？傅説爲列星[四]，安知列星之不復爲傅説也？人知柱下史著五千言[五]，出關而西也，不知夏商而前，通玄鬱華，庶成禄圖、務成、尹壽[六]，真行之爲柱下者，幾度世乎，烏可詰哉？則又焉知宣城令之非龍，龍之非宣城令也？抑龍之物神，故其爲用大矣。聖真託焉，玄德宅焉，靈變出焉，體潛泥塗而功配亭毒，焕之則萬物立槁，而沫之則四海含潤，所操者玄而及物者鉅。故《易》號龍德，厥位六焉。六者何德？玄同也。

張龍王者，世相傳潁上人，蓋焦氏臺故宅也，乃記所稱絳綃九子之事，則大奇矣，而近於誣。六合之内，顧何不有也，誣也乎哉？

隆以旱禱於王故祠，不崇朝而雨。再登王祠，則又大雨也。靈氣於昭乎烈哉！於是，邑人爲王改築宮祠焉，而屠子爲之記。

**校勘**

① 原標題中無『侯』字，據原目録補。

注釋

［一］昭靈侯：張龍王張路斯，見本卷《禱雨記前》注釋［四］。宋神宗熙寧年間（一〇六八—一〇七七），下詔封張路斯爲『昭靈侯』。蘇軾爲潁州知府時，作《昭靈侯碑記》，刻石嵌於張公祠壁。

［二］宣城：位於安徽省東南部。

［三］申甫：周代名臣申伯和仲山甫之並稱。《詩經·大雅·崧高》：『崧高維嶽，駿极於天。維嶽降神，生甫及申。維申及甫，維周之翰。』後借以稱賢能之臣。

［四］傅說：殷商時著名賢臣。商王武丁從版築修路之隸中發現了傅説，擢拔爲相。傳説傅説死後爲列星，《莊子·大宗師》：『傅説得之（道），以相武丁，奄有天下，乘東維，騎箕尾，而比於列星。』宋蘇軾《潮州韓文公廟碑》：『故申、吕自嶽降，傅説爲列星，古今所傳，不可誣也。』

［五］柱下史：指老子，漢劉向《列仙傳·老子》：『老子姓李名耳，字伯陽，陳人也。生於殷時，爲周柱下史。』

［六］禄圖：傳説爲顓頊之師。務成：傳説爲堯之師。尹壽：傳説爲舜之師。《韓詩外傳》：『子夏曰：「臣聞黄帝學乎大墳，顓頊學乎禄圖，帝嚳學乎赤松子，堯學乎務成子附，舜學乎尹壽，禹學乎西王國，湯學乎貸乎相，文王學乎錫疇子斯，武王學乎太公，周公學乎虢叔，仲尼學乎老聃。此十一聖人，未遭此師，則功業不能著乎天下，名號不能傳乎後世者也。」』

# 開化紀遊上［一］

開化縣者，居太末萬山中［二］，俗好鬼信巫而多黠。巫者降神，能手持利刃屠其腹，巨斧斫胸，跣足行火甎上，口銜沸油噀人，着體處立焦，而吻無所傷。客言往有巫降神，一鄉人來觀，心私念此僞爲而不信，即狂叫登山，手拔大竹，揉作繞指柔自縛，遂爲巫。其靈異如此。玄同子曰：『此非神理，即有之，妖也［三］。斯人或不足道，假令賢者遭之，何能爲祟？』人以玄同子爲不情。

玄同子與諸生讀書山中，中秋夜爲翫月之會。坐至夜分，玄同子先起登樓，獨坐微吟。有物從山外擲泥沙入樓檻，玄同子私念：『此萬山中，深夜山魈木魅，庸得無之？吾不爲動，彼其如我何？』端坐吟嘯自若。須臾，几上泥沙且滿，此物跳躍而入，徑伏於地。有頃，又自地躍起。玄同子不顧。此物乃發聲笑，則鄉里一惡少也。又居山中慈恩寺，夏夜，玄同子與諸君納涼佛堂中。至丙夜，玄同子先登樓，倚水檻，乘月而觀清溪。忽有一巨人，赤面雲冠，而無鬚毛，衣長絳衣，自樓梯躍上，徑投入玄同子卧榻，倚榻而嘯。玄同子自度：『此鬼物獰惡乃爾，某不肖，使此物敢顯肆神姦，良可自哂。丈夫六尺之謂何？何爲妖物所動？又何問焉？』默默相對良久，知不可如何，此物乃跳而起，自褫其衣冠，則一醉僧也。蓋同遊怪玄同子好爲大語，故僞託鬼物以恐怖之。自後乃止。

又與一友人同宿一大家樓中，主人同話至夜半別去，方滅燭就寢，即有足聲登樓。詰之，至半梯而息。少頃，此友人驚呼。玄同子遽問之，云：『適有一巨手冷如冰鐵，撾吾面。』言訖，驚怖異常。玄同子即起，一手加其額，一手按其胸，而漫爲戲語云：『爾爲何物，敢無狀乃爾？爾能加於吾友人，胡不亦見惠一掌？爾或靈異能言，吾且與爾縱談通夕。能詩乎？且乞高倡，不然，非英物也。亦笑傖父何畏若此[四]？』友人至五鼓乃定，竟不知其故。茲樓高敞甲於城中，高明之家，鬼瞰其室，理或有之，然不可知矣。

**注釋**

[一] 開化：縣名。位於今浙江西部邊境，爲浙皖贛三省七縣交界處，今屬衢州市。

[二] 太末：古縣名。見卷四《懷太末諸所知》注釋[一]。

[三] 玄同子：屠隆別號。

[四] 傖父：指見識鄙陋之人。

## 開化紀遊下

玄同子少數奇，遊甚困。年二十歲，就食開化。渡錢唐[一]，惡風大作，濤如連山，舟幾覆。同舟之人無人色，玄同子嘻笑自如。幸獲濟，同舟者曰：『何不情若是？』玄同子曰：『驚愕何爲？脱有不測，驚寧能免乎？』抵富陽[二]，夜泊舟江口，時同泊者數百艘。夜半，鄰舟驚呼有劫盜。舟人惶駭無主，僞爲呼兵器狀。玄同子曰：『呆子何爲？吾舟寠無兵器而云云，汝曹豈謂壯士可虛聲恐喝也？汝曹第坐無亂，彼登吾艫，則有傾衣囊餉之爾。』已而盜卒不過吾舟去。抵常山[三]，時礦賊大發。夜半，舟泊城下，忽金鼓之聲震天。玄同子不寐，密推篷窺焉，見火炬匝地甚近，呼聲大起。蹴舟人起，驚失措矣。玄同子念即大盜至而阻河，獨身登岸，入山谷中。行數里，天昏黑，不辨行路。立而自念：『吾避盜入山谷中，即脱賊鋒而填虎喙，非計矣。』乃尋故路而出，則常山巨姓送喪車者。蓋此中風俗如此。越明日，易小舟，抵一山下，曠野止茅屋三四家。玄同子攜一奴行，舟師二人邀奴取醉茅舍中，更餘不來。玄同子倚孤舟，念兩舟人邀一奴去良久，脱謀奴而襲主人，翁何以禦之？於是盡棄橐裝，登山麓伺之。有頃，奴與兩舟師扶醉至。

比到開化，艱苦百狀矣。而主人者鉅豪，不好禮。玄同子至，則負盟而謝客。鄰父老勸主人：『觀此子楚楚雅士，業已盟而致之，背之不祥。』乃留之。留之而門弟子者黠甚。主人夜語玄同子曰：『家有一子，頗賢明好學，以故遠延先生。不幸未至而之子即世。此一二頑童，不可以教督，故不敢以累賢者。』言訖，室中有聲如雷，則童子嗔其父兄之言，而手探巨石，擲於門中。夜則率童婢數十人登陴巡行，遇夜行者，椎擊之。而主人亦横一鄉，所以遇玄同子者，禮甚倨。先是，在賓席者率自附於詼諧，爲主人弄臣，爲悦取容。玄同子獨方嚴正色無所阿，主人家無大小咸疾玄同子。一日，童子邀玄同子遨於後園，玄同子不往。童子曰：『先生何不近人情也？往歲先生與我曹遨於後園，爲家弟扃其户，不得出，云：「先生試懸諸海榴樹，然後出先生。」先生怒不可，家弟笑曰：「不懸不得出也。」先生不得已升海榴樹，一懸而罷。而先生今者固滯乃爾。』夏月求浴於溪上，玄同子又不許。童子曰：『去年先生與吾輩同浴，爲扼項而沉於水者再，先生何不許也？』其狂狡類如此。士友有過訪者，一切呵止之門外。有密謂玄同子者曰：『君主人不可①與居。彼歲所椎殺田奴婢子，井徑之中，垣牆之下，白骨如麻，睚眦加人，人無敢仰視者。而君日以方嚴處之，不能堪也。』玄同子以爲然，乃去之。後二年，而復遊其地，則伯子、季子暴疾亡，仲爲怨家磔殺，兩孫亡其一，其一在，又坐重獄。鉅萬貲伶俜且盡。嗟，天道遠乎哉？先是，玄同子心不義主人所爲，又疾諸子之黠傲也，每舉天道好還爲戒，則揚揚稱曰：『天命在吾，難將由我，其又何能爲？』玄同子曰：『不出十年，此地其灌莽乎？』至是，人以爲玄同子有先見云。

後三年，而遊於西安[四]。西安從遊諸子，多屠沽家兒，不習爲禮讓。久之，饘粥常不至。玄同子安焉，屢空趺坐而讀書怡然。歲滿還，多負玄同子橐金，玄同子不顧而去。比登舟，有持一錢增直者，玄同子曰：『吾非賣菜傭，安所事增直？』投金瀨水。故時人爲之語曰：『屠君忼慷，投金於瀨。』

## 校勘

① 可：底本原作『有』，據存目本改。

## 注釋

［一］錢唐：指錢塘江。
［二］富陽：縣名，見卷八《富陽舟中》注釋［一］。
［三］常山：縣名。屬明衢州府。位於浙西錢塘江上游，地屬今浙江衢州。
［四］西安：縣名。明屬衢州府。地屬今浙江衢州。

# 北征記

萬曆丙子，屠子舉於鄉。且偕計上都，家貧不能具橐裝，至臘月始成行。行至晉陵[一]，河凍矣。除夕，抵廣陵[二]，大風雪，問逆旅主人，無一相容者。徒步大雪中，稍委頓。薄暮，投一城外民家。業延入，聚族而謀，語窸窣不休。屠子疑焉，復冒雪出走。一儒衣冠者迎謂之曰：『君殆非常人，暮夜何爲者？』屠子告以故，儒生曰：『此中俗嫌留客獻歲。』不顧而去。時漏下一鼓矣，託宿一山西馬户。明日登舟，破冰行，夜抵邵伯湖[三]。冰堅不可破，阻湖中。長年[四]告屠子曰：『第視五更作東南風，即亡恙。若西風，層冰四面如山來，蔑以濟矣。』屠子爲通夕不寐。至五鼓，疾風大作，急問之長年，報曰：『西風。』層冰果如山來。屠子私念三十四年東海布衣，以一第故，畢命巨湖，天也。端坐待之。大冰砰湃相激，比及，即左右衝去，無觸舟者，故得不敗。天明，會一大官乘巨艦，數百人破冰而來，得尾其舟，復還廣陵。於是舍舟，與蒼頭奴各覓一騎行。是時積雪載途，山林坑谷間深數尺，騎時時蹶。至大麓長阪間，一望浩皛如銀海，雖意態慘澹，時復快人。夜四鼓，飯罷，輒上馬行。屠子騎頗駿，宵行常獨先，奴不能從。

單騎走大野中，天色昏黑，泬寥空闊，馳數十里無人煙。而或遥聞騎雜沓來，弓刀之聲甚厲，比馬首相接，了不交一語，各東西馳去矣。或厲聲問：『咄，何人單騎宵行？』屠子則馬上拱手，徐曰：『書生爾。』亦竟舍之馳去。若嚴霜披髮，殘星在衣，緩鞚微吟，抱影自照，寫其孤寂之悰，往往使人悽絶矣。

元夕抵徐州。復雪，暫解鞍，覽彭城故都[五]。登項王戲馬臺[六]，作詩吊之。其人嘯咤風生，氣蓋一世，其事雖無成，亦雄豪壯士矣。復想昭烈領徐州牧[七]，鼎足之基，寔開拓於此，徘徊久之。質明，冒雪北行，風色益勁，日馳一百六十里，大都莽蕩之野。一日，宵行山谷中，迷失道，去僕夫輩且十數里。山路窅絶，無一人影，馬跡莫知所之，而晨光未動，山鬼夜嘯，野獸悲鳴。屠子心頗恐，乃下馬息道旁，幸以一劍自隨，倚劍危坐。忽星光之下，見一巨物決起過前。屠子杖劍朗吟少陵詩，不爲動，坐俟天明。良久，僕夫乃至同行，尋亦自悔焉。

入兖州界上[八]，多士女鞦遷、蹴鞠戲。屠子行稍倦，則下馬貰濁酒數行，取枯蘆燎火而觀蹴鞠。過闕里[九]，遥拜孔子墓。至鄒縣[一〇]，謁孟子廟。古屋甚宏敞，廟前松柏大可數十圍，枝葉剥落，咸千年物也。劖石詩詞不下數百通，讀之，多措大語，不甚爾雅。敬瞻聖賢之風，低回太息而去。過東阿[一一]，考齊相管子遺烈[一二]，尋陳思王墓[一三]，踟躕亦久之。

及抵燕京[一四]，二月四日矣。蓋發自廣陵，馬上日夜行二千餘里，既備辛勞，亦多險絶。余故記之，以俟後世子孫考焉。

**注釋**

[一]晉陵：即毗（昆）陵。晉永嘉五年（三一一）因避東海王世子毘諱，改爲晉陵。屬常州府武進縣，今江蘇常州。

[二]廣陵：今江蘇揚州。

[三]邵伯湖：見卷八《邵伯湖阻凍》注釋[一]。

[四]長年：稱船工。

[五]彭城：今江蘇徐州之舊稱。見卷六《彭城下吊項羽》注釋[一]。

[六]項王：指項羽。

[七]昭烈：指劉備，謚號昭烈皇帝。

〔八〕兖州：明兖州府，位於山東西南。治所嵫阳，今屬山東濟寧。

〔九〕闕里：孔子故里。因有兩石闕，故名。故址在今山東曲阜城内闕里街。

〔一〇〕鄒縣：孟子故里。今屬山東省濟寧市。

〔一一〕東阿：縣名。見卷八《東阿道中》注釋〔一〕。

〔一二〕管子：即管仲。姬姓，管氏，名夷吾，字仲，謚敬，被稱爲管子、管夷吾、管敬仲，潁上（今安徽潁上縣）人，爲春秋時齊國相。

〔一三〕陳思王：即曹植。曹植封陳王，謚號『思』。

〔一四〕燕京：北京之别稱。因其地曾爲燕國國都而得名。

## 發潁陽記〔一〕

屠子居潁，既奉部檄移青浦〔二〕，按期殊促，夜奉檄，詰①朝遂行。潁父老子弟倉皇走送，有騎者，有不及騎而徒步者，踉蹡於道。屠子固止之。抵八十里，又固止之，臨河而别，慘動天地。諸生各騎一蹇驢，復走大雪中三百里。屠子辭焉，痛哭不去，屠子亦爲泣數行下。乃相與夜入一茅屋中敘語，佐以濁醪。質明，復痛哭别去。

時迫於檄期，勢不能挈室以行，乃獨身日夜馳，而留老母及②室人後發。邑中止安車二，既行，而念老母年高，室人新免身，皆不可無安車，乃使人以車還，而自乘一馬。時曠野雪深數尺，疾風如矢，體中挾纊若亡有。黄沙晝晦，只尺不辨人馬。明日雪益甚，馬足陷冰雪中，凍且裂。鉅野數十里，前無村落氓居，不可以止，乃下馬徒步，亦復陷冰雪，衆各扶掖蹣跚行。薄莫，抵一孤村，落落茅茨數椽，爲大雪覆壓，幾圮矣。屠子與徒御投焉。衣服沾濡且盡，求燎不得。遣人四出拾枯蘆而燃之，濕不可燃，煙氣侵兩睫，淚下。村翁媪見來者衆也，驚而逐客。屠子以温言撫之再三，乃止弗逐。後負擔者不至，屠子懼其凍死澤中，迺從行者，以束炬還迎之，夜深而後至。是夕宿茅屋中，上漏下濕，牀頭積雪盈尺，襆被如冰。旦起上馬，行數里，見山谷中群藍縷號哭而來。屠子停轡問之，皆答曰：『吾儕小人皆大梁民〔三〕，爲官人拘於河工一歲，冬月暫放還。單衣敝盡，而橐中亡一錢，奈此寒天何？去其家尚千里，且晚委於溝壑，故哀傷而哭爾。』屠子泫然憐之，捐金錢而後行。其人咸哭拜馬首去，而風雪益厲。屠子馬上太息曰：『屠生每出行，必有風雪。夫屠生胡足言，顧獨念此曹藍縷甚矣。而又行遇此者，其何能生還？貴介公子操弓矢，挾彈丸，臂鷹牽犬，騎出郊原射虎，逐狡兔南山，則風日熙温也。此亦豈有説哉！』老母後發，間關險巇復倍之。嗟乎，行役之難如此！彼巖棲野宿之夫，非苟薄富貴，蓋亦有見焉。尚羊卒歲，則取適而已。

**校勘**

①詰：底本原作『詣』，據存目本改。

②及：底本原作『反』，據存目本改。

**注釋**

[一]潁陽：潁水之北，指潁上縣。

[二]青浦：縣名，見沈明臣《由拳集敍》注釋[一]。

[三]大梁：開封古稱。見卷四《詠史六首》注釋[五]。

## 二陸先生祠記[一]

夫賤華貴實，惇士之操；鞶悦雕蟲，太上之所不由。故世之鉅人鴻德，厭薄浮藻，謂亡所用之。然而椎魯之夫，亦往往逃焉，乃臧孫氏所稱三不朽[二]，不廢立言矣。洪荒而後，神聖大賢其所豎立者，朗揭六合，爲萬世規。苟不託之文士之竹素，烏能傳之無窮，與天壤共敝乎？即尼父恂恂篤行[三]，而手定六籍，告來世《五千言》，非文章邪？夫老氏豈不冲然玄素也[四]？不佞仰觀於日月之華，五星之彩，雲霞璀璨，山川焜耀，然後悟此道之貴也。

議者謂張司空華而不實[五]，少文者率藉口焉。夫誠使德超太上，功軼三五，焉用文爲？若猶未也，奈何奓口而詆天下巨麗之業？司空妙識[六]，博綜多聞，寧獨辨海鳧龍鮓之屬，稱神智雄藻哉。其大者，精忠奮於國家，款誠信於幽冥，通儒碩望，彬彬質有其文，故可貴也。

二陸先生蚤歲以天才贍逸見賞司空，所操管湧於犇泉，爛於天星。吾固得不論。史稱平原伏膺儒術[七]，非禮不動，即敦龐本實之士，奚過焉？士龍清識[八]，要自偉然矣。或謂其周旋昏亂之朝，卒與禍會，爲缺知幾之神。夫黄鵠遊於污池，祥鸞鎩於棘林，蓋亦屬有天命，非由人事。當其時，若嵇叔夜龍性矯舉[九]，薄富貴若絛籠，而卒亦不免，豈文章之過也？觀平原臨收，白帢從容，神色自若，此其氣量宏遠，其於死生了矣。夫學至於了死生，豈易及哉？其生也，馳大譽於九州；而其死也，精魂感於二儀[一〇]。乃鴻麗之文，兩先生霍焉競爽。至使君苗燒硯[一一]，蔡公流血[一二]，吴會秀異之氣，實發於兩公。譬之天雞始鳴，曜靈啓塗，其有功於來兹大矣。

兩先生華亭人[一三]，而青浦者，故華亭西鄙。今兩先生墓寔在青浦，則今固青浦人也。不佞來令兹邑，既已祀兩先生學宫，復爲之建祠專祀焉。而並考其生平之操履，使知不佞之所願執鞭從事者，不獨以其文。是役也，不佞寔捐俸①首事；終之者，部民陳謨、蔡倫；而祠基，則俞孝廉顯卿所捐土田。皆好義有志者，得並書。

## 校勘

① 俸：底本、存目本原作「捧」，據上下文意改。

## 注釋

[一] 二陸：陸機、陸雲。見徐益孫《由拳集敘》注釋[一〇]。參見卷四《尋二陸先生墓二首》。

[二] 臧孫氏：指臧文仲，名辰，氏臧，春秋時期魯國著名賢大夫。《左傳·襄公二十四年》：『春，穆叔如晉，范宣子逆之，問焉，曰：「古人有言，曰死而不朽。何謂也？」穆叔未對，宣子曰：「昔匄之祖，自虞以上爲陶唐氏，在夏爲御龍氏，在商爲豕韋氏，在周爲唐杜氏，晉主夏盟爲范氏，其是之謂乎？」穆叔曰：「以豹所聞，此之謂世禄，非不朽也。魯有先大夫曰臧文仲，既没，其言立，其是之謂乎！豹聞之，大上有立德，其次有立功，其次有立言。雖久不廢，此之謂不朽。」』

[三] 尼父：孔子字仲尼，後人尊稱尼父。

[四] 老氏：指老子。見卷二《十賢贊·老聃》注釋[一]。

[五] 張司空：張華，字茂先，范陽方城（今河北固安）人，西晉時期政治家、文學家，官至司空。與陸機、陸雲兄弟友善。二陸欽慕張華之品德風範，以師禮待之。張華去世後，陸機爲其作誄，又作《詠德賦》悼之。

[六] 司空：即張華。

[七]平原：指陸機。曾任平原内史，故稱。後死於「八王之亂」。臨逮前，釋戎服（戰袍），著「白帢」（當時士人日常所穿便服），從容而出。

[八]士龍：陸雲，字士龍。

[九]嵇叔夜：魏晉時嵇康，字叔夜。見卷九《送曹子念遊台宕》注釋[三]。

[一〇]二儀：指天地。

[一一]君苗：指崔君苗，東晉時人。據《晉書·陸機傳》載：「弟雲嘗與書曰：『君苗見兄文，輒欲燒其筆硯。』」君苗燒硯，後多以指文人謙虚，感覺自己文章或學問不如他人，將筆硯燒掉，發誓不再寫作。

[一二]蔡公：指蔡克。字子尼，陳留考城人，約晉惠帝元康中前後在世。曾爲成都王司馬穎大記室。《晉書·陸雲傳》載，陸雲被害前，「蔡克入至穎前，叩頭流血，曰：『雲爲孟玖所怨，遠近莫不聞。今果見殺，罪無彰驗，將令群心疑惑，竊爲明公惜之。』」

[一三]華亭：縣名。明嘉靖二十一年（一五四二），分華亭、上海兩縣部分土地，建青浦縣。

# 管仲鮑叔廟碑記[一]

潁上祠管仲、鮑叔，禮也。舊志：「管子[二]，潁上人。」蓋本之《史記》。今邑有管仲墩[三]，相傳爲管仲故里，而不言鮑叔潁上人。近考之張處度注《列子》[四]，謂管仲、鮑叔並潁上人也。處度在晉，去春秋七雄時不甚遠，舊志必有據矣。又考《齊人物志》無鮑叔，則鮑叔爲潁上人，信乎！

由管仲至於今，數千年邑無祠。邑之人不好事也如此哉！潁故無山川陂池、林麓亭榭、昔人名跡可資遊覽，又苦古今人物寥寥甚也。鴻荒而後，秀異之氣無地無之，而潁獨若爾寥寥也。覽物好古之士至此蕭條，悲焉！堇堇有管、鮑二子成名列國，標勝於兹，固前史之豔美，而豪傑曠士之所奔也。而且罔爲之建祠血食，豈唯典禮有闕，亦烏睹雅致哉？土風誠朴，民習蠢鄙，士鮮德讓，則典禮闕焉，又俗不興於雅道也。

不佞承乏兹邑，德多凉焉，日斤斤不遑。抵官之明年，始得修學宫，制祭器，稍葺南北壇壝，示士民以禮。既築東門河堤，剷長①碑，創緑波亭[五]，邑稍增勝。於是捐俸裒金，不給，則以士民所樂助爲兩公祠。

吁嗟乎！夫學士無輕議管子也。蓋當是時，冠帶之國碁布焉。莫不以其驍雄桀鶩之氣争長不下。管子夾輔齊侯，約束列國，列國雷動而赴之。計其所展布，鴻邕鬱烈哉！世人往往以器小訾焉。夫令管子當仲尼則器小，令與後世人物挈長較短，何如耶？後世襪線之士，動輒張口依之乎孔孟，謂管晏卑卑無奇[六]，此平居抵掌可爾，令身爲之，何論匡合，即群百夫，麾蓋之下亂矣！吁嗟乎！管子者，奈何可輕議也？

抑不佞於鮑叔又感焉。夫『綿綿之葛，在於中野』，良工得之則絺綌，不得則稿死。士不得相知，則没世而文采不見。管子信才賢，微鮑叔，則齊國一纍囚爾！故仲之所爲鴻邕鬱烈者[七]，皆叔有矣[八]，是以君子貴叔也。世稱相知，曒日要盟，青松指心，不斯須而掉臂去之，則市道也。叔之家犬寧食其餘乎？是不佞之所重感也。則祠鮑叔，抑又可以風矣！

## 校勘

① 長：底本原作『尗』，據存目本改。

## 注釋

[一] 管仲：名夷吾，字仲，謚號敬。潁上人。春秋時傑出政治家、軍事家、經濟學家。齊國上卿，治齊四十年，輔佐齊桓公『九合諸侯，一匡天下』，使齊成爲春秋首霸。著有《管子》。鮑叔：即鮑叔牙，潁上人。春秋時齊國大夫，晚年封爲相國。以知人著稱，力薦管仲爲齊上卿。齊桓公不避一箭之仇接納管仲，而得良相，終成春秋第一個霸主。叔牙與管仲爲忘年交，世稱『管鮑之交』。

[二] 管子：即管仲。

[三] 管仲墩：管仲衣冠冢。見卷十三《與沈君典諸子》注釋[一一]。

[四] 張處度：張諶，字處度。高平（今山東金鄉西北）人。晉學者，仕至中書侍郎、光禄勳。以作《列子注》著稱於世。《列子》：傳爲戰國列御寇撰。爲道家經典之一。

[五] 緑波亭：萬曆六年（一五七八），屠隆倡建於潁上縣東門堤上。堤亭今均不存。

[六] 管晏：春秋時齊相管仲和晏嬰。事迹見《史記·管晏列傳》等。

[七] 仲：指管仲。

[八] 叔：指鮑叔。

# 由拳集校注卷之十九

## 傳

### 吾謹傳[一]

吾謹，字惟可，姑蔑人[二]，中書舍人吾廷介子[三]。吾廷介者，篤行君子也。

謹天性機穎絶人，倜儻爲任俠，好奢，負奇傲世，謂天下才無如己者。少讀《老子》《蒙周》《參同契》《黄庭經》《素問》諸書，慨然有離世趯舉志。辭家去，登少華山學脩煉[四]。日據山絶頂，散髮歌嘯，蓋窅然喪其六合焉。已而僊竟不就，久之益厭，棄歸。歸則依井閈酒人、劍客、俠少年，從事擊劍、弄丸、蹴鞠、六博，日與諸少年飲胡姬肆中。每大醉，騎出都門，走馬平原外。識者咸目之曰：『此非吾舍人兒耶？奈何從市井輕薄少年遊？吾氏自是墜矣。且吾舍人故長者，何爲令無子？』或以告謹，謹曰：『吾舍人兒有謹，人言吾舍人無子，何也？謹誠不肖，忝家大人。即如人言，謹則何若，乃遂稱吾舍人有兒也？』或曰：『人言大都謂丈夫子能以文章取上第，位尊顯，以亢厥宗，則能爲子矣。』謹笑曰：『此樸樕小儒輩事耳。誠若是，於謹何有？』於是遂謝諸少年，折節下帷，讀書爲博士業。三月，就試有司，盛飾冠服往。執卷搦管，文頃刻立就。上有司，趍過其前，風動衣裾，文采五色爛然。有司詬怒曰：『何物小生敢爾！』呼左右笞之。謹曰：『請閲謹文，乃後行笞，可乎？』有司閲文，奇甚，則又試《五馬賦》，又立就，奇氣翩翩横出。有司大驚詫，曰：『吾乃幾失一才子。雖然，若抱奇若是，何爲爲市井兒狀？且若有父乎？』謹曰：『謹大人爲吾舍人。』有司曰：『吾舍人兒安得爾爾？若有如是才而不自愛，是挾狐白裘反衣之耳。』謹曰：『謹受教。』已，督學使者來，遂得就試於鄉，以詩魁鄉貢第四人。自始讀書至鄉貢，才三月耳。所稱説經義，絶不覽宋儒傳注，及試出，人覆按其作語，多與程朱旨合[五]。謹曰：『宋老先生亦常道此耶？奈何令謹爲老先生役？』比歸，謂人曰：『疇昔之日，人皆誚謹不肖，不能取一第，至謂謹不能子。今且如何？以謹視一第，直拾地上芥耳，而老博士諸生日濫廩，既若倉鼠，然竟白首死鄉校，何也？』邑人方豪負才好奢，置衣千金。謹聞之笑曰：『以方生才且爾，若謹者，當何如哉！』於是貸城中富家，亦置衣千金。

既偕計京師，業已睥睨天下士，自負舉首。時父故人爲相，謹往候之。會故人以事出，五往不得見，謹怒歸。後故人過謹，亦五至不見。故人乃大怒，謂人曰：『此吾故人子，負才狂誕。昔者嘗五過我，我以事不得見。乃我往過之，亦故報我者五，此何禮也？』故人心銜謹，且私度令若狂①生第上第，當益狂②，以故才雖高，竟不得魁禮闈。比廷試，又抑置第三甲。謹既不得舉首，則心大憤恚不平。故人將薦之館職，就試庶吉士，詩乃曰：『突兀三山近，蒼茫五嶽③低。致身霄漢上，一掃浄虹霓。』見者益惡其輕薄，竟又不與館職。則益又憤恚不平，遂不肯仕，上書天子乞歸。

書五奏，天子乃賜歸。出都門，經黄河、大陸，渡揚子[六]，登姑蘇臺，吊吴王夫差，望虎丘，浮錢唐，眺海門，放意山川，忼慨爲詩歌，往往跌宕恣肆，播弄寥廓，見者大驚失色。遂居西湖昭慶寺。藩臬④諸大夫皆争交謹，咸見敬禮，以子弟授業，餽遺腆厚。遠近好事者多從謹遊，户外屨常满。時李何諸公以文章雄海内[七]，餘姚王先生以功業、道學顯[八]，皆推轂謹才。而謹獨强項諸公間，與李、何談文章，與王先生談性理之學，率負氣矯矯雄辯。時山人孫一元居南屏山寺中[九]，數過從謹，相與浮西湖，登飛來諸峰，詩唱和不休。山人才高，詩悲壯。謹與居，如韓白兩將軍對壘[一〇]，不相下。嘗與山人對坐縱譚千古，謹語如奔濤赴海，山人稍稍屈焉。

謹頗以聲色自娱，久之貌癯色黄。山人嘗規之曰：『語有之：隨侯之珠[一一]，不以彈鳥雀。以珠之可貴而鳥雀之不足以彈也。子不見豫章之材乎？託根深山，培之以土膏，濡之以雨露，宜其與華嵩同久矣[一二]，而卒夭其天年者，傷於斧斤也。甘井之水，源通長流，澄泓湛碧，混混其出不窮，雖與滄溟比壽亦可，而卒堙沙石者，盡於汲綆也。夫形用則勞，神用則竭。人生百年，堇須臾耳。身非金石，何能久存？以百年易盡之身，而馳騖於擾擾之地，何懼不死哉？廣成子[一三]有云：「無勞爾形，無摇爾精，乃可以長生。」故熊經、鳥伸、龜息、龍藏，在物猶爾，矧孕扶輿之秀，稟陰陽之和，鼎足二儀，神靈萬物者哉？至人者，方將屏去外膠，遊於恬淡，塵囂不溷其府，醲華不滑其和，故能後天地而彫三光，養於獨也。若夫妖麗靡曼，脩眉長袖，珠玉文錦，嬌歌善舞，割剥醲鮮，沉湎淫泆，耗形枯精，傷生滅性，此庸衆之所馳，非高明之所尚也。老子曰：「五聲令人耳聾，五色令人目瞽。」故尤物移人，淈水滅火，斯其爲戒，不亦大乎？足下躬特異之姿，抗矯翰之氣，騁步千載，雄視藝壇，而乃垂情慾火之娱，忘其煎灼之戒，是以隨侯之珠彈鳥雀也。觸情而動，曾不慮後，吾恐刀斧伏於牀笫之下，而大盜起於帷帳也。竊爲足下危之。夫靈物至寶，造化所靳⑤。故麒麟斃於田父，寶劍沉於重泉。譬之寄物於人，經歲或忘；寄寶於人，取不越宿。故楚大夫、賈長沙、王文考、王子安、蔡伯喈、曹子建、謝靈運、李北海、陳伯玉之流[一四]，皆不登遐年。其死也，咸享脩名於萬世；而其生也，曾不得延性命於須臾。天之生才寔難，而又多短折夭促，如列缺之光，一瞬而滅，豈不痛哉！推斯以談，足下之才，鬼神所忌。葆真自愛猶懼不克延，而又速之，無乃不可乎？』謹囅然曰：『足下言養生，是也。若所稱脩短之數，沉痛興嗟，何不達也！大鈞播物，回薄推盪，若起若滅，萬形同敝。故高岸爲谷，深谷爲陵，大山或爲礪石，黄河或爲衣帶，滄海或爲桑田，城郭或爲原野，摠而齊之。大椿冥靈，蟪蛄朝菌，綿促不同，爲敝一矣。而人生百年之間，如馳千里馬下峻坂，何其速也。達人齊彭殤，一死生，洞觀冥極，天地一指，而悲傷怛化，涕泗汎濫，不亦過乎？』山人曰：『非也。達人不膠於萬物，不惕於死生，觀化無垠，脩身待盡，斯之謂遠覽之士而無累之人也。若委運主者而敝形求盡，竭精自死，謂能任死生，不怛化，以是爲達，不亦遠乎？』」

謹性既好奢，手千金一擲而盡。不給，則盡出妻子衣服簪珥佐之，家遂日益以貧，而謹奢不已。又好詆訶流輩，每見人作或無當，輒大笑曰：『小兒學語。』一日與方豪同坐，或乞詩兩人，豪詩先成，謹後成。成而示豪，豪遂袖其藁不敢出。謹索之急，豪竟袖不出云。謹既有聲文章家，益大肆力研摩，竟坐是死。死時年未四十。

謹爲文雄邁，自成一家言。詩清曠，間出奇詭，如李長吉[一五]。嗟嗟，以彼其才，令天假年，當不止此。惜哉！謹以僻在下邑，又早死，而當時諸公知謹者又皆不在世，以是多不傳，謹才幾於湮没。謹既死，其子不類，平生所爲詩文藁多散亡，今雖堇存什一，猶棄在敝笥中。余遊姑蔑，讀其文若詩。姑蔑人爲余言謹甚詳，於是乃爲之傳。

論曰：漢人有言：『跅弛之材，泛駕之馬，亦⑥在上所御之。』謹⑦負其才氣，好上人。一不得志於舉首，遂憤悶不平，决去高逝，甘於淪落田間。嗟，謹爲豪舉過矣⑧！然謹才豈可少哉？故人始屈抑謹良是⑨，其後乃竟聽其淪落不收。古稱休休大臣，難矣哉！嗟乎，天既夭謹，又泯没其文，令不傳。余深心惜之，乃力又不足以振謹⑩，傳其文，第爲之論著如此。

## 校勘

①狂：原作「彺」，誤，據上下文意改。

②狂：原作「彺」，誤，據上下文意改。

③嶽：底本原作「獄」，據存目本改。

④臬：底本原作「果」，據存目本改。

⑤靳：原作「蘄」，誤，據上下文意改。

⑥亦：底本原作「以」，據存目本改。

⑦謹：《屠長卿集》作「惟可」。

⑧謹：《屠長卿集》作「惟可」。《屠長卿集》此句後有「且一舉首何以榮寵人士？世之碩人畯士流聲無窮，豈必舉首？而竟偃蹇沮死。則少年負氣，淺中之過也」數句。

⑨良是：《屠長卿集》作「則是」。

⑩謹：《屠長卿集》作「惟可」。

## 注釋

［一］吾謹：一作吴謹，字惟可，開化（今屬浙江）人。明代中期文學批評家。正德十二年（一五一七）進士。早慧，嗜書博學，潛心經傳子史，旁涉天文、地理、兵家、陰陽、佛道之書。得第後，歸隱少華山，與何景明、孫一元、李夢陽相頡頏，世稱「四才子」。

［二］姑蔑：古地名，今浙江省開化、龍遊一帶之古稱。見卷八《山中書懷十四首》注釋［二］。

［三］吾廷介：開化（今屬浙江）人，吾謹之父。曾官中書舍人。

［四］少華山：道教名山，位於陝西省華縣少華鄉。因與西嶽華山峰勢相連，遥遥相對，並稱「二華」，又因低於華山（太華山），故稱少華山，又稱小華山。

［五］程朱：宋代理學家程顥、程頤兄弟和朱熹之合稱。因三人提倡性理之學，成一學派，故後人以『程朱』代指該學派。

［六］揚子：指揚子江，南京以下長江下游江段之舊稱，後亦用爲整個長江之代稱。

［七］李何：指李攀龍、何景明，明代『前七子』文學集團領袖。

［八］王先生：指王守仁。幼名雲，字伯安，號陽明子，封新建伯，謚文成，人稱王陽明。明紹興府餘姚縣（今浙江省寧波餘姚市）人。著名思想家、哲學家、文學家和軍事家。

［九］孫一元：字太初。見卷九《讀孫太初集》注釋［一］。南屏山：位於杭州西湖南岸、玉皇山北，九曜山東。因地處杭城之南，有石壁如屏障，故名南屏山。

［一〇］韓白：漢韓信和秦白起。見卷九《酬趙兼父》注釋［二］。

［一一］隨侯：春秋戰國時期隨國君主。隨侯之珠爲其所得寶珠，後比喻珍貴之物。《呂氏春秋·貴生》：『今有人於此，以隨侯之珠彈千仞之雀，世必笑之。是何也？所用重，所要輕也。』

［一二］華嵩：華山和嵩山之並稱。

［一三］廣成子：傳説中之仙人。見卷十四《與馮開之》注釋［六五］。

［一四］楚大夫、賈長沙、王文考、王子安、蔡伯喈、曹子建、謝靈運、李北海、陳伯玉：分指屈原、賈誼、王延壽、王勃、蔡邕、曹植、謝靈運、李邕、陳子昂，均爲古代著名文學家。王延壽，東漢辭賦家。字文考，一字子山。南郡宜城（今湖北宜城縣）人。

［一五］李長吉：唐李賀，字長吉。著名詩人。

# 開化令傳［一］

開化令①者，楚人，忘其名。今上即位之二年，與計吏偕至京師。下第，選於天官，得開化令。單車之開化，去縣尚三十里，縣中大夫士若父老子弟咸持牛酒郊勞。故事，凡守令至郡邑，郡邑人贈賄都無所受。乃令一切受之，遽命從者槖而馳還楚中。大夫士若父老子弟相視竊謂曰：『夫人情有初者，鮮終。吏初政廉②，晚節猶或病其貪。今令甫弭節於郊，輒所爲若爾矣，他日庸詎可量乎？是天下之大墨也。』

既下車視事，則不視事，乃日召吏民博訪城中及鄉之編户貲産，某也貧，某也富，而籍記焉。三日，謁孔子廟，召博士諸生講説經義。即耳聽諸生講説，乃心皇皇焉，若坐不安席者。促諸生講罷，輒馳去。察於諸吏中陰賊鷙狡、可共事者結爲心腹③，日諷縣中諸富家大姓饋遺，趾錯於庭。不厭，則下令曰：『方今公家用缺，貸於民間，量其貲之豐約而出貸有差。所不即輸者，吾且重法處之。』民輸者半，不輸者半。或以事犯，則謂之曰：『吾知爾富諗矣。爾以貲横里中，而以任俠持官府。乃今以事來，是遺之死耳。爾謂吾力不足以殺爾耶？』卒重罪之。以故民皆大懼，無弗輸者。間有終弗輸而卒無事可媒孽者，則以飛語陰中之監司，於是民益大懼。

訟者，無問曲直皆罰金。有罪者，量其輕重而行罰焉。有一囚罰數金，貧不能償，召謂之曰：『若有田産乎？』曰：『無之。』『有室廬乎？』曰：『無之。』『有妻子乎？』曰：『無之。』則關④三木，暴赤日中數日，無以償。又守卒走道上數日，又無以償，體無完軀。一賈客見而心憐之，爲代償焉。民皆咨嗟相竊嘆，以訟爲戒，曰：『寧卒受負，無訟於官矣。』初莅官，入訟者數百人，已數十人，已不過數人而已。令謂吏民曰：『始吾之莅官也，訟者甚夥矣，乃今寥寥焉數人，何故？』吏民莫以對，一吏進曰：『政謂明府賢明，民皆化之，不好訟耳。』

民既忍不訟，無所事事，則日遣卒伺察民間，有交易争鬭及諸違禮法者，輒逮捕之。而又税諸商賈廛貨，析秋毫不遺。一日出行，見道旁沙汰者，命械繫之，曰：『爾以沙汰爲事，所得日幾何？』對曰：『小人爲業微甚，終日佝僂伏道旁，爬梳剔抉，臨流而汰之，或得毫釐，或竟日無所獲，則枵腹止耳。』令曰：『爾給我哉。爾以沙汰爲事，獲何可量？而又日行市廛貿易，囂雜中掩其不備，則攫金以走。爾真大盗矣。』罰數金。其黷貨無耻類如此。

民既積怨，莫可誰何，相率而陰謗令。令聞之怒，乃令百姓告訐者賞。又遣卒無論晝夜密訪，有告者，卒重治其人。民於是益大懼，父子兄弟相聚保室中，無敢偶語户外者。貪酷聲稍稍徹於部使者，以其新令也，而姑置之。然民不任毒矣。

野史氏曰⑤［二］：鄭子産曰［三］：『僑聞君子長國家者［四］，非無賄之患，而令名之難⑥。』何没没也！余考載籍及觀宇内，世之貪酷吏多矣，未有若開化令者也⑦。余客遊開化，覩⑧記其行事，不敢言。歸⑨而傳之，以告司牧者。慎念之哉，慎念之哉！

## 校勘

① 令：《屠長卿集》作『汪令』。

②廉：底本、存目本原作『共』，據《屠長卿集》改。
③心腹：《屠長卿集》作『腹心』。
④闕：底本原作『開』，據存目本、《屠長卿集》改。
⑤野史氏曰：《屠長卿集》此句後有『余讀太史公《酷吏傳》，而有慨於開化令，蓋怒髮上立指冠矣』數句。
⑥非無賄之患，而令名之難：《左傳》原文爲『非無賄之患，而無令名之難』。
⑦未有若開化令者也：《屠長卿集》此句後有『豈所謂沴氣所生者耶』一語。
⑧覩：《屠長卿集》該字前有『而』。
⑨歸：《屠長卿集》該字前有『乃』。

**注釋**

［一］開化令：指汪應璧，《屠長卿集》稱『汪令』。據《天啓衢州府志》卷二《職官志》載，湖廣桂陽州舉人汪應璧萬曆二年任開化縣令。
［二］野史氏：爲屠隆自託。
［三］鄭子產：姬僑，字子産，又字子美，人稱公孫僑、鄭子産，春秋後期鄭國（今河南新鄭）人，著名政治家、思想家。前五五四年鄭簡公殺子孔後被立爲卿，前五四三年到前五二二年執掌鄭國國政。與孔子同時，爲孔子最尊敬者之一。
［四］僑：即鄭子產。

# 少司馬屠公傳［一］

少司馬公姓屠氏，諱大山，字國望。其先大梁人，宋中葉避金難，始南遷句吴［二］。至諱季者［三］，再遷明州之江北［四］，家焉。是爲始祖。其弟某遷秀州［五］，於是吴越間有兩屠氏。居明州者，至太傅襄惠公滽而始大［六］；居秀州者，至太保康僖公勳而始大［七］。祖渭生俩［八］，俩生公。大父及父，兩世俱以公貴贈如其官。

公生，而適伯祖襄惠公以《泰山磨崕碑》遺其大父，故名之曰大山，字曰國望，以《泰山磨崕碑》故也。公爲童子時，風神秀異，有俊才。襄惠公嘗摩其頂，詫客曰：『是兒俊爽不凡，他日當爲國寶。』及長，爲人長髯偉幹，頎然玉立。居常好魁磊之節，儻蕩自憙，而又陰重不泄，器局凝峻，世莫能窺焉。年二十三，舉於鄉，是爲世宗嘉靖元年壬午。明年癸未，中進士高等，出知合州[九]。政先寬和，持大體，子惠元元，豈弟有加焉。而禁奸詰慝，即未嘗以三尺假人。與縉紳學士處，坦夷不設城府，人人延坐盡歡，咨諏治理。又日引父老子弟問諸所疾苦，務盡下情。以故太守下令，亡不洞見閭閻隱痛者，一時號稱神明。州民積苦瞿唐下流水歲嚙城[一〇]，有蕩析憂。公至，悉力經營，隄其東，州民賴之。有李道士者，挾妖術爲州郡患，所至騷然。公以計擒之，身掠數百不中。公曰：『吾以智取之，是吾與彼妖角智也，彼故得以幻術禦我？我且以忠信厭之。』詰朝再掠之，妖書出左腋下，道士窘，求水漿不得，竟死杖下。

合州平，陞南京刑部員外郎。公在南京，善治法律家言，大司寇雅重公，有疑獄，必以煩公。公用精明致物情，出入明允，而尤好平反冤抑。暇日與諸曹即賦詩談藝，其言皇王經濟大業，率鑿鑿中窾，蓋隱然公輔之望矣。

陞江西吉安府知府。治吉安寬大嚴明，一如治合州，而清操益厲，門庭肅然。有王尚書在朝，諸公子稍横里中。公悉取其蒼頭奴助虐者法之，諸公子其後折節改行爲雅士。尚書深德公，嘗謂人曰：『使我諸子得比於人，數不蔑吾宗者，屠使君教也。』世以是兩賢之。

居吉安五年，陞山東按察副使，備兵徐州。徐州爲東北孔道，四方人物雜糅，民悍而俗囂。公至，一以寬大鎮物，而以沉毅彈壓姦豪，淮徐按堵。時貴溪相公在朝[一一]，有蒼頭奴乘樓船下徐，横索驛遞。公執而箠遣之，貴溪銜焉，竟無他。十八年，流賊大發，剽掠郡縣，所至殘破。公親督兵與戰，平之。都水使者戴公鰲、光禄卿陳公侃客死於徐，公爲之殯殮，收卹其孥，使使護喪歸。人以是大義公。河決吕梁，民且旦夕魚。公爲置洪賑濟百姓，流殍來復，馮夷得不爲災[一二]，至今徐人德屠公不休云。

陞山東布政司參政，尋陞福建左布政使。時甌寧人太宰古冲李公默爲國子祭酒[一三]，買田將樂[一四]，爲將樂人逋租過半，太宰囑將樂令爲治之，而令故不爲治。太宰怒，囑公切責令。令故以彊直不阿雅爲公知，公曰：『令寔賢，奈何以祭酒故裁賢令？』頋反益游揚之。後太宰亦重公能守正不阿，數薦公。世又高公義槩，而服太宰賢有器量矣。

晉督察院右副都御史，巡撫湖廣。酉陽苗民吴黑苗、龍許保反[一五]，公會四川、貴州兩省討平之。酉陽蠻界思州[一六]，自王新建蕩平之後[一七]，往往鼠伏狼貪，出没爲姦。至是竊發，擁衆破城郭，殺官軍，所至焚劫爲墟，遠近戒嚴。公以三省兵出奇設伏，左右翼擊殲之，楚中遂平。議者謂是役也，功不在王新建下。

陞工部右侍郎，尋復以原職巡撫湖廣。皇帝命脩太岳、太和，宫成，璽書慰勞。劇賊李邦珍、馬三兒反，公討平之。李邦珍者，曲阜人，駢脅多旅力，號李千斤。居大司馬幕府爲記室，父殺人論死，繫獄中。邦珍聞之，竟歸格殺縣丞，劫獄而去。遂擁衆萬人横行州郡，殺一尚書、兩侍郎。至宿州[一八]，敗侍郎駱顒兵。至德安[一九]，公命應山知縣葉震亭逆擊之，擒其副將張金選，賊衆遂敗遁去。馬三兒者，邦珍妻，能軍，善妖術，剪紙爲兵。每臨陣，則士馬從空中下，矢發衣裾間如雨，衆懼。公仗劍叱之，人馬亂墜，遂敗走。公命繪像移檄天下捕之，鎮遠衛指揮丁表生得邦珍、三兒，檻送軍門。三兒向守者乞水，從水中遁去。復爲湖北分巡曾才漢、兵備高節擒，公命斬之。部使者胡公宗憲以大捷聞，公迆巡謙讓，竟不以捷①聞。

陞兵部右侍郎兼督察院右僉都御史，總制湖廣、川、貴三省軍務。是時苗民龍阿仔梗命，全楚騷動。公遣參將孫賢討之，授以方畧，令設左右伏，而自以精兵深入。道獲苗黨譚細奴，賢撫之曰：『龍阿仔爲梗西南，邊鄙不寧。某奉督府命，以重兵壓境，且旦夕破。足下能得阿仔，致麾下，攻伐不小。此大丈夫封侯之日也。』細奴受命，乃以中秋夕置酒大會，擒阿仔座上。我軍乘之直擣其巢，遂平苗人。辰州土官冉世蕃者[二〇]，年十六，梟勇絶倫，欲奪父冉元位。計督府公不可干，乃以黄金百斤，他珠玉珍寶稱是，白金絨綺之屬萬計，使使馳至公家。是時公子畯尚幼[二一]，夫人章語畯曰：『女父清德，中外其誰不聞？今苗人以賂來而受之，是蔑女父之德也。』畯却之，使者慙而還。後公聞其事，命縛世蕃至轅門，數其罪責之。世蕃大懼，終公在事，不敢奸父位。時袁州父子累求賂於公，不得，銜之。會太宰李公默再起吏部，復首推公兵部。袁州子世蕃大恚，曰：『李一再入吏部，必先屠某者，私也，亦甚輕我。彼能舉之，我能抑之。』遂以南京兵部左侍郎總理糧儲，提督軍務，兼巡撫應天等府，兼督察院右僉都御史如故。

是時倭奴大舉入寇，樓船相望，自吴淞江直抵姑胥城下[二二]，焚爇一空。七團八團將士戰死，骸骨如山積，血流成川。總制兵部尚書張公經以北兵出戰[二三]，北兵不習水戰，大敗。張尚書嫁禍於公。有詔放歸田里，而故銜者求釋憾不已，遂被逮，繫詔獄。時公從叔御史大夫簡肅公僑以直節聞[二四]，恭城伯陶仲文雅重御史大夫[二五]，而又心冤公，以漏下四鼓上疏力救。世宗手批釋公罪，放歸田里。

公歸而幅巾韋帶，脩然爲布衣，耕東海田，置酒大會親故。酒酣，忼慨言曰：『三吴之役，某席不暇暖，行與禍會，然惡得無罪？主上不没臣平生犬馬微勞，罪大而罰薄，得歸，復上先人丘墓，令列在編户，歌詠太平，視日餘陰，皆主上賜也。故願與諸君浮白賦詩，以終殘年足矣。』

公起徒步，至大吏，經營天下三十餘年，所至聲績砰隱，而卒困於銜者，以三吴之役敗歸。然自耳目之所睹記，鴻伐茂明，在在有之。

萬曆丙子，余偕計吏北上。道經徐州，夜宿徐州逆旅。一老人布袍皓首，問余，知爲公族，聳然起敬曰：『老夫就木遊魂，不意今日得見吾屠使君宗人來。使君亡恙乎？使君撫治吾徐，德博而功鉅，風采比於天神，其豈弟温然父母也。兒曹不能知，老夫猶及見使君。於今不忘。』余過徐，距公治徐越四十年，而父老猶眷眷若爾。及余移吴會，謁上官，閩人從容問：『屠方伯安否？某童子頗能憶屠公，七閩賢使君亡先公者，頎而脩髯，見人温夷坦中，至行公義，廪廪不苟也，人蓋至今稱屠夫子。』又在京師時，從楚賢士大夫遊，往往能言公楚中事，蓋兀然五嶽重鎮云。而以茂年棄在草澤，婆娑終身，惜哉！

公家居又二十餘年，清約如寒士，與大司馬張公時徹、少司馬范公欽諸公往來，飲酒賦詩，時或豪唫大呼，慨然起。歸則杜門焚香燕坐，泊如也。終公世，未嘗以一言干有司，有司率皆殊禮焉。晚年尤習黄老家言，朗然寂照，即詩文亦屏去，不挂胸臆矣。

余於公爲父行，而齒最少，自童子受公知，知公最深。然公仕宦德業多沉晦不自言，余或以爲請，笑不答，以故世莫能詳。其可述者，堇堇若此矣。

## 校勘

① 捷：底本原作『楗』，存目本作『揵』，今據上下文意改。

## 注釋

[一] 屠公：屠大山，字國望。詳見卷四《三司馬詩》注釋[二]。

[二] 句吴：原吴國之别稱。『句』同『勾』。周代立國於江南之姬姓吴國，被稱爲『荆蠻句（勾）吴』、『夷蠻之吴』。後代指吴地。

[三] 季：屠季，字邦彦。南宋理宗開慶元年（一二五九），自江蘇常州府無錫縣遷居鄞縣，爲明州屠氏始遷祖。

[四] 明州：今寧波。以境内四明山得名，也稱四明。公元前二二二年秦始皇平定楚國後，設會稽郡，現今寧波市爲其鄞、鄮、句章三縣。其後兩漢、六朝皆屬會稽郡。隋開皇九年（五八九）三縣合併爲句章縣，唐武德四年（六二一）置鄞州，八年（六二五）改稱鄮縣（以縣南有鄮山得名），屬越州。唐玄宗開元二十六年（七三八）置明州。南宋光宗紹熙五年（一一九四）改明州爲慶元府。元代爲慶元路。明朝初，改爲明州府。明太祖洪武十四年（一三八一）爲避國號『明』，取『海定則波寧』之義，改稱寧波府。其名沿用至今。

[五] 秀州：今嘉興地區。見卷十五《與開之四首》注釋[一三]。

[六] 襄惠公濂：屠濂，字朝宗，號丹山。明成化二年（一四六六）進士。官至吏部尚書，進太子太傅。卒後謚襄惠。著有《丹山集》。

[七] 康僖公勳：屠勳，字元勳，號東湖。明成化五年（一四六九）進士，官至刑部尚書，加太子太保。卒後謚康僖。著有《太和堂集》《東湖遺稿》《東湖内奏》《屠康僖公集》等。

[八] 渭：屠渭，屠濂胞弟，屠大山祖父。偁：屠偁，屠渭之子，屠大山之父。

[九] 合州：西魏於涪江、嘉陵江合流處置合州，治石鏡（今合川）。隋改涪州，唐仍爲合州。民國爲合川縣。今合川縣，屬重慶市。

[一〇] 瞿唐：峽名。亦作『瞿唐峽』『瞿塘峽』。爲長江三峽之首。

[一一] 貴溪相公：夏言，字公謹，號桂州，貴溪（今江西貴溪）人。正德十二年（一五一七）進士，官至吏部尚書、華蓋殿大學士。

[一二] 馮夷：傳説中之河神，泛指水神。見卷一《溟海波恬賦》注釋[三八]。

[一三] 甌寧：舊縣名。今屬福建南平建甌縣。李公默：李默，字時言，福建甌寧（今福建建甌）人。正德十六年（一五二一）進士，官至吏部尚書。

[一四] 將樂：舊縣名。今屬福建三明市。

[一五] 酉陽：舊亦稱西州或酉陽州，今屬重慶市酉陽土家族苗族自治縣。

[一六] 思州：唐武德元年（六一八）置思州，唐貞觀四年（六三〇）改務州置，治務川（今貴州沿河土家族自治縣城）。今屬貴州遵義市。

[一七] 王新建：王守仁，號陽明，封新建伯。見本卷《吾謹傳》注釋[八]。

[一八] 宿州：位於安徽北部，今安徽宿州市。

[一九] 德安：縣名。位於今安徽北部，今九江市德安縣。

〔二〇〕辰州：隋開皇九年（五八九）始置。今屬湖南省懷化市。

〔二一〕晙：屠本晙，屠大山之子。見卷一《霞爽閣賦》注釋〔一〕。

〔二二〕吴淞江：即吴江，又古稱松（淞）江、松陵江、笠澤江等。見卷九《携尊與沈箕仲諸君餞别王敬美》注釋〔三〕。姑胥：即姑蘇，蘇州别稱。因夏代名臣胥封地在吴而得名。吴語中，「胥」「蘇」兩字音相近，後漸演變爲「姑蘇」。

〔二三〕張公經：張經，字廷彝，號半洲，福建候官縣（今福建福州）人。正德十二年（一五一七）進士。官至兵部尚書。

〔二四〕簡肅公僑：屠僑，謚簡肅。見卷四《與故人酌先大夫簡肅公墓下作》注釋〔一〕。

〔二五〕陶仲文：原名典真。湖北黄岡人，道士。深受明世宗信任，以禱雨及平獄功，封「恭誠伯」。

# 王處士小傳〔一〕

曩余漁釣海曲，姑蘇王生稚登嘗束芻東走〔二〕，哭故袁相墓下〔三〕，義甚高，蓋不減徐孺子風〔四〕，而又雅富才情，藻思飈發。余時居大海絶島中，不聞王生，王生亦無從物色余者。比余出山爲濠梁之行〔五〕，夜維舟闔閭城下〔六〕，舟人報王先生來。余方病，偃卧艎中，聞王先生來，矍然病良已。則起抵掌，與語風雅之道，間及王霸大畧，經營當世之具。其於時事多所不平，所得意懸河倒峽，庶幾安石、王猛之流〔七〕，崔蔡而下〔八〕，卑之無論矣。而自是乃定交。比余又從濠濮抵吴會〔九〕，則王生出其所爲尊人王翁若狀、若銘、若記、若傳示余，曰：「不腆先君，布衣之行，且藉子以不朽。」余長跪受而卒業焉，乃嘆曰：「余無以得王生，乃今而後得王生。」

余謂瓌品奇物，不可以旦暮卒遇，蓋其先必代有聞人。彼王氏之先云何，何彼卓犖者暴而鵲起若斯之奇也，則何居？以今觀於王翁之行，烏乎而不有子若王生也？王翁者，豈徒儻蕩深智，稱布衣俠？始爲豪舉，卒歸柔澹，則幾於聞道矣。王翁者，守愚處士也，始以計然術起。武皇帝時〔一〇〕，吴會洚洞爲眚，王翁散錢倡農氓築隄捍水，身操畚臿。前歲以有秋，而翁亦用是起家矣。吴中俗好奢，王翁治家獨安簡樸，閭閻有化之者。會東方兵興師横視鉅盗，編民避兵甚於避盗，而王翁獨忼慨起曰：「夫犒王師，不勝犒賊哉！」盛供帳待之，諸吊死問疾猶家人然，諸部曲而下蘇蘇感泣，謂王翁長者，相戒無犯長者去。買宅晉陵，主人以病奴留難王翁，翁曰：「第居此而病，而無以家爲，吾室可老也。」於是奴感長者高義而薄其主人，卒去死隣舍。斯可謂躬行仁義而有智計能權者耶。

翁即號稱賈人子，而口不言利，稍積則散之，曰：『季倫、君夫有錢癖[一一]，彼胡異剖腹而藏者。』以身所自樹産，與其季中分之。事其母夫人朱，終始孝敬無間。迨其晚年，盡付家事仲子，而鶡冠鳩杖，日與故人賓客逍遥於虎丘、洞庭之間[一二]。鄉人争相慕悦，比於漢王彦方、管幼安云[一三]。蓋王翁爲人先後易轍，最後近真人懿行，其曠士之指歸則爾耶？而有子若王生者，又以文采表於世，以光昭處士之令德，則幾完矣。

昔吴季札之葬也[一四]，孔子第表曰『延陵季子之墓』，其德至於今不廢也。嗟乎！王生而傳而翁，而何用余嘈嘈者爲？

## 注釋

[一] 王處士：王稚登之父。

[二] 王生稚登：王稚登，字百穀。見卷五《感懷詩五十五首・王太學百穀》注釋[一]。

[三] 袁相：指袁煒。煒字懋中，號元峰。慈溪人。明嘉靖十七年（一五三八）探花，晉少傅兼太子太傅、建極殿大學士。墓在今浙江省餘姚市陸埠鎮。

[四] 徐孺子：徐稚，字孺子，豫章南昌人。東漢著名高士賢人，經學家，以『恭儉義讓，淡泊明志』之處世哲學受世人推崇。

[五] 濠梁：見卷七《贈王元美廷尉》注釋[二]。

[六] 闔閭城：蘇州之別稱。見卷六《贈吴生》注釋[二]。

[七] 安石：指謝安。謝安字安石，東晉名士、宰相。王猛：字景略，東晉北海（今山東濰坊）人，後移家魏郡。十六國時期著名政治家、軍事家，仕前秦官至丞相、大將軍，輔佐苻堅掃平群雄，統一北方。有『捫虱談天下』之典。

[八] 崔蔡：東漢崔駰、蔡邕之並稱。二人皆以文章聞名。

[九] 濠濮：本二水名。濠，濠水，淮河南岸支流。濠水上有石梁，位於明鳳陽府舊城西南（今鳳陽縣境内），莊子觀魚樂處。濮，濮水，源出河南封丘縣，流入山東境内。莊子曾於濮水垂釣。故『濠濮』連稱。屠隆此處用『濠濮』，偏義於『濠』，指潁上縣（潁上縣隸屬鳳陽府，屠隆嘗自稱濠梁小吏）。吴會：青浦故地曾隸屬蘇州，蘇州俗稱吴會。

[一〇] 武皇帝：指明武宗朱厚照。

[一一] 季倫：石崇，字季倫。西晉著名富豪。君夫：王愷，字君夫，晉武帝司馬炎母舅。生活極其奢侈，曾與石崇鬥富。

[一二] 洞庭：指太湖洞庭山。見卷四《於青溪思虎丘洞庭諸名山作》注釋[一]。

［一三］王彦方：王烈，字彦方，漢末名士，太原人。少師事陳寔，以義行稱。相傳其長壽，與孫登隱居同遊。管幼安：管寧，字幼安。東漢末年高士。見卷四《詠史六首》注釋［九］。

［一四］季札：春秋時期吴王壽夢第四子。見卷二《十賢贊・延陵季子》注釋［一］。

## 程列女傳

列女姓程氏，名菊英，開化人。幼淑慧知書，容貌端麗，髮長委地，光采可鑑。雅修梱内之德，里人張氏子委禽焉。

青陽富人兒徐生者［一］，心慕程氏色，求昏。其父拒之，曰：『吾女業已許張氏。徐生即富，義不可易也。』徐氏百計圖之不能得，則賂鄉大夫有權力者，言於督府。督府檄下郡縣，發卒圍程氏。時程氏父死矣。父死之日，歎曰：『吾女不幸爲勢家所逼脅，而吾又無禄即世。脱不諱，吾兒以死持之。不然者，吾不瞑九京。』至是，卒縶程氏母若兄，而劫程氏，將昏於官。母且行且泣而回顧曰：『兒幸亡忘而父垂死之言。』程氏曰：『大人勿憂兒。兒不難一死以報大人。白璧可碎，不受瑕矣。』五百懸車於門［二］，促程氏就道暴甚。程氏盥櫛罷，更衣，盡縫其袒衣，而外束以帶甚固，懷短刀焉。呼其嫂曰：『妾不幸，不能卒事嫂，命也。《詩》不云乎：「豈不夙夜？謂行多露。」妾不忍偷一朝之生，而貽萬世羞。家有老親，幸善事之。』嫂涕泣不能仰視。遂行。

程氏兄赴縣官，縣官鞫之曰：『爾業許昏徐氏，父死而背之者何？』其兄曰：『許張氏，非徐也。』縣官曰：『有徐生爾，安得張氏？徐生富而爲人雅有文，彼且以督府命求昏，其誰敢不聽？昏，則女生而家完；不，則女死而家滅。爾第疇之。』曰：『大運苟終，死爾。毁行以從人，滅大節而偷生，仁者不爲也。爲人上者，將綱紀是修而棄之，何以令也？以督府之威加於一寡女子乎？』縣官怒，命行刑，慘毒備至，不爲變。

程氏行至半途，謂侍者曰：『去入城幾何？』侍者對曰：『十里。』程氏乃就輿中以帶自縊而死。少選，天地晝晦，風沙障人，如傷列女冤者。五百大驚，啓視輿中，死矣。趣白縣官，官大悔曰：『吾以勢家故，而殺一列女乎！』命禮歸而葬之。

屠子[三]曰：人死則穢，蘭死則芳。若程氏，人耶？蘭耶？列女不幸死强暴，而又生太末西鄙[四]，無鉅儒名賢爲之表著，幾於汶没。嗟乎，蘭彼豈爲人而芳哉！

**注釋**

[一] 青陽：縣名，其時屬南直隸池州府。位於今安徽南部，今屬池州市。
[二] 五百：古時官輿前導引之役卒。
[三] 屠子：屠隆自稱。
[四] 太末：古縣名。見卷四《懷太末諸所知》注釋[一]。

# 沈嘉則先生傳[一]

沈明臣，字嘉則，四明之櫟社人[二]。以文行高東海，稱櫟社長，後進咸尊事之曰嘉則先生。先生爲人高朗洞達，父文禎[三]，賈俠，用賈敗。而先生起窮巷，從里中授諸生業，乃獨喜爲聲詩。弱冠上書郡守華亭沈公[四]，幾萬言洸洋自恣，沈公讀而詫之曰『奇士』。補博士弟子。居恒好廓落大節，風流自命，慕謝安、王猛之爲人，慨然思以功業自見。時亡有能用之者，閎放之氣，一發之於詩歌。束髮，濡毫染紙，百韻俱落，倏忽淋灕其上矣。鋒穎旁射，觀者辟易。酒酣長嘯，起聲砰鍧，如出金石。闊達自喜，人或疑其少年挑撻，竟莫窺其際也。

世廟時，東方兵興，督府尚書胡公辟置幕下[五]。先生雖諸生乎，頋時時與公抵掌談黄石[六]，不獨供筆札之役、垂空文自見也。胡公爲人豁達，微有酒失，好士而善嫚駡，所喜輒賜千金，所怒箕踞張目，其人立死劍下矣。士多從臾，而先生獨匡以大義，正色亡所阿。公亦雅憚先生，不名，遥望見，爲起立，其見敬禮如此。胡公行部太末及七閩，先生皆從行。一日，公燕將士爛柯山上[七]，酒酣樂作，命先生作《鐃歌鼓吹》十章，先生援筆立就。至『狹巷短兵相接處，殺人如艸不聞聲』，胡公矍然起，捋先生須曰：『何物沈郎，雄快若是，直視陳孔璋輩猶小兒[八]！』至今刻石山上。之閩中，偕賓佐躡大王峰[九]，把醆呼武夷君[一〇]，意態縱逸，旁睨一世。須臾公至，便命酒雜坐，蓋不減庾公胡牀之興云[一一]。而客有言某歌姬妖麗者，時胡公業已被酒，呼健兒：『爲我取以來。』少選，麾下報姬且至，先生正色起立曰：『適擕榼且盡，明公可以行矣。』胡公爲酕醄登車去。其輔胡公以正，皆此類也。及胡公以功見讒，死請室中，賓客星散。先生蒿目而走哭墓下，持所爲誄徧告賢士大夫曰：『東方自島夷内訌，百姓子哭父、妻哭夫，無寧歲。胡公親犯霜露，冒矢石而芟除禍本，安固疆圉，功曷茂焉，而以讒死！臣不佞心傷司馬冤，願爲司馬瀝血白狀。』以故司馬死而其事卒白，則先生力也。

自是先生遂淪落湖海間，往來吴越，泛錢唐，登海門，忼慨想慕鴟夷子揚靈處[一二]。税駕吴會，浮五湖，陟洞庭諸山。至華亭，拜二陸先生墓下。留金昌[一三]，尋要離、專諸之遺跡[一四]，往往託之詠歌，寫其胸中跌宕。遂杖馬箠遊金陵，捫鍾阜[一五]，望國家王氣，而日醉胡姬肆中。片語一出，豪傑才俊咸逡巡避席，謂天上歲星再謫，先生亦自任不疑也。曾將軍者，儻蕩有文，善先生。下獄當死，先生以計出之。姑蘇王元美、吴興徐子與、武昌吴明卿、新安汪伯玉輩[一六]，咸高才玩世，而先生以布衣遊其間，雅爲諸君子推轂。客海上最久，與朱邦憲爲莫逆交[一七]。邦憲亦奇傑士，即與先生昵好，而嚴事先生，雖酒中怒罵不問。三吴名士，亡不延頸願交先生。先生不惟辭賦超逸，且善談名理，玄遠有致，標格翩翩，如世外人，亦多世外語，望見者咸心醉而去。遊道日以廣，而先生終不以此稍自潤。以才受知吾鄉三司馬[一八]。三司馬者，張大司馬惟静、范少司馬堯卿、吾家司馬國望也。三司馬呼先生老友，歲時伏臘，非先生不驩，而先生顧益嶽嶽諸公間。

既老，度世終莫能用，益以山林自娱。嘗語同志曰：『臣不幸以空文見，令得當人主，起迹羊豕，庶幾哉李鄴侯一動天文[一九]，而卒老籜冠，命也。』每酒三四行，微醺，朗吟李白詩『但用東山謝安石，爲君談笑靖胡沙』，蓋疇昔奇抱鬱不得展，非孟浪已也。晚好衣緋衣，與二三曹偶踞坐長林之下，或白日行遊市中，市中譁謂緋衣公且至，觀者如堵，先生自若也。而鄉里傖父猶然笑之，云先生好奇服誑世，惡睹所謂龍性哉？久之，論益定，後來之秀翕然共推先生以爲主盟。先生亦雅好奬後進，士歸如雲焉。

屠子與先生故同里閈，不相往來，時時從他處竊讀先生詩若文，輒自失也，曰：『今天下有沈郎者，天生屠隆何爲？』蓋幾下衛夫人之淚矣[二〇]。而先生一日偶於張司馬公所見屠子所爲詩若文，嘆曰：『耳屠生十年餘，乃今得之，當亦一快士。敢從公乞一見。』司馬公曰：『若欲見屠生乎？吾爲若致之。』一見如平生。酒罷，期至邸中，談咏達曙矣。自是每會必達曙，屠子蓋以北面之禮見。世以此謂沈先生殊有道長者，而屠子善折節，兩賢之。

先生爲詩，兼漢魏六朝唐人所長，而尤善自出奇，揮霍雄渾，不以氣傷格，不以格掩材，居然大家。文益疏宕有奇氣，乃其魁瑋大節，洵不媿其爲文。世人徒知先生以其詩且不盡也，則先生直詞人豪舉已哉！四明故甬句東[一一]，當句踐霸越時，多俶儻奇士。至文章大業，非不代有人，若閎中肆外，鑿鑿登作者之場，則先生實闢洪荒焉。令先生爲安石、王猛[一二]，胡有文若是？即有之，非其至矣。先生詩若文，才情並至，神骨競爽，玄境實際，靡所不該，而總歸於郎邕，證於正覺，故貴此道也。

近世作者或乏長材，則詭而跳諸偏枯，以爲險絶，而務掩其短；每撰一篇，杜門而首蒙襆被，搆以累月，穎至爲禿也，而出號於人曰：『吾鉤玄尚奇。』夫苟情至，即莊語而可，安事奇語？則艱僻類出奇者，而按覆其旨，猶夫人爾，胡不遵大路趨，而崎嶇走間道爲？間與先生論此，至爲撫掌，必若先生所謂遵大路而趨者也。後世而不廢殺青之業，則有先生在也。

## 注釋

[一]沈嘉則：沈明臣，字嘉則。見沈明臣《由拳集敘》注釋[一一]。

[二]櫟社：鄞縣一地名，位於今寧波市西南城郊。

[三]文禎：沈文禎，字時干，自號漁江。鄞縣人。工書法，能作方丈大字。沈明臣爲其長子。

[四]華亭沈公：指沈愷，字舜臣，號鳳峯，華亭（今屬上海松江）人。明嘉靖八年（一五二九）進士，官至太僕少卿。

[五]胡公：指胡宗憲。見卷十一《沈嘉則先生詩選序》注釋[一三]。胡宗憲嘉靖年間曾任浙閩總督。

[六]黄石：黄石公，秦末授張良《太公兵法》之圯上老人。見卷九《哭竹墟司馬六首》注釋[三]。後世流傳有黄石公《素書》《黄石公三略》。

[七]爛柯山：又名石室山、石橋山，位於今衢州市東南。

[八]陳孔璋：陳琳，字孔璋。見徐益孫《由拳集敘》注釋[一四]。

[九]大王峰：又稱紗帽岩、天柱峰，爲進入武夷山第一峰。

[一〇]武夷君：又稱武夷王、武夷顯道真君，武夷山山神。

［一一］庚公：指庚亮。見卷一《歡賦》注釋［二七］。

［一二］鴟夷子：春秋越國范蠡之號。見卷二《十賢贊・范蠡》注釋［一］。《史記・越王勾踐世家》載：『范蠡浮海出齊，變姓名，自謂鴟夷子皮，耕於海畔，苦身勠力，父子治產。』

［一三］金昌：即金閶，指蘇州。

［一四］要離：春秋末吴國刺客。見卷六《寄顧益卿》注釋［六］。專諸：春秋時吴國刺客。見卷七《贈王元美廷尉》注釋［一五］。

［一五］鍾阜：即今南京紫金山。

［一六］王元美：王世貞，字元美。詳見卷四《答李伯達》注釋［一］。徐子輿：徐中行，字子輿。吴明卿：吴國倫，字明卿。汪伯玉：汪道昆，字伯玉。以上三人均見卷十二《沈嘉則先生詩選序》注釋［二〇］。

［一七］朱邦憲：朱察卿，字邦憲。見卷八《送嘉則先生之上海吊朱邦憲》注釋［一］。

［一八］三司馬：指張時徹、范欽、屠大山。見卷四《三司馬詩》注釋［一］。

［一九］李鄴侯：唐李泌，見卷二《十賢贊・李泌》注釋［一］。

［二〇］衛夫人：名鑠，字茂漪，自署和南。河東安邑（今山西夏縣）人。晉書法家王羲之之師。唐張懷瓘《書斷》卷二載：『（羲之）不盈期月，書便大進。衛夫人見，語太常王策曰：「此兒必見用筆訣，近見其書，便有老成之智。」流涕曰：「此子必蔽吾名！」』

［二一］甬句東：見沈明臣《由拳集敘》注釋［一一］。

［二二］安石：謝安，字安石。王猛：見本卷《王處士小傳》注釋［七］。

# 由拳集校注卷之二十

## 祭文

### 祭陳主事文①[一]代作

余聞之莊生[二]，莫大於秋毫而泰山爲小，莫壽於殤子而彭祖爲夭。此何以故？夫味者之言，泰山之與秋毫，奚翅大也；彭祖之與殤子，奚翅壽也，斯不可同日語矣。若達者眎之，即六合一坯也，萬期一瞬也，而其間泰山以坯土稱大，彭祖以數百成稱壽，不亦陋哉！泰山大矣，而與秋毫同限；彭祖壽矣，而與殤子同盡，又惡取大小壽夭於其間哉？余觀蓬蒿之士，繩樞甕牖，藜羹糗飰，至窮悴也，而死；尊官大人，位列王侯，身都將相，華軒朱第，錦衣玉食，赫奕一時，貴倨於世無雙也，而亦死。迨其丘壠累累，松楸陰翳，白日色慘，蕭條以風，即蓬蒿之士與王侯將相俱銷沉淪埋，化爲異物，至黯不可辨。余念此，未嘗不心惻惻動矣，而營世攖物之情，且令瞿然顧化焉。

嗟乎，陳先生尚奚言哉？方先生待詔公車，通藉金閨，分天子咫尺之符，出宰大邑，賢聲四馳，何盛也！既進列鳩署，爲天子司刑於內，漸登華要，榮寵矣。方將奏功名當世，拱手取卿相之位，以上報明天子，而下以光其九族，而多口且奪先生去矣。千里之駿，一蹶不起，先生獨且奈何？歸而樂志東海之上。即令先生高春秋，爲國黃髮，爲士大夫羽儀，豈不休哉？而造物者又且奪先生去矣。

嗟乎，先生鬼神且忌之，矧人哉！余懼先生不瞑目九原也。雖然，余爲先生稱莊生，先生倘有味乎余言，即先生位列王矦，身都將相，而春秋登百年以死；即先生一命不沾，老東海，布衣以死，總之死耳。而先生今且成進士，爲王官，其所自竪者足以暴於天下，即位不極而年壽不得長，奚計焉？且先生之所不死者，固不在成進士、爲王官，而壽不壽又何以云也？彼顏回、原②憲不死乎[三]？先生達者，目奚不瞑九原也？

某等嘗與先生有同官之誼，追感疇昔，爲先生潸焉出涕以悲。顧先生死也無涯，而吾生也有涯。以有涯哀無涯，斯惑之大者也。先生有知，不胡盧地下邪？於是相與遣一介行李，采大江之蘋，遥薦先生東海上。先生之靈寔臨之③。

**校勘**

①原目録無『文』字。代作：《屠長卿集》爲『代廉訪使蒙公作』。

②原：底本、存目本作『愿』，據《屠長卿集》改。

③先生之靈寔臨之：《屠長卿集》此句後有『尚饗』二字。

**注釋**

[一]陳主事：未詳。

[二]莊生：莊子。

[三]顏回：字子淵。原憲：字子思。兩人均爲孔子賢弟子，安道樂貧。見卷十二《壽李翁六十序》注釋[一]。

## 祭范夫人文二首①[一]代作

**一**②

生人厚薄，百爾不齊，摠之盡耳。厚厚薄薄，厚而薄，薄而厚，不厚不薄，百爾不齊，亦摠之盡耳。世有生不食其福而死不登乎大年，則詹詹炎炎，惟命之尤。其或富貴、壽考、榮名，厚取諸造物，如是而死，可以無憾。而世之吊之者，乃猶逆探其侈心，而絕悁忿哀憐之不已。爲造物者不亦難乎？亦舛矣！

夫人出自名族，來相司馬公五十年。司馬公爲國大臣，歸老田間，多子孫，又多賢也，是司馬公之富貴壽考，亦夫人之多壽考也；司馬公填撫夷夏，名滿宇內，是司馬公之榮名，亦夫人之榮名也。夫人之取諸造物厚矣！所可憾者，壽不滿百。然世固有滿百死者，而富貴榮名又或遠出夫人下，其不以彼易此，明矣。夫人可無憾九原，而兒女子之情，所悁忿哀憐於夫人者，終不能已也。何故哉？

冬月，諸子舉襄事，聊采蘋藻，敬薦夫人。夫人有知，其以余言爲然與？不與？

## 二

名媛毓德，中閨之良。湘靈寶瑟[二]，南國明璫。雜佩蘭茝，陸離生光。來相夫君，周姒齊姜[三]。化洽王雎，配羡河魴。薦蘋宗祏，奉時蒸嘗。雞鳴待旦，刺繡流黃。琴瑟在御，和樂且康。相從夫君，經營四方。煌煌夫君，兼資文武。晉貳夏官，秉鉞於楚。大江以西，萬姓安堵。慶流皇輿，名在軍府。天子於襄，維公之庸。有美夫人，實相我公。實相我公，鼎鐘是勤。功成掉臂，歸老雙白。芝草琳琅，堦庭奕奕。含飴弄孫，以永朝夕。胡奪以去，欻返冥極。先我黃髮，哀此後昆。月入繐帷，露下高旻。明星猶爛，吊客在門。嗟靈不滅，輝映千春。駕螭導旌，行空凌雲。訪西王母，登彼崑崙。再遊南嶽，見魏夫人[四]。於乎！黃河東注，白日西傾。何形弗敝？何草弗零？萬物擾擾，誰者長生？今也夫人，化亦何驚？言采澗香，言薦爾靈。向夫人而制辭，寫我心之怦怦。

## 校勘

① 原目録無『文』字。前一篇，《屠長卿集》題爲『祭范夫人文』；後一篇，《屠長卿集》注爲『代周寧波作』。

② 一：原無序數，爲校注者所加。下篇『二』同。

## 注釋

[一]范夫人：范欽原配袁氏。從祭文中『司馬公爲國大臣』、『司馬公填撫夷夏』、『煌煌夫君，兼資文武。晉貳夏官，秉鉞於楚。大江以

西，萬姓安堵。慶流皇輿，名在軍府』等句可推知，范司馬公應指范欽。范欽曾任湖廣隨州知州、江西袁州知府、廣西參政，有抗倭經歷，纍官至兵部右侍郎。從『夫人出自名族，來相司馬公五十年』可知，范夫人應爲范欽原配袁氏，與范欽結髮五十年，萬曆三年（一五七五）病逝。范欽《天一閣集》卷二十八有《祭先妻袁宜人文》。

［二］湘靈：湘水之神。見卷一《閔貞賦》注釋［三〇］。

［三］周姒：指太姒，周文王之妻，周武王之母。太姒天生姝麗，聰明淑賢，分憂國事，嚴教子女，尊上恤下，深得文王厚愛和臣下敬重，被人們尊稱爲『文母』。齊姜：此指齊桓公之宗女，晉文公之夫人，有遠見卓識。

［四］魏夫人：即魏華存，字賢安，晉任城（今山東濟寧）人。在南嶽衡山入道，爲道教中之紫虚元君，又稱『南嶽夫人』、『魏夫人』，亦稱南真。

# 祭沈太夫人文①［一］代作

嗟乎！人者，形也，何形弗敝矣？生者，寄也，何寄弗歸矣？物有大年，有小年，然未有不盡者也。其大年也，不取其爲小年，及其盡也，亦小年也；其小年也，不知其有大年，及其盡也，亦大年也。故古今旦莫也，旦莫亦古今也；萬期須臾也，須臾亦萬期也。鴻荒以前，吾不得而知之；鴻荒以後，吾亦不得而知之。大塊之中，百千萬紀之銷沉寂莫其間者，何可勝道！市朝也，而陵谷矣；宫室也，而丘墟矣。王公大人，輿臺胥隸，編户齊民也，而異物矣，曾不能一瞬也。嗟嗟！形之不足恃也，人獨奈何乎而以自託也？

竊聞之，世固有不盡而盡、盡而不盡者，人之所自託者，庶幾是乎？萬形擾擾，吾分一形於中，而泯焉無聞，吾且爲蟭螟，吾且爲蕣菌，是不盡而盡者也；操靈修之術，而立於不朽之林，令形亡而神在，身没而名存，且與日月同騖而天壤共敝焉者，是盡而不盡者也。夫陰陽回薄，大運遞遷，我思故人，無一存者矣，而存者獨聖賢之名，是聖賢未嘗盡也。人之所自託焉者，庶幾是乎？吾郡沈太夫人之死也，人皆謂太夫人未可以死。夫未可以死，是死之也。然人知太夫人之死，而不知太②夫人之不死也。

太夫人者，今封君沈慕開先生之夫人［二］，而肩吾太史之母也［三］。太夫人之婦沈先生，賢婦也；而其母太史，賢母也。方諸子幼而沈先生家不造，則日勤拮据之力，以潔蘋藻，備酒漿，上事宗廟而下相夫子，內收卹其家人而外以奉其賓客。身所當梱以内事，無不得當；所與人，無不得其歡心者。斯不亦爲賢婦乎？少讀書，知大義，窮日夜以女紅佐諸子讀書，時時口授書義，而又多作訓辭訓諸子，率多名言，即操觚之士不過也。斯不亦爲賢母乎？爲婦賢，爲母又賢，有令名矣，是不朽之烈也！今太史曠代之才也，文妙天下，而行高於古人。天下知太史賢，莫不知太史之有賢母，將名載彤管，且與古敬姜之流馳聲於萬代[四]。故人知太夫人之死，而不知太夫人之不死也。

某等忝太史同年之誼，爲昆弟，則事太夫人有母道焉。今太夫人一旦捐館舍，則無涯之戚，獨諸子也與哉？乃爲太夫人稱不朽，而不及沉痛悲傷之語。蓋爲太夫人言之，非某等之所以事太夫人者也。於是同聲而盡一哭，不自知其涕之無從也。太夫人有知，亮無取於是矣。

## 校勘

①原目録中無『文』字。

②太：底本、存目本作『大』，據《屠長卿集》改。

## 注釋

[一]沈太夫人：洪桂馨，沈一貫母。育有五子：一初、一經、一貫、一言、一本。卒於萬曆三年（一五七六）。

[二]沈慕閒：沈仁佶，字允成，别號慕閒居士，沈一貫之父。以子貴，纍封通儀大夫、太子賓客、吏部左侍郎兼翰林院侍讀學士。

[三]肩吾：沈一貫，字肩吾。見卷五《感懷詩五十五首·沈太史肩吾》注釋[一]。

[四]敬姜：齊侯之女，姜姓，謚曰敬，魯國大夫公父文伯之母，世稱賢母。傳敬姜作《論勞逸》，爲春秋戰國時期家訓之代表作。

# 祭比部朱先生文①[一]

吁嗟乎！傷哉，先生之無禄即世也！事有不可詰者，世人往往舉而歸之天，謂茫昧窅冥，回薄推蕩，偶與之遭。誠不得其説耳。竊謂人事無論矣，即天道何爲者？先生文收四海之聲，而位不登台司；才抱皇王之略，而官不過郎署；心營六合之觀，而壽不滿五十。其連蹇而不得志也，孰扼之？其榮名一瞬而輒告逝也，孰促之？方其激昂青雲也，孰亨其運？曾未幾而畢命黄壚也，孰爲之災？謂景星鳳皇，世不恒見，見且不得而久，先生固所謂不得而久者也，則世亦有久者矣；謂寄寶於人，取不越宿，先生者，固造物所亟取也，則世亦有不亟取者矣。是又惡可知耶？余觀先生，儻葛寥廓，睥睨大塊之間[二]，將垢氛萬物而之乎玄冥[三]。即垢氛萬物而之乎玄冥，曷不身處人羣，神遊八極，以市朝爲隱，以官爲寄，以天地爲蘧廬，以光陰爲過客，若東方生避世金馬[四]，焉不可？而顧溘焉長終也。朝露晞於白日，叢蘭敗於秋風，霜蹄蹶於中路。婚嫁未畢，何遽爲五嶽之遊？功業未竟，何輒謝人間之事？

吁嗟乎傷哉！天胡畀之才，胡靳之年，胡發之遲而奪之速？是又惡可知耶？某等不佞，辱次公太史先生幸收卹之門下，則事先生固通家丈人也。今若爾，庸得不潸潸然出涕以悲？

吁嗟乎傷哉！先生會稽人，卒於京師。會稽去京師數千里而遥，經黄河、大陸，固達人所嘗行遊也。某等願先生魂氣無北而東，東且返桑梓，依丘墓。即不幸蚤世，其所千百禩不澌滅者，固有在焉。某等又願先生無戚於此，然先生非有戚者也。薄陳絮酒，敬吊先生。願瞻英爽，若惝怳至矣②。

## 校勘

①《屠長卿集》題作「祭南陽朱先生文」。

② 惝：《屠長卿集》作「倘」。《屠長卿集》此句後有「尚饗」二字。

## 注釋

[一] 朱先生：朱應，屠隆坐師朱太史之兄。從文中「辱次公太史先生幸收卹之門下」、「先生會稽人」等句可考知，太史先生應爲朱賡。見卷十三《上座主朱先生啓》注釋[一]。《明史·列傳》載：「朱賡，字少欽，浙江山陰人。父公節，泰州知州。兄應，刑部主事。」

[二] 大塊：大地。

[三] 玄冥：深遠幽寂之處，道家用以形容「道」。

[四] 東方生：東方朔。金馬：金馬門，見卷二《十賢贊·東方朔》注釋[三]。

# 祭方夫人文①[一]代作

嗟嗟夫人，毓德純明。共孝莊肅，閫閾典刑。出自華胄，來相太宰。董正百官，以均四海。於鑠太宰，維國之楨。靈承於帝，泰階是平。式克内助，亦曰夫人。寖昌寖繁，光啓後昆。三台中坼，國喪黄髮。夫人繼之，溘爾神滅。遠近走哭，亦孔之傷。白日西馳，倏忽四霜。

嗚呼！何流弗東，何晝弗夜？丘壠相望，賢愚共謝。第觀古人，今誰在者？乃夫人則亦奚憾矣！人或終身荆布，而夫人命極一品，冠誥榮封；人或糟糠不厭，而夫人肉食五鼎，禄侈萬鍾。世有春華易零，朱顔委棄，而夫人則松柏女貞，凌寒弗瘁；世有中道移天，黄鵠興悲，而夫人則齊壽偕老，白首同歸。身食其福者，或艱其後，而夫人和丸教子，含飴弄孫，蘭茁芝秀，玉立温温；粉黛芳澤，或乏脩名，而夫人之德，配美周姜[二]，名在彤管，千載流芳。

嗚呼，乃夫人則亦奚憾矣！惟以典刑淪喪，孰訓諸婦？寶瑟沉湘，明珠絶浦。言念弱息，淚下不收。翩翩素車，返於蒿丘。墓未宿草，原②有新楸。維靈神明，弗掩土坯。南涉崑崙，東遊蓬萊。椒漿桂酒，靈兮歸來③。

## 校勘

① 原目録中無『文』字。
② 原：《屠長卿集》作『所』。
③ 靈兮歸來：《屠長卿集》此句後有『尚饗』二字。

## 注釋

[一] 方夫人：未詳。
[二] 周姜：周太王妃子，文王祖母，姓姜。生三子，教子有方。《詩經·大雅·思齊》：『思媚周姜，京室之婦。』毛傳：『周姜，大（太）姜也。』

# 祭同年伍進士文①[一]

嗟！天乎？何死我伍君也？君脩身砥行四十年，而得一第。夫脩身砥行四十年而得一第，君亦良苦。方且營營乎眎四海爲萬世規，政自今日始爾，而輒奪之也，謂君何？君第第矣，死者何也？死矣，第何也？譬之干②將之新發於硎[二]，而輒摧之鋒也；如大翼之甫矯橋舉於霄漢，而輒鎩之羽也；如列缺之光，一瞬而滅也。朝乎青雲，莫矣黃泉，謂君何？

天乎有意於斯人，其無意於斯人？其有意於斯人也，即令頡頏世資，建非常而崇閎議，奚不可？其無意於斯人也，即勿嘗以一第，而令得終彼首丘[三]，斯亦已矣。奈何從大江以西，走數千里而北取一第，曾未幾而溘死都下，爲遊魂？余安得呼巫陽而招之[四]？又令其家之人悲歡錯行，慶吊相仍，以一第之故而重骨肉之戚，則何說也？

昔人忼慨沉痛，興嗟於幽冥，至訾天地以不仁，方造化爲小兒，坐此矣。夫人之無良，即天之降罰宜慘。今觀於伍君，故長者，敦龐沉默，又聞其居家多大節，則居然好修之夫也。奈何令好修之夫至此哉？君有同袍三百人，死可贖也，人百其身。人百其身，即吾三百人，疇無是心？豈惟吾三百人，即天下可知也。余等咸壯士，故嘗耻爲兒女子涕淚。今也至此，夫安得不爲君泣數行下？

雖然，余爲君稱達者之言。君死且奚悲？夫萬期亦須臾也，何必四十年乎？即百年亦盡也；光陰逆旅也，何必都下爲客乎？即桑梓亦客也；浮生大夢也，何必死死乎？即生亦寄也；天地亦幻泡也，何有一第乎？即王侯將相，皆無有也。君第觀彼都人士，後君數十年而死者，雖遲速稍異，都盡爾，其能後天地而彫三光者，何有？其彪炳宇內稱不朽者，又幾何人？若然，則君奚以悲？余等又安得爲君悲也？！

**校勘**

①《屠長卿集》題作『祭伍年丈文』。

②干：底本、存目本原作『千』，據《屠長卿集》改。

**注釋**

［一］伍進士：伍惟忠。見卷十三《與馮開之小牘八條》注釋［三］。
［二］干將：春秋末著名冶匠，相傳爲吴國人，歐冶子之徒，善鑄造兵器。
［三］首丘：指代故鄉。
［四］巫陽：古代傳説中之女巫。見卷八《太末歸哭紀秀才二首》注釋［二］。

# 祭史夫人文①［一］

嗚呼夫人，共孝温温。西池作鎮［二］，南嶽維尊［三］。下遊人世，配乾體坤。二儀間氣，分教立極。雝雝朱絃，既龢且適。大人揚休，天贊明德。煌煌夫子，玉瓚黄流。列星左商，崧高翼周。名簡當宁［四］，風馳九州。奉命帝鄉，視憲南土。帝曰試哉，問民疾苦。直指觀風，衣繡持斧。夫人治内，朝夕欽欽。若和五味，若諧八音。胡竟仙逝，迅彼列缺？霞光孤映，凌空奔月。玉琴收聲，鳳簫吹拆。宛轉興歌，悲乎凄冽。嗟嗟！不有淑媛，疇相哲人。清霜夏零，凍雨洗塵。歸來歸來，返彼天真。返彼天真，哀此士民。載陳旨酒，載薦香蘋。涼風肅肅，素車轔轔。

**校勘**

①原目録中無『文』字。

**注釋**

［一］史夫人：未詳。
［二］西池：西王母所居之瑶池，此處代指西王母。
［三］南嶽：衡山，五嶽之一。此處代指上真司命南嶽魏夫人。
［四］當宁：指皇帝臨朝聽政之地。

# 祭曾母袁太宜人文①[一]代作

嗚呼宜人，静一端莊。齊美王睢，化洽姬姜[二]。相彼君子，明德斯煌。鳳皇于飛，和鳴鏘鏘。乃生兩賢，峩峩時英。雙珠照乘，白璧連城。神飈並舉，驅轂揚旌。彼鳳者雛，頎而白皙。横騖四海，萬里瞬息。造物忌完，事有不測。一抗青雲，一摧其翼。嗟嗟宜人，哀情孔多。沉痛過傷，遂抱沉疴。次君色養，朝夕惟勤。衣不解帶，願代以身。帝命延紀，遂及食新。於穆次君，爲瓊爲玖。位佐秩宗，聲華懸斗。朝咨卧理，一麾出守。余叨同事，喜得老成。撫治大郡，倚以長城。諸所剸割，綜核維精。民歌召父[三]，吏畏神明。方資石畫，冠冕三吴。胡天降割，婺女夜徂[四]。閭巷走視，哀慟傾都。秋風何烈，蕙死蘭枯。吴人不天，賢守告去。奔喪而西，大江横霧。竹馬無色，父老縞素。余失貞良，疇與咨諏？何嗟宜人，悵焉蒿丘。憾詞縮酒，寫我煩憂。

## 校勘

①原目録中無『文』字。

## 注釋

[一]曾母袁太宜人：曾存仁之妻，曾同亨、曾乾亨之母。曾乾亨爲萬曆五年（一五七七）進士，授合肥知縣，與父兄有『一門三進士』之稱。見卷十四《與曾合肥》注釋[一]。從祭文中『乃生兩賢』『余叨同事』等句推知，此文乃屠隆爲其同年、又同在安徽任職之曾乾亨之母親過世而作。

[二]姬姜：對貴族婦女之稱呼，也用作婦女之美稱。見卷五《感懷詩五十五首・顧檢討實甫》注釋[五]。

[三]召父：指西漢召信臣。曾爲南陽太守，有善政。後以『召父』稱贊有政績之地方官。

[四]婺女：星宿名，即女宿，二十八宿之一。又名須女、務女。古以越地爲婺女星之分野。

# 祭家司馬[一]

嗚呼！人亦有言，歲在龍蛇賢人災。九流混濁，二華連摧[二]。天崩地裂，喪我大雅。惡風走石，雷霆震瓦。陽①烏光死，妖虹如赭。有星累累，隕於野。三歲之中，而哭兩司馬[三]。緊兩司馬，咸我心知。心知已矣，弦絶於斯。身非金石，當此大②悲。一哭眼爲血，再哭髩爲絲。仰天不答，浮雲四馳。

已卯二月，余病休沐。鴻鯉自東，告公奄速。荒亂失哀，既定乃哭。家人憐我，病而蒿目。載哭載思，思我疇曩。疇曩謁公，一見拊掌。黑龍感夢，巖電示賞。名駒踏空，横鶩颯爽。矯矯神巫，視於天壤。察形以機，黜彼皮相。昔也失路，荆棘風波。余行坎廩，余志婆娑。嵚崎歷落，爲人誚訶。先生曰嘻，其如命何？青松不改，白日可磨。世寧有此，大義峩峩。肝膽相照，他人則那。區區管鮑[四]，千載么麽。

余歸自燕，歲在丁丑。公也掀髯，入門握手。吾家癡叔，今解事否？一官雞肋，文章敝帚。努力王事，庶其不朽。冬月寒風，蒼黄涉淮。中夜永歎，故情斯乖。重詞累椷，不宣我懷。我懷夫君，參差日莫。天長水遠，大江横霧。離别幾何，而哲人颷去。嗟哉乎③公，鋒穎嶙峋。長髯偉姿，僊官上真。當其得意，爲英爲雄。揚厲中原，鞭駈豐隆。一跌不收，蝘蜓嘲龍。角巾私第，遂駕冥鴻。陋彼小夫，坐而書空。自公之東，藏用以拙。懸解外膠，高朗曠達。神動天遊，茫洋轇轕。浩歌鼓枻，斯理超越。或擥江雲，或酧海月。含光攝生，以延晚節。大運告盡，八十乃徂。

吁嗟乎！泰山豈不平？滄海豈不枯？萬物皆終，時移數遷。我有何術，而爲公延年？公也瓌瑰，神情灑落。形絓珪組，心眷丘④壑。功名竹素，雲天磅薄。生步九州，死歸五嶽。死也何恨，生亦不惡。余忝國士，大恩靡酬。抱媿下泉，鬱紆煩憂。沉吟自傷，華屋山丘。言悲東山[五]，忍過西州[六]。中心不將，涕泗交流。何以哭公？海涘山椒。何以吊公？生芻白茅。躬莫致之，一官羈靮。望而摇魂，欲去無翼。原野蒼蒼，高城夜笛。

吁嗟乎！白日自奔，江河自沄。狂走傾都，哀此人群。近淚濕土，低空斷雲。嗟我哭聲，公乎當聞。

## 校勘

① 陽：底本原作『楊』，據存目本改。

② 大：底本原作『太』，據存目本改。

③ 乎：底本原作『吾』，據存目本改。

④ 丘：底本原作『平』，據存目本改。

## 注釋

[一] 家司馬：指屠大山。字國望。詳見卷四《三司馬詩》注釋[一]。

[二] 二華：指太華山（即西嶽華山）、少華山，合稱二華。見卷六《東海病農歌爲林生賦》注釋[三]。

[三] 兩司馬：指張時徹與屠大山。見卷四《三司馬詩》注釋[一]。

[四] 管鮑：管仲和鮑叔牙。見卷四《三司馬詩並引》注釋[六]。

[五] 東山：晉謝安早年隱居高卧處，見卷五《感懷詩五十五首·范少司馬堯卿》注釋[二]。謝安從東山復出，官至司徒要職，成爲東晉重臣。此處以『東山』代指屠大山之如謝安一般名高望重。

[六] 西州：古城名。故址在今江蘇省南京市。晉謝安死後，外甥羊曇醉至西州門，慟哭而去。見卷九《哭竹墟司馬六首》注釋[七]。後遂以『西州路』爲典實，表示感舊興悲、傷悼故人之情。

# 祭柴方伯季東文[一]

嗚呼先生，阨此大數。磊塊之姿，忠篤之慮。勿憍以虚，勿靡以窳。天錫貞良，宜享神祜。哲人弗福，爲善者懼。

先生弱冠登朝，德茂年青。踐更中外，龍矯鵠停。何作弗典？何吐弗經？智發谿弩，節皦日星。洎晉方嶽，保釐江壖。正身率屬，明燭潛奸。大白不辱，物莫浼焉。羔羊之風，萬衆是宣。生爲貴臣，布褐蕭然。逮其晚①節，益勵清德。立功報主，罔遺餘力。精誠乃心，頭顱蚤白。末路多艱，才與命畸。直弦曲鈎，昔人所悲，往來關陝，備歷嶮巇。復搆家難，怛矣酸辛。兄終母死，哀號九旻。人世大痛，横集一身。天禍方烈，人言未已。轉盼之間，大運已矣。嗟乎先生，脩行良至，受罰實苛。從古善人，世所求多。人則固然，謂天道何？

伊余小子，獲幸於公。長安把臂，遂出五衷。余折而西，公折而東。傷此離析，猋如飄風。長逝永絶，我心則恫。械辭寫哀，哭斷雲空。

**校勘**

①晚：底本原作『脱』，據存目本改。

**注釋**

[一]柴方伯季東：柴涞，字季東。見卷九《贈柴大參入賀萬壽節便道歸省》注釋[一]。《屠長卿集》目録中，《送柴大參之太原》題下注有『公以江西左方伯左遷』。

## 祭張大司馬[一]

吁嗟先生！學闕無始，德配上玄。出崇竑議，處垂要言。九流冥合，五色相宣。玉書鴻烈，祕在泰山。得天者全，用物則弘。英靈間氣，大嶽攸降。聲華濃郁，六合從風。朗照千春，生爲名臣。死爲明神，死也何哀！吾哭我私，以云我懷。眷焉念昔，悲從中來。

嗟余小子，束髮授《易》。挈登堂皇，望氣觀色。駒也千里，相許以臆。存亡滅没，一相而得。命之不猶，我戰載北。我戰載北，曾不我沮。棄甲復來，猶曰我武。年幾何逢①，勞唁良苦。駑是用奮，不墜人下。我之不墜，曰先生故。天地寥寥，知己寔難。仲耶叔耶，淚涕下泉。一時氣義，千古永嘆。精遊金石，白日爲寒。當予失路，黯矣心摧。先生所是，他人所非。盤跚躃躠，爲他人嗤。爲他人嗤，先生是羞。禔身談藝，庶幾無郵。努力天路，從兹以往。以事先生，聊答疇曩。歲月云何，而公淪喪。洪波遞②遷，浮雲倘怳。疇昔之夜，脩途眇絶。夢拜先生，天爲隕雪。不謂神靈，告我以别。歸自萬里，倉皇哭公。塵沙在衣，有慘其容。華屋山丘，先民是恫。昔我侍燕，多士咸在。衆言權奇，厥化若鬼。先生晚出，片言壓壘。手提風雷，鞭駈四海。士以翕艴，烝烝文采。今也索莫，喪我老成！

桑枯海乾，風日凄清。山鬼夜泣，波臣不靈。大雅兹絶，黄鍾無聲。喬木不陰，傷哉女蘿。岱宗新摧[二]，梁父奈何[三]。嗟我髦士，涕泗江河。揮日何益，哀傷孔多。於乎！世有高真，專精靡他。聖賢度世，歷景登霞。古而無死，爽鳩在耶③。侯王厮隷，同爲泥沙。生無不足，死又何嗟！沉痛興哀，高明所薄。仰視茫茫，魂兮寥廓。

## 校勘

① 逢：底本、存目本原作『逄』，據上下文意及卷二十二《大司馬張公誄》中『力田不如逢年』句意改。

② 遞：底本、存目本原作『遰』，據上下文意改。

③ 耶：存目本作『斯』。

## 注釋

[一] 張大司馬：張時徹。見卷四《張大司馬惠芝園集寄謝》注釋[一]。

[二] 岱宗：即泰山。泰山舊謂居五嶽之首，爲諸山所宗，故稱。此處代指張時徹。

[三] 梁父：山名。見卷二《巍巍泰山》注釋[一]。梁父與泰山相比爲小山，此處作者以梁父自喻。

# 由拳集校注卷之二十一

## 祭神文

### 祭河神文二首①[一]

一

隆②受命於朝，來撫兹邑。邑東門實臨大河，水歲齧故隄，所不侵城者，不一武而近。懼旦莫魚龍挾九子而上，竊其威命，以憑陵我下土。我下土之人亦曰惴惴乎罔敢甯居。不佞臨河而觀之，則亦惟大有恫於予心。乃涉潁之二旬，是爲春王正月六日，不佞則率邑博士諸生，及千夫長、百夫長，及邑之父老子弟，荷畚鍤而來。是興東門之役。

顧邑小而民貧，歲苦不登而賦斂日急，艱是役矣，大懼不克奏厥功。則敬用不腆，邀寵靈於明神。維神歲與祀典，血食兹土，維不鄙余小子，幸哀憐元元，相余不逮，毋以使者弄其威權以傷余土工。土工之成，則匪曰人力，寔維神休。民以脱於蕩析之災，不佞與二三君子庶幾無郵，而神亦永永歆歲祀弗替，明德顧不遠哉！其或不念黔首之命，朝夕大布其威力而行其恣睢，即民其魚乎？神且不血食，神即弗念予小子，其幸乎哀憐元元。余小子或無道不仁，以私利敗其官常，余則有罰，其幸毋駕禍我元元之民。誠幸不鄙余小子，而重哀憐下民，則洪河一夕化爲大隄，惟神力爾，畚鍤何爲？不然，歲食溪澗之毛以普昭民力，載在祀典，修事有虔，而漠不問下民之疾苦，將焉用之？

神之無靈，余則弗敬爾。維神其圖之。

## 二

頻年來洪水爲妖，故隄不守，天吳[二]之屬得以行其威靈，薄我城垣，震驚有衆。馬壁不用，空桑安歸？民大懼，不克保厥室家。隆③受命下車，父老郊迎，語我以故，長跽請命焉。隆是用朝夕廪廪，不皇寧居。躬率萬姓，負畚鍤而前，以天之道、鬼神之靈敬下尺一。境内雲集，萬夫雷動，不假鞭箠，使其民奏功旬日，黔首不怨。豈惟不怨，道路載驩。則亦惟明神鑒我款款，陰騭下民。神休大哉④！

隆⑤敬率諸執事，薦爾萍藻，用申報祀，以章明伐。今陛下仁聖，閔念萬方，隆亦日有兢兢，務澡行脩事，無黷貨，無淫刑，計安元元至切也。神之聽之，其幸無以大水傷我土功，奠我民居。予或有黷貨，有淫刑，予是用伐，其無以我民。民之奠安，神則血食；民之流離，神則不血食。靈爽肅肅，聞予此言⑥。

### 校勘

① 原目録中無『文』字。《屠長卿集》前一篇題作『祭河神文』，後一篇題作『河工成祭河神文』，收於《祭文》卷。
② 隆：《屠長卿集》作『某』。
③ 隆：《屠長卿集》作『某』。
④ 神休大哉：《屠長卿集》此句後有『人力不至於此矣』句。
⑤ 隆：《屠長卿集》作『某』。
⑥ 聞予此言：《屠長卿集》此句後有『尚饗』二字。

### 注釋

[一] 河神：此指潁上縣城東大河之神。
[二] 天吳：水神名。見卷一《溟海波恬賦》注釋[三七]。

## 一告城隍文[①][一]

隆[②]猥以疎庸，謬司民社。自抵任來，雖頗知祇慎，惟[③]守官箴，第吏事未閑，世情多闇，奉職無狀，舉動乖方，民瘼罔聞，恩澤不究，以致下積罪戾，上干天和。官之不德，明神是譴，降割下民。始以雨雹，傷我麥苗；今復亢暘，妨我穡事。三農失望，萬姓嗷嗷。皆隆[④]不職之所致也。釁不虚作，罪將安逃？隆雖竄在荒鄙，尚無以謝萬姓。是用早夜皇懼，不遑寧居。敬率邑人，頓首謝過，爲下民請命。隆昔嘗有云：『官之不德，余則有罰，其幸無以我民。』明神凛焉在上，敢忘此言？神若許隆洗心滌慮，與以自新，哀憐元元，而辱收之。幸即賜時雨，蘇我豆菽，乃亦有秋，下民萬幸。隆有罪戾，余自當之。敬竢下風，不任悚息。

**校勘**

① 底本和存目本原目録中，此篇與以下兩篇合併，題作『告城隍三首』。《屠長卿集》此篇題作『一告城隍文』。

② 隆：《屠長卿集》作『本職』。

③ 惟：存目本、《屠長卿集》作『恪』。

④ 隆：《屠長卿集》作『某』。下文同。

**注釋**

［一］城隍：守護城池之神。此指潁上縣城隍。下文同。

## 再告城隍文

隆聞天人涉於氣類，感應疾於桴鼓，匹夫匹婦一念精誠，往往感天地，動鬼神。故庶女召風，烈士殞霜，大憤觸虹，繁冤積旱，洛陽澍霖，廣微應禱。往牒所載，信而有徵。維感應之理，自古有之，隆竊滋懼。

隆本疏庸，天子不以隆不肖，令得承乏兹土。下車以來，恒恐得罪士民，有負主上，朝夕悚惕，若履春冰。奈文墨豎儒，初出涉世，民情土俗，多所未諳，乖謬顛錯，深懼不敏。至於洗心褆身，砥厲方切，營私滅公，秋毫不敢。庶幾少逭罪尤，上不負天子，下不媿交遊，無敗身名，無辱九族。乃若升沉顯晦，彼有主者，寧敢與知？此實隆之所用朝夕懍懍者也。乃竟以寡昧得過神明，皇天降割，及我下民。曩大雨雹，加之虫蝕爲災，傷我麥苗。蠢爾小臣，睹形思咎，剪焉震懼，揑杌心魂。不意入夏來，復遭恒暘，赤地百里，將使麥秋既損於災傷，禾稼復槁於旱暵。萬姓嗷嗷，莫必其命。民則何罪？厥咎維官。雖赤日露暴，席藁自焚，不足以逭。用是齋戒自新，敬率同官及邑父老子弟頓首請罪，遍告群神。奈何盛暘轉亢，天心未回。俯仰高廣，無所控訴。衆視憂皇，不知所出。乃反復自度，捫心思過。

隆生三十六年於兹矣。自爲諸生，家世貪賤，最拓落而亡狀，疏宕而不合物情，行己多諐，瑕瑜莫掩。然自知美美惡惡，萬念皆真，雖多冒其事之所非，而甚不好行其心之所不忍。以故從有知識以來，未嘗敢對人出一嫚語、妒一恒物、殺一生虫；內不欺其妻子，外不欺其友朋。兩儀布列，百神森羅，隆懼殞越，言敢誰欺乎？今兹涖官，自恨夙不閑於世務，吏治多缺，民不蒙休。然何敢營私黷貨①，以干三尺而敗官守哉？而災旱紛沓，怨咎相仍，私中不孚，祈禱罔應，此隆之所以栗栗憂懼又竊耻之者也。既而展轉深維，天道寥遠，神理茫昧，忠信不諒，從古且然。顧隆②何人，平生非有曾史之行[一]，龍比之心[二]，一念云何，而遂妄圖感應？即幸而得雨，猶爲僥倖；不幸而不雨，乃其固常。即又思之先朝李夢陽有云[三]：『父母不棄改過之子，天地亦鑒洗心之物。』隆雖不肖，行負神明，然居官猶知自守，不私一錢；祈禱猶知至誠，不禦酒肉。世固有貪殘者祈雨，禁屠宰、齋戒，而私食肉飲酒者，而往往得雨，何哉？夫居官知守、祈禱知誠，而不得雨；居官貪殘者，祈而禁屠宰、齋戒，而私食肉飲酒者，而顧得雨，此何以勸焉？若天地、百神漫不問下土之情，譬之蚊蚋起滅，去來無心，雨即雨，不雨即不雨，是皆系適然爾。舉感應之理，而卒歸之寥遠茫昧，此又何以勸焉？

夫以隆之疏庸，寧敢自謂寡過哉？疇昔之告於明神者儼焉在耳：『官之不德，余則有罰，其無以我民。』其剪而賜之遐荒，其抑而沉之下僚，褫其禄位而降之疾眚，隆不敢悔，其幸無以我民。我潁民之困敝，極矣。下邑非有燕齊秦楚、吴越閩廣、山川土田、通都大邑、沃壤上腴、舟車水陸、商賈魚鹽、珠玉紈綺之饒，草屋泥垣，布衣糲食。富者菽麥之外無長物；貧者居無宿粮，朝不謀夕，而又日困於征輸，苦於敲扑。其民一逋官租，輒賣田産、鬻妻子，蓋十室而七八焉，亦可哀矣。奈何復令遭此荒旱爲？隆嘗抱哀痛之辭，爲下民請命監司，監司爲不聞也者③。今爲請命明神，而明神又不聞，令隆踽踽迷塗，倉皇安之？猥兹下情，寸私藴結。是以忘其固陋，披心敶詞，非敢煩虚文以欺人，飾遊詞以瀆神聽也。伏乞少寬譴怒，哀憐下民，大降時雨，蘇我禾稼，保我室家。干冒明威，豈勝戰汗？

**校勘**

① 營私黷貨：《屠長卿集》作「染寸私，黷一錢」。
② 隆：《屠長卿集》作「某」。
③ 者：《屠長卿集》無此字。

**注釋**

［一］曾史：孔子弟子曾參和春秋時衛國史官史鰌之並稱。古代視爲仁與義之典型人物。
［二］龍比：夏桀時忠臣龍逢和商紂時忠臣比干之並稱。兩人皆因諫被殺。
［三］李夢陽：見卷七《康生歌》注釋［六］。

## 三告城隍文

隆之待命於神，至矣。今日之事，隆之所能者，竭誠殫慮，洗心澡行，不憚勤苦，如是而已，他何能爲？下邑邑小而貧，今復加之災傷，翦焉告困，神所知也。隆今之一官，以爲桎梏。養性之具，罔敢厚而厚之，任重之憂，形神勞瘁，計窮力竭，又神所知也。日敶詞剴切，效其款款之誠，而神不應，無可奈何。日夜私念從入官以來行事罪狀，以頓首謝過，而神不應，又無可奈何。赤日暴中庭，從朝至暮，委頓幾絶，而神又不應。此何爲哉？

維神受命於帝爲城隍，隆①受命於帝爲宰牧，即地方之責，神安得晏然？神即不爲隆②，獨③不念及黔首哉？

今夫斷養牧豎，秉一念精誠，禱祀④於神，神亦當應之。宇宙高廣，何所不容？神爽英靈，何所不答？固無棄物也。隆⑤雖不肖，才疏行劣，猶以薄藝成進士，齒於縉紳；天子賜之印綬，俾司民牧。今之職任，固主上命也。豈以天子命爲宰牧，儼然臨於士民之上，而神以爲鄙末，不足與應答，曾不得比於斷養牧豎之流？當不然矣。且隆⑥雖不肖，初入仕版，即知凜凜祇懼，行事罪狀，雖或有瞀不自知，然自下車來，未嘗敢一置身於貪殘。私一錢乎？戕一物乎？懷私滅公乎？以關節廢三尺乎？有之，則維神所殛矣。又蚤夜皇皇，問民所疾苦，超雪冤枉，拯救苦難，折獄之事，小大以情，從孔子節愛之語，受釋氏慈悲之教[二]，蓋無日無之。由此言之，隆⑦雖不敢自列於循良，而於不才，有司中猶未爲太甚也。平日自謂亦無大得過士民，今茲良苦，萬姓無不心憐余，涕泣相向，而神以爲必不足與應答，當不然矣。坐視哀苦，漫不省憂，何爲哉？藉使天禍潁上，吾民當災，而神不得請於上帝？或臣罪當誅，以爲貪殘之戒，不得不降災茲土，則士民之愚誠亦至矣。其官是咎，其民何罪？神亦宜告我以故，用一表見靈爽，以示不忘我民，而神不失職。諸所譴罪，臣請受而甘心焉，奈何收視絶響，疾呼不聞，窅冥寂滅，僅同槁木？靈安之乎？何以神茲土爲也？又何以歲血食也？而令隆與士民就槁木而乞靈⑧，即碎首焚身，何益哉！

激切再陳，神其圖之。隆謹悚息聽命。

## 校勘

① 隆：《屠長卿集》作『某』。

② 隆：《屠長卿集》作『某』。

③ 獨：底本不清，據存目本、《屠長卿集》補。

④ 祀：底本不清，據存目本補。

⑤ 隆：《屠長卿集》作『某』。

⑥ 隆：《屠長卿集》作『某』。

⑦ 隆：《屠長卿集》作『某』。

⑧ 乞靈：《屠長卿集》作『乞怜』。

**注釋**

[一] 釋氏：佛姓釋迦之略稱。

# 祭城隍謝雨文①

嗚呼！維神莙蒿，靈爽何灼灼也。當不穀隆竭誠禱神二日[一]，不雨，則暴赤日中。越二日，又不雨，爲文告於神者三，干冒威靈，罪過大矣。神鑒我無他，爲下民請命，私憂激，乃深中不以爲罪，而與之答應如響。方暴中庭，日落乃已。即夕，玄雲四合，詰朝而雨。二之日又雨。三之日乃大雨竟夕，土膏滋潤，溝塍水深數尺，槁蘇仆起，原田油油。遠近奔走，婦子驩呼。

神之惠我下民，即起白骨而肉之也。抑此神休有四焉：吹萬布德，含生懷潤，仁愛洽矣；谷神響答，應時澍雨，靈貺肅矣；不鄙夷②小子，不罪激切之言，覆茹弘矣；神理孔章，毫髮不爽，令儇詐知懼，善良益勸，銷折姦萌，佑翼新孅，教植廣矣。豈惟下民，即不穀隆，於此乃益有以信天人感應之理。冥冥之中，何幽不燭？何細不察？何私不聞？何物不答？捧彼大明，灼我遐遠，孅孅惡惡，疇能逃者？不穀隆竊滋懼矣，而省愆砥行，寧敢怠時？故余於此一事而知神休之大也。

敬陳不腆，率官吏、諸生及邑父老子弟頓首報謝，伏惟明神財察。

**校勘**

① 原目録中無『文』字。《屠長卿集》題作『謝雨文』。

② 夷：《屠長卿集》作『余』。

**注釋**

[一] 不穀隆：屠隆自謙之詞。『不穀』本意爲不結果實，用以比喻人無德行，或不事生産。故用爲自稱之謙辭。

## 祭張龍王文①[一]

維神乘雲躡空，呼吸陰陽，吐納靈潮，鼓鑄萬品，德莫玄焉，功莫鉅焉。始自李唐，迄我皇朝，昭明一日也。戊寅之歲，歲大旱，隆齋宿敬禱於神，神不以隆爲菲薄，幸惠顧元元之民，降以甘雨。雨乃時，四郊霑足，萬姓欣，藉神休大哉。隆又敬用不腆，偕邑博士若文學諸生、若千夫長、百夫長、若父老子弟，頓首祠下，用陳謝悰。神爽在乎，風肅肅來矣。始與神約，重修廟宇，隆當躬率邑人伐木畚土而來，不敢卒負②。

### 校勘

①原目録中無『文』字。

②不敢卒負：《屠長卿集》此句後有『尚饗』二字。

### 注釋

[一] 張龍王：張路斯，見卷十八《禱雨記前》注釋[四]。

## 祭武安王謝雨文①[一]

維王耿亮正直，忠憤激烈。生爲人傑，死爲天神。感慨萬夫，磊落千古。形亡神在，歷代揚靈。至於天朝，尤爲顯灼。赤縣神州，蠻荒絶域，貴而王公，賤而養卒，上及賢豪哲人，下及匹夫匹婦，罔不望王之靈，蒲伏祠下。大江以南，長淮以北[二]，徐泗芒碭之間[三]，乃王經營故地，英靈蓋猶顯焉。父老往往談王，使人髮立，夫豈獨以其驍雄神武稱萬人敵哉。其大者，辨順逆於劻勷，明漢賊於血戰，識真主於草澤。周旋多難，九死不回；義指泰山，心同皦日。荀息有言[四]：『竭股肱之力，繼之以忠貞；不濟，則以死繼之。』維王有焉。千載而下，所以折奸雄之氣，激壯士之肝，此其大都烈烈者。

歲在戊寅，潁上大旱，隆則大懼，惄焉疚心。敬率有衆，虎拜稽顙，禱於王祠。維王靈爽肅肅，德音孔昭，哀此下民，應時乃雨，回我枯槁，起我偃仆，是王有大造於潁人也。下邑之人，敢忘神貺？隆又敬率有衆，殺牲陳詞。用申昭報，王其鑒之。

**校勘**

①原目録中無『文』字。

**注釋**

［一］武安王：關羽。北宋大觀二年（一一〇八）追封『武安王』；宣和五年（一一二三），再封爲『義勇武安王』。

［二］長淮：指淮河。

［三］徐泗：徐州、泗水地區之合稱。見卷十一《徐州元夕二首》注釋［三］。芒碭：芒山、碭山之合稱。

［四］荀息：名黯，表字息，春秋時晉國大夫，忠臣。

## 祭城隍謝晴文①

嗚呼！今而後，隆乃知神之惠我民至也。上帝在上［一］，百神布列。幽隱灼於皦日，呻嘤響於雷霆，萬物細微，莫逃朗鑒。夫旱之與潦，皆爲民災。五穀不登，則下民無生。民之無生，令將安歸？流離疾苦，行道心傷。隆承命出宰，待罪下邑，境内之事，休戚共之。綰符食禄，土苴黎庶，臣獨何心？

夏五月不雨，隆率士民以旱請神，應時而雨之；至六月，霖雨浹辰，隆又率士民以雨請神，又應時而雨止，若響答焉。此豈隆螻蟻之誠爲足以感格明爽哉？則神之惠我民至也！神不忍以旱災我民而雨，又不忍以雨災我民而止。隆遭時儌幸，幸藉寵靈，臣何力之有焉？仰宣上帝好生之心，而下有造萬物，此維神休，亦神之職也，而隆敢貪以爲己力乎？將旱也，潦也，爲隆之不德邪？旱而雨也，雨而止也，爲吾民耶？是惡可知？隆有廪廪祗懼爾。爰率有衆，用牲陳辭。頓首俯伏，敬謝鴻休。隆敢不與士民益相濯磨，以無負明命。維神其鑒之。

**校勘**

① 原目録中無『文』字。

**注釋**

［一］上帝：天帝。

## 祈晴

往某等率士民虔禱於明神，業承靈貺，應時晴霽三日，而其與士民大喜，農事有望矣。方圖省身澡行，以荅神休，四之日復雨。何也？豈兩歲災眚，帝心有在，非可以螻蟻微誠力爲轉移，即神明亦不得而與其力耶？或某等細微，不足動明神之聽，而昔日之晴與今日之復雨是皆適然耶？邑民之災極矣。去歲傷於霪潦，今歲復苦於陰雨，將生人之類，不復可延。蠢爾賤臣，言之於邑。維明神其圖之。

## 謝晴文①

嗚呼！天地之大德曰生。災傷萬物，非其心矣。人實自災，其樹邪慝，以干六氣之和。民之不堪命，厥咎有繇焉。

敝邑自往歲夏五月雨，今春土脉甫動，農事將興，又復連遭陰雨，大恐傷我來麰，妨我穡事，以重民災。則亦惟爲民父母者，不能勤宣天子之德意，以教育民人。民兹多僻，以被此重災，即某之不職所致，將焉避咎？乃率官師士民，自陳罪狀，且告之悔。而明神遂鑒其愚忠，以請於帝。是日乃霽。以是益信天地好生，人寔自災。苟有明信，厥應如響。某與士民奈何敢不敬？

**校勘**

①原目録中無『文』字。

# 由拳集校注卷之二十二

## 誄

### 先君丹溪公誄并序[一]

先君丹溪翁卒，享年七十。嗚呼哀哉！

先君生而樸直，不事機械。少讀書，已乃棄去，業商賈。然天性寬仁大度，與人共利取其少，與人共患輒身先之；又疎闊，弗審稽奇贏之術，殖往往失利。人或紿公，没其財，公則弗問。施與貧乏，弗責其報。嘗泛舟江上，有商人四五人持巨櫝來，求共載，則出海爲奸闌者。櫝多繒金寳諸禁物，舟人覺其狀，以告。諸商人倉皇跽請曰：『事即泄，某等皆立死。幸公寬之。』公曰：『若等誠觸法網，顧法有主者，吾弗持若矣。』於是諸商人皆起謝，願以帛十縑爲公壽。公笑曰：『吾弗發若等，而私若貨，謂國法何？且吾不能與若等共罪。』不受，亦終不發其事也。先伯父嘗負官租數百金，力不能償，責公代爲之償，公力亦不給。强公鬻其第，乃公則竟鬻其第。以故家益貧，公怡然弗爲意。晚年則盡捐世務，以花木竹石自娱。性嗜菊，手植數百本，晨夕把玩，以此自老。不問諸子生業。客至，與公談世務，公嗒然不省。談園林蒔藝，術一花一石之勝，公輒應之。

公春秋既高，長於宗黨，顧性益謙謙，傴僂其恭。與人處，即諸族孫及里中髫齔子弟，亦必謹禮之，無惰容。以故人無問長幼賢不肖，咸敬愛公，謂公長者。公從子大司寇僑、憲副倬及族孫少司馬大山既貴[二]，而公獨老布衣，相與謀曰：『丹溪翁，吾族之長且賢，不幸隱德弗耀。歲時合族，吾等皆榮紳裳，而公獨以布衣儼然臨於其上，如吾輩何？』相率請於朝，以冠帶榮之。公謝曰：『吾既不仕，韋布自吾分也。安敢以諸子故，忝朝廷章服之榮？且古之巢由、嚴陵[三]，豈必以章服而後重乎？爾等遭際明時，事堯舜之主，竭忠宣智，以豎鴻業，光吾宗多矣。老夫不願榮貴也。』諸子强之，乃受。

公既老，益簡直，與人居，立談輒見情實，不能稍事款曲。家人嘗笑之曰：『乃翁腹似無腸，胡直乃爾！』公聞之怡然曰：『吾聞直者死當爲神。然哉，然哉！諺有之：「直如絃，死道邊；曲如鈎，封公侯。」吾今乃生年七十，直何負於我矣？吾即不能弸中彪外，以效尺寸於天下，然歷少壯至老，靡敢一苟言行。平生操務，自謂不愧穹壤。吾何憾哉！』

諸子有以事忤里中權貴人，權貴人中之温御史[四]，卒誤逮繫公。公忼慨言曰：『吾修身砥行七十年，官逮我何爲者？吾有罪，死則其分；即無罪，彼其如我何？』毅然不爲動。已而卒知非公也，乃釋公，逮繫公子云。公之柔而有制又若此。

公生六子。長佃[五]，業儒弗就。次侯[六]，亦業儒，聰明能讀書，坐數奇，故又弗就。其幼即隆。隆耻父兄之弗振而家之日落也，砥志立名，期以勉樹尺寸。顧隆性又踈鹵，方困於場屋，弗能早遂，取功名以爲前人光，而公且下世矣。嗚呼哀哉！

先是，隆遊學姑蔑[七]，公一日以無疾終。隆在旅中，一夕夢拜公，與公訣。覺而大驚，即促裝歸，歸而公卒七日矣。隆痛公之無禄即世，又痛己之不天，不克送公終，而羈旅於外也。一哭而絶，絶而復蘇者數四，乃仰天大呼曰：『天！天！隆何得罪於天，絶弗令送公終也！且公素長者，何不百年而以七十死也？即死，隆七日至矣，何獨不令少須臾俟耶？嗟嗟！隆亦人子，生不能養，死不及送，慙愧天地，爲世大戮。嗚呼痛哉！』乃作誄，誄曰：

大浸之濆[八]，厥土膏沃。風氣博厚，先公是毓。於穆先公，高華舊族。弗習佻巧，天性純樸。棄瓢箕水[九]，抱甕漢陰[一〇]。高揖羲皇[一一]，實忘機心。温夷愷悌，去爾睢盱。於義則厚，於財則踈。見害弗避，見利弗趨。大猾同載，舟人告覺。公竟遺之，弗私其槖。長公逋負，鬻第以償。雖曰無家，孔懷弗傷。魯有恭士，七十傴僂。公實蹈之，亦莫敢侮。盡捐世務，不挂胷臆。逍遥東籬，夢寐彭澤[一二]。形神弗勞，高風遐邈。澤乎其德，温乎其容。麗眉皓首，海嶽穹窿。嗟公之年，胡不耄耋？一朝無疾，神光電滅。陰霾障翳，白日匿景。冥途何長？夜臺何靜？煢煢弱子，千里奔還。送死弗及，罪惡彌天。呼號泣血，摧我肺肝。靈輀在室，繐帳在堂。再絶再蘇，明燈煌煌。時維孟冬，皜乎繁霜。悲風蕭條，木落草黄。高旻寥泬，四顧莽蒼。於乎哀哉，亦孔之傷！

## 注釋

［一］先君丹溪公：屠濬，字朝文，號丹溪。鄞縣人，祖子良，父璞，三世布衣，世居鄞之江北。與屠滽爲同一高祖。少讀書，後棄儒業商賈。以子隆貴，贈文林郎。《白榆集》文集卷十六有《先府君行狀》。

［二］屠大司寇僑：屠僑纍官至刑部尚書、都察院左都御史。見卷四《與故人酌先大夫簡肅公墓下作》注釋［一］。憲副倬：屠倬，字文卿，號東涯，鄞縣人。屠僑弟。嘉靖二年（一五二三）進士。歷任南陽知府、按察使司憲副。少司馬大山：屠大山，屠滽胞弟屠渭之孫。見卷四《三司馬詩》注釋［二］。

［三］巢由：巢父和許由。傳説中遠古時代兩位避世高士。見晉皇甫謐《高士傳》等書。嚴陵：即嚴光。見卷四《東海吟四首》注釋［三］。此三人均爲隱居不仕者代表。

［四］温御史：指温如玉。字孟醇，號少谷，鄖縣（今屬湖北）人。嘉靖二十八年（一五四九）举人，嘉靖三十二年（一五五三）進士，拜御史，巡鹺浙江，按蘇、松、陝西，擢山東副使。《同治鄖縣志·文學卷》有傳。王世貞《弇州四部稿》卷八十七有《中順大夫山東按察司副使少谷温公墓誌銘》。

［五］佃：屠佃，屠濬長子，屠隆之長兄，號東山。屠濬有六子：佃、侯、俅、俛、仍、儱（後更名龍，再更名隆）。屠隆《白榆集》文卷二十有《哭伯兄東山先生文》。

［六］侯：屠侯，屠濬次子。

［七］姑蔑：古地名，今浙江省開化、龍遊一帶之古稱。見卷八《山中書懷十四首》注釋［二］。

［八］淛：同『浙』，浙江。

［九］箕水：箕山之水。相傳堯時許由隱居箕山，常以手捧水而飲。人見其無器，以一瓢遺之。由飲畢，以瓢掛樹。風吹樹動，歷歷有聲，由以爲煩擾，遂取瓢棄之。『棄瓢箕水』，喻隱居。

［一〇］漢陰：漢水南岸。《莊子·天地》記載，漢陰老人用甕從井中取水澆菜地，不願使用機械，認爲機械是智巧機詐之産物，不合自然之『道』。後遂用『漢陰抱甕』表示純樸無邪，對事物無所刻意用心。

[一一]羲皇：即伏羲氏。見卷五《感懷詩五十五首·高博士升伯》注釋[六]。

[一二]彭澤：指陶淵明。淵明曾任彭澤令，故稱。

## 大司馬張公①誄 并序[一]

萬曆五年丁丑，隆登進士第，授潁上令。歸，則大司馬東沙先生卒十六日矣。

先是，四年丙子，隆舉於鄉。歸謁公，公病謝客。隆至，延入內室語，見先生雖病，猶神采。比入京師，數從東來者問先生起居，皆言體中，且大佳矣，出見賓客矣。洎東還，抵就李[二]，有言先生不諱者，愕眙不信。抵會稽，信矣。日夜行，臨哭先生，登木而盡哀，淚淫淫浹地上，室內外無不哀者。其友問焉曰：『子故剛腸。嘗兩下第，同袍咸咨嗟，子歎傷哉？貧也，父在淺土，母八十老矣，而子道兩闕②焉，顧歲負米千里外，而子不涕；又以豪俠拓落故罥於浮言，履危險者數矣，士大夫咸泫然子唁，而子不涕；囊子糊口四方也，北征也，母夫人而下，聲淚潸如，而子不涕。蓋生平雅不見子戚，今哭司馬公若斯哀者何？』曰：『某疇昔之哭先君也，亦若是矣。』『哭先君者，哭司馬公乎？』曰：『管子有言：「生我者父母，知我者鮑子。」哭先君者，哭司馬公，奚而過矣？[三]』

某齠齡時辱知家司馬[四]，謂轂鵠千里，虎子食牛，手余③作言於公。公讀而大奇之，走幣要某。某懷刺往，一見喜出望外：『俊朗哉，如其文。他日用文章名海內者非之夫，則余爲無目。』兩司馬遇人輒口屠生。屠生自髫時有聞，則兩司馬力也。蓋自是出公門下十年。

公名家，操文衡四方，多所睥睨，顧獨折節接引某，凡流連光景，品藻萬彙，及暢敘鴻烈，金石大作，無論長篇短章，咸退而與某商榷。時有撰著，他人或無當，某則無不當者，曰：『他人敏則窳，遲則苦。或下筆於言，矢口無味；或數語累月，務爲刻深。寸短尺長，天刑奈何？敏而不窳，遲而不苦，屠生有焉。』嗟嗟！某雖媿其言，心能無感乎！

某爲諸生，好吟諷，人咸目笑：『是庖而尸祝者，希不兩傷。不樹禾稼而樹美草，雖勤，將安用之？舍椽桷而雕龍鳳，工無益也。』公曰：『不然。右格猛虎，左挽飛猱，世有兼材，何傷之有。』某少居貧拓落，輕財好施，千里赴人，一言掉臂。朝乏斗粟，莫揮萬錢。或炊金饌玉，虚左國士；或草履帶索，倨見侯王。或脱袍以勞故人，或拂衣以謝貴客。合意則鴻毛爲泰山，失意則泰山爲鴻毛。於是衆又争目笑屠子。公曰：『是惡睹屠生？屠生蓋厭惡人士之居貧，剪剪乞兒相者，而以拓落逃焉？吾陰察其中，實不疎，是庸可量乎？且泛駕語駿，跅弛稱材。甕盎之物，不進於大觀；繩尺之夫，曷語於曠節？臨深履薄，不可謂非英雄。然倜儻大業，豈必拘拘翦翦、伈伈俔俔、攣縮脂韋、自託鄉曲者所辯④哉！』

歲庚午，某下第。人於是始不信屠子，雖某亦不自信也。公曰：『力田不如逢年。年苟不逢，雖力何益？』公與家司馬慰勞某，相望於道，數握手，語曰：『非戰之罪也。曩予與子家司馬讀子文，則勃勃神王，喜而起，謂裒然舉首也。乃不意竟落，命也？』爲咨嗟竊歎。已復相顧而笑，謂世事不可詰若此，吾鄗疇昔幸而第，令不第，至今日且奈何。家司馬酒微酣，爲某擊節放歌曰：『吾將上叩九關[五]，則虎豹禁不得前。將浩浩決東海而西逝也，排崑崙而東走也。將捫日月，令其轆轆然東西馳也。余然後爲生抒煩懑乎。』公曰：『孰謂司馬老而狂？彼生聽之有司，有司聽之命，命屬之冥冥。彼冥冥者，奚以問也？令司命者舉仲尼、顏回詰，子將安所置對矣？』

嗚呼！世之相知，寧復有若此者哉！昔管仲稱千載相知死，至爲之慟哭，然未有若公之與某者也。生我知我，管子猶然，至於某，當何以云？語云：『士爲知己者死，女爲悦己者容。』斯豫子所以漆身、荆軻所以湛族而不悔者也[六]。由此言之，某之所以死公者，當何以哉？

嗟嗟！河清難俟，歲月若馳。自東哭公柩，倉皇涉淮，奄易歲矣。九原可作乎[七]，則執鞭奚辭；九原不可作乎，則涕何益也。於是爲之作誄。誄曰：

於乎我公，實産東國。靈海汗漫，大荒寥廓。乃生此人，表世模俗。爲英爲雄，間氣是毓。敻絶後先，配古嶽瀆[八]。垂髫屬文，佳名隱起。公家宗伯，逡逡殊喜。謂爲神駿，颯颯駒子。晻兮上馳，一日千里。弱冠登朝，辭藻聯翩。明星有爛，光華自天。朗照六合，士林式焉。柄文江表，聲猷鬱烈。鼓鑄士類，磨礪群哲。大江以西，風行電掣。至今蒸蒸，多公澡雪。既歷藩服，乃填大邦。保釐彈壓，動庸懋明。文經武緯，炳炳烺烺。晉大司馬，望重樞府。坐策機宜，夷夏安堵。時移運去，天路局促。懸車乃東，返彼初服。高卧巖阿，長嘯海曲。遊神六籍，旁引博綜。赤縣之外[九]，大塊之中。鉅極龍伯，小極蟭螟。近而几席，遠而八紘。下之蒙汜[一〇]，上之鴻濛。微乎罔象，灼乎豐隆。冢書壁經，西藏兵峽。禹都之簡，泰山之牒。蘭臺石室[一一]，霞宮丹甲。莫不搴芳掇華，泝流窮源。撰著川湧，篇翰星繁。鬼物呵護，藏彼名山。高步鴻響，先登藝壇。日月在下，雷霆吼啞。蜮冥蚊蚋，其餘作者。頹波設障，力挽大雅。冠冕南極，表儀斯文。萬方飈動，多士若雲。士也不天，公返厥真。儵兮忽兮，沖舉絶塵。泬兮寥兮，喪我偉人。山崩海枯，木落草黃。苦霧四塞，白日失光。昔我汩汩，維公是依。提之泥塗，升之雲霓。知我已矣，弦絶於斯。中夜永歎，我心傷悲。

## 校勘

① 張公：《屠長卿集》作『東沙先生』。

② 闕：底本作『閑』，據存目本、《屠長卿集》改。

③ 余：《屠長卿集》作『予』。

④ 辯：《屠長卿集》作『辨』。

## 注釋

[一] 大司馬張公：張時徹。見卷四《張大司馬惠芝園集寄謝》注釋[一]。

[二] 就李：即檇李，見卷七《存石草堂歌爲沈觀察先生賦》注釋[三]。

[三] 管子：管仲。鮑子：鮑叔牙。

[四] 家司馬：指屠大山。

[五] 九關：見卷四《感懷十首》注釋[四]。

[六] 豫子：豫讓，姬姓，畢氏。春秋戰國間晉國人，爲晉卿智瑤之家臣，得其尊寵。《史記·刺客列傳·豫讓》載，晉出公二十二年（前四五三），趙、韓、魏共滅智氏，智瑤被趙襄子所殺。豫讓爲替主復仇，殘身苦形，以漆塗身，吞炭使啞，暗伏橋下，謀刺趙襄子。終未遂，伏劍自殺。荆軻：其湛族而不後悔，見卷十三《讓柴仲初》注釋[六]。

[七] 九原：九泉，黄泉。

[八] 嶽瀆：五嶽與四瀆之並稱。

〔九〕赤縣：赤縣神州之省稱，見卷七《金塘歌》注釋〔九〕。
〔一〇〕蒙汜：古代神話中所指日入之處。見卷一《霞爽閣賦》注釋〔一五〕。
〔一一〕蘭臺石室：指宮廷藏書處，見卷十四《上座主朱太史先生》注釋〔四〕。

# 由拳集校注卷之二十三

## 雜著

### 文論

世人譚六經者，率謂六經寫聖人之心。聖人所稱道術，醇粹潔白，曉告天下，萬世燦然，如揭日月而行，是以天下萬世貴之也。夫六經之所貴者道術，固也，吾知之，即其文字，奚不盛哉！《易》之冲玄，《詩》之和婉，《書》之莊雅，《春秋》之簡嚴，絶無後世文人學士纖穠佻巧之態，而風骨格力，高視千古。若《禮·檀弓》《周禮·考工記》等篇①，則又峰巒峭拔，波濤層起，而姿態橫出，信文章之大觀也。

六經而下，《左》《國》之文，高峻嚴整，古雅藻麗，而渾樸未散，含光醖靈，如江海之波，汪洋浩淼，非有跳沫摇漾之勢，而千靈萬怪，淵乎深藏。明月照之，則天高氣清；長風蕩之，則排空動地。可喜可愕哉，左氏之爲文矣[一]！賈馬之文[二]，疏朗豪宕，雄健雋古。其蒼雅也，如公孤大臣[三]，厖眉華髮，峨冠大帶，鵠立殿庭之上，而非若山夫野老之翛然清枯也；其葩豔也，如王公后妃，珠冠繡服，華軒翠羽，光采射人，而非若妖姬豔倡之翩翩輕妙也。其他若屈大夫之詞賦[四]，才情傅合，縱橫②璀燦，蓋詞賦之聖哉！《莊》《列》之文，播弄恣肆，鼓舞六合，如列缺乘蹻焉，光怪變幻，能使人骨驚神悚，亦天下之奇作矣。譬之大造，寥廓清曠，風日熙明，時固然也。而飄風震雷，揚沙走石，以動威萬物，亦豈可少哉！諸子之風骨格力，即言人人殊；其道術之醇粹潔白，皆不敢望六經，乃其爲古文辭一也。

由建安下逮六朝，鮑謝顔沈之流[五]，盛粉澤而掩質素，繪面目而失神情，繁枝葉而離本根，周漢之聲，蕩焉盡矣。然而穠華色澤，比物連彙，亦種種動人。譬之南威、西子[六]，麗服靚妝，雖非姜姒之雅[七]，端人莊士或棄而不睨，其實天下之麗，洵美且都矣！八珍醇醴，以視之古者太羹玄酒之風，則媿矣！蓋太上不貴而後世爭馳，天下之甘旨也。鄭衛之聲[八]，擬之《咸池》《六英》[九]，奚翅霄壤？不可奏諸宗廟、朝廷，然而悅耳快心，則天下之繁音也。

詩自三百篇而下，有漢、魏古樂府。漢、魏而下，有六朝《選》詩。《選》詩而下，有唐音。唐音去三百篇最遠，然山林晏遊之篇，則寄興清遠；宫閨應制之什，則體存富麗；述邊塞征戍之情，則悽惋悲壯；暢離別羈旅之懷，則沉痛感慨。即非古詩之流，其於詩人之興趣則未失也。

文體靡於六朝，而唐昌黎氏反之[一〇]，然而文至於昌黎氏大壞焉。詩教變於唐人，而宋諸公反之，然而詩至於宋諸公大壞焉。昌黎氏蓋所謂文起八代之衰者，今讀其文，僅能摧駢儷爲散文耳。妍華雖去，而漆乎無采也；醲腴雖除，而索乎無味也；繁音雖削，而瘖乎無聲也。其氣弱，其格卑，其情緩，其法疎，求之六經、諸子，是遵何以哉？世人厭六朝之駢儷，而樂昌黎之疎散，翕然相與宗師之，是以韓氏之文遂爲後世之楷模，建標藝壇之上，而群趨旌干之下，一夫奮臂，六合同聲，斯不亦任耳而不任目之過乎？六經而下，古文詞咸在，正變離合，總總夥矣，然未有若昌黎氏者。昌黎氏之文，果何法也？藉令昌黎氏之文出於周、漢，則不得傳。何者？周、漢之文無此者，周、漢誠無用此文爲也。昌黎氏之所以爲當時宗師而名後世者，徒散文耳。今姑無論其他，即如西漢制誥，誰非散文？冲夷平淡，都無波峭之氣，而朴茂深嚴。遠而望之，則穆然光沉；迫而視之，則神采隱隱。風骨格力，往往而在。昌黎氏之文若是邪？論者謂善繪者傳其神，善書者模其意。昌黎氏之文蓋傳先哲之神而脱其軀殼、模古人之意而遺其彩畫者也，奚必六經、必諸子哉？且風骨格力，韓子焉不有也[一一]？嗟乎！令韓子不屑屑於擬古而古意矯然具存，即奚必如六經、如諸子，而自爲韓子一家之言，可也；今第觀其文，卑者單弱而不振，高者詰屈而聱牙，多者裝綴而繁蕪，寡者率略而簡易，雖有他美，吾不得而知之矣，尚焉取風骨格力於其間哉？厥後歐蘇曾王之文[一二]，大都出於韓子，讀之可一氣盡也，而翫之則使人意消。余每讀諸子之文，蓋幾不能終篇也。標而趨之者，非韓子與？

宋人之詩，尤愚之所未解。古詩多在興趣，微辭隱義，有足感人。而宋人多好以詩議論。夫以詩議論，即奚不爲文而爲詩哉？《詩》三百篇，多出於忠臣孝子之什，及閭閻匹夫匹婦童子之歌謡，大意主吟詠、抒性情以風也，固非博綜詮次③以爲篇章者也，是詩之教也。唐人詩雖非三百篇之音，其爲主吟詠、抒性情，則均焉而已。宋人又好用故實，組織成詩。夫三百篇亦何故實之有？用故實組織成詩，即奚不爲文而爲詩哉？甚而叫嘯怒張以爲高厲，俚俗猥下以爲自然。之數者，蘇王諸君子皆不免焉[一三]，而又往往自謂能入詩人之室，命令當世，則吾不知其何説也。

明興，北地李獻吉、信陽何仲默、姑蘇徐昌穀始力興周、漢之文[一四]，詩自三百篇而下，則主初唐。厥後諸公繼起，氣昌而才雄，徒衆而力倍，古道遂以大興，可謂盛矣！然學士大夫之奮起其閒者，或抱長才而乏遠識，踔厲之氣盛，而陶鎔之力淺。學《左》《國》者得其高峻而遺其和平，學《史》《漢》者得其豪宕而遺其渾博，模辭擬法，拘而不化。獨觀其一，則古色蒼然；總而讀之，則千篇一律也。愚嘗取以自諗，蓋亦時時有之。有之而思变之，猶未得其要領焉。

嗟乎，文難言哉！愚意作者必取材於經史，而鎔意於心神；借聲於周、漢，而命辭於今日。不必字字而琢之，句句而擬之，而浩博雄渾，識者自知其爲周、漢之文，不作昌黎以下語，斯其至乎？今文章家獨有周、漢之句法耳，而其渾博之體未備也，變化之機未熟也，超妙之理未臻也。故吾願與海内諸君子勉之矣。

夫文不程古，則不登於上品；見非超妙，則傍古人之藩籬而已。壯夫者，稟靈異之氣，挺秀拔之姿，竭生平才智以從事文章家，乃不能高足遠覽，洞幽極玄，以特立千百載之下，與古人並驅而前，分道而抗旌，而徒傍人藩籬，拾人咳唾，以爲生活，彼古人且奴眎之曰：『是爲我負擔而割裂我者。』傳之後世，以爲何如？又非所以令韓歐諸君子見也[一五]。令韓、歐見如是之文，彼且得而藉口曰：『始二三君子姍笑我，將謂二三君子之文必標異而出之，立於太古之上也。奈何影響古人，以詫古爲？如是，不於我可少寬乎？吾文即非古，然何者非自得？而徒呫呫倣古自喜也！若然，則二三君子苟非得之超妙，無輕議古；苟非深於古，無輕訾韓、歐也。夫挾天子以令諸侯，諸侯將奔走焉；麋而虎皮，人得而寢處之矣。深於古以訾韓、歐，是挾天子以令諸侯者也；影響古人而求勝之，則麋而虎皮矣。諸君子其無爲韓、歐寢處哉！

## 校勘

①篇：《屠長卿集》作『作』。

②横：《屠長卿集》作『衡』。

③次：底本、存目本、《屠長卿集》原作『吹』，據上下文意改。

## 注釋

［一］左氏：左丘明。春秋末期魯國人，史學家。姓丘名明，因其父任左史官，故稱左丘明。

［二］賈馬：賈誼和司馬遷。

［三］公孤：公，三公，指司馬、司徒、司空，一説指太師、太傅、太保。孤，指少師、少傅、少保。公孤泛指重臣。

［四］屈大夫：指屈原。屈原曾任三閭大夫等職。

［五］鮑謝顔沈：鮑照、謝靈運、顔延之、沈約。

［六］南威：春秋時晉國美女。西子：即西施，春秋時越國美女。

［七］姜姒：太姜和太姒。太姜，周太王妃，文王祖母。太姒，周文王妃，武王母。

［八］鄭衛：春秋戰國時鄭國與衛國之並稱。古稱鄭衛之音輕靡淫逸。

［九］《咸池》《六英》：古樂名，《咸池》傳説爲黄帝所作，《六英》傳説爲帝嚳所作。

［一〇］昌黎氏：指韓愈，其郡望昌黎，世稱『韓昌黎』。

［一一］韓子：韓愈。

［一二］歐蘇曾王：歐陽修、蘇軾、曾鞏、王安石。

［一三］蘇王：蘇軾、王安石。

［一四］李獻吉：李夢陽，字獻吉。見卷七《康生歌》注釋［六］。何仲默：何景明，字仲默，號白坡，又號大復山人。見卷十二《沈嘉則先生詩選序》注釋［六］。徐昌穀：徐貞卿，字昌穀，吴縣人。明孝宗弘治十八年（一五〇五）進士，官終國子博士。與祝允明、唐寅、文徵明齊名，號稱『吴中四才子』；又爲『前七子』之一。有《迪功集》十一卷、《獻藝録》一卷。《明史》卷二百八十六《文苑》有傳。

［一五］韓歐：韓愈、歐陽修。

# 與友人論詩文

里中有友人見過，與僕抵掌譚詩文。自三百篇下逮唐人，若李杜，若高岑王孟〔一〕，以及我朝李獻吉、李于鱗、王元美諸公〔二〕，率置喙焉。而獨推宋人詩，若蘇長公輩〔三〕，及我朝楊用脩〔四〕，及一不知名某孝廉。謂周、漢間文字不可學，獨昌黎氏可學〔五〕，唐人惟杜少陵兼雅俗文質〔六〕，無所不有，比物連彙，字句皆鑿鑿有據，景與意會，情緣事起，隨地布語，不執一塗，其最可喜者，不避麁硬，不諱樸野，縱其才情之所之，若無意爲詩者。李太白凌空駕語，務言蕭灑，都不切事情，如詩何？杜萬景皆實，而李萬景皆虛；杜深於賦，而李獨長於興。然杜猶恨其時有詩人之態耳。

僕謂老杜大家，言其兼雅俗文質，無所不有，是矣。乃其所以擅場當時、稱雄百代者，則多得之悲壯瑰麗、沉鬱頓挫。至其不避麁硬，不諱樸野，固云無所不有，亦其資性則然。老杜所稱擅場在此不在彼，明矣。而謂杜之妙在麁朴，何也？且杜亦自云：『平生性僻耽佳句，語不驚人死不休。』良工苦心，往往形神爲索，而謂杜無意於詩，且①不擊登聞鼓訟冤乎？李杜品格，誠有辨矣。顧詩有虛，有實，有虛虛，有實實，有虛而實，有實而虛，並行錯出，何可端倪？乃右實而左虛，而謂李杜優劣在虛實之辨，何與？且杜若《秋興》諸篇，託意深遠；《畫馬行》諸作，神情橫逸；直將播弄三才，鼓鑄群品，安在其萬景皆實？而李如《古風》數十首，感時託物，慷慨沉著，安在其萬景皆虛？夫品格既高，風韻自遠，凌空駕語，何害大雅！屈大夫傷時眷主〔七〕，見諸篇什，誠然實景。至其《遠遊》等篇，凌虛徑度，豈不高哉！《大人》《凌雲》，疇非佳境？《遊僊》《招隱》，亦是美談。今夫登閬風、坐天姥、傍日月、挾飛僊，即不能至，言以快心，思之神王，豈必據寸壤，處蓬茨，盤跚蹴躃，食飲而已，然後爲實景可貴哉？賦之與興，六義所詺，詩人何可不有，而謂杜深於賦，李獨長於興？且以此置雌黃焉，何居？杜如《垂老》《新婚》《潼關》《石壕》《兵車》《出塞》《悲陳陶》《哀江頭》，賦也；《紀行》《懷古》《赤霄》《朱鳳》《秋風》《佳人》，何謂無興也？李如《飛龍》《懷仙》《天姥》《太白》，興也；《大雅》《蟾蜍》，南箕、北斗，興也，何非賦也？

客曰：『李杜之詩之美猶可識。李杜而下，無論其他，即如世所稱王楊沈宋〔八〕，高岑王孟，其美安在？藉令諸公得意之詩，爲後人所遞相膾炙者，嘗試存其篇什，掩其姓名，而謂爲近世之作，人奈何能知其美也？』僕曰：『人奈何能不知其美也！於此不知，安用詩爲？』

又云：『唐人安得有詩？夫天下事物無盡，情景累移。唐人都不能隨事觸景，創出胸臆。或博蒐古今奇文奧義，多所鋪陳，而徒以天地山川風雲草木數字，遞相祖述，稍變換而爲之，蓋千篇一什也。而且自謂能發抒性靈，長於興趣，安在其爲詩？且詩道大矣！鴻鉅者，纖細者，雄偉者，尖新者，雅者，俗者，虚者，賞者，輕而清者，重而濁者，華而縟者，樸而野者，流利而俊響者，艱深而詰屈者，景之所觸，質直可；情之所向，俚下亦可；才之所極，博綜、猥瑣亦可。如是乃稱無所不有。茲老杜之所用擅場也。而唐人徒用麗字秀語爲聲俊，取其鼓吹鏗然，如出一口。今之王李如足下[九]，往往誦法唐人，務爲工致而已。于鱗既已若此，足下何不廣心自縱，蒐隱博古，標異出奇，旁通俚俗，自爲一家言，以傑然特立諸公之上？而徒沾沾工緻自喜，學唐人不成，即又爲于鱗而已？』

僕謂：何言之易也。唐人長於興趣，興趣所到，固非拘攣一途。且天地、山川、風雲、草木，止數字耳，陶鑄既深，變化若鬼。即不出此數字，而起伏頓挫，回合正變，萬狀錯出，悲壯沉鬱，清空流利，迥乎不齊，而總之協於宮商，嫻於音節，固琅然可誦也。子徒以其琅然可誦也，而謂一切工緻已爾，唐人不又稱大冤乎？誠如子云，詩道不已雜乎？詩者非他，人聲韻而成詩，以吟詠寫性情者也，固非蒐隱博古、標異出奇、旁通俚俗以炫耀恢詭者也。即欲蒐隱博古、標異出奇、旁通俚俗以炫耀恢詭，曷不爲汲冢《竹書》《廣成》《素問》《山海經》《爾雅》《本草》《水經》《齊諧》《博物》《淮南》《吕覽》諸書，何詩之爲也？且詩出於三百篇，三百篇誠多識鳥獸草木，然不過就其所見，觸物而爲之，何嘗炫奇標異？試取三百篇而讀之，大率閒雅且都，出於田夫里婦之口，何者不委宛曲折，琅然可誦？而乃務以朴野質直，爲能自脱筆墨蹊徑，不落藩籬乎？老杜語多質朴，濫觴蘇黄諸君[一〇]。不知老杜之所以高妙特立，正不在此矣。如『落日照大旗，馬鳴風蕭蕭』，如『陰房鬼火青，壞道哀湍瀉』，如『青眼高歌望吾子，眼中之人吾老矣』，如『萬里悲秋長作客，百年多病獨登臺』，如『江間波浪兼天湧，塞上風煙接地陰』，如『三年笛裏關山月，萬國兵前草木風』，如『五更鼓角聲悲壯，三峽星河影動摇』，如『永夜角聲悲自語，中天月色好誰看』，如『金粟堆前松柏裏，龍媒去盡鳥呼風』，如『斯須九重真龍出，一洗萬古凡馬空』，不大悲壯乎！如『岱宗夫如何？齊魯青未了』，如『公主歌黄鵠，君王指白日』，如『中宵驅車去，飲馬寒塘流』，如『俯視但一氣，焉能辨皇州』，如『雲氣生虚壁，江聲走白沙』，如

『吴楚東南坼，乾坤日夜浮』，如『星隨平野闊，月湧大江流』，如『詔從三②殿去，碑到百蠻開』，如『山河扶綉户，日月近雕梁』，如『樓雪融城濕，宫雲去殿低』，如『浮雲連海岱，平野入青徐』，如『錦江春色來天地，玉壘浮雲變古今』，如『織女機絲虚夜月，石鯨鱗甲動秋風』，如『江光隱見黿鼉窟，石勢參差烏鵲橋』，不大瑰麗乎！　如『落月滿屋梁，猶疑照顔色』，如『天寒翠袖薄，日暮倚脩竹』，如『勿爲新婚念，努力事戎行』，如『妾身未分明，何以拜姑嫜』，如『信美無與適，側身望川梁』，如『孰知是死别，且復傷其寒』，如『少壯幾時奈老何，向來哀樂何其多』，如『古人白骨生青苔，如何不飲令心哀』，如『青絲絡頭爲君老，何由却出横門道』，如『君王舊跡今人賞，轉見千秋萬古情』，如『野館濃花發，春帆細雨來』，如『暗水流花徑，春星帶草堂』，如『露從今夜白，月是故鄉明』，如『親朋盡一哭，鞍馬去孤城』，如『江清歌扇底，野曠舞衣前』，如『龍武新軍深駐輦，芙容别殿謾焚香』，如『疏燈自照孤帆宿，新月猶懸雙杵鳴』，如『畫圖省識春風面，環佩空歸月夜魂』，不大宛轉流利乎！　老杜之美，其大者灼灼若是。乃一切置不論，而獨取其麄樸以爲擅場，老杜有靈，不胡盧地下乎？

又云：『今人文章，往往好學周、漢，周、漢之文非不美，顧何可學？　學而不成，祇增醜耳。』余曰：『韓昌黎何如？』曰：『昌黎蓋文章家之武庫也，何所不有矣。且其文大氐雅馴，不詭於大道。』『然則朱仲晦之注疏可學與①？』曰：『彼蓋無意爲文者也，何論工拙。』『六經之文何如？』曰：『彼蓋有意爲文者也，美宜矣。』余曰：『不然。周、漢之文，與昌黎文具在，業已有定品，無庸短長。且人亦何學也？　脱人能立剖判之先，出六合之外，從前人之所不道而高自出奇，又何學也？　即學矣，獨奈何能舍周、漢而學昌黎氏也？　謂昌黎無所不有，周、漢獨何所無邪？　謂昌黎不詭於大道，周、漢獨於大道詭邪？　仲晦無意爲文，即無論工拙。六經獨有意爲邪？　無論無不有也，無有也，周、漢之文美也；無論美也，周、漢也；無論不美也，昌黎也；無論有意爲也，無意爲也，六經之文合大道也；無論大道合不合也，六經美也；無論美也，六經也。仲晦氏也，不同日語矣。』

## 校勘

① 且：《屠長卿集》該字前有『杜』字。

② 三：底本、存目本作『二』，據杜甫詩改。

## 注釋

[一]高岑王孟：唐代詩人高適、岑參、王維、孟浩然。

[二]李獻吉：李夢陽，字獻吉。見卷七《康生歌》注釋[六]。李于鱗：李攀龍，字于鱗。見卷四《酬于子冲》注釋[二]。王元美：王世貞，字元美。

[三]蘇長公：指蘇軾。蘇軾爲蘇洵長子，因稱長公。見卷二《十賢贊·蘇軾》注釋[一]。

[四]楊用脩：楊慎，字用脩，號升庵，新都（今四川成都）人。正德六年（一五一一）狀元，官翰林院修撰，豫修武宗實録。武宗微行出居庸關，上疏抗諫。世宗繼位，任經筵講官。嘉靖三年（一五二四），因『大禮議』受廷杖，謫戍終老於雲南永昌衛。能文、詞及散曲，著作達百餘種，後人輯爲《升庵集》。

[五]昌黎氏：指韓愈，其郡望昌黎，世稱『韓昌黎』。

[六]杜少陵：杜甫。甫自號『少陵野老』。

[七]屈大夫：指屈原。屈原曾任三閭大夫等職。

[八]王楊沈宋：初唐詩人王勃、楊炯、沈佺期、宋之問。

[九]王李：王世貞、李攀龍，明『後七子』文學集團領袖。

[一〇]蘇黄：蘇軾、黄庭堅。

[一一]朱仲晦：朱熹，字元晦，一字仲晦，號晦庵、晦翁等。南宋著名理學家、思想家、哲學家、教育家、詩人。有《四書集注》等。

# 擬岳武穆從軍中遺秦相國書①[一]

岳飛頓首頓首致書相國足下：

飛自領王師渡河，賴陛下之靈、相國之智[二]，所當摧鋒陷陳，大河以北無堅城。飛令諸軍北，北且大醉黄龍府[三]。諸軍聽飛鼓音，無不踴躍起，介而馳者，虜人無當也。飛於時謂遂定中原，挈兩宫而還之陛下，直唾手取之矣！然後角巾投老西湖之上，飛之願也。

乃今者，一日奉陛下金牌十二，詔飛班師。天王有命，臣懼殞越於下，飛奈何敢不班師哉！然從東南來者，皆言非陛下意，謂謀出相國，相國實陰持之。飛竊意相國爲陛下輔弼之臣，陛下之遇相國厚矣。語有之：『瓶之罄矣，維罍之耻。』相國爲天子大臣，如何令虜人猖獗，盡棄大河以北赤縣神州？二帝越在草莽[四]，而坐擁江南尺寸之土，以偷老其間，則焉置相矣？相國如天下何？內折中原之氣，而外長仇讎，相國必不然。故敢以書奏。

飛日者渡河來，顧瞻帝京[五]，徘徊宮闕，詠宋微子《麥秀》之歌[六]，吟周大夫《黍離》之篇，扼腕而起，仰天長號，蓋不知其淚之淫淫下也。二帝遠在沙漠之鄉，望救於相國，一夕百年耳。願相國念之。且相國嘗從胡中回，烟沙之地，不慘於中原乎？氈裘之人，不陋於冠裳乎？虜人之遇相國誠厚，孰與大國之相乎？奈何令二帝久辱胡中也？君父阽在危亡，此臣子枕戈泣血之時，誓不俱生之日。申包胥何如人哉[七]？

飛一日班師赴闕下[八]，相國且握手勞飛，賜飛卮酒，飛寧能下嚥邪？相國即不念二帝，如陛下何？今中原取於掌上，二帝旋於目前，功業垂成而棄之，令飛十年經營廢於一旦，能不痛心？詔書到軍中，父老擁飛馬首哭者萬數，相國不聞也。相國何親於虜？陛下何負於相國哉？

是役也，即出陛下意，相國何不彊諫？陛下必聽相國。相國之言行，則功在社稷，名流天壤，此萬世一時也。願相國圖之。飛爲陛下取中原，還二帝，非以己也。陛下今召臣，臣業已還師。即歸死司寇，身首異處，臣請受而甘心焉，於飛何有哉？第棄垂成之圖，而失萬世之利，俛首喪氣，爲天下笑，飛甚惜②之。相國一旦不戒行，且獲戾萬代無已時。飛爲相國謀忠，相國其熟計之。無忽。

## 校勘

①《屠長卿集》此文收入《書》之卷。

② 惜：底本原作『借』，據存目本、《屠長卿集》改。

## 注釋

[一] 岳武穆：岳飛，謚武穆。見卷九《岳武穆墓下作》注釋[一]。秦相國：秦檜。

[二] 陛下：指宋高宗。

[三] 黄龍府：位於今吉林省農安縣内，爲遼金兩代軍事重鎮和政治經濟中心。宋徽、欽二帝爲金兵俘虜後，曾一度被囚禁於此。

[四] 二帝：指宋徽宗、宋欽宗。

[五] 帝京：指北宋都城汴京，今開封。

[六] 宋微子：宋國開國之祖。子姓，名啟，世稱微子、微子啟。爲商王帝乙長子，紂王庶兄。与箕子、比干被後人稱爲『殷末三賢』。《麥秀》之歌爲箕子作，載於《史記·宋微子世家》：『箕子朝周，過故殷虚，感宫室毁壞，生禾黍，箕子傷之，欲哭則不可，欲泣爲其近婦人，乃作《麥秀》之詩以歌詠之。其詩曰：「麥秀漸漸兮，禾黍油油。彼狡僮兮，不與我好兮！」』後常以《麥秀》爲痛感家國破亡之典。

[七] 申包胥：芈姓，申氏，名包胥，荆州監利人，春秋時期楚國大夫。《左傳·定公四年》有申包胥如秦乞師事，『立依於庭牆而哭，日夜不絶聲，勺飲不入口七日』，終得秦兵救楚。後人以其爲忠賢典範。

[八] 闕下：宫闕之下，借指帝王所居之宫廷或京城。此處指南宋都城臨安。

## 擬嶺西大捷露布①[一]

萬曆五年月日，總督兩廣軍務某官臣某奉詔討嶺西猺、浪等賊。臣等親率大軍與賊接戰，仰仗天威，大致克捷，遂平羅旁等處地方者[二]。

竊以嶺以西[三]，南控交廣[四]，北極牂牁，冉駹、邛筰之所鬱盤[五]，蒼梧、离水之所襟帶[六]，大藤峽折而走險，密箐叢篁起而造天。自盤瓠啓疆、南粤王擅②命以來[七]，夷獠窟宅，凶逆盤據，編民土豪因緣爲姦，阻山谿之險，憑林麓之深，抗撓官軍，剽掠遠近，飄忽出没，肆爲跳梁。得志則横行於一方，失利則逃竄於崖谷。勝則虎攫鴟張，敗則狐潛鼠伏。累煩徒衆，迄不能平。禍本不芟，蔓薙莫盡。侵犯我土宇，虔劉我元元。將士懷枕戈之憂，邊人苦荼毒之慘。是累歲之所經營而弗靖者也。

皇帝乃眷南顧[八]，閔念黔首，因賜臣以璽書，假臣以節鉞，計在討平禍亂，奠安疆圉。臣等肅將天威，大舉征討。總百粤之師[九]，揚六軍之氣，謀在夙成，機隨事變；相其地形，扼其要害；張疑設伏，先聲伐謀；截其歸路，防其崩潰。以聖天子之威靈，將士之協心，金戈耀日，鐵騎如雲；陣勢疾於風雷，材官奮於貔虎。前隊鳴刀，千山宵度；後營吹角，萬騎朝馳。義旗西指，天聲載揚；武士南臨，戎氣先奪。叱吒則山嶽鼓舞，顧盼則江河倒流。一戰而賊鋒已挫，再戰而虜群遂空。譬如疾風之掃秋葉，泰山之壓累卵，擣其巢穴，殲其種類，絶其本根，杜其滋蔓。捧大明而開瘴癘，八桂清塵[一〇]；挽天河以洗甲兵，九嶷生色[一一]。斬首百十萬，俘虜百千許。血變河流，黄沙四起。遺骸山積，白日爲昏。短狐不鳴，長鯨影滅。收大戮於京觀[一二]，斷欃槍於南天。遂令婦子相保，閭閻復業。草緑蠻煙，散千家之野哭；波平瘴海，還萬井之笙歌。千里以之蕩平，百蠻爲之震動。鐃歌清而列校喜，朱鷺肅而蕃部寧。

將勒銘於萬年，用告成於九廟。豈止馬援立南征之柱[一三]，唐蒙横下瀨之戈而已哉[一四]？蓋當虜運告終，皇靈大暢，臣何力之有？方且東晏鯷人之國[一五]，北清大漠之塵，盡平四夷，永寧函夏，皇圖萬紀，與天無極。臣等亦且息鼓鼙而歌擊壤，銷金甲以事春農，不勝踴躍歡忭之至。謹遣某官臣某露布以聞。

## 校勘

① 《居長卿集》題作『嶺西大捷露布』。

② 擅：底本、存目本、《居長卿集》原作『檀』，據上下文意改。

## 注釋

[一] 嶺西：五嶺以西地區。五嶺爲大庾嶺、越城嶺、騎田嶺、萌渚嶺、都龐嶺之總稱，位於今江西、湖南、廣東、廣西四省之間。

[二] 羅旁：明代瑤族聚居地之一，在今廣東省肇慶市德慶縣西。

[三] 嶺：指五嶺。

[四] 交廣：交趾（位於今越南）、兩廣（今廣東、廣西）。

[五] 牂牁：古水名、地名。漢武帝元鼎六年（前一一一）開置牂牁郡，牂牁郡指今貴州省大部及廣西、雲南部分地區，郡治且蘭（其地約在今貴州黄平）。冉駹：西南古族名，亦指其所在地，主要在今四川茂汶地區。邛筰：漢時西南夷邛都、筰都之並稱，約在今四川西昌、漢源一帶。後泛指西南邊遠地區或少數民族。《史記·司馬相如列傳》：『邛筰、冉駹者近蜀，道亦易通，秦時嘗通爲郡縣。』

[六] 蒼梧：地名，位於廣西東部，今屬梧州市。離水：即今廣西灕江，在廣西東北部。

[七] 盤瓠：傳説爲瑤族、畲族、苗族之祖先。《搜神記》《後漢書·南蠻西南夷列傳》等古籍中有記載。南粤王：指趙佗。『粤』同『越』。

秦末楚漢相争之際，南海郡尉趙佗兼並桂林、象郡，於公元前二〇三年建立南越國，自立爲南越王。

[八]皇帝：指明神宗朱翊鈞。

[九]百粤：古代對南方越人及其居住地之總稱。亦作『百越』。見卷八《懷柴仲初》注釋[二]。

[一〇]八桂：今廣西之代稱。《山海经·海内南经》：『桂林八樹，在番隅東。』晉郭璞注：『八樹而成林，言其大也。番隅，今番隅縣。』

[一一]九嶷：山名，『嶷』又作『疑』。見卷十一《雜詩二十首·湘妃竹》注釋[四]。

[一二]京觀：指戰争之勝者爲炫耀武功，收集敵人屍首，封土而成之高冢。

[一三]馬援：字文淵。扶風茂陵（今陝西興平）人。東漢著名軍事家，曾南征交趾，在交趾立銅柱以爲漢朝南邊疆界之標誌。

[一四]唐蒙：漢武帝時任番陽令，建元六年（前一三五）被封爲中郎將，出使南越，沿瀘州、赤水、習水進入夜郎，見到夜郎侯多同，賜多同財物，以匡大漢『威德』。此後夜郎及其附近許多城邑相約歸附漢朝。

[一五]鯷人：古代東方海上種族名。見卷四《東海吟四首》注釋[四]。

## 趙太夫人行略[一]

家母姓趙氏，外家祖父諱瓚[二]，與商文懿公同舉於鄉[三]。文懿公才外祖，相得甚驩。用薦起家，累官江西參政。趙氏至參政公，蓋五世科第矣。家母幼得家教，敏慧多法度。選名家子，歸先君。

先君爲人樸茂坦夷，少居里閈，頗好樗蒲六博、挾彈走馬。以故始學，學廢；已，學殖，殖又敗。殖失利不止，已，又失利，又不止。從敗殖之道至四五發不利，而終不肯輟不爲，猶謂是適然云。伯氏鬻其第償其官逋，併鬻先君第，先君弗問。人或紿先君，陰取其貲，先君不知也。家以是日益貧，而先君日益舍然拓落。

家母朝夕勤拮据之力以相先君。逮晚年，子女諸孫寖多，家用百不給一，先君一切懸解，不復厪意家人産業，獨以花木竹石自老。日中行遊至莫，有齁齁卧耳。詰朝不問晨炊，起遶籬走，睆群卉榮枯而時乃灌溉。家事無關白先君。即有關白，先君殊弗聞。事無細大，咸家母身當勤苦。蓋兀兀積數十祺，靡有所即安。

愚兄弟六人，諸兄皆又學，學不就。而先君以歲丙寅見背，蓋自是家奄微不振。乃不肖隆稍稍以學起諸生間。家母嘗忼慨謂不肖隆曰：『自而父以拓落自適，遭家不造，吾備嘗諸艱難，積數十年於兹。今老矣，幸兒子用文學有聲，辱知鄉之薦紳先生，庶幾逢時致身，光起大業。無論逢時致身，即克自砥志好脩，而不忝爲人，即而父母之志願伸矣。』乃隆又困諸生十年，意嘗邑邑。家母曰：『力田不如逢年。年且不逢，雖力何益？兒安之。而母豈以數十年之艱難，而心豔而一朝之倖？兒安之。』至去歲丙子，隆始獲舉於鄉。歸，家母又忼慨言曰：『兒今幸一舉，惜而父不及見。而父平生拓落無他腸，終身不見機事。今兒能用文學起家，庶幾章而父之素行矣，是吾之所以悲而復喜也。若兒子之榮遇，尚不可知。吾今八十年之人，豈有賴焉？勉旃自愛，無忝爲人，第餘事耳。』

今年是爲萬曆丁丑，不肖隆幸登進士第，而家母適春秋七十有九。隆奉命穎上令，行有日，顧自度家母明年八十，而隆且以吏事走四方，即欲爲壽，安所得長者之言而稱之？敬用徼寵靈於吾子，吾子實知不肖隆深，幸不惜賜一言爲光榮。豈惟家母，雖先君而上，咸受嘉貺無已時。幸吾子其實圖利之。

## 注釋

[一] 趙太夫人：屠隆母趙氏，江西參政趙瓚之女。封太孺人。

[二] 瓚：趙瓚，宣德十年（一四三五）浙江鄉試舉人，官至江西參政。

[三] 商文懿公：指商輅，『文懿』應作『文毅』。輅字弘載，號素庵，浙江淳安人。宣德十年（一四三五）舉鄉試第一，正統十年（一四四五）會試第一，繼而殿試第一，為連中『三元』者。歷任兵部尚書、戶部尚書兼文淵閣大學士、吏部尚書、太子少保、謹身殿大學士。謚文毅。有《商文毅公文集》。

# 贈陳伯符奉詔歸娶錦帳詞①[一]

黄姑、織女②[二]，銀河渡天上雙星；弄玉、蕭郎[三]，金屋貯人間二妙。連理瓊枝，倚春風而鬬美；合歡錦帶，指新月以要盟。花生綦履，步摇光映流黄；風動明璫，文綺香薰積翠。洲渚和聲，度王雎之窈窕；延津寶氣，合龍劍之雌雄。綢繆不解，託雅調於朱絃；宛轉無端，寄柔情於錦瑟。蓋移洞府於塵寰[四]，即神僊不足爲樂；而等佳期於天漢，雖日月不足爲長。連婚龍女，徒傳柳毅之譚[五]；下嫁文簫[六]，奚取綵鸞之事？

恭惟郎君，桂林一枝，崑山片玉[七]。年少登朝，羨芙蓉之出匣；才高作賦，抒錦繡之《凌雲》。茲者上書，以請暫辭鵷鷺之班；奉詔而歸，永結鸞凰之侶。文就千言，美矣東都之才子；妝成七寶，嫣然南國之佳人。洛濱拾翠，蘭房初照乎夜珠；上國觀花，梓里況榮乎晝錦。絳蠟高然，總妬盈階之月色；紅銷半拂，猶懷滿袖之天香。光華並耀，倚綽約而花垂；律吕相和，吹參差而鳳下。語燕窺簾，青春深而不去；流螢度砌，良夜何其未央。生平之樂事都兼，人世之歡娱不數。縷結同心，日麗屏間之孔雀；蓮開並蒂，影憐池上之鴛央。然且饁冀缺之耕[八]，舉梁鴻之案[九]。此才鮑謝[一〇]，彼美姬姜[一一]。采緑道周，薦蘋宗廟。百年爲好，萬口稱賢。於是又重之以詞，其詞曰：

華屋重門敞。正開簾、花近龍笙，金屏月上。羅綺香中雲不散，相映銀缸繡幌。年少也，風流兩兩。何處天風吹得下，似一雙綵鳳紛來往。明月度，玉簫響。　郎君得意辭天仗。乍相逢，新人似玉，明珠入掌。宛轉流蘇誰不羨，萬朵芙蓉羅帳。人却在、瑤池蓬閬。占斷人間歡樂事，只人間、何必如天上。對風景，總堪賞。

## 校勘

①《屠長卿集》題作『錦帳詞贈陳伯符奉詔歸娶』。

② 黄姑織女：《屠長卿集》此句前有『伏以』二字。

## 注釋

[一] 陳伯符：陳泰來，字伯符。見卷五《感懷詩五十五首·陳京兆伯符》注釋[一]。

[二] 黄姑：牽牛星之別名。見卷十一《七夕別友人四首》注釋[三]。

[三] 弄玉：秦穆公之女。蕭郎：蕭史。見卷一《歡賦》注釋[一〇]。

[四] 洞府：道教稱神仙居住之處。

[五] 柳毅：唐人李朝威小説《柳毅傳》中之主人公，傳書搭救洞庭龍女，後與其結爲夫妻。後世有成語『柳毅傳書』。

[六] 文簫：唐裴鉶《傳奇》之《文簫》中人物。該傳奇敘説唐大和年間（八二七—八三五）書生文簫與仙女吴彩鸞相互愛慕，兩人終成夫婦，後雙雙騎虎仙去之故事。

[七] 崑山：昆侖山之簡稱。

［八］冀缺：春秋時郤缺之别名。因其父芮封冀，故又稱冀缺。晉臼季（胥臣）見其耕於冀野，夫妻相敬如賓，薦之於晉文公。後爲晉大夫。典源《左傳·僖公三十三年》。

［九］梁鴻：字伯鸞。見卷五《感懷詩五十五首·桂博士倩盈》注釋［二］。鴻與妻子孟光相敬相愛，有『舉案齊眉』之典。見《後漢書·逸民傳》。

［一〇］鮑謝：南朝詩人鮑照和謝朓。兩人均以才稱。

［一一］姬姜：對貴族婦女之稱呼，也用作對女子之美稱。見卷五《感懷詩五十五首·顧檢討寶甫》注釋［五］。

# 由拳集敍後

青浦門人彭汝讓著[一]

《由拳集》者，東海屠長卿先生所著也。集凡若干卷，摛菁弱冠者十四，振藻登庸者十六。蓋既成，而有客謂先生曰：『物之精華，天地所秘。何物長卿，乃手探象緯，口吐霞霧，雕錦匠之奇，洩造化之窟耶？』又曰：『櫝有異珍，詎令長藏？懷有明珠，曷俾暗投？盍廣諸？』先生謝客①曰：『丹素異炫，識鑒逾昏。故茂先寡智，則誰爲干將，誰爲莫邪[二]？子期亡賞[三]，則誰爲高山，誰爲流水？鮮英罕存，華璧易毁。吾將藏之名山矣。』客曰：『《子虛》賦，而孝文②恨不同載[四]；《法言》成，而君山知其必傳[五]。余固靡有知識，詎寧以麞爲麟，以雉爲鳳耶？且好醜愛憎，初匪相闊；樹蘭琚瑀，亦所並崇。縱積毁扇於青蠅，多口滋於妬婦，吾爲子解嘲矣。』乃親披編牘，用以殺青云。

嗟乎！先生赤堇曜靈[六]，蛟門孕秀[七]，家無擔石，釜有生魚。門對大流，曠多瑰③抱。雅謝雜伎，獨喜豪吟。探玄而玄，咀微而微。上瞬千古，闊步一世，旁無人也。

嗟乎！先生束髮授書，游心區表，開設門户，標樹旗幟。縱横蔚於河漢，綺繪充於箱帙。猗與偉矣！夫敏以楊脩[八]，彌日不獻；才以劉孺[九]，攬筆遲回。先生舌妙談鋒，腹涵經庫，含毫輒累千言，動墨即申長素。雲飆電馳，風行濤怒。飛兔膽驚，山鬼魄褫④。洵才轢賈誼、捷先枚乘矣[一〇]。聿稽竹素，可得而云。其文漆園在前[一一]，御寇在後[一二]；先秦驅左，兩漢馭右。其詩諷深三百，韻標十九。沈宋良朋[一三]，李杜好友。其易則迸澀[艹喜]之指，其難則薄平淡之趣；其詭怪則目遊神螭，其突蹶則肘搏巨蟒；其深長則遠人之入太興，其奔佚則造父之控生馬[一四]。思劇沉鬱，語亡襲仍。凡極天岸地，形越神超；即小際媚情，意新句繪。曾何心於夙構？特掉觚於食時。

嗟乎！先生所謂天地心生，心生言立，言立文明者耶！先民有言：『州縣之職，徒勞人耳。』載觀先生，有不其然。夫法程銜勒，雅道趦趄，磬折塵容，斯文氏迮。姦骫則弄吻舞文，豪强則關白請覆。材難偏及，職豈易容？先生爲之，子產服寬[一五]，魯恭著異[一六]。府若無人，庭若無吏。惟恢刃以覃猷，每捘麗而清嘯。南州之榻以下[一七]，北海之樽不空[一八]。雖宓子鳴琴[一九]，葛生勾漏[二〇]，胡足云矣！汝讓以襪綫之材，誤收藥籠之物。幸披心匈，猥屬論序。魏文駴觀於捧玦[二一]，交甫詫視於解珠[二二]，無以過也。雖然，概蘭英之爲國香，豔仁表之爲人瑞，汝讓不敏，敢不攄肝以繹意、摛辭而抒素云。

## 校勘

①客：存目本作『之』。
②孝文：應作『孝武』。此爲作敘者彭汝讓之誤。
③瑰：底本原作『塊』，據存目本改。
④褫：原作『褫』，據意改。

## 注釋

[一]彭汝讓：字欽之。見卷五《感懷詩五十五首·彭文學欽之》注釋[一]。
[二]干將：與莫邪爲春秋時期兩位著名鑄劍師。干將、莫邪又爲兩把寶劍之名。
[三]子期：鍾子期，伯牙好友，善聽琴。見卷七《贈王元美廷尉》注釋[一二]。
[四]孝文：應作『孝武』，指漢武帝劉徹，西漢第七位皇帝。謚號孝武皇帝。《史記》卷一百一十七《司馬相如列傳》：蜀人楊得意爲狗監，侍上。上讀子虛賦而善之，曰：『朕獨不得與此人同時哉！』得意曰：『臣邑人司馬相如自言爲此賦。』
[五]君山：東漢桓譚，字君山。推崇『揚子之書』，參見卷十二《沈嘉則先生詩選序》注釋[一九]。
[六]赤堇：即赤堇山，位於今浙江寧波東南，相傳爲春秋時歐冶子鑄劍之處。
[七]蛟門：寧波甬江出海口處之海灣，爲浙東海防門户。
[八]楊脩：字德祖，弘農華陰（今陝西華陰東）人。東漢末期文學家。學識淵博，爲曹操主簿，恃才放曠，屢犯曹操忌諱，後爲曹操所殺。楊脩《答臨淄侯箋》有『作暑賦彌日而不獻』句。
[九]劉孺：字孝稚，彭城（今徐州）人。南朝梁文學家。少好文章，性又敏速，嘗在御坐爲《李賦》，武帝甚稱賞之。
[一〇]賈誼：西漢初年著名政論家、文學家。見卷四《感懷十首》注釋[三]。枚乘：字叔，西漢辭賦家，代表作有《七發》等。
[一一]漆園：指莊子。《史記·老子韓非列傳》：『莊子者，蒙人也，名周，嘗爲漆園吏。』後以『漆園』或『漆園吏』指代莊子。

［一二］御寇：列御寇，春秋時期鄭人，道家學派之先驅人物，人稱列子。
［一三］沈宋：初唐詩人沈佺期、宋之問之並稱。
［一四］造父：本嬴姓，周穆王之御手。據《史記》載：『穆王使造父御，西巡狩，見西王母，樂之忘歸。』
［一五］子産：姬僑，字子産。見卷十九《開化令傳》注釋［三］。
［一六］魯恭：東漢末年著名官吏，見卷十二《贈徐君令海陽序》注釋［七］。
［一七］南州：用徐稚之典。見徐孟孺《由拳集敘》注釋［一〇］。
［一八］北海：指漢孔融。見卷五《感懷詩五十五首・范少司馬堯卿》注釋［三］。
［一九］宓子：名不齊，字子賤，春秋末魯國人，孔子弟子。曾爲單父宰，彈琴而治。見《吕氏春秋・察賢》。
［二〇］葛生：葛洪，字稚川，自號抱樸子。東晉道教學者、煉丹家。嘗聞交趾出丹砂，便請求到勾漏（現廣西北流縣）爲縣令。
［二一］魏文：魏文帝曹丕。其《與鍾繇書》云：『鄴騎既到，寶玦初至，捧匣跪發，五内震駭，繩窮匣開，燦然滿目。』
［二二］交甫：即鄭交甫，相傳爲周朝人。《韓詩外傳》《列仙傳》等載，昔鄭交甫遊於江漢，過漢皋，遇二女，妖服，珮兩珠，大如荆雞卵。交甫與言曰：『願請子之珮。』二女解珮與交甫。懷之，去十步，探懷中，則亡矣。回顧二女，亦不見。

# 主要引用、參考書目

## 經部

《尚書正義》，十三經注疏中華書局一九八〇年影印本
《毛詩正義》，十三經注疏中華書局一九八〇年影印本
《周禮注疏》，十三經注疏中華書局一九八〇年影印本
《禮記正義》，十三經注疏中華書局一九八〇年影印本
《春秋左傳正義》，十三經注疏中華書局一九八〇年影印本
《春秋公羊傳注疏》，十三經注疏中華書局一九八〇年影印本
《論語注疏》，十三經注疏中華書局一九八〇年影印本
《爾雅注疏》，十三經注疏中華書局一九八〇年影印本
《孟子注疏》，十三經注疏中華書局一九八〇年影印本
《韓詩外傳集釋》，（漢）韓嬰撰，許維遹校釋，中華書局一九八〇年版

# 史部

## 正史類

《史記》，（漢）司馬遷撰，（宋）裴駰集解，（唐）司馬貞索隱，（唐）張守節正義，中華書局一九五九年點校本
《漢書》，（漢）班固撰，（唐）顏師古注，中華書局一九六二年點校本
《後漢書》，（南朝・宋）范曄撰，（唐）李賢等注，中華書局一九六五年點校本
《三國志》，（晉）陳壽撰，（南朝・宋）裴松之注，中華書局一九五九年點校本
《晉書》，（唐）房玄齡等撰，中華書局一九七四年點校本
《宋書》，（梁）沈約撰，中華書局一九七四年點校本
《南齊書》，（梁）蕭子顯撰，中華書局一九七二年點校本
《梁書》，（唐）姚思廉撰，中華書局一九七三年點校本
《陳書》，（唐）姚思廉撰，中華書局一九七二年點校本
《魏書》，（北齊）魏收撰，中華書局一九七四年點校本
《北齊書》，（唐）李百藥撰，中華書局一九七二年點校本
《周書》，（唐）令狐德棻撰，中華書局一九七一年點校本
《南史》，（唐）李延壽撰，中華書局一九七五年點校本
《舊唐書》，（後晉）劉昫撰，中華書局一九七五年點校本
《新唐書》，（宋）歐陽修、宋祁撰，中華書局一九七五年點校本
《新五代史》，（宋）歐陽修撰，（宋）徐無黨注，中華書局一九七四年點校本
《宋史》，（元）脱脱等撰，中華書局一九七七年點校本

《明史》，（清）張廷玉等撰，中華書局一九七四年點校本

## 編年類

《資治通鑒》，（宋）司馬光編集，中華書局一九六三年版

## 紀事本末類

《明史記事本末》，（清）谷應泰撰，中華書局一九八五年版

## 雜史類

《國語》，上海古籍出版社一九七八年版

《戰國策》，（漢）劉向輯録，上海古籍出版社一九八五年版

## 別史類

《通志》，（宋）鄭樵撰，文淵閣《四庫全書》本

《路史》，（宋）羅泌撰，文淵閣《四庫全書》本

## 傳記類

《晏子春秋》，《四部叢刊初編》本

《古列女傳》，（漢）劉向撰，《四部叢刊初編》本

《高士傳》，（晉）皇甫謐撰，《叢書集成初編》本

《唐才子傳校箋》，（元）辛文房撰，傅璇琮等校箋，中華書局一九八七年版

《入蜀記》，（宋）陸游撰，文淵閣《四庫全書》本

《甬上族望表》，（清）全祖望撰，寧波出版社二〇〇八年版
《甬上屠氏宗譜》，民國八年既勤堂活字本
《晚明曲家年譜》，徐朔方撰，浙江古籍出版社一九九三年版
《屠隆著作考述》，袁慧撰，《寧波大學學報》（教育科學版），一九九三年第三期
《明清浙籍曲家考》，汪超宏撰，浙江大學出版社二〇〇九年版
《屠隆年譜》，秦皖春撰，復旦大學二〇〇三年碩士學位論文

## 載記類

《越絶書》，（漢）袁康撰，《四部叢刊初編》本
《吴越春秋》，（漢）趙曄撰，《四部叢刊初編》本
《蜀檮杌》，（宋）張唐英撰，文淵閣《四庫全書》本

## 地理類

《水經注》，（北魏）酈道元撰，陳橋驛點校，上海古籍出版社一九九〇年版
《三輔黄圖校證》，陳直校證，陝西人民出版社一九八〇年版
《元和郡縣志》，（唐）李吉甫撰，文淵閣《四庫全書》本
《太平寰宇記》，（宋）樂史撰，文淵閣《四庫全書》本
《吴郡志》，（宋）范成大撰，文淵閣《四庫全書》本
《寶慶四明志》，（宋）羅濬撰，文淵閣《四庫全書》本
《武林舊事》，（宋）周密撰，文淵閣《四庫全書》本
《方輿勝覽》，（宋）祝穆撰，文淵閣《四庫全書》本
《延祐四明志》，（元）袁桷撰，文淵閣《四庫全書》本

《明一統志》，（明）李賢等撰，文淵閣《四庫全書》本
《長安客話》，（明）蔣一葵撰，北京古籍出版社一九六〇年版
《蜀中廣記》，（明）曹學佺撰，文淵閣四庫全書本
《康熙鄞縣志》，《中國地方志集成叢書》本
《康熙青浦縣志》，康熙乙酉年刻本
《雍正寧波府志》，《中國地方志集成叢書》本
《江南通志》，（清）趙宏恩等修，文淵閣《四庫全書》本
《欽定日下舊聞考》，（清）于中敏等編，文淵閣四庫全書本
《嘉慶重修一統志》，四部叢刊續編本
《同治潁上縣志》，《中國地方志集成叢書》本

## 職官類

《歷代職官表》，（清）黄本驥編，上海古籍出版社一九八〇年版

## 政書類

《明會典》，文淵閣《四庫全書》本

## 目录类

《集古録跋尾》，（宋）歐陽修撰，《四部叢刊初編》本
《明清進士題名碑録索引》，朱保炯、謝沛霖編著，上海古籍出版社一九八〇年版
《明人室名別稱字號索引》，楊廷福、楊同甫編，上海古籍出版社二〇〇二年版

## 子部

### 儒家類

《荀子集解》，（清）王先謙著，中華書局《諸子集成》本

《説苑校證》，（漢）劉向撰，向宗魯校證，中華書局一九八七年版

《孔子家語》，《四部叢刊初編》本

### 法家類

《韓非子集解》，（清）王先慎著，中華書局《諸子集成》本

### 雜家類

《吕氏春秋》，（漢）高誘注，中華書局《諸子集成》本

《淮南子》，（漢）高誘注，中華書局《諸子集成》本

《古今注》，（晉）崔豹撰，《四部叢刊三編》本

《顔氏家訓》，（北朝）顔之推著，中華書局《諸子集成》本

《夢溪筆談校證》，（宋）沈括著，胡道静校證，上海古籍出版社一九八七年版

《能改齋漫録》，（宋）吴曾撰，上海古籍出版社一九七九年版

《老學庵筆記》，（宋）陸游撰，中華書局一九七九年版

《春明夢餘録》，（清）孫承澤撰，文淵閣《四庫全書》本

## 類書類

《藝文類聚》，（唐）歐陽詢撰，上海古籍出版社一九八二年版
《初學記》，（唐）徐堅撰，中華書局一九六二年版
《太平御覽》，（宋）李昉等編，中華書局一九六〇年影印本
《山堂肆考》，（明）彭大翼撰，文淵閣《四庫全書》本

## 小説家類

《穆天子傳》，《四部叢刊初編》本
《山海經校注》，袁珂校注，上海古籍出版社一九八〇年版
《海内十洲記》，（漢）東方朔撰（舊題），文淵閣《四庫全書》本
《博物志校證》，（晉）張華撰，范寧校證，中華書局一九八〇年版
《搜神記》，（晉）干寶撰，中華書局《古小説叢刊》本
《西京雜記》，（晉）葛洪撰，中華書局《古小説叢刊》本
《拾遺記》，（晉）王嘉撰，中華書局《古小説叢刊》本
《搜神後記》，（晉）陶潛撰，中華書局《古小説叢刊》本
《世説新語》，（宋）劉義慶撰，（梁）劉孝標注，中華書局《諸子集成》本
《唐國史補》，（唐）李肇撰，上海古籍出版社一九七九年版
《集異記》，（唐）薛用弱撰，中華書局《古小説叢刊》本
《獨異志》，（唐）李亢撰，中華書局《古小説叢刊》本
《杜陽雜編》，（唐）蘇鶚撰，文淵閣《四庫全書》本
《劇談録》，（唐）康駢撰，古典文學出版社一九五八年版

《雲仙雜記》，（唐）馮贄編，《四部叢刊續編》本
《開元天寶遺事》，（五代）王仁裕撰，上海古籍出版社一九六五年版
《賈氏談録》，（南唐）張洎撰，文淵閣《四庫全書》本
《太平廣記》，（宋）李昉等編，中華書局一九六一年版
《談苑》，（宋）孔平仲撰，文淵閣《四庫全書》本
《萬曆野獲編》，（清）沈德符撰，中華書局一九五九年版

## 釋家類

《高僧傳》，（梁）釋慧皎撰，湯用彤校注，中華書局一九九二年版

## 道家類

《老子注》，（曹魏）王弼注，中華書局《諸子集成》本
《關尹子》，（周）關尹喜撰（舊題），文淵閣《四庫全書》本
《莊子集解》，（清）王先謙著，中華書局《諸子集成》本
《列子注》，（晉）張湛注，中華書局《諸子集成》本
《列仙傳》，（漢）劉向撰，上海古籍出版社一九九〇年版
《抱樸子》，（晉）葛洪撰，中華書局《諸子集成》本
《神仙傳》，（晉）葛洪撰，上海古籍出版社一九九〇年版
《雲笈七籤》，（宋）張君房撰，《四部叢刊初編》本

# 集部

## 楚辭類

《楚辭補注》，（宋）洪興祖撰，白化文等點校，中華書局一九八三年版

《楚辭通釋》，（清）王夫之撰，上海人民出版社一九七五年版

## 别集类

《由拳集》，（明）屠隆撰，《續修四庫全書·集部》第一三六〇册影印明萬曆刻本

《由拳集》，（明）屠隆撰，《四庫全書存目叢書·集部》第一八〇册影印中央民族大學圖書館藏明萬曆八年馮夢禎刻本

《由拳集》，（明）屠隆撰，浙江圖書館藏明克勤齋余碧泉刻本

《屠長卿集》，（明）屠隆撰，浙江紹興圖書館藏本

《白榆集》，（明）屠隆撰，《續修四庫全書》本

《棲真館集》，（明）屠隆撰，《續修四庫全書》本

《鴻苞集》，（明）屠隆撰，《四庫全書存目叢書》本

《屠隆集》，（明）屠隆著，汪超宏主編，浙江古籍出版社二〇一二年版

《屠隆詩編年箋注》，（明）屠隆著，徐美潔編年箋注，華東師範大學二〇一一年博士學位論文

《芝園定集》，（明）張時徹撰，《四庫全書存目叢書》本

《天一閣集》，（明）范欽撰，《續修四庫全書》本

《豐對樓詩選》，（明）沈明臣撰，《四庫全書存目叢書》本

《弇州山人四部稿續稿》，（明）王世貞撰，文淵閣《四庫全書》本
《喙鳴文集》，（明）沈一貫撰，《續修四庫全書》本
《快雪堂集》，（明）馮夢禎撰，《四庫全書存目叢書》本

## 總集類

《全漢賦》，費振剛等輯校，北京大學出版社一九九三年版
《文選》，（梁）蕭統編，（唐）李善注，上海古籍出版社一九八六年版
《六臣注文選》，（梁）昭明太子撰，（唐）李善並五臣注，《四部叢刊初編》本
《玉臺新詠箋注》，（陳）徐陵編，（清）吳兆宜注、程琰删补，中華書局一九八五年版
《全上古三代秦漢三國六朝文》，（清）嚴可均校輯，中華書局一九六五年影印本
《先秦漢魏晉南北朝詩》，逯欽立輯校，中華書局一九八三年版
《全唐詩》，（清）彭定求等編，中華書局一九九九年版
《全唐文》，（清）董誥等編，中華書局一九八三年版
《樂府詩集》，（宋）郭茂倩編，中華書局一九七九年版
《全宋詞》，唐圭璋編，中華書局一九六五年版
《全宋詩》，傅璇琮等主編，北京大學出版社
《國朝名公翰藻》，（明）凌迪知編，《四庫存目叢書》本
《皇明詩選》，（明）陳子龍、李雯等編，華東師範大學出版社一九九一年版
《明文海》，（明）黄宗羲編，中華書局一九八七年版
《盛明百家詩》，（明）俞憲編，《四庫全書存目叢書》本
《皇明十六家小品》，（明）丁允和、陸雲龍編，書目文獻出版社一九九七年版
《明詩綜》，（清）朱彝尊編，中華書局二〇〇七年版

《明詩别裁集》，（清）沈德潛編，河北人民出版社一九九七年版
《甬上耆舊詩》，（清）胡文學、李鄴嗣編，袁文龍點注，寧波出版社二〇一〇年版
《續甬上耆舊詩》，（清）全祖望輯選，方祖猷等點校，杭州出版社二〇〇四年版

## 詩文評類

《文心雕龍》，（梁）劉勰著，范文瀾注，人民文學出版社一九六一年版
《詩品集注》，（梁）鍾嶸著，曹旭集注，上海古籍出版社一九九四年版
《本事詩》，（唐）孟棨撰，中華書局《歷代詩話續編》本
《唐詩紀事》，（宋）計有功撰，王仲鏞校箋，巴蜀書社一九八九年版
《苕溪漁隱叢話》，（宋）胡仔纂集，人民文學出版社一九六二年版
《滄浪詩話校釋》，（宋）嚴羽著，郭紹虞校釋，人民文學出版社一九八三年版
《列朝詩集小傳》，（清）錢謙益撰，上海古籍出版社一九八三年版
《歷代詩話》，（清）何文煥輯，中華書局一九八一年版
《明詩紀事》，（清）陳田撰，上海古籍出版社一九九三年版
《晚明小品研究》，吴承學撰，江蘇古籍出版社一九九八年版
《晚明詩歌研究》，李聖華撰，人民文學出版社二〇〇二年版
《屠隆研究》，吴新苗撰，文化藝術出版社二〇〇八年版
《屠隆明浄道信仰及其性靈詩論》，徐美潔撰，上海師範大學二〇〇八年碩士學位論文
《屠隆研究》，劉易撰，華東師範大學二〇〇八年博士學位論文

## 辭書類

《中國歷史大辭典》，鄭天挺、譚其驤主編，上海辭書出版社二〇一〇年版
《中國文學辭典》，錢仲聯主編，上海辭書出版社二〇〇七年版
《中國古今地名大辭典》，戴均良等主編，上海辭書出版社二〇〇五年版

圖書在版編目(CIP)數據

由拳集校注 / (明)屠隆撰;李亮偉,張萍校注.
—杭州:浙江大學出版社,2016.10
ISBN 978-7-308-15539-7

Ⅰ.①由… Ⅱ.①屠… ②李… ③張… Ⅲ.①中國文學—古典文學—作品綜合集—明代 Ⅳ.①I214.82

中國版本圖書館CIP數據核字(2016)第008623號

由拳集校注
(明)屠 隆 撰 李亮偉 張 萍 校注

責任編輯 吴偉偉 weiweiwu@zju.edu.cn
責任校對 張小苹
封面設計 木 夕
出版發行 浙江大學出版社
(杭州市天目山路148號 郵政編碼310007)
(網址:http://www.zjupress.com)
排　　版 浙江時代出版服務有限公司
印　　刷 浙江印刷集團有限公司
開　　本 710mm×1000mm 1/16
印　　張 43.75
字　　數 739千
版 印 次 2016年10月第1版 2016年10月第1次印刷
書　　號 ISBN 978-7-308-15539-7
定　　價 128.00圓

版權所有 翻印必究 印裝差錯 負責調換
浙江大學出版社發行中心聯繫方式 (0571)88925591;http://zjdxcbs.tmall.com